Testi e illustrazioni sono tratti dai seguenti volumi della collana "La vetrina delle civiltà" di Giovanni Caselli, edita da Giunti:

Sumeri e Babilonesi, 1998
Testi: Sara Caselli
Illustrazioni: Studio Graffiti (Fabio Magnasciutti, Claudio Pasqualucci, Andrea Pucci, Dario Tucci);

Gli antichi Egiziani, 1996
Ricerca storica: Lucia Manfredi, Gloria Rosati
Illustrazioni: Santo Chitò, Lorenzo Orlandi, Claudio Pasqualucci, Rosanna Rea, Sergio, Studio Illibil

Gli antichi Greci, 1990
Ricerca storica: Sara Caselli
Illustrazioni: Giovanni Caselli, Carlo Galleni, Giacinto Gaudenzi, John James, Rosanna Rea, Sergio, Studio Illibil (Paolo Donati)

Gli Etruschi, 1998
Testi: Giuseppe M. Della Fina
Illustrazioni: Alessandro Bartolozzi

Gli antichi Romani, 1996
Testi: Anthony Brierley
Illustrazioni: Carlo Galleni, Rosanna Rea, Studio Illibil, Studio David Salariya (Mark Bergin, Bill Donahoe, Richard Head, Nicholas Hewetson, John James)

Maya, Aztechi e Inca, 1996
Testi: Renzo Rossi, Daniela Zanin
Illustrazioni: Giacinto Gaudenzi, Paola Holguin Coppoler, Rosanna Rea, Daniela Sarcina, Studio Graffiti (Fabio Magnasciutti, Claudio Pasqualucci, Isabella Pasqualucci, Paola Vicenza)

Gli antichi Cinesi, 1991
Testi: Anthony Brierley
Illustrazioni: Studio Illibil (Riccardo Bogani, Simone Boni, Matteo Chiesi, Paolo Donati, Louis R. Galante, Paola Ravaglia) con la collaborazione di Sergio

Celti e Vichinghi, 1998
Testi: Francesco Recami, Bianca Sferrazzo
Illustrazioni: Alessandro Baldanzi, Gene Baldini, Santo Chitò, Ferruccio Cucchiarini, Marco Gasparri, Giacinto Gaudenzi, Lorenzo Macchi, Claudio Pasqualucci, Rosanna Rea, Studio Illibil (Simone Boni, Sabrina Cappellini, Paolo Donati, Louis R. Galante, Alessandro Rabatti, Paola Ravaglia, Andrea Ricciardi di Gaudesi)

Progetto grafico, impaginazione e redazione: Nuovo Studio Editoriale s.r.l. / Davide Gasparri
Revisione grafica: Simonetta Zuddas

www.giunti.it

Via Bolognese, 165 - 50139 Firenze - Italia
Piazza Virgilio, 4 - 20123 Milano - Italia

Prima edizione: febbraio 2009

Ristampa	Anno
7 6 5 4 3	2019 2018 2017 2016

FSC
www.fsc.org
MISTO
Carta da fonti gestite in maniera responsabile
FSC® C023532

Stampato presso Giunti Industrie Grafiche S.p.A. - Stabilimento di Prato.

LE GRANDI CIVILTÀ DEL MONDO ANTICO

SUMERI E BABILONESI • EGIZIANI • GRECI • ETRUSCHI • ROMANI
MAYA, AZTECHI E INCA • ANTICHI CINESI • ANGLOSASSONI E VICHINGHI

GIUNTI Junior

SUMERI E BABILONESI

ANTICHI EGIZIANI

ANTICHI GRECI

ETRUSCHI

ANTICHI ROMANI

MAYA, AZTECHI E INCA

永 ANTICHI CINESI

ANGLOSASSONI E VICHINGHI

SUMERI E BABILONESI

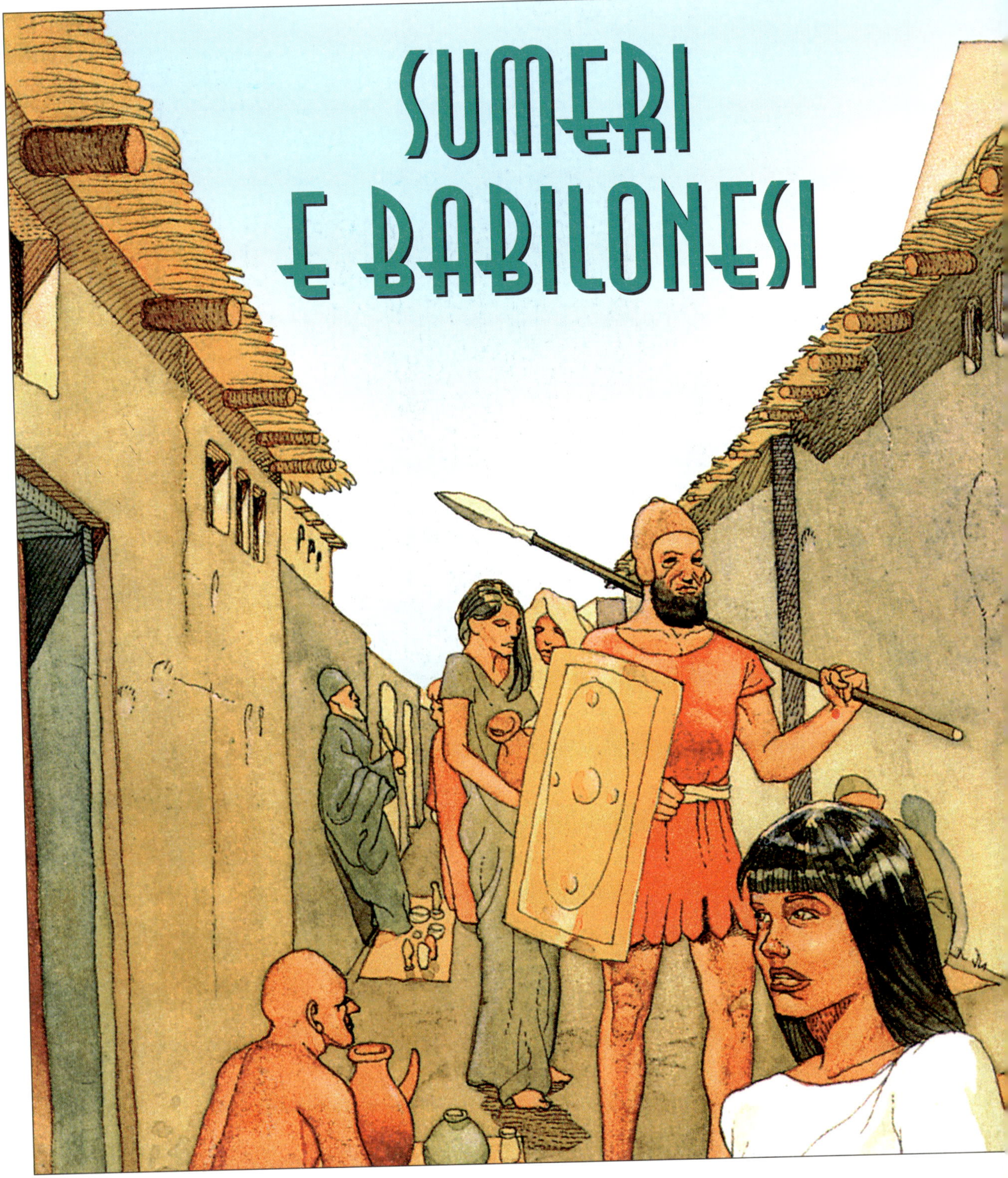

LA MESOPOTAMIA: AMBIENTE NATURALE

Col nome di Mesopotamia, che significa "terra tra i fiumi", gli antichi Greci indicarono la parte di territorio compresa tra il Tigri e l'Eufrate che corrisponde, più o meno, all'attuale Iraq.
A nord e ad est la regione è delimitata da imponenti montagne che superano frequentemente i 3500 m: i monti dell'Armenia e del Kurdistan e il massiccio dello Zagros; ad ovest si stende il grande deserto siro-arabico, a sud si apre il Golfo Persico, bagnato dall'Oceano Indiano. Paesaggi e ambienti sono molto diversi: montagne e foreste, pascoli e ampie steppe, deserti e zone fertili, paludi e spiagge lambite dall'oceano.

I GRANDI FIUMI

I due fiumi sorgono dai monti dell'Armenia, dove le nevicate invernali sono abbondanti: in primavera, col disgelo, la loro portata aumenta e provoca inondazioni. L'Eufrate è il più lungo dei due (2760 km), ma il più povero d'acque, il Tigri ha una portata media doppia grazie ai suoi affluenti, che scendono dai monti Zagros. Dopo un lungo tragitto tra le montagne i due fiumi giungono in pianura, si avvicinano e procedono paralleli per un tratto, poi si allontanano di nuovo per confluire poi nello Shatt el Arab che sfocia nel Golfo Persico. L'Alta Mesopotamia presenta un suolo duro e pietroso che non permetteva l'agricoltura, ma solo la pastorizia. La Bassa Mesopotamia, invece, è una pianura bassa e molto fertile formata dai depositi alluvionali dei due fiumi. Scendendo verso sud si fa sempre più ricca di acque e vegetazione e, infine, paludosa nei pressi della costa.

CLIMA, FLORA E FAUNA

Il clima della Mesopotamia è assai vario e tocca punte estreme: le montagne del nord sono fredde mentre in prossimità del Golfo Persico il caldo è soffocante tutto l'anno. Nella zona centrale

1. Uro
2. Giuggiolo
3. Pioppo
4. Pernice
5. Cinghiale
6. Cappero
7. Gazzella
8. Pecora Ovis
9. Capra
10. Onagro
11. Cervo
12. Fico
13. Canna
14. Liquirizia
15. Sciacallo
16. Quercia
17. Datteri
18. Cicogna
19. Legume
20. Volpe
21. Lontra
22. Oca
23. Testuggine
24. Noce
25. Carpa
26. Granchio
27. Mandorlo
28. Leone
29. Pesce gatto
30. Frumento
31. Pino

L'**ambiente della Mesopotamia**, dove si sviluppò la prima civiltà della regione, include le alte montagne della catena degli Zagros, i pendii e il deserto dove scorrono il Tigri e l'Eufrate.

Spaccato del **territorio della Mesopotamia** in epoca attuale. La cartina sopra mostra l'area compresa tra il Mediterraneo orientale e l'Iran, dove tra il 9000 a.C. e il 1500 a.C. si sono sviluppate le prime città della storia.

La cartina sotto mostra gli insediamenti e i manufatti tipici delle principali culture che si svilupparono in Mesopotamia intorno al 5000 a.C.

Insediamenti principali

1. Tell Halaf
2. Chagar Bazar
3. Arpachiyan
4. Hassuna
5. Samarra
6. Sawwan
7. Eridu
8. Tell Hassan

il clima è piovoso tra ottobre e dicembre e molto secco da maggio a settembre. Nell'antica Mesopotamia flora e fauna erano diverse rispetto ad oggi: a nord e ad est, sui pendii montuosi, si stendevano foreste di pini, querce, noci; nella piana a sud dell'attuale Bagdad crescevano palme da datteri, albicocchi, fichi e canneti.
Il territorio era popolato di animali che oggi non vivono più in quella regione come leoni e struzzi.

DAI SUMERI AD HAMMURABI

La scrittura fu inventata dai sacerdoti sumeri per registrare i tributi e le proprietà dei grandi templi che amministravano.

La Mesopotamia è una valle aperta, priva di barriere naturali: ciò ha facilitato gli scambi e le pacifiche immigrazioni, ma anche le invasioni violente. La storia della regione è dunque la storia di molti popoli di diversa provenienza e lingua, che vi si insediarono attratti dalla fertilità della terra.

I PRIMI INSEDIAMENTI

Verso l'8000 a.C. alcuni cacciatori nomadi dei monti Zagros impararono a coltivare il frumento e ad allevare ovini. Sorsero così i primi villaggi, fatti di semplici case di fango e paglia. Attorno al 5000 a.C. impararono a costruire argini e canali e a prosciugare gli acquitrini.
Dopo il 4000 a.C. alcuni villaggi della zona meridionale erano divenuti molto popolosi. In ognuno di essi gli abitanti costruirono un tempio in onore del loro dio protettore. Un re, che era anche sacerdote, si occupava del culto e della difesa militare. Erano così nate le prime città.

I SUMERI

Fra il 3500 e il 3000 a.C. le città meridionali avevano organizzato piccoli stati che comprendevano le aree coltivate circostanti.
I piccoli stati sumerici erano spesso in guerra tra loro per aggiudicarsi le terre migliori.
Intorno al 2370 a.C. Lugalzaggisi, il re della città di Umma, unificò per la prima volta la Bassa Mesopotamia.

L'esercito sumerico era retto da una ferrea disciplina ed era diviso in falangi che avanzavano insieme.

L'INVASIONE DEGLI ACCADI

Il primo grande regno della storia della regione ebbe vita breve: gli Accadi, nomadi del deserto siro-arabico, invasero la Sumeria guidati dal loro re Sargon (2350 – 2320 a.C.).
Le sue conquiste proseguirono a nord con l'Assiria, ad est con l'Elam e a nord-ovest con i regni di Mari e di Ebla. Le sue truppe arrivarono al Mediterraneo, dopo aver attraversato la Siria, e gli altopiani dell'Anatolia, in Turchia.
L'impero accadico durò circa 150 anni, ma non resse all'urto dei feroci Gutei.

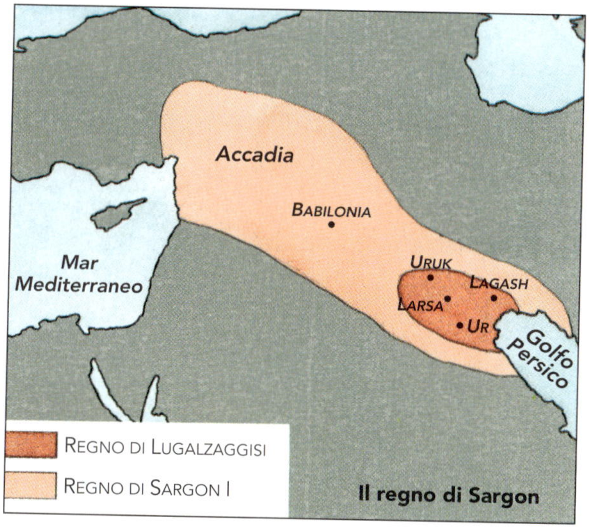

Il regno di Sargon

Sargon il Grande, "signore delle quattro parti del mondo", in una sua probabile effigie.

LAGASH E UR

Verso il 2130 a.C. i sovrani sumeri si sollevarono, guidati dal re di Uruk. Gudea, re di Lagash, fu uno dei più grandi re sumeri dopo la cacciata dei Gutei: sotto il suo governo un lungo periodo di pace rese possibile la costruzione di grandi templi e di opere civili.
Dopo Lagash un'altra città prese il predominio: Ur. I suoi re furono gli ultimi sovrani sumeri. Unificarono di nuovo il Paese e i re delle altre città-stato furono ridotti a governatori provinciali dipendenti da Ur (2110 – 2000 a.C.).

GLI AMORRITI DI BABILONIA

Dopo il 2000 giunsero in Mesopotamia altre tribù di nomadi, gli Amorriti, che conquistarono le città di Isin, Larsa e Babilonia. In poco tempo gli Amorriti assimilarono la cultura sumero-accadica e fecero propri gli dèi sumerici. Un loro grande sovrano fu Hammurabi, re di Babilonia (1792 – 1750 a.C.): a lui si deve il primo completo codice di leggi scritte che conosciamo.

ITTITI, URRITI E MITANNI

Tra il 1700 e il 1500 a.C. tutto il Medio Oriente fu invaso da popoli delle steppe dell'Europa centro-orientale. Tra questi, gli Ittiti si stabilirono in Anatolia. Grazie all'uso del cavallo e del carro da guerra, e alla padronanza delle tecniche di lavorazione del ferro, gli Ittiti sottomisero le popolazioni locali creando un forte impero. Nel 1595 a.C. il re ittita Mursilis I saccheggiò e distrusse Babilonia. Il regno babilonese, indebolito, cadde poco dopo.
Nello stesso periodo in cui gli Ittiti esercitavano la loro influenza su parte della Mesopotamia, altri popoli vi migrarono assoggettando l'Assiria: erano gli Urriti e i Mitanni. La loro storia si intreccia con quella degli Ittiti, con i quali si scontrarono duramente. Cavalieri formidabili, Urriti e Mitanni usavano in battaglia reparti di carri leggeri.

LA SOCIETÀ SUMERICA

L'organizzazione sociale dei Sumeri aveva solide basi religiose: gli dèi erano ritenuti i veri padroni della città, dei campi, degli animali. L'intera popolazione si sentiva impegnata a sfruttare l'ambiente e il territorio nel miglior modo possibileper servire il loro dio-protettore.

IL TEMPIO, NUCLEO DELLA CITTÀ

Senza i templi, intesi non come edifici ma come enti religiosi, la civiltà sumerica avrebbe progredito molto più lentamente. Essi erano i più grandi possessori di terra, bestiame e forza lavoro, regolavano il commercio con popoli stranieri, disponevano liberamente della manodopera: così i sacerdoti fecero costruire oltre ai santuari anche fortificazioni, strade, canali.

Ogni tempio aveva i propri campi e pascoli, che in parte faceva lavorare, senza retribuzione, dall'intera comunità, in parte dava in concessione a famiglie di contadini o pastori in cambio di una piccola parte del raccolto. In caso di guerre o carestie i templi distribuivano alla popolazione le proprie scorte, che in tempi normali scambiavano invece con metalli, pietre dure e legni pregiati giunti da lontano.

Lo "stendardo di Ur" (2500-2400 a.C.) è un pannello a mosaico di conchiglie e lapislazzuli incastonati su bitume (in basso). Su un lato è raffigurato l'esercito sumerico in assetto di guerra, sull'altro le attività di pace.
Domestici recano al palazzo animali e prodotti della terra. Il re, seduto con una coppa in mano, beve in compagnia dei suoi invitati, mentre un arpista e una cantante allietano la riunione con il dolce suono della loro musica.

Il re-sacerdote (a sinistra) era assistito da scribi, incaricati di tenere la contabilità dei tributi che pastori, contadini e artigiani portavano regolarmente al tempio.

LE CLASSI SOCIALI

Nella scala gerarchica veniva prima il re, seguito da sacerdoti, proprietari terrieri, burocrati, mercanti, artigiani, marinai, contadini, pescatori, portatori di acqua, infine schiavi. Molti ceti, quindi, ma in fondo due sole categorie: i liberi e gli schiavi. Gli schiavi erano spesso prigionieri di guerra, ma anche nomadi o poveri che si vendevano con la propria famiglia a un tempio o a un cittadino ricco in cambio di protezione. Non furono mai molti ma il loro lavoro era importante per l'economia cittadina: lavoravano ai forni, nei templi, nei palazzi reali o presso famiglie agiate. I liberi costituivano la maggioranza: potevano avere case, orti, animali, campi, anche se la maggior parte della terra era dei templi.

IL SOVRANO

Le guerre tra città-stato erano frequenti, tanto che per ognuna si rese necessario avere un esercito ed un capo, che si occupasse soprattutto della difesa del territorio. I compiti dei sacerdoti vennero così ridotti a un ambito unicamente religioso: la nuova autorità militare e civile fu il re, che viveva in un palazzo ("e-gal" o "grande casa") distinto dal tempio. Egli era la guida scelta dal dio-protettore della città per amministrare il territorio e governare lo Stato in sua vece: era capo-guerriero, capo del corpo sacerdotale, capo della giustizia, ministro dei lavori pubblici, e uno dei suoi doveri più importanti era la costruzione e il restauro dei templi.

La società sumerica (a destra) era strutturata a forma di piramide. I cinque strati sociali formavano i gradini che culminavano con i sovrani.

SCRITTURA E MATEMATICA

Verso il 3200 a.C. ca., in Mesopotamia, nacque la scrittura. I Sumeri iniziarono a scrivere per registrare i prodotti conservati nei magazzini delle loro città.

PITTOGRAMMI E IDEOGRAMMI

In origine la scrittura fu pittografica: per indicare ad esempio tre pecore, si disegnava una pecora seguita da tre puntini, quanti erano gli animali che si volevano indicare. Per rappresentare con il disegno un'idea astratta, si pensò di dare ad uno stesso pittogramma più significati: così il disegno di un piede non rappresentava solamente la parola "piede", ma poteva anche voler dire "andare, venire, portare". In questo modo dai pittogrammi si giunse agli ideogrammi.

LA SCRITTURA FONETICA

L'ultimo passo portò alla scrittura fonetica: non interessò più il disegno o l'idea del disegno, ma il suono. Per capire meglio, immaginiamo di voler scrivere la parola "remare" con un procedimento simile a quello degli antichi Mesopotamici: possiamo servirci di due segni, una corona che rappresenta un "re" e un'onda che rappresenta il "mare"; se li uniamo, otteniamo una nuova parola che non significherà affatto né re, né mare, ma avrà lo stesso suono delle due parole "re + mare". In questo modo è l'insieme dei suoni che corrispondono a caratteri diversi, scritti e combinati insieme, che ci dà le parole.

I popoli della Mesopotamia scrissero su tavolette di creta fresca poi cotta al sole, che incidevano con una cannuccia appuntita. Nel corso

1. Tavoletta del IV millennio a.C. che riguarda la stipula di un contratto di lavoro.

2. Tavoletta del 2300 a.C. con testo giuridico in caratteri cuneiformi.

3. I sigilli erano piccoli cilindri, incisi sulla superficie esterna, che venivano impressi sull'argilla fresca per tracciare il loro disegno.

1

2

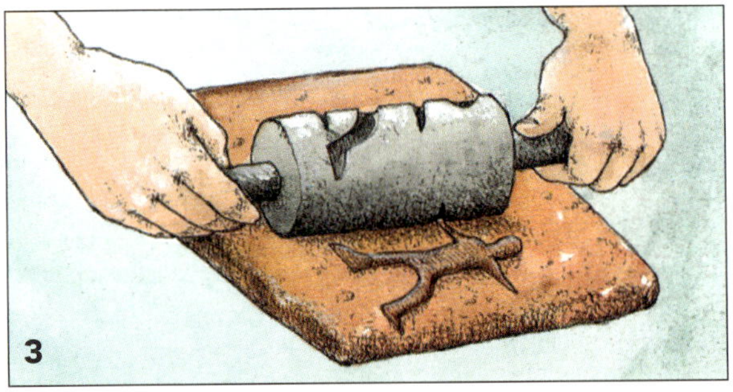
3

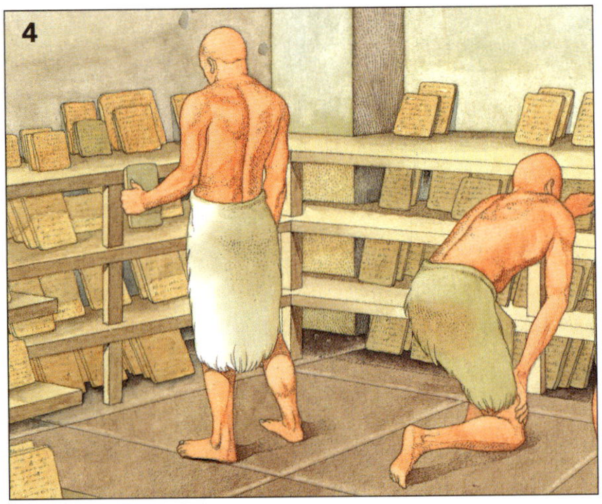
4

4. Sala di una biblioteca del II millennio a.C.: larghi ripiani contenevano, opportunamente catalogate, migliaia di tavole d'argilla con documenti commerciali, testi di legge, opere di storia, di letteratura e di poesia.

PITTOGRAMMI ARCAICI	PITTOGRAMMI NELLA POSIZIONE DEL CUNEIFORME	CUNEIFORME ANTICO	SIGNIFICATO
	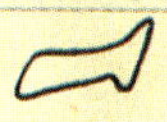		PIEDE
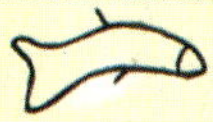			PESCE
			CIELO O DIVINITÀ
			TORO
			CEREALE

Dalla scrittura pittografica a quella cuneiforme
La scrittura, nata a Uruk nel IV millennio a.C., si avvalse all'inizio di segni facilmente comprensibili, ma nel corso dei secoli utilizzò gruppi di segni sempre più astratti.

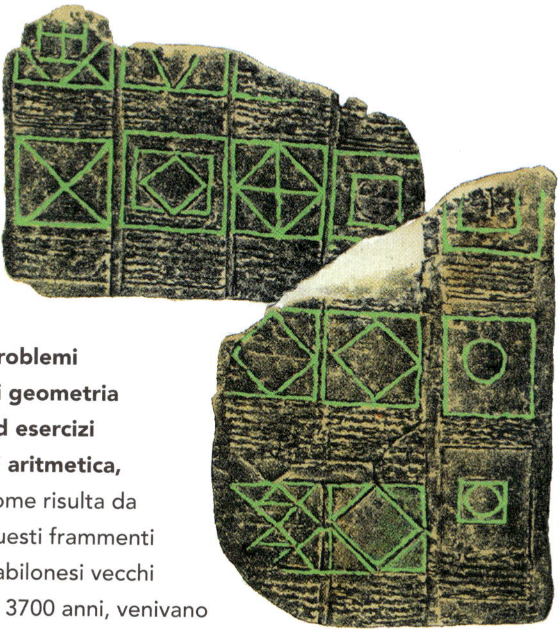

Problemi di geometria ed esercizi di aritmetica, come risulta da questi frammenti babilonesi vecchi di 3700 anni, venivano eseguiti dagli allievi scribi (le figure geometriche e i numeri sono evidenziati in verde). Si insegnava a fare calcoli molto complessi (anche a elevare un numero a potenza) e a calcolare l'area delle figure geometriche irregolari.

del tempo le linee curve furono sostituite da linee dritte vagamente triangolari o a cuneo, e proprio per questa ragione gli studiosi hanno chiamato "cuneiforme" questo tipo di scrittura.

LA MATEMATICA

Oltre 5000 anni fa i Sumeri avevano inventato un sistema di numerazione sessagesimale, che usava cioè come base il 60, anziché il 10, nei suoi multipli e sottomultipli.
Questo criterio continuò ad essere adottato per millenni nel Vicino Oriente e si è mantenuto, anche se in pochi casi, ancora oggi : infatti dividiamo l'anno in 12 mesi, il giorno in 24 ore, le ore in 60 minuti e i minuti in 60 secondi. Dividiamo il cerchio in 360 gradi ed ogni grado è a sua volta divisibile in 60 primi che equivalgono a 60 x 60 secondi. Per misurare il tempo e gli angoli, dunque, ci serviamo ancora del sistema sessagesimale di Sumeri e Babilonesi.

L'ARITMETICA PRATICA

I Sumeri e i Babilonesi non erano interessati alla matematica pura, ma ai problemi che dovevano fronteggiare come la quantità di sementi necessarie per seminare un campo. Gli allievi scribi eseguivano centinaia di problemi, alcuni dei quali molto complessi, come testimoniano le tavole di esercizi giunte fino a noi.
All'epoca di Sargon (2350-2300 a.C.) esistevano già tabelle di quadrati e radici quadrate di numeri per il calcolo delle aree e tabelle di cubi e radici cubiche per il calcolo dei volumi.

UNA GEOMETRIA MOLTO "MODERNA"

Per quanto riguarda gli esercizi di geometria che uno scolaro doveva risolvere, sono state trovate tavolette d'argilla con quadrati in cui sono iscritti rettangoli, triangoli, cerchi: data la misura di un lato bisognava calcolare l'area delle varie figure.

IL LAVORO DELLO SCRIBA

Nella società sumerica e babilonese la professione dello scriba era molto importante: pochi sapevano leggere e scrivere, perciò un bravo scrivano era prezioso. Gli esattori delle tasse se ne servivano per tenere la contabilità, i mercanti per ordinare le merci e inviare ai clienti le ricevute dei pagamenti, i proprietari terrieri per acquistare e vendere terreni.

LE MOLTE "CARRIERE" DI UNO SCRIBA

La professione di notaio era solo una delle tante possibilità di lavoro: chi preferiva un "impiego sicuro" poteva scegliere di fare il contabile presso un mercante o uno spedizioniere marittimo, oppure entrare a far parte del personale amministrativo di un tempio.
Gli scrivani pubblici non facevano carriera e, sulla piazza del mercato, compilavano sotto dettatura lettere di ogni genere per chi non sapeva scrivere. Invece gli scribi esperti nelle scienze matematiche spesso raggiungevano i gradi più alti della professione, come diventare consiglieri di un sovrano o di un governatore. Altri si dedicavano alla complessa attività di misurazione dei campi e delle proprietà.
La loro opera era richiesta da privati, ma anche dai tribunali che dovevano regolare le dispute tra eredi o proprietari di terreni confinanti, e dai governatori che dovevano imporre tasse tenendo conto della superficie delle diverse proprietà. Non era un lavoro facile: i campi erano spesso irregolari e l'unico strumento di misurazione era una cordicella suddivisa con nodi in tanti segmenti uguali segnati da nodi.

Una testimonianza sulla vita scolastica a Ur ci giunge da una tavoletta scritta da uno studente nel 200 a.C. ca. "Nella casa delle tavolette l'assistente mi diceva:
– Perché sei in ritardo? – Io temevo che mi battesse.
Il maestro leggeva la mia tavoletta, si adirava e mi batteva. L'incaricato sumerico diceva:
– Tu parli scorrettamente! – E mi batteva."

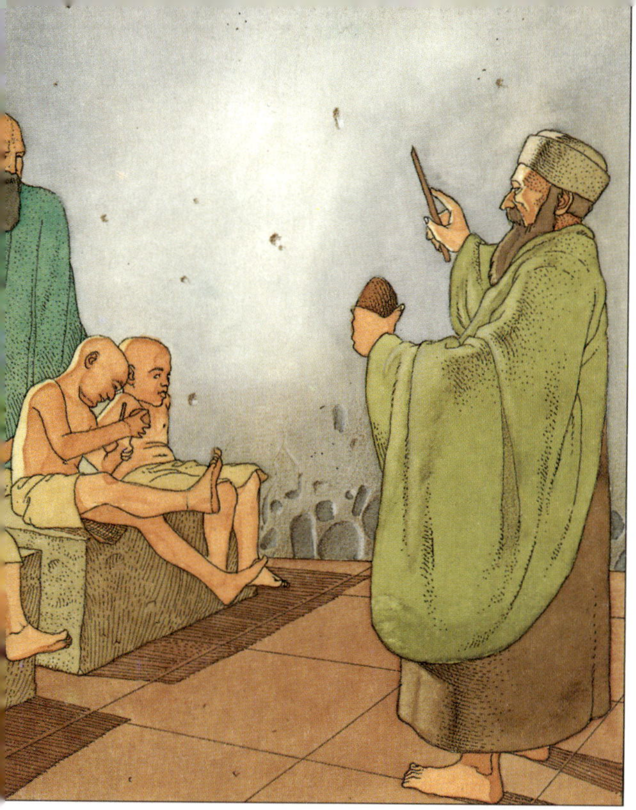

Eppure questi "tecnici" assiri e babilonesi riuscivano a calcolare esattamente le aree, per quanto irregolare fosse il perimetro del terreno.

LA SCUOLA

Le scuole erano frequentate solo dai maschi delle famiglie agiate che pagavano la loro istruzione. Le lezioni duravano dalla mattina al tardo pomeriggio, dall'età di sei anni fino ai diciotto. Chi sbagliava veniva bastonato: non è strano, infatti, che molti lasciassero la scuola. Diventare scrivani richiedeva molti anni di impegno: la scrittura comprendeva oltre 500 segni molti dei quali potevano avere più significati. Si imparava a scrivere correttamente in accadico e sumerico, si risolvevano problemi sempre più difficili di geometria e contabilità, si studiava legge e letteratura.

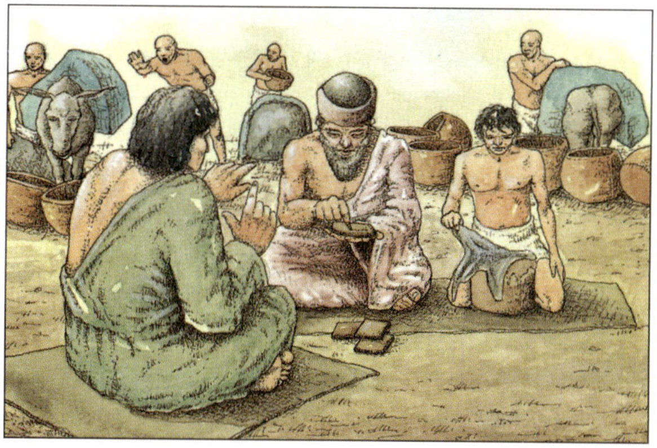

Lo scriba Dudu, statua in pietra vulcanica grigio-scura del 3350 a.C., che testimonia l'alta considerazione in cui erano tenuti gli scribi.

Uno scriba del tempio (in alto), in un cortile esterno, registra su tavolette d'argilla le offerte dei fedeli con il nome dei donatori, per poi conservare questi dati in un archivio.

Uno scriba notaio (a destra) stende un contratto di vendita alla presenza dei contraenti e di due testimoni. Uno dei contraenti imprime il proprio sigillo su una copia del contratto.

DIVINITÀ E SANTUARI

Il tempio o “ziqqurat” fu la costruzione attorno a cui ruotava tutta la vita della comunità. Costruito in posizione elevata, aveva la forma di una montagna per simboleggiare lo sforzo degli uomini di raggiungere gli dèi. Nel tempio venivano conservate le scorte di cibo della città e fu quindi visto come luogo da cui dipendeva l’esistenza degli abitanti; molte volte fu deposito di armi e osservatorio astronomico.

CENTRO DELLA VITA SOCIALE

Nel tempio capi e sacerdoti decidevano della guerra e della pace. Anche se a un certo punto l’autorità del re sostituì nel governo dello Stato quella del sacerdote-capo, i templi rimasero proprietari di gran parte del territorio, con scribi e tecnici che censivano persone, campi, animali, intervenivano in caso di calamità e avviavano opere civili.

Il tempio era al centro della vita dei Sumeri: era qui che i sacerdoti riscuotevano le imposte, pagate in natura, conservandole in vasti magazzini: qui venivano svolte attività artigianali (filatura, tessitura, oreficeria). Sempre qui, infine, si tenevano la scuola, la biblioteca e l’archivio giudiziario.

Oltre a questi impiegati e ai coloni, i templi più importanti disponevano di architetti, muratori, carpentieri e intagliatori di pietre occupati a tempo pieno: vennero così a crearsi le condizioni per il passaggio da un’economia solamente agricola a un tipo di economia urbana.

Ricostruzione dello ziqqurat di Ur (sotto), risalente al 2125 a.C. circa. Consisteva di quattro piani: tre scalinate conducevano ad una porta monumentale e di lì un’altra conduceva fino al tempio, posto sulla sommità.

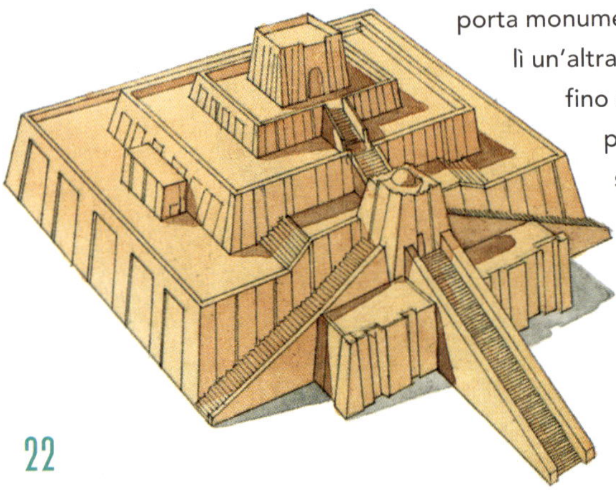

Ningirsu era la divinità principale di Lagash. Nel frammento qui a destra (particolare della Stele degli Avvoltoi), utilizza la sua grande rete per imprigionare i nemici della città e liberarla dall’assedio.

L'ARCHITETTURA DEI SANTUARI

Le divinità venerate dai Sumeri erano oltre un centinaio, ma con importanza molto diversa. Allo stesso modo anche i templi non erano tutti uguali: in origine avevano una struttura semplice, con un'unica stanza bassa e rettangolare, l'altare su un lato corto e la tavola delle offerte davanti ad esso.
In seguito, i santuari più importanti venivano costruiti su un'alta terrazza di base, avevano molte stanze e un grande cortile sul lato lungo della stanza sacra. All'interno del complesso c'erano le abitazioni dei sacerdoti, degli scribi e dei funzionari, e i magazzini. Questo tipo di edificio sacro su terrazza si è evoluto nello "ziqqurat" o torre-tempio, fatta da una serie di terrazze una sull'altra, di dimensioni decrescenti e con al vertice il santuario vero e proprio. Un sistema di scale sui fianchi consentiva la salita di piano in piano fino alla sommità.

Statuette votive di fedeli in preghiera (in alto a destra) sono state ritrovate nei templi di tutte le città sumere. La vita dei Sumeri era dominata da oltre 3000 dèi, organizzati come gli uomini in una gerarchia che aveva i suoi capi e i suoi re. Ogni cittadino aveva un dio personale che poteva intercedere per lui presso divinità più potenti.

Il dio Enki veniva considerato il creatore di uomini e donne che, secondo le credenze, avrebbe modellato con la creta, per poi infondere loro la vita.

MITI E LEGGENDE

Il mito di Inanna

Come altri popoli antichi i Sumeri cercavano di spiegare la realtà e le cose attraverso fantasiose narrazioni o miti, alcuni dei quali sono molto belli ed hanno spesso un fondo di verità. Una parte dei miti e delle leggende racconta come sono nati gli dèi e come, dal caos primitivo, sia stato ordinato il mondo e creato il genere umano. Altre leggende descrivono eventi davvero accaduti: catastrofi e alluvioni come il diluvio (di cui parla anche la Bibbia) del quale gli archeologi hanno scoperto le tracce, che inondò la Bassa Mesopotamia circa 4000 anni a.C., o narrano le epiche gesta di antichi re storicamente esistiti come Gilgamesh o le rivalità tra contadini e pastori nomadi, come il mito che riportiamo.

Il diluvio universale di cui parlano la Bibbia e gli antichi miti sumerici è realmente avvenuto: una grande alluvione sconvolse la Mesopotamia attorno al 4000 a.C. allagando un territorio lungo 630 km e largo 160.

Tracce d'argilla della grande alluvione avvenuta in Mesopotamia intorno al 4000 a.C.
1. Alveo dell'Eufrate; **2.** Strato d'argilla lasciato dall'alluvione; **3.** Colline emerse dall'alluvione.

IL MITO DI INANNA

In un paese come la Mesopotamia, dove le principali risorse erano la pastorizia e l'agricoltura, era naturale chiedersi quale delle due fosse più utile: in un famoso mito, "Il fidanzamento di Inanna", il dio-contadino Enkimdu e il dio-pastore Dumuzi sono tutti e due innamorati della dea Inanna e la vogliono sposare.
Il fratello della fanciulla, il dio solare Utu, favorisce il pastore e cerca di convincere la sorella, ma Inanna non vuol sentir ragioni: lei ha già scelto Enkimdu. Il povero pastore non soltanto è stato respinto dalla donna che ama, ma gli è stato preferito un contadino e questo lo ferisce nel suo orgoglio. Così, offeso, si dice: "In che cosa Enkimdu è superiore a me? Io non ho niente che valga meno delle cose che produce il mio rivale. Se lui ha la stoffa, io ho la lana delle mie pecore, e se lui mi offrisse la sua birra, io potrei contraccambiare con il mio latte, aggiungendo anche formaggi freschi e miele selvatico!".
Il pastore, molto arrabbiato, osa spingere le sue pecore fino alla sponda del fiume, in mezzo alle terre coltivate. Ad un tratto scorge il contadino con Inanna e, impaurito, scappa via. Enkimdu e Inanna lo rincorrono e Inanna gli grida: "Non voglio correrti dietro, o pastore. Le tue pecore sono libere di pascolare tra le mie stoppie e i tuoi agnelli possono bere l'acqua del mio canale. Io voglio essere tua amica e vorrei che anche Enkimdu, mio marito, lo fosse". Così la storia termina con una riconciliazione, per dimostrare che, anche se sono stati rivali, il pastore e il contadino devono aiutarsi e procedere di comune accordo, perché entrambi sono utili e necessari alla società.
Oltre al dramma d'amore incentrato su Inanna, questa storia rappresenta gli scontri di secoli e la successiva conciliazione tra pastori e contadini, vale a dire tra nomadi e sedentari, tra Semiti e Sumeri.

L'eroe sumerico Gilgamesh (a destra), re di Uruk. rappresentato in un bassorilievo. È il protagonista di un antichissimo poema epico, nel quale si trova anche la descrizione di un "diluvio universale" sorprendentemente simile a quello riferito dalla Bibbia.

LA BABILONIA DI HAMMURABI

Intorno al 1700 a.C. la città di Babilonia, sotto la guida del re Hammurabi, riuscì ad imporre il suo predominio alle altre città della Mesopotamia, in seguito a lotte durissime che portarono alla distruzione di potenti città, un tempo alleate di Babilonia, come Larsa e Mari. Hammurabi, capo di genti semitiche che da tempo avevano abbandonato la vita nomade, impose pace e ordine per un lungo periodo e promulgò un codice completo di leggi scritte, che garantiva ogni aspetto della vita dei cittadini e che doveva valere per tutti i sudditi. Sostituì poi i giudici del tempio con magistrati nominati da lui stesso; ridimensionò i poteri dei sacerdoti controllando tramite suoi funzionari l'esecuzione di grandi opere pubbliche; favorì il possesso di terreni agricoli da parte di privati cittadini; riunì nelle sue mani ogni decisione amministrativa.

LE CLASSI SOCIALI

Re di molti popoli di diversa lingua e usanze, Hammurabi ottenne lo scopo di cementarli tra loro in una nuova cultura che univa elementi sumeri, e semiti, in condizioni di parità. Differenze esistevano invece tra le varie classi sociali: c'erano gli uomini liberi, i "dipendenti" (spesso al servizio del re) e infine gli schiavi.

1

2

1. Testa di Hammurabi, conservata presso il Museo del Louvre e un **bassorilievo (2)** del XVIII sec. a.C., in cui il monarca è rappresentato nel tipico atteggiamento di sottomissione di fronte alla divinità.

Processione in onore del dio Marduk a Babilonia nel VII secolo a.C. Durante la Festa del Nuovo Anno, che da oltre un millennio veniva celebrata ogni primavera.

LA RELIGIONE

Marduk, il dio-protettore di Babilonia, era una divinità di secondo piano rispetto ai vari dèi sumerici e accadici, ma per motivi di prestigio politico Hammurabi impose che venisse venerato in tutta la Mesopotamia come il "Signore per eccellenza". Furono costruiti santuari in suo onore. I sacerdoti riscrissero la storia del mondo e degli dèi, assegnando a Marduk, nel sacro poema Enuma Elish, il ruolo che un tempo era stato di Enlil e di suo fratello Enki.
Alla fine dell'inverno veniva celebrata in Babilonia una grande solennità, la Festa del Nuovo Anno, durante la quale le statue di Marduk e di suo figlio Nabu (il dio della scrittura) venivano portate in processione dal tempio Esagila fino a fuori delle mura. Il corteo si snodava per la città e passava sotto la Porta di Ishtar, poi attraversava il ponte sull'Eufrate e raggiungeva finalmente il santuario del Nuovo Anno. Da Hammurabi in poi, per oltre mille anni, il legittimo sovrano di Babilonia fu considerato il massimo rappresentante degli dèi sulla Terra. Atre importanti divinità babilonesi furono Ishtar, la dea dell'amore, e Shamash, il dio del Sole.

Ricostruzione di un edificio di Babilonia (sopra) dell'epoca di Hammurabi. Purtroppo, ancora oggi, nonostante numerosi studi, conosciamo pochissimo di come dovessero apparire gli imponenti edifici delle città mesopotamiche del XVIII sec. a.C.

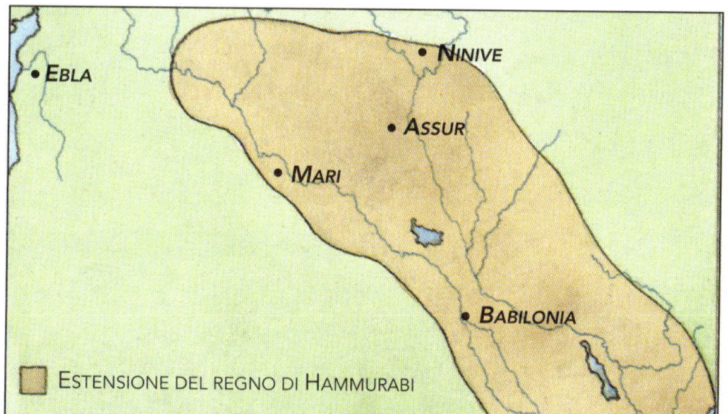

Regno di Hammurabi di Babilonia

LE PRIME LEGGI

Il codice di Hammurabi, primo testo di leggi che ci sia giunto per intero, risale al XVIII sec. a.C. Esistono molte copie di questo codice, ma la versione più famosa è quella conservata al Museo del Louvre, incisa su di una stele di pietra nera.

Al tempo dei Sumeri ogni città aveva leggi proprie. Esse erano secondo il modo di vedere moderno, piuttosto avanzate: se è vero che per le colpe più gravi esisteva la pena di morte, la maggior parte delle punizioni consisteva in multe in denaro, anche per crimini di violenza. Nel codice della città di Eshnunna, per esempio, si legge che "se un uomo morde il naso di un altro uomo e lo stacca, pagherà una mina d'argento; per un occhio una mina; per un dente mezza mina". All'epoca di Hammurabi la situazione era cambiata: le leggi babilonesi, a differenza di quelle sumeriche, applicavano il principio "occhio per occhio, dente per dente" anche quando l'offesa non era intenzionale.
Nel codice di Hammurabi la pena di morte (per annegamento, sul rogo o per impalamento) e varie crudeli mutilazioni erano previste per crimini come il furto con scasso, lo spergiuro, il rapimento, le violenze sessuali, l'aiuto dato allo schiavo fuggitivo. Tuttavia se confrontate con le leggi degli Assiri di trecento anni dopo, che per infrazioni anche minime stabilivano orrende torture, le leggi di Hammurabi appaiono, dati i tempi, meno severe di quanto poteva sembrare a prima vista.

Amministrazione della giustizia: nell'aula del tribunale il giudice e il suo cancelliere si apprestano ad ascoltare un cittadino che si prostra in segno di profondo rispetto prima di inoltrare una supplica. Il cancelliere stende il verbale su di una tavoletta di argilla.

LA STELE DI HAMMURABI

Verso la fine del suo regno Hammurabi ordinò che i suoi decreti fossero incisi su stele di pietra che dovevano poi essere esposte nei templi, a testimonianza che il sovrano aveva svolto la sua importante funzione di "re della giustizia" in modo degno e che aveva agito in accordo con la volontà degli dèi. Una di queste, la "Stele di Susa", è in basalto, alta circa due metri e mezzo, perfettamente conservata. Nella parte superiore è scolpito Hammurabi che prega davanti a Shamash, dio della giustizia, seduto sul suo trono. Il resto della stele è coperto dal testo scritto in babilonese: 282 leggi riguardanti varie infrazioni, il commercio, il matrimonio, la famiglia e la proprietà, l'agricoltura, gli stipendi, gli affitti, la vendita e il prestito di schiavi.

Lilith, la dea della giustizia: piccolo rilievo in terracotta.

LIBERI, MUSHKENU E SCHIAVI

La legge di Hammurabi stabilisce per una stessa colpa pene diverse a secondo della classe sociale di appartenenza del reo e della vittima. Apprendiamo così che la società babilonese era divisa in tre classi: cittadini liberi, "mushkenu" e schiavi. I primi (nobili o cittadini che gestivano attività indipendenti), godevano della massima libertà, erano valutati più di un uomo comune se vittime, ma puniti più severamente se colpevoli. I "mushkenu" o cittadini comuni svolgevano un'attività alle dipendenze dello Stato o di un privato, in cambio di protezione e di un compenso, sottomettendosi però a certe restrizioni. Gli schiavi, rasati e marchiati con un segno distintivo, erano considerati come oggetti appartenenti ai loro padroni.

CONOSCENZE TECNICHE

I progressi realizzati in Mesopotamia nel periodo che va dalla nascita delle prime città del sud (IV millennio a.C.) all'introduzione delle tecniche di lavorazione del ferro, che gli Assiri appresero verso il 1200 a.C. dagli Ittiti, sono enormi.

LA RUOTA E LA VELA

È ai Sumeri che si deve l'invenzione della ruota. Applicazioni di questa scoperta straordinaria furono il carro da trasporto a ruote piene, i primi massicci carri da guerra, la ruota del vasaio e il tornio a pedale, rimasto pressoché invariato fino ai giorni nostri, che permise ai vasai una produzione ceramica a livello industriale.
Non sappiamo, invece, se i primi ad usare la vela furono gli Egizi o i Sumeri: certamente imbarcazioni a vela percorsero i grandi fiumi della Mesopotamia e le acque dell'Oceano Indiano sul finire dell'età neolitica, facilitando il commercio e gli scambi.

CERAMISTI E MURATORI

I Sumeri inventarono anche i mattoni che, lavorati a stampo e prodotti in serie, permisero la realizzazione di opere monumentali come "ziqqurat", mura di difesa, argini e condotte idriche. La scarsità di legname, pietra e metalli, in un paese ricco solo d'argilla e bitume, impose loro di fare di necessità virtù: fu così che diventarono un popolo di ceramisti e di costruttori in mattoni.
Sul finire dell'età neolitica molti attrezzi, come ad esempio le falci, erano di terracotta, fatte a stampo in grandi quantità: un prodotto "usa e getta" che, anche se durava poco, poteva esser

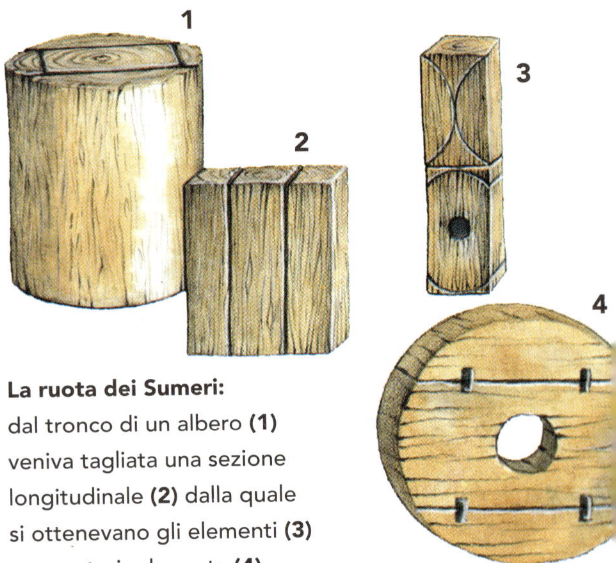

La ruota dei Sumeri: dal tronco di un albero **(1)** veniva tagliata una sezione longitudinale **(2)** dalla quale si ottenevano gli elementi **(3)** per costruire la ruota **(4)**.

Costruzione di un edificio a volte
I mattoni in argilla, fatti a stampo, rivoluzionarono la tecnica edilizia, agevolando notevolmente il lavoro (a sinistra). Volte in mattoni quadrati, disposti a raggiera, furono largamente usate a partire dal IV millennio a.C.

facilmente sostituito. L'introduzione dei mattoni fatti a stampo e cotti al sole abbreviò moltissimo i tempi di lavoro. Un'altra importante innovazione in campo edilizio fu l'impiego dell'arco e della volta: in zone dove la temperatura, d'estate, superava i 50 gradi, un soffitto a volta permetteva all'aria calda di salire e manteneva gli ambienti più freschi.

LA LAVORAZIONE DEI METALLI

I Sumeri che già verso il 3500 a.C. lavoravano oro, argento e rame con tecniche assai sofisticate, come la "fusione a cera persa", fecero un nuovo balzo in avanti 500 anni più tardi quando produssero oggetti in bronzo di buona qualità. Il bronzo è una lega malleabile, si può colare in stampi, è più duro del rame: fu possibile fabbricare carri, barche e armi migliori.

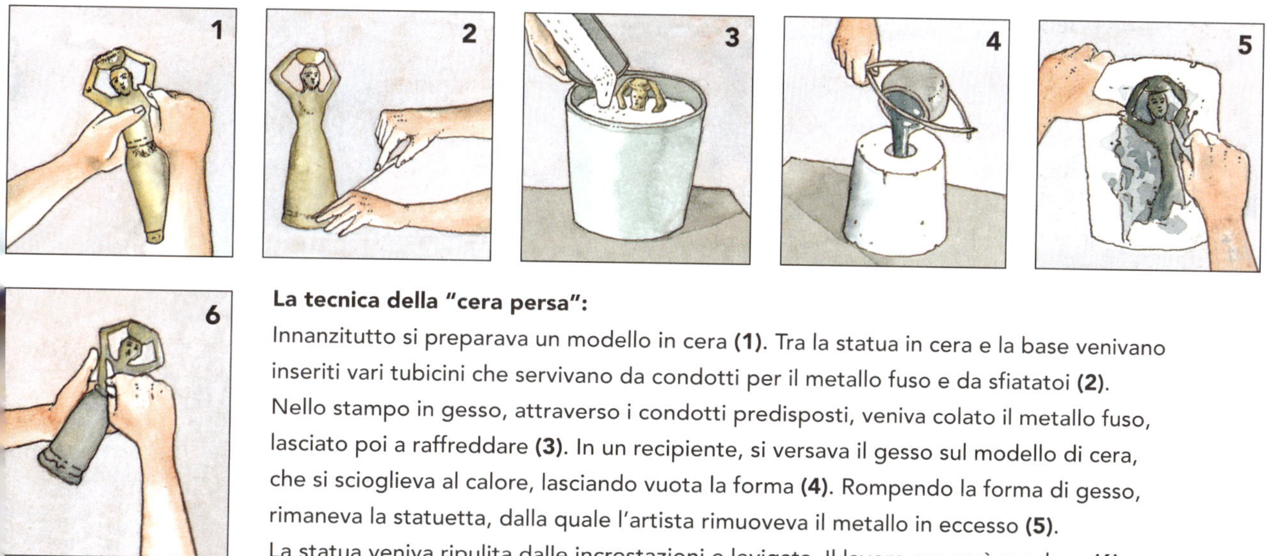

La tecnica della "cera persa":
Innanzitutto si preparava un modello in cera **(1)**. Tra la statua in cera e la base venivano inseriti vari tubicini che servivano da condotti per il metallo fuso e da sfiatatoi **(2)**.
Nello stampo in gesso, attraverso i condotti predisposti, veniva colato il metallo fuso, lasciato poi a raffreddare **(3)**. In un recipiente, si versava il gesso sul modello di cera, che si scioglieva al calore, lasciando vuota la forma **(4)**. Rompendo la forma di gesso, rimaneva la statuetta, dalla quale l'artista rimuoveva il metallo in eccesso **(5)**.
La statua veniva ripulita dalle incrostazioni e levigata. Il lavoro era così concluso **(6)**.

AGRICOLTURA E COMMERCIO

Ricostruzione moderna (sopra) della conduttura dell'acquedotto fatto erigere nel VII sec. a.C. dal sovrano assiro Sennacherib. Si snodava lungo un notevole percorso di circa 80 km.

Gli strumenti da lavoro erano falci, coltelli, zappe, ceste di vimini, pale di legno, più tardi la vanga, ancora più tardi i buoi e l'aratro. Erano attrezzi di legno, pietra e terracotta, ma quasi mai in metallo, anche nel pieno dell'età del bronzo. Coltivarono cereali (orzo, grano, farro); legumi (piselli, lenticchie); varie specie di ortaggi; alberi da frutto (meli, peri, fichi, palme da datteri, mandorli), pianticelle oleose (sesamo); fibre tessili (cotone, lino, canapa).
Tre innovazioni permisero ai contadini di rivoluzionare l'agricoltura: l'irrigazione per mezzo di canali, l'uso di aratri perfezionati e l'impiego del bue come animale da lavoro.

L'ARATRO E IL BUE

I primi aratri erano rozze vanghe trascinate a mano. In seguito vi furono apportate importanti modifiche che li resero molto più solidi ed efficienti: si provvide al traino dell'aratro con i buoi, si introdussero timone e manico per poter guidare bene la punta nel terreno. Nel II millennio a.C.

L'aratura dei campi

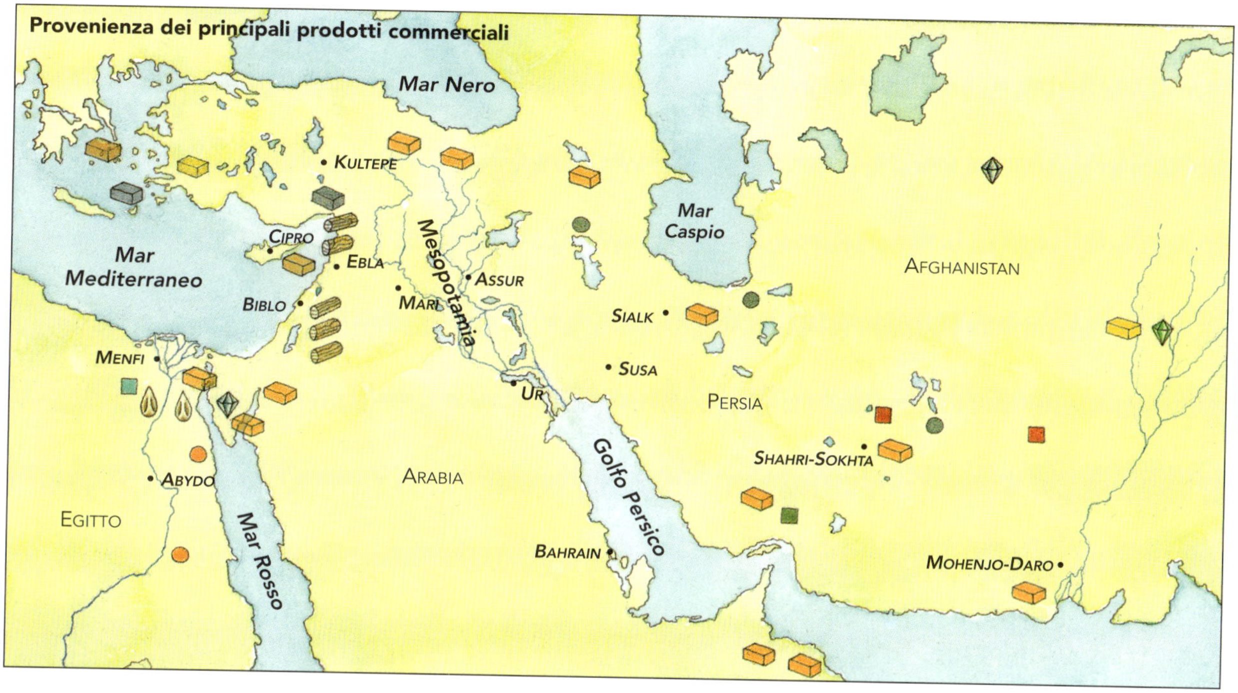

Gli scambi, fin dal 3500 a.C., erano continui, sia via terra, lungo le piste carovaniere, sia via mare, attraverso le rotte navigabili, con i centri situati nella Valle dell'Indo, ad est, e con l'Egitto, ad ovest.

PRODOTTI COMMERCIATI

RAME	LAPISLAZZULI	DOLERITE
STAGNO	CORNALINA	GRANITO
ARGENTO	TURCHESI	LEGNAME
ORO	STEATITE	SELCE

entrò in uso il doppio giogo a barre trasversali, fissato al timone, al quale erano accoppiati i buoi; sopra il vomere venne aggiunto un imbuto per spargere il seme nei solchi. A parità di tempo, con questo tipo di aratro e due buoi, un uomo solo faceva il lavoro di quindici zappatori.

I CANALI

Sumeri e Babilonesi riuscirono a controllare le piene dei fiumi, costruirono argini e, dal 5500 a.C, una fitta rete di canali che portava l'acqua fino all'attuale deserto, dove ai tempi ondeggiava alto il frumento. Una rete così vasta richiedeva grande capacità organizzativa: periodicamente si riparavano argini e dighe e si ripulivano fiumi e canali, usati come vie di comunicazione.

La navigazione non si limitava ai fiumi e al cabotaggio lungo le coste del Golfo Persico, ma sfidava l'Oceano Indiano e il Mar Rosso con piccole navi di canne intrecciate, a fondo piatto.

LA GUERRA

Fin dai tempi più remoti guerre e invasioni furono una tragica realtà. Popoli diversi, che adoperavano armi e tattiche differenti, si contesero a lungo il possesso di quelle fertili terre.

LE CITTÀ FORTIFICATE

Le città-stato dei Sumeri (forse invasori essi stessi) lottarono a lungo tra loro per impadronirsi delle terre confinanti e, nello stesso tempo, dovevano fronteggiare le fiere popolazioni nomadi delle montagne e del deserto, che appena possibile dilagavano nella pianura. Già nel III millennio a.C. città come Uruk erano protette da una formidabile e compatta cinta muraria (le "mura di Gilgamesh") ed avevano un esercito stabile con a capo il principe (*lugal* o "uomo grande"), massima autorità dello Stato. Tutti i cittadini abili, anche gli operai e perfino gli addetti ai templi, erano obbligati al servizio militare: in tempo di pace i soldati riparavano gli argini, scavavano canali, svolgevano compiti di "protezione civile".

UN ESERCITO DI FANTI E CARRI

Il soldato sumerico combatteva a piedi e il suo armamento era molto pesante: aveva un grande scudo rettangolare e un'ascia di bronzo, oppure una lunga e massiccia lancia che impugnava a due mani. In testa aveva un elmo conico, sempre di bronzo. Non c'erano reparti di arcieri o di frombolieri come in altri eserciti dell'età del bronzo, e gli unici animali che l'esercito impiegava erano asini e onagri, meno robusti dei cavalli, ma usati per trainare i carri da guerra che affiancavano la fanteria. Su ogni carro, che doveva essere lento e pesante, c'era un cocchiere e un combattente armato di giavellotto.
Verso il 2350 a.C. gli Accadi guidati da Sargon travolsero gli eserciti sumeri. La loro superiorità era dovuta a una grande agilità di manovra: i soldati di Sargon avevano armi da lancio come archi e giavellotti, così potevano colpire il nemico da lontano, restando fuori dal suo raggio d'azione.

Ciò che rivoluzionò completamente il modo di combattere fu l'impiego sistematico del cavallo e del carro veloce da guerra, terribile strumento di conquista dei guerrieri ittiti che, dall'odierna Turchia, apparvero in Mesopotamia dopo il 2000 a.C. I fabbri ittiti costruivano armi di ferro che spezzavano quelle di bronzo del nemico. Il segreto del ferro e l'uso del cavallo vennero ereditati dagli Assiri intorno al 1200 a.C.

La fanteria sumerica era affiancata da pesanti carri da guerra trainati da onagri. Nello "stendardo" di Ur (a sinistra), sul lato che mostra la vita sumerica in tempo di guerra, sono rappresentati l'esercito sumero e i suoi pesanti carri da guerra con le ruote di legno pieno.

Le innovazioni portate dagli Ittiti nel modo di combattere, dopo il 1500 a.C., furono l'impiego del cavallo e di un carro da guerra veloce e leggero (a sinistra), con ruote a raggi e cerchioni di metallo, e l'uso del ferro nella produzione di armi (a destra). Attorno al 1200 a.C. gli Assiri fecero proprie le tecniche e la strategia ittite, acquistando la superiorità militare su tutta la Mesopotamia.

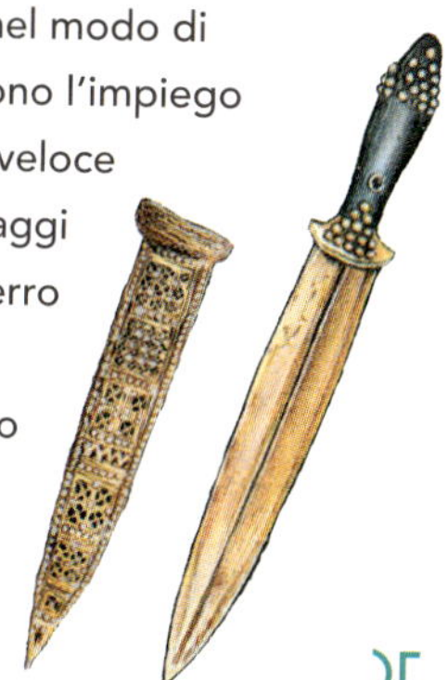

ANTICHI EGIZIANI

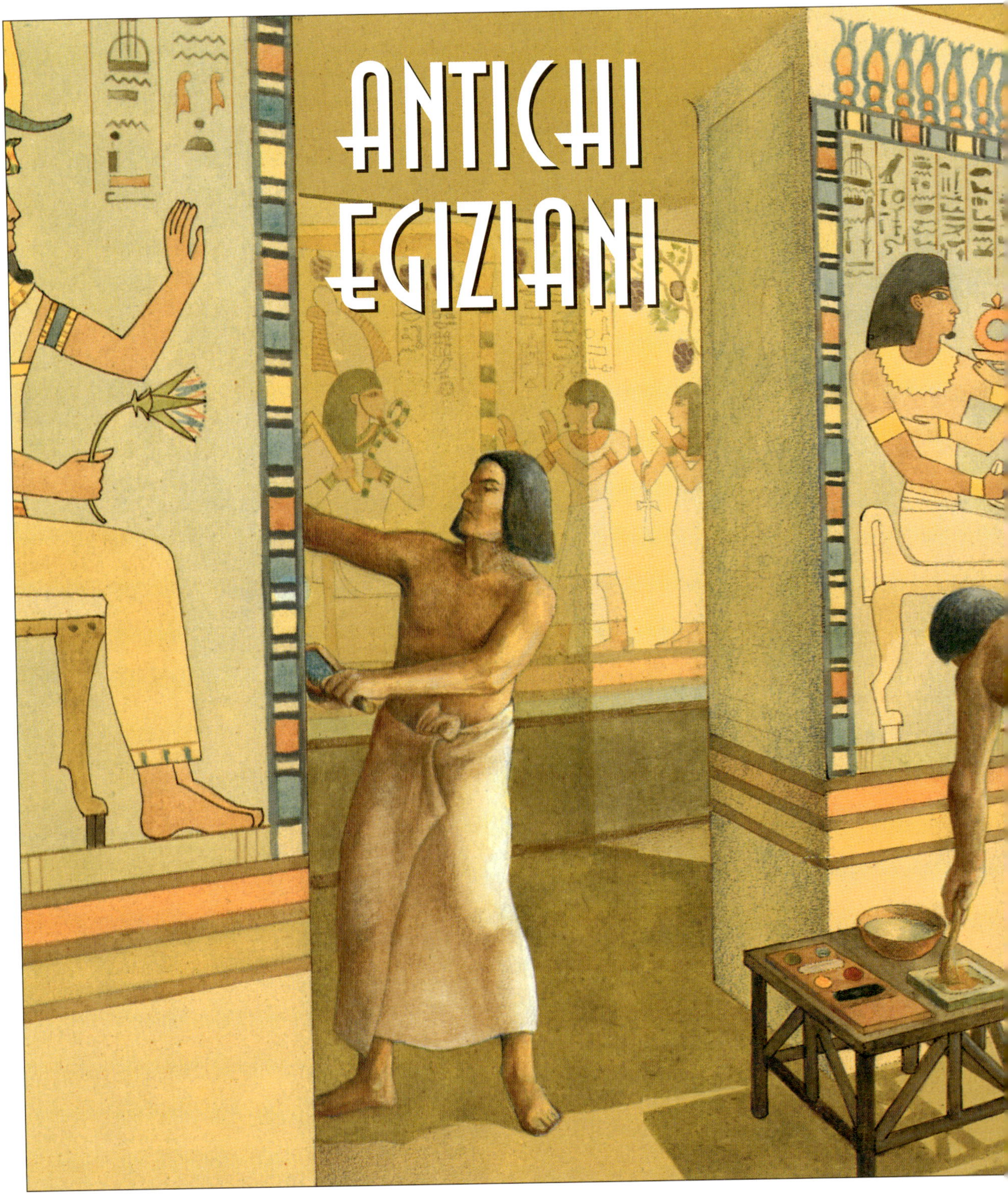

EGITTO: FLORA E FAUNA

Per capire la storia dell'Egitto, conviene considerare la sua particolare posizione geografica nell'angolo nord-orientale dell'Africa. Ideale ponte fra il Continente Nero e il Vicino Oriente, l'Egitto fu relativamente isolato a causa dei deserti Occidentale e Orientale: questa situazione favorì il formarsi di una civiltà unitaria con caratteristiche del tutto originali.
Determinante per il suo sviluppo come per la nascita di culture urbane tra il Tigri e l'Eufrate, nelle valli dell'Indo e del Fiume Azzurro, fu la presenza del Nilo, il fiume più lungo del mondo, intorno al quale si è sviluppata la civiltà.

IL NILO, "FIUME CADUTO DAL CIELO"

Dai Grandi Laghi dell'Africa equatoriale, le acque del Nilo Bianco scorrono verso Khartum, la capitale del Sudan, dove il Nilo Azzurro convoglia le piogge cadute sulle montagne dell'Abissinia.
Raggiunto dall'Atbara, suo ultimo tributario (che Omero disse "caduto dal cielo"), prosegue verso il Mediterraneo, per oltre 2700 km.
Dopo aride steppe e cinque impervie barriere rocciose (le "cateratte"), il Nilo incontra l'antica città di Assuan e da quel punto le sue acque procedono lente attraverso quella verde e ampia vallata, che ha permesso la nascita e lo sviluppo di una civiltà millenaria.
A nord del Cairo il grande fiume si divide in più rami, formando una vasta piana alluvionale, il Delta, per gettarsi infine nel Mediterraneo attraverso due rami principali: quello di Damietta (a est) e quello di Rosetta (a ovest).

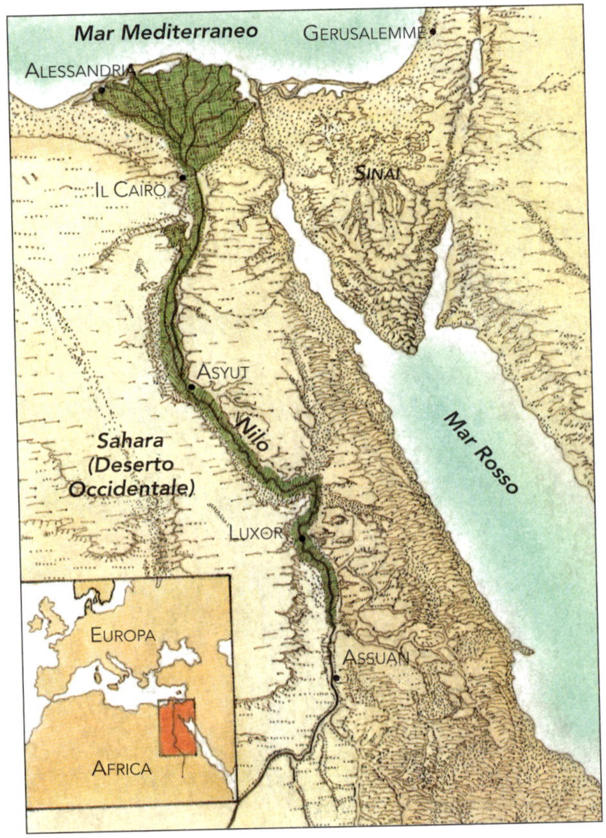

1. Pellicano, 2. Rondini, 3. Cane, 4. Sicomoro, 5. Tamarisco, 6. Anitre, 7. Upupa, 8. Piccioni, 9. Airone, 10. Pavone, 11. Quaglia, 12. Rana, 13. Gatto, 14. Cobra, 15. Tartaruga, 16. Falco, 17. Civetta, 18. Papiro, 19. Fior di Loto, 20. Palma, 21. Falco, 22. Avvoltoio

La flora

Fra gli alberi tipici dell'area ci sono: acacie, sicomori, tamerici, fichi e, soprattutto, la palma. Peraltro, la terra della Valle del Nilo produceva miglio, orzo e altri cereali, lino, fave, lenticchie, ceci, lattuga, cipolle, aglio, sesamo, oltre a datteri, melagrane e meloni. Cotone, canna da zucchero, riso e mais giunsero solo in seguito; l'uva abbondava, come il loto e il papiro, già nell'antichità. Dalle fibre del papiro, opportunamente trattate, si ricavava anche il principale supporto per scrittura dell'antichità.

L'AGRICOLTURA

La Valle e il Delta del Nilo formano una pianura di 34.000 kmq, in gran parte destinata all'agricoltura, come nell'antichità.

Gli antichi Egiziani chiamavano questa pianura la "Terra Nera" (kemi), un nome che stava a indicare la grande fertilità del terreno, bagnato (fino al XIX secolo) dalle piene del Nilo. Da luglio a ottobre, il fiume inondava i campi depositandovi un fango ricco di sali minerali fertilizzanti (il "limo").

Attorno alla Valle, il clima dominante è quello torrido e secco dei deserti (la "Terra Rossa"). Il Deserto Libico, prevalentemente piatto e aperto, presenta una serie di oasi disposte più o meno parallelamente al Nilo. Il Deserto Arabico, invece, è un arido altipiano solcato dagli wadi (alvei di fiumi disseccati, percorsi nella stagione delle piogge da improvvisi torrenti), ricco di giacimenti di oro, rame, stagno, oltre che di pietre pregiate. A parte alcune vaste oasi, la vita qui ha poche possibilità di sviluppo.

La fauna

Più di 4000 anni fa, il clima in Egitto era molto simile ad oggi: un clima secco, tipico di un paese fra i meno piovosi del mondo. Anche la fauna e la flora egiziane – prima simili a quelle dell'odierna Africa centrale – sono rimaste immutate fin dal 2000 a.C. circa. Nel Neolitico tra gli animali domestici troviamo: capre, pecore, buoi, cani, gatti, maiali, asini, anitre e oche. Intorno al 1700 a.C. si apprese l'allevamento del cavallo; molto più tardi furono importati dromedari e gallinacei. Le scimmie erano spesso considerate quasi domestiche. Rari rimasero elefanti e giraffe, mentre abbondavano scorpioni, serpenti velenosi, coccodrilli e ippopotami. Nelle raffigurazioni delle tombe ricorrono falchi, avvoltoi, civette, fenicotteri, ibis e molte varietà di pesci.

L'EGITTO PREDINASTICO

LE CULTURE PREISTORICHE

Nel periodo Neolitico (4500-3000 a.C.) l'Egitto conobbe, oltre al progressivo miglioramento dell'agricoltura e dell'allevamento, anche l'evoluzione dell'artigianato, del commercio e dell'organizzazione politica.
Nella parte settentrionale del paese (Basso Egitto) si trova un'area di verde che sembra distaccarsi dal tronco della Valle del Nilo: l'oasi del Faiyum. Qui sono stati rinvenuti resti di cesti, vasellame, tessuti in lino e oggetti ornamentali risalenti al 5000 a.C. circa. Il complesso di tutti questi ritrovamenti preistorici viene denominato cultura "Faiyum A". Nelle successive culture di Merimda (4000 a.C. ca.) e di Maadi (3500 a.C. circa) nel Basso Egitto, si ebbero grandi progressi in tutte le attività di fabbricazione: si lavorava il rame, e i vasi in terracotta o pietra erano prodotti con tecniche altamente specializzate. Verso la fine del Neolitico si affermò la cultura di Naqada, che aveva i suoi centri principali a Gerza, Naqada, Abido e Ieraconpoli.

L'UNIFICAZIONE DEI DUE REGNI

Passando dal periodo preistorico a quello dinastico la storia dell'antico Egitto si arricchisce di eventi documentati. Nel quarto millennio, l'Egitto era diviso politicamente in due grandi aree, l'Alto e il Basso Egitto. Fra il quarto e il terzo millennio un re, che la storiografia egiziana dice si chiamasse Menes, riuscì nell'impresa di riunificare le "Due Terre" sotto il suo scettro. Dal luogo di origine del re fondatore della prima dinastia, l'epoca che comprende le prime due dinastie dell'Egitto prese il nome di "Età Tinita" (3100-2686 a.C.). Il ricordo della lunga serie di lotte, che devono aver preceduto la riunificazione, permane nella mitologia egiziana nella contesa fra Horo, dio originario del Delta, e lo zio Seth, adorato nel sud, a Ombo; contesa che si concluse con la vittoria di Horo.
Per lungo tempo quella di Menes sembrava solo una figura leggendaria finché, nel 1895, gli archeologi scoprirono presso Abido 16 antiche

La tavoletta di Narmer
Nelle sue raffigurazioni è riportato un evento fondamentale della storia egiziana: l'unificazione del Basso e dell'Alto Egitto compiuta dal re tinita Narmer nel 3150 circa.

tombe a pozzo poi attribuite ai sovrani della I dinastia. A questa scoperta seguì, poco tempo dopo, quella di una tavoletta scolpita con l'effigie del re tinita Narmer, raffigurato come riunificatore e primo sovrano dell'Alto e del Basso Egitto. Menes era dunque esistito, ma nei ritrovamenti archeologici figura col suo nome di Horo: Narmer. Per gli storici si trattava del primo e sicuro anello di congiunzione fra la fase predinastica e quella storica.

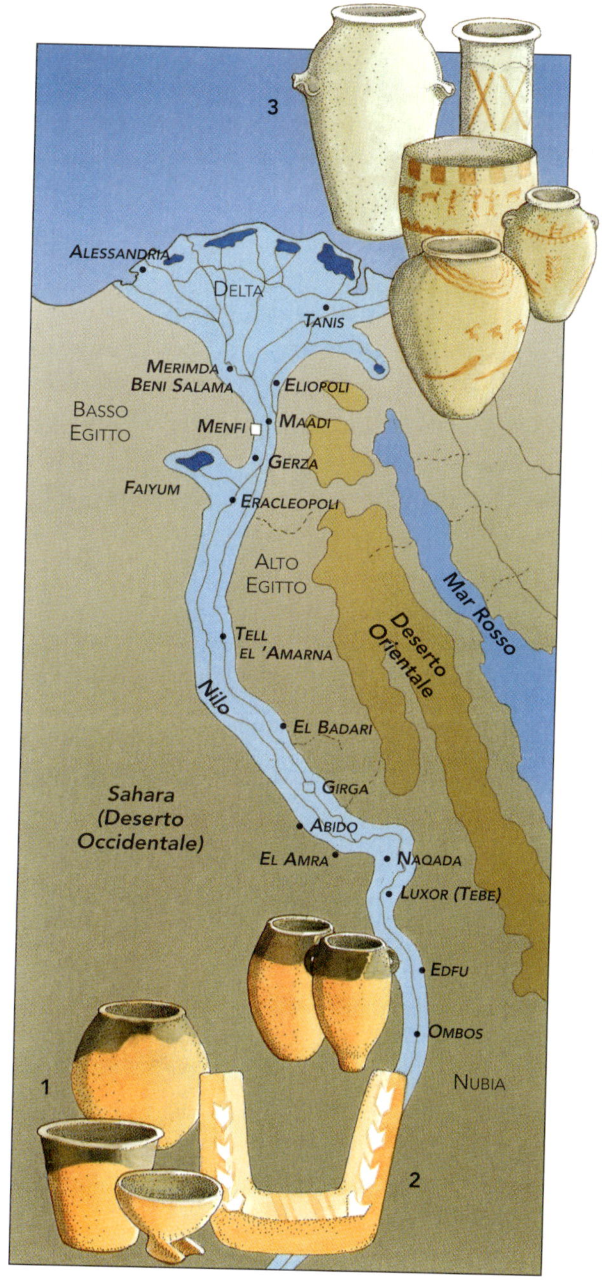

Vasellame preistorico: sono tipici della produzione preistorica egiziana i vasi rossi a "bocca nera" (1). Appartengono invece a due distinte fasi cronologiche i vasi rossi lucidi: quelli con decorazione in bianco sono della fase Naqada I (2) e quelli color ocra con decorazioni in rosso porpora sono della fase Naqada II (3).

PRINCIPALI EVENTI STORICI

Fra la riunificazione delle "Due Terre" e l'annessione dell'Egitto all'impero romano, trascorrono circa tre millenni di storia. Oltre che alla suddivisione cronologica in 31 dinastie stabilita da Manetone, gli storici ricorrono a periodi più ampi caratterizzati da una sostanziale stabilità politica (l'Antico, il Medio e il Nuovo Regno) e intervallati da periodi di incertezza politica e di grande travaglio per la corona (i Periodi Intermedi e la Bassa Epoca).

L'ANTICO REGNO

All'Età Tinita (I-II dinastia, ca. 3000-2650 a.C.) seguì un lungo periodo detto "Antico Regno" (III-VI dinastia, 2650-2150 a.C.): è l'epoca delle grandi piramidi, di Menfi capitale dell'Egitto, delle spedizioni commerciali (V dinastia), ma anche delle guerre in Palestina (2300 ca.). Termina qui la centralizzazione del potere e subentra una forte crisi economica.

La morte del faraone Pepi II segna l'inizio del primo grave periodo di instabilità politica (Primo Periodo Intermedio, 2150 ca.). L'unità del paese si frantuma e vi sono guerre sanguinose fra regni rivali. La stirpe di Eracleopoli domina il Medio Egitto (IX–X dinastia), mentre i principi tebani dei territori meridionali cercano di impadronirsi del nord (XI dinastia).

1

2

3

Tre protagonisti della storia dell'Antico Egitto:
1. Userkaf, fondatore della V dinastia (2450 a.C.)
2. Chefren (ca. 2500 a.C.) uno dei grandi sovrani della IV dinastia;
3. Amenofi IV-Akhenaton (1352-1336, XVIII dinastia) il faraone "eretico".
La statua di Chefren è in diorite nera.

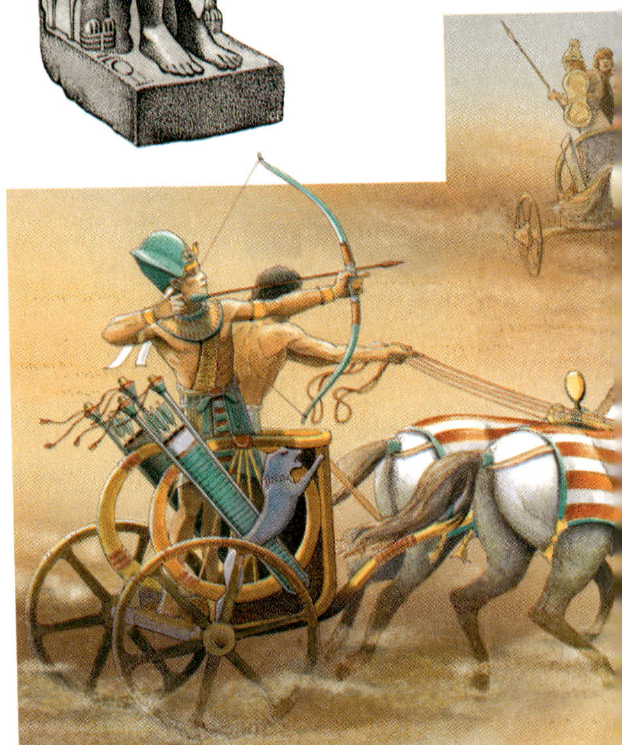

Ramesse II (1279-1213 a.C, XIX dinastia) combatté contro gli Ittiti in Siria (a destra) e, dopo una prima campagna (1278 a.C.), li affrontò nuovamente l'anno dopo a Qadesh. Non si sa come si concluse lo scontro, ma dal faraone fu celebrato come una sua grande vittoria.

DAL MEDIO REGNO ALLA BASSA EPOCA

La riunificazione del paese avviene con Mentuhotep II (XI dinastia, 2040 ca.) che dà inizio al "Medio Regno". La XII dinastia, con Amenemhat I, porta la capitale a Lisht, e espande i confini a sud: Sesostri III conquista la Bassa Nubia. Nel 1750 a.C. ca. inizia il "Secondo Periodo Intermedio": da nord il popolo degli Hyksos invade l'Egitto, formando la XV e XVI dinastia, ma verrà scacciato dal faraone Ahmosi (XVIII dinastia). Thutmosi I e Thutmosi III (1450 ca.) ampliano i confini dell'Egitto fino all'Eufrate.

Nel 1350 a.C. ca. ha luogo la rivoluzione religiosa di Amenofi IV-Akhenaton che sposta la capitale a El Amarna e fonda il culto del dio unico Aton. Dopo la sua morte, Tutankhamon (1330 ca.) riporta la normalità in Egitto. Ma il controllo dell'Asia è ormai perduto; solo la XIX dinastia, dopo le imprese di Seti I e Ramesse II (battaglia di Qadesh, 1277 ca.), troverà un accordo pacifico con gli Ittiti.

Nel 1180 a.C. ca. Ramesse III (XX dinastia) respinge l'assalto dei "popoli del mare" ma il periodo è segnato dalla perdita d'autorità dei sovrani e dalle ruberie nelle necropoli. Si giunge al "Terzo Periodo Intermedio" (1070 ca.). Il paese ha due capitali: Tebe, nella Valle, e Tani nel Delta. Solo nel 713 ca. il paese verrà nuovamente riunificato dal faraone nubiano Piankhi.

Nel 671 a.C. l'invasione assira dà inizio alla cosiddetta "Bassa Epoca": con la XXVI dinastia la capitale è Sais nel Delta.

Nel 525 a.C. i Persiani di Cambise conquistano l'Egitto (XXVII dinastia persiana), che nel 332 a.C. passa con l'impero persiano ad Alessandro Magno e quindi alla famiglia dei Tolomei, che regnerà fino al 30 a.C. Cleopatra VII, suicidandosi, lascia l'Egitto a Roma.

Ramesse III (XX dinastia), invece, dovette difendere il paese dall'attacco dei Libici e dei Popoli del Mare, gruppi di origine mediterranea: li sconfisse in un'epica battaglia navale che è descritta sulle pareti del tempio funerario di Medinet Habu, eretto in suo onore.

LO STATO E LA REGALITÀ

A differenza di altre civiltà antiche, in Egitto si creò molto presto un grande Stato che riconosceva come capo supremo un re-dio: non un interprete della volontà divina, ma l'incarnazione del dio, sua immagine in terra.
Compito del faraone era quello di mantenere l'ordine universale, che senza il suo intervento sarebbe precipitato nel Caos. Per questo la sua autorità era indiscussa e illimitata. Con la forza magica che derivava dalla sua natura divina, il faraone assicurava fertilità alla terra, prosperità ai sudditi, forza agli eserciti.

Visita del faraone a un tempio

LO STATO BUROCRATICO

Il sovrano riuniva in sé tutti i poteri e tutto dipendeva da lui ma, per garantire un perfetto funzionamento dello Stato, era necessario l'aiuto di molti funzionari. Per necessità amministrative l'Egitto era diviso in province e distretti, collegati tutti all'autorità centrale.
Le questioni economiche come tasse e tributi erano amministrate dal "visir", il funzionario di grado più elevato che si occupava anche della giustizia.

Statuetta di Horo

Faraone insignito dei simboli della regalità (a destra): il cobra d'oro e la finta barba. In mano stringe i tre segni che rappresentano la durata, la potenza e la vita.

Il loro potere era dunque grande, e in alcuni periodi ne furono nominati due contemporaneamente, per limitarne l'area di competenza; un visir poteva anche diventare faraone.

LA CLASSE SACERDOTALE

Il faraone era la suprema autorità religiosa e, in quanto incarnazione del dio, l'unico a poter celebrare i riti. Da lui dipendevano direttamente i numerosi sacerdoti che, nelle varie province, celebravano le funzioni religiose in suo nome.
La grande quantità di dèi e di cerimonie sacre diverse rendeva necessario un grande numero di addetti ai templi, quindi i sacerdoti avevano compiti differenziati e rigorose gerarchie: si iniziava a prestare servizio come "wab" (puro), per divenire poi "padre del dio" e, infine, "servo del dio" (o profeta).

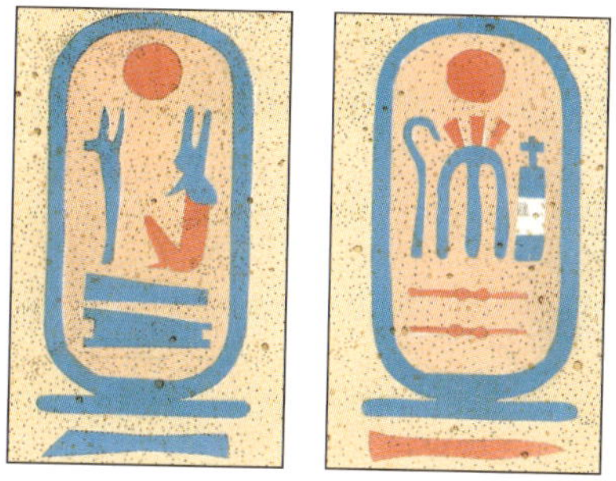

La cerimonia d'incoronazione del sovrano culminava con la proclamazione ufficiale dei nomi del faraone. (a sinistra: l'originario nome di nascita e quello di incoronazione di Ramesse III, da un dipinto di un tempio della Valle dei Re).

Cerimonie sacre (sotto)
La festa Sed (in alto), celebrata dopo trent'anni di regno del faraone, durava cinque giorni e voleva rinnovare la potenza del sovrano. Il faraone doveva dar prova di vigore fisico: per quattro volte procedeva a una corsa rituale.
Il pilastro di Osiri (in basso) era un'importante cerimonia in onore di Osiri e culminava nell'erezione del pilastro Ged simbolo di stabilità e durata.

Durante la storia egiziana i sacerdoti ebbero anche grande importanza politica e, dalla XXI dinastia, i Grandi Sacerdoti del dio Amon si proclamarono addirittura sovrani di un regno nella loro capitale, Tebe.
In un regime teocratico come quello egiziano, il re-dio riceveva ufficialmente il potere divino del predecessore, continuando una catena ininterrotta che discendeva dal re-dio Osiri e dall'erede Horo.

L'INCORONAZIONE

Quando saliva al trono un nuovo faraone si organizzavano cerimonie piene di simboli magici e riferimenti a miti antichi. Il faraone riceveva in offerta i prodotti del paese e con questi era preparato un pranzo rituale. Poi, alla presenza dei "Grandi dell'Alto e Basso Egitto", seguiva la cerimonia dell'incoronazione e della proclamazione dei cinque nomi del faraone. Come primo atto di governo, il nuovo sovrano offriva ai Grandi un pane, simbolo di abbondanza e generosità.

CLASSI SOCIALI E OCCUPAZIONI

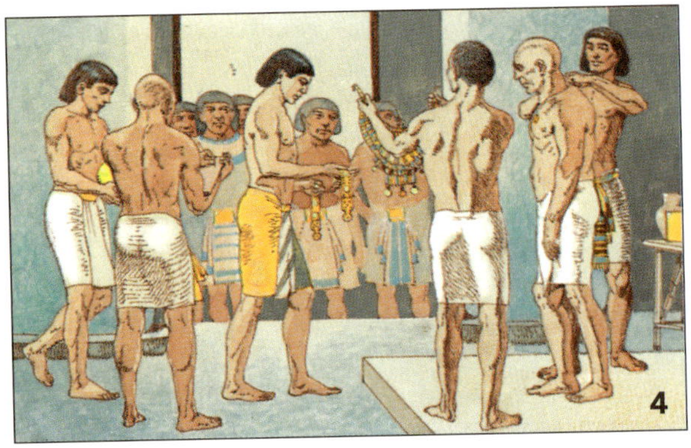

L'AMMINISTRAZIONE

Nell'Egitto dei faraoni ogni aspetto della vita economica e sociale era controllato da funzionari zelanti, i quali seguivano precise gerarchie a seconda degli incarichi che ricoprivano.
L'amministrazione del paese era complessa e organizzata nei minimi particolari: i funzionari più importanti dell'amministrazione civile, militare e religiosa erano aiutati da un gran numero di collaboratori e subalterni. Anche nelle province più lontane si rispettava questa organizzazione dello Stato, sebbene con un numero minore di addetti.
Il paese era proprietà del faraone, che concedeva l'uso di terreni ai privati in cambio di un affitto; ma per mantenere efficiente l'organizzazione dello Stato e provvedere a tutte le attività economiche (dalla produzione alla trasformazione, dall'artigianato al sacerdozio) si ricorreva a un sistema di tasse in natura.
Negli archivi della pubblica amministrazione venivano conservati e aggiornati i dati sull'estensione dei terreni e sui raccolti. E il grano, l'orzo, il lino, il pesce salato, il bestiame e la frutta che arrivavano nella "Grande Casa", venivano poi usati per pagare quanti fornivano servizi allo Stato. I funzionari più importanti ricevevano in premio anche decorazioni, oggetti preziosi, palazzi privati e la possibilità di costruirsi tombe lussuose. Non di rado, invece, i meno ricchi venivano utilizzati dallo Stato per il miglioramento e la difesa dei suoi terreni (dighe, canali, argini, spedizioni minerarie, bonifiche ecc.).

IL POPOLO

Le necessità dei piccoli artigiani e degli operai erano valutate in misura assai minore e le loro condizioni di vita erano difficili. Non molto più lievi erano quelle dei contadini, dei piccoli proprietari di terre e dei dipendenti nelle tenute dei signori: i campi della Valle e del Delta erano molto fertili, ma non mancavano periodi di siccità o altre calamità (cavallette, topi, scorrerie di predoni) e, al momento di pagare le tasse con i prodotti agricoli, si doveva presentare un rendiconto del lavoro svolto. Tuttavia, il lavoro nei campi non durava per tutto l'anno e la vita dei contadini era forse meno faticosa di quella degli artigiani o degli operai.

2

3

5

Nei villaggi di artigiani, le provviste e le materie prime erano tenute sotto controllo, dai magazzini demaniali **(1)**. Il tornio consiste di una base di pietra con un disco di legno che il vasaio fa girare con la mano sinistra **(2)**. Nella stagione Peret, lo "scriba del grano", controlla quante volte ogni contadino verrà a riempire la piccola sacca che porta intorno alla nuca **(3)**. La condizione di schiavo non era definitiva né ereditaria **(4)**. Non masse di schiavi sono da immaginare a erigere le piramidi, ma operai, anche specializzati **(5)**.

GLI SCHIAVI

Anche in Egitto si sfruttò il lavoro degli schiavi. Sappiamo di prigionieri di guerra utilizzati come schiavi, magari donati a un ufficiale quale compenso o riconoscimento al valore, e sappiamo di stranieri andati a cercare rifugio in Egitto e poi assegnati come servi a templi o privati. I servi venivano lasciati in eredità assieme al campo in cui lavoravano e potevano esser comprati o venduti. Tuttavia, la posizione sociale dello schiavo fu meno rigida, in Egitto, che nel mondo classico o presso altre civiltà orientali. Ad esempio, essi arrivarono ad assumere incarichi e responsabilità tali da guadagnarsi l'affrancamento, che si otteneva con una semplice dichiarazione davanti a un testimone.

Al lavoro nell'aldilà
(A destra e in basso nell'altra pagina) Dal tardo Antico Regno fino al Medio Regno, nelle tombe compaiono statuette di servitori al lavoro o modellini raffiguranti attività agricole o artigianali: essi avevano la funzione di assicurare il sostentamento del defunto.

RELIGIONE E MITOLOGIA

All'inizio dell'età storica, nei principali centri del paese erano venerate numerose divinità locali. In seguito questi culti si trasformarono, ma l'Egitto non ebbe mai una divinità unica né una religione ufficiale nazionale.

L'ORIGINE DEL MONDO

Le "scuole" religiose di alcuni centri, tuttavia, cercarono di elaborare una dottrina che spiegasse gli attributi delle divinità e l'origine dell'universo. La prima di queste fu la scuola di Eliopoli. Secondo i suoi sacerdoti, al principio di tutto era il Nun, l'Oceano primordiale che racchiudeva in sé il principio di ogni cosa. Dalle sue acque emerse una collina sulla quale sorse per la prima volta il Sole (Ra o Atum), che generò l'aria (Shu) e l'umidità (Tefnut). Queste due divinità, a loro volta, generarono la terra (Geb) e il cielo (Nut). Da Geb e Nut nacquero quattro dèi: Osiri, Iside, Seth e Nefti. Tutte queste divinità costituivano la cosiddetta "Enneade" (gruppo di 9 dèi). A Ermopoli, invece, la creazione venne spiegata dai sacerdoti con l'azione dell'"Ogdoade", gruppo di 8 dèi in quattro coppie che impersonavano aspetti del Caos primordiale. A Menfi, il dio creatore era Ptah, colui che pensò nel suo cuore tutte le creature e diede loro la vita. Si ebbero poi divinità locali elevate al ruolo degli dèi principali: Khnum, di Elefantina, dispensatore dell'acqua e modellatore dei corpi umani; Min, di Copto, signore della fertilità. Dal Medio Regno in poi, in conseguenza delle vicende politiche, il dio Amon, assimilato a Ra, si configura come dio universale.

Riti esclusivi

Ai riti che si svolgevano nei templi partecipavano solo i sacerdoti. In determinate festività i sacerdoti trasportavano la statua del dio in processione dentro una barca cerimoniale, coperta da cortine: in tali occasioni tutti potevano rivolgersi alla divinità e chiedere il suo responso sui più svariati argomenti.

Gli Egiziani raffigurarono molti dei loro dèi con testa di animale e corpo umano.
A destra, alcune delle principali divinità egiziane.

1. Horo, raffigurato come un falco.
2. Iside, sposa di Osiri.
3. Osiri, rappresentato come mummia.
4. Atum, il dio creatore.
5. Hathor, dea dell'amore e madre del dio Sole.
6. Anubi, dio della morte, aveva la testa di sciacallo.

IL MITO DI OSIRI

Numerose divinità erano protagoniste di miti che spiegavano le loro qualità e le loro relazioni. Il mito certo più famoso e rassicurante era quello di Osiri, considerato sovrano dell'Egitto e creatore dell'agricoltura: egli venne ucciso per gelosia dal fratello Seth, che, riuscito con l'inganno a chiudere Osiri in un meraviglioso sarcofago, lo fece gettare nel fiume. Ma, dopo lunghe e faticose ricerche, Iside, sposa di Osiri, riuscì a ritrovare il corpo del marito e con la forza dell'amore ne ebbe un figlio, Horo. Divenuto grande, Horo affrontò il perfido zio Seth in una battaglia terribile e sanguinosa. Gli dèi infine gli riconobbero il diritto di succedere al padre sul trono d'Egitto. È dunque con Horo che si identifica il faraone regnante. Il mito di Osiri serviva a rassicurare gli Egiziani sulla possibilità di una nuova vita dopo la morte: in quanto signore della rinascita, Osiri rivelava la sua vittoria sulla morte nel rinnovarsi delle stagioni e della vita naturale.

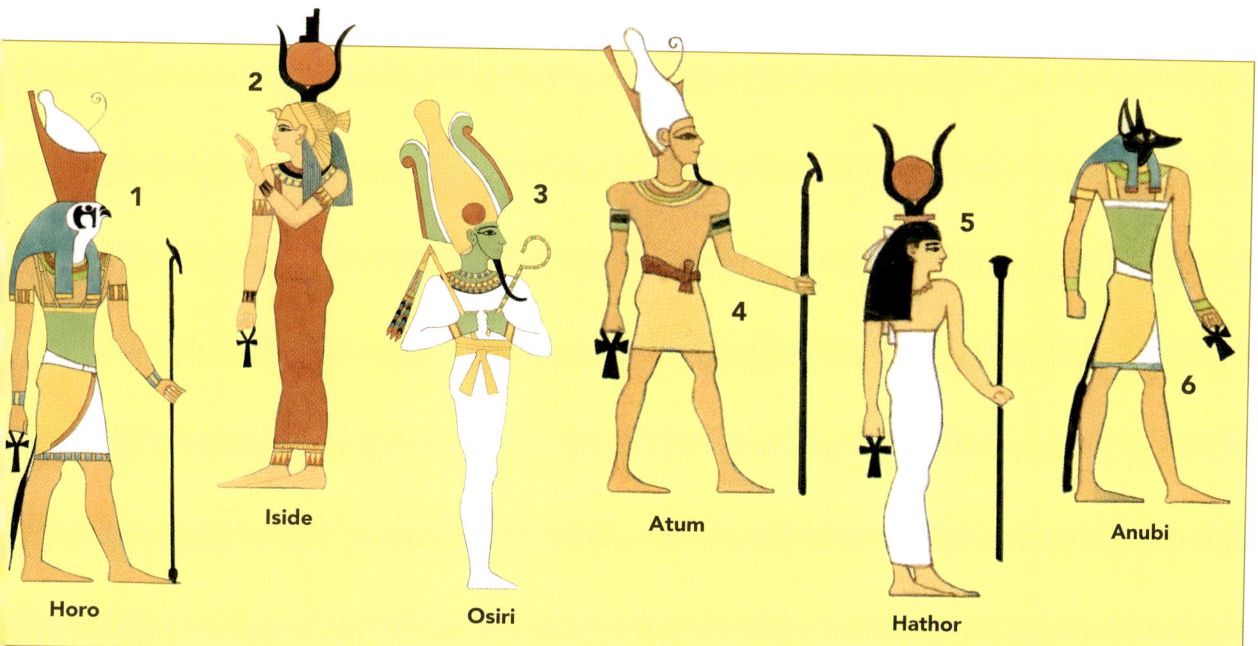

MUMMIE E SEPOLTURA

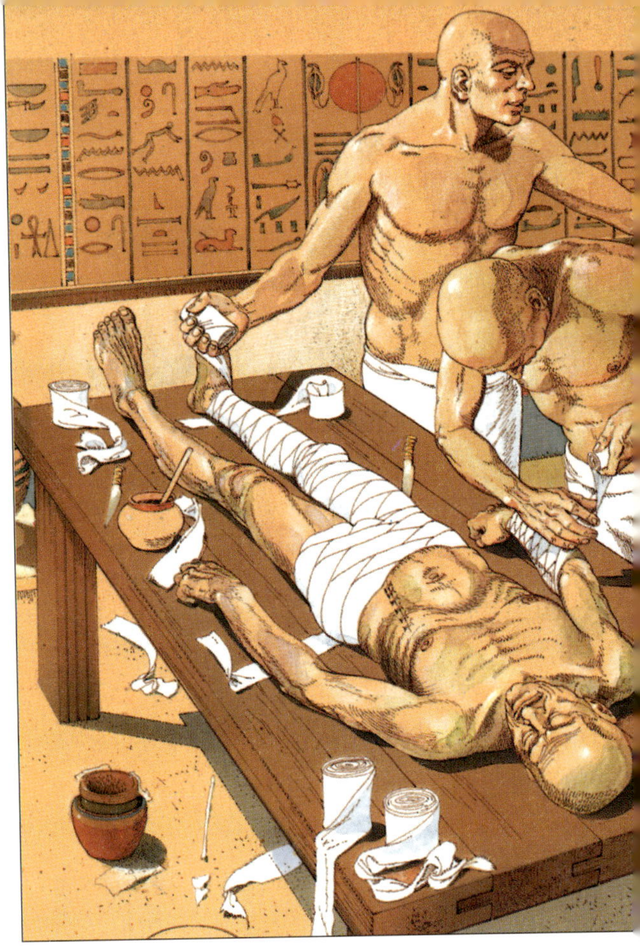

Alla preparazione della vita nell'Aldilà, gli antichi Egiziani dedicarono molta cura. Per sottrarre l'individuo alla morte si riteneva necessario conservarlo e soddisfare tutte le sue necessità vitali, comprese quelle attinenti al corpo. In età predinastica, si seppellivano i morti nel deserto; la sabbia asciutta ci ha conservato pressoché intatti i corpi di uomini e donne vissuti oltre cinquemila anni fa. In seguito, l'uso delle grandi tombe e del sarcofago provocò il naturale deperimento delle spoglie del defunto che non potevano più, come prima, essiccarsi completamente. Ma già forse dalla I dinastia si ricorse, per i ceti più abbienti, alla tecnica della mummificazione.

Il processo di mummificazione (in alto)
Il cadavere rimaneva per 70 giorni nei laboratori dei mummificatori. Nulla di quanto era stato usato veniva gettato via, neppure il natron: si chiudeva tutto dentro grandi vasi che si conservano nelle necropoli.

LA MUMMIFICAZIONE

Il corpo del defunto veniva inciso su un fianco per estrarre gli organi interni; il cuore, centro vitale, era lasciato al suo posto. Il cervello veniva estratto attraverso il naso per mezzo di lunghi uncini ricurvi. Poi, per un lungo periodo, il corpo rimaneva immerso in una sostanza essiccante, il "natron" (salnitro) e, in seguito, trattato con olii, resine e spezie per restituire elasticità ai tessuti. La fase successiva era quella della bendatura col lino, fondamentale per proteggere il cadavere dagli agenti esterni. Gli organi tolti dal corpo venivano trattati a parte e conservati in quattro vasi detti "canopi", posti sotto la protezione di divinità funerarie. Esistevano però anche trattamenti meno complessi e quindi meno costosi.

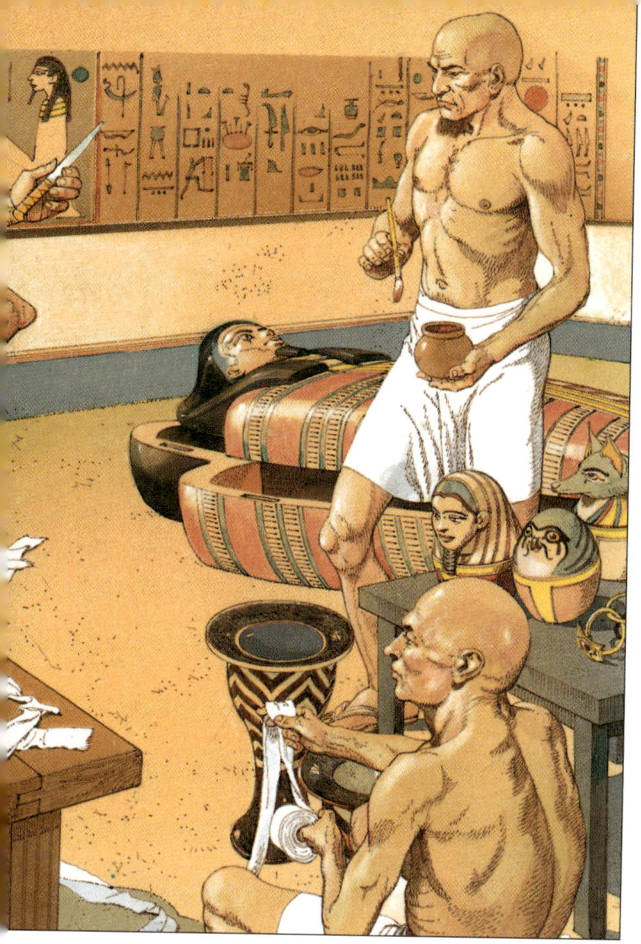

IL RITO FUNEBRE

Completate le operazioni di mummificazione in appositi laboratori, la mummia veniva chiusa all'interno del sarcofago. Era il momento del rito funebre vero e proprio. Il cerimoniale prevedeva che il defunto fosse trasportato alla tomba su un carro tirato da buoi e i servitori seguivano la processione con il corredo dei vasi canopi, le statuette e le suppellettili. Sul luogo di sepoltura, i sacerdoti leggevano il rituale per celebrare l'"apertura della bocca": questo rito era considerato fondamentale per dare al defunto la possibilità di vivere nell'Aldilà. Dopo un'offerta sacrificale il sarcofago veniva chiuso nella cripta in un altro sarcofago di dimensioni maggiori.

IL TRIBUNALE DEI MORTI

Dagli Egiziani la vita dopo la morte era considerata un premio per la buona condotta sulla terra. Lo sciacallo Anubi, dio dei morti, accompagnava il defunto nell'Aldilà e lo presentava al giudizio divino. Alla presenza di 42 divinità e di Osiri, si procedeva alla "pesatura del cuore" del morto, posto su un piatto di bilancia: sull'altro piatto era collocata una piuma, simbolo della dea Maat (la Giustizia). Se il risultato era positivo il defunto entrava nella vita dell'Aldilà; se era negativo, veniva divorato da un mostro terribile.

Il "Libro dei Morti" (in basso e a destra)
Per evitare la condanna dopo la morte, il defunto doveva conoscere le formule magiche giuste, raccolte nel Libro dei Morti. Inoltre, forniva le conoscenze necessarie per poter riprendere la vita dopo la morte.

LE GRANDI PIRAMIDI

In Egitto, la tomba era considerata una “casa per l’eternità”, dove il defunto era accompagnato da tutto quanto potesse essergli necessario nella vita ultraterrena. Per i loro sovrani, quindi, gli Egiziani costruirono sepolcri imponenti che rispecchiavano la concezione di sovranità divina. Essi subirono nel tempo varie trasformazioni: quella particolare struttura che conosciamo sotto il nome di “piramide” non è che il risultato ultimo di un’evoluzione partita da molto lontano. All’origine troviamo infatti la “mastaba”, una costruzione in mattoni crudi con le pareti leggermente inclinate.

DALLA PIRAMIDE A GRADONI ALLE PIRAMIDI DELLA IV DINASTIA

La storia ci ha tramandato il nome dell’“inventore” della piramide: Imhotep. Egli iniziò a costruire il sepolcro del faraone Zoser, presso Saqqara, utilizzando la struttura a “mastaba”, per la prima volta interamente in pietra. Ma qui si rivelò l’idea geniale di quest’architetto, poi fatto omaggio di onori divini: egli sovrappose alla prima struttura tre strati via via più piccoli, in modo da formare una sorta di scala che richiamasse subito alla mente l’idea dell’ascesa al cielo del sovrano. Ai quattro elementi iniziali ne aggiunse altri due, ottenendo un complesso a sei elementi che raggiungeva i 60 m d’altezza. Era nata così la “piramide a gradoni”, madre di tutte le piramidi successive. Sul lato nord, Imhotep fece edificare il tempio, dal quale si dipartiva un corridoio sotterraneo in discesa che portava alla sepoltura del faraone.

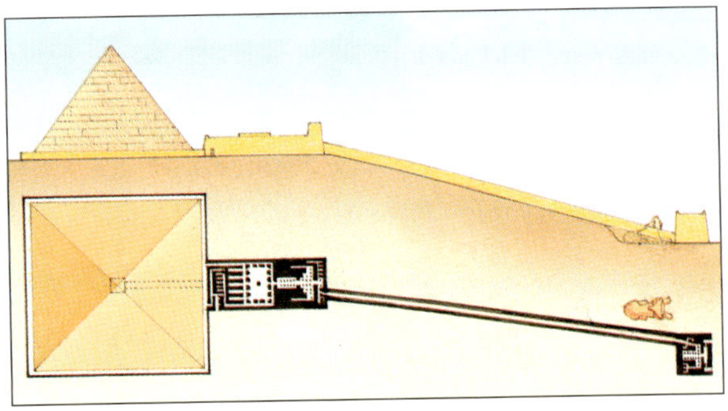

Problemi irrisolti

Resta difficile ricostruire come si potessero edificare tali enormi monumenti. Forse si usavano lunghe rampe ascendenti, in mattoni crudi, lungo le quali trascinare enormi blocchi che avrebbero formato la piramide. Alla piramide faceva capo un complesso di edifici: il “tempio funerario”, in genere sul lato est, il “tempio a valle”, vicino al Nilo, e una lunga strada coperta che li collegava.

Le prime fasi di costruzione di una piramide

Con la IV dinastia il monumento sepolcrale dei faraoni assume la geometria pura della piramide. I sacerdoti attribuivano a questa forma un preciso valore religioso: il sole, nel primo giorno della creazione, si sarebbe levato su una pietra a piramide detta "benben". La piramide era simbolo del Sole (la massima divinità religiosa), del potere divino del faraone (il più grande potere terreno) e della perfezione naturale (la regolarità geometrica è l'ordine di tutte le cose). Spetta agli architetti del faraone Cheope il merito di aver costruito, presso Giza, una struttura di piramide ben equilibrata per inclinazione delle facce e massa complessiva: poggiato su un nucleo di roccia, il monumento a Cheope, la piramide più grande, misurava 147 m di altezza con lati lunghi oltre 230 m. La camera funeraria è collocata nel cuore della struttura, mentre 5 camere di scarico alleggeriscono il peso gravante sul soffitto, composto da 9 lastre di granito di 400 tonnellate.

Tecniche di sollevamento

Una delle ipotesi più accreditate sulle modalità di costruzione delle piramidi è che il blocco di pietra venisse posto su una tavola e, tramite pulegge ed argani, sollevato fino all'altezza desiderata, dove veniva quindi collocato. Questa tecnica, tuttavia, presuppone un'ampia conoscenza tecnica e la capacità di realizzare macchinari piuttosto precisi, cose di cui non abbiamo notizie certe.

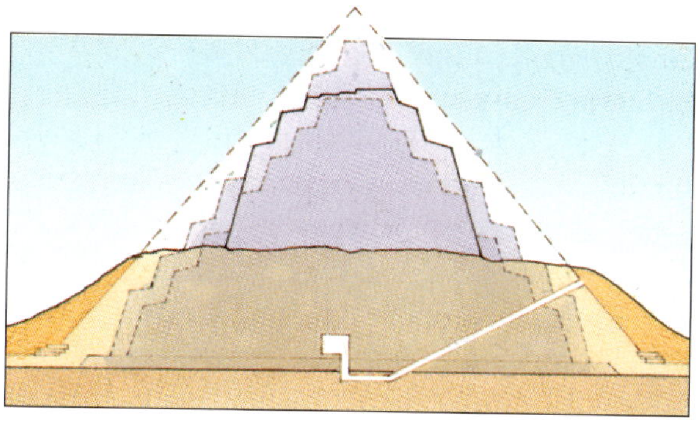

Della piramide di Meidum

Oggi è visibile una parte del nucleo più interno, simile a un torrione che poggia su una larga base, che in origine consisteva di otto gradoni coperti da un rivestimento, andato distrutto probabilmente già durante il Nuovo Regno. L'ingresso si trova a una distanza di 18,5 m di altezza sul lato nord, mentre il corridoio scende in profondità nella roccia, fino ad arrivare al di sotto della camera sepolcrale.

LE SEPOLTURE DEL NUOVO REGNO

I faraoni della XII dinastia continuarono la tradizione funeraria dell'Antico Regno e si fecero costruire piramidi nei pressi della nuova residenza (El Lisht, all'ingresso dell'area del Faiyum). Ma con il Nuovo Regno assistiamo a un netto cambiamento: abbandonata la piramide, le tombe regali vennero scavate nella montagna a ovest del Nilo, nella zona detta appunto la "Valle dei Re".

LA VALLE DEI RE E LE TOMBE DEL DESERTO

A partire da Thutmosi I (1525-1512 a.C.) e fino a tutta la XX dinastia (1190-1070 a.C.) sarà questo il luogo di sepoltura dei faraoni e di alcuni dignitari importanti.

L'intera zona è dominata da una montagna a forma di piramide, chiamata "La Cima"; nella pianura sottostante furono costruiti alcuni fra i più famosi monumenti della Valle del Nilo: il Tempio della regina Hatshepsut, il "Ramesseum" di Ramesse II e i "Colossi di Memnone", enormi statue alte 18 m, raffiguranti il faraone Amenofi III sul trono.

Le tombe della Valle dei Re seguono un disegno quasi sempre costante. Sono formate da un ingresso (con o senza gradini) seguito da cunicoli lunghi fino a 200 m. Questi corridoi in discesa portano a un'anticamera e, infine, alla vera e propria camera del sarcofago, eventualmente con altri ambienti accessori. Le pareti delle camere sono decorate con scene di carattere religioso che raffigurano il viaggio del Sole nel mondo sotterraneo quando, dopo il tramonto, il dio deve affrontare i pericoli della notte e dei demoni nemici per rinascere, infine, dall'orizzonte orientale. In questo modo gli Egiziani volevano simboleggiare la rinascita del faraone che, come sappiamo, era la diretta espressione terrena della divinità solare.

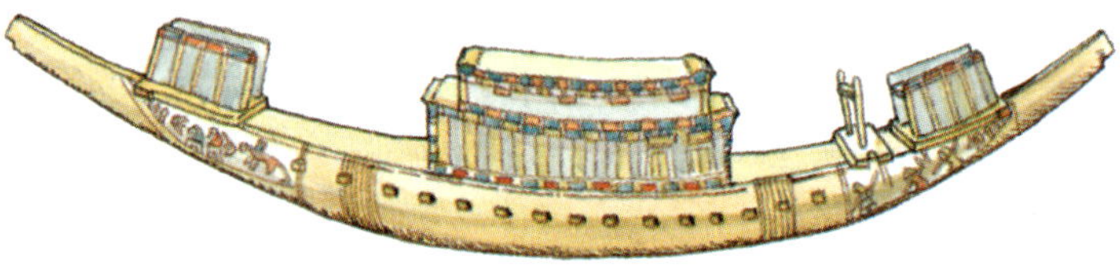

Modellino di barca funeraria: serviva al re per intraprendere il suo lungo viaggio nell'aldilà.

Pianta della tomba di Tutankhamon

1. Ingresso
2. Corridoio
3. Anticamera
4. Tesoro
5. Camera annessa
6. Camera funeraria

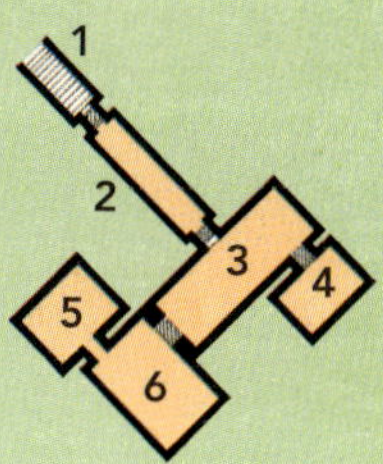

Il tesoro di Tutankhamon

Gli ambienti della tomba sono piuttosto piccoli e di pianta diversa dall'uso normale: dimostrano la fretta con cui si dovette preparare la sepoltura del giovane re. Ma il tesoro che vi è stato rinvenuto non ha uguali. Forse, per due volte i ladri erano riusciti a penetrarvi, ma furono sempre messi in fuga, e il ricchissimo corredo funebre risistemato dalle guardie in modo piuttosto disordinato, senza preoccuparsi di seguire l'ordine originale degli oggetti, e le porte del sepolcro sigillate nuovamente. Così, dopo tanti secoli, nel 1922 lo scopritore Howard Carter ebbe la sorpresa di trovarsi davanti a un vero e proprio caos di ricchezze inestimabili.

La maschera (sotto), in oro massiccio, battuto e levigato, era posta sopra la testa e le spalle della mummia del grande faraone Tutankhamon.

Fino a oggi, nella Valle dei Re sono state individuate 62 tombe, quasi tutte depredate in epoche diverse. All'inizio del secolo scorso fece molto scalpore la scoperta della magnifica tomba del faraone Seti I. Tuttavia, nulla eguaglia l'effetto prodotto nel 1922 dal ritrovamento dell'unica tomba regale rimasta intatta dall'epoca della sua chiusura: quella del faraone Tutankhamon, morto in giovanissima età.

LA VALLE DELLE REGINE

A sud-ovest della Valle dei Re si trova la cosiddetta Valle delle Regine dov'erano sepolti le spose dei faraoni e principi) della XIX-XX dinastia. Le tombe hanno dimensioni più modeste rispetto a quelle dei sovrani, da cui si differenziano anche per le decorazioni, che comunque hanno un'eguale vivezza di colori. La tomba più celebre è quella di Nefertari, sposa di Ramesse II, scoperta da una missione italiana guidata da Ernesto Schiaparelli.

I TEMPLI

La costruzione di un tempio rappresentava per gli Egiziani un momento importante: si trattava di onorare degnamente la divinità alla quale esso veniva dedicato come sua sede terrena. Era inoltre un dovere religioso, attraverso il quale si confermava il legame con gli dèi che proteggevano il paese e lo rendevano ricco e potente. Innalzare un nuovo tempio o ingrandirne e arricchirne uno già esistente era un compito preciso del faraone.

LA FONDAZIONE

Nel caso di una nuova costruzione, gli architetti stabilivano con precisione l'orientamento seguendo le regole tradizionali. Il re in persona, essendo nominalmente il costruttore, assisteva alla cerimonia della fondazione, compiendo operazioni atte a delimitare l'area sacra, come "piantare i picchetti" e "tendere la corda"; inoltre, poneva la prima pietra dell'edificio.
In alcuni casi sono stati ritrovati agli angoli di alcuni templi, in buche praticate nel terreno (i "pozzetti di fondazione"), modellini di strumenti da lavoro, oggetti e offerte di auspicio per il buon esito della costruzione.

LA COSTRUZIONE

I grandi templi, per essere eterni, dovevano essere innalzati in pietra dura. Ciò comportava notevolissimi problemi nell'esecuzione: per rendere possibile il lavoro si montavano grandi rampe di mattoni crudi e terra, sulle quali gli operai sospingevano massicci blocchi di pietra già squadrati.

Quando la struttura generale era infine completata, gli operai lasciavano il posto a scultori e decoratori, che procedevano nel lavoro, probabilmente dall'alto verso il basso, smontando via via le strutture non più necessarie.

I PILONI E GLI OBELISCHI

Al termine dei lavori, attorno al tempio venivano alzate delle mura al fine di proteggere le divinità. Per lo stesso motivo, all'interno del tempio la piccola sala che ospitava l'immagine del dio era accessibile solo ai sacerdoti più importanti e al faraone. Attorno a essa vi erano altre sale e i porticati per le cerimonie pubbliche.

Fasi iniziali della costruzione di un tempio monumentale

L'ingresso al tempio (o pilone) era monumentale e fiancheggiato da torrioni. Davanti al pilone dei templi dedicati a divinità solari si innalzavano, in genere a coppie, gli obelischi: monoliti altissimi, la cui punta a forma di piramide veniva rivestita d'oro per riflettere la luce del Sole. L'obelisco che avrebbe dovuto essere il più alto di tutti è rimasto incompiuto nella cava di di Assuan, abbandonato a causa di una crepatura).
Gli obelischi richiedevano mesi di lavoro a numerosi operai e decoratori, che li rifinivano ancor prima di averli staccati completamente dalla roccia. Alzarli era una vera impresa, un successo da ricordare negli annali del faraone.

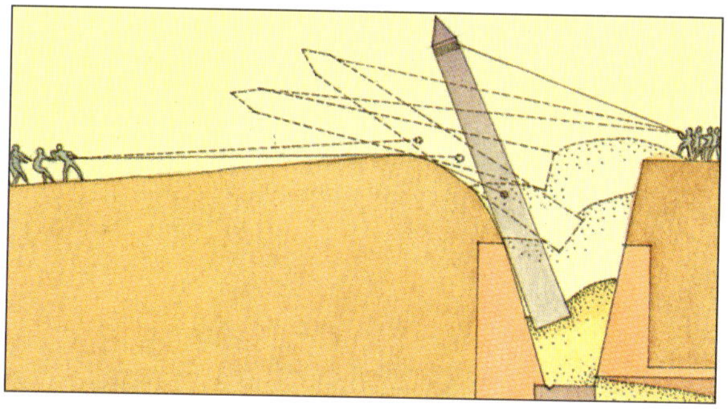

Gli obelischi venivano tirati su a forza di braccia. Probabilmente venivano fatti scivolare sulla base servendosi di argini di sabbia che, una volta tolta, faceva inclinare il blocco innalzandolo.

IL NILO E LE SUE IMBARCAZIONI

Fin dai tempi preistorici quasi tutti i trasporti si svolgevano sul Nilo. La dipendenza dalla grande via d'acqua era tale che, per esprimere l'idea stessa del viaggiare, gli Egiziani usavano verbi che significavano "risalire o scendere la corrente". Anche nella stagione in cui le acque erano più basse, nonostante i banchi di sabbia che affioravano dal fondale, il Nilo restava facilmente navigabile. I venti che provenivano spesso dal Mediterraneo permettevano anche di risalire il fiume contro corrente.

ZATTERE DI PAPIRO, VELE E REMI

Le prime imbarcazioni che solcarono le acque del Nilo erano semplici zattere costruite con fibre di papiro intrecciate strettamente tra loro. Le fibre venivano legate alle estremità in modo da formare la prua e la poppa dell'imbarcazione.

Il papiro, leggerissimo, consentiva il galleggiamento anche senza una vera e propria chiglia in legno.

Alcune raffigurazioni di età predinastica mostrano file di rematori che spingono la barca con le pagaie; un remo più lungo era fissato a poppa, dove un pilota in piedi lo manovrava come "timone". A volte, al centro dell'imbarcazione si trovava una vela.

In tempi successivi divennero di uso comune le barche di legno, più resistenti e sicure per il trasporto commerciale.

Le barche venivano mosse dalla forza dei remi; le vele, quando c'erano, avevano forma rettangolare o, più raramente, triangolare ed erano

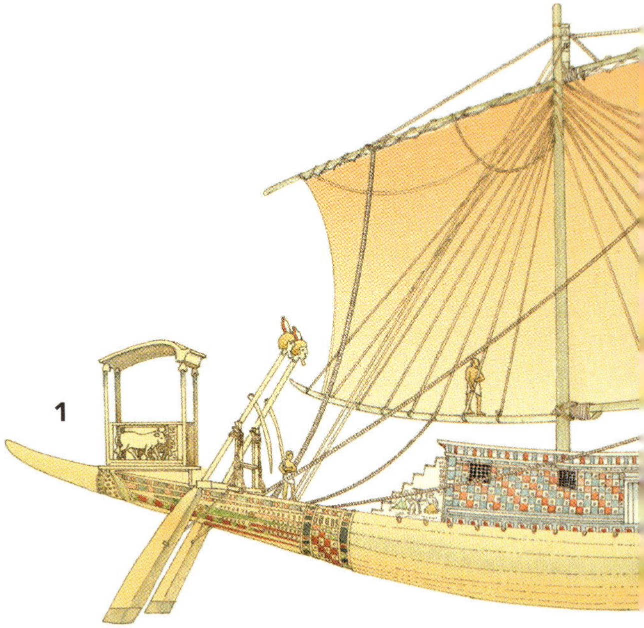

1

Il legno da costruzione

Per costruire scafi in legno si usavano alberi di acacia o sicomoro, comuni in tutto il territorio egiziano. Tuttavia, l'acacia e il sicomoro non superavano in altezza i 6 m e non se ne potevano ricavare assi abbastanza lunghe per costruire grandi imbarcazioni da trasporto.

I pezzi di legno necessari venivano allora messi assieme e accuratamente "cuciti" con corde: gli incastri dei singoli elementi erano talmente precisi da non lasciar filtrare l'acqua. In altri casi particolari si procuravano tronchi di cedro del Libano, più lunghi e resistenti anche per trasportare grandi blocchi di pietra.

2

1. Barca da viaggio (Nuovo Regno)
2. Barca da viaggio (Antico Regno)
3. Barca Reale (I Dinastia)
4. Barca funeraria (Antico Regno)
5. Chiatta da trasporto (Nuovo Regno)

3

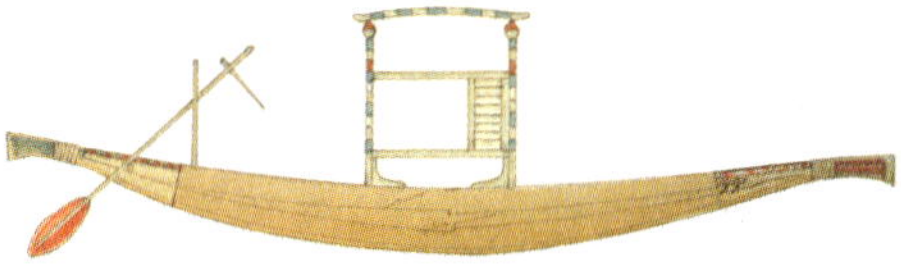

4

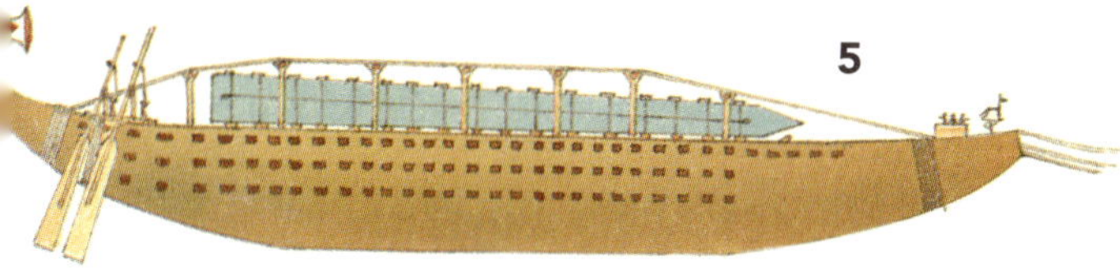

5

decorate con disegni a stella o motivi geometrici. Quello che per noi è oggi il timone continuò a rimanere sconosciuto; come si può vedere in numerose raffigurazioni, al suo posto ci si serviva di uno o più grandi remi direzionali manovrati da poppa.

BARCHE ELEGANTI E SICURE

Col Medio e Nuovo Regno le imbarcazioni divennero sempre più elaborate e sicure. Spesso avevano un ponte di legno rialzato, con al centro una cabina per il passeggero o una stiva per il trasporto dei cereali. Barche eleganti e veloci erano usate dai faraoni per le battute di pesca o di caccia all'ippopotamo.

Grandi chiatte, manovrate da gruppi di decine di rematori, trasportavano gli enormi blocchi di pietra necessari alla costruzione dei templi e delle piramidi. Quando si trattava di oggetti ancora più grandi (come un obelisco o una statua monumentale raffigurante un faraone), il carico veniva sistemato su una grande zattera in legno duro che veniva a sua volta trainata da una serie di imbarcazioni più piccole. A prua, un pilota era addetto a saggiare incessantemente la profondità dell'acqua con una lunga pertica, per evitare di incagliarsi in banchi di sabbia e in una secca.

Scena di pesca in un canale fra le paludi
I pescatori cominciano a tirare in barca le reti, chiamate sciabiche; nel frattempo i capitani delle imbarcazioni gridano le loro indicazioni di percorso e l'equipaggio spinge sui remi. A fare di contorno alla scena, che appartiene a un dipinto presente nella cappella funeraria dell'antico scultore Ipuy (XIII secolo a.C.), a Deir el Medina, si possono notare piante acquatiche, gigli, papiri, pesci di vario formato e i più temuti "abitanti" delle paludi: i coccodrilli.

LA VITA NEI CAMPI

LA STAGIONE AKHET

Nell'antico Egitto l'inizio dell'anno coincideva con la grande inondazione del Nilo, grazie alla quale la terra si ridestava. Rispetto al nostro calendario il Capodanno cadeva intorno al 19 luglio e segnava l'inizio della stagione "Akhet": i quattro mesi, fra estate e autunno, durante i quali il Nilo ricopriva quasi tutte le terre coltivate. Per questo motivo la maggior parte delle attività agricole veniva sospesa e numerosi erano i giorni dedicati ai festeggiamenti e alle cerimonie sacre. Tra queste, le grandi celebrazioni in onore del dio Amon Tebe a Karnak duravano quasi un mese.

LA STAGIONE PERET

La seconda stagione dell'anno egiziano, "Peret" ("l'uscita", ossia il defluire delle acque), corrispondeva ai mesi più freschi dell'anno: da metà novembre a metà marzo. Ancor prima che le acque finissero di rientrare nel loro letto, il contadino doveva mettersi al lavoro con energia. Bisognava infatti cominciare subito l'aratura e la semina, finché il terreno era ancora umido e facile da dissodare. Col progredire della stagione Peret, il lavoro più assiduo riguardava di nuovo l'irrigazione dei terreni seminati.

LA STAGIONE SHEMU

L'ultima stagione dell'anno, fra la primavera e l'inizio dell'estate, era detta "Shemu" ("la siccità"). In questo periodo l'attività dei contadini diventava febbrile: era finalmente venuto il momento di raccogliere i frutti del lungo lavoro, prima della prossima piena.

A parte le **celebrazioni in onore del dio Amon (1)**, in occasione del Capodanno i cittadini usavano scambiarsi ampolle piene di essenze profumate recanti la scritta "Buon anno". Tuttavia, per il contadino egiziano, Akhet significava anche un periodo di lavoro da dedicare alle opere di irrigazione: era necessario che le acque raggiungessero tutti i terreni coltivabili e ogni canale doveva essere pulito e sgombro dai detriti. Nel corso dei secoli, le **tecniche di aratura e semina (2)** rimasero quasi immutate, e gli attrezzi semplici e rudimentali. Il lavoro cominciava nelle terre alte, più faticose da dissodare, dove l'aratro veniva tirato da due vacche guidate da un garzone con un bastone, mentre alle sue spalle veniva sparsa la semente. Nel poco tempo che ancora gli rimaneva libero dal lavoro dei campi, il contadino si occupava del miele. A fine autunno le api venivano stordite con il fumo di un braciere e si rimuovevano i favi, che venivano schiacciati su grosse giare. Era affidato alle donne il compito di travasare il miele in recipienti più piccoli, sigillati accuratamente con la cera. Contemporaneamente alla vendemmia, in piena stagione Shemu, aveva inizio la **mietitura (3)**. Si iniziava dall'Alto e Medio Egitto, dove la maturazione era più precoce, seguite da quelle del Delta. La trebbiatura avveniva su un'aia circolare dai bordi rialzati, nella quale asini o buoi venivano fatti procedere in circolo sulle spighe. Poi i contadini, con lunghi forconi di legno, riunivano il grano per farlo passare in un setaccio rettangolare che doveva separarlo dalle impurità. La spulatura, infine, era ottenuta mediante una corta paletta di legno, ricurva.

La vendemmia

Già all'inizio della stagione Shemu, i grappoli d'uva erano maturi e pronti per la vendemmia. Le raffigurazioni ci mostrano pergolati sostenuti da armature di pali, con grappoli rosseggianti. Gran parte dell'uva era usata per produrre vino e la pigiatura era festeggiata a ritmo di musica. Nel Nuovo Regno questa usanza di sapore popolare andò gradatamente svanendo, in concomitanza con l'istallazione di grandi vigneti e del forte impulso dato alla produzione del vino nella Valle del Nilo, che godeva ottima fama in tutto il Mediterraneo fino a tutta l'epoca greco-romana.

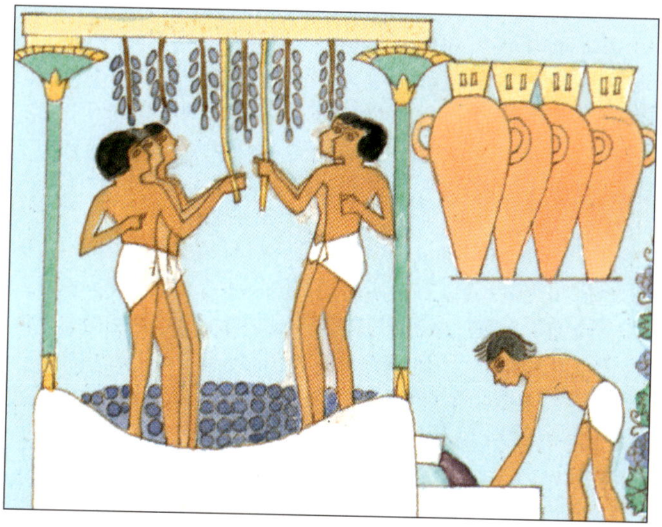

MATERIE PRIME E COMMERCIO

Gli Egiziani impararono molto presto a estrarre materie prime dal sottosuolo, spingendosi, a questo scopo, anche a grandi distanze dalla Valle del Nilo. Fra le località più anticamente sfruttate c'erano le miniere di Wadi Maghara, nel Sinai, già attive sotto il faraone Zoser (2630-2611). Per raggiungerle era necessario attraversare il Desero Orientale e seguire poi la costa del Mar Rosso; vi si estraevano il rame e la malachite e la regione era sacra alla dea Hathor, detta "Signora della malachite". Nella parte più meridionale del territorio egiziano si trovavano invece le cave di diorite sfruttate fin dall'epoca di Cheope (2551-2528). Il trasporto di questo materiale avveniva lungo il corso del Nilo, grazie ai canali fatti scavare dai faraoni a partire dalla IV dinastia. Cave di alabastro si trovavano a El Amarna, il basalto veniva dal Faiyum, il granito da Assuan, il calcare da Tura, la quarzite dalla zona di Eliopoli; l'oro era estratto dalle miniere del Deserto Orientale e della Nubia. L'approvvigionamento di tutti questi materiali era reso difficile dalle grandi distanze che separavano cave e miniere dalla Valle del Nilo: non soltanto si doveva provvedere a vie di comunicazione agibili e a rifornimenti d'acqua continui, ma c'era anche il rischio di scorrerie e attacchi di predoni che assalivano le lente carovane.

RAPPORTI COMMERCIALI CON L'ESTERNO

Ben presto gli Egiziani attivarono una fitta rete di vie commerciali che volsero soprattutto

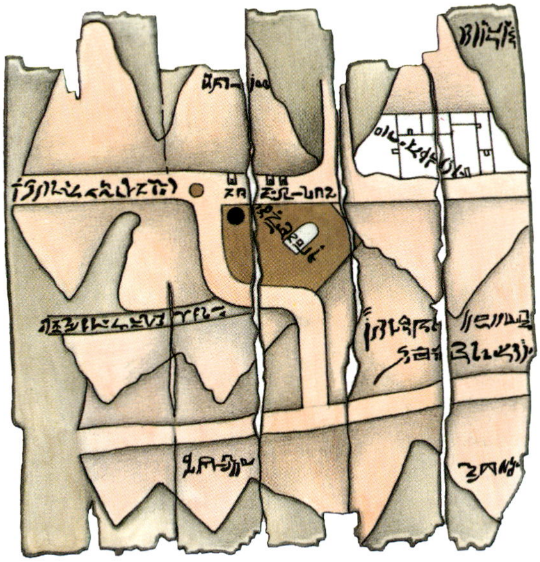

La necessità di oro, sia per finanziare i consumi del regno, sia per i lussi di corte, rese importanti la Nubia e lo Wadi Hammamat, ricchi di giacimenti, la cui pianta è rappresentata in questo frammento di papiro del XIII secolo circa.

Una scena di mercato, rinvenuta in una tomba tebana risalente al periodo della XVIII dinastia, mostra alcune navi provenienti dall'Oriente, cariche di brocche di vino, attraccate alle banchine di un porto egiziano. I commercianti locali pesano l'oro per pagare le merci e offrono in cambio lino, miele e alcuni manufatti come sandali e ceramiche.

Principali mercanzie prodotte e commerciate dagli Egiziani

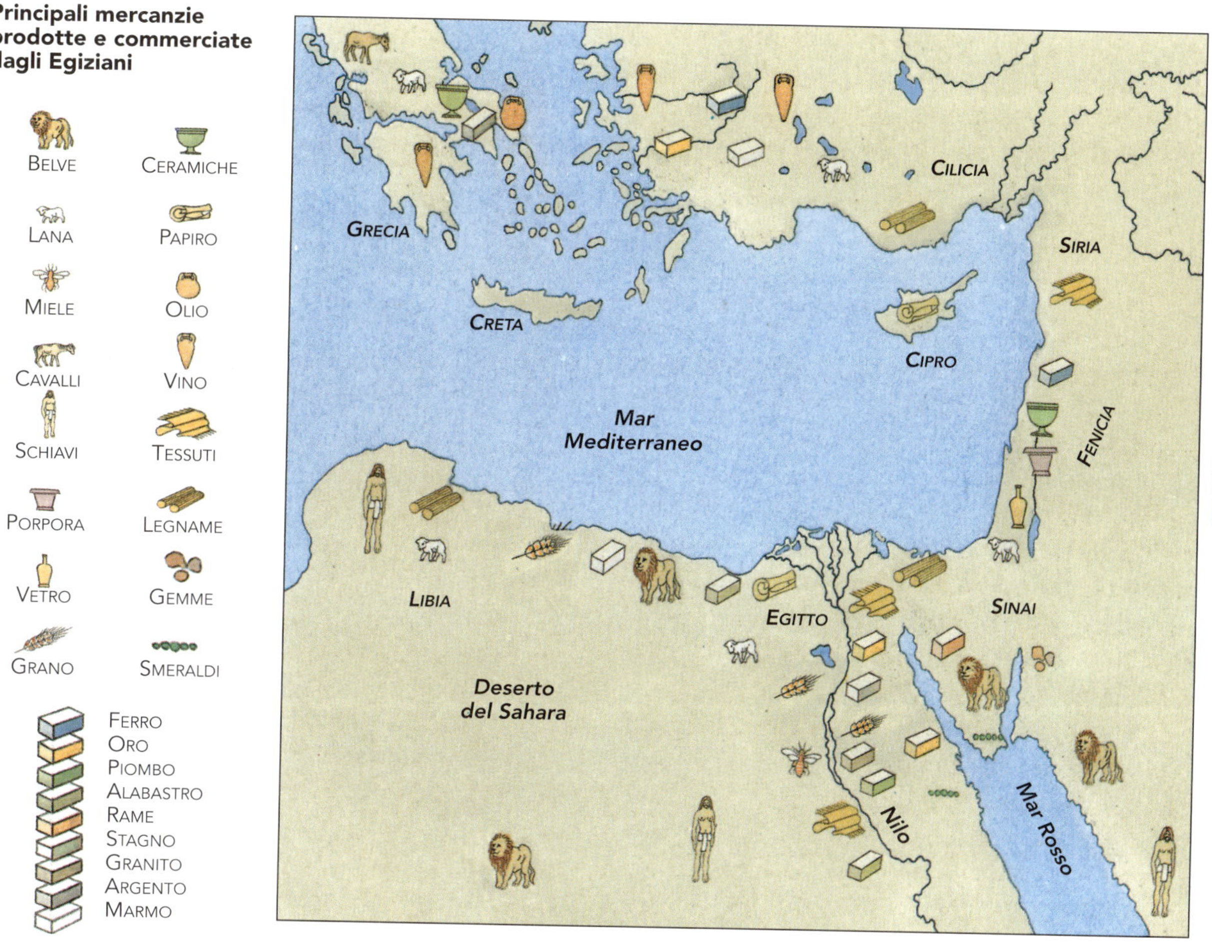

verso l'Oriente, sia via terra che per mare. Fin da epoca molto antica si hanno notizie di intensi scambi con i regni e i paesi dell'attuale Medio Oriente che, in cambio di grano, lino, papiro, unguenti, profumi e oro, fornivano quelle materie prime che mancavano in Egitto oltre a una notevole quantità di prodotti finiti. Già all'epoca del faraone Snofru (IV dinastia) si fa menzione di 40 carichi di legno pregiato (cedro del Libano) arrivati in Egitto su navi da trasporto nel corso di un solo anno. È indicativo dell'importanza di questi scambi il fatto che tutte le imprese commerciali fossero sempre poste sotto il controllo del sovrano. Celebre, fra le altre, la spedizione al paese di Punt sotto la regina Hatshepsut.

Il commercio con i paesi dell'Oriente prese ancor più vigore durante la XVIII dinastia, quando i faraoni spinsero verso est le loro conquiste militari. Dalla Siria arrivavano il rame grezzo o lavorato, carri e finimenti di cuoio; da Babilonia e dal paese degli Ittiti, veniva l'argento, chiamato "il bianco", fino alla XVIII dinastia considerato più prezioso dell'oro perché del tutto assente in Egitto. Perfino il lapislazuli, la pietra dura tanto apprezzata dagli Egiziani, era importato e così pure l'ossidiana, usata dagli artigiani fin dall'epoca predinastica.

L'ARCHITETTURA DI UNA VILLA

Delle case private degli antichi Egiziani è rimasto poco più che la traccia del perimetro e delle fondamenta, a causa dei materiali deperibili con cui furono costruite. Possiamo però avvalerci di numerose raffigurazioni da cui è possibile rilevare la disposizione degli ambienti interni delle ville signorili. Esse non seguivano uno schema uniforme, sebbene si possano rilevare analogie e elementi ricorrenti: generalmente erano a pianta rettangolare e quasi sempre a un solo piano, immerse in un ampio parco delimitato da un alto muro. Nel blocco dell'edificio si aprivano numerose camere e uno o due cortili scoperti, da cui i locali prendevano aria e luce. L'abitazione era divisa in due zone ben distinte: la parte anteriore comprendeva le stanze di rappresentanza dove si ricevevano gli ospiti, quella posteriore era invece riservata allo svolgimento della vita domestica.

I LOCALI DI RAPPRESENTANZA

Gli ospiti accedevano alla villa attraverso un atrio e un vestibolo e entravano nella grande sala di ricevimento dalle colonne dipinte. Pavimento e soffitto potevano essere dipinti: il palazzo reale di El Amarna aveva pavimenti raffiguranti pesci e uccelli acquatici, e anche le pareti erano coperte di dipinti. Questi dipinti erano ottenuti stendendo il colore a secco sulla calcina, una tecnica molto diversa dai nostri affreschi. A colori vivaci erano anche i mobili, i numerosissimi cuscini e le stuoie, usate sia per ricoprire i pavimenti, sia per chiudere porte e finestre.

L'abitazione
Il retro della casa era riservato alla vita domestica, con i locali destinati ai padroni: camere da letto, stanze da bagno e da toeletta, e i quartieri delle donne. All'esterno si trovavano i locali con le cucine, da cui si accedeva alle cantine sotterranee, il forno, i magazzini, la dispensa e le stanze della servitù. Sul cortile posteriore si aprivano anche le stalle, il recinto delle oche e l'officina. I silos per il grano sorgevano in un cortile laterale, mentre la cisterna si trovava in un angolo del giardino.

La ventilazione degli ambienti interni era ottenuta sopraelevando la sala centrale, che nella fascia più alta delle pareti aveva finestre chiuse da grate di legno.

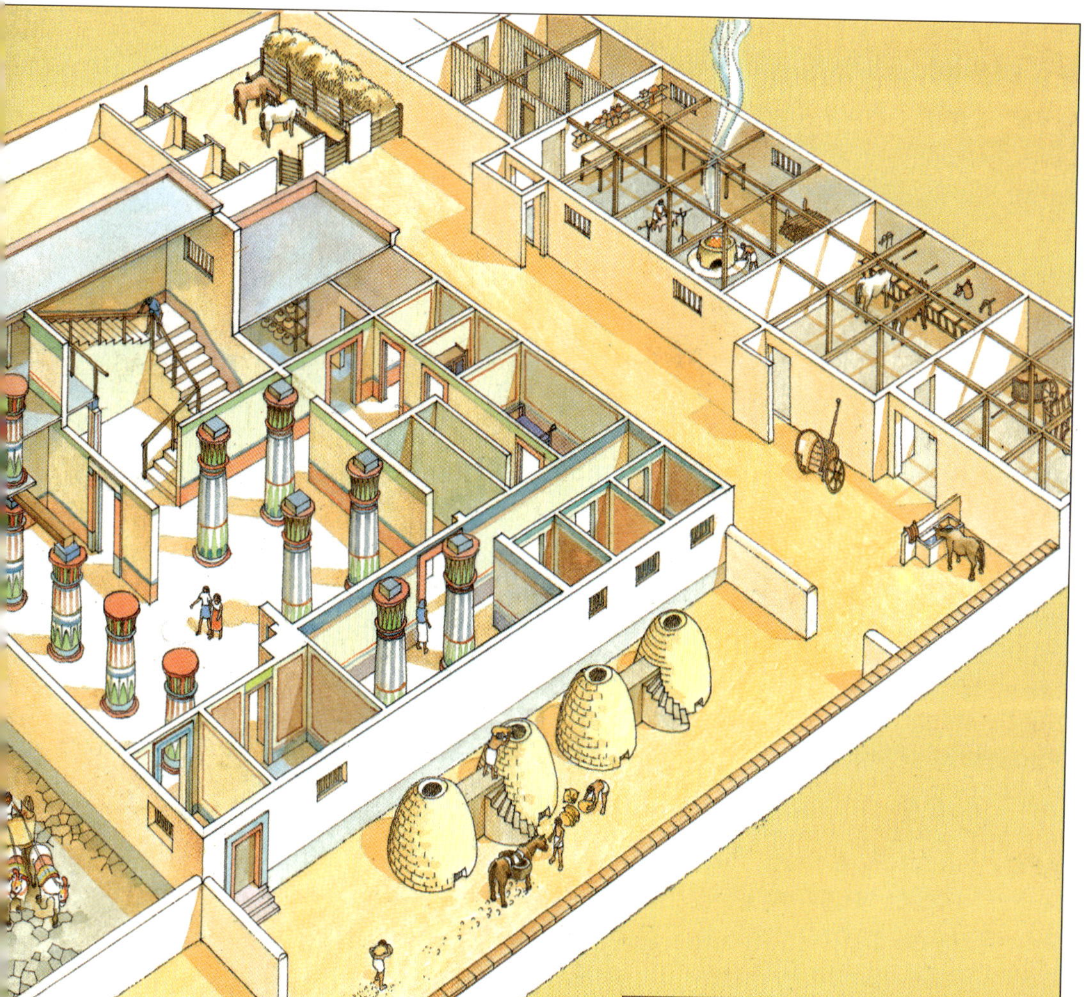

Legenda:

1. Portineria
2. Cortile
3. Atrio
4. Vestibolo
5. Loggia a colonne
6. Salotto
7. Sala a colonne
8. Dispensa
9. Servizi
10. Camera padronale
11. Camera
12. Servizi
13. Cortili
14. Granai
15. Officina
16. Stalla
17. Cucine
18. Camere della servitù
19. Stalla
20. Magazzino
21. Vasca del giardino
22. Tempietto privato

I granai

Il grano veniva introdotto dall'apertura superiore per mezzo di una scala, mentre veniva prelevato dall'apertura inferiore. Questo modello poteva arrivare all'altezza di 5 m ed era generalmente posto in grandi cortili quadrangolari. Lo scriba, addetto alla misurazione del grano raccolto, sedeva generalmente su una terrazza sopraelevata, per poter controllare meglio.

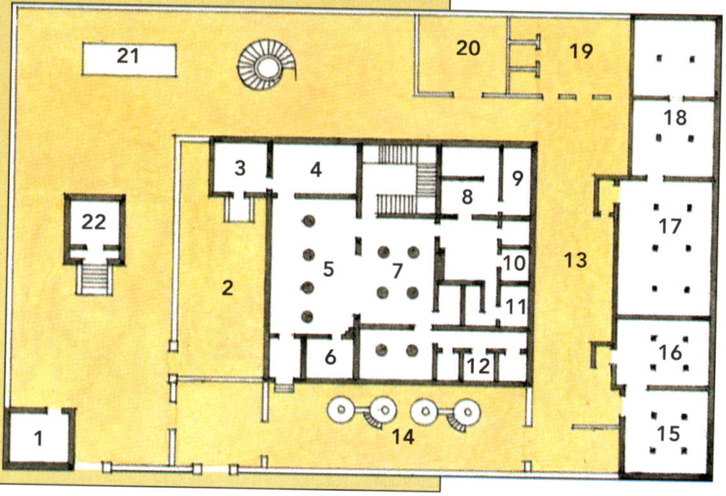

ARREDAMENTO E UTENSILI

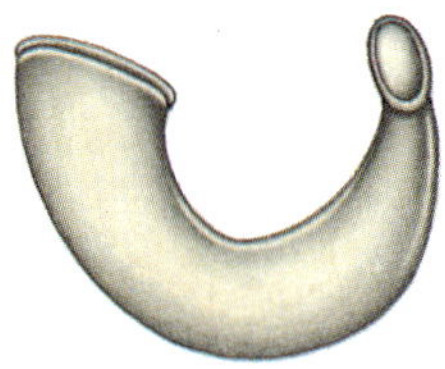

Contenitore di corno per liquidi

Scopa e spazzola

Come si può dedurre dalle numerose rappresentazioni, la vita degli antichi Egiziani doveva svolgersi in gran parte all'aperto, perciò l'arredamento della casa si basava su criteri di grande semplicità. Nelle abitazioni più modeste, mensole, scaffali, nicchie erano quasi sempre scavati nei muri; le suppellettili (manufatti di giunco, canna o tessuto), è probabile che fosse lo stesso abitante della casa a costruirle con le proprie mani. Ecco perché ci è difficile ricostruire l'interno di una casa "povera": gli oggetti, troppo deperibili, sono andati distrutti, mentre sono giunti fino a noi quelli in materiale pregiato delle abitazioni dei ricchi.

MOBILI E SUPPELLETTILI

Già nelle case di rango dell'Antico Regno, i mobili destinati a reggere o contenere un corpo umano riproducono, in alcune parti o dettagli, figure e caratteristiche animali, come gambe di sgabello a forma di zoccolo di toro o a zampa di leone, braccioli e schienali di sedia modellati come il collo di un'anatra, telai del letto che imitano il corpo della gazzella. Oggetto tipico è il poggiatesta, solitamente un semplice blocco di legno fasciato di tela, se destinato all'uso, mentre per i corredi funerari più ricchi è realizzato in pietra o in avorio. Essendo associato simbolicamente alla protezione della testa del defunto, dalla XVIII dinastia in poi fu anche modellato in forma di amuleto.

La più antica forma di tavolino è circolare con base d'appoggio cilindrica o tronco-conica, ma il tavolino più diffuso fu poi quello a quattro piedi collegati da traverse a traliccio, usato nei banchetti al posto della grande tavola comune.

Per quanto riguarda il Nuovo Regno, i documenti rivelano l'apprezzamento di cui godevano i manufatti egiziani all'estero, testimoniando l'esistenza di uno scambio commerciale con il vicino Oriente: l'Egitto importava le materie prime e esportava oggetti pregiati.

Il mobilio del Nuovo Regno, in particolare, si distingue per l'accentuata propensione al lusso e per le forme ornate e sinuose: splendidi esempi sono nel tesoro di Tutankhamon.

Canestri di giunco

Vaso per acqua in ceramica decorata

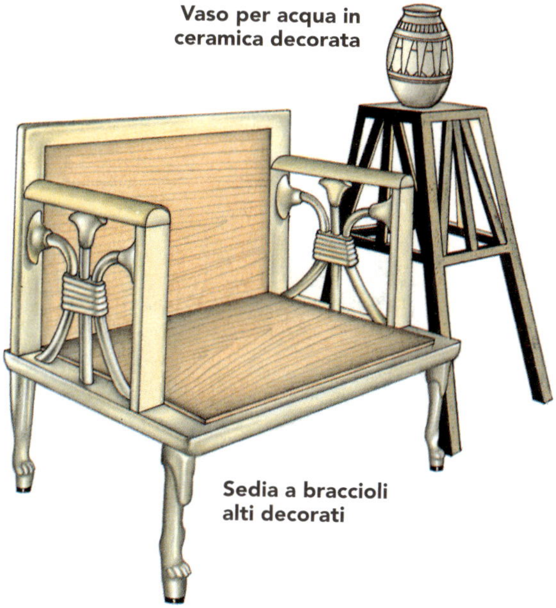

Sedia a braccioli alti decorati

L'arredamento indispensabile

L'abitudine egiziana di dotare le tombe con mobili di ogni tipo che serivivano al defunto nell'aldilà, ci ha permesso di conoscere l'arredamento delle loro case. Le tombe, infatti, isolate climaticamente, hanno conservato intatto per secoli il loro contenuto: dai reperti possiamo dedurre che l'arredo della casa egizia poteva essere fatto con materiali di scarso pregio, ma appariva tuttavia dignitoso e talvolta raffinato nelle forme. Esso si componeva di pochi pezzi essenziali: il letto col poggiatesta, lo sgabello, la sedia, il vassoio e il tavolino da pranzo, il vaso con sostegno, lo scrigno e la stuoia. Il materiale usato era quasi sempre il legno, talvolta intarsiato o soltanto decorato a colore.

Vari tipi di poggiatesta: a sagoma di lepre, con colonnina di avorio a forma di fascio di papiri e con colonnina in legno riproducente un'immagine divina

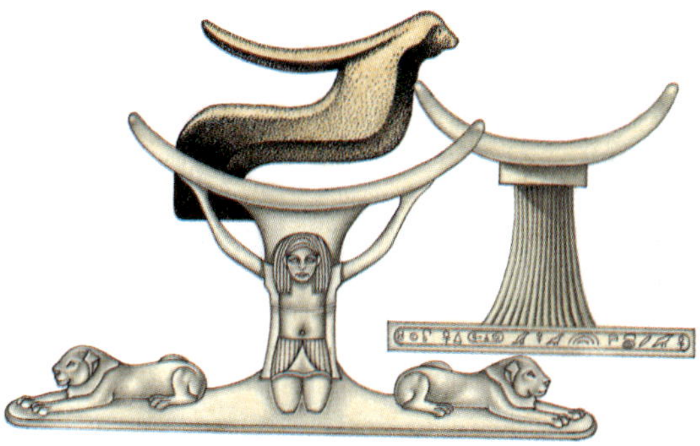

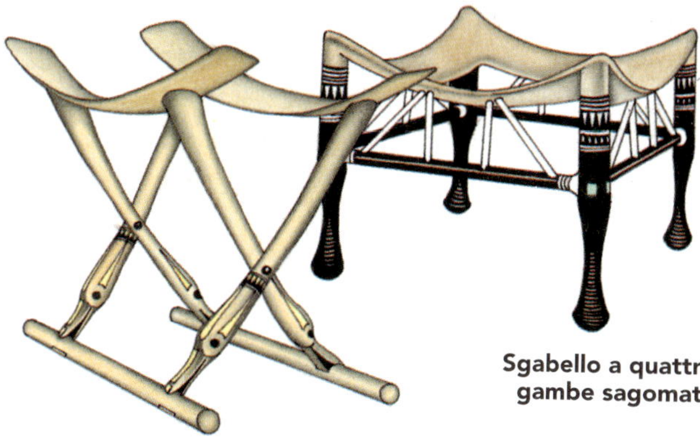

Sgabello a quattro gambe sagomate

Sgabello pieghevole

Cofanetto per gioielli o parrucche

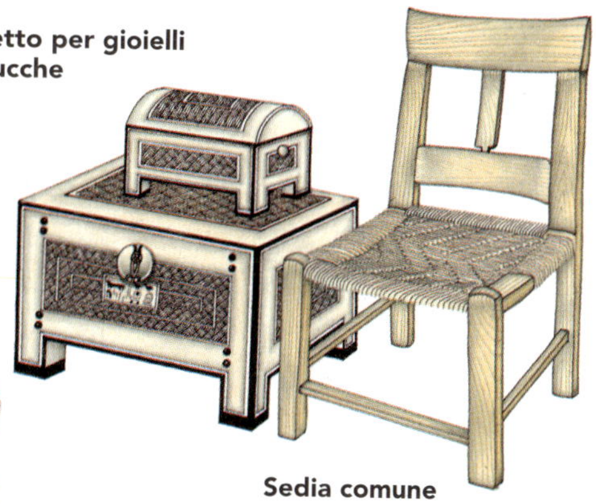

Sedia comune

Letto aperto con rete di giunchi intrecciati

ABBIGLIAMENTO E ARTIGIANATO

L'ABBIGLIAMENTO

Popolo raffinato e amante del bello, gli Egiziani dedicarono sempre molta attenzione all'abbigliamento e alla cura della persona. Tuttavia non sembra si siano preoccupati molto di rinnovare la moda e il modello dei loro abiti subì poche trasformazioni nei secoli. La veste femminile più antica era costituita da una tunica aderente lunga fino alle caviglie, sostenuta, all'altezza del petto, da due fasce. Un comodo gonnellino al ginocchio, completato a volte da un intreccio di nastri sul torso, era tutta la veste delle lavoratrici. L'abito maschile era fatto di un telo rettangolare drappeggiato e fermato sui fianchi da una cintura; elemento caratteristico era la piega a forma di triangolo che si formava sul davanti. Il colore predominante era il bianco, di facile produzione e lavabilità, mentre il tessuto preferito era il lino.
Durante il Nuovo Regno, nell'abbigliamento sia maschile che femminile si diffuse l'uso della tunica in varianti assai complicate: spesso pieghettata o ornata con bordure.

La grande eleganza di regine e faraoni.

L'acconciatura

L'ancella, con uno spillone d'avorio, pettina in fini treccioline i capelli della padrona che può controllare il risultato in un elegante specchio di bronzo. Entrambe hanno applicato lungo il contorno degli occhi, con un sottile bastoncino, una pasta colorata ottenuta con polvere di malachite o bistro mescolati a una base grassa che, oltre a far apparire gli occhi più allungati, li protegge dalle infezioni.

Il lavoro degli artigiani
In questo dipinto sono rappresentati, da sinistra e dall'alto, i seguenti mestieri: artigiani del cuoio; fabbricanti di carri; falegnami, scultori e orefici; artigiani del metallo e costruttori di barche; scribi e cesellatori.

GIOIELLI E OREFICERIA

Le botteghe degli artigiani producevano oggetti destinati all'uso quotidiano che dovevano essere solo funzionali e resistenti, e articoli di lusso, che ci sono pervenuti in maggior numero, essendo parte del corredo funerario dei principi e degli alti funzionari. In oreficeria, le collane e le cinture di conchiglia di epoca preistorica lasciarono presto il posto all'oro lavorato, alle pietre semipreziose come la corniola, il lapislazuli, il diaspro, la turchese. L'arte orafa raggiunse altissimi livelli nel Nuovo Regno, anche grazie all'introduzione di nuove tecniche di lavorazione. Accanto a collane, diademi e bracciali, l'ornamento più caratteristico per uomini e donne era lo usekh, il largo collare di più giri di perline. Gli amuleti a pendente si diffusero in tutto il Mediterraneo, come gli anelli a sigillo. Poiché non tutti potevano permettersi oggetti in oro massiccio, molto sviluppata era la doratura, mentre le fanciulle di basso ceto si accontentavano di graziosi ornamenti fatti di perline di vetro.

Varie fogge di abiti, parrucche e gioielli (IV-XX dinastia)
I particolari che rendevano veramente elegante un abbigliamento erano, tanto per gli uomini quanto per le donne, la parrucca e l'acconciatura. Realizzata con crini umani, la parrucca era, fino a tutta l'epoca tolemaica e romana, piuttosto costosa e non serviva quindi solo ad apparire più belli ed eleganti, ma poneva in risalto il prestigio della persona, al pari di una vistosa collana o di altri gioielli.

LA CONDIZIONE DELLA DONNA

Il lavoro domestico era il primo impegno per la donna egiziana. Le donne delle classi più umili preparavano personalmente i cibi, macinavano i cereali per poi fare il pane o la birra e attingevano l'acqua. Le donne dei ceti più elevati si limitavano a controllare il lavoro delle ancelle e a seguire l'educazione dei figli.

Nella civiltà egiziana la donna svolse un ruolo considerevole, spesso assai più importante che nelle altre civiltà del Mediterraneo e anche nella religione ebbero una parte notevole le divinità femminili, come Iside.

LA "SIGNORA DELLA CASA"

Fin dai tempi più antichi la donna è rappresentata accanto allo sposo, con tutti i figli. La moglie del dignitario ne è anche l'amica e la consigliera, e, sposandosi, amministra il patrimonio di famiglia. Eccezion fatta per i re e gli alti dignitari, gli Egiziani sono chiaramente monogami. La donna era quindi il centro della vita familiare e la qualifica che le veniva attribuita di "signora della casa" non era solo un formale titolo di cortesia. Si occupava dell'andamento delle faccende domestiche, dell'educazione dei figli, dell'amministrazione, indipendentemente dalla classe sociale cui apparteneva. Le donne di estrazione più umile condividevano spesso l'attività lavorativa del marito oltre, naturalmente, a occuparsi delle faccende tipicamente femminili come tessere, cucinare, tenere fornita la dispensa o preparare unguenti. Alcuni documenti riportano che, già nell'Antico Regno, la donna era dal punto di vista giuridico indipendente: poteva cioè far valere i propri diritti in tribunale e esprimere liberamente la propria volontà nel disporre dei beni privati. Nel Nuovo Regno era possibile che la donna avesse anche un'attività personale. Il matrimonio era sancito da un contratto che, alla morte del marito, assicurava alla vedova la sua parte di patrimonio.

Le signore della nobiltà avevano grande cura del corpo e dell'abbigliamento e spendevano rendite considerevoli in vesti, profumi e gioielli. Tra i passatempi e gli svaghi, si occupavano, inoltre, di musica e poesia.

Il lavoro dei campi vedeva la donna impegnata a fianco del marito agricoltore in tutte quelle mansioni che non richiedevano particolari attitudini fisiche, quali seminare, curare l'orto e raccogliere la frutta. Si aggiungeva a queste attività un compito tipicamente femminile: distillare le essenze profumate dai fiori.

La filatura e la tessitura del lino erano attività tipicamente femminili; avvenivano in laboratori alle dipendenze dello Stato o del Tempio, ma esisteva anche il lavoro di tipo domestico. Fin dal V millennio è documentato in Egitto il telaio orizzontale, col Nuovo Regno viene introdotto il telaio verticale.

In campo religioso la donna, purché di discendenza nobile, poteva ricoprire cariche molto importanti e prestigiose: la "divina adoratrice di Ammone", grande sacerdotessa del dio di Tebe, aveva titolatura regale, si assicurava la successione col metodo dell'adozione e, come il faraone, celebrava i riti del culto.

A sinistra, **caratteristiche figurine di "portatrici d'offerta"**, dal corredo funebre di una tomba del Medio Regno. Entrambe indossano il classico abbigliamento femminile in lino bianco delle donne del popolo.

LA PROFESSIONE DELLO SCRIBA

La scrittura comparve alla fine del IV millennio a.C. e la sua diffusione contribuì grandemente al mantenimento dell'unità dello Stato faraonico e al suo funzionamento.
Si trattava di una scrittura complicata e la capacità di leggere e scrivere rimase prerogativa dei ceti più elevati. Tuttavia, essendo indispensabile per l'amministrazione, per la burocrazia e per l'esercito, tutti dovevano seguire un corso presso uno scriba.
Allo scriba erano affidate varie mansioni con diversi gradi di responsabilità: poteva essere per tutta la vita un modesto segretario, oppure, a seconda delle proprie capacità, trovare impieghi nell'amministrazione civile, in quella militare e, specie nel Nuovo Regno, in quella ecclesiastica, quando i grandi santuari divennero centri economici dotati di numeroso personale.

LA SCRITTURA GEROGLIFICA

I segni geroglifici di uso più comune erano diverse centinaia e rappresentavano esseri viventi, divinità, piante, parti del corpo umano o di animali, oggetti e strumenti, edifici, elementi naturali. Questo sistema viene detto "ideografico" in quanto ogni immagine definisce un oggetto o un'azione. Tuttavia i geroglifici, per quanto numerosi, potevano indicare un numero molto limitato di concetti e fu necessario ricorrere a un altro sistema, non solo attribuendo al disegno geroglifico un significato, ma utilizzandone anche il suono corrispondente (è quello che chiamiamo "sistema fonetico").

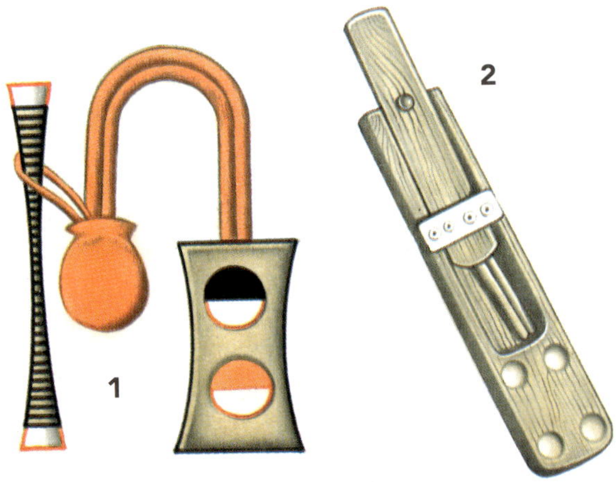

1. Geroglifico composto dagli strumenti dello scriba: un astuccio con incavi per le tavolette di pigmento di inchiostro rosso e nero, un vasetto per l'acqua, una penna di canna.

2. Astuccio da lavoro in legno con l'occorrente essenziale per scrivere.

Geroglifici (a sinistra) di un sarcofago con intarsi policromi.

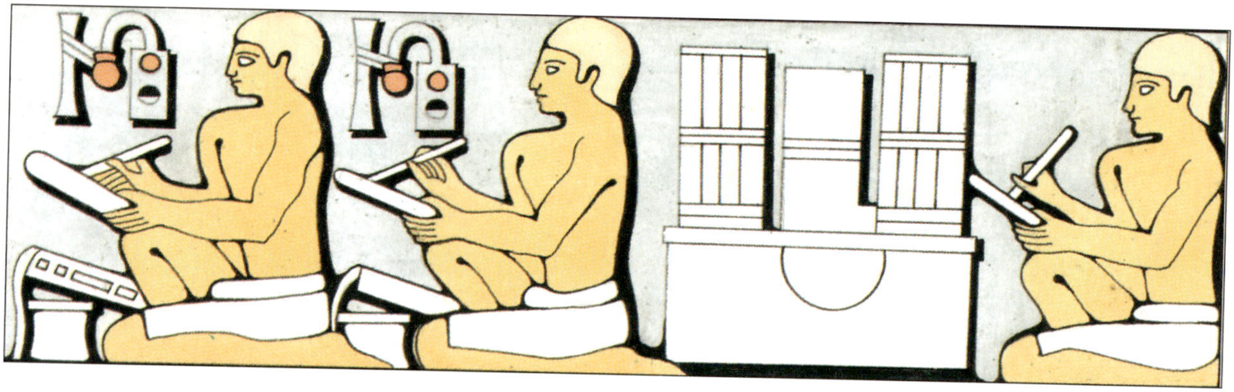

Lo scriba (in alto) era essenziale per il funzionamento della macchina dello Stato e andava molto orgoglioso delle proprie mansioni. Un antico papiro enumera i vantaggi della professione dello scriba: "Ti salva dalla fatica, ti protegge da qualsiasi lavoro manuale; ti evita di portare la zappa e il piccone; non devi portare sulla testa il paniere; ti dispensa dal maneggiare il remo. Ti evita ogni tormento".

LA SCRITTURA IERATICA E LA SCRITTURA DEMOTICA

Lo sviluppo delle attività economiche impose però l'adozione di un sistema di simboli più veloce: i segni geroglifici vennero quindi tracciati in maniera stilizzata. I Greci denominarono questa scrittura "ieratica", cioè sacerdotale, in quanto ormai vi ricorrevano solo i sacerdoti per trascrivere i testi religiosi; in origine, però, essa era di uso corrente.

Dal VII secolo a.C. si diffuse una scrittura ancor più rapida, adatta alle necessità quotidiane e derivata per semplificazione da quella ieratica: si chiamò "demotica", ovvero popolare.

A destra **statua in granito di uno scriba** del VII secolo a.C., rappresentato nella tradizionale posizione a gambe incrociate: seduto a gambe incrociate in modo da tener disteso sul gonnellino il rotolo di papiro, sulla spalla l'astuccio dei pennelli fornito degli incavi per l'inchiostro in pasta, e, appesa alla corda, la boccettina d'acqua per diluirlo.

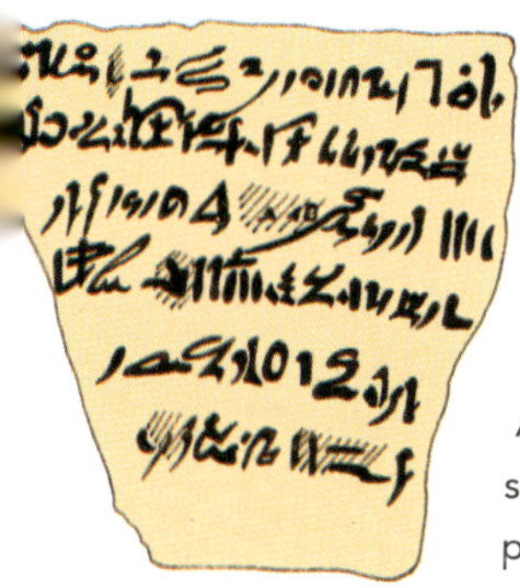

A sinistra **scrittura ieratica** su un coccio usato per appunti e note.

SCUOLA ED EDUCAZIONE

La scuola come istituzione esisteva in Egitto fin dal 2000 a.C. e nacque con il preciso intento di formare funzionari capaci e buoni amministratori statali. La prima educazione dei bambini spettava ovviamente ai genitori e soprattutto alle madri. Fra i cinque e i dieci anni i maschi potevano entrare in una scuola per apprendere a leggere, scrivere e fare di conto. La scuola era aperta a ogni classe sociale; le bambine però non erano ammesse e, se necessario, si preferiva educarle privatamente.

LA SCUOLA

La scuola era detta "Ot seba" ("camera d'insegnamento"); il maestro era indicato con il termine "sebau", e "sebati" era l'allievo. Di solito la scuola si trovava presso gli edifici di un tempio e ogni lezione si svolgeva in un clima di grande austerità: al maestro, in genere uno scriba dell'amministrazione, erano dovuti rispetto e obbedienza. Le leggerezze e gli errori venivano puniti severamente.

MATERIE DI STUDIO

Il primo compito dello scolaro era quello di apprendere a leggere e a scrivere. Dopo aver fatto pratica di geroglifici, imparandoli anche a memoria, ci si perfezionava esercitandosi con modelli di lettere e atti pubblici.
Lo studio della matematica era ritenuto fondamentale perché, oltre che all'amministrazione e alla contabilità, era applicata a numerose professioni come quella dell'ingegnere, dell'agronomo, dell'astronomo e del medico.

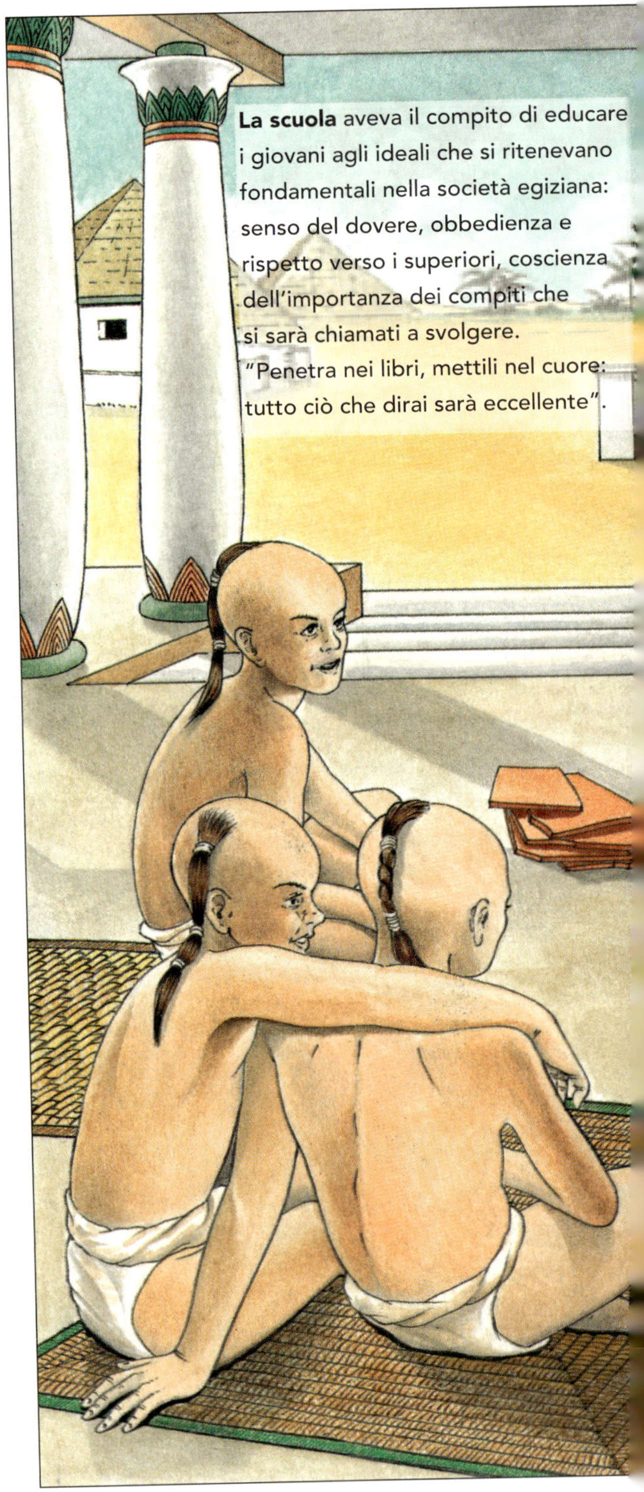

La scuola aveva il compito di educare i giovani agli ideali che si ritenevano fondamentali nella società egiziana: senso del dovere, obbedienza e rispetto verso i superiori, coscienza dell'importanza dei compiti che si sarà chiamati a svolgere.
"Penetra nei libri, mettili nel cuore: tutto ciò che dirai sarà eccellente".

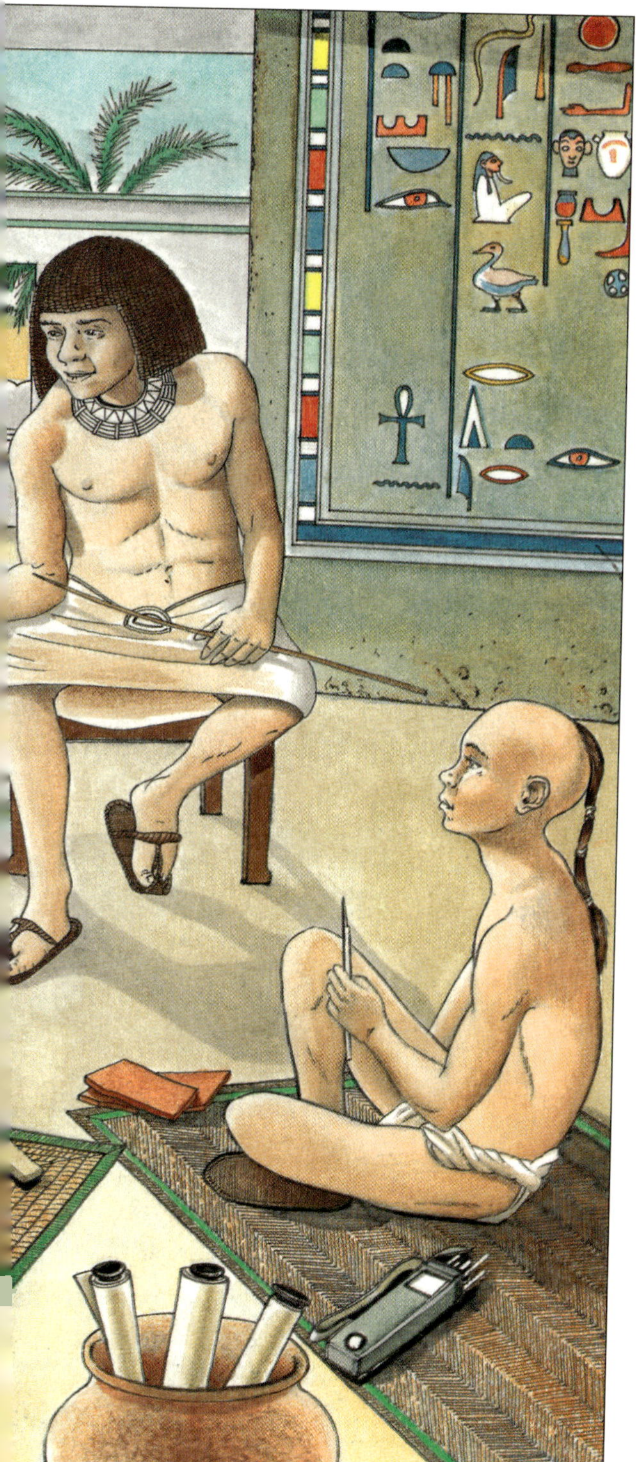

L'educazione fisica
Era insieme gioco e sport. Nelle scuole i ragazzi avevano delle ore dedicate all'esercizio fisico che irrobustiva il corpo, scaricava la tensione delle lunghe ore passate su una tavola di geroglifici e insegnava regole di vita, come il rispetto degli altri, la lealtà, la disciplina. La lotta, gli esercizi acrobatici e la sfida con i bastoni erano i giochi più amati.

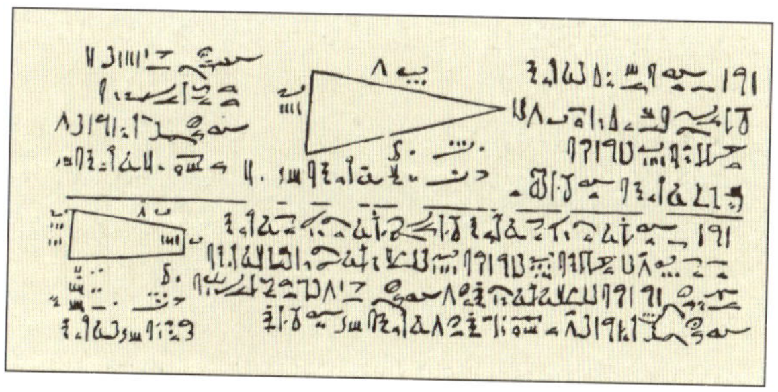

Aritmetica e geometria
Lo studio della matematica era molto curato. Si sono conservate sino a noi copie di esercizi di aritmetica e persino manuali con problemi svolti di geometria per chi – e non ci sembra improbabile – poteva trovarsi nella necessità di dover calcolare il volume di una piramide. Anche gli importanti lavori di canalizzazione si basavano sulla matematica.

ESERCITO E FORTIFICAZIONI

Durante l'Antico Regno, le truppe, con ogni probabilità arruolate localmente, dovevano svolgere soprattutto un ruolo di forza-lavoro organizzata: contingenti di soldati erano impiegati nelle miniere del Sinai o per scortare spedizioni commerciali, oltre che ovviamente per garantire la protezione delle frontiere. Nel Primo Periodo Intermedio l'instabilità politica provocò la formazione degli eserciti privati e il ricorso a truppe non egizie: è il caso di quelle formate dai Nubiani, provenienti dalla provincia più meridionale dell'Egitto. Durante il Medio Regno si può ormai parlare di unità militari permanenti ben organizzate, integrate, in caso di necessità, da milizie locali. Durante il Secondo Periodo Intermedio si verificò un progresso senza precedenti nello sviluppo delle armi, dell'organizzazione militare e della strategia, e l'esercito divenne permanente.

Tre guerrieri nubiani (in alto) armati di arco di legno.

Fanti con scudo e lancia e arcieri armati di ascia e boomerang (in basso), del periodo del Medio Regno.

LE ARMI

L'armamento, durante l'Antico e Medio Regno, fu alquanto povero: mazze di pietra, archi, frecce e giavellotti a punta di selce o bronzo, pugnale e un grande scudo di pelle tesa dalla forma variabile (rettangolare, ovale o rotondo). Più tardi, durante il Nuovo Regno, il corredo militare fu arricchito con armi apprese dall'Oriente: daga, lancia, casco di cuoio, corazza di lino.
La grande novità di quel periodo fu il carro da guerra, un veicolo leggero costruito in legno, con alcuni elementi di cuoio e di metallo.

Il carro da guerra (a sinistra) era condotto dall'auriga, cui si affiancava un guerriero armato.

Le fortificazioni

Le fortezze costituiscono un altro grande capitolo dell'architettura egizia. Si trovano già realizzate in epoca predinastica, ma vennero perfezionate nel Medio Regno, per servire da difesa sulla frontiera meridionale. Si tratta di opere possenti: hanno pianta rettangolare o seguono a poligono i limiti dell'altura. Sono formate da una massiccia cinta muraria, con torri angolari, fossati e terrapieni.

L'espugnazione dei forti si faceva aprendo brecce con zappe nelle mura di mattoni crudi o superando le stesse con le scale.

La fortezza di Semna: ricostruzione e pianta

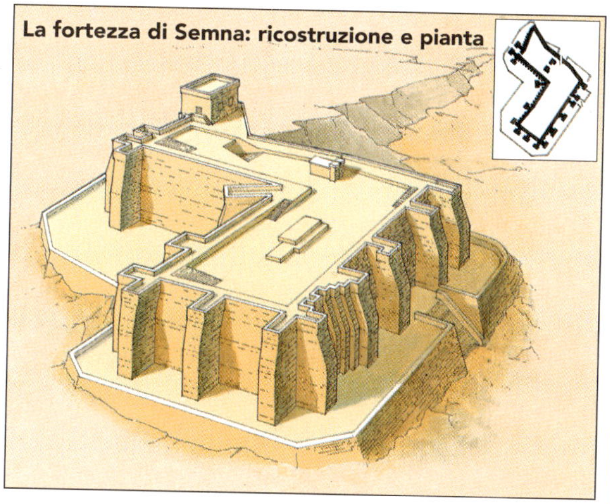

La scena sotto rappresenta l'assedio di un forte nemico durante la campagna contro gli Ittiti che culminò con la **battaglia di Qadesh**.

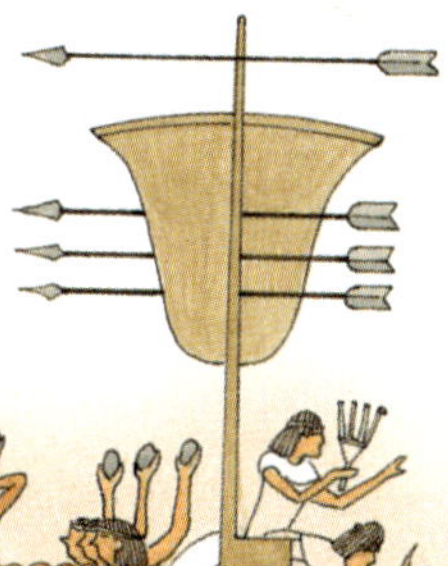

SCULTURA E ARCHITETTURA

La grande sfinge di Gisa, col suo sorriso enigmatico, è il simbolo stesso del fascino misteriorso della cultura egiziana, mentre la perfezione stilistica e la sua imponenza testimoniano i grandi livelli raggiunti dagli architetti egiziani.

L'ARCHITETTURA

Gli architetti egiziani riuscirono a concretizzare il concetto stesso di regalità divina: la forma della piramide, le strutture che la completano e l'articolazione della tomba esprimono concezioni religiose. La tomba tipica dell'Antico Regno, per i privati, era la *mastaba*: un sedile in muratura con una sovrastruttura tombale a forma di parallelepipedo. Le necropoli del Medio e Alto Egitto erano rupestri: le colonne o i pilastri della facciata e degli interni venivano ricavati nella viva roccia, nella quale erano scavati uno o più ambienti isolati dalla cripta. Nel Nuovo Regno, a Tebe, la struttura interna era preceduta da un cortile e la facciata poteva essere arrotondata a somiglianza di una stele arcuata.

SCULTURA E RILIEVO

Le decorazioni dovevano riassumere tutti gli aspetti dell'esistenza, in modo da potersi rinnovare tali e quali per sempre, a disposizione del defunto. Gli scultori realizzavano le loro opere secondo precise regole di proporzione: sul blocco di pietra veniva tracciato un reticolo di quadrati ai quali si facevano corrispondere, ingranditi, gli elementi del progetto. Quindi si scalpellava via il "di più" e si rifiniva l'immagine, destinata a "essere" per sempre.

1

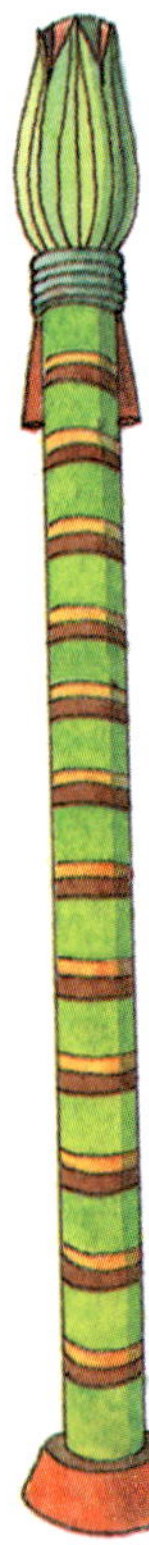

2

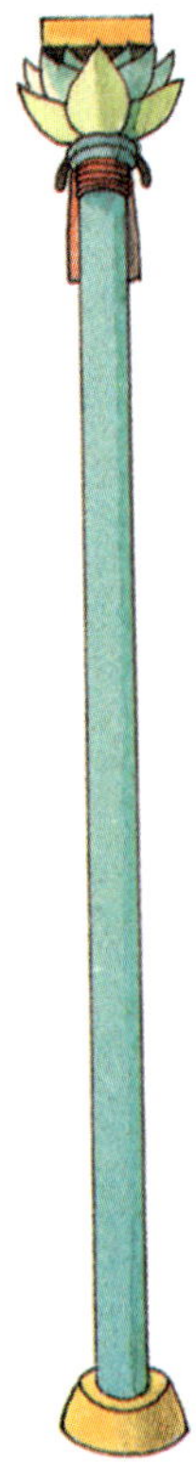

Evoluzione delle colonne egiziane

Antico Regno: a loto chiuso **(1)**, a loto aperto **(2)**.
Nuovo Regno: papiriforme aperta **(3)**, monostila **(4)**, papiriforme chiusa **(5)**.

4

5

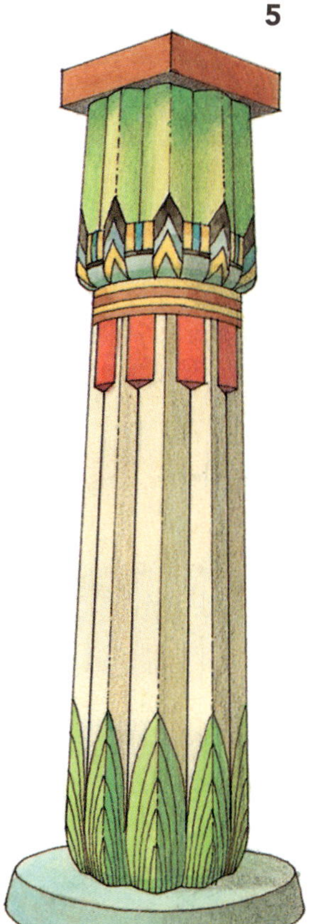

La "falsa porta" (in alto a sinistra e qui sopra)
La cripta, con la mummia del defunto, era sempre separata dagli ambienti pubblici dalla "falsa porta", tramite tra il mondo dei vivi e quello dei defunti.

Tempio di Edfu (in basso): il faraone Tolomeo XIII reca offerte alle divinità del tempio. I rilievi (III secolo a.C.) delle pareti e dei piloni dei grandi templi raccontano la vita e le imprese del faraone che li aveva fatti edificare.

PITTURA E CERAMICA

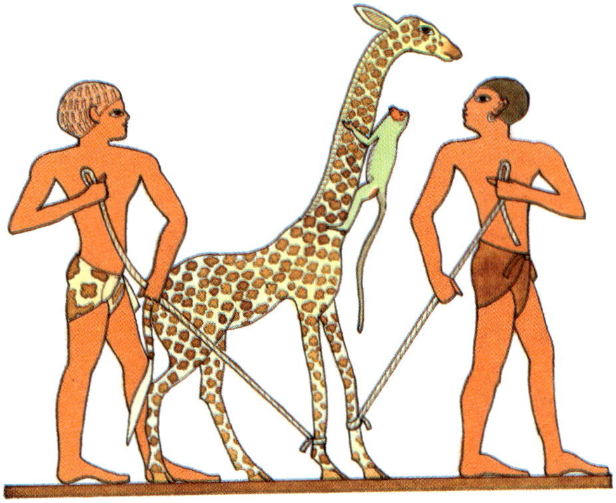

DISEGNO E PITTURA

Inizialmente la pittura apparve, in Egitto, come completamento di sculture o rilievi e solo nel Nuovo Regno sembra acquistare autonomia. Lo "scriba pittore" doveva conoscere le regole artistiche fissate nei secoli riguardo alle proporzioni figurative e al modo di riprodurre, ingrandito su una parete, il modello precedentemente "schizzato" su una tavoletta o su un foglio di papiro.

I segreti del mestiere si apprendevano presso laboratori specializzati: come esercizio i giovani allievi imparavano a preparare i colori, a levigare con lo stucco la parete da dipingere, a riprodurre particolari su frammenti di calcare.

La decorazione di una tomba seguiva sempre un programma preciso e i temi erano scene di argomento religioso e rappresentazioni di vita quotidiana. Ci sono pervenuti pochi resti di pitture al di fuori del repertorio delle tombe: riccamente dipinti, ad esempio, erano i pavimenti e le pareti della residenza reale di El Amarna e del palazzo di Amenofi III a Tebe.

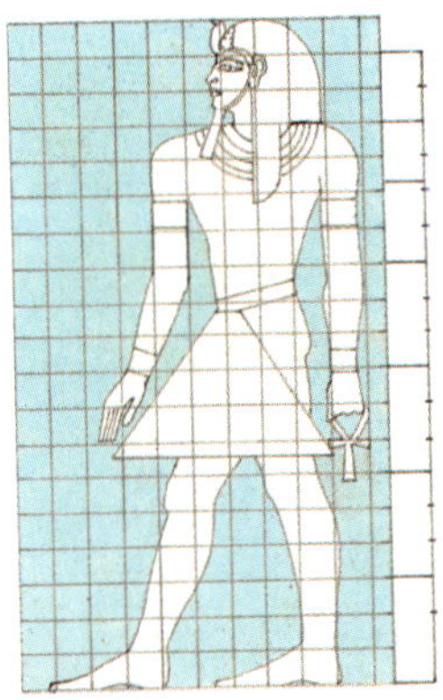

La figura umana

Per riuscire a riprodurre la figura umana, gli Egiziani idearono una griglia formata da 18 quadrati di altezza che, dall'attaccatura dei capelli alla pianta dei piedi, conteneva il soggetto da riprodurre.

Artisti al lavoro in una tomba

Il gusto del dettaglio (a sinistra)
Le scene dipinte in alcune tombe mostrano il gusto che gli Egiziani avevano per i dettagli: la giraffa portata come tributo dai nubiani ha le zampe anteriori legate con due corde, mentre una scimmietta sta attaccata al suo collo, come è solita farsi trasportare nella savana.

Ceramica da arredo (a destra)
Molti oggetti da arredamento erano fabbricati in faïence o porcellana egiziana, coperta di una brillante invetriatura. Qui sopra, un curioso ippopotamo, pericolo costante per le piantagioni lungo il Nilo.

L'ARTE DELLA CERAMICA

Anche alla produzione vascolare gli Egiziani dedicarono estrema cura: abbiamo esemplari magnifici di vasi in pietra che dimostrano l'abilità di lavorazione anche di materiali difficili e piccoli contenitori d'alabastro, più tenero, di cui seppero valorizzare le venature naturali e la trasparenza. Il tornio da vasaio era già largamente usato in epoca predinastica per la fabbricazione di vasellame di argilla di uso quotidiano. La funzione pratica a cui questi oggetti erano destinati suggerì la forma più adatta e si ebbero così panciuti vasi da birra, lunghe anfore per il vino, e poi catini, bicchieri, brocche, piatti, pentole ecc. Nel Nuovo Regno, i contenitori, anche di uso quotidiano, erano arricchiti con vivaci decorazioni ispirate a motivi vegetali o a disegni geometrici. Per i recipienti di piccole dimensioni veniva usata la faïence ricoperta da una invetriatura lucida azzurra o verde. Se ne facevano vasetti da toeletta, calici a forma di loto e anche ornamenti personali.

Ceramiche votive
Fin dall'epoca predinastica ci fu un'abbondante produzione di ceramiche e terracotte votive. Spesso erano di forma umana, come queste due statuette, dalle linee ancora semplici, che rappresentano una domestica e una danzatrice.

MEDICINA E ASTRONOMIA

MEDICINA

Nell'antico Egitto la medicina era una scienza molto evoluta, coltivata da un corpo di professionisti altamente specializzati.

Il Papiro Ebers, una famosa raccolta di casi clinici completa di note e di commento, dimostra come i medici egiziani, nell'affrontare la malattia, seguissero un metodo non dissimile da quello usati dai loro colleghi moderni: esaminavano il malato, identificavano la malattia in base ai sintomi (diagnosi) e ne prevedevano il decorso e l'esito (prognosi). Sembra che gli Egiziani ricollegassero già il battito del polso a quello del cuore, ritenuto il centro della vita.

La pratica della mummificazione, inoltre, doveva aver reso gli Egiziani abbastanza esperti di anatomia umana, una conoscenza che si sarà dimostrata preziosa nella chirurgia.

ASTRONOMIA

Per quanto riguarda l'astronomia, gli Egiziani non riuscirono mai a eguagliare i loro vicini sumeri e babilonesi. Tuttavia ci hanno lasciato due contributi fondamentali: la divisione del giorno e della notte in 12 parti uguali e il calendario solare di 365 giorni.

Gli Egizi, osservando le stelle, identificarono molte figure, in forma umana o animale, legate alla mitologia e alla religione. Alcune costellazioni sono rappresentate dalle figure di un leone, di coccodrilli, di un ippopotamo; altre dalle forme di una divinità. Il dio Horo era il più raffigurato: a lui erano legati i pianeti Giove, Saturno, Marte.

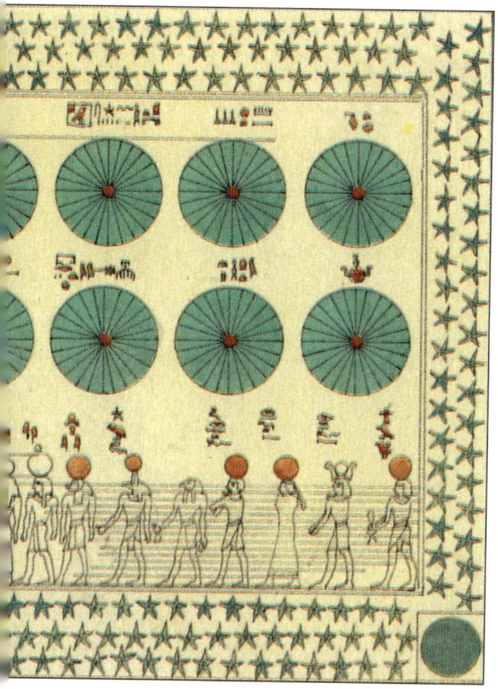

La misurazione del tempo
A sinistra: **calendario lunare** suddiviso in dodici mesi.
A destra: **orologio ad acqua**.

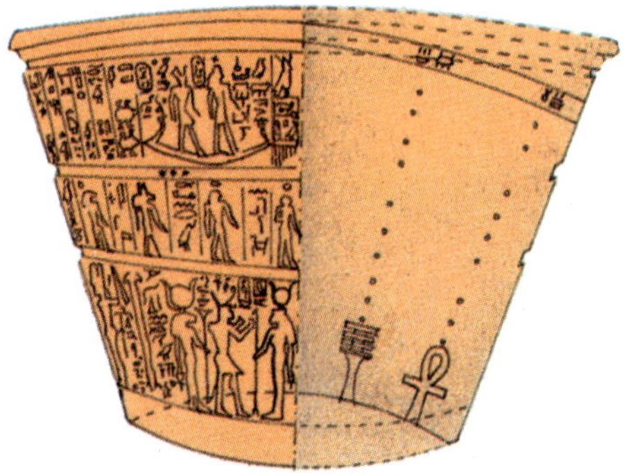

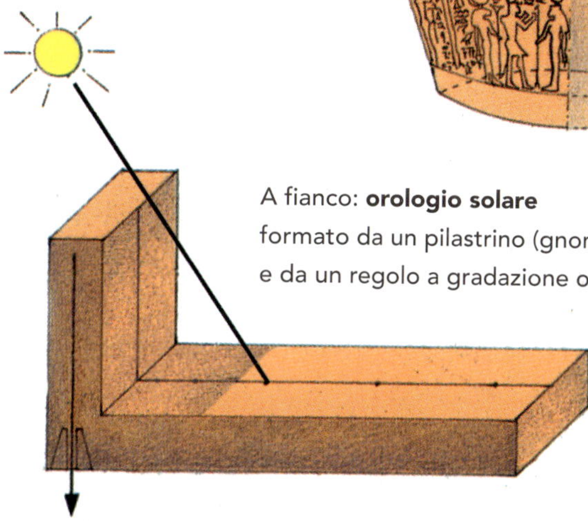

A fianco: **orologio solare** formato da un pilastrino (gnomone) e da un regolo a gradazione oraria.

Astronomia
Con le stelle osservate in cielo, gli Egizi costituirono figure in forma umana o animale, legate alla mitologia e alla religione. A rappresentare alcune costellazioni (a sinistra) leoni, coccodrilli, ippopotami; altre dalle forme di una divinità.

Strumenti chirurgici
(in basso).

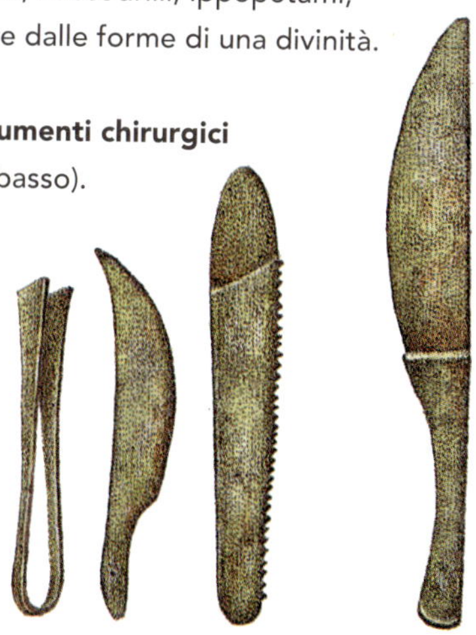

ANTICHI GRECI

PRINCIPALI EVENTI STORICI

La storia della Grecia è convenzionalmente divisa in vari periodi. Il primo è quello miceneo (XVI-XIII sec. a.C.) di cui ci sono rimaste le rovine dei grandi palazzi di Tirinto e Micene. Dal 1200 a.C. in poi la Grecia, come altri paesi del Mediterraneo, fu invasa da popolazioni provenienti dall'Europa centrale. Si aprì un'epoca confusa da cui gradualmente sorse, fra il XII e il VI sec. a.C., una nuova organizzazione civile e politica, quella delle città-stato. Il periodo successivo, fino a tutto il V sec., fu quello di maggior splendore, che influenzò fortemente le civiltà successive. Con le conquiste di Alessandro Magno la cultura greca si espanse anche all'Egitto e all'Oriente.

La civiltà micenea

Gli Achei, popolazione indoeuropea, si stabilirono nel XVI sec. a.C. nel Peloponneso, fondando città fortificate fra cui la prinicipale, Micene. Verso il 1400 a.C. gli Achei distrussero la civiltà minoica di Creta, e sottomisero le isole del mare Egeo. Fondarono, inoltre colonie in Asia Minore e in Italia meridionale. La civiltà micenea finì verso il 1100 a.C. con l'invasione dei Dori, che formarono in Grecia nuovi tipi di comunità, le *poleis*, città-stato politicamente autonome.

Sparta e Atene

L'una nel Peloponneso, l'altra in Attica, proposero due modelli di vita sociale e politica molto diversi fra loro. Sparta fu conservatrice e militarista, governata da un duro regime oligarchico. Atene, invece, ebbe un governo democratico, interrotto solo dalla tirrania di Pisistrato.

La Porta dei Leoni a Micene

Le guerre persiane

Quando le città greche dell'Asia Minore cercarono di scuotersi dal giogo della Persia, scoppiò la guerra tra Greci e Persiani. Atene intervenne in aiuto degli insorti, ma ebbe la peggio. Dario, "gran re" di Persia, portò i suoi eserciti sulla piana di Maratona (490 a.C.) dove però gli Ateniesi, riportarono una grande vittoria. Dieci anni dopo Serse, figlio di Dario, riprese la guerra: travolse alle Termopili l'eroica resistenza degli Spartani e saccheggiò Atene.Tuttavia, l'esito della guerra fu deciso dalla battaglia navale di Salamina (480 a.C.) dove gli Ateniesi sconfissero definitivamente i Persiani.

La guerra del Peloponneso

Dopo la vittoria sui Persiani, Atene divenne la *poleis* più potente, a capo di una coalizione di città unite per la difesa collettiva (lega di Delo). Tuttavia Sparta non si sottomise e il conflitto fu inevitabile. La guerra scoppiò nel 431 a.C. e durò fino al 404. Fu detta "guerra del Peloponneso" e terminò con la resa di Atene. Sparta impose un governo aristocratico, finché un gruppo di esuli ristabilì il regime democratico.

Filippo II di Macedonia

Nella regione montuosa della Macedonia, a nord della Tessaglia, viveva un popolo che parlava una lingua simile a quella dei Greci e affine per tradizioni culturali e religiose. L'organizzazione politica e sociale, però, era molto diversa in quanto basata su una salda monarchia ereditaria. Nel 359 a.C. salì al trono macedone Filippo II, che ideò un progetto grandioso: unire tutti i Greci sotto di sé per condurli alla conquista dell'impero persiano.
Sconfisse Tebani e Ateniesi e gli si aprirono le porte della Grecia. Non poté passare tuttavia all'attuazione della seconda fase del suo ambizioso programma perché fu assassinato, nel 336.

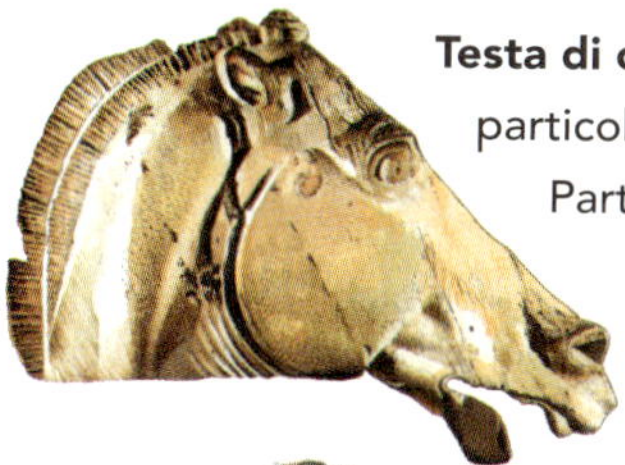

Testa di cavallo, particolare del Partenone.

Oplita spartano, bronzetto del VI sec a.C.

Alessandro Magno

Il trono di Macedonia passò al figlio Alessandro, un giovane non ancora ventenne che i contemporanei, affascinati dalla grandezza delle sue imprese e dalla sua straordinaria personalità, chiamarono Alessandro Magno (il Grande). Egli distrusse Tebe e poi si dedicò a realizzare i progetti paterni.

Spedizione di Alessandro: le date indicano le conquiste, la linea gialla continua il viaggio d'andata, quella tratteggiata il ritorno.

POPOLAZIONI EGEE

Il mare Egeo costituisce una naturale via di comunicazione fra l'Europa meridionale e il Vicino Oriente. Ricchissimo di porti naturali, di penisole, di isole e di isolette, fu un campo ideale per le prime esplorazioni marittime.

LA CIVILTÀ DI CRETA

Proprio in questa grande isola, posta al centro del Mediterraneo, fiorì, a partire dal III millennio a.C., la prima civiltà europea che noi chiamiamo "cretese" oppure, dal mitico re Minosse, "minoica". Sull'isola sorse un certo numero di agglomerati urbani: Cnosso, Festo, Mallia, Zakro, che avevano il loro centro nel palazzo. I cretesi erano abili commercianti e spregiudicati pirati e imposero il loro dominio sul Mediterraneo. La loro terra era fertile, sufficiente ai bisogni alimentari e i prodotti dell'artigianato e dell'industria non ebbero rivali in quanto a eleganza e funzionalità. Per più di un millennio i cretesi vissero tranquilli nella loro isola; non si preoccuparono neppure di circondare di mura le loro città, sicuri che nessun nemico avrebbe potuto metter piede a Creta. Intorno al 1400 a.C. un terremoto rase al suolo le città di Creta e la successiva invasione degli Achei pose fine alla civiltà minoica.

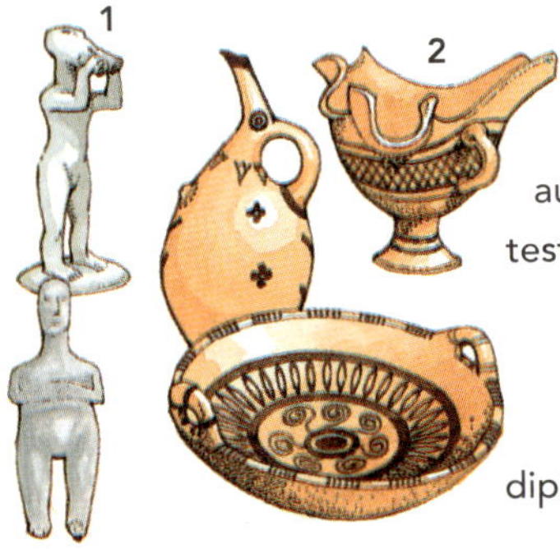

Nelle isole Cicladi si sviluppò una cultura autonoma molto originale, testimoniata dai suoi idoli di marmo dalle forme fortemente stilizzate **(1)** e da vasi e ceramica dipinta **(2)** di fattura insolita.

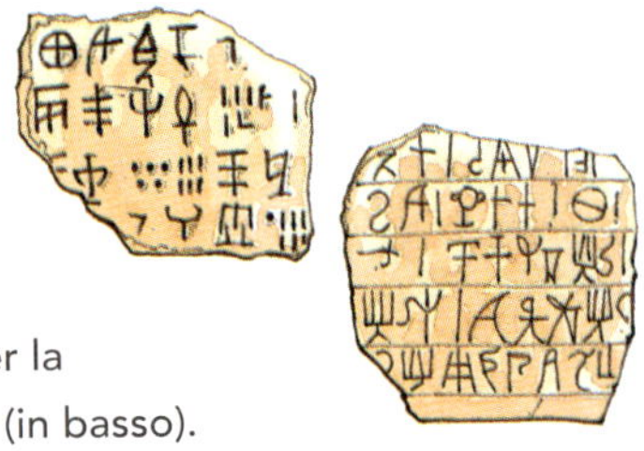

Tavolette con scrittura sillabica cretese (a destra).

Vasi di età minoica per la conservazione dei cibi (in basso).

Idolo femminile minoico, la "dea dei serpenti".

Il palazzo di Cnosso era una costruzione labirintica, con migliaia di stanze, grandi cortili e porticati dalle colonne di legno dipinto. I muri erano affrescati con soggetti marini, combattimenti con i tori, danzatori, motivi geometrici. Il palazzo venne riportato alla luce nel 1905 dall'archeologo inglese sir Arthur Evans.

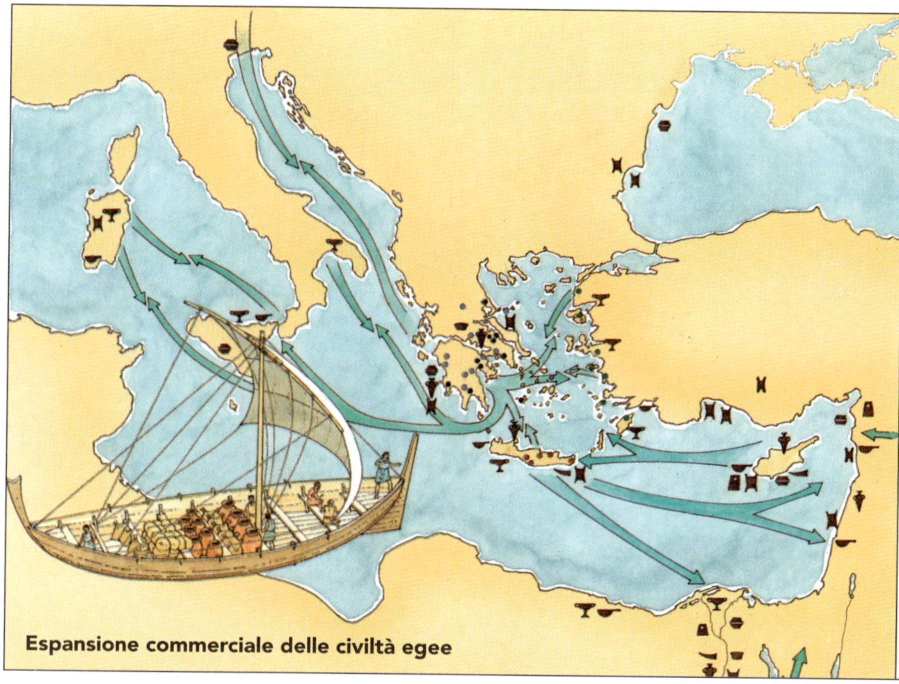

Espansione commerciale delle civiltà egee

LA CIVILTÀ MICENEA

Gli Achei erano una popolazione indoeuropea che aveva cominciato a infiltrarsi in Grecia fin dal XVIII sec. a.C. Entrati in contatto con le popolazioni egee, da esse avevano assimilato l'evoluta civiltà minoica. Si stabilirono nel Peloponneso e la loro civiltà fu chiamata "micenea" dal nome del loro maggior centro, Micene.

Ogni comunità achea ebbe il suo territorio e, per difenderlo, costruì vere e proprie fortezze, circondate da poderose mura. Anche i nobili, quando non erano in guerra, si occupavano personalmene di lavorare la terra e fabbricare utensili, come armi di bronzo. La loro potenza fu travolta dalla violenta migrazione di un altro popolo indoeuropeo, quello dei Dori.

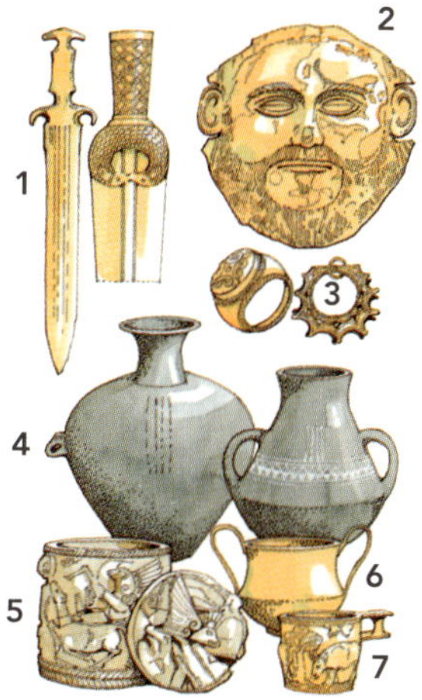

Reperti della civiltà micenea

1. Spada in bronzo e manico di pugnale in cristallo e oro;
2. maschera funeraria d'oro;
3. orecchino e anello regali;
4. ceramica a pittura minia;
5. scatola rotonda in avorio;
6. coppa d'oro da Micene;
7. coppa d'oro da Sparta.

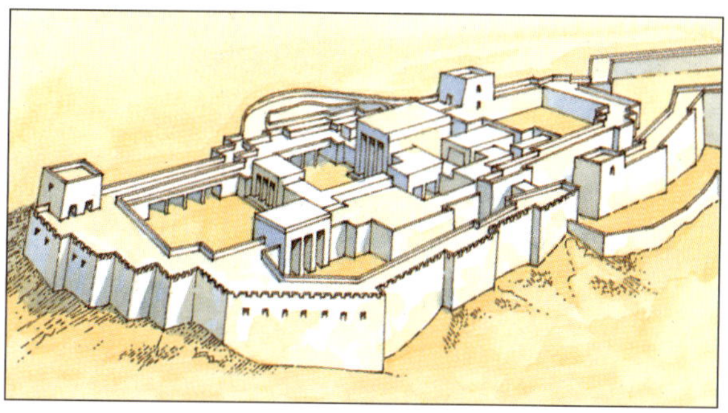

Tirinto fu un'importante reggia-fortezza micenea, situata su una collina che domina la piana di Argo. Alla sommità sorgeva il palazzo circondato da mura, che lo storico Pausania definì "ciclopiche".

LA NASCITA DELLA POLIS

L'invasione dei Dori provocò il frantumarsi dei regni achei e spinse i Greci, sopraffatti da un senso di paura, a cercare rifugio in luoghi sicuri, spesso in posizione strategica, dietro solide cerchia di mura. Nacque allora quella organizzazione statale che si suole chiamare città-stato o, con parola greca, *polis* (plurale *poleis*). Essa è formata da un centro abitato nel quale si raccolgono i ricchi proprietari terrieri e da alcune borgate agricole, ed ha i suoi magistrati, le sue assemblee, le sue credenze religiose la sua vita economica e sociale.

LE PRIME *POLEIS* IN ASIA MINORE

La città-stato sorse dapprima lungo le coste dell'Asia Minore, nei territori ionici e eolici; qui gli emigrati achei, che sfuggivano all'invasione dei Dori, non riuscirono più a ricostruire gli estesi regni della penisola che avevano abbandonato, ma si frantumarono in piccole entità autosufficienti, pronte ad affrontare la lotta contro le popolazioni del retroterra per difendere la nuova patria.

LE *POLEIS* DORICHE

Nei territori che invece i Dori avevano assoggettato, quando si esaurì la spinta di conquista e venne a mancare l'organizzazione centrale, ebbe luogo un'aggregazione di gruppi di famiglie che andarono fissandosi in singoli villaggi. Alcuni di essi, poi, dovettero associarsi, legati dalla comune esigenza di tener sottomessa la popolazione vinta e per meglio sviluppare la loro economia.

Ogni polis aveva la sua **divinità poliade** (= protettrice della città). Su Atene vegliava la dea Atena (a sinistra), di cui Fidia realizzò una statua in oro e avorio per il tempio del Partenone.

La moneta (a destra)
I sovrani del regno di Lidia coniarono le prime monete, il cui uso si diffuse in tutte le *poleis* greche già nel VII sec. **1.** Samo, 600 a.C.; **2.** Egina, 560 a.C.; **3.** Mileto, 570 a.C.; **4.** Lidia, 560-547 a.C.

Α	alfa	Ν	ni
Β	beta	Ξ	xi
Γ	gamma	Ο	omicron
Δ	delta	π	pi
Ε	epsilon	Ρ	rho
Ζ	zeta	Σ	sigma
Η	eta	Τ	tau
Θ	teta	Υ	ypsilon
Ι	iota	Φ	phi
Κ	kappa	Χ	chi
Λ	lambda	Ψ	psi
Μ	mi	Ω	omega

La scrittura
La scomparsa della civiltà achea cancellò la conoscenza del sillabario miceneo (lineare B) di derivazione minoica. La Grecia rimase priva di qualsiasi sistema di scrittura per circa tre secoli, finché i contatti commerciali con i Fenici portarono, nel IX sec. a.C., all'adozione della scrittura alfabetica. I Greci rinnovarono l'alfabeto fenicio (che non aveva vocali) e crearono un sistema di scrittura in cui a ogni suono corrispose un segno.

Le principali *poleis* greche

Una *polis* greca vista dalla sua parte più alta, l'acropoli

RELIGIONE E MITOLOGIA

Come la lingua, anche la religione fu un elemento di unità fra tutti i Greci. Era una religione politeista: essi adoravano molti dèi che incarnavano le forze della natura, ma non fu mai fissata in un libro sacro e non conobbe una casta sacerdotale rigida e chiusa come in altre religioni.

GLI DÈI DELL'OLIMPO

I Greci rappresentavano i loro dèi con aspetto umano e attribuivano loro sentimenti e atteggiamenti simili a quelli degli uomini. Abitavano sul monte Olimpo, nutrendosi di ambrosia e bevendo nettare, ma litigavano fra loro, si facevano dispetti, diventavano accaniti avversari quando si trattava di proteggere un eroe invece di un altro o parteggiare per due eserciti in guerra. Erano immortali ma non onnipotenti perché sottoposti alla volontà del Fato, forza oscura che reggeva il destino.
In posizione inferiore si trovavano molte figure dai tratti divini, quali le ninfe dei boschi e delle fonti, le Muse e i satiri.

SANTUARI E ORACOLI

Anche se le *poleis* della Grecia furono spesso in contrasto fra loro, esistevano centri religiosi e santuari, attorno ai quali cadevano le barriere degli interessi particolari. I più celebri di questi luoghi di spiritualità, dove si riteneva che la divinità si manifestasse tramite oracoli, furono il santuario di Zeus, a Olimpia, dove si celebravano le Olimpiadi, e gli oracoli di Dodona (Epiro) e Delfi nella Focide.

Nascita di un santuario
Nel luogo in cui si riteneva si fosse manifestata una presenza divina, veniva eretto un edificio di culto, spesso rozzo e primitivo, onorato dagli abitanti del luogo. In seguito, se la divinità mostrava di aver gradito l'offerta, si delineava un recinto sacro dentro il quale venivano svolti i riti. Grazie alle offerte e agli *ex voto*, il tempio poteva arricchirsi di decorazioni, come frontoni, colonnati, statue, tesori, nuovi edifici e tutta la zona sacra diventava un vero e proprio santuario.

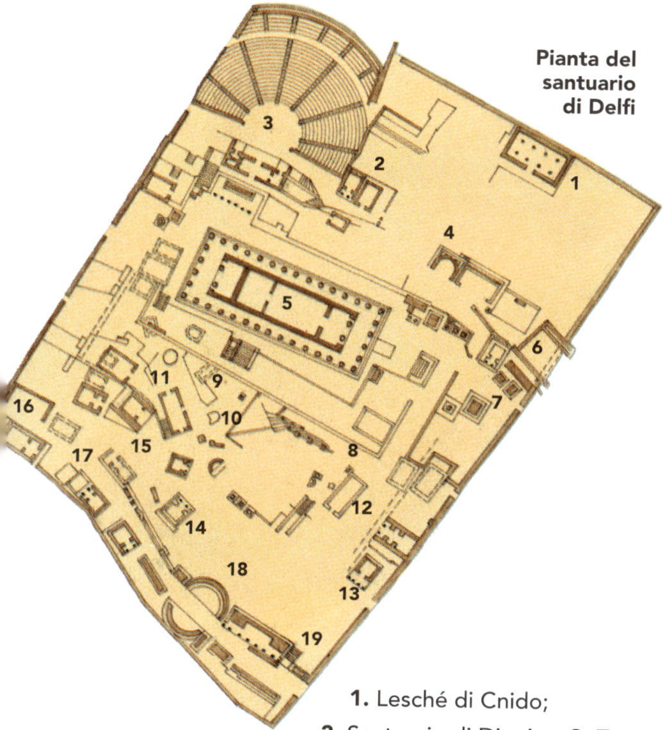

Pianta del santuario di Delfi

1. Lesché di Cnido; **2.** Santuario di Dioniso; **3.** Teatro; **4.** Monumenti tessali; **5.** Tempio di Apollo; **6.** Portico di Attalo; **7.** Carro dei Rodii; **8.** Portico degli Ateniesi; **9.** Santuario della terra; **10.** Roccia della Sibilla; **11.** Sala del consiglio; **12.** Tesoro dei Corinzi; **13.** Tesoro dei Cirenei; **14.** Tesoro degli Cnidi; **15.** Tesoro degli Ateniesi; **16.** Tesoro dei Tebani; **17.** Tesoro dei Sifni; **18.** Monumento dei re di Argo; **19.** Toro di Corcira.

Il Tesoro degli Ateniesi, (sopra) nel santuario di Delfi, che raccoglieva gli *ex voto* della città.

La **Pizia di Delfi** rappresentata nella decorazione di una coppa ateniese del V sec. a.C.

Gli dèi dell'Olimpo

Re dell'Olimpo è Zeus **(8)**, padre degli dèi e degli uomini, signore del cielo. Accanto a lui siedono le massime divinità: sua moglie Era **(7)**, protettrice delle occupazioni femminili; Atena **(9)**, simbolo della saggezza e protettrice delle arti e delle scienze; Apollo **(4)**, che rappresenta la forza giovanile; Poseidone **(10)**, dio del mare; Ares, signore della guerra; Artemide **(2)**, la cacciatrice; Demetra **(1)**, dea della fecondità e dell'agricoltura; Afrodite **(6)**, dea della bellezza; suo marito Efesto, dio del fuoco; Diòniso, dio del vino; Hermes **(5)**, messaggero degli dèi; Estia (Vesta), dea del focolare domestico; Eros, dio dell'amore **(3)**.

LA VITA PUBBLICA

Nella *polis* greca non si concepiva che la felicità dell'individuo potesse essere dissociabile dalla prosperità dello Stato. La città, quindi, negava molte libertà individuali, accaparrandosi l'attività di tutti: era quindi totalitaria nei confronti dei suoi stessi cittadini.
Ad Atene e in altre *poleis* a regime democratico, i cittadini avevano l'obbligo morale di servire nell'esercito a proprie spese, di partecipare alla vita pubblica e di assumersi responsabilità di amministrazione e governo, curandosi del bene di tutti e non del proprio interesse personale.
Se un cittadino era sospettato di tramare contro la città, erano sufficienti 6000 voti per esiliarlo (ostracismo), a testimonianza di quanto fosse importante il concetto di bene comune. Celebri ateniesi come Aristide, oppositore di Temistocle, e Pericle subirono l'ostracismo.

TUTTO ALLA LUCE DEL SOLE

Il cuore pulsante della città era l'Agorà, luogo dove si svolgevano numerose attvità pubbliche e sociali. Qui i cittadini si riunivano in assemblea, i giudici emettevano le loro sentenze e vi si tenevano annualmente gare di poesia e giochi in onore degli dèi. Tutte le attività pubbliche si svolgevano in luoghi accessibili a tutti e non c'era segretezza: la città veniva amministrata in maniera trasparente.
L'Agorà, il luogo più frequentato della *polis*, era quindi il centro polivalente della vita pubblica, della politica, della cultura, dei commerci, dello svago e degli ozi.

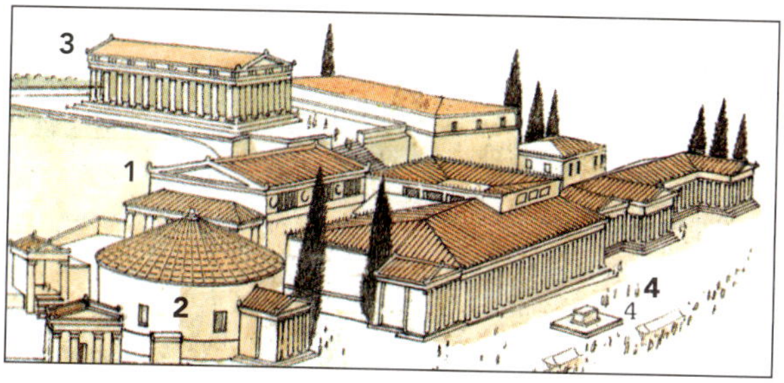

Gli edifici pubblici dell'agorà ateniese (sopra)
Il *Buleterion* **(1)**, con a fianco la rotonda costruzione della *Tholos* **(2)**. Il tempio marmoreo **(3)** di Efesto e Atena (il cosidetto "Theseion"), posto sulla cima di una collina, dominava tutta la piazza dove si innalzava l'altare dei dodici dèi dell'Olimpo **(4)**, considerato il centro ufficiale della città, a sottolineare che la vita pubblica era strettamente legata a quella religiosa.

1

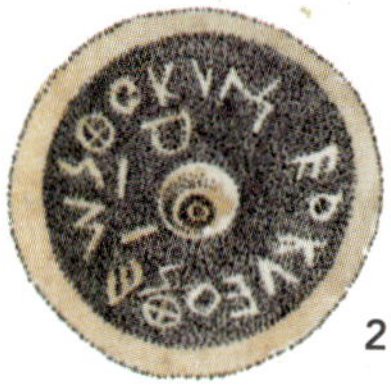
2

3

Ostracismo (sopra)
Il termine ostracismo deriva dalla parola *óstrakon*, che siginifica letteralmente "coccio". Nelle votazioni, infatti si era soliti tracciare il nome della persona da esiliare su un pezzo di terracotta. Qui sopra alcuni oggetti di uso pubblico: il cippo delimitante l'area sacra **(1)**, un dischetto di bronzo usato per le votazioni **(2)** e un ostraco con inciso il nome di Pericle.

LA VITA DELLO SCHIAVO

In tutto il mondo greco la schiavitù era considerata naturale, tanto più che il lavoro manuale era ritenuto un'occupazione degradante.
Quanti erano gli schiavi in Grecia? Verso la fine del V sec., ad Atene ce n'erano almeno tre per ogni cittadino, circa 150 mila contro i 50 mila cittadini liberi. Proporzioni analoghe valgono per le altre città, eccettuata Sparta dove gli schiavi iloti erano molto numerosi.
Le condizioni di vita degli schiavi erano naturalmente assai diverse a seconda dei proprietari e delle mansioni a cui erano adibiti, ma erano trattati con relativa umanità. Certo, lo schiavo-maestro o la schiava di fiducia di una signora vivevano meglio degli schiavi addetti ai lavori dei campi o a quello massacrante delle miniere. Alcuni riuscivano a mettere da parte la somma necessaria a riscattarsi, ma vivevano in condizione marginale, senza diritti ben stabiliti.

Lo schiavo come merce
Lo schiavo era una merce disponibile sul mercato a prezzo spesso conveniente. Era in realtà l'articolo più scambiato nel mondo greco, al pari soltanto del grano. Erano molto richiesti uomini di fatica da impiegare nelle miniere e nei lavori dei campi, ma anche artigiani specializzati e schiavi "colti".

Gli schiavi "assistenti"
Ogni medico possedeva schiavi assistenti addetti alla cura dei poveri e degli altri schiavi del suo cliente o a quelle mansioni manuali più umili, quali somministrare clisteri, cavare denti o medicare piaghe infette.
La stessa cosa avveniva nelle botteghe artigiane dove i padroni si limitavano a sovrintendere al lavoro degli schiavi che accudivano direttamente alla produzione.

Gli schiavi domestici

In città, anche le famiglie più modeste avevano una schiava che accudiva ai lavori domestici. Le famiglie più ricche e importanti alloggiavano nelle loro dimore decine e decine di schiavi, i più colti dei quali fungevano da segretari, da intendenti o da maestri per i bambini. Ogni decisione che li riguardava, persino le più intime come il matrimonio, spettava al padrone il quale non perdeva mai d'occhio il proprio tornaconto: ogni figlio di schiavi, infatti, apparteneva alla casa.

Gli schiavi dello Stato

Anche lo Stato era proprietario di numerosi schiavi e lo erano anche i santuari. Come schiavi pubblici, conosciamo, ad Atene, i banditori e gli impiegati dell'Ecclesia, della bulè e dei tribunali, posti molto ambiti perchè poco faticosi e di prestigio. Meno soddisfatti dovevano essere gli schiavi addetti alla costruzione e alla manutenzione dei grandi edifici pubblici e religiosi, costretti a lavorare senza sosta in occasione delle grandi feste, peraltro molto frequenti.

Lo schiavo contadino

In campagna gli schiavi non erano numerosi perché i piccoli proprietari non erano abbastanza ricchi per mantenerli, ma i ricchi possidenti ne avevano molti. Gli schiavi agricoli venivano usati nei lavori più pesanti: dissodare, arare, girare la macina del mulino o del frantoio, spesso per risparmiare le bestie da lavoro.

Lo schiavo "attendente"

Lo schiavo non poteva essere arruolato nell'esercito ma, come "attendente", si occupava del trasporto dei bagagli quando, durante il secondo anno di servizio militare, i giovani venivano inviati in pattuglia; badava a tenere ben lucide ed efficienti le armi ed aiutava il padrone nell'addestramento fisico.

LA DEMOCRAZIA ATENIESE

QUANDO GOVERNAVANO I NOBILI

Nell'VIII sec. a.C., ogni forma di potere era in mano agli Eupatridi (= di nobile padre, quindi gli aristocratici) che controllavano la vita dello Stato. La maggior parte delle terre era in mano ai nobili che imponevano pesanti tasse ai contadini, costretti a indebitarsi. Tuttavia, i commerci con le colonie portarono ad Atene grandi cambiamenti: nel VII sec. esisteva già un folto gruppo di ricchi artigiani e mercanti che non sopportavano la sottomissione alla classe dei nobili.
Nel 651 gi Eupatridi furono costretti a fare una prima concessione: si trattava delle prime leggi scritte che, anche se durissime, proteggevano le classi inferiori dalle ingiustize delle leggi orali.

TIRANNIDE E RIFORME DEMOCRATICHE

Nel 594, l'aristocratico Solone elaborò una costituzione che allargava il potere anche ai non nobili e abolì la schiavitù per debiti. Pose come base di partecipazione al governo la ricchezza e non più l'appartenenza a una stirpe e raggruppò la popolazione in quattro classi, a seconda delle possibilità economiche, assegnando diritti e doveri proporzionati al loro patrimonio.
I nullatenenti non potevano accedere alle cariche pubbliche, ma partecipavano all'assemblea popolare (Ecclesia).
Facendo leva sul malcontento delle classi popolari, un nobile, Pisistrato, si impadronì del potere che tenne dal 546 al 527. Sotto la sua guida Atene prosperò economicamente e cominciò a svolgere un ruolo di primo piano fra le città greche. Il figlio

Il territorio dell'Attica sottoposto al dominio di Atene.

1

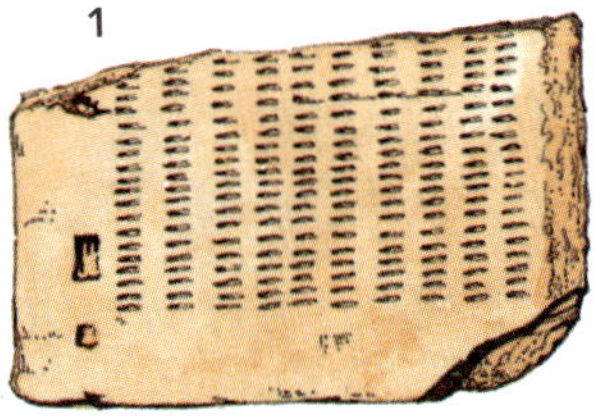

2

3

Oggetti usati nelle pratiche pubbliche
Il *kleroterion* **(1)**, che serviva a estrarre a sorte, per mezzo di palline **(2)**, i nomi dei candidati alle cariche pubbliche, scritti su dei tesserini di bronzo **(3)**.

Ippia non fu altrettanto abile: fu scacciato nel 510 e Atene ristabilì le regole democratiche. Nel 507 un arconte, Clistene, organizzò un governo, aperto a tutti i cittadini maschi, di padre ateniese, che avessero compiuto i 20 anni. Abolì la divisione in classi sostituendola con dieci raggruppamenti (tribù) a seconda del luogo di residenza: città, campagna, costa. I cittadini partecipavano all'assemblea, sceglievano i magistrati, votavano le leggi. Era nata la democrazia.

Il ***Buleterion*** (a sinistra), era sede dell'assemblea della Bulè, composta da 500 membri, eletti dalle 10 tribù dell'Attica. Essi avevano il compito di preparare le leggi.

Nella ***Tholos*** (a destra), risiedeva giorno e notte almeno un terzo dei 50 pritani, la cui carica durava una decima parte dell'anno.

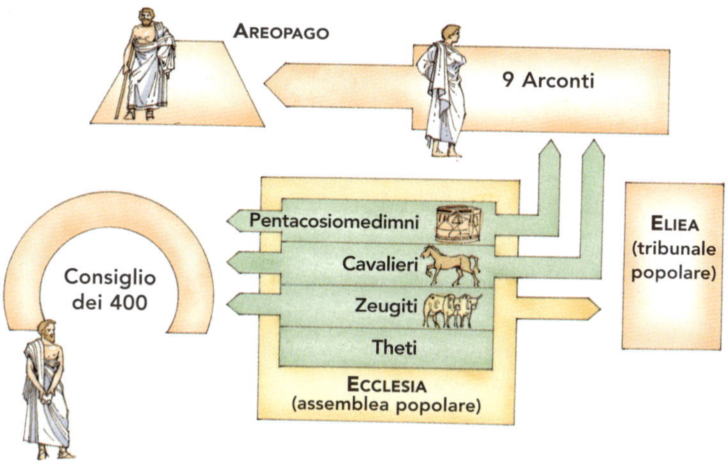

La riforma di Solone (a sinistra)
Solone divise i cittadini in quattro classi: i pentacosiomedimi, con un reddito annuo di almeno 550 medimi di cereali (circa 220 000 kg); i cavalieri, con un reddito fra i 300 e i 500; gli zeugiti, tra i 200 e i 300 medimi; i theti, con un reddito ancora più basso. Tutti gli appartenenti alle quattro classi formavano l'Ecclesia, ma solo le prime due classi eleggevano gli arconti che, terminata la carica, entravano nell'Areopago, il massimo organismo politico della città.

La riforma di Clistene (a destra)
Clistene divise l'intera Attica in 100 demi (piccoli comuni) che vennero raggruppati in 10 tribù. Come autorità suprema istituì la Bulè, organismo formato da 50 membri per ogni tribù, scelti per sorteggio; la presidenza era formata da 50 pritoni. L'esercito era sotto il controllo di un consiglio di 10 strateghi; essi venivano eletti da tutta l'Ecclesia. Gli arconti divennero 10 e fra essi veniva scelto l'arconte polemarco, che era il capo degli strateghi.

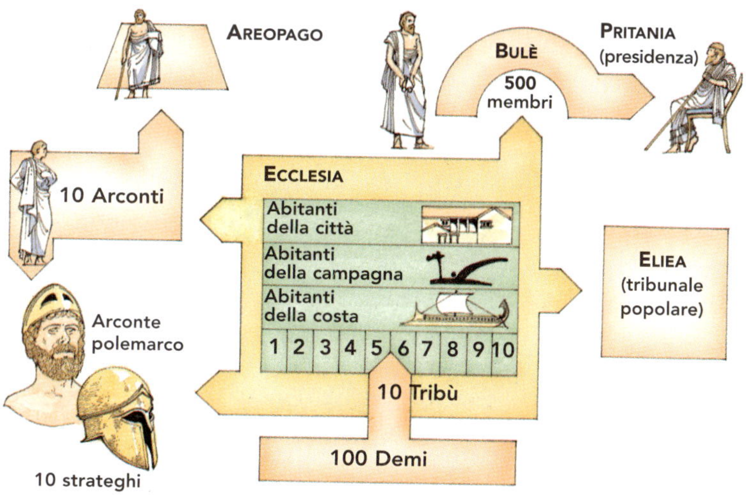

ATENE AL TEMPO DI PERICLE

Nel V sec. a.C., Atene rappresentò il punto più alto della storia politica e della vita culturale greca.
Gran parte di ciò è attribuibile all'opera di Pericle, che rese Atene "Scuola della Grecia". Attingendo in maniera molto disinvolta al tesoro della Lega di Delo, fatto trasportare appositamente ad Atene, Pericle volle conferire alla città un aspetto architettonico degno del prestigio politico, morale e culturale di cui godeva la città: questo periodo è chiamato "Età di Pericle".

L'ACROPOLI
Dopo l'incendio ad opera dei Persiani nel 479 a.C., l'intera area dell'Acropoli fu ricostruita integralmente. Si accedeva all'Acropoli tramite i Propilei, colonne monumentali chiuse da cancelli di bronzo; accanto vi era il tempio di Atena Nike (Vittoria) e, poco oltre, l'Eretteo, tempio dedicato ad Atene Poliade (protettrice della *polis*) e Poseidone Erecteus.
Nel punto più alto si ergeva la statua di Atena Promachos (Combattente), opera colossale in bronzo dello scultore Fidia.

IL PARTENONE
Costruito tra il 447 e il 432 a.C., ad opera di Ictino, Fidia e Callicrate, è il capolavoro dell'architettura dorica, mirabile per l'armonia delle proporzioni e delle forme. Nella cella del tempio vi era la statua di Atena Partenope (Vergine), opera di Fidia, così come le decorazioni dei frontoni, delle metope e del fregio della cella.

1

2

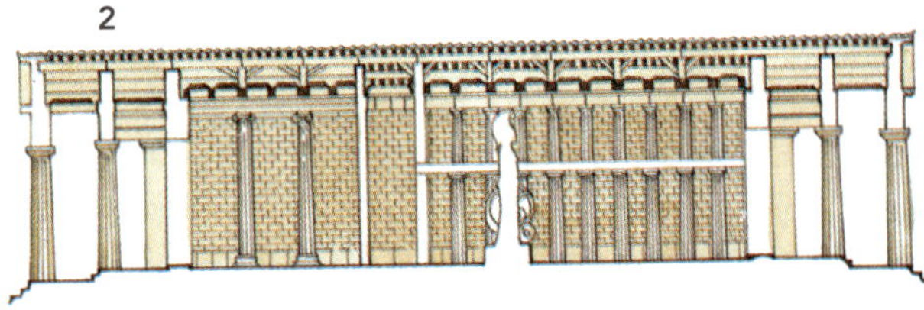

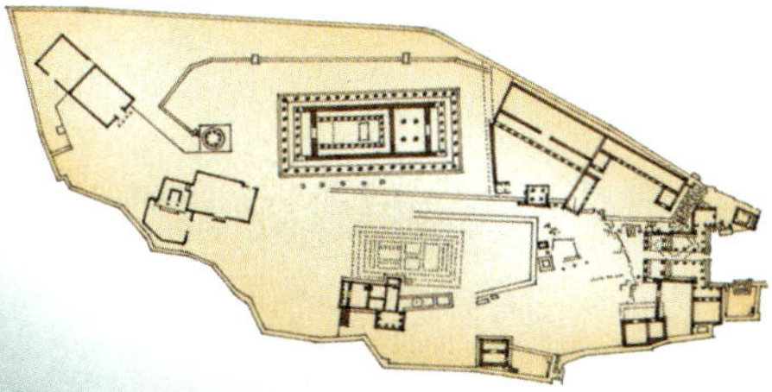

Lato meridionale dell'Eretteo (sopra), caratterizzato dal portico detto "delle Cariatidi", figure femminili impiegate al posto delle colonne per sorreggere la trabeazione in marmo.

L'Acropoli (a sinistra), come doveva apparire dopo gli interventi di ricostruzione cominciati da Pericle. Il resto della città era costituita da abitazioni povere, di malta e sassi, e da viuzze strette e buie, ma per l'Acropoli non si badò a spese, per renderla il luogo che doveva simboleggiare la grandezza della *polis*.

3

4

1. L'ingresso del Partenone, con otto colonne doriche che sorreggono il frontone decorato da Fidia.

2. Sezione longitudinale del Partenone, con l'indicazione della posizione della grande statua di Atena Crisoelefantina, realizzata in oro e avorio.

3. Decorazioni del Partenone: capitello dorico e architrave (a sinistra), ornamenti in terracotta e marmo (a destra).

4. La statua di Atena Partenope era collocata nella cella del tempio; la dea era raffigurata in piedi, con lo scudo, un mantello con la testa della Medusa al centro, che le copriva le spalle e il petto, e un elmo d'oro.

VITA QUOTIDIANA AD ATENE

La famiglia è l'istituto fondamentale della città-stato, la prima cellula della società. Il matrimonio, ad Atene, era il risultato di una decisione familiare che poteva anche non tener conto dei sentimenti della coppia. I figli sono necessari per la continuità della famiglia.
Il nucleo familiare non è mai troppo numeroso, per evitare che il patrimonio venga diviso fra troppi eredi. L'autorità del capofamiglia è indiscussa, totale ed esclusiva. Solo con la fondazione di un nuovo focolare il figlio, anche se ha già raggiunto la maggiore età, si libera dall'autorità paterna, per assumere le responsabilità che la nuova condizione gli impone.

L'infanzia dei figli
I figli fino a 7 anni vivevano nel gineceo con la madre e le donne di casa : avevano i loro giochi: trottole, cerchi, animaletti di terracotta, bambole snodabili e persino animali domestici. Giunto il tempo della scuola, i maschi imparavano a leggere, a scrivere e a fare i conti. Le bambine, invece, rimanevano nel gineceo sotto la tutela materna.

La vita sociale
Le relazioni sociali avevano il loro momento più importante nei banchetti (*symposia*) che il padrone di casa offriva agli amici durante i quali si partecipava a ogni sorta di divertimenti: conversazione, giochi, ascolto di musica e danze eseguite da suonatrici e ballerine ingaggiate appositamente per rallegrare la serata.

Per mantenersi in forma
Quotidianamente i giovani andavano ad addestrarsi nei ginnasi, mentre i genitori frequentavano i bagni pubblici e le terme dove potevano tranquillamente rilassarsi, conversare e fare anche esercizi fisici. Mantenere il corpo in perfetta forma era un dovere del cittadino che continuava l'addestramento militare.

Il guardaroba della famiglia

Uomini e donne indossavano una semplice tunica. Ai piedi si calzavano sandali di sughero, legno o cuoio; solo in viaggio gli uomini portavano stivaletti di cuoio. Le donne si adornavano la testa con ricche acconciature e nastri; gli uomini portavano un cappello a tesa larga o una specie di berretta che copriva anche le orecchie. Ogni donna di rango aveva il suo cofanetto portagioielli.

Il divorzio

La donna poteva essere ripudiata in qualsiasi momento: bastava che il marito recitasse la formula di rito davanti a testimoni e la donna, accompagnata da una serva, tornava alla casa paterna, portandosi i propri gioielli e i propri effetti personali. Anche la donna poteva pretendere di tornare libera, ma in questo caso doveva sottoporsi a lunghe pratiche burocratiche.

L'uomo e il cittadino

L'uomo greco viveva pienamente la propria libertà al di fuori delle mura domestiche. Frequentava ogni giorno l'Agorà per discutere di politica e partecipare alle assemblee. Se gli veniva conferita una carica, appena terminato il suo compito ritornava ad essere un cittadino comune che attendeva ai propri affari.

La donna e il gineceo

Le donne rimanevano confinate nelle loro stanze (gineceo) dove vivevano con i figli piccoli e le schiave. La moglie aveva il compito di sorvegliare e organizzare il lavoro degli schiavi domestici. Si occupava di educare i figli, organizzava le cerimonie e, soprattutto, non interferiva nella vita personale del suo compagno.

L'OLIGARCHIA SPARTANA

Territori controllati da Sparta

Alleati di Sparta

Sparta era l'antica capitale del re miceneo Menelao, situata nella regione interna del Peloponneso detta Laconia. Nel IX sec. fu occupata da conquistatori dori, che sottomisero la popolazione achea. I dori erano una minoranza rispetto alla massa dei vinti achei e mantenenro saldo il loro dominio grazie a uno stretto controllo politico e, soprattutto, militare.

LA SOCIETÀ SPARTANA

Le leggi della *polis* furono il frutto di contributi di varie generazioni ma, dal VII sec. in poi, esse rimasero praticamente immutate.
Cittadini di Sparta erano solo gli "spartiati" discendenti dei conquistatori dori che formarono un'aristocrazia chiusa e impenetrabile. Loro compito esclusivo era tenersi pronti a combattere e a governare lo Stato. Al loro mantenimento provvedevano gli "iloti", i discendenti dei vinti achei, veri schiavi dello Stato, privi di ogni diritto. Essi venivano sparsi nelle campagne, a lavorare i campi degli spartiati; non era permesso loro di commerciare e venivano uccisi quando diventavano troppo numerosi. Le attività artigianali e commerciali venivano svolte dai "perieci" che vivevano nei villaggi dei dintorni di Sparta.

Nati per essere soldati

Gli spartiati erano quasi privi di libertà individuali: dai sette anni fino ai venti, erano sottoposti a una rigida educazione collettiva, un addestramento durissimo, prima di iniziare il regolare servizio militare, motivo per il quale erano stati messi al mondo.

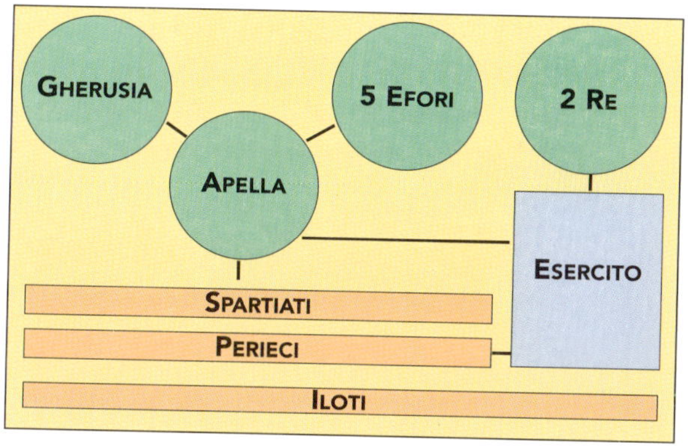

L'oligarchia aristocratica di Sparta
Solo gli spartiati godevano di tutti i diritti e il loro compito era soltanto quello di dedicarsi alla vita militare. Dopo i 30 anni potevano partecipare all'Apella, l'assemblea popolare che eleggeva i 5 Efori (ispettori) e i 28 membri anziani della Gherusia che esercitavano il potere legislativo e giudiziario. Due re, per diritto ereditario, esercitavano il potere esecutivo in tempo di pace; in guerra comandavano l'esercito.

Tutto per lo Stato
Anche dopo sposati, gli spartiati consumavano pasti in comune nelle caserme e dormivano, sia al campo sia in città, sotto la tenda. Questo sistema di vita implicava gravi limitazioni alle libertà personali e ha le sue radici nel carattere dei dominatori Dori ma in parte è il prodotto delle condizioni in cui gli spartiati, minoranza in un paese conquistato e sempre in guerra con tutti, si trovarono a un certo punto della loro storia.

Un'arte "marziale"
Sparta non fu mai famosa per la sua produzione artistica, perché la *polis* riteneva molto più importante concentrarsi sull'arte della guerra. Anche nella produzione artistica, infatti, numerose sono le rappresentazioni di armi e soldati, a celebrazione della grande capacità bellica di Sparta.

1. Bronzo di soldato spartano con mantello del V sec.
2-4. Statuette in bronzo di donne spartane.
3. Testa di Artemide Orthia: terracotta della fine del VII sec.
5. Guerriero del V sec.

TEMPO LIBERO E SPORT

Non sappiamo esattamente a che età i ragazzi greci cominciassero a esercitare il corpo; forse dagli otto anni, ma più probabilmente verso i dodici quando frequentavano già da diversi anni la scuola del grammatico o del citaredo. Questo discorso non vale, tuttavia per i giovani spartani che, fin dall'età di sette anni, vivevano nelle caserme insieme agli adulti e si preparavano alla guerra.

LA PALESTRA E IL GINNASIO

Ogni scuola privata aveva la sua palestra, mentre per gli adulti lo stato stesso apriva dei Ginnasi, spesso collegati con i bagni pubblici.
Le attività sportive si svolgevano in uno spazio aperto, quadrato, circondato da mura. Su un lato si aprivano piccole stanze coperte che servivano da spogliatoi e, i Ginnasi, offrivano anche sale da riposo con banchi disposti lungo le pareti (esedre), sale da bagno, depositi di olio e di sabbia, indispensabili per ogni esercizio fisico. Nelle palestre dei più giovani, a controllare e insegnare, c'era il "pedotribo" (maestro di ginnastica), vestito di un mantello color porpora che talvolta si toglieva per dimostrare come doveva essere eseguito un esercizio. Impugnava un lungo bastone forcuto, che era l'insegna della sua funzione, e che gli serviva anche per separare i lottatori o punire gli allievi più indisciplinati.
Sia nella palestra sia nel ginnasio gli atleti si esercitavano nudi (il termine ginnastica deriva da *gimnos*, "nudo") con il corpo unto di olio e cosparso di sabbia e di polvere.

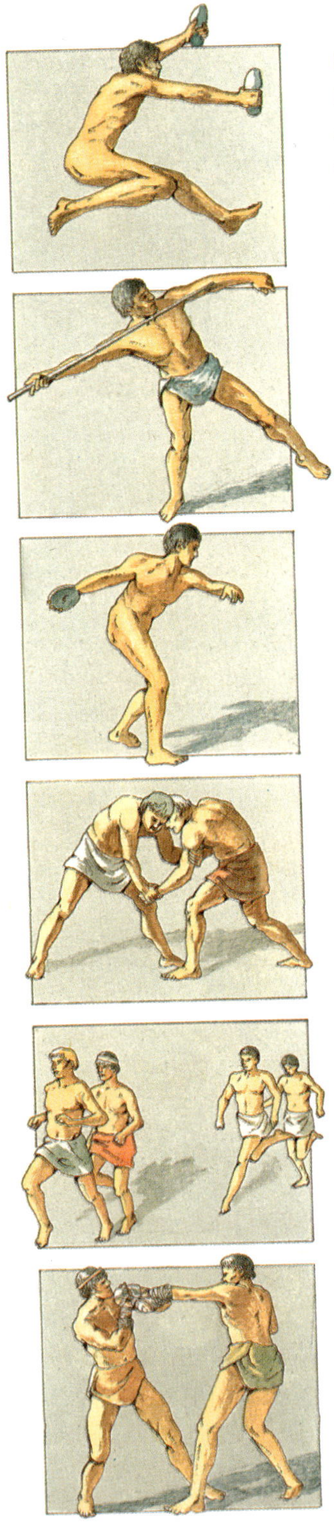

Le attività sportive
Le gare classiche erano quelle del Pentathlon (da *pénte* = cinque e *âthlon* = gara) ed erano: la lotta, la corsa, il salto, il lancio del disco e il lancio del giavellotto. Lo sport più seguito era la lotta, dove gli avversari si affrontavano a testa bassa e con le mani tese in avanti, cercando di afferrarsi per le braccia, per il collo o per il busto. La corsa aveva diverse varianti: di velocità o sulla distanza e la corsa di fondo che poteva arrivare a 24 stadi, cioè a più di 4 km. I Greci praticavano il salto in lungo con rincorsa. Per questo esercizio gli atleti impugnavano in ogni mano un manubrio di piombo, di peso variant da 1 a 5 kg, che serviva a rafforzare l'effetto del bilanciamento delle braccia. Il lancio del disco veniva effettuato con un attrezzo di bronzo che pesava da 1 a 4 kg. Il giavellotto da lancio era lungo quanto il corpo dell'atleta che lo usava e spesso circa un dito. Altri due sport molto praticati erano la boxe e il pancrazio, una versio più violenta della lotta.

L'Accademia di Atene, il più grande complesso di palestre e ginnasi dell'antica Grecia

I bagni pubblici (a destra)
Dopo tanta fatica e sudore ci si ristorava nelle grandi vasche e nelle piscine dei bagni pubblici, il cui prezzo d'ingresso era molto basso. C'erano anche vasche di acqua calda e vere e proprie saune. Non si andava ai bagni solo per lavarsi ma anche per incontrare amici e chiacchierare. In apposite sale erano ammesse anche le donne del basso ceto, le nobili restavano nel loro gineceo.

SCAMBI E COMMERCI

Dal punto di vista economico la città greca è soprattutto un centro di consumo. La sua popolazione ha bisogno di cibo, grano in primo luogo, di legname per costruire le sue navi, di manufatti e di denaro per sostenere le imprese militari e le grandi opere pubbliche.
Per soddisfare queste necessità la *polis* ricorre agli scambi per ottenere i beni di cui ha bisogno e, potenziando la flotta, essa diventa protagonista degli scambi internazionali, dai quali i suoi mercanti traggono grandi vantaggi.

L'IMPORTAZIONE DEL GRANO

All'epoca è facile immaginare quanto l'importazione del grano condizionasse non solo l'economia, ma anche la politica di una *polis*.
Per mantenere sgombre le vie marittime dai pirati era necessario intrattenere buoni rapporti con le altre città e la sicurezza degli stretti, da cui transitava metà del grano importato, doveva essere garantita da trattati e alleanze.

LE ESPORTAZIONI

La Grecia pagava le importazioni di grano soprattutto con olio, vino e manufatti.
L'olio era, senza dubbio, la voce commerciale più attiva. Esso, infatti, veniva usato per cucinare, ma anche per alimentare le lampade e trovava impiego in svariate attività quali la lavorazione delle pelli e dei metalli. Il vino, era esportato in tutto il bacino del Mediterraneo. I vasi di Corinto e di Atene, inoltre, erano molto richiesti, insieme alle stoffe di Cos, ai mobili di Mileto e al miele dell'Attica.

1

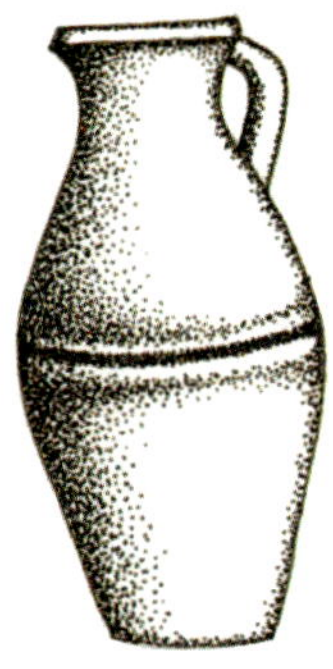

2

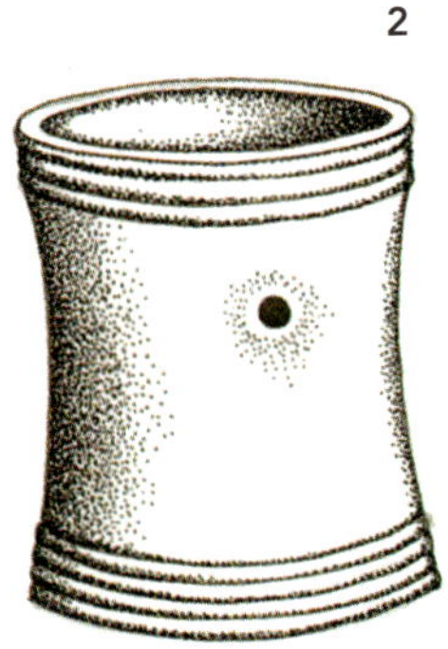

3

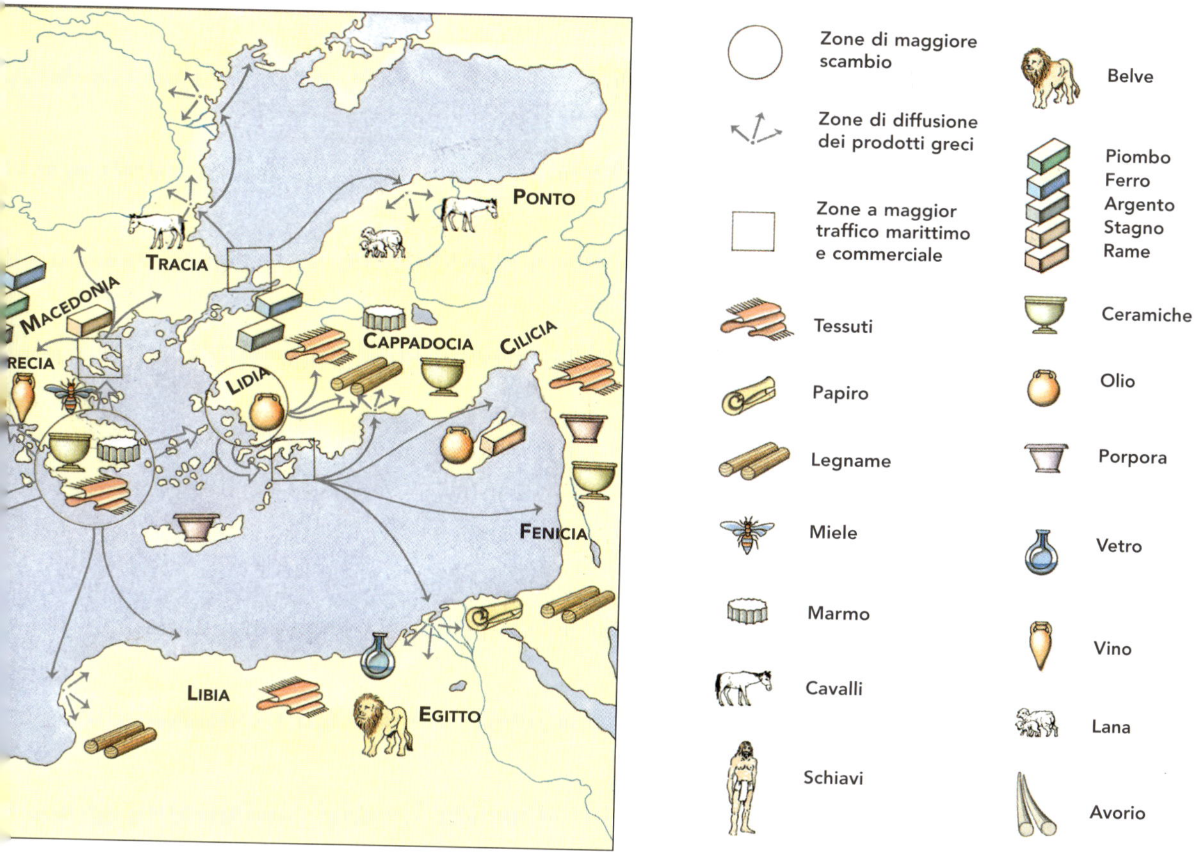

Pesi e misure

La misura ufficiale più piccola per i litri era il ciato (0,045 l), la massima il *metrète*; c'erano anche misure intermedie come il ***cous* (1)** e il *semicous*. La misura ufficiale per i prodotti secchi (cereali, legumi ecc.) era il cotile (0,070 l); il ***chenice* (2)** valeva 4 cotili ed era l'equivalente di una razione quotidiana di cereali; la misura massima era il *medimno*. Per quanto riguardava i pesi, lo ***stàrete* (3)** corrispondeva a poco più di 800 g e veniva contrassegnato col sigillo della *polis*, per attestarne l'effettivo peso, evitando contrasti e dispute che potevano sorgere al momento della "pesa" delle merci (a destra).

LE COLONIE GRECHE

Per la vastità dei territori occupati, per il numero delle città fondate e per le conseguenze che ne derivarono sul piano culturale, la colonizzazione greca non ha precedenti e pochi esempi comparabili nella successiva storia dell'umanità. Essa durò ben tre secoli (dall'VIII al VI) e portò allo stanziamento di coloni greci lungo le coste del Mediterraneo e del Mar Nero.

LE CAUSE DELLA COLONIZZAZIONE

Poiché le possibilità di crescita di una *polis* erano poche e la terra coltivabile scarsa, in periodi di forte incremento demografico si ricorreva alla fondazione delle colonie. I cittadini disposti ad emigrare erano molti: c'erano le famiglie di contadini senza terra, i figli minori di famiglie troppo numerose e i giovani in cerca di ricchezza e fama. Non mancavano interi gruppi di appartenenti a partiti politici sconfitti, costretti dai vincitori ad abbandonare la città.

LO SVILUPPO DELLE COLONIE

Le colonie greche furono, quindi, in un primo tempo colonie di popolamento. In una seconda fase si aggiunsero, e spesso prevalsero, interessi commerciali giacché le regioni in cui i coloni sceglievano di stabilirsi erano ricche di materie prime. I rapporti fra le colonie e le *metropoli* (= città madri) furono importantissimi. Le nuove comunità conservarono la lingua, i culti e i costumi della terra di origine e mantennero con lei stretti rapporti di amicizia e relazioni di commercio privilegiate ma, nonostante i vincoli numerosi e tenaci, la colonia era del tutto indipendente.

Problemi di insediamento (in alto)
L'insediamento dei coloni greci non fu sempre pacifico. Lungo le coste del Mar Nero si scontrarono con le fiere popolazioni sciite, in Gallia i Celti non permisero la penetrazione all'interno e il dominio del mar Tirreno fu contrastato da Etruschi e Fenici di Cartagine.

Massalia (a sinistra)
Fitti scambi commerciali si svolgevano fra le metropoli e le colonie. Importantissima fu, per il commercio, la colonia focese di Massalia (l'odierna Marsiglia) fondata nel VII sec. Priva di un retroterra particolarmente ricco, fu attivissimo centro commerciale.

Guerriero etrusco **Arciere sciita** **Soldato celta**

SICILIA E MAGNA GRECIA

Le città fondate dai coloni greci in Italia meridionale ebbero un tale sviluppo che i Greci stessi, già nel V sec., chiamarono quella zona Magna Grecia, perché più vasta e più ricca della povera piccola terra da cui erano partiti.

COLONIZZATORI E COLONIZZATI

Gli insediamenti greci avvennero in regioni di civiltà più arretrata e il loro contributo all'incivilimento delle popolazioni locali fu notevole. Divenute col tempo autosufficienti e persino capaci di esportare, trafficavano con le città della Grecia e con le altre colonie, ma riuscirono a stabilire rapporti anche con le popolazioni indigene. In breve le navi delle città della Magna Grecia e della Sicilia allargarono la loro rete commerciale su tutto il Mediterraneo.

I CONTRASTI CON ETRUSCHI E FENICI

Ciò non piacque agli Etruschi che, oltre a vedere minacciati i loro commerci, furono bloccati nell'espansione verso sud; meno ancora piacque ai Cartaginesi che persero il monopolio marittimo. I primi contrasti avvennero quindi con la colonia di Massalia (Marsiglia), con Cuma e con le colonie della Sicilia.
Nel 554 Etruschi e Cartaginesi sconfissero la flotta greca ad Alàlia (Corsica), ma ottant'anni dopo, nel 474, i Greci ebbero la loro definitiva rivincita nella battaglia navale di Cuma. Per gli Etruschi fu la fine di un sogno; i Cartaginesi si rassegnarono e convissero con i Greci, in attesa di tempi più drammatici, quando si sarebbero trovati di fronte la potenza devastatrice di Roma.

Principali insediamenti greci in Italia meridionale.

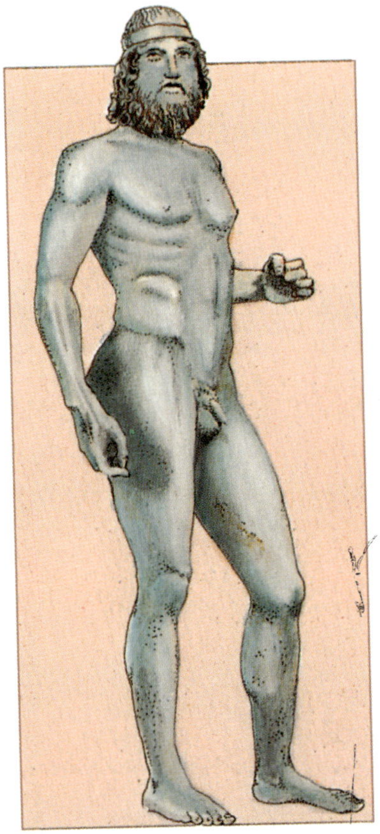

I bronzi di Riace
Le colonie della Magna Grecia importavano dalla madrepatria anche oggetti d'arte destinati ad abbellire le loro città. Ne testimonia il ritrovamento, avvenuto al largo della costa di Riace (Reggio Calabria), di due splendidi **guerrieri in bronzo**, della metà del V sec. a.C.

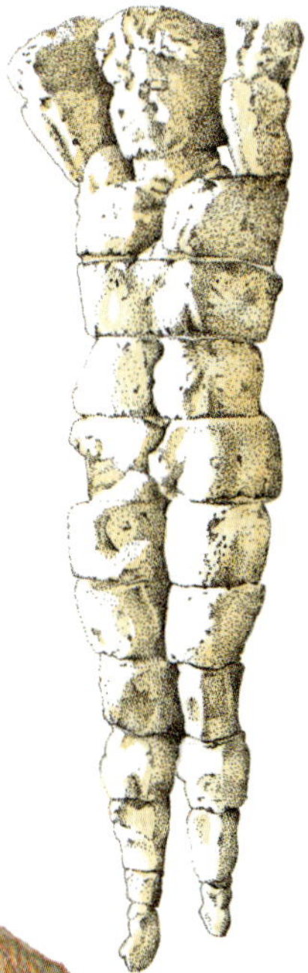

Il tempio di Zeus Olimpico ad Agrigento (a destra)
Costruito nel 480 a.C., era vastissimo (6350 mq) e sorgeva in un'area sacra sul contrafforte meridionale della città, insieme ad altri templi dedicati a Era, ai Dioscuri, alla Concordia, in quella che oggi viene chiamata la Valle dei Templi. Sulla sua facciata erano sistemate grandi statue di blocchi di pietra, dette "telamoni" (a sinistra), che avevano una funzione puramente decorativa: pur essendo inserite nei muri, non sostenevano alcun peso.

I luoghi sacri
Nella Magna Grecia e in Sicilia sorsero luoghi di culto famosi in tutto il Mediterraneo occidentale che niente avevano da invidiare ai centri sacri della Grecia, quali Delfi o Olimpia. I più famosi, oltre ai già citati templi di Agrigento, furono il complesso di Posidonia (che i Romani chiamarono *Paestum*), di **Selinunte** (in basso) e lo splendido tempio dorico di Segesta.

TECNICHE DI COSTRUZIONE

L'età micenea aveva visto il sorgere di grandi palazzi-fortezza, arroccati sull'acropoli e difesi da poderose mura "a secco" che raggiungevano talvolta lo spessore di 6 m. Con la stessa tecnica i micenei costruirono anche grandi tombe a tumulo, la più famosa delle quali, detta del "Tesoro di Atreo", è alta, all'interno 15 m. Dal IX sec. in poi l'architettura greca si manifestò quasi esclusivamente in un unico tipo di edificio, il tempio, massima espressione di tecnica e di armonia. La perfezione dei templi greci si spiega con l'applicazione, nell'architettura, delle leggi della proporzione e della prospettiva che i matematici avevano scoperto.

NEL CANTIERE

La Grecia aveva cave di marmo di ottima qualità e disponeva anche di una bellissima roccia calcarea azzurrognola, come quella molto diffusa a Delfi. Il taglio e la lisciatura delle pietre venivano eseguiti con ammirevole precisione. Le colonne, sormontate da capitelli che assunsero col passare delle epoche forme diverse, non erano in un unico blocco ma composte da sezioni, dette "tamburi" che venivano sovrapposte e saldate fra loro all'interno. Altro esempio di architettura civile è il teatro, dove spesso veniva sfruttato il pendio di una collina per appoggiarvi il semicerchio delle gradinate.

Un'ulteriore prova della notevole capacità ingegneristica dei Greci è il tunnel di Samo, costruito nel VI sec. a.C.: un acquedotto lungo 1250 m, scavato sotto l'Acropoli per convogliare in città le acque del vicino fiume, mediante una canalizzazione in terracotta.

L'innalzamento dei muri di un tempio

I muri

Le grandi pietre usate per innalzare i muri venivano accuratamente squadrate e la superficie di contatto fra blocco e blocco era ridotta a una cornice di circa 7 cm di spessore, perfettamente levigata. La parte centrale era quindi scavata e non combaciava.
I blocchi erano sollevati con l'argano e accostati l'uno all'altro con l'aiuto delle **leve** (a destra), quindi legati fra loro da graffature di ferro. Così resistevano meglio ai terremoti e alle ingiurie del tempo.

Istallazione di una colonna

Per fissare fra loro i tamburi di una colonna si inserivano, al centro delle facce che dovevano sovrapporsi, due tasselli di legno duro dello spessore di 10-15 cm. Un perno, anch'esso di legno, serviva a saldare i due blocchi, mantenuti stabili dal loro stesso peso.

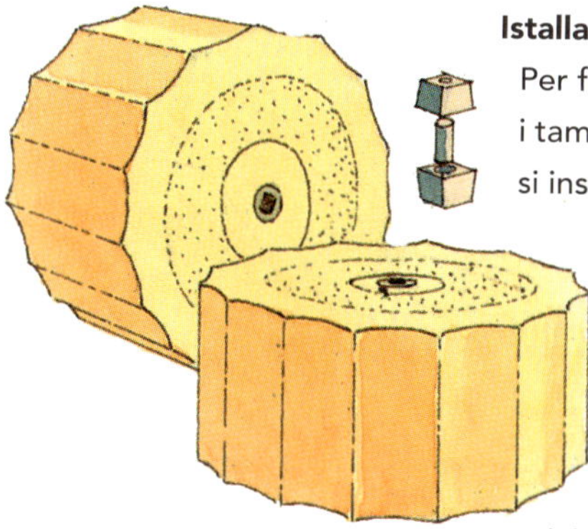

Macchine edili

Per spostare i massicci blocchi di pietra o le pesanti statue dei templi, i costruttori greci ricorrevano ad argani a slitta su piani inclinati o, se volevano sollevarli, a sistemi di pulegge. In seguito si fece uso di macchine edili più complesse, vere e proprie gru, in grado anche di spostare i materiali sollevati.

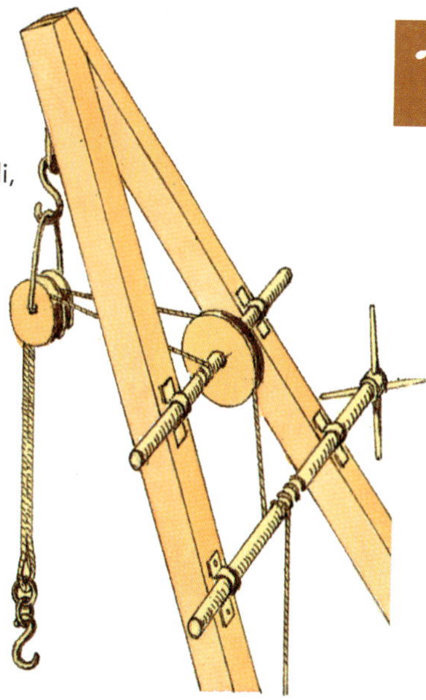

1 2

La fronte di un tempio come risulta allo sguardo, con linee orizzontali e verticali perfettamente allineate **(1)**. Questo effetto è dovuto a una "correzione ottica": in realtà gli assi verticali sono inclinati e le trabeazioni e il frontone incurvati **(2)**.

IL PORTO DI ATENE

Grazie alla lungimiranza di Temistocle, che aveva indirizzato sul mare la potenza ateniese, la democrazia raggiunse il suo apice. Egli, approfittando del ritrovamento di un nuovo e più ricco filone d'argento nelle miniere del Laurion, diede inizio ai grandi lavori pubblici del Pireo che sostituì, come porto, la scomoda rada paludosa del Falero. Ai tempi di Temistocle, il Pireo fu essenzialmente un porto militare, ma nell'età di Pericle fu completamente ristrutturato, diventando il porto e il cantiere navale più grande del Mediterraneo orientale. Il Pireo presenta una struttura urbanistica geometrica, con strade che si intersecavano ad angolo retto, delimitando così gli isolati abitativi in quadrati o rettangoli. Il Pireo era un grande mercato all'ingrosso, fornito di vasti magazzini e depositi, dove si accumulavano e si contrattavano le grosse partite di merci importate o da esportare.

LE LUNGHE MURA

Il porto era stato strettamente unito alla città da una grande e comoda strada, e tutto fu poi circondato, per volere di Pericle, da una poderosa cinta difensiva che faceva della città e del suo porto un'unica fortezza. Le Lunghe Mura tenevano al riparo la potenza marittima ateniese da ogni eventuale attacco terrestre.

LE "LUNGHE NAVI"

Anticamente le navi da guerra costruite dai Greci erano soprattutto *pentacóntore* manovrate cioè da 50 rematori disposti su una sola fila. Nel V secolo vennero in uso le *triere* (o triremi), a tre file di remi, più leggere e veloci. Erano dette "navi lunghe" (circa 50 metri) per distinguer-

La bireme fece la sua comparsa nel VII secolo a.C. e aveva 56 rematori. Era la nave preferita dagli equipaggi di pirati del Mar Egeo e del Mar Nero, perché era veloce e scattante, oltre che solida e resistente. Rimase in uso per circa tre secoli.

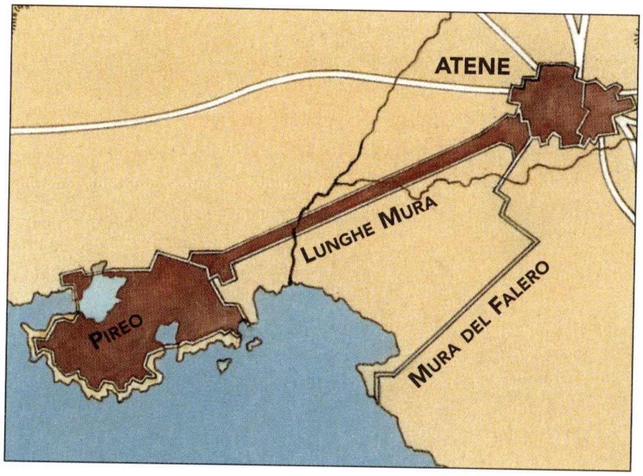

La difesa di Atene
I porti fortificati del Pireo e la città murata di Atene, uniti dalle Lunghe Mura, formavano un complesso difensivo praticamente imprendibile in un'epoca in cui, dato lo scarso sviluppo delle tecniche d'assedio, una città poteva essere conquistata solo per fame o per tradimento interno. I due porti militari di Munichia e di Zea, che si affacciavano sulla baia del Falero, proteggevano il Pireo e l'approvvigionamento di Atene era garantito. Più a sud esisteva inoltre, il Muro del Falero che univa il vecchio porto alla città.

le dalle "navi rotonde" commerciali, più larghe e più capienti. Nella parte poppiera la chiglia si incurvava verso l'alto e terminava innalzandosi in volute o in "collo di cigno".La direzione era data da due grandi remi (timoni) fissati all'esterno, ai due lati della poppa.

Gli arsenali del Pireo (a destra) furono potenziati da Temistocle e divennero famosi in tutto il mondo ellenico. La vocazione al mare degli Ateniesi non venne mai meno: se nel 480 a Salamina, Atene fu in grado di schierare ben 147 navi, un secolo più tardi, dagli arsenali del Pireo uscì una flotta di circa 400 navi, un numero largamente sufficiente per garantire ad Atene il dominio del mar Egeo e degli stretti.

FANTI, ARCIERI E CAVALIERI

Dall'arrivo degli Achei nel XIII sec. a.C., fino all'età di Alessandro Magno, la penisola balcanica fu sconvolta da guerre, spesso molto lunghe e sanguinose, che ne cambiarono l'assetto politico. Prima della nascita delle città-stato solo il re e i nobili scendevano in guerra sui loro carri, coperti da ricche armi di bronzo lavorato. Dal VII sec. a.C. si diffuse un nuovo modo di combattere, basato su un'azione che coinvolgeva un esercito molto più numeroso.

DAGLI OPLITI AI MERCENARI

I fanti con l'armatura pesante, detti opliti (*hoplon*=armi), mantennero la supremazia sui campi di battaglia, affiancati dalle truppe leggere (frombolieri, arcieri, lanciatori di giavellotto) e, talvolta, dalla cavalleria.
L'esercito ateniese non era permanente e dopo due anni di servizio militare, i cittadini venivano richiamati solo in caso di necessità. A Sparta l'esercito era formato interamente da soldati di professione, arruolati per tutta la vita.
Con l'imporsi della supremazia macedone, l'esercito subì un notevole cambiamento e raggiunse una compattezza e una stabilità come mai si erano registrate nelle *poleis*. Filippo II di Macedonia costituì un grande esercito in cui alla fanteria si affiancò la cavalleria nobiliare. Cavalleria e fanteria manovravano congiuntamente e la falange, armata di sarisse (lunghe lance), creava una formidabile barriera di ferro. In seguito prevalse l'uso di assoldare truppe mercenarie, le cui imprese segneranno la vita della Grecia e di tutto l'Oriente per oltre due secoli.

Gli "uomini di bronzo"

La guerra in età micenea è quella che Omero ci racconta nell'Iliade e nell'Odissea anche se molto deve aver favoleggiato in quanto a eleganza, senso dell'onore e magnanimità. I re guerrieri erano rudi combattenti che scendevano in battaglia sui carri, armati pesantemente di bronzo e affiancati da truppe a piedi con spada e scudo dalla caratteristica forma a "otto".

Truppe ausiliarie

La folla dei non combattenti al seguito dell'esercito era più numerosa dei soldati. C'erano portatori di armi, fabbri, genieri, medici militari e indovini. Durante gli spostamenti tutti questi ausiliari erano tenuti all'interno delle truppe allineate.

Le truppe oplite (a sinistra)

Gli opliti modificarono col tempo il loro armamento, adattandolo alle nuove formazioni militari. Il giavellotto fu sostituito da una lunga lancia e la spada da una daga, più adatta nel corpo a corpo. Le formazioni oplite manovravano con grande agilità, soprattutto nel passaggio dalla formazione di marcia in colonna a quella compatta di combattimento in linea.

1. Oplita con armatura pesante (VI sec. a.C.).
2. Frombolieri (VI-IV sec. a.C.).
3. Oplita con armatura pesante (V sec. a.C.).
4. Oplita con armamento leggero (IV sec. a.C.).

Falange e cavalleria dell'esercito macedone (a destra)

La falange, costituita da 1600 uomini con armatura pesante, era caratterizzata da una vera e propria selva di lunghe lance (sarisse). Le prime cinque righe di "falangisti" tenevano le aste dritte contro il nemico, formando una barriera. La cavalleria si schierava in modo diverso a seconda del terreno di battaglia e del numero dei cavalieri.

ARMI E MACCHINE DA GUERRA

Le armi degli eserciti greci mutarono nel tempo, ma soprattutto la scoperta della tecnologia del ferro segnò una svolta decisiva nella fabbricazione e nell'uso delle armi. Infatti, in un primo momento, il nuovo metallo fu usato quasi esclusivamente come arma di offesa. Fu proprio grazie alla superiorità del loro armamento in ferro, su quello di bronzo degli Achei, che i Dori poterono conquistare con facilità il Peloponneso e provocare il crollo della civiltà micenea.

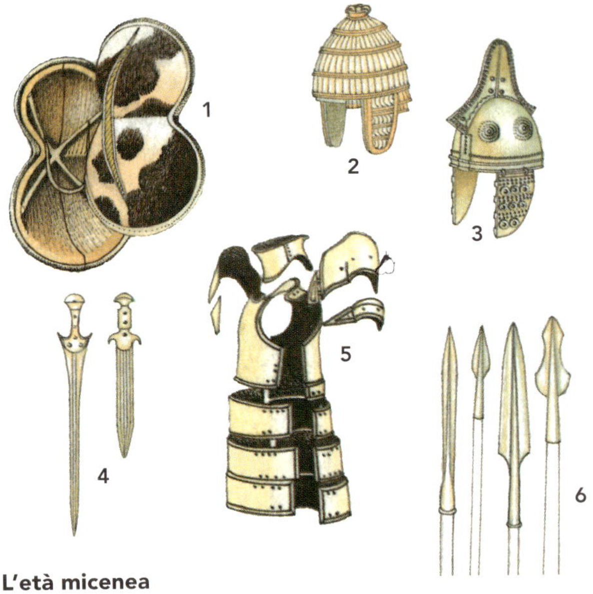

L'età micenea
I re guerrieri imbracciavano grandi scudi a forma di "otto" e vestivano pesanti armature di bronzo.

1. scudo miceneo; **2-3.** elmetti; **4.** spade; **5.** armatura di bronzo; **6.** punte di lancia.

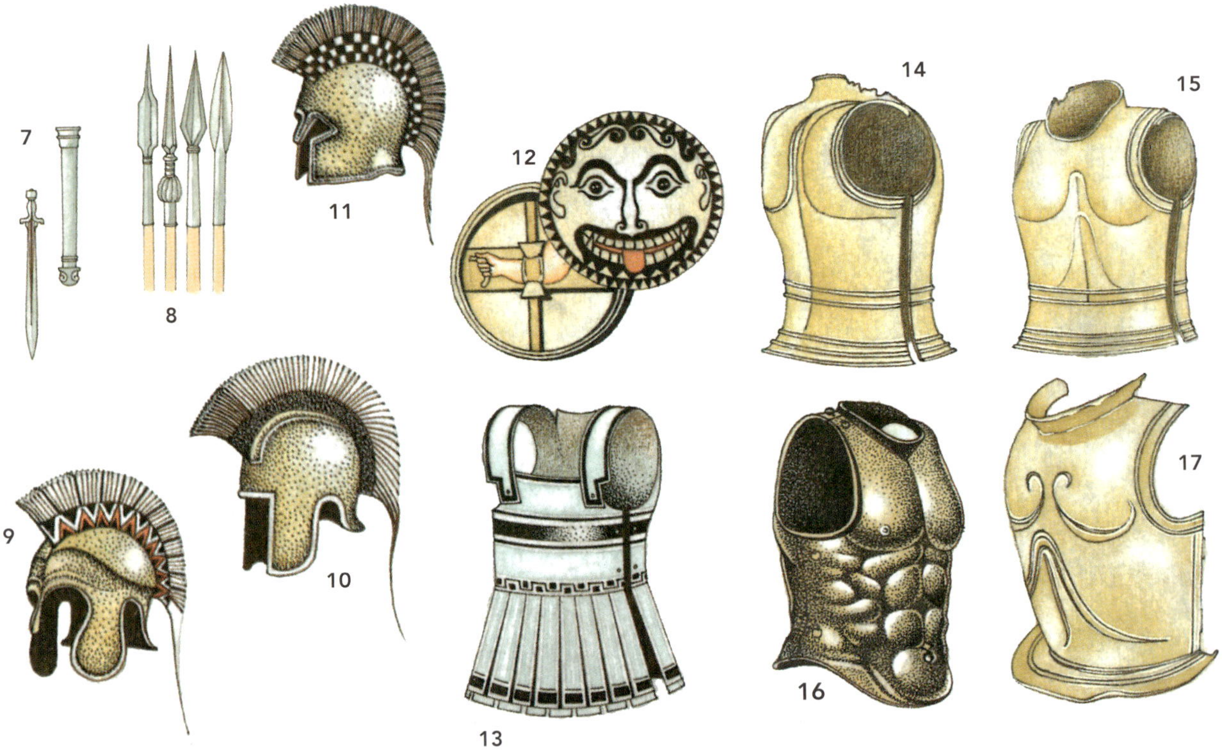

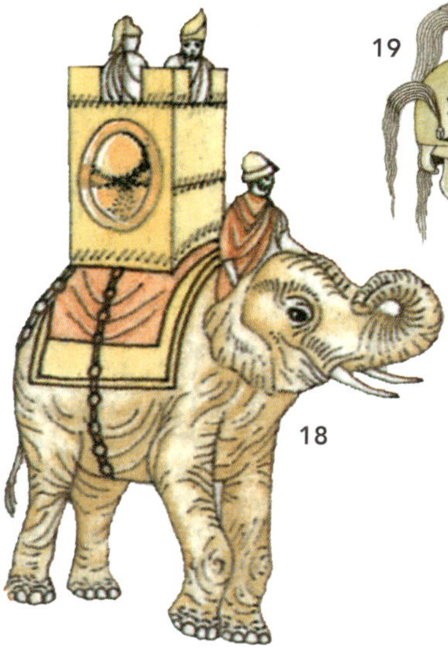
18

19

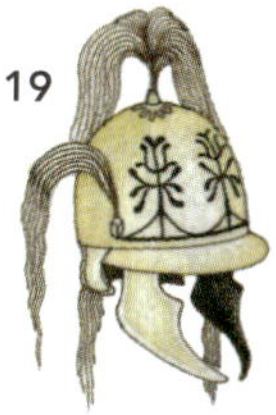

20

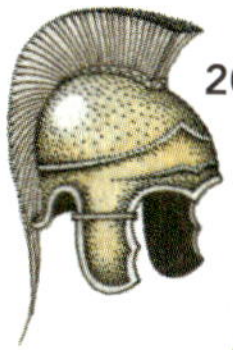

21

22

23

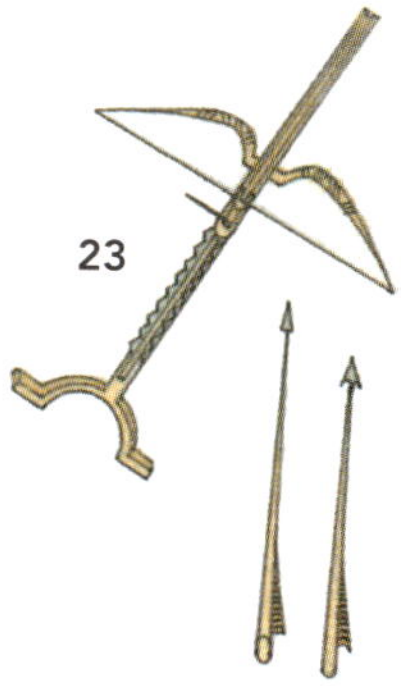

24

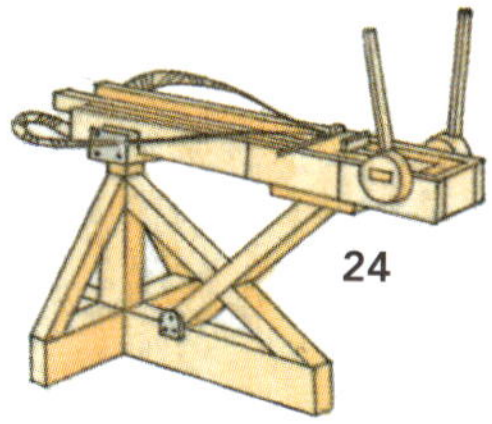

25

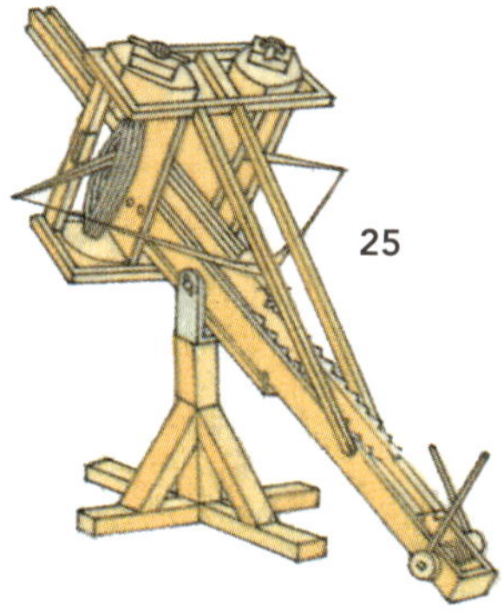

26

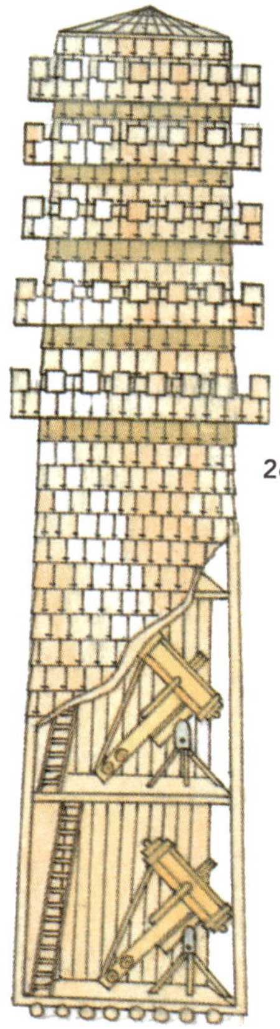

27

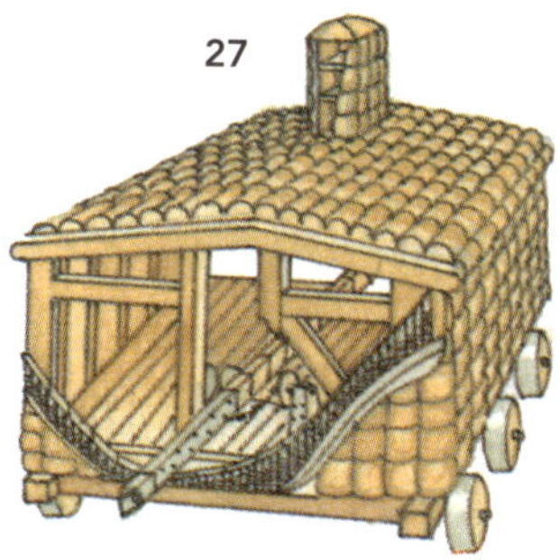

Età di Alessandro Magno

Caratteristica dell'oplita macedone era la lancia di circa 6 m, mentre i cavalieri erano armati di lancia e spada. Dopo la spedizione in India Alessandro incorporò nel suo esercito gli elefanti, impegnati specialmente a bloccare la cavalleria nemica.

18. elefante; **19-21.** serie di elmi di epoca macedone; **22.** corazza del cavaliere.

Età delle città-stato (a sinistra)

L'oplite, il fante ad armamento pesante di Sparta o di Atene, era fornito di armi offensive e difensive. La corazza, quasi sempre in bronzo, copriva schiena e torace, le gambe erano ricoperte dal ginocchio alla caviglia da gambali di bronzo e lo scudo serviva a parare i colpi. Le armi offensive erano la lancia e la spada. La lancia era un lungo bastone di legno, all'estremità del quale era fissata una punta. La spada aveva una lama a doppio taglio e misurava circa 60 cm.

7. spada a doppio taglio e fodero; **8.** punte di lancia; **9-11.** vari tipi di elmo; **12.** scudo dell'oplita; **13-16.** vari tipi di corazze con sistemi di allacciatura.

Le macchine belliche

Fino alla seconda metà del IV sec. a.C., le macchine da guerra non erano molto conosciute, ma in seguito si affermarono rapidamente. Esistevano vari tipi di catapulte che lanciavano frecce o sassi. C'erano poi macchine d'assedio come torri mobili e arieti di vario tipo per sfondare le porte.

23. Balestra del 400 a.C. e frecce; **24.** balestra del 375 a.C.; **25.** balestra lanciasassi; **26.** torre mobile; **27.** ariete a tartaruga del 400 a.C.

L'EDUCAZIONE DEI GIOVANI

I giovani spartani venivano educati alla cura del corpo senza preoccuparsi di coltivare lo spirito; alla bellezza, alla grazia e all'armonia si preferirono la forza e la durezza. Ad Atene, invece, i giovani delle famiglie agiate venivano educati alle lettere e alle arti, senza tuttavia dimenticare un solido addestramento militare.

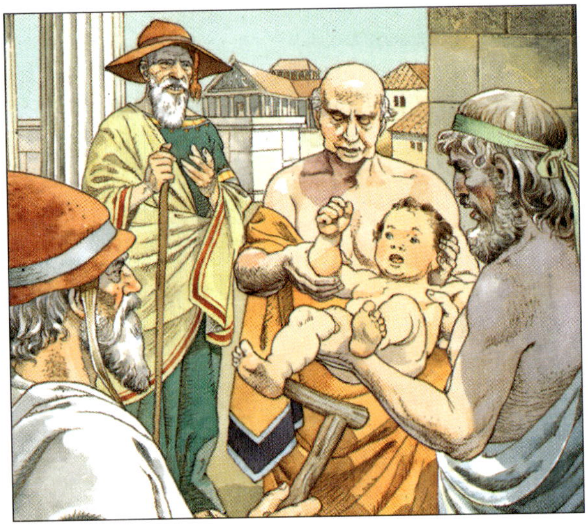

L'addestramento degli Spartiati

La nascita e la fanciullezza

A Sparta si nutrivano molte preoccupazioni riguardo al vigore del neonato, che doveva essere visitato dagli anziani della tribù prima di essere accettato. I maschi restavano in famiglia fino ai 7 anni, ma non nel gineceo come i coetanei ateniesi, bensì allevati da nutrici, famose in tutta la Grecia per la loro severità. I maschi ateniesi, invece godevano certamente di un'infanzia molto più spensierata, trascorsa nel gineceo con le loro madri e in compagnia delle sorelle.

Infanzia e adolescenza

A 7 anni tutti i maschi ateniesi venivano mandati a scuola, ma solo quelli delle famiglie più agiate continuavano a studiare fino all'efebia, gli altri si fermavano dopo aver appreso i rudimenti della scrittura. Dopo i 14 anni, nel pieno della crescita, il naturale sviluppo del corpo veniva accompagnato dall'intensificarsi del lavoro fisico. Questo periodo terminava all'età di 18 anni, quando si entrava nell'esercito per il servizio militare, l'efebia, che durava due anni. I maschi spartani, invece, abbandonavano a 7 anni la famiglia e venivano direttamente "assunti" dallo Stato fino alla morte. Venivano inquadrati in rigide formazioni di tipo militare, a tutti veniva rasata la testa, li si abituava a camminare scalzi e a giocare nudi, a ubbidire e a desiderare tenacemente la vittoria. Dormivano in camerate insieme ai soldati effettivi, prendevano i magri pasti in comune e, per qualsiasi colpa, venivano frustati. Ai giovani spartani si insegnava soltanto a leggere e scrivere: la loro educazione si fondava sull'addestramento fisico.

Esercizi ginnici di giovani ateniesi

Vita da soldato del giovane spartano

Fanciulle ateniesi nel gineceo

Soldati e cittadini

A 20 anni, ogni Spartiate era reclutato nell'esercito attivo. Dai 20 ai 30 anni i giovani continuavano a vivere in caserma, a prendere i pasti in comune, anche se sposati, ad addestrarsi come se fossero in guerra. Non potevano entrare dentro l'Agorà, quindi non avevano diritti politici. Una certa vita familiare cominciava solo a partire dai 30 anni, se non contrastava con le esigenze militari.
I giovani ateniesi, al contrario, terminati i due anni di ferma militare, completavano gli studi o cominciavano ad occuparsi degli affari di famiglia. Inoltre entravano automaticamente a far parte dei rispettivi organi di rappresentanza democratica.

L'educazione delle fanciulle

Ad Atene, le giovinette di buona famiglia vivevano recluse nel gineceo, e imparavano dalla madre tutte le arti che sarebbero state loro utili per diventare buone amministratrici di casa. Una volta sposate, infatti, sarebbero diventate le "direttrici" del personale domestico. A Sparta, invece, le fanciulle godevano della più ampia libertà: praticavano molti sport e, come i giovani, si mostravano nude nelle palestre e negli stadi.
Si esercitavano nella lotta, nel lancio del disco e persino nel lancio del giavellotto che era un'arma da guerra. Lo scopo di questa educazione era quello di fornire alla patria madri robuste e vigorose che generassero figli adatti alla caserma.

Giovani ateniesi nell'agorà

Educazione fisica delle giovani spartane

LE ARTI MAGGIORI

L'ARCHITETTURA

Il tempio, ignoto nell'età minoico-micenea, fu, attraverso tutta la grecità, la massima espressione del genio architettonico degli Elleni.
La sua struttura rimase fondamentalmente la stessa nel corso dei secoli: una stanza rettangolare, cioè la "cella" (in greco *naòs*) sede della divinità, preceduta da un atrio porticato (*prònaos*) a cui corrisponde, all'estremità opposta, un altro locale (*opistòdomos*).

LA PITTURA

La pittura greca, a parte gli impareggiabili affreschi minoici, è andata quasi interamente perduta. Ciò che sopravvive sono solo le figurazioni sui vasi, che lasciano appena intuire le realizzazioni dei grandi maestri.
Dalla metà del VI sec. Atene si impose su tutti gli altri centri artistici privilegiando la rappresentazione della figura umana, prima con i vasi a figure nere e poi con quelli a figure rosse.

LA SCULTURA

Già dal VII sec. i Greci, influenzati da esempi orientali, cominciarono a introdurre nei templi statue di pietra e di marmo. Dapprima le figure erano rigide, come i *kouroi* (giovani nudi) e le *korai* (giovinette con peplo) ma modificando questi modelli, si giunse alla perfezione classica, soprattutto con le statue di bronzo, animate da un segreto ritmo interiore.
Il tema prevalente fu, comunque, quello della figura umana, della quale Policleto fissò i canoni perfetti di proporzione.

1

2

1. Kore del Museo dell'Acropoli, Atene;
2. Ricostruzione del tempio di Artemide a Efesto;
3. La Nike (Vittoria) di Samotracia, capolavoro della scultura ellenistica, Museo del Louvre, Parigi;
4. Doriforo di Policleto, in una copia in marmo di epoca romana;
5. Vaso a figure geometriche;
6. Vaso di Corinto (VI sec. a.C.).

5

6

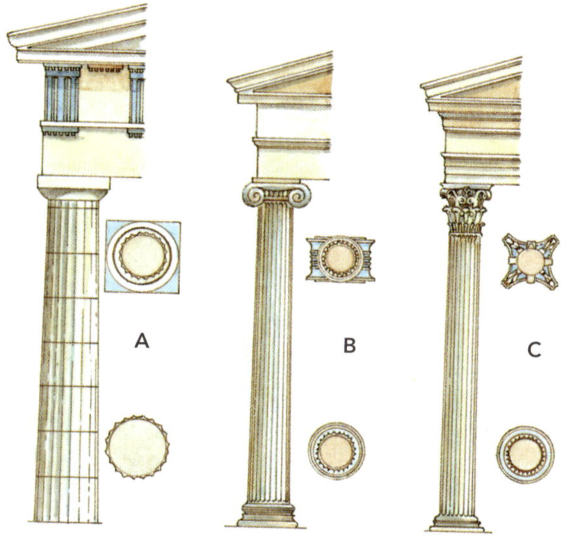

Gli ordini architettonici

In base al tipo delle colonne, dei capitelli e della decorazione scultorea, si distinguono tre ordini architettonici. L'**ordine dorico (A)** è il più antico e il più essenziale (VII-VI sec.); l'**ordine ionico (B)** deve il nome al suo luogo di origine, la Ionia in Asia minore; l'**ordine corinzio (C)** è il più recente ed elaborato.

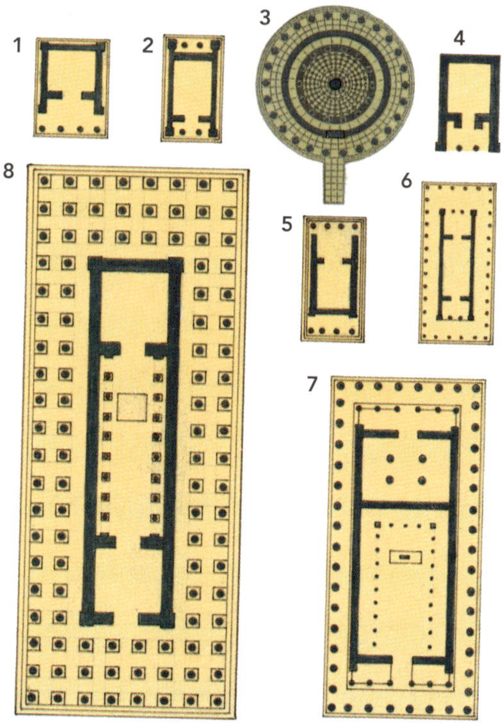

Nei templi di dimensione modesta la struttura rimase quasi sempre la stessa, mentre in quelli più vasti, la cella si cinse tutt'intorno di colonne: da 6 a 9 sui lati minori; da 12 a 18 sui lati lunghi. La *tholos* era a pianta rotonda, circondata da colonnato.

A destra:
1. Tempio di Selinunte; **2.** Tempio di Artemide a Eleusi; **3.** *Tholos* di Epicauro; **4.** Tesoro degli Ateniesi a Delfi; **5.** Tempio di Ilisso; **6.** *Theseion* di Atene; **7.** Partenone; **8.** Tempio di Giove Olimpio a Atene.

LETTERATURA E SCIENZA

IL PENSIERO FILOSOFICO

Le indagini sulle origini della natura e sui principi e le leggi che la governano, alla ricerca di un principio unico del reale, furono il fulcro degli studi di Eraclito di Efeso, Empedocle di Agrigento, Anassagora e Democrito di Tracia.
Nel V sec. a.C. nacque un nuovo movimento di pensiero, quello dei sofisti (= sapienti) che rifiutavano la speculazione sulle origini dell'universo, perché proclamavano che gli uomini non possono giungere alla conoscenza.
Oppositore tenace dei sofisti fu Socrate che aveva invece messo al centro della sua ricerca filosofica proprio l'uomo e ciò che di bello, di buono e di vero c'è nella esistenza. Al pensiero di Socrate si ispirarono i due maggiori filosofi del VI sec.: Platone e Aristotele.

LA LETTERATURA

La storia letteraria della Grecia si apre con i poemi epici di Omero il quale, intorno all'88 a.C. raccolse e ordinò nell'*Iliade* e nell'*Odissea* racconti e miti tramandati a voce. All'antichità arcaica si rifà anche Esiodo che rievoca nella sua *Teogonia* le antichissime oscure leggende sull'origine del cosmo e degli dèi. Ma la forma poetica che meglio espresse i sentimenti immediati e più vari dell'artista fu la lirica che si sviluppò, in varie forme, fra il 650 e il 450 a.C. Essa veniva declamata con l'accompagnamento musicale e venne destinata a elogio funebre e a celebrazioni di atleti o eroi. Quando la produzione lirica si esaurì nacque la poesia drammatica con Eschilo, Sofocle, Euripide.

SCIENZA E TECNICA

Mentre il pensiero filosofico perde slancio e vigore, dal IV sec. a.C. in poi, la creatività ellenica continuò a manifestarsi nella scienza e nella tecnica che, durante il III sec. raggiunsero il culmine del loro sviluppo.
Questi studi cercarono di enunciare principi teorici dai quali sarebbero poi derivate importanti applicazioni pratiche. Archimede, scoprì, fra l'altro, la misura del circolo e il principio fondamentale dell'idrostatica (il "principio di Archimede"); Eratostene calcolò la circonferenza della terra, l'altezza di un monte, l'area di un terreno irregolare; Aristarco di Samo intuì per primo che la terra gira attorno al sole.

La Biblioteca di Alessandria

Ad Alessandria di Egitto, alla fine del IV sec. a.C:, sorse, per iniziativa di re Tolomeo I, una grande biblioteca. Essa era fornita di 700 000 volumi e fu presto famosa in tutta l'antichità. Era affiancata da un osservatorio astronomico, da un orto botanico, un giardino zoologico e varie raccolte d'arte. Tutto il complesso prese il nome di Museo, cioè Casa delle Muse, le dee protettrici di tutte le attività intellettuali e artistiche dell'uomo. Il Museo era un vero e proprio centro di ricerca dove gli scienziati, provenienti da tutti i paesi d'Oriente, potevano, in piena serenità, dedicarsi liberamente allo studio, alle ricerche personali, alla produzione letteraria e scientifica. Al loro mantenimento provvedeva il tesoro reale.

La Torre dei Venti

Fu costruita nel I sec. a.C. dall'astronomo Andronico Chirreste. È a pianta ottagonale ed è situata poco fuori dell'Agorà di Atene. È un vero e proprio laboratorio astronomico e meteorologico: nell'interno è collocato un grande orologio ad acqua; nella parte esterna stanno le meridiane; il tritone di bronzo sulla cima si volge secondo la direzione del vento e indica con il bastone gli 8 bassorilievi che fasciano la sommità della torre.

2

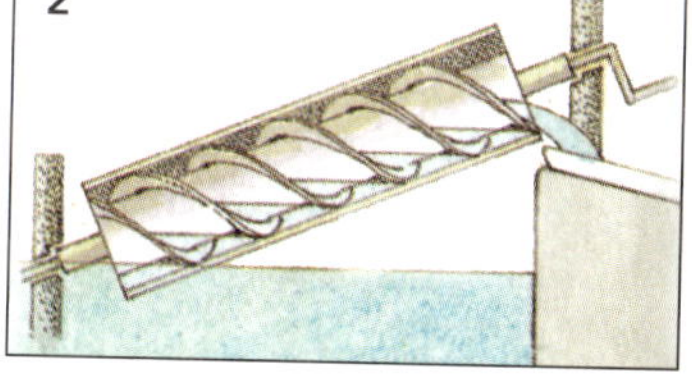

3

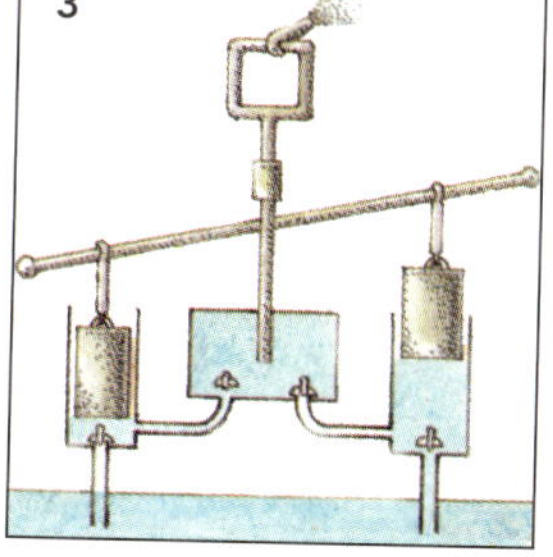

1

Alcune invenzioni degli antichi greci

1. Modello di un mulinello a vapore inventato da Erone. Sopra una pentola riscaldata, una sfera ruota attorno a un asse ed emette getti di vapore. Questa macchina è una vera e propria turbina a vapore.
2. Modello di "vite di Archimede" o "coclea". Serviva per sollevare l'acqua da un punto più basso ad uno più alto, per pompare infiltrazioni d'acqua, per lavori di irrigazione e per liberare dall'acqua le navi allagate.
3. Modello di pompa antincendio, progettata da Ctesibio, ingegnere del III sec. a.C. Fu usata a tale scopo anche durante tutta l'epoca romana e fino al XIX sec. ha costituito praticamente l'unico mezzo antincendio efficace e tempestivo negli interventi.

L'ARTE DEL TEATRO

Il teatro era il monumento caratteristico che si ritrova in tutte le città greche di una qualche importanza. Le rappresentazioni drammatiche, strettamente legate ad alcune feste religiose, erano allo stesso tempo una cerimonia e uno spettacolo a cui assistevano tutti i cittadini, donne e schiavi compresi.

TRAGEDIA E COMMEDIA

Le rappresentazioni tragiche avevano un alto valore educativo, sia perché la grande poesia tocca e ingentilisce gli animi, sia perché la tragedia induceva gli spettatori alla moderazione e alla saggezza, mettendo sempre in scena un "atto di violenza" compiuto contro le leggi divine e umane che veniva, alla fine, inesorabilmente punito. Parallelamente alla tragedia, si sviluppa ad Atene la commedia che ha quasi sempre il carattere di satira e affronta, polemicamente, argomenti di attualità: la vita politica, le attività culturali, il costume con un linguaggio così libero da rasentare sovente la scurrilità. Gli autori mettevano a volte in ridicolo personaggi potenti, con una libertà che solo l'Atene democratica poteva concedere.

LE GRANDI DIONISIE

Le Grandi Dionisie che si svolgevano a marzo erano un vero e proprio festival teatrale, finanziato dai cittadini più ricchi designati dallo Stato. Gli applausi del pubblico designavano la scelta del vincitore. Le rappresentazioni cominciavano poco dopo il levar del giorno e si protraevano fino al tramonto.

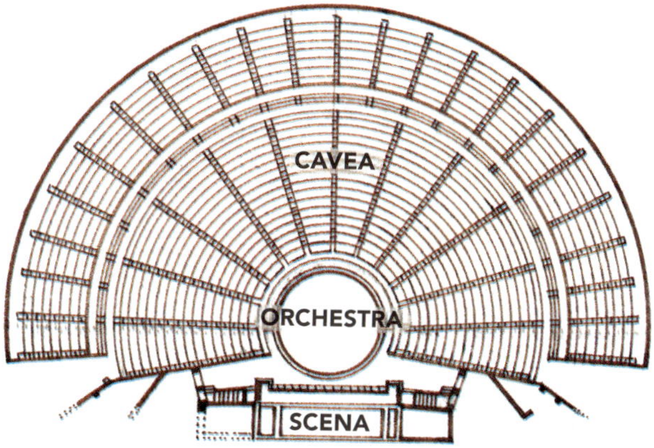

Il teatro di Epidauro (sopra)
Il teatro di Epidauro, nel Peloponneso, risale al IV sec. a.C. ed è stato attribuito a Policleto. La cavea (120 m) può ospitare circa 14 mila persone in 55 gradinate. La cavea si appoggia alle pendici della collina, a semicerchio rispetto all'orchestra, lo spazio circolare che serviva per le evoluzioni del coro. Di fronte si alzava la scena, dove recitavano gli attori.

Le maschere teatrali (a sinistra) servivano a esprimere gli stati d'animo che gli attori dovevano interpretare recitando. Le statuette comiche (sotto), rappresentavano i personaggi più comuni della commedia ateniese, soprattutto schiavi e servitori.

LE OLIMPIADI

Olimpia era un santuario, che deriva il suo nome dall'attributo "olimpico", usualmente dedicato agli dèi. A partire dall'VIII sec. a.C., Olimpia era diventato un luogo sacro, ricco e potente, centro di appuntamento di "tutti i greci" durante le gare atletiche che si svolgevano ogni 4 anni. L'importanza di questa festa panellenica era tale, che il calendario greco si fondava sull'era delle Olimpiadi, che iniziarono nel 776 a.C. In occasione dei giochi veniva proclamata la "tregua sacra" e ogni guerra cessava per un mese, al fine di permettere a tutte le *poleis* di inviare i loro rappresentanti alle gare.

IL PROGRAMMA E GLI ATLETI

I giochi, che avevano luogo in piena estate, duravano sette giorni, il primo dei quali era dedicato ai sacrifici e ai giuramenti degli atleti, e l'ultimo alla premiazione dei vincitori. Nei cinque giorni intermedi si svolgevano le prove sportive. Gli uomini adulti si misuravano in quattro tipi di corsa: lotta, pugilato, pancrazio e pentathlon. Si svolgevano anche corse con quadrighe e con cavalli montati. Per i ragazzi c'erano la corsa, la lotta e il pugilato.

Quelli che partecipavano ai giochi non erano atleti professionisti, ma semplici cittadini scelti accuratamente dalle varie *poleis*. I nomi dei vincitori, gli olimpionici, venivano proclamati dall'araldo, accompagnati dal nome del padre e della loro città. Come premio ricevevano una semplice corona d'olivo ma la gloria che ne derivava era immensa e si irradiava sulla loro famiglia e sulla loro città.

Il santuario di Olimpia

Fino al 472 a.c., Zeus, il dio del santuario di Olimpia, non aveva neppure un tempio tutto suo ma veniva adorato, insieme alla moglie Era, in quello dorico a lei dedicato. Al signore degli dèi era stato però innalzato, al centro del recinto sacro, un altare fatto con le ceneri dei numerosi sacrifici. Oltre al vecchio tempio di Era (VII-VI sec. a.C.), l'area del santuario conteneva un imponente complesso di monumenti: il piccolo tempio di Cibele (dea della fecondità della terra) anch'esso in stile dorico, il tumulo dell'eroe Pelope, una palestra, un ginnasio, un ippodromo, lo stadio per i giochi e numerosi "tesori".
Erano soprattutto le città greche delle colonie di oltremare a inviare a Olimpia ex voto e offerte propiziatorie, e i piccoli edifici dei tesori erano ordinatamente disposti lungo il muro di cinta del santuario, ai piedi della collina dedicata al padre di Zeus, Cronos. Il tempio di Zeus, posto al centro dell'Altis (zona sacra), fu costruito per opera dell'architetto Libone di Elide, fra il 472 e il 454 a.C. Largo più di 27 m e lungo più di 64, era allora il più vasto della Grecia continentale. Fu ornato da due splendidi frontoni scolpiti e da dodici metope a rilievo. Qualche anno più tardi il grande Fidia, portati a termine i lavori del Partenone, venne a lavorare alla grande statua crisoelefantina (alta 12 m) che rappresentava Zeus olimpico in trono, posta all'interno del tempio.

LA MEDICINA

La scuola di medicina di Ippocrate, a Coo

I Greci attribuivano la malattia agli dèi o agli influssi maligni e la curavano con pratiche religiose. Ma esistevano anche veri e propri centri di formazione medica, da cui uscirono medici illustri. Gli apprendisti medici si formavano presso un maestro e imparavano a esercitare tutte le operazioni manuali necessarie quali il salasso, il clistere, l'applicazione di ventose. Curavano con erbe, radici e polveri minerali, ma la conoscenza anatomica restava molto limitata. Non mancavano dentisti capaci di otturare i denti con il piombo e levatrici e "guaritrici" che si occupavano delle malattie intime femminili.

IL SANTUARIO DELLA SALUTE

Per secoli il più famoso centro "medico" rimase il santuario di Asclepio a Epidauro. I sistemi di cura consistevano soprattutto in pratiche religiose, tuttavia i sacerdoti avevano davanti agli occhi un ricco materiale di studio e accompagnavano i riti religiosi con la pratica medica. I pellegrini, la sera, si coricavano sotto il portico (*abaton*) e durante il sonno venivano visitati da Asclepio, dio della medicina e figlio di Apollo, che si avvicinava al loro giaciglio, manipolava la parte malata e rivelava la "ricetta" che al risveglio i miracolati mettevano in pratica.

Il Santuario di Asclepio a Epidauro (ricostruzione): a sinistra la rotonda costruzione della *Tholos*, sullo sfondo l'ablatore per i malati, quindi il tempio di Asclepio, figlio di Apollo; sulla destra, inoltre, c'erano i Propilei, il maestoso ingresso a tutto il complesso. Di fronte sorgeva lo stadio e, poco distante, il teatro.

Ippocrate e la medicina "moderna"

La medicina scientifica sorse quando questa si liberò dalla tutela sacerdotale e il maggior progresso in questa scienza si ebbe grazie a Ippocrate (460-370 a.C.), la cui opera, *Aforismi*, costituì, praticamente, l'unico testo di medicina fino a tre secoli fa.
La sua scuola era costituita in corporazione e chi vi entrava doveva prestare un giuramento, che è un'altissima testimonianza della nobiltà e della serietà con la quale veniva professata la medicina. Ippocrate affermava l'origine naturale delle malattie e quindi la necessità di studiare i procedimenti della natura al fine di arrivare a un'esatta diagnosi. In genere, riteneva che il miglior medico fosse proprio la natura e che andasse assecondata con diete, vita sana e prevenzione.

1

2

3

Arte e medicina

1. Offerta di una riproduzione gigantesca dell'arto guarito; **2.** Statua di Asclepio rappresentato con il serpente, la presenza più importante nel santuario; **3.** Il bassorilievo mostra sullo sfondo un malato a letto, assistito da un medico sacerdote, e lo stesso malato appare in primo piano in piedi davanti al dio (di statura superiore a quella umana), che lo cura.

ETRUSCHI

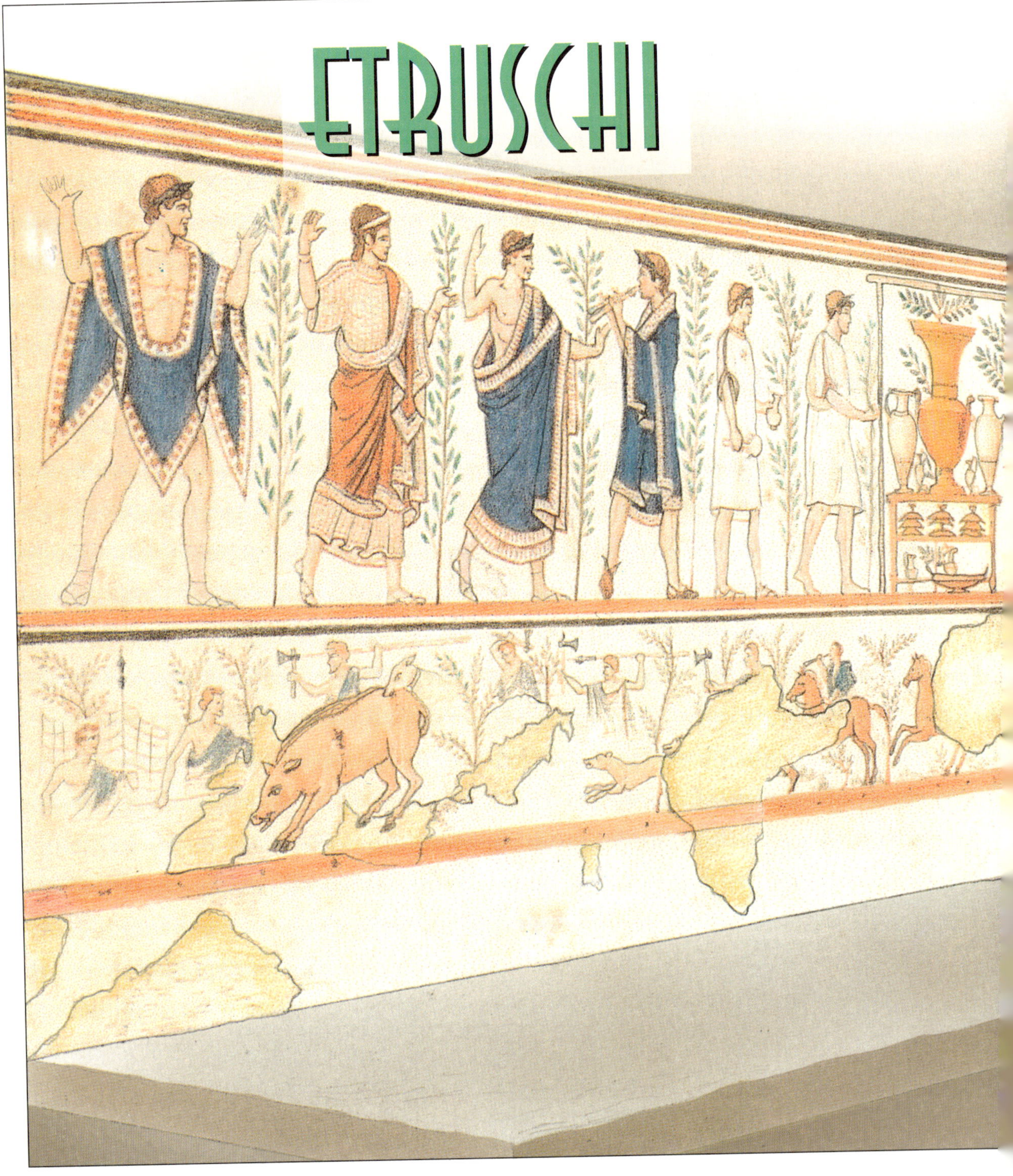

L'ETRURIA

Acroterio
di Falerii
(480 a.C.)

L'archeologia ha dimostrato che gli Etruschi controllarono direttamente ampie zone dell'Italia, con altre ebbero stretti contatti politici e commerciali, ma non arrivarono ad esercitare il loro potere sull'intera penisola. Erano con sicurezza territorio etrusco l'area compresa tra il Tevere e l'Arno (quindi zone comprese oggi nelle regioni Lazio, Umbria e Toscana), buona parte della pianura padana (compresi anche territori situati al di là del fiume Po, come Mantova) e, in Campania, Capua e il Salernitano.
L'Etruria,comunque, non fu mai uno Stato unitario: le singole città mantennero sempre un'ampia autonomia e tra loro vi furono frequenti tensioni risolte talvolta anche per via militare.
Le città principali erano dodici e sono da identificare, con ogni probabilità, almeno per i secoli VII e VI a.C., in Veio, Cerveteri, Tarquinia, Vulci, Orvieto, Chiusi, Vetulonia, Volterra, Perugia, Cortona, Arezzo, Fiesole; è probabile che la crisi di alcune di esse abbia portato alla loro sostituzione con centri emergenti quali Pisa, Populonia e Roselle. I rappresentanti delle dodici città si riunivano presso un santuario federale, il *Fanum Voltumnae*, dove eleggevano un magistrato comune ed elaboravano una politica estera unitaria. Lo sviluppo storico della civiltà etrusca si fa oggi iniziare nel IX secolo a.C., con la fase cosiddetta "villanoviana" (dal nome di una località – Villanova – presso Bologna, dove avvennero i primi ritrovamenti di

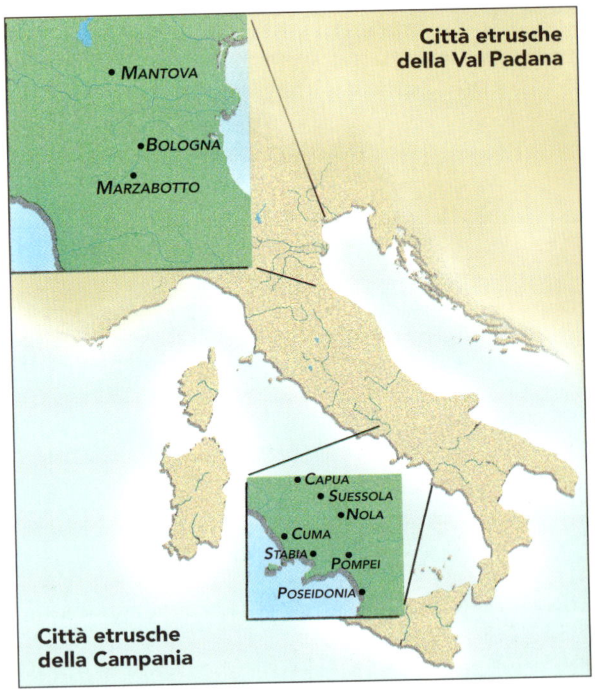

Scontro tra guerrieri nel pieno di una battaglia tra Etruschi e popolazioni villanoviane della Val Padana. È in questa fase, probabilmente, che gli Etruschi riuscirono a superare il Po: stabilendosi a Mantova, la cui origine etrusca è ricordata anche da Tito Livio.

reperti caratteristici di quel periodo). L'indipendenza politica venne meno progressivamente a causa dell'aumentata potenza di Roma, che, nel 396 a.C., conquistò Veio e, nel giro di poco più di un secolo, l'intera Etruria. L'identità etrusca si può dire perduta solo a partire dai decenni finali del I secolo a.C. L'aristocrazia etrusca dovette romanizzarsi più rapidamente per non perdere i propri vantaggi. Gli Etruschi occuparono ampie zone della pianura padana e alcuni territori dell'odierna Campania. Esistevano così una dodecapoli padana e una campana. Durante il VI secolo a.C. la presenza etrusca si rafforzò grazie a nuove ondate migratorie. L'insediamento in Campania previde città situate all'interno della regione (Capua, Calatia, Suessula, Nola), scali marittimi (Stabia, Vico Equense, Fratte di Salerno) e centri agricoli (Pontecagnano, Pompei). La crisi dell'Etruria campana può farsi iniziare con la sconfitta subita dalla flotta etrusca nelle acque di fronte a Cuma (474 a.C.), ma fu l'avanzata sannita a ridimensionarne la presenza nell'area: Capua venne conquistata nel 421 a.C. La crisi dell'Etruria padana fu successiva: i Celti s'impadronirono della zona nei primi decenni del IV secolo a.C.

Frammento di marmo con la raffigurazione dei **Dodici popoli dell'Etruria**, dal Caesareum di Cerveteri (Caere).

Pittura della tomba del Triclinio, a Tarquinia.

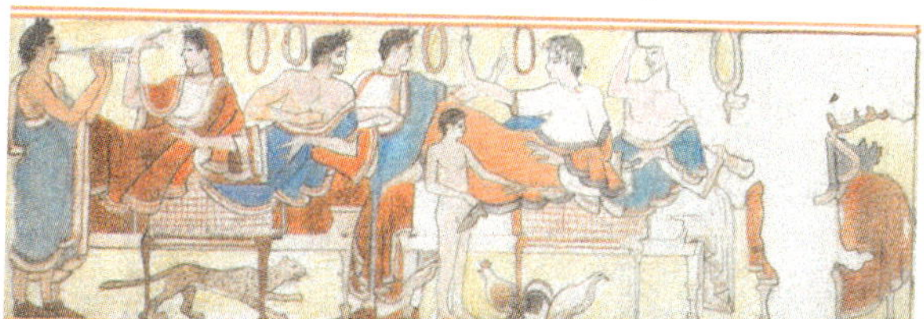

Vaso cinerario del IX secolo a.C., nel pieno dell'epoca villanoviana.

GLI ETRUSCHI NEL MEDITERRANEO

Principali comunità etrusche sulle rive del Mediterraneo.

Gli Etruschi si stabilirono anche al di fuori dei loro confini "tradizionali". Una numerosa comunità etrusca era presente da epoca assai antica, ad esempio, a Roma, dove aveva un proprio quartiere. Secondo la tradizione addirittura tre dei sette re di Roma sarebbero stati di origine etrusca: Tarquinio Prisco, Servio Tullio e Tarquinio il Superbo.

Tarquinio Prisco vi avrebbe governato a lungo, per trentacinque anni fra il 616 e il 578 a.C., e sarebbe stato figlio di Demarato, un immigrato della città greca di Corinto giunto a Tarquinia nella generazione precedente. Di origine etrusca sarebbe stato pure Servio Tullio, che l'imperatore romano Claudio, studioso di etruscologia, identifica con Mastarna un condottiero originario probabilmente di Vulci. Tarquinio il Superbo, figlio o nipote di Tarquinio Prisco, avrebbe retto invece Roma tra il 534 e il 509 a.C. sino alla caduta della monarchia.

Abbiamo notizie di Etruschi, anche se in una fase storica completamente diversa, giunti in zone ben più lontane: un gruppo, guidato da un certo Marcus Unata Zutas, originario probabilmente di Chiusi, emigrò e fondò una colonia in Tunisia, nella valle dell'Uadi Milian, dandogli il nome di Dardanium. Nella zona sono stati trovati cippi per delimitare i confini, scritti in etrusco. Altri insediamenti sono stati accertati in Egitto, nelle isole del Mar Egeo e sulle coste della Turchia.

La preparazione di una mummia. Probabilmente una comunità di Etruschi giunse anche in Egitto, sembra suggerirlo un ritrovamento straordinario: il cosiddetto **liber linteus** di Zagabria. Si tratta di un libro di lino etrusco, con prescrizioni legate al rito disposte in forma di calendario, rinvenuto in Egitto dove era stato riutilizzato per avvolgere una mummia. Risulta opera di un esperto amanuense, con una grafia di sorprendente regolarità. Il libro dovrebbe risalire III-II secolo a.C. e portano a un'area geografica situabile tra Perugia, Cortona e il lago Trasimeno. Un etrusco, forse un sacerdote originario di quelle zone, deve averlo portato con sé nella sua diaspora.

Stele funeraria da Kaminia (Lemno) del VI secolo a.C., con iscrizioni in una lingua molto simile all'etrusco. Di recente, quindi, è stata avanzata l'ipotesi che Etruschi possano essersi stanziati anche nell'isola di Lemno, nell'Egeo settentrionale, dove si parlava una lingua che presenta numerosi caratteri in comune con quella etrusca. In passato i punti di contatto fra le due lingue erano stati interpretati a sostegno della tesi che afferma l'origine orientale degli Etruschi.

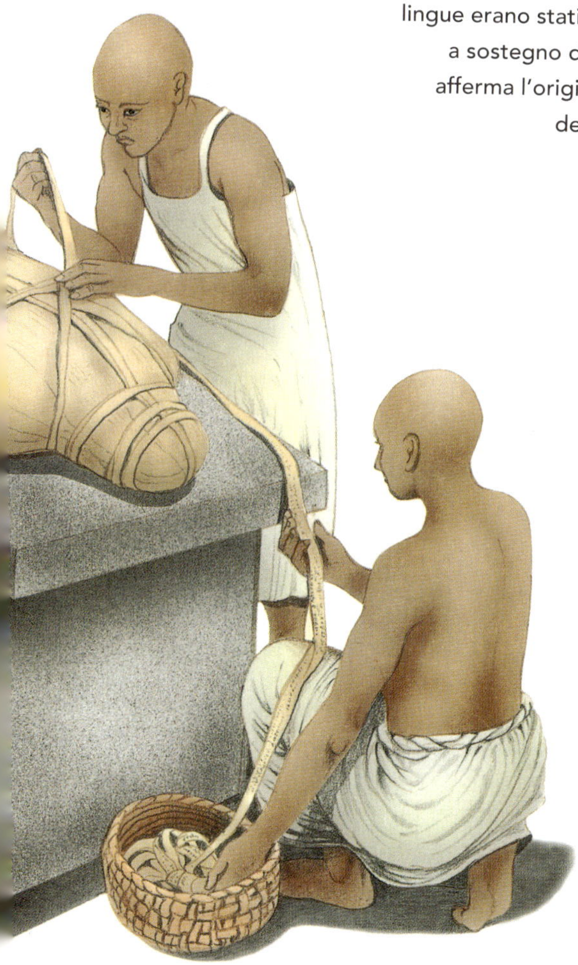

Tomba dei Rilievi a Cerveteri, che ospita una ricca necropoli, a testimonianza del ruolo di primo piano svolto dall'antica città laziale.

LE ORIGINI E I PRIMI SECOLI

Corredo funebre dell'Età del Ferro, composto dai pochi averi del defunto, tra cui un vaso biconico che ne conteneva le ceneri.

Il problema delle origini degli Etruschi risale molto indietro nel tempo, se lo posero addirittura studiosi a loro contemporanei. Erodoto, il grande storico greco vissuto nel V secolo a.C., ipotizzò che fossero originari della Lidia, una regione dell'Asia Minore, mentre Ellanico propose d'identificarli col mitico popolo dei Pelasgi. Un'ipotesi diversa venne avanzata più tardi da un altro storico di origine greca, ma vissuto in età augustea, Dionigi di Alicarnasso. Egli sostenne l'origine italiana degli Etruschi. In epoca moderna, agli inizi dell'Ottocento, venne prospettata una soluzione ancora diversa: gli Etruschi sarebbero discesi dalle regioni alpine verso l'Italia centrale. Sempre durante l'Ottocento riprese vigore la tesi di Erodoto, che sembrava suffragata dai risultati delle indagini archeologiche.

Un etrusco con oggetti di diversa provenienza: una situla egiziana, un vaso greco e un elmo corinzio.

UN FENOMENO COMPLESSO

Tali teorie sono oggi superate grazie all'opera di uno dei maggiori archeologi italiani del Novecento, Massimo Pallottino, che osservò come chiedersi le origini di un popolo equivalga a porsi una falsa domanda, alla quale è impossibile dare una risposta soddisfacente. Dire, ad esempio, da dove provengano gli Italiani o i Francesi, non è possibile: numerose sono le componenti, che, nei secoli, hanno portato alla formazione di questi due popoli. Per gli Etruschi, quindi, si deve parlare di

P
la comple
la varietà dei r
rinvenuti
arche
etruschi,
difficile s
con c
qual

A sinistra, **Mani in bronzo** risalenti alla prima metà del VII secolo a.C.

Sotto, **pettine in avorio** proveniente da Marsiliana d'Albegna (675-650 a.C).

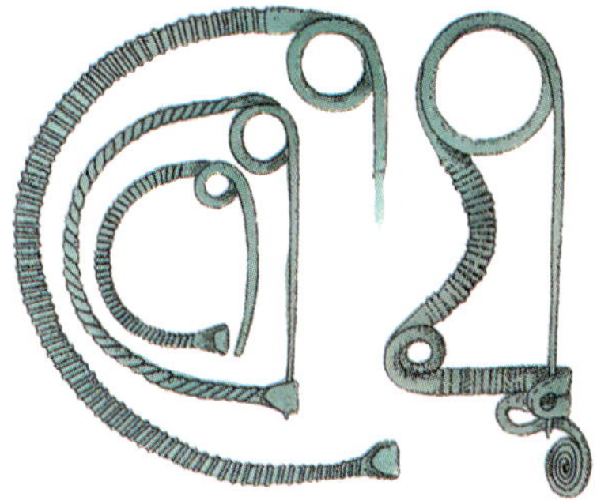

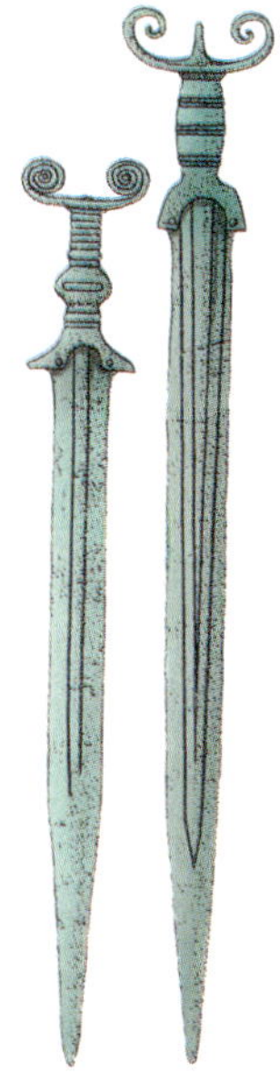

Spade (a destra) **e fibule** (sopra) dell'Età del Ferro.

processo di formazione, non di origini, e vanno evidenziate le diverse componenti che hanno portato, nel tempo, alla nascita della civiltà etrusca, a cui hanno contribuito elementi orientali, continentali e indigeni. L'inizio della civiltà etrusca si può fare risalire al IX secolo a.C., la cosiddetta fase "villanoviana". In pochi decenni gli Etruschi riuscirono a creare un loro Stato nella penisola italiana grazie a una superiorità sia culturale che militare. Il controllo di alcune aree con importanti giacimenti minerari fu una componente importante dell'ascesa economica e politica di queste comunità.
L'VIII a.C. fu segnato dall'inizio della colonizzazione greca: il contatto con una civiltà più avanzata accelerò i processi già in corso. In questo periodo, infatti, la società etrusca perde il principio egualitario che l'aveva contraddistinta e "assorbe" parte della struttura sociale delle *polèis* greche. Gli Etruschi, che i Greci chiamavano *Tyrrhenoi* (da cui deriva il nome Tirreno) erano probabilmente il popolo che aveva esteso il maggior controllo sul Mediterraneo orientale.
Il dominio sul mare portò una ricchezza diffusa nel territorio, alla quale contribuirono anche un'agricoltura ben sviluppata, il controllo delle zone minerarie e varie forme di commercio che prevedevano, con ogni probabilità, anche la pirateria.

Patera di fabbricazione fenicio- cipriota, in argento dorato (675-650 a.C.). Alcuni scavi, effettuati nel XIX secolo, portarono alla luce numerosi reperti con caratteristiche orientali, ma in seguito ci si rese conto che quegli oggetti non potevano essere utilizzati per indagare le origini.

LA MASSIMA ESPANSIONE

Durante il VI secolo a.C. la scelta della città-stato si impose definitivamente in tutta l'Etruria. Il benessere raggiunto portò ad una politica aggressiva verso le altre popolazioni dell'Italia: venne rafforzato il controllo dell'area padana, già in mano etrusca, con l'invio di nuovi coloni; sotto la guida del re di Chiusi, Porsenna, fu attaccata Roma con l'intenzione evidente di saldare l'Etruria propria coi possedimenti campani, divenuti la mèta di altri coloni. Le vicende dello scontro non sono chiare, ma è probabile che Porsenna arrivò, per un certo periodo, ad avere il controllo della città, come testimoniano anche i nomi etruschi di tre re di Roma.
Gli Etruschi si allearono militarmente coi Cartaginesi per limitare l'espansionismo delle colonie greche e mantenere il predominio sul Tirreno, combattendo aspramente i tentativi ellenici di fondare colonie in Corsica e Sardegna. Secondo lo storico Erodoto, la protagonista di questo scontro fu Caere (Cerveteri), che si mise a capo di una lega di città etrusche, con l'aiuto dei Cartaginesi, per combattere una colonia focese in Corsica.

LOTTE INTESTINE

Non mancarono, inoltre, scontri fra gli stessi Etruschi: i centri di Acquarossa, nel Viterbese, e di Murlo, nel Senese, vennero distrutti e abbandonati verso la fine del VI secolo a.C. L'attacco fu portato rispettivamente da Velzna (Orvieto) e da Chiusi, che stavano vivendo una fase di espansione territoriale e commerciale.

Battaglia tra Etruschi e Focei raffigurata su un cratere proveniente da Cerveteri.

Sopra, una **battaglia navale** di particolare importanza nelle acque del Mar Sardo, dove una flotta etrusco-cartaginese di 60 navi affrontò quella dei Focei che si erano stanziati ad Aleria in Corsica. La vittoria arrise agli Etruschi e ai Cartaginesi, che allontanarono i Focei dall'isola e occuparono il sito di Alalia.
A sinistra, veduta della **necropoli orvietana di Crocifisso del Tufo**, uno dei maggiori esempi di necropoli tipica del periodo delle città-stato. Non vi si trovano più le grandi tombe a tumulo, ma isolati regolari formati da tombe con caratteristiche simili tra loro.

Scena di una battaglia con gli opliti che avanzano in formazione, da un vaso rinvenuto a Cerveteri.

LA SVOLTA VERSO LA CRISI

Il benessere raggiunto nel VI secolo a.C. appare ridimensionato notevolmente durante il successivo. Un episodio-chiave è rappresentato dalla battaglia di Cuma (474 a.C.), quando la flotta etrusca affrontò quella dei Cumani alleati coi Siracusani. Lo scontro si risolse a favore di questi ultimi e gli Etruschi persero la gestione dei traffici commerciali del Tirreno. Un'altra grave sconfitta fu la perdita di Capua, uno dei capisaldi campani: la città venne occupata nel 424 a.C. dai Sanniti. La crisi non interessò le diverse città-stato nella stessa misura: le costiere e le meridionali ne risentirono in maniera pesante, mentre altre, con un'economia basata esclusivamente sull'agricoltura, ne risentirono assai di meno.

Un soldato romano intima la resa a un guerriero etrusco ferito nella **battaglia del lago Vadimone** (283 a.C), nei pressi di Orte, ultimo tentativo di resistenza di Etruschi e Galli.

1

2

3

1. Decorazione di un'urna funeraria di età ellenistica che ritrae il funerale di un guerriero caduto a difesa di Siracusa.

2. Decorazione di un'urna cineraria etrusca, del 480 a.C., che illustra la disperazione del corteo funebre di un soldato etrusco.

3. Elmi catturati agli etruschi durante la battaglia navale di Cuma, 474 a.C., rinvenuti a Siracusa.

Bronzetto di Aiace suicida del 480 a.C., reperto greco rinvenuto in mare nei pressi dell'isola d'Elba.

Testa di Tinia (Giove), in terracotta, rinvenuta nel tempio di via San Leonardo di Orvieto.

IL RITORNO DELL'ARISTOCRAZIA

All'interno delle singole città-stato il confronto fu fra l'aristocrazia e la classe "media": quest'ultima, che, nel secolo precedente, era riuscita a conquistare spazi di azione significativi, iniziò a perdere posizioni. Col IV secolo a.C., il potere tornò completamente in mano all'aristocrazia, che, in singoli casi, non disdegnò di risolvere eventuali problemi sociali interni chiedendo soccorso ai vicini.

La prima città etrusca a cadere in mano romana fu Veio, nel 396 a.C. La vittoria di Roma era maturata quando decise di continuare l'assedio a oltranza, mentre i capi etruschi riuniti in assemblea scelsero di non soccorrere Veio. La nazione etrusca non si mosse e Roma ebbe via libera. La politica aggressiva di Roma tornò a manifestarsi presto, con la fondazione delle colonie di Sutri (383 a.C.) e di Nepi (373 a.C.). Il loro valore strategico venne compreso da Tarquinia, che, tra il 358 e il 351 a.C. si scontrò ripetutamente con Roma, in una guerra costellata di atrocità da entrambe le parti.

La conclusione dello scontro fu una tregua di quarant'anni. Alla fine del secolo, nel 302 a.C., l'aristocrazia di Arezzo chiese aiuto proprio a Roma per reprimere una rivolta servile.

Il pericolo rappresentato da Roma era comunque ormai chiaro agli occhi degli Etruschi, ed essi tentarono di organizzare una coalizione per fronteggiarne l'avanzata. Etruschi, alleati con Umbri, Sanniti e Galli affrontarono le truppe romane presso Sassoferrato nelle Marche (295 a.C.). Lo scontro si risolse a favore di Roma: sul campo di battaglia rimasero 100.000 morti secondo lo storico greco Duride, 25000 per Tito Livio.

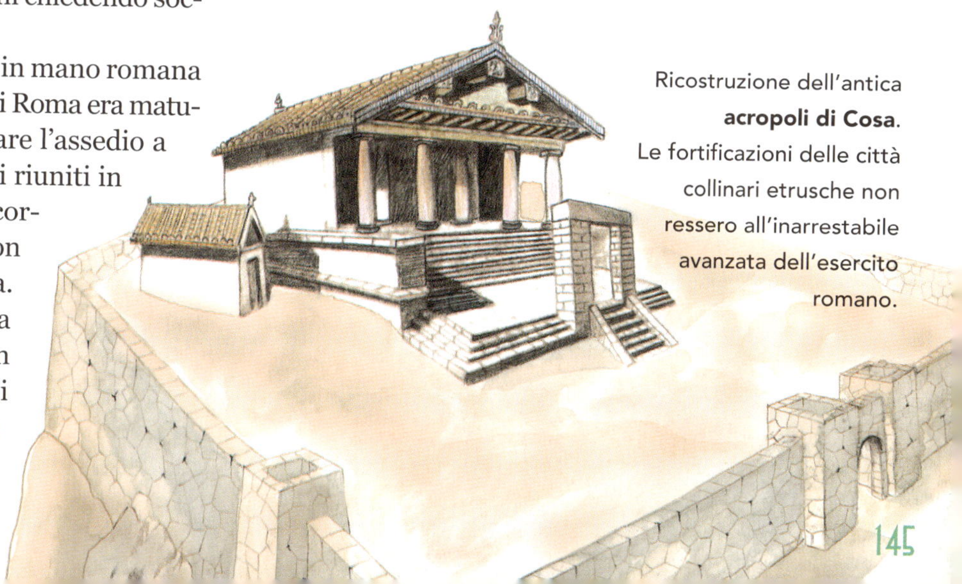

Ricostruzione dell'antica **acropoli di Cosa**. Le fortificazioni delle città collinari etrusche non ressero all'inarrestabile avanzata dell'esercito romano.

AGRICOLTURA E ALLEVAMENTO

L'Etruria era considerata nell'antichità una terra particolarmente fertile: la resa dei suoi campi impressionò i Romani e i Galli. I buoni risultati erano dovuti alla fertilità della terra e alle favorevoli condizioni climatiche, ma molto anche al lavoro: gli agricoltori etruschi arrivarono ad arare sino a nove volte i campi e realizzarono una fitta rete di cunicoli sotterranei per drenare o irrigare il terreno. La produzione agricola etrusca veniva lodata anche per la qualità: il frumento di Chiusi, di Arezzo e di Pisa era considerato ottimo. I prodotti agricoli raccolti erano anche commercializzati: grano, vino e olio erano esportati in zone geograficamente molto distanti.
All'interno della fattoria si provvedeva alle coltivazioni, ma anche alla conservazione e alla vendita dei prodotti; vi si realizzavano i contenitori di terracotta destinati a contenerli e vi si tessevano le vesti della manodopera.

Sotto, cattura di un cervo, da un **cofanetto** del 530-520 a.C. e ricostruzione della scena (a sinistra).

Una risorsa ulteriore era rappresentata dallo sfruttamento dei boschi, che coprivano vaste zone del territorio etrusco: gli alberi di alto fusto erano utilizzati nell'edilizia e nella costruzione di navi, gli altri per il riscaldamento. Le fonti letterarie ci forniscono molte storie di caccia, ma scarse indicazioni riguardanti l'allevamento. Sono ricordate mandrie di suini lungo la costa della Maremma, bovini nelle valli boscose di Caere (Cerveteri) e ovini presso Roselle e Volsinii (Orvieto). Le ossa ritrovate dagli archeologi indicano oggi con certezza come fosse diffuso l'allevamento dei maiali, delle pecore e delle capre.

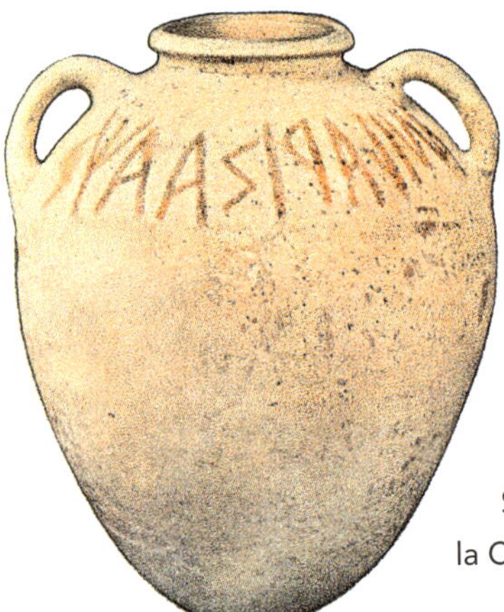

Anfora vinaria etrusca del 615-600 a.C., con iscrizione. La distribuzione e la diffusione delle anfore vinarie etrusche indicano che, nel VI secolo a.C., il vino dell'Etruria raggiungeva il Lazio, la Campania, ma anche la Sicilia orientale, la Sardegna, la Corsica, le coste della Francia meridionale e della Spagna.

Sopra, **scena di mercato** tratta dalle decorazioni di un sarcofago della necropoli di Sperandio (Perugia). Le capre erano certamente gli animali più diffusi, insieme ai maiali. I cavalli, invece, rappresentavano opulenza e potenza ed erano esclusiva delle famiglie aristocratiche.

A sinistra, **cacciatore etrusco** ritratto su un vaso a figure nere del VI secolo a.C. e ricostruzione.

Scena di **aratura di un campo**. L'ottima qualità dei prodotti dell'Etruria, famosi in tutto il Mediterraneo, dipendeva molto dal grande lavoro degli agricoltori.

L'ALIMENTAZIONE

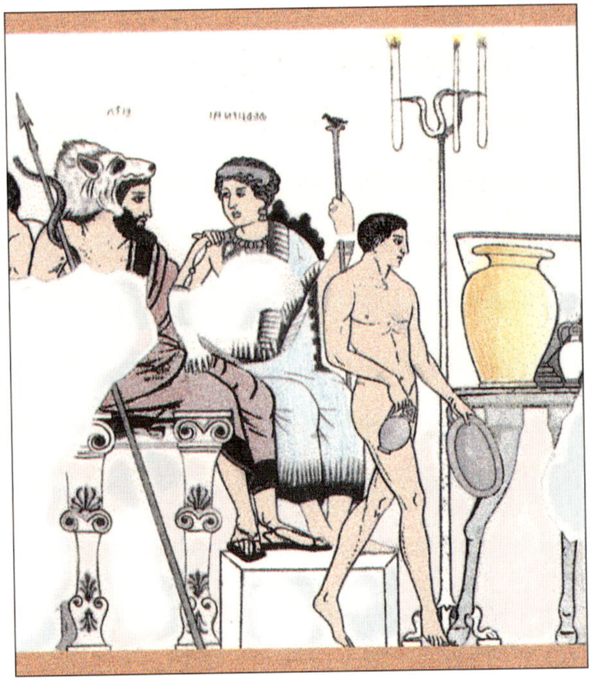

Il filosofo Posidonio (135-51 a.C.) racconta che gli Etruschi si facevano "apparecchiare due volte al giorno una tavola sontuosa con tutto ciò che può contribuire a una vita raffinata", serviti da uno stuolo di servitori. Tuttavia Posidonio parlava delle famiglie più agiate e potenti, poiché il pasto dei poveri era di gran lunga più modesto.

A TAVOLA CON GLI ETRUSCHI

Il cibo principale per la maggioranza della popolazione era costituito da impasti cotti al forno di farina di farro, una varietà di frumento all'epoca molto coltivata. Oltre ai cereali l'alimentazione prevedeva varie specie di legumi come le lenticchie, i ceci e le fave. Non mancavano comunque cibi con maggiori calorie, consumati soprattutto in occasione delle feste, che erano assicurate dalla carne di maiale e di pecora e dai derivati del latte. La carne di maiale era molto apprezzata e veniva anche lavorata, tra le specialità di Caere (Cerveteri), per esempio, figura anche il prosciutto. Un'altra carne apprezzata era quella di cinghiale, ben presente nei fitti boschi dell'Etruria, e la selvaggina in genere.

Nell'alimentazione un ruolo significativo, soprattutto per le città prossime al mare, era svolto anche dal pesce. Presso Populonia e vicino all'attuale Porto Ercole sappiamo che erano situate poste fisse per la pesca dei tonni.

Tra le bevande il vino occupava un posto speciale, di particolare prestigio ed era bevuto annacquato; presente inizialmente alla sola mensa degli aristocratici, il consumo ne divenne progressivamente pù ampio.

Le divinità **Ade e Persefone** partecipano al banchetto funebre della famiglia dei Leinie, scena tratta dagli affreschi della Tomba Golini I di Orvieto, rinvenuta nel 1863 da Domenico Golini, da cui prende il nome. Sulle pareti della tomba sono rappresentate, oltre alle scene del banchetto in svolgimento, anche alcune raffigurazioni della preparazione, fatto piuttosto insolito, ma che ci consente di conoscere e immaginare meglio questo aspetto della vita degli Etruschi.

A destra, **coppia che banchetta**, ricostruzione dal sarcofago degli "sposi", rinvenuto a Cerveteri.

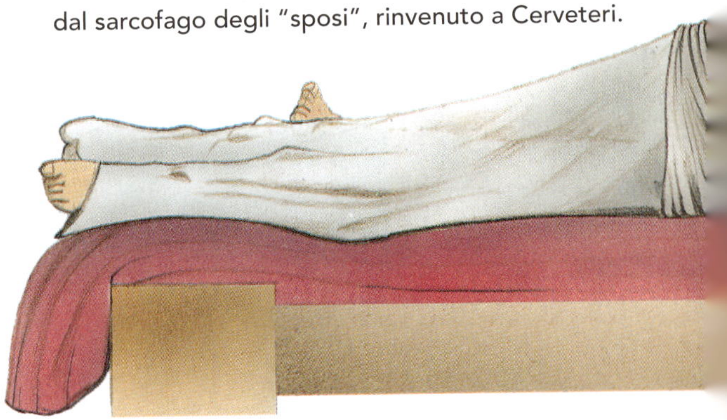

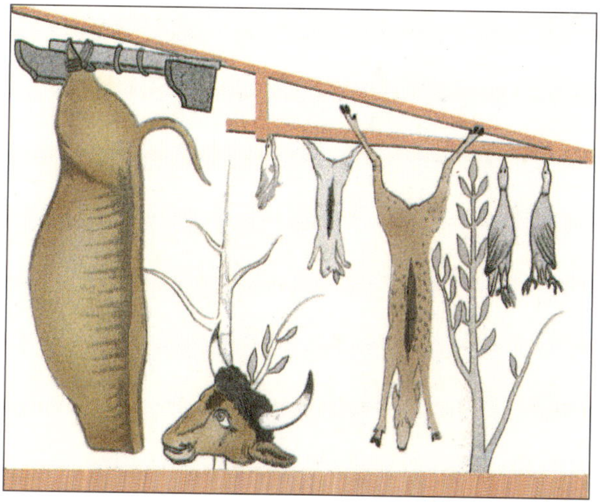

Un'altra **scena dalla Tomba Golini I**: appesi a due travi e già macellati, un quarto di bue, alcuni volatili, una lepre e un daino o un capriolo, in attesa di essere cucinati e consumati durante il banchetto.

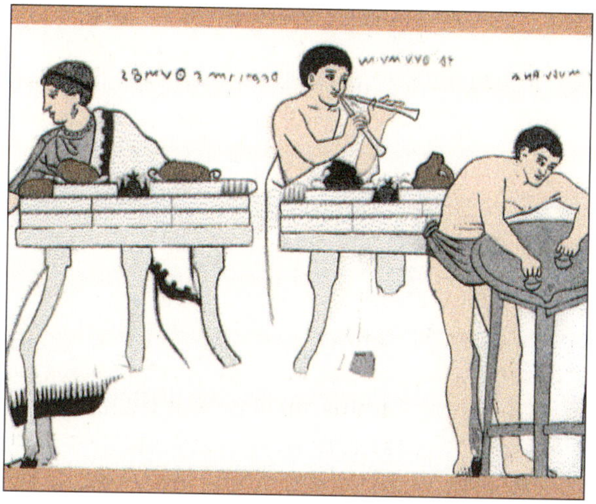

Domestici e servitori addetti alla preparazione dei cibi e degli intrattenimenti, in attesa del grande banchetto funebre della ricca famiglia orvietana, raccontato dalle immagini della Tomba Golini I.

Suonatori di cetra a 7 corde e flauto a 2 canne, gli strumenti più usati per allietare i banchetti.

L'ABBIGLIAMENTO

Per sapere come vestivano gli Etruschi abbiamo a nostra disposizione un repertorio prezioso d'immagini rappresentato dalle tombe dipinte e da alcune fonti letterarie: da esse apprendiamo, ad esempio, che in Grecia erano molto apprezzati i sandali etruschi e che i tessuti preferiti da questi per gli abiti erano la lana, generalmente molto colorata, e il lino usato nel suo colore naturale.

UNA MODA "ALLA GRECA"

Il perizoma era un indumento esclusivamente maschile, mentre lunghe tuniche, decorate a scacchi e losanghe, potevano essere indossate indistintamente da donne e uomini. Le tuniche erano talvolta accompagnate da un mantello. L'influsso della Grecia e dell'Asia Minore si avvertì a lungo nel modo di vestire degli Etruschi e ad esso è da attribuire anche l'uso del tipico copricapo a forma conica.
Gli Etruschi, a imitazione greca, usavano anche un mantello di forma rettangolare noto in due versioni: ampia (himation) e ridotta (chlaina). Gli abiti e le acconciature erano impreziositi da gioielli di raffinata fattura (diademi, orecchini, braccialetti, anelli, fibule ovvero fermagli) realizzati anche in oro. Nella lavorazione di questo metallo gli Etruschi erano particolarmente versatili: una tecnica orafa che eseguivano con grande perizia era la "granulazione". Essa consiste nel saldare in maniera invisibile su un oggetto d'oro piccolissime sfere, in un numero elevatissimo ed a costituire una decorazione di grande prestigio.

Esempi di abbigliamento al femminile.

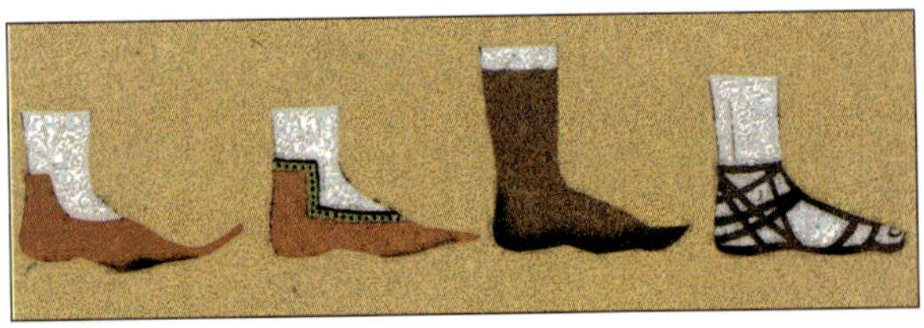

Esempi di calzature più comuni: da quelle di lusso, di gusto orientale, agli stivaletti e ai calzari, usati da contadini, cacciatori e soldati.

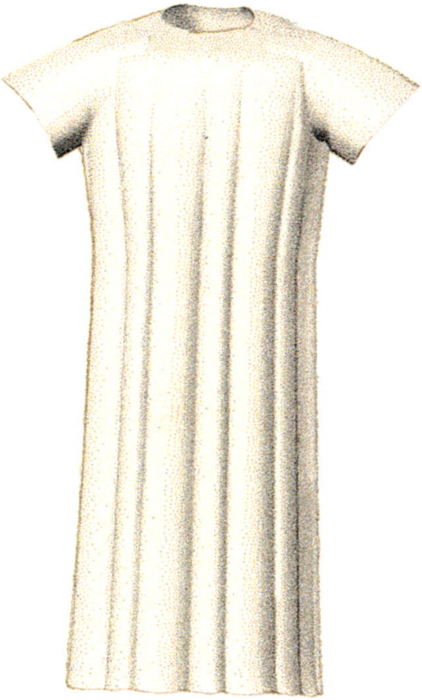

Il modello specifico di tunica al femminile era il **chitone**. Ne esisteva uno di lunghezza intermedia, dotato di maniche lunghe, tipico dell'Etruria, e un altro modello, ben attestato sia in Grecia sia in Etruria, di tipo ionico, in lino. A sinistra, **chitone ionico lungo**; a destra **chitone etrusco corto**.

Phersu, personaggio mascherato in occasione di giochi funebri.

Motivi decorativi ricorrenti di tuniche e mantelli.

Statua dell'**Apollo di Veio** (500 a.C. circa), dal tempio di Portonaccio, a Roma.

L'EDILIZIA CIVILE

Lampadario di epoca etrusca in bronzo, visto dal basso, pezzo pregiato conservato presso il Museo dell'Accademia Etrusca di Cortona.

Un aspetto curioso della civiltà etrusca è che di questa conosciamo molto meglio le tombe delle abitazioni. Il motivo principale è che la maggior parte dei centri etruschi ha avuto anche una fase romana, nella quale le abitazioni civili sono state sostituite dall'impianto urbanistico romano, mentre le tombe sono rimaste intatte, conservando l'aspetto che avevano più di duemila anni fa.

Nell'età villanoviana la casa era rappresentata dalla capanna ma, già nel IX secolo, gli Etruschi dimostrarono di avere la capacità di adeguare le abitazioni al variare delle condizioni ambientali.

INFLUENZA ORIENTALE

Durante la fase orientalizzante si verificarono trasformazioni radicali sotto l'influsso di modelli greci e orientali. Si assiste al passaggio dalla capanna alla casa: i muri iniziarono a presentare il basamento in muratura e l'alzato in mattoni crudi o a telaio ligneo con tamponature di pietrame; i tetti cominciarono a essere coperti con tegole e coppi. Case di questo genere sono state scavate in diverse zone dell'Etruria. L'esempio di abitato etrusco meglio noto resta Marzabotto, non lontano da Bologna, che documenta la situazione del V e degli inizi del secolo successivo. Le fondazioni delle case erano realizzate con ciottoli fluviali e la muratura in blocchetti di argilla associati a un'armatura di legno; i tetti erano rivestiti di tegole. Dimensioni e planimetrie variavano sensibilmente tra i diversi settori dell'abitato.

L'interno di un'abitazione aristocratica

Urna cineraria che raffigura una **capanna di epoca villanoviana**. In località Monterozzi, presso Tarquinia, sono state trovate le tracce di 25 capanne, 4 di forma ovale e 7 rettangolare. Tutte erano delimitate da un solco scavato nella roccia, entro il quale era alloggiato uno steccato che fungeva da parete e che contribuiva a sostenere il tetto, sorretto internamente da lunghi pali di legno.

Urna cineraria del V secolo a.C. che raffigura l'esterno di un'abitazione aristocratica. Dimensioni e planimetrie variavano sensibilmente tra i diversi settori dell'abitato. In un isolato si hanno dimore estese fino a 600 mq, in un altro case più piccole, in un altro ancora una sola abitazione occupa quasi un terzo dell'intero spazio.

Abitazione cittadina comune di epoca etrusca. Le case avevano un solo piano, erano accessibili da un corridoio stretto e profondo e gravitavano su un cortile interno attorno al quale si organizzavano le altre stanze. Le unità abitative accoglievano spesso un vano, affacciato sulla strada, riservato alle attività artigianali e commerciali.

LA RELIGIONE

Il fegato di Piacenza, uno strumento divinatorio: si tratta di un modellino di bronzo di un fegato ovino diviso in settori, ognuno dei quali col nome della divinità che lo presiedeva.

La religione etrusca era una religione rivelata e politeista, ovvero con molte divinità. Il dio supremo veniva chiamato Tinia, ed è avvicinabile allo Zeus della religione greca, ma aveva un potere minore rispetto ad esso: egli infatti era affiancato da esseri divini assai oscuri ai nostri occhi, come, ad esempio, gli Dei Superiori. Altre divinità importanti erano Uni (Giunone), Menrva (Minerva), Turan (Venere), Aplu (Apollo), Artumes (Artemide), Fufluns (Dioniso), Nethuns (Nettuno). È evidente, anche solo dall'esame dei nomi degli dèi, che la religione etrusca fu influenzata notevolmente da quella greca, ma non completamente: lo indica la presenza di divinità senza corrispondenza nel mondo greco.

Specchio con scena di aruspice al lavoro, rinvenuto in una tomba di Tuscania, che raffigura un aruspice di nome Pava Tarchies al lavoro, mentre osserva con grande attenzione i segni divini racchiusi nelle viscere di un animale sacrificato.

L'ABILITÀ NELLE ARTI DIVINATORIE

Nel mondo mediterraneo, gli Etruschi ebbero fama di popolo rispettoso delle indicazioni divine e particolarmente portato alla loro interpretazione. Gli aruspici etruschi goderono di una stima generale e duratura: gli stessi Romani tendevano a consultarli in momenti di particolare difficoltà. Essi erano giudicati in possesso di raffinate tecniche divinatorie attraverso le quali venivano ritenuti capaci d'interpretare la volontà degli dèi. L'osservazione dei fulmini e del volo degli uccelli e l'esame delle viscere degli animali sacrificati erano le pratiche da loro più utilizzate. Sono giunti sino a noi anche alcuni testi della religione etrusca: si tratta del *liber linteus*, ora al Museo di Zagabria, e della cosiddetta "tegola" di Capua attualmente a Berlino.

Coperchio di urna in alabastro (200-150 a.C.), che raffigura l'aruspice Aule Lecu nell'atto di "leggere" le viscere.

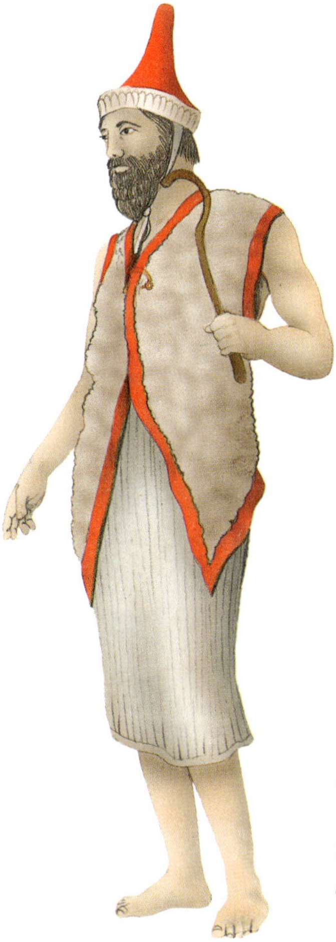

Sopra, modello di **lituo**, lo strumento musicale a fiato che caratterizzava il sacerdote (a sinistra).

A destra, **Charun**, demone etrusco della morte, rappresentato con un grande martello.

In basso, **Vanth**, divinità femminile dell'oltretomba che accompagna il defunto nell'aldilà.

In basso a destra, medaglione raffigurante la **testa di Acheloo**, rispettato sacerdote e aruspice.

I TEMPLI

Un'antefissa, elemento decorativo del frontone di un tempio, che raffigura una testa di Gorgone.

Gli Etruschi posero una grande attenzione nella costruzione degli edifici sacri. Abbiamo templi presenti all'interno delle mura urbane, riservati alla devozione dei cittadini e altri situati fuori dalla città, vicino a luoghi di transito oppure in aperta campagna, dedicati spesso a divinità protettrici della salute.

Testa di terracotta dell'Apollo di Veio.

LUOGHI SACRI E DI CULTURA

Il tempio non era nel mondo etrusco soltanto un luogo per il raccoglimento e la preghiera, ma anche un punto d'incontro e di scambi tra comunità diverse e centro urbano di cultura.
I santuari più ricchi furono abbelliti con grandi statue e decorazioni.
Un elemento decorativo comune a tutti i templi era il frontone, che presentava una decorazione di terracotta: si trattava di vere e proprie figure rese ad altorilievo, plasmate per essere collocate in quella posizione. Ne sono stati ritrovati alcuni esempi celebri, come quelli del tempio di Belvedere ad Orvieto o dell'Ara della Regina a Tarquinia. Al di fuori dell'edificio si trovava l'altare, che poteva essere anche monumentale come, ad esempio, a Marzabotto.
Dei templi etruschi rinvenuti sono visibili in genere solo le fondamenta, ma gli scavi archeologici consentono di saperne molto di più e di arrivare a comprendere la divinità venerata nel tempio. Talvolta infatti è stato di grande aiuto il ritrovamento di iscrizioni che la menzionano espressamente, altre volte gli scavi hanno portato alla luce doni votivi, ex-voto di terracotta o di bronzo, in grado d'indicarci il dio al quale erano stati offerti.

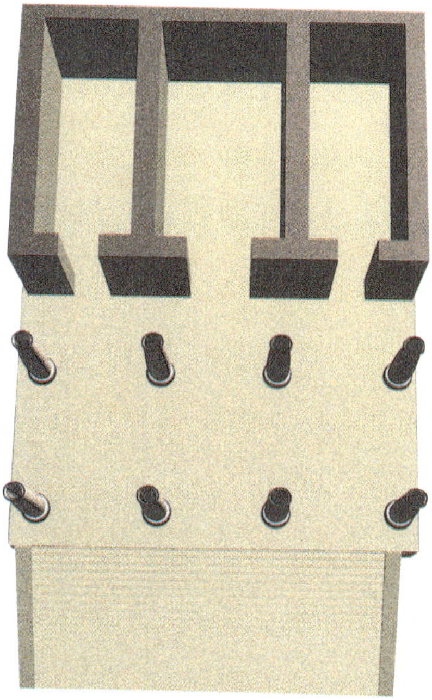

A destra, **parte del frontone** di un tempio proveniente da Talamone (150 a.C.).

A sinistra, **pianta di un tempio etrusco.** La pianta ha forma quasi quadrata e risulta divisa in due parti nel senso della lunghezza, che corrispondono a funzioni diverse. L'anteriore costituiva il pronao, il porticato della facciata principale, mentre la posteriore era riservata alla cella (o alle celle), al cui interno veniva collocata la statua del dio venerato nel tempio. Il pronao e le celle erano posti su un alto basamento chiamato podio costruito in pietra, i muri invece erano in materiale deperibile (mattoni crudi o argilla).

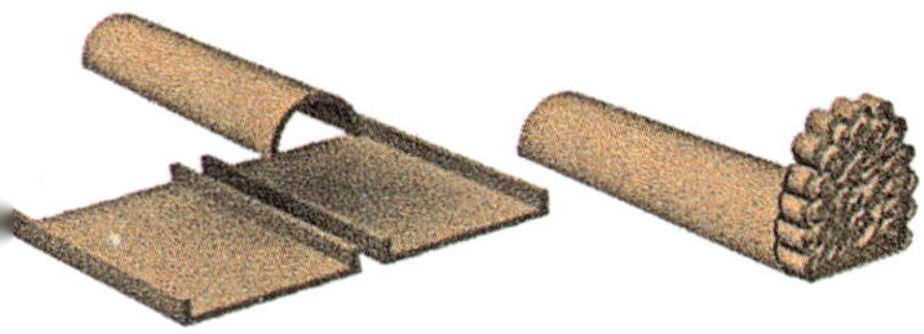

Sopra, **tegole e coppi in terracotta** fanno da tetto al tempio, la cui copertura è retta da travi in legno.

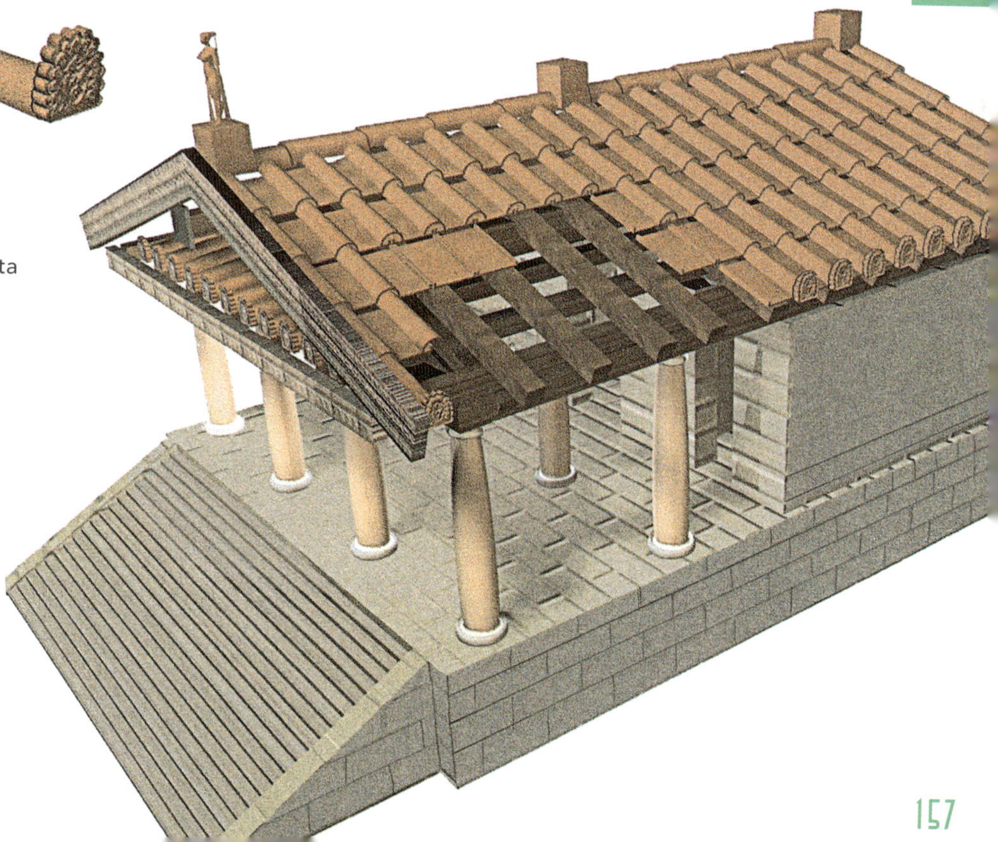

A sinistra, **facciata di un tempio etrusco** e modellino tridimensionale (a destra), che mostra la **trabeazione lignea** che sorreggeva il tetto.

LE NECROPOLI

Tumulo con **tomba a falsa cupola**, sorretta da un unico pilastro centrale.

Gli Etruschi prestarono grande attenzione al culto dei morti: lo testimoniano le necropoli, i cimiteri degli Etruschi. Alcune ospitano tombe monumentali, altre tombe meno sfarzose seppure, a volte, impreziosite dalle pitture delle pareti interne, altre ancora tombe più modeste. Inoltre esse variano in base al periodo di costruzione e ai costumi funerari di ogni singola città. Le necropoli erano posizionate in genere in prossimità dell'abitato, ma non mancano eccezioni, soprattutto nei casi di necropoli "familiari" che venivano costruite all'interno della proprietà delle famiglie aristocratiche. Sono state rinvenute sia necropoli rimaste in uso per breve tempo sia per secoli; in queste è possibile seguire lo sviluppo dell'architettura funeraria etrusca.

"L'ULTIMO VIAGGIO"

Necropoli e tipologia delle tombe differivano, oltre che per cronologia e per livello sociale di appartenenza del defunto, anche per il variare dei riti funerari. In Etruria abbiamo attestate sia l'incinerazione sia l'inumazione. Nel primo caso le ceneri erano deposte dentro contenitori realizzati in forme e materiali che, nel corso dei secoli, variarono; nell'altro il corpo del morto era posto all'interno di casse di legno o di sarcofagi di pietra o di terracotta. Contenitori per le ceneri, casse e sarcofagi erano collocati a loro volta all'interno delle tombe insieme al corredo funerario. Quest'ultimo prevedeva oggetti, anche di pregio particolare, che dovevano servire al defunto per la permanenza nella tomba e per il viaggio nell'aldilà.

Sepoltura a pozzetto, di epoca arcaica, con urna cineraria.

Tomba "rupestre" Ildebranda, risalente al III secolo a.C.

Ricostruzione di alcune tombe in una necropoli rupestre. Le necropoli "rupestri" sono attestate a Sovana, a Norchia e altrove: le tombe sono ricavate all'interno di massicci di tufo e presentano facciate monumentali.

Tomba "a edicola". Nelle necropoli di Populonia e di Banditaccia a Cerveteri si trovano tumuli (tombe a forma circolare e con un diametro di dimensioni notevoli), tombe dette a edicola, per via della caratteristica forma, e a cassone. Le necropoli di Tarquinia sono celebri soprattutto per le loro tombe dipinte. Più omogenea invece è la necropoli orvietana di Crocifisso del Tufo, che presenta un impianto urbanistico regolare, dove le tombe sono quasi tutte a una sola camera.

Stele funeraria (680-670 a.C.) che rappresenta un busto stilizzato.

METALLI E CERAMICA

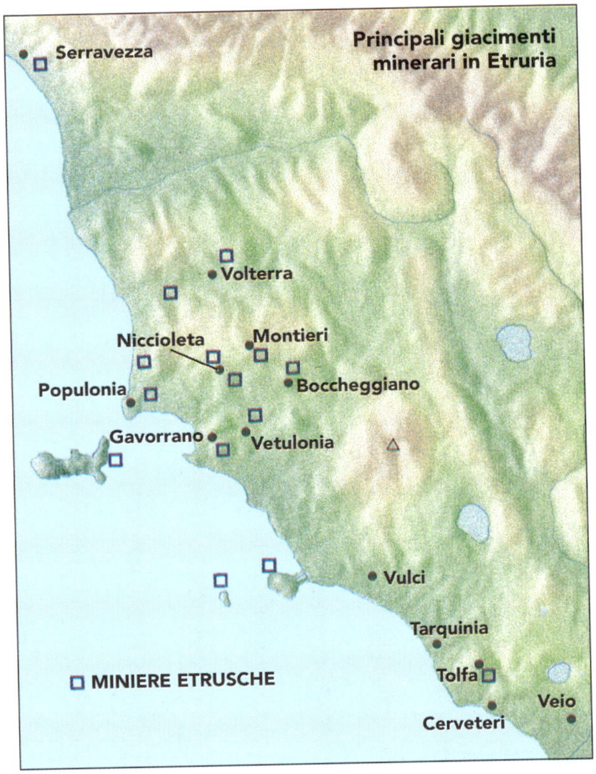

I DISTRETTI SIDERURGICI ETRUSCHI

Il controllo di alcune zone minerarie fu uno dei principali fattori di sviluppo dell'economia etrusca: i rapidi cambiamenti di epoca villanoviana, altrimenti, non sarebbero stati possibili, così come l'accumulo di ricchezze di età orientalizzante. Il ferro e il bronzo erano utilizzati in maniera diffusa, per realizzare strumenti per il lavoro, armi, oggetti di prestigio, utensili domestici e altro ancora.

Scavi archeologici degli ultimi anni hanno consentito di comprendere meglio le fasi di estrazione e di prima lavorazione. A Populonia, sono stati portati alla luce settori di un "quartiere industriale" in prossimità del mare. Le dimensioni sono quelle di un'insediamento urbano, ma senza infrastrutture e servizi, dove vivevano gli uni accanto agli altri i minatori, i lavoratori e i sorveglianti. I forni erano poco profondi, di dimensioni modeste e scavati nell'argilla, vennero sostituiti da edifici destinati alla manifattura e all'abitazione delle manodopera. Il "quartiere industriale" di Populonia e l'insediamento del lago dell'Accesa costituiscono una faccia diversa dell'Etruria: quella del lavoro, della fatica, dello sfruttamento, dell'inquinamento. Basti pensare che l'Elba veniva chiamata "Aithalia" dai Greci, che può tradursi come "la fumosa", a causa del fumo dei suoi forni.

Corredo militare in bronzo (500-450 a.C.), appartenuto a un capo militare: elmo, scudo e schinieri.

La **Chimera di Arezzo**, conservata presso il Museo Archeologico di Firenze.

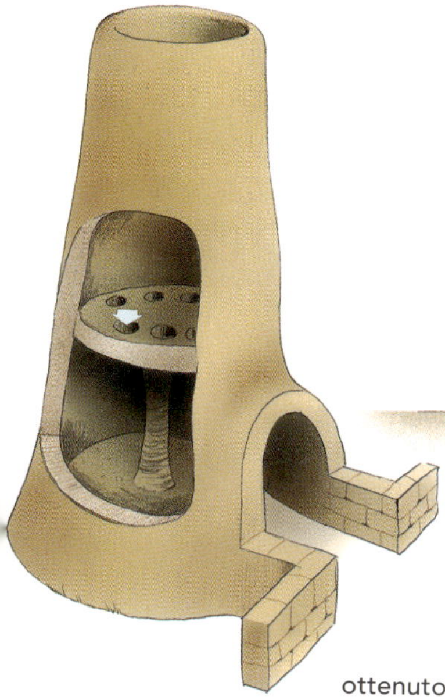

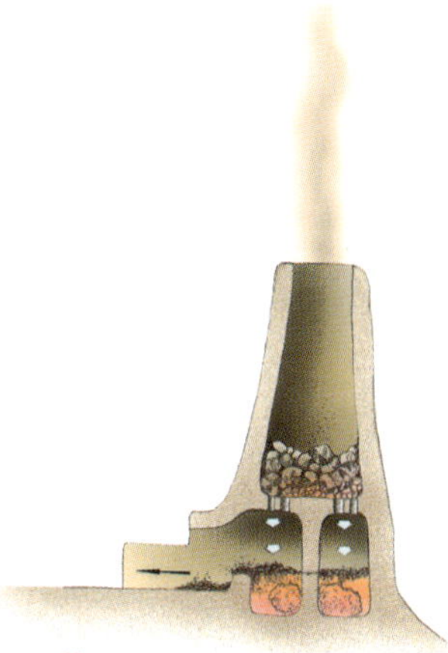

Sopra e a sinistra, ricostruzione dei **forni fusori di Campiglia**. Per estrarre il minerale ottenuto dalla fusione, le pareti venivano rotte.

Alabastron attribuito al Pittore delle Rondini, 630 a.C. circa.
La ceramica etrusca è stata studiata con attenzione ed è possibile ricostruire l'attività di numerosi artigiani, che vengono chiamati con nomi di comodo.

LA CERAMICA

La ceramica accompagna l'intero sviluppo della civiltà etrusca e rappresenta una testimonianza preziosa per il valore storico e per il livello artistico. La produzione variò sensibilmente durante i secoli e venne influenzata notevolmente dall'esempio greco: i vasi greci furono importati e imitati.

Esiste, comunque, una produzione prettamente etrusca: il bucchero. Si tratta di una ceramica di colore nero realizzata al tornio e prodotta tra il VII e il V secolo a.C. Il colore non è dato da una vernice, ma da un processo dovuto a condizioni particolari di cottura tali da consentire la trasformazione cromatica dell'argilla. L'inizio della produzione si pone nel primo quarto del VII secolo a.C. e, verso la fine dello stesso secolo e la prima metà del successivo, il bucchero cominciò ad essere presente sull'intero territorio etrusco e a venire esportato. La ceramica etrusca figurata s'ispirò a quella greca per quanto concerne le tecniche di fabbricazione e per la scene raffigurate. Esistono eccezioni, poiché alcuni artigiani etruschi scelsero di decorare i propri vasi con personaggi mitici o animali fantastici tratti dalle saghe locali.

1

2

3

4

A sinistra, esempi di ceramica etrusca.
1-2. Vasi in bucchero, produzione tipicamente etrusca;
3. Anfora etrusco-corinzia del 600 a.C. ca.;
4. Vaso di tipo holmos in stile geometrico.

IL COMMERCIO

Prima di parlare genericamente di "commercio etrusco", bisogna ricordare che l'Etruria non costituì mai uno Stato unitario e quindi sarebbe più corretto parlare di commercio vulcente o tarquiniese ecc. piuttosto che di etrusco.

IN VIAGGIO CON LE MERCI

Caratteristiche del commercio etrusco possiamo, comunque, individuarle. Il ventaglio dei beni esportati era ampio: metalli, cereali, olio, vino, prodotti dell'artigianato artistico tra cui, soprattutto, bronzi e ceramiche. La ceramica nazionale, il bucchero, risulta esportato ampiamente nel Mediterraneo raggiungendo l'Italia meridionale, la Sicilia, la Sardegna, la Corsica, le coste della Francia e della Spagna, Cartagine, la Grecia, Rodi, Cipro e la Siria. Anche il vino etrusco ebbe un mercato assai ampio secondo quanto indica la distribuzione delle anfore che lo contenevano. Un punto di osservazione particolare per comprendere i traffici commerciali è offerto dai relitti delle navi recuperati negli ultimi anni grazie allo sviluppo dell'archeologia subacquea. Luoghi privilegiati degli scambi erano gli empori situati al di fuori della città e, in quelle costiere, a contatto diretto con il mare, dove i mercanti stranieri potevano sostare e scambiare le merci. I "mercati" dove erano più diffusi i prodotti delle dodici città principali dell'Etruria erano diversi: alcune infatti erano legate prevalentemente ai traffici marittimi e alla distribuzione verso l'interno dei prodotti locali e di quelli stranieri, mentre altre guardavano soprattutto verso gli Umbri, i Sanniti e i Galli.

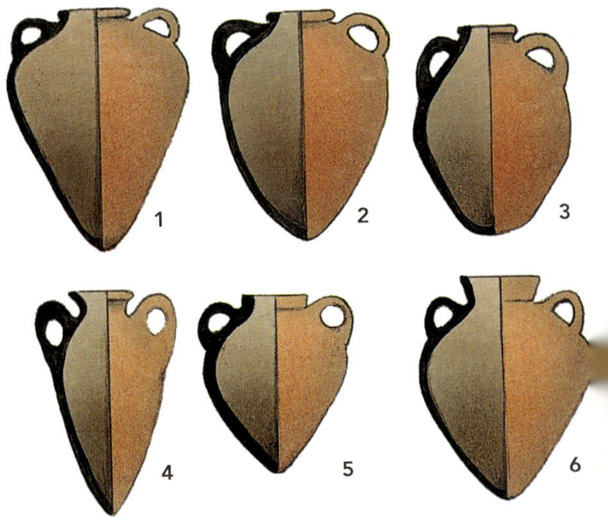

A sinistra, **anfore vinarie**:
1-2. 630-600 a.C.; **3.** 600-550 a.C.; **4-5.** 550-480 a.C.
6. 480-300 a.C.

Sotto, **vascello** da trasporto con anfore.

Reperti di fattura etrusca rinvenuti sui relitti di navi etrusche e fenicie.

1. Brocca di bronzo con becco, 550 a.C.;
2. *Oinochoe* in bucchero, 625-600 a.C.;
3. Moneta etrusca con incisi gli attrezzi del fabbro;
4. Pithos, grande vaso da trasporto per granaglie;
5. Rasoio in bronzo;
6. Elmo.

LA SCRITTURA

La lettura dell'etrusco è difficoltosa, ma non impossibile: gli Etruschi utilizzarono infatti, con qualche adattamento, l'alfabeto portato in Italia dai primi coloni greci. Nella decifrazione va tenuto presente che gli Etruschi scrivevano comunemente da destra verso sinistra e che nei testi più antichi non vi è divisione tra le parole e, solo più tardi, essa iniziò ad essere segnalata tramite punti. L'etrusco è tuttavia una lingua morta, cioè non parlata più da nessuno, e la documentazione letteraria a nostra disposizione è insufficiente sotto il profilo qualitativo. Abbiamo numerose iscrizioni, ma per la stragrande maggioranza sono brevi, ripetitive, a carattere funerario, spesso con la sola indicazione del nome del proprietario del monumento o del reperto iscritto. Per cui la nostra conoscenza della lingua etrusca è limitata, per lo più, ai nomi di persona, a quelli di alcuni oggetti e ai numerali. In Etruria esistevano anche varianti regionali (è un pò il caso dei nostri dialetti), la grafia di alcune lettere variava, ad esempio, tra l'Etruria settentrionale e quella meridionale.

In epoca etrusca pochi sapevano scrivere; chi era in grado di farlo rappresentava una fetta minoritaria e privilegiata della società, che andò progressivamente allargandosi. Testi di particolare importanza, anche ai fini della conoscenza dell'etrusco, sono quelli che presentano una lunghezza consistente o che sono bilingui, ovvero redatti in due lingue di cui una nota, come le lamine d'oro rinvenute nel santuario di Pyrgi, presso Cerveteri.

Le Lamine di Pyrgi e l'apografo delle stesse.
Sulle lamine è registrata, in fenicio e in etrusco, la dedica di un'area sacra a Uni (Giunone) da parte di Thefarie Velianas, regnante su Caere. Altri testi etruschi di molte righe sono: la "tegola" di Capua, ora a Berlino, un calendario rituale inciso prima della cottura su una lastra di terracotta, e il cippo di Perugia, che è la versione monumentale di un documento privato redatto tra due famiglie, i Velthina di Perugia e gli Afuna di Chiusi, per stabilire i confini delle rispettive proprietà.

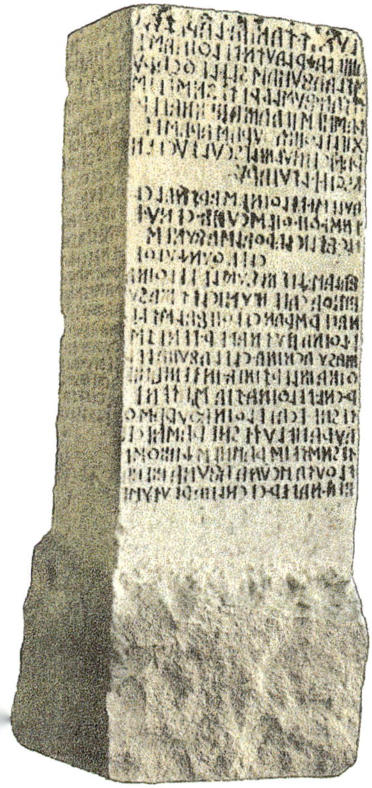

1

2

3

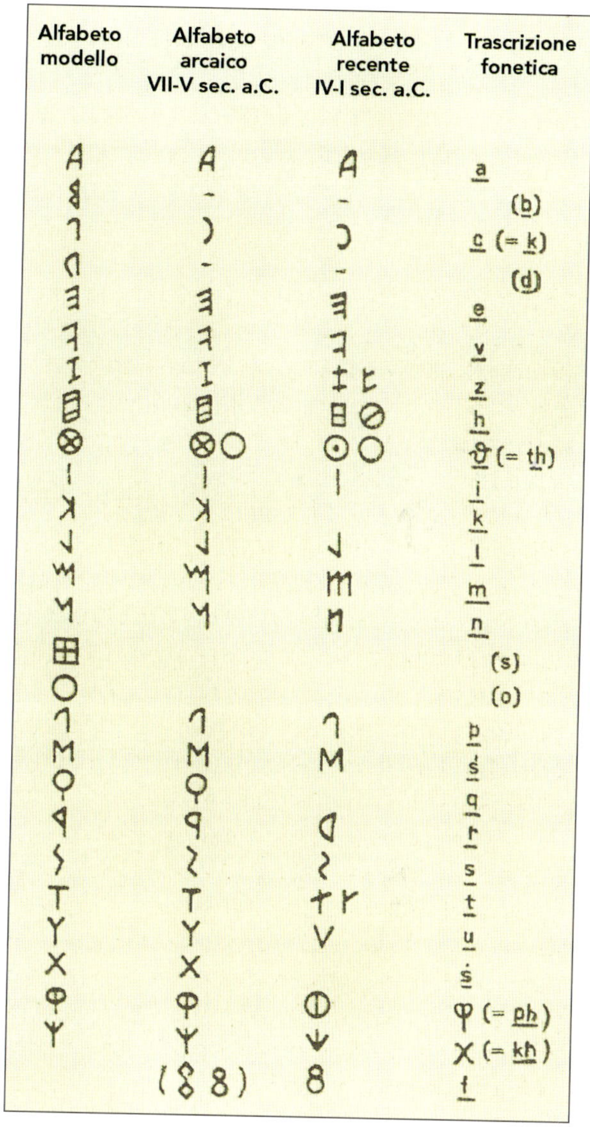

Tavola con l'evoluzione dell'alfabeto etrusco nei secoli e la trascrizione fonetica dei suoi segni alfabetici.

Esempi di scrittura etrusca.

1. Cippo di Perugia, pietra di confine tra le proprietà delle famiglie Afuna e Velthina;

2. Vasetto in bucchero (650-600 a.C.) con sopra incisi l'alfabeto ed alcuni esercizi di sillabazione;

3. Disco in piombo con i nomi di alcune divinità, tardo V secolo a.C.

ANTICHI ROMANI

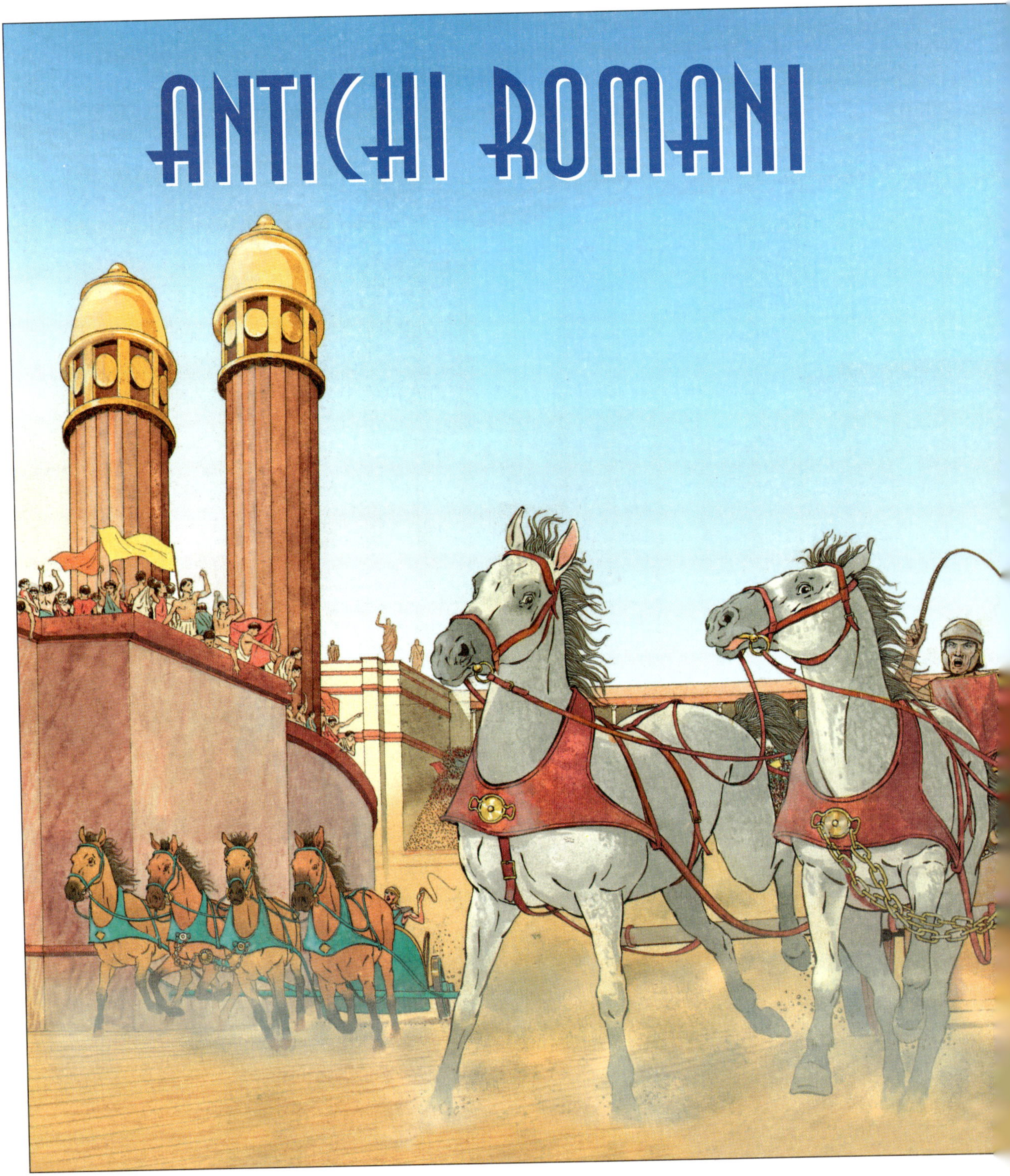

L'ITALIA PREROMANA

Prima dell'ascesa di Roma, la penisola italiana era abitata da numerose popolazioni indigene, raggruppate in piccoli villaggi o sparse sui rilievi, e da genti di origini e tradizioni diverse, come i Greci e gli Etruschi. Le popolazioni dell'interno, la cui economia si basava principalmente sulla pastorizia, erano assai lontane dall'evoluto livello di cultura di questi due popoli. Intorno al IX sec. a.C., tuttavia, quando cominciò a diffondersi la tecnologia del ferro, alcune popolazioni italiche conobbero una nuova prosperità, testimoniata fra l'altro nell'originalità e nel grado di elaborazione tecnica dei loro manufatti e opere d'arte. Inoltre, la forza di queste genti consentì loro di restare padrone del proprio territorio e di conservare, nel confronto con i potenti vicini, la propria identità culturale.

ETRUSCHI E GRECI

Gli Etruschi dilagarono a poco a poco a nord e a sud e, nello stesso periodo, i Greci fondarono più a sud numerose colonie, anch'esse città-stato indipendenti dalla madrepatria. La continua espansione degli Etruschi verso il meridione e la Campania rese inevitabile lo scontro armato. Ne seguì una lunga guerra che si concluse nel 474 a.C., quando la flotta etrusca venne sbaragliata nelle acque di Cuma. Sulla terraferma, gli Etruschi furono costretti a subire l'offensiva dei Latini, una popolazione dell'Italia centrale che aveva formato una confederazione di città, la Lega Latina. Qualche tempo dopo, conflitti sorti internamente alla Lega videro una delle città latine, Roma, prendere il sopravvento su tutte le altre.

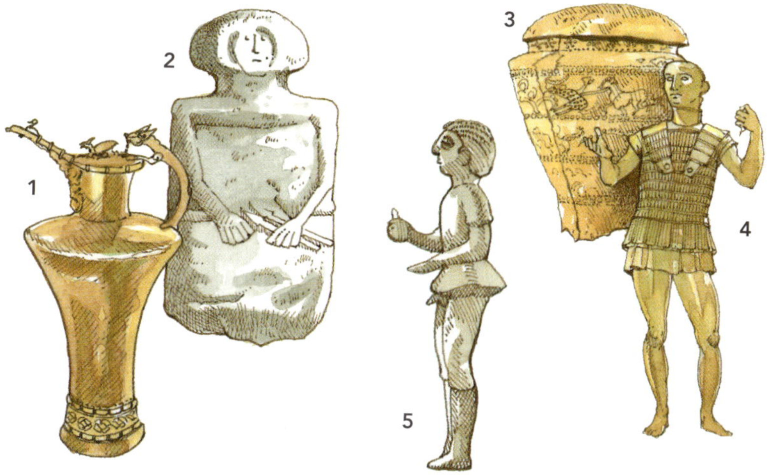

Reperti archeologici dell'Italia preromana

1. Fiasca in bronzo decorata con smalti e coralli, cultura celtica; **2.** Stele funeraria dell'Età del Ferro, Liguria; **3.** Urna di bronzo del VII sec. a.C., civiltà di Este; **4.** Statua di bronzo del dio Marte, Umbria; **5.** Bronzetto siculo del VI sec. a.C., Sicilia; **6.** Guerrieri sanniti; **7.** Vaso con doppia imboccatura del V sec. a.C., Apulia (Puglia); **8.** Scultura di guerriero lucano, Basilicata; **9.** Figurina in bronzo di guerriero, civiltà nuragica (Sardegna); **10.** Ossario di bronzo a forma di capanna, VII sec. a.C., civiltà Villanoviana; **11.** Urna cineraria, VII sec. a.C., Lazio.

LE ORIGINI DI ROMA

Nell'VIII sec. a.C., presso la sponda meridionale del Tevere, sul colle Palatino, si trovava un piccolo nucleo di capanne, abitate da pastori e agricoltori.

NASCE ROMA

Secondo la leggenda, la fondazione di Roma ad opera di Romolo, mitico figlio di Marte, risalirebbe a quest'epoca (753 a.C.).
Intorno al VII sec., il villaggio aveva inglobato gli insediamenti dei colli vicini e si erano erette le prime fortificazioni.Ma la città vera e propria si formò solo nel corso del VI sec., quando Roma cadde sotto il dominio politico e culturale degli Etruschi, che trasformarono un villaggio di pastori in un centro commerciale importante dell'Etruria meridionale. Alle sue origini, Roma fu governata da almeno sette re: Romolo, Numa Pompilio, Tullo Ostilio, Anco Marcio, Tarquinio Prisco, Servio Tullio e Tarquinio il Superbo. Vengono gettate in questo periodo le basi dell'organizzazione politica e sociale di Roma: un gruppo di 100 anziani (*senes*), scelti dallo stesso Romolo quali consiglieri, costituirà la prima forma di Senato.

NASCITA DELLA REPUBBLICA

Il 509 a.C. segnò l'abbattimento della monarchia e la cacciata dei Tarquini. Alla testa dello stato vennero dapprima insediati due magistrati, il *magister populi* e il *magister equitum*, poi sostituiti da due consoli, i quali rimanevano in carica per un anno (le cariche non erano rinnovabili).

Roma nel VIII secolo a.C.: un villaggio di pastori

La Lupa capitolina, scultura etrusca in bronzo. Secondo la leggenda, la lupa allattò e crebbe Romolo e Remo, abbandonati dopo la nascita. Un giorno Romolo decise di tracciare un solco per delimitare il proprio territorio e, al rifiuto del gemello di rispettare il confine da lui stabilito, lo uccise. La tradizione racconta quindi che il solco tracciato da Romolo rappresenti il primo tracciato di confine di Roma. In seguito Romolo divenne il primo leggendario re di Roma, che da lui prese il nome.

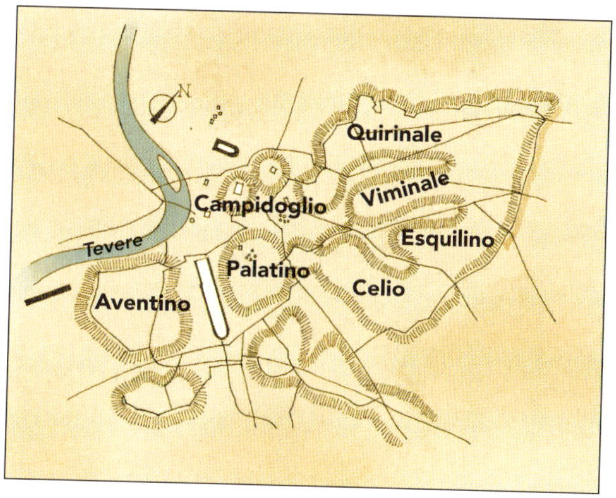

I sette colli di Roma
Il Palatino è il colle originario su cui si sviluppò il primo nucleo abitato e rimase il centro della città anche in epoca imperiale. È tuttora sede del Comune di Roma. In seguito, vennero assorbiti gli insediamenti dei colli circostanti ed erette fortificazioni a difesa dei colli e per controllare la valle del Tevere sulla quale si affacciavano.

PRINCIPALI EVENTI STORICI

La storia dell'antica Roma abbraccia più di un millennio, che inizia con la fondazione della città, ad opera di un'oscura tribù latina di pastori. Attraverso guerre d'espansione, complesse trasformazioni sociali ed economiche, l'ascesa e la caduta di potenti personaggi e il sorgere e l'ampliarsi di numerose città, da quel piccolo popolo fiorì la più grande civiltà del mondo antico.

La conquista dell'Italia

Intorno al 510 a.C., Roma controllava una minima parte del Lazio. Sconfitti gli Etruschi, si estese a sud con la conquista di territori latini. Nel 338 Roma aveva il completo controllo dell'Italia centrale. Poi sconfisse i Sanniti (290), le colonie greche dell'Italia meridionale e Pirro, re dell'Epiro (282-275). A metà del III sec. a.C. Roma dominava tutta l'Italia, compresa parte della Pianura Padana.

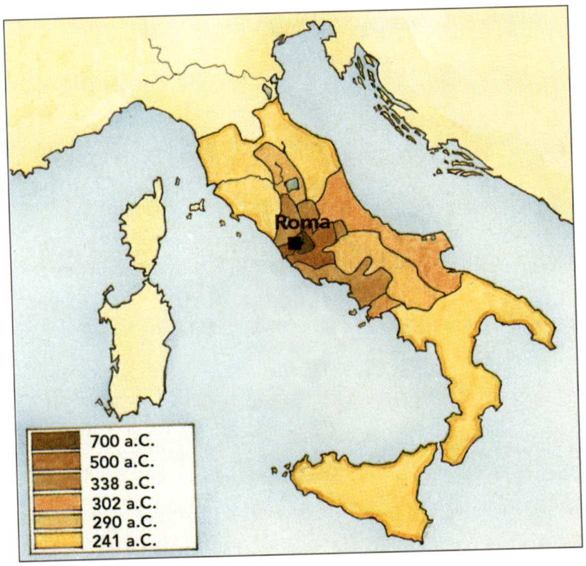

Lotte interne

Nel periodo repubblicano, la società romana è divisa tra patrizi e plebei. Il ceto patrizio era formato da un numero ristretto di potenti famiglie, le gentes. I plebei, cittadini liberi, non avevano nobili discendenze né partecipavano all'amministrazione dello Stato. Fra il V e il III secolo si scontrarono per l'uguaglianza economica, civile e politica.

Crisi della Repubblica

Nel I sec. a.C. la rapida espansione di Roma mise a dura prova le istituzioni repubblicane. Le annessioni territoriali davano ai ricchi sempre maggiori possibilità, il Senato ne difendeva i privilegi, e le condizioni di vita della gente comune non miglioravano. Uomini politici energici e ambiziosi si fecero portavoce di questi interessi contrapposti. Le rivalità tra Mario, Silla, Crasso, Pompeo e Cesare aprirono un'era di congiure, e l'uccisione di Cesare, nel 44 a.C. (sopra) scatenò una guerra civile che infiammò il Mediterraneo. Solo nel 31 a.C., Ottaviano Augusto riuscì a ristabilire l'ordine.

Il cristianesimo

Il cristianesimo iniziò a diffondersi nel I sec. d.C. All'inizio i cristiani furono perseguitati perché rifiutavano di adorare l'imperatore e condannavano la schiavitù. Dal 313, grazie a Costantino, il cristianesimo ebbe libertà di culto e nel II sec. era diffuso in tutto l'impero.

Le guerre puniche: Roma contro Cartagine

Nel III sec. a.C si aprirono le ostilità tra Roma e Cartagine, colonia fenicia o "punica", dominatrice del Mediterraneo. Nella prima guerra (264-241), cacciati i Cartaginesi dalla Sicilia, Roma conquistò la Corsica e la Sardegna (238-237). Nella seconda (218-201), il cartaginese Annibale valicò le Alpi con un esercito e degli elefanti (a destra), e sconfisse i Romani nella battaglia di Canne (216). Ad Annibale, lontano da Cartagine e privo di rifornimenti, portò soccorso il fratello Asdrubale, poi battuto sul fiume Metauro. Nel frattempo, Publio Cornelio Scipione attaccava la Spagna, poi l'Africa. Annibale, costretto a tornare in patria, fu sconfitto a Zama (202) e Cartagine cedette la Spagna. Nella terza guerra (149-146) i Romani distrussero Cartagine. Il suo territorio divenne provincia romana, col nome di Africa.

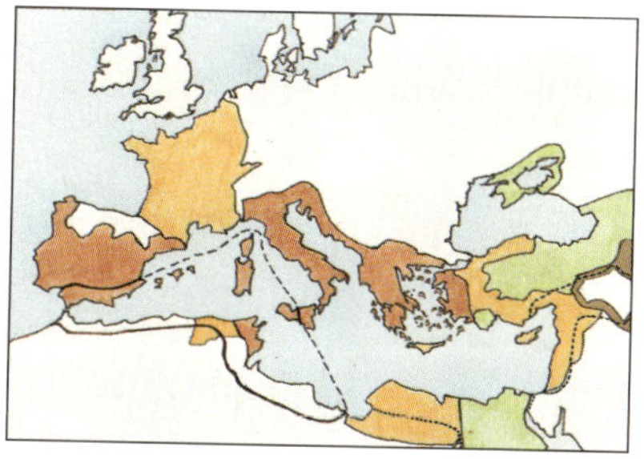

Dalla conquista del Mediterraneo all'impero

Nel II sec. a.C. Roma, divenuta con le guerre puniche una potenza navale, rivolse le sue mire al Mediterraneo orientale. Nel 146 ridusse a provincia la Macedonia; nel 133 Attalo, re di Pergamo in Asia minore, lasciò in eredità ai Romani il proprio regno; nel 120 la Gallia Narbonense fu assoggettata. Pompeo conquistò (66-62) il Ponto, Cesare (58-51) la Gallia Transalpina. Nel 44 a.C. Roma dominava tutto il mondo mediterraneo. Con l'Impero, sotto Augusto (27 a.C.-14 d.C.), iniziò un periodo di pace e prosperità, la Pax romana, destinato a durare oltre due secoli. I territori sottomessi furono consolidati e accresciuti; sotto Traiano (98-117) l'impero raggiunse la massima estensione, toccando 50-60 milioni di abitanti. Ordine e pace incentivarono i traffici mentre la cultura di Roma si diffondeva. Gli abitanti delle province si ritenevano romani. Nel 213 la cittadinanza romana fu estesa a tutti gli uomini liberi.

Crisi e divisione dell'impero: le invasioni barbariche

Per secoli, tribù barbariche da nord, oltre la frontiera, si erano spinte verso i caldi climi meridionali, in cerca di possibilità di scambi. L'esercito romano indebolito e l'ampiezza dei confini favorirono la penetrazione dei barbari. Nel III sec. l'impero aveva assunto dimensioni straordinarie, all'instabilità politica si associava quella economica, Roma incontrava difficoltà sempre maggiori a mantenere il controllo sui propri territori. Diocleziano (284-305), vista l'impossibilità di governare l'intero impero da solo, si associò un militare, Massimiano, assegnandogli i territori occidentali. Costantino trasferì la capitale a Bisanzio (dal 330 Costantinopoli). Sempre intorno alla fine del IV sec. le popolazioni germaniche vennero sospinte verso sud e verso ovest dai temibili Unni: l'impero non resse all'impatto. Nel 476, un goto, Odoacre, depose l'ultimo imperatore romano.

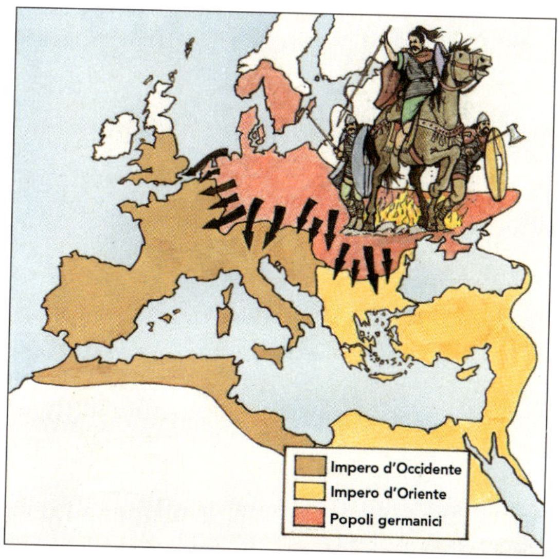

L'ESPANSIONE IMPERIALE

Sotto la dominazione di Roma, le popolazioni del bacino mediterraneo e del Vicino Oriente, benché diverse per cultura e tradizioni, raggiunsero una grande coesione. Un'ottima rete stradale facilitava gli spostamenti anche in regioni lontane. Con la *Pax romana* prosperarono i traffici commerciali. La lingua, le leggi e la religione di Roma attecchirono rapidamente, e i benefici della cittadinanza romana furono gradualmente estesi ai popoli sottomessi. Molte regioni dell'impero giunsero col tempo a una romanizzazione più o meno completa. Ciò non significa che i Romani costringessero gli altri popoli ad adottare il loro modo di vivere; essi, anzi, rispettarono sempre le usanze e le religioni locali, che continuarono ad esser praticate liberamente.

La Britannia

La Britannia fu annessa nel 44 d.C., ma la minaccia delle feroci popolazioni a nord del Vallo Adriano, esigeva una massiccia presenza militare. La lunga e difficoltosa romanizzazione della provincia ha lasciato comunque una forte impronta nella cultura locale.

Le Gallie e l'Iberia

La Gallia transalpina meridionale fu annessa nel 122 a.C.; il resto della regione, dopo una fiera resistenza, fu conquistata da Giulio Cesare (58-51 a.C.). Sotto i Romani, la Gallia conobbe un grande impulso economico. Si ebbero progressi tecnici, come i mulini ad acqua, e in agricoltura con l'invenzione della prima mietitrice. La conquista della Spagna fu completata sotto Augusto. I centri sul Mediterraneo conobbero una notevole prosperità, dovuta alle risorse minerarie, ai cereali, al vino e all'olio. Le rudi popolazioni delle regioni interne fornivano combattenti agli eserciti romani.

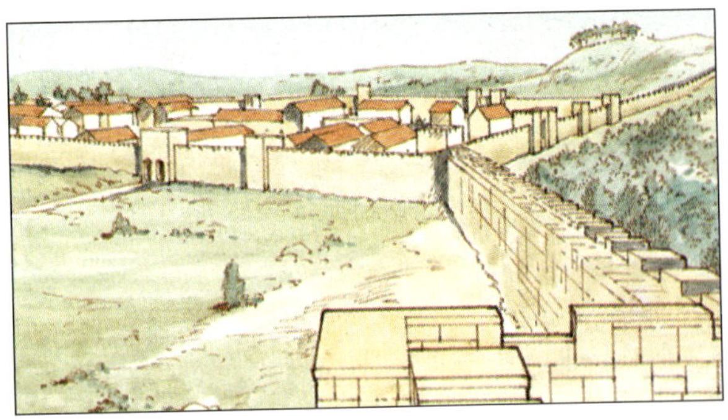

Il Vallo Adriano, fortificazione costruita in Britannia a difesa dei possedimenti romani.

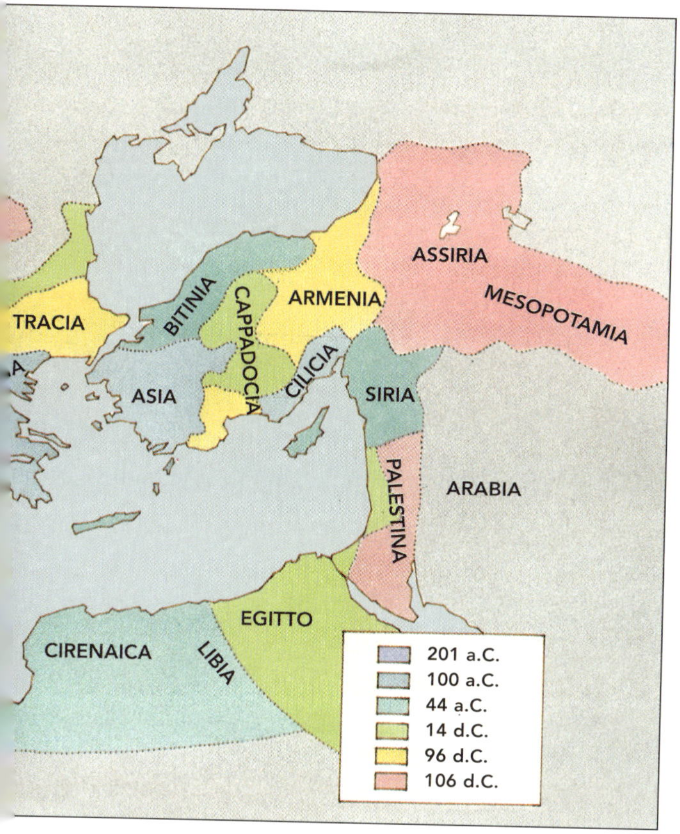

La Germania

La Germania fu definitivamente conquistata nel 9 d.C. Attraverso la frontiera si svilupparono intensi commerci: gli accampamenti divennero prospere città fortificate e vi si si stabilirono molti legionari in congedo, soprattutto nella regione del Reno.

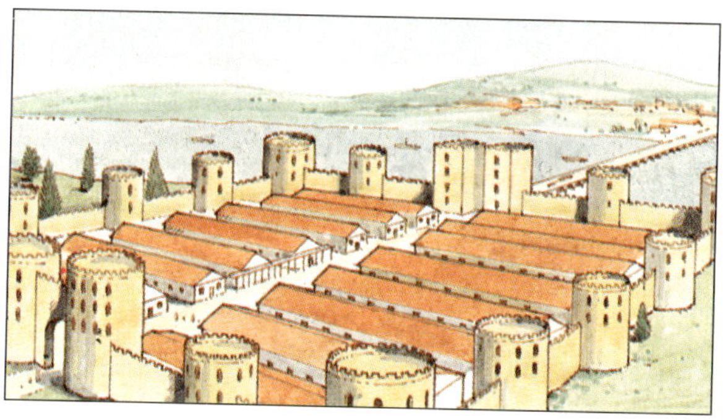

Una città fortificata romana lungo il Reno.
A destra, guerriero celta della regione danubiana.

La Grecia, l'Asia Minore e l'Egitto

La Grecia, con cui Roma ebbe scambi culturali fin dalle origini, divenne provincia romana nel II sec. a.C. I giovani romani affinavano la propria cultura ad Atene. L'espansione romana in Asia Minore si estese a tutto l'altopiano anatolico. La provincia contava molte città ricche e potenti che godevano di una certa autonomia. L'Egitto (sopra, un tempio) divenne provincia romana nel 30 a.C. quando Ottaviano conquistò Alessandria, che divenne una metropoli e un centro culturale.

A sinistra, **villa romana in Africa**, ritratta su un pannello decorativo.

L'Africa

L'annessione dell'Africa settentrionale, iniziata con la distruzione di Cartagine (146 d.C.), si compì nell'arco di circa un secolo. Molti ricchi Romani si stabilirono sulle terre già coltivate dai Cartaginesi, mentre dall'interno giungevano ai porti avorio, piume di struzzo, gemme, oro e schiavi.

Le province danubiane

Entro i confini delle Province danubiane convivevano genti molto diverse, dalle tribù celtiche ai Greci delle città sul Mar Nero. Il livello di romanizzazione della Dacia è attestato, tra l'altro, dalla lingua odierna, il romeno, e dalla sua denominazione attuale, Romania.

LA SOCIETÀ

Esisteva a Roma, fin dai tempi più antichi, una rigorosa stratificazione sociale. I cittadini erano suddivisi in tre classi: patrizi, cavalieri e plebei. I patrizi e i cavalieri, pur essendo una minoranza, costituivano il ceto dominante. La legge e la ricchezza conferivano loro privilegi e potere. I senatori appartenevano all'antica aristocrazia patrizia: essi godevano di immense proprietà terriere, che assicuravano loro redditi molto elevati. In pubblico i senatori indossavano il laticlavio, una toga ornata da una larga fascia di porpora, e calzari rossi; a teatro e nelle cerimonie religiose occupavano posti d'onore. I cavalieri, erano in origine quei cittadini-soldati forniti di mezzi per mantenere un cavallo. La loro, quindi, era una classe facoltosa. Appaltatori, finanzieri, commercianti a Roma, essi accumulavano enormi fortune come mercanti o esattori nelle province. L'aspirante cavaliere, per essere ammesso nell'ordine, non ereditario, doveva possedere almeno 400 000 sesterzi. Cavalieri erano i burocrati, i governatori di alcune province, gli ufficiali e i prefetti dei pretoriani. I plebei costituivano il resto della cittadinanza. Tra i membri di questa classe si contavano insegnanti, architetti, medici, bottegai, artigiani, ma, ai suoi gradini più bassi, anche numerosi ex contadini scacciati dalle loro terre. Era gente che viveva alla giornata e che lo stato cercava di tenere a bada con spettacoli pubblici e distribuzioni gratuite di grano.

Nell'*urbe* vivevano anche schiavi e liberti, ma poiché non erano cittadini romani, non godevano di alcun diritto politico.

Una famiglia patrizia

A Roma le donne non partecipavano alla vita pubblica. Dalla donna ci si aspettavano modestia e riservatezza, pur consentendole di uscire di casa. A lei era affidata la cura dei figli e l'amministrazione domestica. Benché in genere rispettata, se virtuosa, la donna non poteva testimoniare in tribunale, né ereditare più di una certa somma di denaro

La clientela

Spesso un uomo libero si poneva sotto la protezione di un "patrono", offrendogli in cambio il suo sostegno negli affari e in politica: ne diveniva "cliente". Questa antica usanza si mantenne anche quando i diritti dei cittadini vennero equiparati. Il cliente si recava ogni mattina a casa del patrono per salutarlo e accompagnarlo nel Foro, ricevendone in cambio un dono in cibo o denaro, che veniva definito la *sportula*.

Schiavi e liberti (a destra)
Nel I sec. d.C. gli schiavi erano circa il 35 per cento della popolazione di Roma. Comprati e venduti come oggetti, erano adibiti ad ogni tipo di lavoro: in città come servi; in campagna come contadini e operai. I meno fortunati lavoravano nelle miniere.
Le loro condizioni di vita dipendevano dallo spirito umanitario del padrone, che aveva su di loro diritto di vita e di morte, ma anche il dovere di mantenerli e dar loro una paga, il "peculio", con cui in futuro potersi riscattare.
Uno schiavo liberato, o liberto, poteva rimanere presso il vecchio padrone come segretario, aprire una scuola o una bottega da artigiano, dedicarsi ad un commercio. Spesso giungeva a posizioni di prestigio. L'imperatore Claudio affidò ai suoi liberti persino cariche statali.
Ma il liberto, per quanto ricco e potente, non era cittadino romano, e non poteva votare nelle assemblee o indossare la toga.

Civis romanus sum!
Il romano affermava con orgoglio di essere cittadino romano giacché la cittadinanza gli conferiva dignità e pienezza dei diritti, tra cui la facoltà di votare nelle assemblee e indossare la toga. Questi diritti vennero poi estesi a tutti gli uomini liberi dell'impero (212 d.C.). I cittadini residenti a Roma si consideravano tuttavia superiori ai provinciali.

Vita quotidiana nelle strade di Roma

L'imperatore
Con Ottaviano Augusto, l'*imperium*, che prima era conferito agli alti magistrati per il periodo in cui restavano in carica, venne conferito a vita all'imperatore, o *princeps*. Il potere legislativo rimase al Senato, ma in realtà egli interveniva e governava con editti e mandati. I suoi funzionari costituivano una vera corte, sempre più numerosa, sfarzosa e intrigante, che lo accompagnava in tutte le sue apparizioni in pubblico.

ORDINAMENTO DELLO STATO

Lo stato romano subì, nei secoli, alcuni profondi cambiamenti: dapprima monarchia, divenne in seguito repubblica, e infine impero retto da un unico sovrano.

DAL RE ALL'IMPERATORE

Nel primo periodo (753-509 a.C.) il potere era accentrato nelle mani di un re (*rex*) scelto dalle famiglie aristocratiche e dotato di autorità quasi assoluta (*imperium*). Il re presiedeva ai riti religiosi, dispensava la giustizia, nominava i magistrati, conduceva i cittadini in battaglia; governava con l'aiuto del Senato, un organo consultivo composto da anziani di provata esperienza. Abbattuta la monarchia e instaurata la repubblica, furono le assemblee dei cittadini a eleggere i magistrati: due consoli che in caso di guerra potevano nominare un dittatore con pieni poteri. Le assemblee si chiamavano comizi (*comitia*); e poiché il popolo votava per curie, per circoscrizioni territoriali o per centurie, i comizi presero il nome di curiati, tributi e centuriati. Dal 494 a.C. anche i plebei ebbero un'assemblea (*concilium plebis*) e poterono eleggere i tribuni che tutelavano i loro interessi; inoltre, dal 287 a.C. le loro decisioni, o plebisciti, ebbero valore di legge.

Con Augusto, che pur mostrando di restaurare le istituzioni repubblicane accentrò nella propria persona ogni potere, nacque il principato: egli divenne capo supremo dell'esercito e detenne la potestà tribunizia che gli dava il diritto di opporre il veto, di convocare il Senato, di far votare plebisciti.

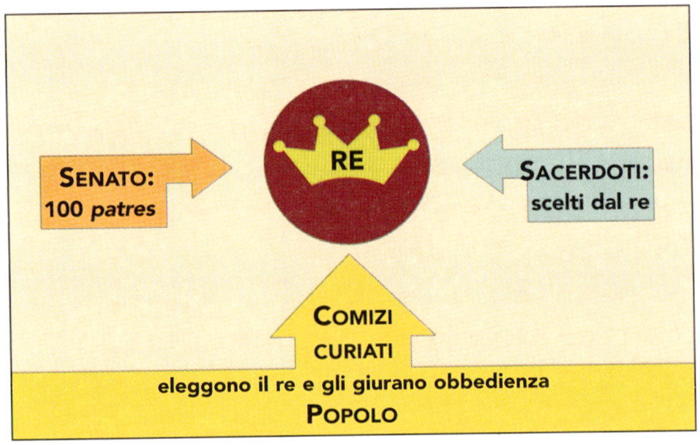

Ordinamento monarchico

Ordinamento repubblicano

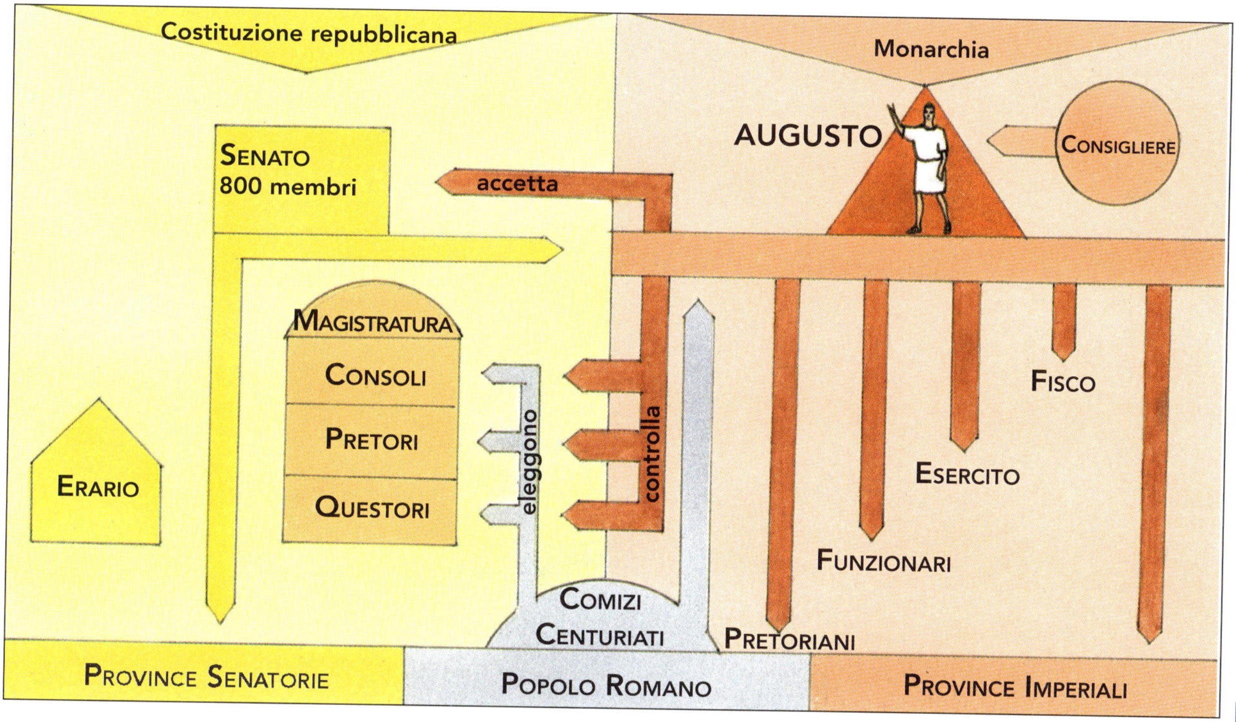

Ordinamento imperiale

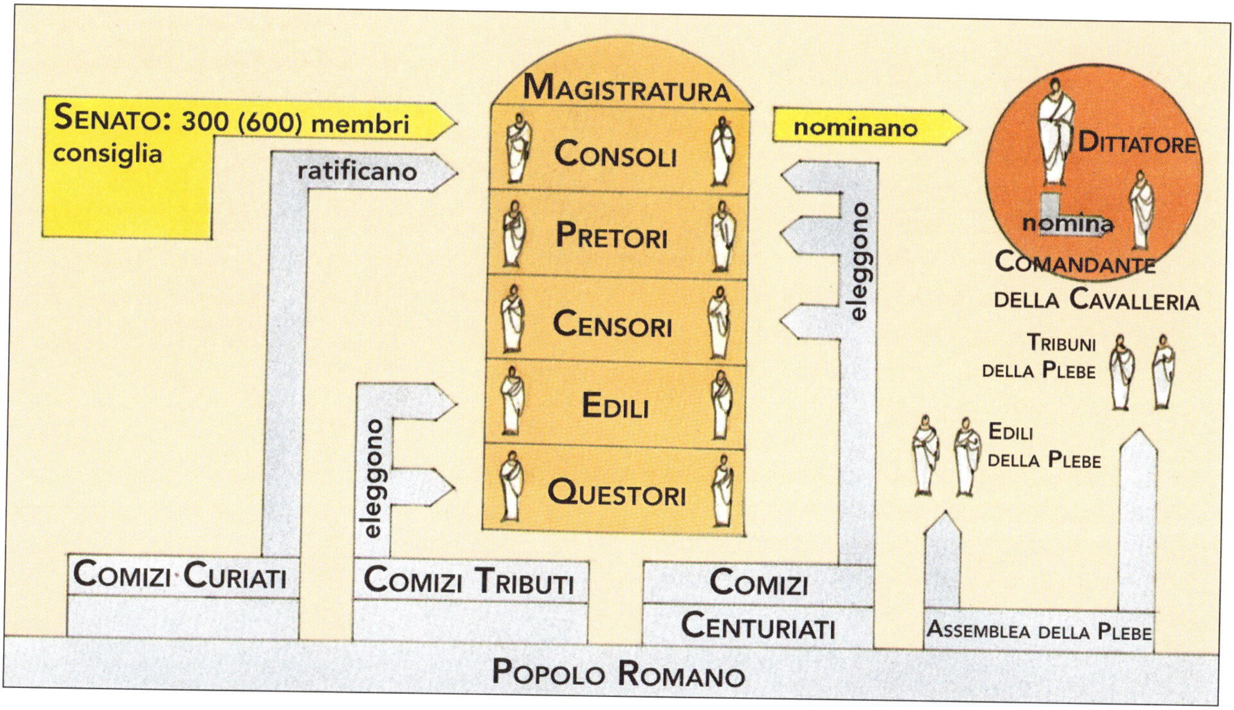

MITI E RELIGIONE

Fin dalle origini, i Romani venerarono molti dèi, concepiti come forze della natura che era necessario propiziarsi con sacrifici e atti di culto. La religione era vissuta come uno scambio di favori tra l'uomo e la divinità, aspetto comune a quasi tutte le popolazioni italiche dell'epoca. Molti dèi appartenevano al lontano passato di Roma e rispecchiavano nei loro attributi una società agricolo-pastorale. In un tempietto rotondo ardeva in continuazione il fuoco sacro custodito dalle Vestali. Divinità protettrici della famiglia erano anche i Penati e i Lari, spiriti degli antenati, che vegliavano sul perpetuarsi della stirpe. Altri dèi importanti erano Minerva, Quirino, Giunone, Giano, Nettuno, Saturno. Nel primo periodo della Repubblica si ebbe una graduale assimilazione degli dèi romani con quelli greci. Giove, Giunone, Minerva si identificarono con Zeus, Hera, Atena, acquistandone in parte le caratteristiche "umane". Dall'epoca di Augusto, si cominciò a considerare un dio anche l'imperatore, al quale si dedicavano altari e simulacri. Molti avevano perso ogni fede negli dèi tradizionali, e già nella tarda Repubblica erano comparsi nuovi culti provenienti dalle provincie, in particolare dall'Oriente. Non tutti erano graditi alle autorità che, ad esempio, proibirono i riti sfrenati in onore di Diòniso. Si affermarono invece apertamente i culti di Cibele, Iside e Mitra. Spesso la segretezza dei riti e il formarsi di gruppi chiusi e solidali suscitavano il sospetto delle autorità. Fu questo il caso del Cristianesimo che, nonostante le persecuzioni, si diffuse in tutto l'impero per divenire, dal 313 d.C., la religione di stato.

1

2

3

I Lari, spiriti degli antenati, venerati come protettori della famiglia nei momenti cruciali della vita.

A sinistra, **riti sacrificali agli dèi**. Nei giorni festivi, i sacerdoti offrivano agli dèi frutti, messi e animali. Il fegato delle vittime veniva esaminato dagli arùspici che, da certi segni, interpretavano il volere divino.

A sinistra:
1. testa di Giove; **2.** Minerva, dea della Sapienza; **3.** Augusto, ritratto come una divinità; **4.** una vestale.

A destra, **il cristianesimo**, a differenza di altre religioni, predicava la fede in un unico Dio e l'amore per tutti gli uomini. Quando i cristiani rifiutarono di adorare l'imperatore, vennero perseguitati. Ma il Vangelo ("buona notizia") di Gesù, annunziato e praticato dagli Apostoli, si propagò in tutto l'impero.

LA ROMA AUGUSTEA

Dal momento in cui salì al potere, il giovane Augusto cominciò a realizzare il grandioso piano regolatore concepito da Giulio Cesare per fare di Roma la degna capitale di un impero in espansione. Si costruirono nuovi edifici, si restaurarono quelli già esistenti e si rivestirono templi, teatri, portici e archi di trionfo con marmo bianco. Questi abbellimenti, però, non cambiarono molto le condizioni della maggior parte dei Romani (circa un milione) che continuarono a vivere in casermoni di quattro o cinque piani, troppo alti, male costruiti e male illuminati, in luridi vicoli nei quali, di notte, oltre al pericolo di fare cattivi incontri, non era difficile ricevere in testa una pioggia di rifiuti. Augusto organizzò un corpo di vigili del fuoco e tre *coorti* di polizia urbana; fece dragare il letto del Tevere, rafforzare gli argini e abbattere i tuguri che, sorti sulle sue rive, impedivano lo scarico dei barconi provenienti da Ostia. Si costruirono nuovi acquedotti, raddoppiando così la fornitura d'acqua; si istituì un servizio di pulizia delle strade, che furono allargate e livellate; si moltiplicarono le fontane e i forni e, per tener buona la plebe, si intensificarono le distribuzioni di grano e l'organizzazione di giochi e spettacoli sempre più ricchi ed attraenti.

Tra i cittadini ricchi venne di moda costruirsi sontuose case sul Palatino. Augusto stesso vi acquistò una villa, che poi divenne la residenza dei suoi successori.

Nei nuovi edifici, oltre agli elementi architettonici tipici della tradizione romana, comparvero tratti ellenistici dovuti agli artigiani greci presenti in gran numero a Roma.

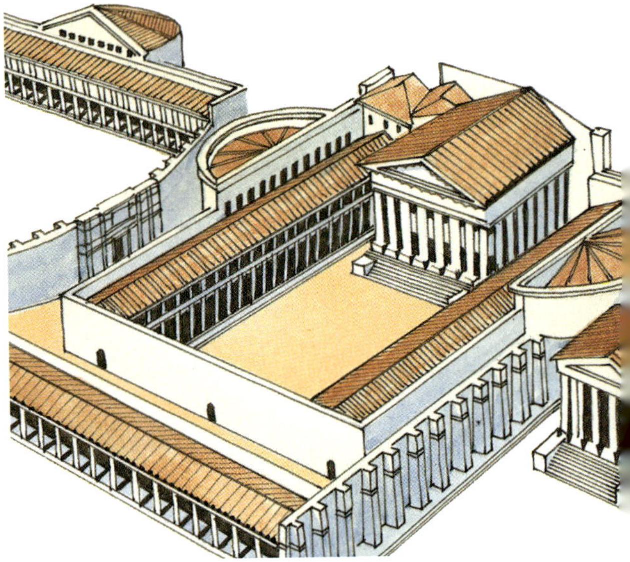

Il Foro di Augusto. Il Senato romano conferì ad Augusto il titolo di "restauratore di templi e di opere pubbliche". Il titolo era ben meritato perché Augusto, col proprio denaro, eseguì una serie di opere che resero Roma più bella e degna di essere la capitale di un grande impero. L'opera più maestosa è il Foro che da lui prese il nome, costruito, accanto al Foro di Giulio Cesare. Si trattava di una grande piazza circondata da un alto muro di blocchi di pietra e dominata dalle imponenti colonne in marmo del tempio di Marte Ultore (vendicatore), uno dei templi più grandi e sontuosi di tutta la romanità. Augusto, inoltre, portò a termine molti dei progetti edilizi di Cesare: restaurò i templi di Saturno, di Vesta di Castore e della Concordia, ne costruì di nuovi, tra cui quello di Giulio Cesare, divinizzato dopo la morte. Sorsero anche il portico di Ottavia, il teatro di Marcello, l'Ara Pacis e il mausoleo di Augusto.

L'acquedotto dell'Acqua Claudia, cominciato da Caligola nel 38 d.C. e terminato da Claudio nel 52, portava l'acqua a Roma da una sorgente situata a 68 km di distanza.

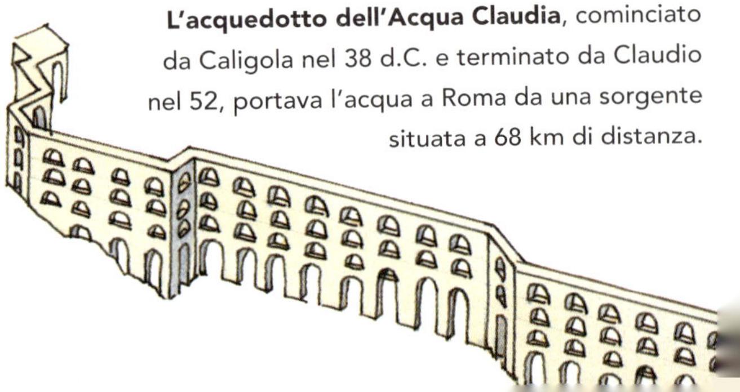

A destra, la **Domus Augustana**.
Durante il regno di Domiziano fu edificato sul Palatino un immenso palazzo, la Domus Augustana, che divenne la residenza ufficiale degli imperatori. Il complesso comprendeva una grande sala per le udienze e un giardino a forma di ippodromo, il cosiddetto *Stadio*.

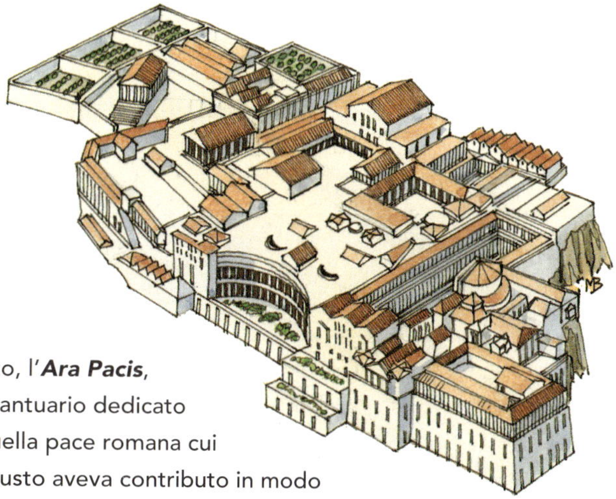

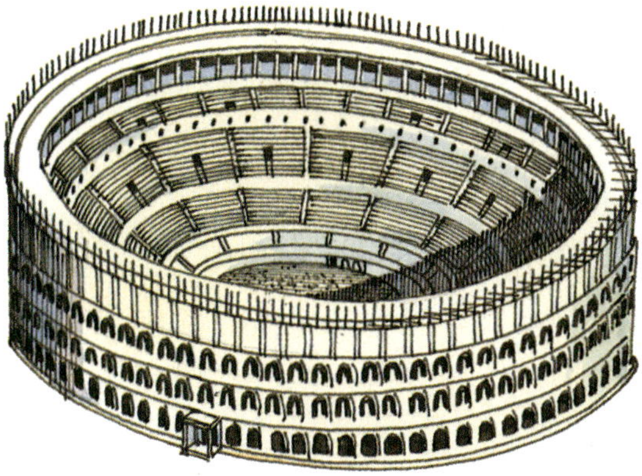

Sopra, l'**Anfitetatro Flavio** (Colosseo)
Il Colosseo, cominciato da Vespasiano e inaugurato nell'80 d.C. da Tito, accoglieva fino a 50000 spettatori seduti. Vi si tenevano i celebri combattimenti tra gladiatori e spettacoli con bestie feroci.

Sotto, l'***Ara Pacis***, un santuario dedicato a quella pace romana cui Augusto aveva contributo in modo determinante, fu inaugurata nel 9 d.C. Le sculture sono di artisti greci, ma lo spirito e il linguaggio figurativo sono romani.

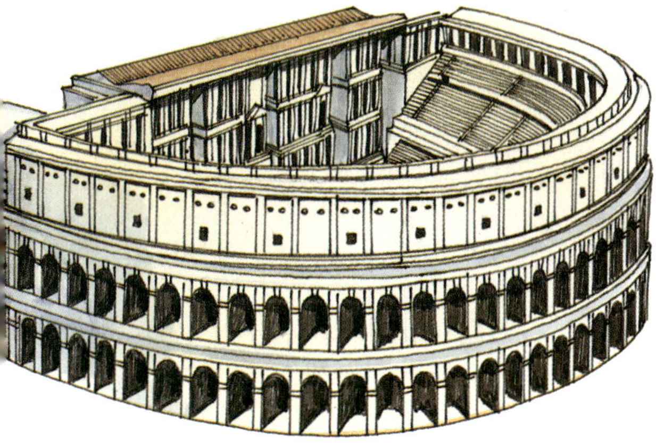

Sopra, il **Teatro di Marcello**, edificato tra il 13 e l'11 a.C., con 20000 posti a sedere. I progressi della tecnica ne permisero la costruzione anche senza un pendio nel quale ricavare le gradinate.

Sotto, l'***insula***, un tipico esempio di caseggiato popolare. Al pianterreno si aprono le botteghe, mentre al primo piano si trovano gli appartamenti più spaziosi.

VITA QUOTIDIANA NELL'URBE

Oltre ai mercati al coperto e quelli all'aperto, che si tenevano in grandi piazze circondate da portici, molte botteghe di ogni tipo si aprivano sulle strade e sui vicoli riversando sui marciapiedi l'ingombro delle mercanzie esposte, tra il viavai caotico dei pedoni che si facevano largo a gomitate e le grida dei venditori ambulanti che vantavano le loro merci. Le vie erano affollate e chiassose e poiché il traffico dei veicoli e delle bestie da soma di giorno era vietato, il frastuono dei carri che portavano i rifornimenti turbava anche la calma della notte. Chiunque avesse un po' d'iniziativa poteva aprire una bottega che, di solito, era a conduzione familiare. In certe zone le botteghe, tutte dello stesso tipo, davano il nome alle strade, come il Vicolo dei Sandalai o la Via delle Spezie. In città si riversava un flusso di materie prime che giungevano alle botteghe degli artigiani, dove erano trasformate in prodotti finiti. Oltre agli argentieri, ai gioiellieri e ai vetrai, c'erano fabbri, candelai, maniscalchi e falegnami; i conciatori fornivano pelli ai cuoiai che ne ricavavano selle, borse, scarpe; i vasai producevano ceramiche per uso domestico, tegole, mattoni; i *vestiarii* vendevano tessuti e abiti di lana e di lino, ma ne fornivano anche di seta e di cotone; i tintori e i lavandai trattavano stoffe ed abiti, li tingevano, li lavavano con acqua e soda, li candeggiavano e li stiravano. Tra le botteghe e i laboratori, non mancavano le taverne dove si beveva e non di rado si giocava d'azzardo; vi si poteva anche mangiare qualche vivanda preparata lì per lì, oppure tenuta in caldo in appositi contenitori, incassati nel bancone.

A destra, i **Mercati Traianei**. Dal 100 al 112, Traiano costruì a nord del Foro un vasto complesso commerciale su tre livelli, che, oltre a un grande mercato coperto, comprendeva 150 botteghe e uffici di vario genere. Il mercato era servito da due acquedotti, uno d'acqua dolce, l'altro d'acqua salata, per assicurare la freschezza dei prodotti.

Abbigliamento maschile
In casa, gli uomini stavano comodi, in sandali o pantofole e indossavano una tunica di lana senza maniche, lunga fino al ginocchio, stretta in vita da una cintura. Per uscire, però, s'infilavano dei calzari di pelle (*calcei*), e si drappeggiavano addosso la toga.

A sinistra, **una via di botteghe**.
Nei primi secoli, agricoltori e allevatori scendevano in città per vendere direttamente i loro prodotti. In età imperiale, i bottegai si affidavano a mediatori che, a loro volta, si rifornivano dai grossisti del foro boario per la carne, e del foro olitorio per la frutta e la verdura. Questi ed altri generi di consumo erano venduti al pubblico nei mercati rionali o nelle botteghe, dove si poteva trovare di tutto.

Un fornaio. Plinio scrive che i Romani del buon tempo antico mangiavano soprattutto polenta. Il pane, infatti, entrò tardi nell'uso, ma diventò presto il cibo principale.

I fornai ne preparavano di vari tipi (dal panis plebeius, nero, al bianco, "di lusso") con farina macinata nel retrobottega con una mola a mano, o azionata da un asino.

Una bottega di macellaio. Agli schiavi più fidati era affidata anche la scelta della carne dal macellaio, che poteva offrire: manzo, vitella, maiale, pecora, oltre alla cacciagione, e, per i buongustai, ghiri e lumache.

IL FORO

Per più di un millennio il Foro fu il centro della vita politica, economica e sociale della città. Situato tra il Palatino, il Campidoglio e l'Esquilino, esso fu all'inizio il mercato degli abitanti dei tre colli, poi diventò il cuore di Roma. Tutta la vita pubblica si svolgeva qui: affari, processi, elezioni, cerimonie civili e religiose. Uno dei primi edifici in muratura fu la Curia, dove i senatori si riunivano per discutere e votare le leggi. Accanto alla Curia si apriva un piazzale, il *Comitium*, dove i cittadini adunati discutevano, votavano, dirimevano casi giudiziari; gli oratori parlavano da una tribuna detta "rostra" perché ornata con i rostri delle navi catturate. Il Foro era anche il centro della vita religiosa: lo attraversava la Via Sacra, la prima strada di Roma, sulla quale passavano le processioni dirette al tempio di Giove Capitolino. Qui sorsero anche i templi di Castore e Polluce, di Saturno e della Concordia, poi in parte abbattuti dai Galli durante il sacco Roma, nel 390 a.C.
Dopo la metà del IV sec. a.C., nel Foro non si tennero più mercati. I banchi dei prestatori di denaro presero il posto delle bancarelle, e le attività finanziarie divennero uno degli aspetti più rilevanti della sua vita. Verso la fine della Repubblica, il Foro non poté più contenere il volume delle attività imposte da un impero in espansione. Giulio Cesare ne costruì uno nuovo, che Augusto completò, e venne poi recuperato altro spazio nel Campo Marzio, dove sorsero i Fori Imperiali che celebravano la grandezza dell'Impero. Qui, come nel Foro antico, abbondavano gli archi trionfali, le statue di personaggi illustri e le colonne commemorative.

Un arco trionfale (in basso) viene eretto per commemorare un importante evento storico. L'Arco di Tito sulla Via Sacra (in alto) celebra la vittoria del giovane generale nella guerra giudaica (70 d.C.).

Il Foro in epoca imperiale

La basilica di Massenzio (a destra), costruita ai primi del sec. IV, è la più grande sala coperta di tutta l'antichità. Le navate, con volte a crociera e a botte, sono sorrette da quattro sole colonne.

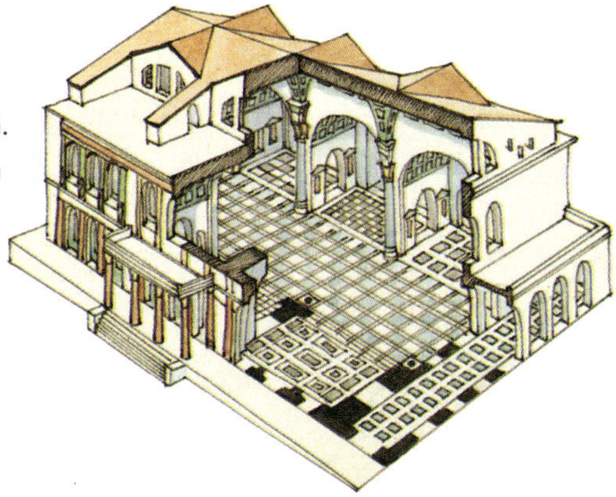

A sinistra, il ***Lapis Niger*** (pietra nera), che risale al VI secolo a.C., è il più antico documento romano giunto sino a noi. È stato rinvenuto nel Foro. La sua iscrizione in latino arcaico si riferisce a un rituale sacro.

Pianta del Foro

1. Tempio di Venere
2. Tempio di Giove Statore
3. Basilica di Massenzio
4. Casa delle Vestali
5. Tempio di Romolo
6. Tempio di Vesta
7. Regia
8. Tempio di Antonino e Faustina
9. Fonte di Giuturna
10. Tempio di Cesare
11. Basilica Emilia
12. Tempio dei Dioscuri
13. Basilica Giulia
14. Curia
15. *Secretarium senati*
16. Rostri cesarei
17. Tempio di Saturno
18. Portico degli dei consenti
19. Tempio di Vespasiano
20. Tempio della Concordia

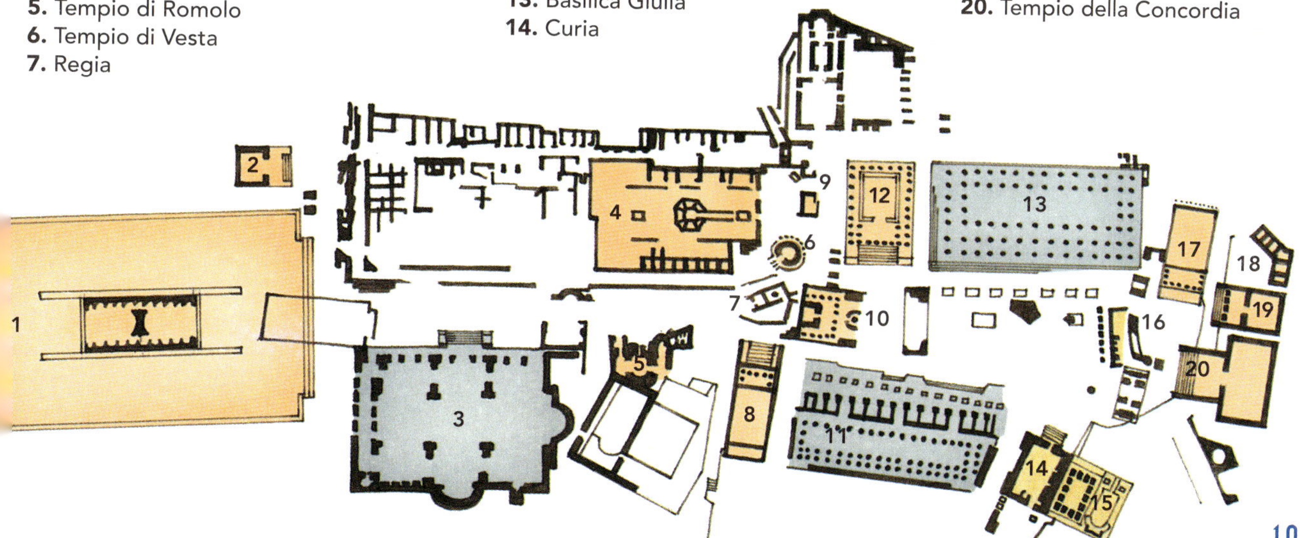

TERME E BAGNI PUBBLICI

I primi bagni pubblici (*balnea*) sorsero sotto l'influenza della civiltà greca, per iniziativa di privati: si trovavano in locali angusti, spesso in un retrobottega, e non offrivano molto più che acqua calda e fredda in vasche comuni, massaggi e unzioni; l'igiene era scarsa e il servizio costoso. Tuttavia, nel 33 a.C., se ne contavano ben 170. Nel 25 a.C., fu iniziata la costruzione delle prime vere terme, nelle quali il bagno di pulizia diventò un fatto secondario: esse erano infatti, e in modo del tutto gratuito, un luogo di ritrovo, con una piscina, un canale, viali di lauri e siepi di bosso. Qui si incontravano gli amici, si trattavano affari, si discuteva, ci si scambiavano notizie.

PULIZIA QUOTIDIANA

Di solito, alle terme si andava nel pomeriggio, alla fine di una giornata di lavoro. Ci si svestiva nello spogliatoio, si faceva un po' di ginnastica nel cortile riservato alla lotta, o nel *gymnasium* coperto, e dopo una buona sudata, si poteva fare una nuotata in piscina o entrare direttamente nel *tepidarium*, un'ampia sala tiepida che impediva un passaggio troppo brusco dal freddo al caldo, e poi nell'attiguo *calidarium*, costruito in modo da concentrare il massimo del calore e dell'umidità. Qui, e più ancora nell'adiacente *sudatorium*, si sudava come in una sauna. Subito dopo, un tuffo nella piscina fredda (*frigidarium*) concludeva il bagno. In questo modo, i Romani facevano un vero e proprio trattamento di pulizia.

La **Grande Sala** era il centro intorno al quale erano disposti gli altri ambienti: coperta da una volta sorretta da colonne di granito, era adorna di splendide sculture e fontane di marmo.

Le Terme di Caracalla

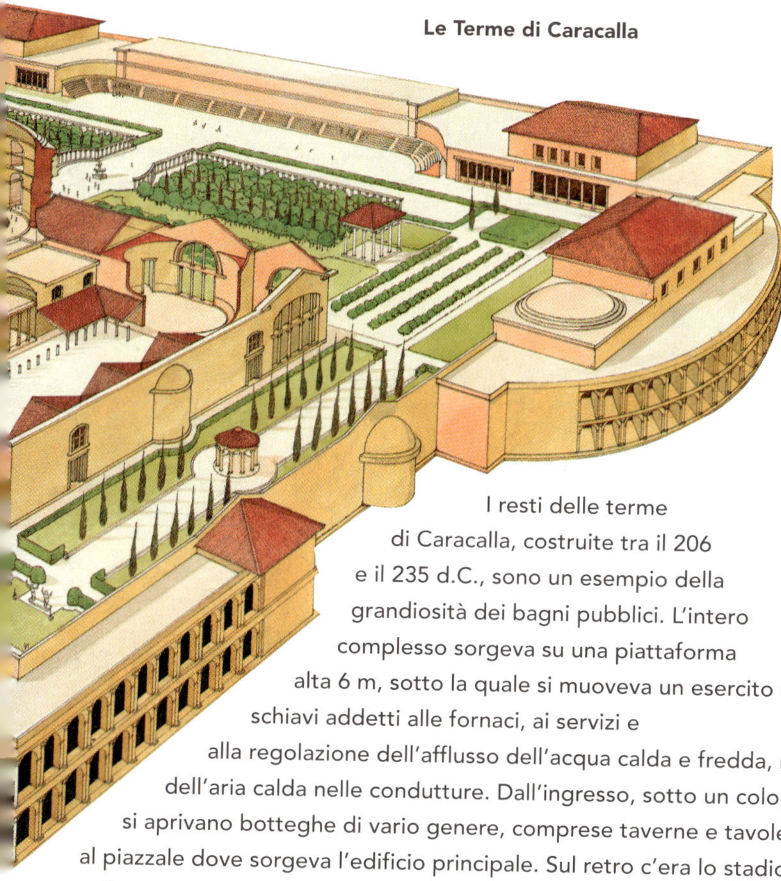

Il sistema di riscaldamento delle terme. Per riscaldare le terme, si usava il sistema dell'ipocausto, che consisteva nel costruire pavimenti sopraelevati su pilastri, in modo da creare un'intercapedine nella quale circolava l'aria calda prodotta dalle fornaci sotterranee.

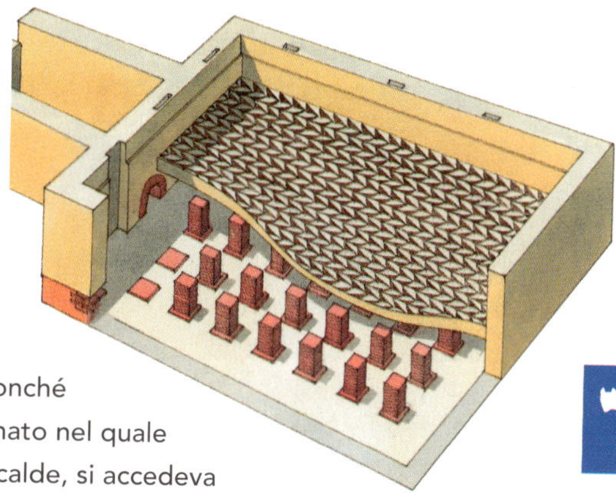

I resti delle terme di Caracalla, costruite tra il 206 e il 235 d.C., sono un esempio della grandiosità dei bagni pubblici. L'intero complesso sorgeva su una piattaforma alta 6 m, sotto la quale si muoveva un esercito di schiavi addetti alle fornaci, ai servizi e alla regolazione dell'afflusso dell'acqua calda e fredda, nonché dell'aria calda nelle condutture. Dall'ingresso, sotto un colonnato nel quale si aprivano botteghe di vario genere, comprese taverne e tavole calde, si accedeva al piazzale dove sorgeva l'edificio principale. Sul retro c'era lo stadio per l'atletica, con gradinate per gli spettatori, una grande piscina e, tutt'intorno, giardini e viali. All'interno dell'edificio perimetrale si trovavano portici, biblioteche, angoli di riposo, dove letterati e poeti potevano leggere in pubblico le loro opere.

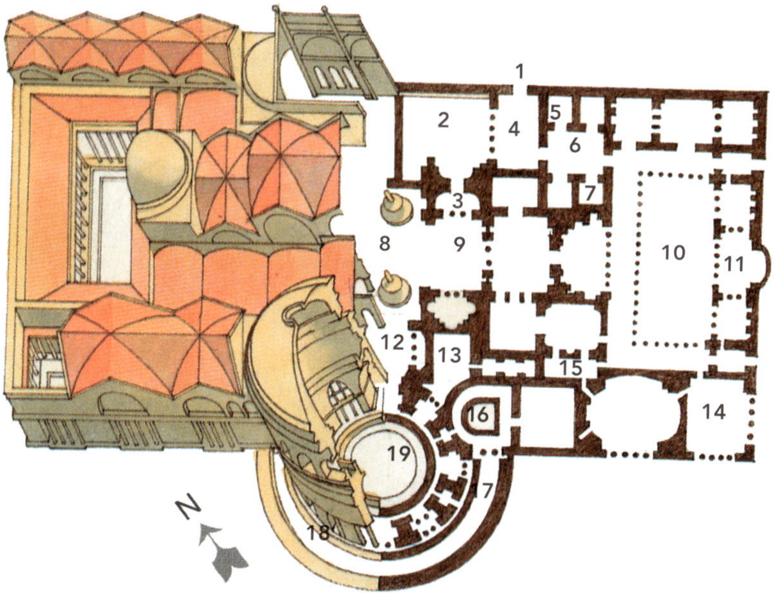

Pianta delle Terme di Caracalla

1. Ingresso; **2.** Piscina; **3.** Piscina bassa; **4.** Ambiente freddo (*frigidarium*); **5.** Stanze per i massaggi; **6.** Spogliatoio; **7.** Ripostigli per unguenti; **8.** Fontane; **9.** Grande Sala; **10.** Palestra; **11.** Ginnasio; **12.** Ambiente tiepido (*tepidarium*); **13.** Locale per bagni caldi; **14.** Cortile per bagni di sole; **15.** Locale per bagni di sudore (*sudatorium*); **16.** Bagno caldo collettivo; **17.** Bagni caldi individuali; **18.** Ambiente caldo (*calidarium*); **19.** Bagno caldo.

LA CASA ROMANA

Come nelle nostre città, anche a Roma le dimore signorili erano circondate dalle innumerevoli case della povera gente. La casa dei ricchi, la *domus*, era quasi sempre ad un solo piano. All'esterno appariva disadorna, spesso senza finestre. I caseggiati dei poveri, le *insulae*, erano complessi di piccoli appartamenti in un grande edificio di molti piani. Si erano rese necessarie per l'aumento della popolazione e apparvero nella tarda età repubblicana. Nella facciata si apriva una serie di botteghe, mentre una scala portava ai piani superiori. Il pianterreno era occupato da inquilini benestanti, talvolta dal proprietario dell'*insula*.

DIMORE SIGNORILI

La *domus* dei tempi più antichi era limitata ad alcuni ambienti essenziali. Le poche stanze si aprivano intorno all'*atrium*, un ampio ambiente dove si svolgeva la vita della famiglia: qui si lavorava, si mangiava, si ricevevano gli amici. Inoltre nel tetto si apriva un'apertura per dare luce e aria e ad essa corrispondeva, in basso, una vasca poco profonda che raccoglieva l'acqua piovana.
Quando la *domus*, in epoca più recente, venne ampliata con altre stanze, dispense, camere da letto (*cubicula*), l'atrio divenne il soggiorno, nel quale si trovava l'altare dei Lari. Dall'atrio si passava alla sala da pranzo (*triclinium*) e, attraverso un altro locale (*tablinum*), in un giardino porticato (*peristilium*), abbellito da aiuole, vasche e fontane. Sul giardino si affacciavano un triclinio più grande e la latrina. Gli interni erano decorati da affreschi e mosaici a colori vivaci.

Domus antica.

Tipologie di muratura
1. Esempio di muratura arcaica di pietre, pietrisco e argilla; **2.** *Opus latericium*; **3.** *Opus siliceum*; **4.** *Opus mixtum*; **5.** *Opus reticulatum*.

Per costruire i muri i Romani usavano la muratura a secco, mediante una tecnica (*opus*) che consisteva nel colare una specie di calcestruzzo nell'intercapedine costituita da due pareti di pietra o di mattoni.

L'*insula*

Le condizioni di vita degli inquilini erano tutt'altro che buone. Lo spazio era limitato, il mobilio ridotto al minimo: un tavolo, qualche panca, qualche sgabello; in genere si dormiva sul pavimento o su letti in muratura coperti da un paglericcio o da una stuoia.

I gabinetti privati erano un lusso; chi non poteva recarsi alle latrine comuni usava un vaso da notte, vuotandolo poi in strada. Le finestre, prive di vetri, si chiudevano con imposte di legno. D'inverno, si doveva scegliere fra tremare di freddo o stare al buio. L'olio per le lucerne costava, e la gente si alzava presto per sfruttare al massimo le ore di luce.

Nelle case non esistevano camini: per scaldarsi e cucinare si accendeva il fuoco in un braciere.

Domus di età imperiale.

LA VITA DELLO SCHIAVO

In genere, gli schiavi erano prigionieri di guerra provenienti da ogni zona dell'impero. Condotti a Roma, venivano esposti e messi in vendita come merce su un palco, in un mercato vicino al Foro; appeso al collo, essi recavano un cartello indicante nome, luogo d'origine e capacità di ciascuno.
Nella Roma imperiale, la maggior parte delle famiglie ne possedeva almeno uno, le più ricche ne avevano a centinaia. Nelle campagne si utilizzavano spesso squadre di schiavi per i lavori agricoli più faticosi: è dunque naturale che vi fossero frequenti rivolte, come quella del 73 a.C., capeggiata dal gladiatore Spartaco. La ribellione si estese, e per due anni gli insorti riuscirono a tenere a bada le legioni romane finché non vennero sconfitti in Puglia. Anche le fughe erano frequenti.
Le condizioni di vita degli schiavi di città dipendevano dal carattere e dalla posizione sociale del padrone; in genere tuttavia si conviene che stessero meglio di quelli di campagna. Nelle commedie, il tipico schiavo di città era scaltro, linguacciuto, amante del buon vino e spesso decisamente libertino. Sembra tuttavia che ai primi tempi della repubblica gli schiavi fossero trattati più severamente. Se uno di essi fuggiva o rubava, lo si marcava con un ferro rovente, o gli si applicava un collare di ferro. In genere, tuttavia, la vita servile era sopportabile, e tra padrone e schiavo si instaurava spesso un legame di sincero affetto. Quasi tutti gli uomini di cultura trattavano bene i loro schiavi e biasimavano chi li maltrattava.

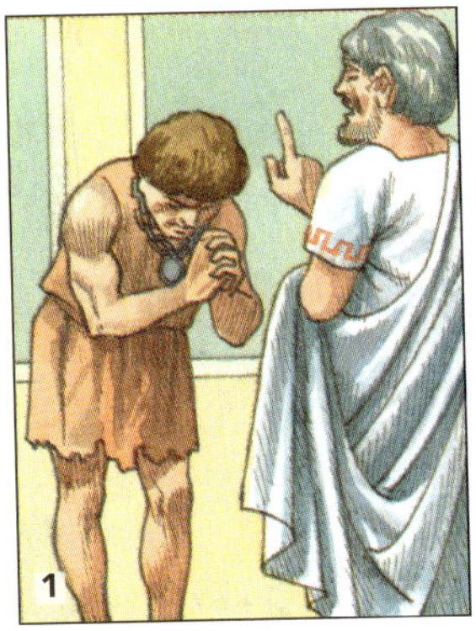

1. Legami di dipendenza
Lo schiavo era considerato una "cosa", soggetta all'autorità assoluta del padrone che aveva su di lui diritto di vita e di morte. Non poteva sposarsi, e i suoi figli diventavano proprietà del padrone.

2. Pubblica utilità
Gli schiavi pubblici appartenevano alla comunità, allo Stato o al municipio. La maggior parte lavorava alla costruzione di strade e acquedotti o nelle miniere.

3. Precettori
Gli schiavi erano divisi a seconda delle attitudini: se era istruito, poteva fare il segretario o il contabile del padrone, oppure il precettore dei suoi figli. In tal caso diventava quasi un membro della famiglia.

4. Dame di compagnia
Gli schiavi meno istruiti svolgevano gli compiti prevalentemente domestici. Le schiave si occupavano dei servizi della padrona: in particolar modo l'aiutavano ad acconciarsi e a vestirsi. A volte accompagnavano i bambini a scuola.

Il mercato degli schiavi

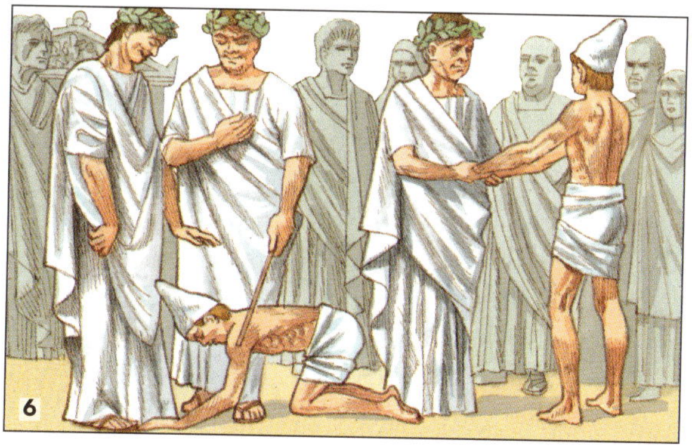

5. Lavoratori in catene

Durissima era la vita degli schiavi di campagna: erano soggetti a una spietata disciplina e lavoravano spesso incatenati. Molti proprietari erano in disaccordo con questa pratica, considerata controproducente, e i loro schiavi vivevano in un ambiente quasi familiare.

6. Liberti

Talvolta lo schiavo otteneva la libertà, in ricompensa del servizio prestato fedelmente. In questi casi si celebrava una breve cerimonia, nel corso della quale il padrone poneva sul capo dell'ex schiavo un berretto di feltro che indicava la sua nuova condizione di "liberto".

L'AGRICOLTURA

UN CLIMA FAVOREVOLE

Per tutto il corso della loro storia i Romani rimasero profondamente legati alla terra. La stessa città di Roma nacque dalla fusione di villaggi di pastori e di agricoltori, e fino all'età imperiale l'agricoltura conservò una grandissima importanza. Il clima della penisola italiana era particolarmente adatto all'agricoltura. Nelle fertili pianure del Lazio, della Campania e della Padania si praticava l'orticoltura, mentre sulle pendici dell'Appennino si coltivavano soprattutto viti e olivi.

DAL CAMPO AL LATIFONDO

Nell'evoluzione dell'agricoltura romana si possono individuare due distinti periodi. Fino al 200 a.C. ca. i contadini lavoravano piccoli appezzamenti coltivati a viti, olivi e cereali, sufficienti al sostentamento della famiglia.

Dopo il 200 a.C., con l'espansione territoriale di Roma, il mercato fu invaso dal grano siciliano e africano, che costava meno di quello locale. Allo stesso tempo, la durata del servizio militare e le pesanti perdite subite dall'esercito sottraevano braccia preziose all'agricoltura. Infine, potendo comprare dei prigionieri di guerra sul mercato degli schiavi, i proprietari più ricchi cominciarono a disporre di manodopera a basso prezzo. Così scomparve il modesto campicello coltivato in proprio, lasciando poco per volta il posto ai latifondi degli aristocratici e gli abitanti delle campagne si riversarono nelle città, lasciando agli schiavi i lavori campestri.

Alla mensa dei poveri

Il pasto dei poveri era modesto. Con pochi spiccioli, però, si poteva andare alla taverna, dove si servivano piatti caldi. Qui, tra grevi odori di grassi, si poteva bere vino e mangiare discretamente.

La tavola dei Romani

A tavola i Romani, ricchi e poveri, consumavano una grande quantità di verdure e soprattutto di frutta (mele, pere, ciliegie, uva, susine, fichi, pesche, noci, mandorle, castagne, albicocche e datteri), ma anche cacio, pesce e carne con salse dolci o piccanti. Il vino si beveva annacquato.

Il pane era di tre tipi: da quello fine, bianchissimo (*panis candidus*) che potevano permettersi solo i ricchi, a quello bianco (*secundarius*), a quello nero (*plebeius*), che apparve solo in un secondo tempo.

Fra i lavori campestri, il più importante era l'**aratura** (sopra), che veniva compiuta nei primi mesi dell'anno per dar tempo al sole estivo di "cuocere" il terreno. I primi aratri avevano il vomere di legno di rovere, poi sostituito dal bronzo. Oltre ai bovini, allevati per il lavoro ma anche per la carne, i contadini romani tenevano pecore, capre, maiali, asini, cavalli, muli e, inoltre, polli, conigli e api.

L'olivicoltura (sopra) era, invece, meno impegnativa. L'olivo è una pianta che cresce lentamente e, se le condizioni ambientali lo permettono, si può associare la sua coltivazione a quella dei cereali. L'olio, a Roma, era usato in cucina, per l'illuminazione e la preparazione di profumi, unguenti e prodotti di bellezza. Il primo albero da frutto citato nelle fonti latine è il fico. Il cedro, il pero, il melo e il melograno erano noti prima delle guerre puniche, mentre il ciliegio comparve solo nel I sec. a.C.

Tra le piante da frutto, **la vite** (a sinistra) era considerata la più redditizia. Essa richiedeva cure molto diligenti, a cominciare dalla scelta del terreno, le piante dovevano esser collocate in fosse profonde un metro e occorreva poi rivoltare la terra altre tre volte, concimarla e irrigarla. Per la vendemmia, che si faceva in ottobre, si assumevano braccianti a giornata.

Un grande giardino fertile

Nel 37 a.C. lo scrittore di agricoltura Varrone affermava: "Ricoperta com'è di alberi, l'Italia può essere paragonata ad un unico immenso frutteto".

STRADE E TRASPORTI

L'espansione dell'impero portò Roma ad allacciare rapporti economici, politici e militari con tutti i paesi che gravitavano sul Mediterraneo. Per collegare tra loro le più remote province, venne realizzato un sistema di grandi strade, che costitusce una delle più grandiose realizzazioni del mondo antico e, in molti casi, l'ossatura della moderna rete viaria. La strada romana più antica e famosa è la Via Appia, costruita nel 312 a.C. dal censore Appio Claudio per unire Roma a Capua. Prolungata poi fino a Brindisi, l'Appia rimase per secoli un modello di bellezza e resistenza. Alla sua costruzione seguì quella di altre strade, come la via Flaminia (220 a.C.) che collega tuttora Roma a Rimini attraverso l'Umbria, e la via Emilia, lunga 280 km, che da Rimini raggiunge Piacenza, favorendo lo sviluppo dei traffici fra l'Italia centrale e la fertile Pianura Padana.

Spesso una strada era costruita per motivi militari, per consentire cioè i rapidi spostamenti delle truppe e dei funzionari inviati a consolidare il dominio romano nelle regioni di recente conquista. Presto però le nuove vie assunsero importanza per il traffico mercantile.

I viaggi su strada erano in genere assai lenti. Se una volta Tiberio riuscì a percorrere 320 km in 24 ore, e Giulio Cesare impiegò una sola settimana per tornare a Roma dalla Gallia, simili imprese non erano cosa di tutti i giorni. Viaggiare era faticoso e talvolta rischioso, specie di notte, per la costante minaccia dei briganti. I funzionari viaggiavano sempre con una scorta fornita dalle autorità dei centri attraversati, e venivano alloggiati da privati a spese dell'erario.

Mezzi di trasporto e servizio postale

Per trasportare piccoli carichi, i mezzi più economici erano il cavallo e il mulo **(1)**. Gli abitanti delle campagne usavano carri tirati da buoi o muli **(2, 3)**, i cavalli erano impiegati quando la velocità era indispensabile. Se i poveri viaggiavano a piedi o a dorso di mulo, i ricchi

usavano comodi carri coperti, *raedae* (**4**). Le famiglie più ricche viaggiavano nei *carpenta* a due ruote **(5)**. Il carro postale **(6)** era trainato da cavalli veloci. Infatti, con l'estendersi della rete stradale, venne istituito un servizio di posta (*cursus publicus*).

Vasai e mattonai, abilissimi nel lavorare l'argilla, erano consapevoli della loro maestria: perciò imprimevano quasi sempre un marchio col proprio nome sui pezzi che uscivano dalla loro bottega. Essi sapevano trasformare un pane di creta in un'anfora dalla linea elegante, servendosi della ruota, o produrre, con la forma di legno, mattoni, tegole o embrici; con lo stampo modellavano anche le antefisse che ornavano i cornicioni. Erano anche esperti nella cottura dei manufatti, che solo grazie all'alta temperatura prendevano un bel colore rosso.

Costruire una strada.
Nel tracciare le strade si cercava di procedere il più possibile in linea retta. Gli ostacoli naturali erano superati da terrapieni e ponti; all'occorrenza si spianavano le pendici dei colli e, sebbene di rado, si scavavano gallerie. I metodi di costruzione non erano dissimili da quelli moderni: dopo le necessarie misurazioni dei geometri, si scavava una fossa larga circa 5 m, che veniva poi colmata con strati di ciottoli, pietre e cemento: tutti materiali reperiti sul posto. Il selciato, convesso per favorire lo scolo dell'acqua, era di ciottoli o di blocchi di basalto.

Pietra miliare, posta al miglio 79, della via Appia-Traiana che congiungeva Benevento a Brindisi.

La groma, strumento che serve per tracciare le linee rette sul terreno. Consiste di due bracci a croce (cui è appeso un filo a piombo), fissati a un sostegno verticale. L'aiutante si pone a una certa distanza con un paletto, e lo pianta nel terreno secondo le indicazioni del geometra.

ARCHI, PONTI E ACQUEDOTTI

I ponti e gli acquedotti sono la prova più evidente dell'alto livello tecnico raggiunto dall'ingegneria romana. I problemi connessi all'attraversamento di corsi d'acqua, nel primo caso, e al trasporto dell'acqua nel secondo, furono risolti con l'uso dell'arco.
Fino all'anno 312 a.C., i Romani si accontentarono di usare le acque che attingevano dal Tevere, o ai pozzi e alle sorgenti. Successivamente, col crescere della città, si fece sempre più pressante il problema del rifornimento: il consumo medio per abitante era di oltre 280 l al giorno, e soprattutto in seguito alla diffusione delle terme, i pozzi e le sorgenti non bastarono più. Fu proprio nel 312 a.C. che i censori Appio Claudio Cieco e Caio Plauzio Venox costruirono il primo acquedotto romano, che prese il nome di *Aqua Appia*.
Gli acquedotti portavano in città l'acqua delle sorgenti che scaturivano sulle alture circostanti; la conduttura stagna correva per lunghi tratti sottoterra ma, quando doveva superare una depressione del terreno, veniva sostenuta da mura alte e massicce, e più spesso da archi o arcate sovrapposte a due o tre ordini. In principio Roma finanziò la costruzione degli acquedotti con i proventi delle conquiste militari; in età imperiale, invece, con una quota del bilancio pubblico.

Tra gli innumerevoli ponti costruiti dai Romani su tutto il territorio dell'impero, due sono particolarmente degni di nota. Il primo è l'unico ponte antico della città di Roma giunto intatto sino a noi, ossia il **ponte Fabricio** (sopra), costruito nel 62 d.C. per collegare l'isola Tiberina con la sponda sinistra del Tevere.
Il secondo è il **ponte di Alcantara** (sotto) sul Tago, in Spagna, costruito nel 105 d.C. da Caio Giulio Lacero. Il ponte, di granito, è lungo 182 metri e alto 45. L'arcata centrale reca l'iscrizione *"PONTEM PERFECI MANSURUM IN SAECULA"* ("Ho costruito un ponte destinato a durare nei secoli"): parole senza alcun dubbio rivelatisi profetiche!

La costruzione di un arco
Per costruire un arco si montava una "centina" su cui, dopo le pietre laterali, si posava la chiave di volta. Il peso dei muri si scaricava lungo i montanti, e l'arco sopportava così enormi carichi.

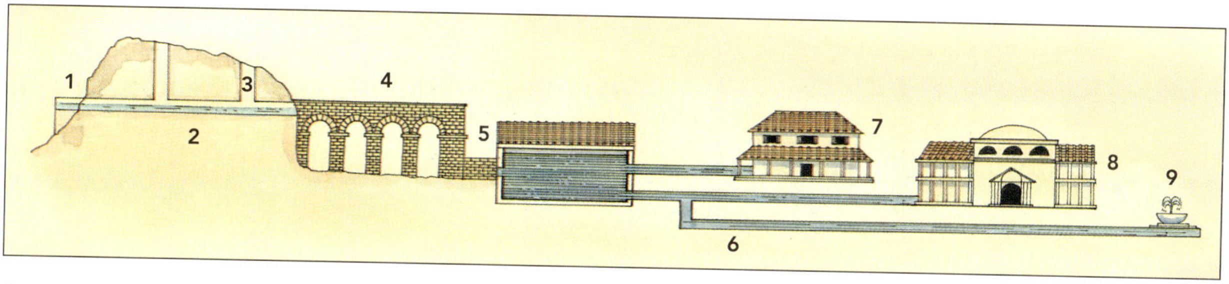

Struttura di un acquedotto. I Romani non disponevano di pompe, quindi gli acquedotti erano costruiti in modo che l'acqua scendesse lungo una pendenza costante. Vicino alla sorgente **(1)**, l'acqua correva in una condotta sotterranea **(2)** con sfiatatoi **(3)** e, dopo essere passata per un bacino di decantazione, raggiungeva l'acquedotto **(4)**. Per resistere alla pressione, la conduttura era di calcestruzzo, incassata in un canaletto di pietra. Giunta a destinazione, l'acqua finiva in una cisterna, (*castellum*) **(5)**, in una zona alta della città. Da qui partivano le condutture **(6)**, che alimentavano le case private **(7)**, le terme **(8)** e le fontane pubbliche **(9)**. Tali condutture, in genere costituite da tubi di piombo o terracotta infilati l'uno nell'altro, uscivano dal *castellum* ad altezza diversa, così che l'acqua destinata ai servizi pubblici fosse l'ultima a mancare.

onte sul Gard, icato nel 19 a.C., va parte dell'acquedotto riforniva la città di Nimes. nte, lungo 370 m e alto 48, esempio della grande perizia ica dei Romani e insieme eleganza che essi seppero conferire e ad architetture di tipo funzionale.

LA COSTRUZIONE DEI TEMPLI

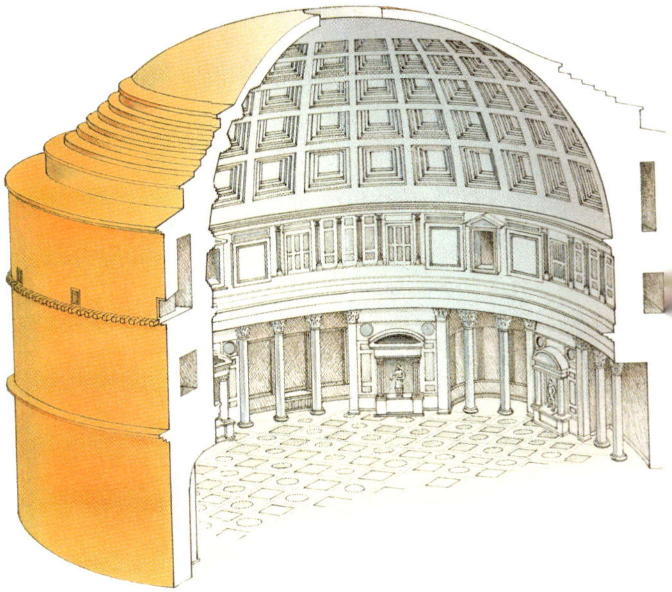

In campo tecnologico i Romani non dimostrarono particolare inventiva, pur essendo eccellenti realizzatori di meccanismi o architetture, spesso di proporzioni grandiose, ideati o perfezionati da altri popoli. L'arco e la volta, ad esempio, sono elementi di origine etrusca, come di origine greca sono la colonna, la trabeazione e gli ordini architettonici.
L'unico vero contributo dell'ingegneria romana alla tecnica delle costruzioni sembra essere stata l'invenzione del calcestruzzo.
Ai Romani va comunque il merito di aver raccolto il grande patrimonio tecnologico del mondo con cui erano venuti in contatto, diffondendolo in tutte le province dell'Impero e applicandolo con straordinaria versatilità, o con soluzioni geniali come l'ideazione dell'arcata (cioè una serie di archi affiancati o anche sovrapposti a due o perfino tre piani).
Due esempi insigni del modo in cui i costruttori romani applicarono alcune di queste conoscenze nel campo architettonico sono, a Roma, l'originalissima struttura del Pantheon di Adriano e, a Baalbek nel Libano, l'imponente complesso sacro del tempio di Giove.

Il **Pantheon**, nome greco che significa "di tutti gli dei", fu eretto dall'imperatore Adriano tra il 118 e il 128 d.C. Questo singolare edificio può essere considerato una delle più grandi realizzazioni architettoniche di tutti i tempi. La struttura non segue la tradizionale pianta rettangolare del tempio classico; ma la conservazione del colonnato anteriore, in stile corinzio, di un tempio più antico può esser considerata un segno di omaggio verso le architetture sacre del passato. Al colonnato fu aggiunta una grande rotonda, sormontata da un'immensa cupola di calcestruzzo. Il diametro della cupola è uguale all'altezza complessiva dell'edificio (43 m), così da dare l'impressione di una sfera, immagine simbolica del cosmo.
Per realizzare la cupola fu costruita un'**armatura di legno** (a sinistra) sulla quale si effettuarono le colate di calcestruzzo. Prima di ogni colata, sull'armatura si applicarono forme di legno quadrangolari a gradini **(A)**, che una volta rimosse lasciavano uno spazio vuoto; in questa maniera la cupola, oltre ad essere alleggerita, assunse al proprio interno il caratteristico aspetto "a cassettoni", disposti in modo da accentuare l'effetto prospettico e la sensazione di spaziosità.

La gru

La costruzione di opere imponenti comportava la soluzione di gravi problemi tecnici, perché i blocchi di pietra pesavano spesso decine di tonnellate. Trascinati sul posto su rulli di legno, i blocchi venivano sollevati con gru azionate da squadre di schiavi per mezzo di argani, carrucole e canapi (a destra).

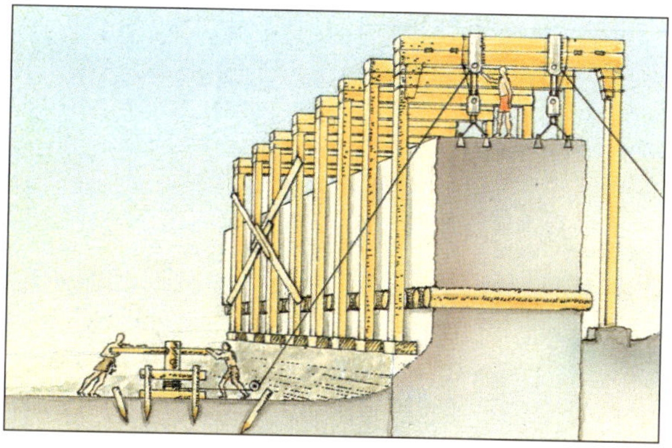

L'Acropoli di Baalbek

1. Tempio di Giove; **2.** Cortile maggiore; **3.** Ara dei sacrifici; **4.** Cortile minore; **5.** Propilei; **6.** Scalinata monumentale; **7.** Tempio di Bacco; **8.** Tempietto di Venere.

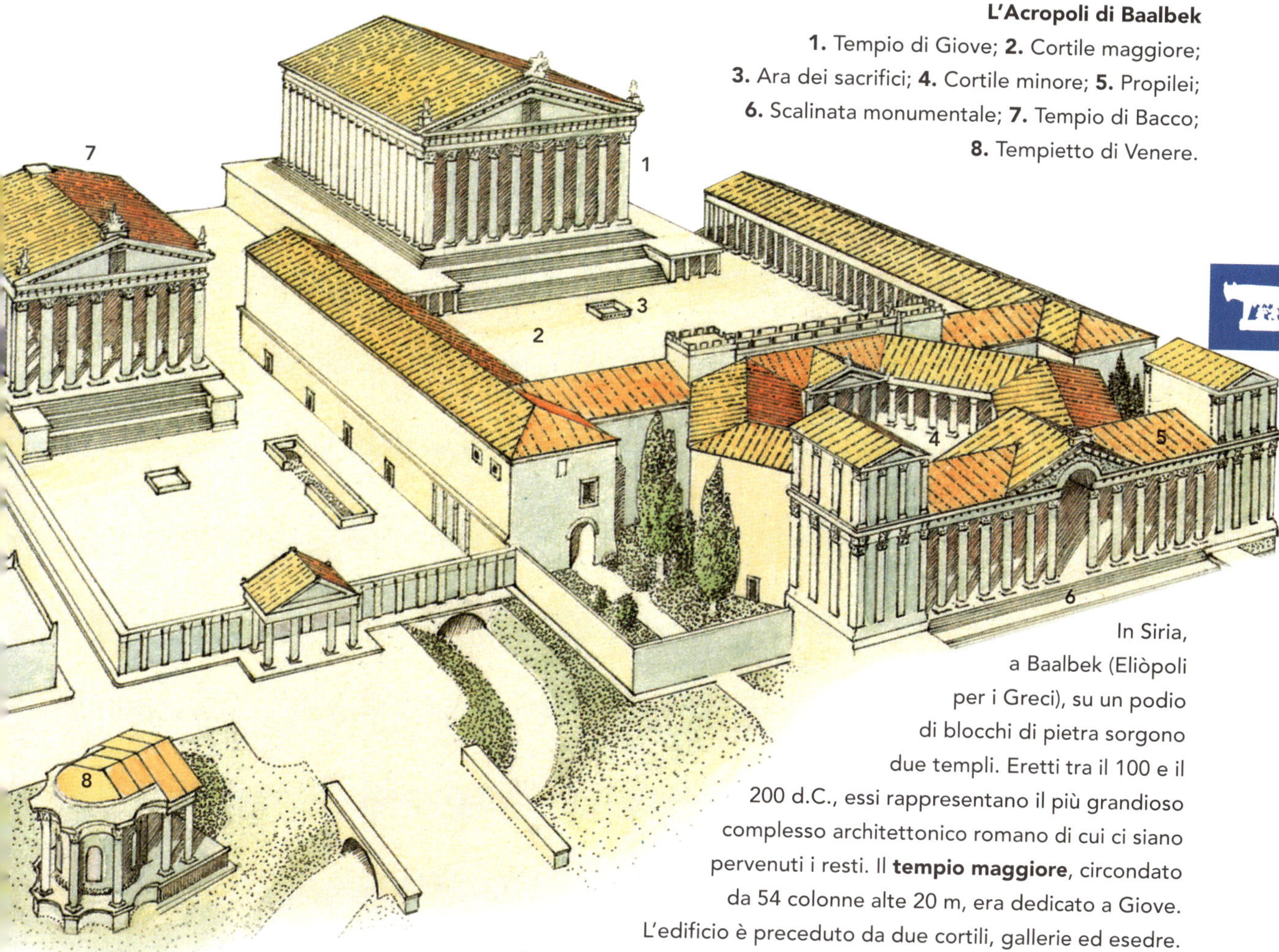

In Siria, a Baalbek (Eliòpoli per i Greci), su un podio di blocchi di pietra sorgono due templi. Eretti tra il 100 e il 200 d.C., essi rappresentano il più grandioso complesso architettonico romano di cui ci siano pervenuti i resti. Il **tempio maggiore**, circondato da 54 colonne alte 20 m, era dedicato a Giove. L'edificio è preceduto da due cortili, gallerie ed esedre. Il **tempio minore**, dedicato a Bacco e iniziato a metà del II sec. d.C., è anch'esso circondato da colonne (42, alte 18 m) e riccamente decorato.

COMMERCIO E MONETA

Tra le nazioni dell'impero, che nel I sec. d.C. si estendeva dalla Britannia all'Africa e dalla Mesopotamia alla Spagna, il traffico commerciale era favorito dall'assenza di frontiere, dalla presenza di un unico sistema monetario e da una vasta rete di porti e di strade. In Italia scarseggiava il grano e Roma doveva importarne 500 000 tonnellate ogni anno dal Nord Africa e dall'Egitto. Lo stesso accadeva per le materie prime: diverse regioni erano prive di alcuni metalli essenziali, che venivano importati dalla Spagna, ricca di miniere. Anche gli articoli di lusso erano oggetto di traffici: la seta cinese, il lino, il bisso e la tintura di porpora per l'abbigliamento; il papiro egiziano per scrivere; le perle e le gemme indiane per gli ornamenti; e poi i marmi italiani e greci; le spezie e i profumi arabi; le belve dell'Asia e dell'Africa. Un mercante disposto a navigare col mare ostile e con un carico di merci preziose, poteva arricchirsi con un solo viaggio.

All'inizio del I sec., l'Italia forniva alle province molti prodotti che rispecchiavano le abitudini romane, come le ceramiche di Arezzo o il vino, l'olio e gli oggetti di metallo della Campania. Col tempo, però, anche nelle province si svilupparono le attività agricole e industriali: la Germania e la Gallia esportavano vetri e ceramiche; la Spagna esportava vino, olio e garum; l'Africa olio e ceramiche. Roma era al centro di tutti questi commerci, che si svolgevano soprattutto per mare poiché i trasporti via terra erano lenti e costosi. Le navi romane battevano le rotte del Mediterraneo, della Manica, del Mar Nero, del Golfo Persico e persino del Golfo del Bengala.

Principali prodotti delle diverse regioni dell'impero e rotte commerciali

Monete

7

8

1. *Asse* di rame con la testa di Giano: molto grande, pesava addirittura 3 etti; **2.** *Didracma* (III sec. a.C;. **3.** Moneta emessa da Marco Bruto, l'uccisore di Cesare, nel 54 a.C.; **4.** Moneta del 110 a.C. La scritta *"Provoco"* evoca il fondamentale diritto del cittadino romano all'appello; **5.** Conio emesso da Cassio Ceciano (102 a.C.); **6.** Conio del 39 a.C. emesso da Marco Antonio; **7.** *Denario* in argento coniato in ricordo della nuova carica assegnata ad Augusto nel 27 a.C.; **8.** Moneta di bronzo con l'effigie di Adriano.

Sistema monetario

La moneta corrente era quella romana, che sostituì la *didracma* d'argento usata un tempo per il commercio fuori d'Italia. Con la riforma di Augusto la moneta più importante fu l'*aureus* d'oro, che valeva 25 *denarii* d'argento; un *denarius* valeva 4 *sestertii*, di ottone, o 16 *asses* di bronzo, divisi anch'essi in spiccioli di rame. Per dare un'idea del loro valore, basta dire che con un *asse* si acquistava una forma di pane e con due *denarii* si poteva consumare un lauto pasto.

LA MARINA DA GUERRA

Il nerbo della potenza militare di Roma era rappresentato dalle legioni, mentre la funzione della marina consisteva principalmente nel trasporto di truppe e rifornimenti. Sui mari, Roma s'impegnò solo con la prima guerra punica (264 a.C.). Poiché la sua flotta di venti unità era insufficiente ad affrontare la potenza di Cartagine, la repubblica fu costretta ad allestire in tempi brevi una grande flotta di 150 navi costruite sul modello di una nave cartaginese catturata. La nave da guerra più usata nell'antichità era la galea, di origine greco-fenicia, nella flotta romana fu la quinquereme, con cinque ordini di remi. Debellata Cartagine, i Romani si affidarono sempre più, per la marina, al contributo degli alleati greci; ne seguì la decadenza della loro potenza navale e, insieme, l'aumento della pirateria. I pirati disponevano di intere flotte, controllavano le coste del Mediterraneo e, dalle loro basi in Cilicia, spadroneggiavano sui mari catturando o affondando le navi mercantili fin dentro i porti. Nel 67 a.C. Pompeo ottenne dal Senato poteri straordinari e una nuova flotta di 500 navi, e in meno di due mesi liberò il Mediterraneo dai pirati. In seguito, i Romani costruirono navi da guerra di ogni dimensione, come le *deceris* a dieci ordini di remi, le *hexeres* a sei e le agili triremi (*liburnae*) con rematori disposti su due livelli. Tutti i marinai erano al tempo stesso soldati, inquadrati più o meno come gli ausiliari delle legioni; dopo 26 anni di ferma, diventavano cittadini romani.

La ***deceris*** era lunga circa 45 m e larga 8-9. I remi dell'ordine superiore, lunghi 12 m, erano manovrati da 4 rematori, e da 3 quelli degli ordini inferiori. L'equipaggio è composto da 600 marinai e da 200-250 fanti di marina.

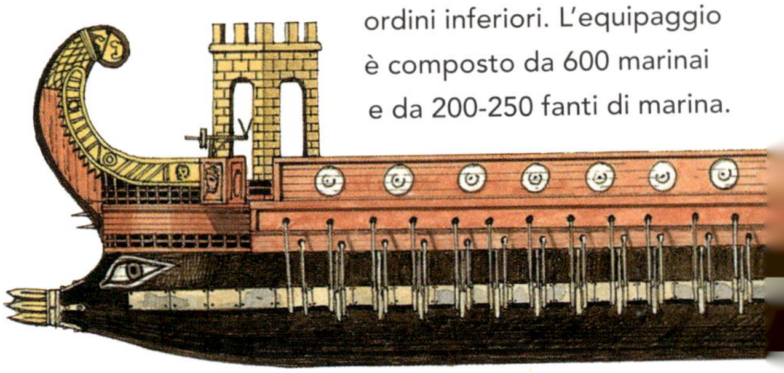

Talvolta sulle navi si montava una **torre di legno dipinto** in modo da imitare la pietra, dalla quale si bersagliava il nemico con le frecce, a copertura dell'assalto dei fanti.

La **quinquereme** era lunga circa 40 m e larga da 6 a 7 m. I rematori erano disposti su tre ordini, due per remo nei due superiori e uno per remo in quello inferiore. L'equipaggio era composto da 300 marinai (dei quali 270 ai remi) e 120 fanti di marina con una ventina fra ufficiali e sottufficiali.

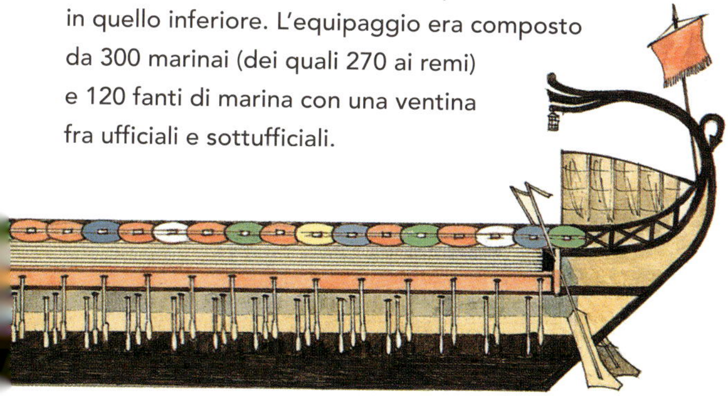

Nel corso della guerra con Cartagine, Roma riuscì ad acquisire il dominio sul mare grazie soprattutto ad alcune innovazioni tecniche e tattiche. Tra di esse va ricordato il "corvo", una **passerella da abbordaggio** (sopra e a destra) fornita di grossi uncini per agganciare il ponte della nave nemica: ciò consentiva ai Romani di sfruttare la loro superiorità nel combattimento all'"arma bianca".

A destra, le navi da battaglia erano armate con uno sperone di bronzo a triplice punta (***rostrum***), che sporgeva sott'acqua (a fianco); con questo sfondavano, speronandole, le navi nemiche. In occasione dell'assedio di Siracusa, durante la seconda guerra punica, i Romani unirono addirittura **due navi per le fiancate** (in basso a destra) e vi innalzarono una torre, in modo da poter assalire dal mare le mura della città.

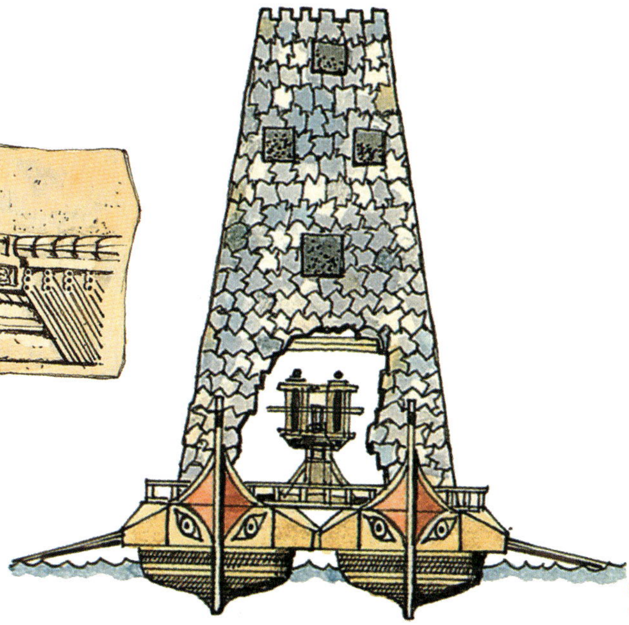

LE LEGIONI: LA FORZA DI ROMA

Legionario

Cavaliere

L'esercito romano fu la più poderosa macchina militare dell'antichità. Al tempo dei re, ogni cittadino dai 17 ai 46 anni di età era anche soldato, ma l'esercito si formava solo in caso di guerra e i soldati venivano congedati alla fine del conflitto. In età repubblicana, le legioni diventarono due, ciascuna agli ordini di un console. Il console era coadiuvato da sei tribuni militari che sceglievano fra la truppa i centurioni e i graduati.

LA LEGIONE

In battaglia, i legionari si disponevano su tre linee: nella prima stavano gli astati, armati di una lunga lancia (*hasta*); nella seconda, i principi; nella terza, i triari, veterani destinati a sostenere l'urto finale. Tutti erano armati di una corta spada (*gladius*) e di un grande scudo rettangolare. La cavalleria occupava invece le ali dello schieramento e per questo era chiamata *alae*.

Nel I sec. a.C., il console Caio Mario creò un esercito permanente di volontari e suddivise la legione in *coorti*. Alla fine della Repubblica, l'esercito era costituito da 45 legioni. Augusto le ridusse a 25, ma vi affiancò i corpi alleati, che fornivano un contingente di fanteria pari a quello romano e uno, assai maggiore, di cavalleria. Questa poderosa forza militare fu impiegata per conquistare nuovi territori, per respingere i tentativi d'invasione e per reprimere le ribellioni.

I legionari erano sempre reclutati tra i cittadini romani e gli ausiliari reclutati nelle province militavano in corpi di 500-1000 uomini destinati a sostenere il primo urto nemico. Al congedo, gli ausiliari ottenevano la cittadinanza romana.

Tribuno militare

Principe

Vita da legionario

All'arrivo, la recluta prestava il giuramento di rito, che avrebbe ripetuto ogni anno **(1)**. Veniva addestrata a marciare, ad allestire il campo e all'uso delle armi: all'inizio con spade di legno e giavellotti appesantiti, poi con armi vere **(2)**. Nelle vicinanze del forte sorgeva un villaggio (*vicus*). Sulla piazza del mercato vi erano osterie, locande, botteghe e laboratori di artigiani. Ai soldati era ufficialmente vietato sposarsi, ma molti di loro avevano nel villaggio moglie e figli **(3)**. Ogni legionario svolgeva regolari turni di guardia **(4)**. Il villaggio vicino offriva qualche distrazione, ma i soldati potevano passare il tempo libero anche alle terme del campo **(5)**. All'atto del congedo, i soldati potevano scegliere tra un premio in denaro o un pezzo di terra: di solito optavano per quest'ultimo **(6)**.

A

B

C

D

Le insegne

Nell'esercito romano le insegne simboleggiavano lo spirito di corpo dei reparti e in battaglia servivano anche a trasmettere gli ordini alla truppa. Ogni manipolo e *coorte* aveva la propria insegna. L'insegna della legione era l'aquila, affidata alla prima *coorte*. La cavalleria, i veterani e gli alleati avevano anche delle bandiere, o *vexilla*. I *signiferi* e i *vessilliferi* **(A, B, D)** in genere indossavano un copricapo di pelle d'orso o di leone; l'*aquilifero* **(C)**, che aveva i gradi di ufficiale, stava a capo scoperto.

ARMI E ARMATURE

I soldati del III sec. a.C., chiamati alle armi solo in caso di bisogno e congedati al termine della guerra, provvedevano da sé al proprio equipaggiamento. Gli astati e i principi, cioè il nerbo della fanteria, erano armati di spada, di un giavellotto pesante e di uno leggero, e indossavano un'armatura di cuoio con placche di bronzo, elmo e schinieri di bronzo. Il grande scudo era di assi di legno curve rivestite di cuoio. Le spade erano corte e a doppio taglio. Più tardi, con la riforma di Mario, il milite indossò, a spese dello stato, un'uniforme con elmo di bronzo e cotta di maglia e restò armato nel modo tradizionale: scudo, spada e due giavellotti. Nel I sec. d.C. l'armatura del legionario era di piastre di ferro; gli ausiliari e i cavalieri indossavano, invece, corazze di maglia o di scaglie metalliche. Nei primi anni dell'impero lo scudo divenne rettangolare, con gli spigoli rinforzati in metallo. Il fodero della spada, adesso più corta (*gladio*), era appeso con una cinghia al cinturone, dal quale pendeva una sorta di grembiule di strisce di cuoio con borchie di metallo. Il pugnale scomparve verso la fine dello stesso secolo.

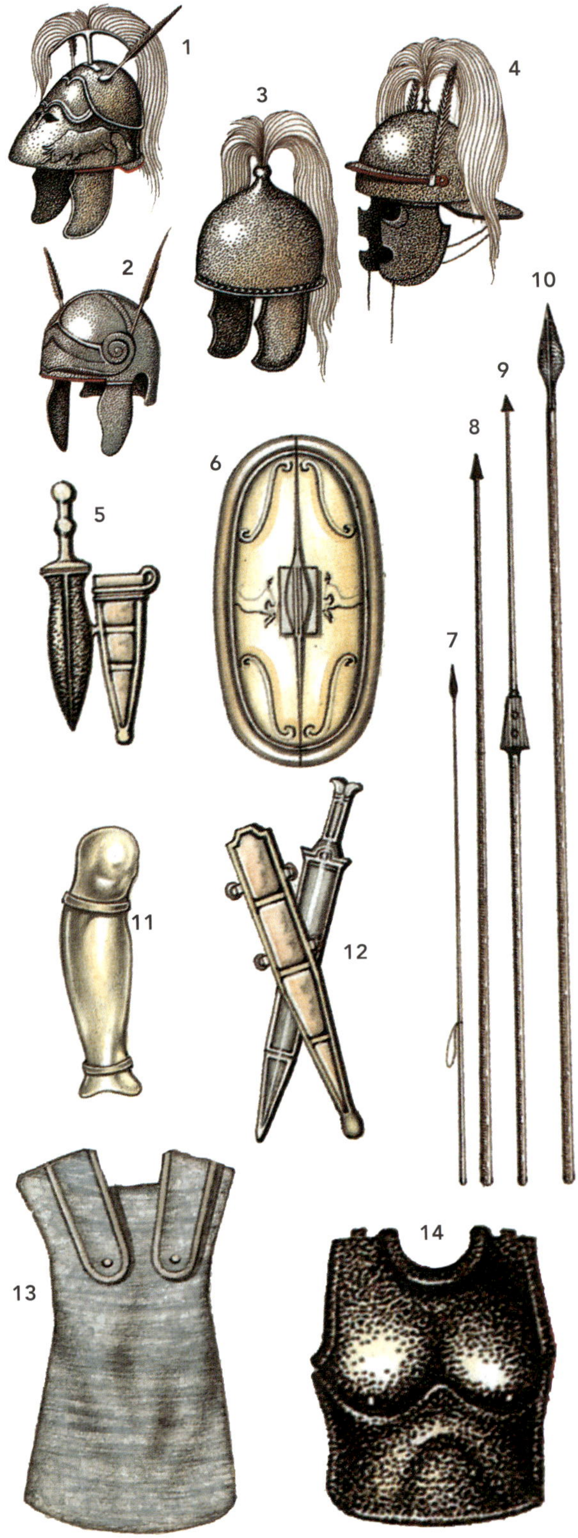

Armi del periodo repubblicano

1. Elmo etrusco-corinzio; **2.** Elmo attico; **3.** Elmo montefortino; **4.** Elmo da cavalleria; **5.** Pugnale e fodero; **6.** Scudo; **7-8.** Giavellotti leggeri; **9.** Giavellotto pesante; **10.** Lancia (*hasta*); **11.** Schiniere ; **12.** Gladio e fodero; **13.** Cotta di maglia intera; **14.** Corazza di bronzo da ufficiale.

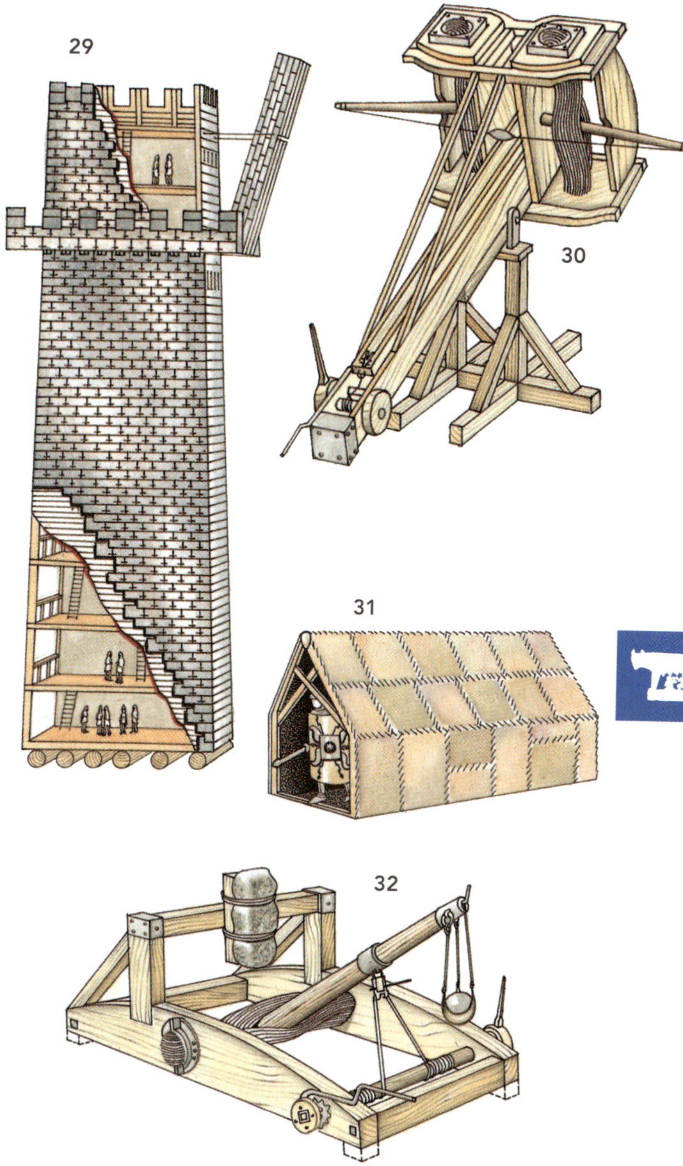

Armi del periodo imperiale

15. Elmo gallo-imperiale; **16.** Elmo da ausiliario; **17.** Elmo da cavalleria; **18.** Elmo da *triere*; **19.** Elmo da centurione; **20.** Elmo da comandante di manipolo; **21-22.** Giavellotti; **23.** Lancia; **24.** Armatura a piastre; **25.** Spada e pugnale; **26.** Spada e cinturone; **27.** Scudo da legionario; **28.** Scudo da cavalleria.

Macchine da assedio

29. Torre mobile da assedio, munita di ruote e ponti levatoi; **30.** Ballista, serviva a scagliare sassi e dardi con grande potenza; **31.** Testuggine, una galleria di legno, coperta di pelli, sotto la quale si riparavano i soldati per avvicinarsi alle mura; **32.** Onagro, macchina per lanciare grosse pietre oltre le mura nemiche.

VITA DA GLADIATORE

I gladiatori erano schiavi, prigionieri di guerra, o anche soltanto dei disperati senza avvenire, spinti a intraprendere una rischiosa carriera dal miraggio di raggiungere fama e ricchezza. Del loro reclutamento si occupava il lanista, ossia il proprietario di una scuola di addestramento. Costui era il padrone dei gladiatori e, in genere, un ex gladiatore egli stesso: era lui a fornire i combattenti all'impresario. I giochi si aprivano con una processione. I gladiatori entravano nell'arena indossando tuniche purpuree, si fermavano davanti al palco del sovrano e lo salutavano a gran voce: "Ave imperator, morituri te salutant!" ("Ave, imperatore, coloro che stanno per morire ti salutano!"). I combattimenti erano annunciati e spesso accompagnati dalla musica; mentre la folla urlava incitamenti ai suoi beniamini, i gladiatori si affrontavano in duelli all'ultimo sangue. Esistevano molte categorie di gladiatori: alcuni prendevano il nome dal loro luogo d'origine, come i Sanniti o i Traci; altri dalle armi che usavano, o dal modo di combattere. La maggioranza di coloro che finivano nelle scuole per gladiatori concludeva prematuramente la carriera. Se però un bravo gladiatore era tanto fortunato da sopravvivere, poteva contare su enormi benefici. I gladiatori più abili erano infatti idolatrati dalla folla e potevano accumulare un cospicuo patrimonio. Alla fine di una carriera fortunata, dopo aver superato vittoriosamente un certo numero di scontri, il gladiatore riceveva in premio la *rudis*, una spada di legno che simboleggiava la raggiunta libertà. A questo punto poteva ritirarsi dall'arena e vivere di rendita.

Il duello tra gladiatori (sopra) proseguiva finché uno dei due era ridotto all'impotenza; a questo punto spettava alla folla decidere del suo destino. Se il vinto si era battuto bene, la folla gridava *"Mitte"* ("risparmialo!"); ma se si era mostrato vile, o

semplicemente non era piaciuto, lo condannava a morte al grido di *"Iùgula!"* ("sgozzalo!"). Il vincitore stesso lo uccideva, e la spoglia del vinto era trascinata fuori dall'arena. Poi si rastrellava la sabbia insanguinata, e aveva inizio lo scontro successivo.

A). I gladiatori (in basso a sinistra) erano riuniti in compagnie che erano dette *familiae*. Essi erano di proprietà del padrone della scuola (*ludus gladiatorius*) nella quale venivano addestrati. La scuola era dotata di alloggi e di una palestra per gli allenamenti.
B). Prima dei combattimenti i gladiatori partecipavano a un banchetto a cui "tifosi" e scommettitori potevano assistere. Questi si affollavano intorno ai campioni e coglievano l'occasione per valutare su chi scommettere l'indomani.
C). Prima dei giochi, i gladiatori sfilavano in parata (*pompa*) tra gli incitamenti della folla. Giunti davanti al sovrano, gli rendevano omaggio con le fatidiche parole: *"Morituri te salutant!"*. Poi una tromba annunciava la lotta che iniziava con duelli ad armi spuntate e proseguiva con combattimenti a coppie o a schiere.

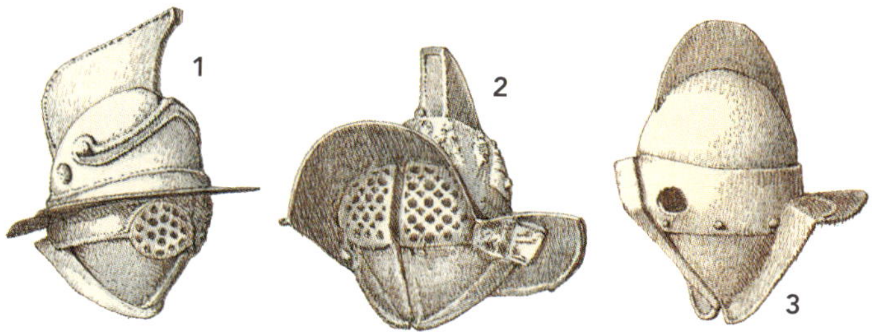

Elmi e tipi di gladiatori
1. Elmo di un gladiatore armato pesantemente (*hoplomachus*); **2.** Elmo ornato da rilievi e incisioni, tipico del reziario (*retiarius*, armato di rete);
3. Elmo da gladiatore *secutor*.

IL CIRCO E IL TEATRO

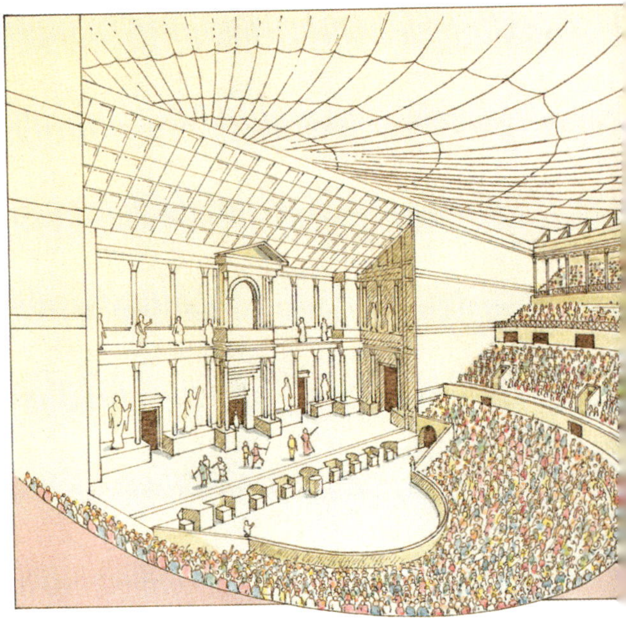

A Roma si celebravano, a spese dello stato o di ricchi privati, circa 180 festività all'anno, con manifestazioni pubbliche di ogni genere. Esse erano legate non solo alle ricorrenze religiose, ma anche a quelle civili, istituite dalla repubblica per commemorare gli eventi più solenni della sua storia. I più popolari, tra i giochi che si svolgevano nei giorni di festa, erano gli spettacoli drammatici nel teatro, i combattimenti dei gladiatori nell'anfiteatro e le corse dei carri nel circo. Sempre nel circo si poteva assistere anche a finti combattimenti equestri, cariche di elefanti, esibizioni acrobatiche di cavallerizzi, gare di salto; ma lo spettacolo più appassionante era senz'altro la corsa dei carri.

LE GARE E IL TIFO

La giornata di gare cominciava con un corteo formato da concorrenti, musici, danzatori e personalità cittadine, tra cui il magistrato che presiedeva ai giochi. Ad ogni corsa partecipavano quattro cocchi trainati da due, tre, quattro o più cavalli, che correvano per quattro scuderie. I loro colori (rosso, verde, azzurro e bianco) erano anche l'emblema di diverse classi sociali e fazioni politiche. Il tifo, di conseguenza, era acceso.

In una giornata si svolgevano anche ventiquattro corse.

La scena teatrale
Anche l'azione teatrale, come elemento di cerimonie funebri, era un'eredità etrusca. Le rappresentazioni si svolgevano inizialmente nelle piazze, su un palco improvvisato, e la gente vi assisteva in piedi. Solo intorno al 145 a.C. vennero istituiti i posti a sedere e il teatro assunse la forma di un cerchio diviso in due parti: una per la scena e una, a gradinate, per gli spettatori.

La vittoria veniva celebrata con canti e schiamazzi fino a tarda notte. Talvolta, per impedire che il tifo degenerasse in episodi di violenza, e per ingraziarsi i sudditi, l'imperatore faceva piovere sugli spettatori ghiottonerie e denaro, o "buoni" che davano diritto a una casa, a una fattoria, o addirittura a una nave.

L'ATTIVITÀ TEATRALE

Per molto tempo le rappresentazioni teatrali non ebbero alcun carattere di originalità: all'inizio i Romani si accontentavano dei suonatori di flauto, di siringa, di cetra, e di mimi e danzatori che venivano dalla provincia. Numerose furono le opere greche portate sulle scene, e nel III sec. a.C. influenzarono la commedia e la tragedia di soggetto romano del primo drammaturgo romano, Ceno Nevio. I costumi, la tunica, le maschere, gli attributi dei personaggi (come il mestolo per il cuoco, la spada per il soldato, il bastone per il padrone ecc.), erano presi dalla tradizione greca. Nel periodo aureo del teatro romano, tra il III e il II sec. a.C., fiorirono autori come Plauto e Terenzio, quest'ultimo raffinato ma di scarso successo.

A sinistra, **maschere teatrali** usate per rappresentazioni comiche.

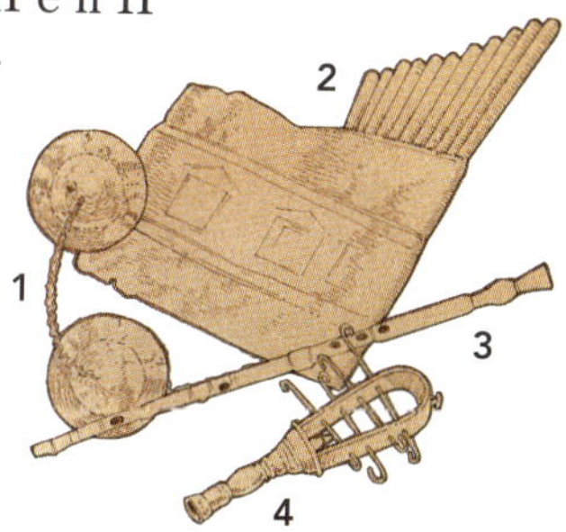

A destra, **strumenti musicali**: cimbali **(1)**, flauto di Pan **(2)**, flauto in argento **(3)**, sistro **(4)**.

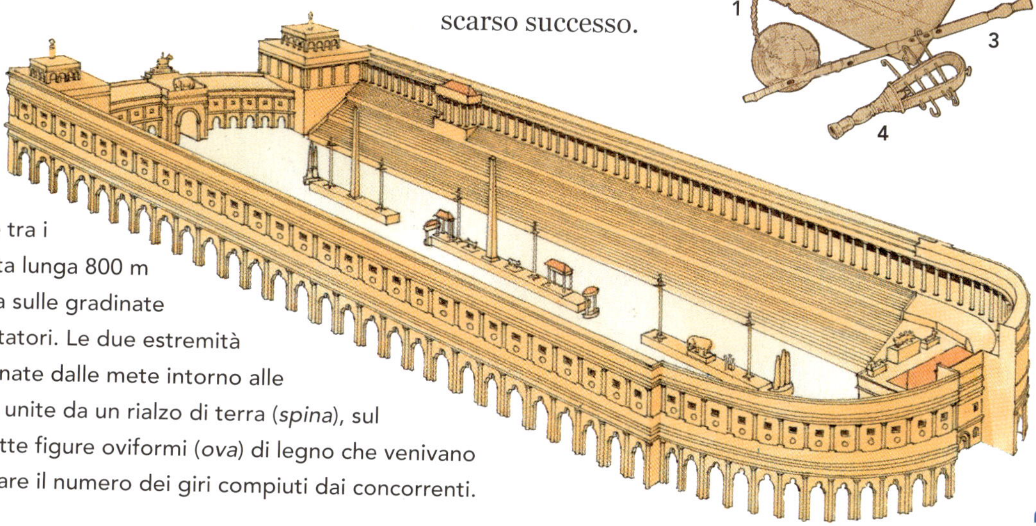

Il **Circo Massimo**, nella valle tra il Palatino e l'Aventino era il più grande e importante tra i circhi. Aveva una pista lunga 800 m e larga 80, e ospitava sulle gradinate (*càvea*) 150.000 spettatori. Le due estremità della pista erano segnate dalle mete intorno alle quali giravano i carri, unite da un rialzo di terra (*spina*), sul quale erano poste sette figure oviformi (*ova*) di legno che venivano tolte via via per indicare il numero dei giri compiuti dai concorrenti.

L'ANFITEATRO

L'anfiteatro (o "teatro doppio") era un'arena ovale in cui si svolgeva ogni genere di spettacolo popolare, dalle lotte dei gladiatori ai combattimenti con le belve.
L'anfiteatro più grande e più famoso fu il Colosseo, cominciato a costruire da Vespasiano nel 72 d.C. e inaugurato da Tito nell'80 con cento giorni di giochi (durante i quali perirono 9000 animali e 2000 gladiatori), il Colosseo ospitava 45 000 spettatori seduti e 5000 in piedi. Aveva 80 porte, di cui due per l'imperatore, e comode scale per accedere alle gradinate (*càvea*). Sotto l'arena, che aveva una superficie di 3600 metri quadrati, vi erano le gabbie per le belve che venivano avviate alla superficie per mezzo di corridoi, piani inclinati e montacarichi.
Con una rete di canali sotterranei si poteva trasformare l'arena in un bacino per battaglie navali (*naumachiae*).
I giochi contribuivano a distrarre la plebe da una vita di stenti e di miseria, e i potenti li organizzavano per guadagnarsi il favore delle masse. Molti autori celebrano questa tradizione; Cicerone, ad esempio, afferma che il più bell'esempio di sprezzo della morte sono appunto i combattimenti tra gladiatori.
Per Plinio il Giovane si tratta addirittura di un divertimento che "infiamma il coraggio, mostrando che l'amore per la gloria e il desiderio di vincere possono albergare persino nel corpo degli schiavi e dei criminali". Uno dei pochi a condannare questo genere di divertimenti fu il filosofo Seneca, ma i *munera gladiatoria* vennero aboliti solo nel V sec. d.C.

L'Anfiteatro Flavio (Colosseo)
1. Statue degli dèi; **2.** uscite; **3.** velario; **4.** podio; **5.** ingresso dei gladiatori; **6.** ingresso degli animali.

SCRITTURA, LIBRI E BIBLIOTECHE

Nelle scuole si usavano due tipi di materiali per scrivere: le tavolette di legno ricoperte di cera e i fogli di pergamena o di papiro. Sulle tavolette cerate l'alunno scriveva con uno stilo di legno, d'avorio o di metallo, appuntito da una parte e appiattito, per cancellare, dall'altra. Alcuni fori sul margine delle tavolette consentivano di legarne due o più insieme in modo da formare una specie di quaderno. Solo verso la metà del III sec. a.C. i Romani cominciarono ad utilizzare i fogli di papiro, in uso da tempo in Egitto. La pergamena (così chiamata perché fabbricata in origine a Pergamo) si otteneva con pelli di pecora raschiate e levigate con pietra pomice; anch'essa era usata in rotoli, ma poi si cominciò a tagliarne e a piegarne i fogli in quattro, in modo da formare dei fascicoli, o "quaderni", da cucire insieme e raccogliere in una copertina. Sulla pergamena si scriveva, come sul papiro, con una cannuccia o una penna d'uccello con un'estremità tagliata di sbieco e la punta resa flessibile da una fessura, come quella dei pennini. L'inchiostro (*atramentum*), fatto con acqua, resina, nero di seppia e fuliggine, si teneva in calamai portatili, con coperchio. I libri erano un privilegio dei ricchi. Chi desiderava un libro ricorreva a schiavi amanuensi (servi litterati) che copiavano per lui l'opera voluta. All'inizio le opere si moltiplicarono a cura dei lettori; poi comparvero i *librarii* che vendevano libri già copiati dai loro schiavi, specializzati nello scrivere sotto dettatura. Con l'aumentare dei libri in circolazione, nacquero le biblioteche pubbliche.

1

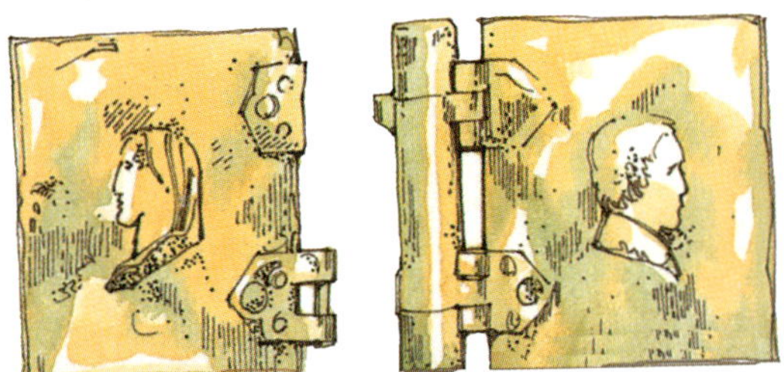

La biblioteca (in alto) è una grande sala nella quale i libri sono custoditi in scaffali a muro o in appositi armadi. **Nella bottega del libraio** (a sinistra) la copiatura dei libri era affidata a schiavi che scrivevano sotto dettatura per poter produrre più copie dello stesso libro in una sola volta. Le botteghe dei *librarii*, gli editori del mondo romano, fiorirono presso il Foro e in genere dove gli intellettuali si incontravano per discutere di cultura o ascoltare la lettura di opere inedite. Queste letture, frequentatissime, si tenevano nelle stesse librerie, o in piccoli teatri come l'*Athenaeum* di Adriano.

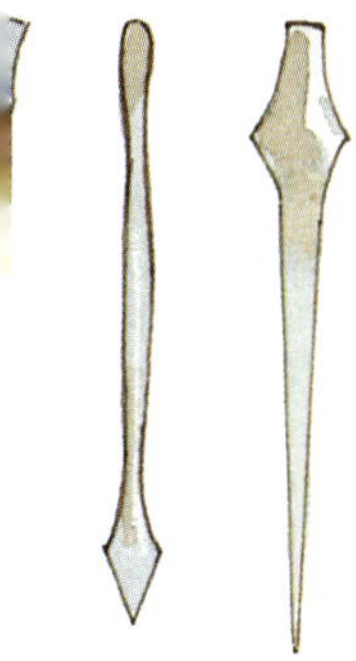
3

4

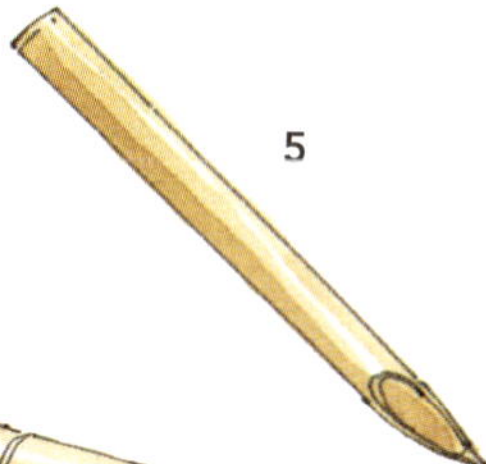
5

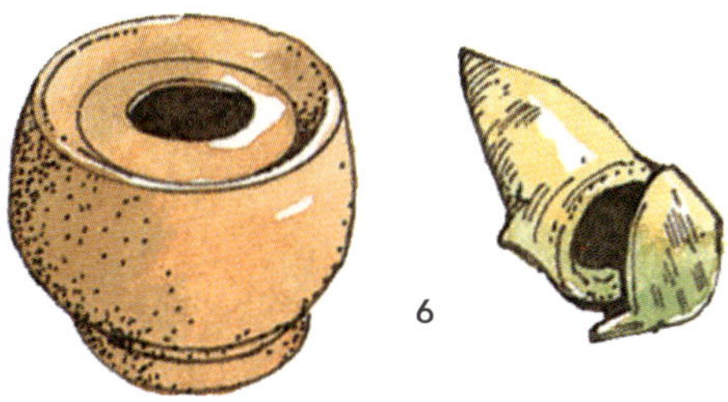
6

Strumenti per la scrittura
1. Tavolette di legno ricoperte di cera; **2.** Copertina per raccogliere le tavolette; **3.** Stili; **4.** Rotoli di papiro e custodia (*capsa*) per i volumi; **5.** Penna per scrivere sulla pergamena o sul papiro; **6.** Calamaio di terracotta e portapenne.

SCULTURA, PITTURA E MOSAICI

A sinistra, **statua di un senatore** che reca in processione i busti dei suoi avi.

A destra, **statua di Augusto** con le insegne del supremo comando militare, nota come "Augusto di Prima Porta".
Le statue, per maggior verosimiglianza, erano colorate.

Dal I secolo d.C. la passione dei ceti dominanti per l'arte greca divenne una vera e propria mania: a Roma affluirono così da tutto il mondo ellenistico un gran numero di artisti, che i ricchi Romani chiamarono a decorare l'interno delle proprie abitazioni. I patrizi amavano commissionare ritratti propri e degli antenati per affermare il loro prestigio, edifici e sculture per commemorare eventi importanti, dipinti e mosaici per abbellire santuari e case.
Roma non vantava una grande tradizione nel campo della scultura. All'inizio della repubblica si erano eseguite soprattutto statue di divinità dai tratti stilizzati. Successivamente, per l'influenza greca, la destinazione religiosa passò in secondo piano e si cominciarono a commissionare sculture d'ogni tipo soprattutto per il loro valore estetico. Particolare fortuna ebbe a Roma il ritratto naturalistico, di cui ci restano esempi di straordinaria espressività.
Nel campo della pittura decorativa si affermò in particolar modo la pittura parietale, e la tecnica più usata fu l'affresco. Al tempo di Augusto vennero di moda paesaggi e finte architetture che creavano l'illusione di una dilatazione dello spazio. In seguito si affermarono grandi composizioni a soggetto epico o mitologico con sfondi di un solo colore e bordure a motivi floreali o geometrici.
Verso il secolo II a.C. le dimore signorili si arricchirono di mosaici a motivi geometrici o figurativi, generalmente in bianco e nero: solo i più ricchi, infatti, si potevano permettere costose composizioni policrome.

Particolare di un mosaico

La pavimentazione a mosaico
1. Si prepara il supporto sovrapponendo degli strati di vari materiali: a) assi di legno; b) paglia; c) pietrisco e malta; d) cocci e argilla.
2. Si graffiscono nell'intonaco i contorni e le linee principali del motivo da riprodurre a mosaico.
3. Si collocano le tessere al loro posto nello strato ancora molle.

I dipinti della Villa dei Misteri di Pompei, tecnica di esecuzione
1. Con mestole e pialletti si stende sul muro un intonaco appositamente preparato, a lenta essiccazione. **2.** Si leviga l'intonaco con una pietra fino ad ottenere una superficie liscia.
3. Si applica una mano di colore di fondo sull'intonaco umido.
4. Si eseguono i particolari con pigmenti mescolati a miele o albume d'uovo per ottenere una finitura durevole del dipinto.

Scena dei rilievi della Colonna Traiana, che rappresentano le campagne daciche dell'imperatore Traiano.

NASCITA, NOZZE E FUNERALI

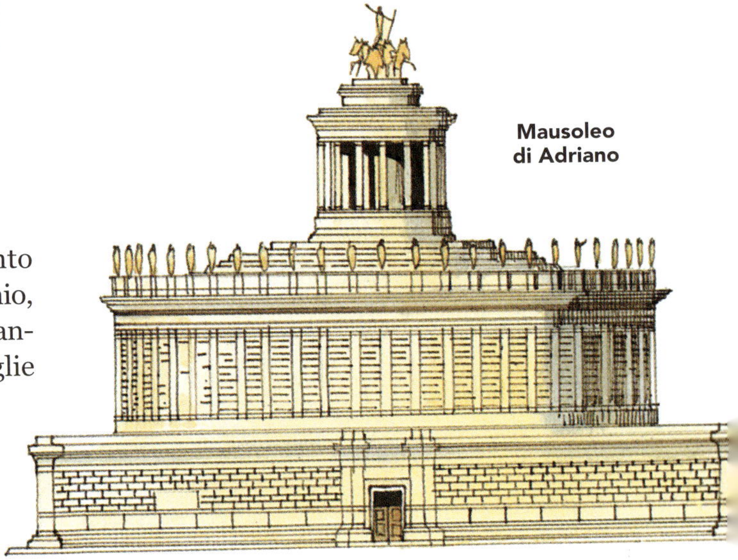

Mausoleo di Adriano

La società romana poneva il suo fondamento nella famiglia e nella sua stabilità; il matrimonio, quindi, aveva anche conseguenze sociali, attuando spesso un'alleanza politica tra due famiglie potenti.

MATRIMONIO E DIVORZIO

Come era abituale nelle civiltà arcaiche, le nozze a Roma venivano in genere combinate dai genitori dei futuri sposi: perciò i matrimoni "d'amore" erano rari. Il matrimonio era preceduto dal fidanzamento, una cerimonia (*sponsalia*) durante la quale, davanti a testimoni,i padri prendevano l'impegno (*sponsio*) di unire i loro figli. Il fidanzato offriva allora alla fidanzata doni più o meno costosi e avveniva lo scambio degli anelli. Il giorno della cerimonia si celebrava un sacrificio e si esaminavano i visceri delle vittime per trarne auspici. Dopo il banchetto nuziale, gli sposi si recavano nella casa del marito, accompagnati da un chiassoso corteo. A questo rito, praticato nelle buone famiglie, c'era chi preferiva una forma più disinvolta: i due andavano semplicemente a vivere insieme. Dopo un anno, con la provata sottomissione della donna alla *potestas* dell'uomo, l'unione assumeva valore legale. I divorzi furono rari sino alla fine della repubblica; poi, specie tra i ricchi, divennero più frequenti e informali: bastava che il marito inviasse alla moglie un libello di ripudio. L'atto, tuttavia era considerato eccezionalmente grave, e la donna sarebbe stata trattata con onore se fosse rimasta univira ("sposa di un solo marito").

Celebrazione di un rito matrimoniale

Morte e riti funebri

Quando un Romano moriva, le donne della famiglia si riunivano piangendo e battendosi il petto attorno alla salma esposta per l'estremo saluto degli amici e dei parenti.
Se il defunto era un ricco, il funerale era affidato ai libitinari (addetti alle pompe funebri).
Si formava il corteo che accompagnava il defunto al luogo dell'inumazione o della cremazione fuori delle mura: precedevano i musici, i portatori di torce e le prefiche; poi venivano i familiari e, se il defunto era un magistrato, i littori vestiti a lutto.
In questo caso uno dei figli o un amico poteva pronunciare nel Foro un elogio funebre.
Mentre le famiglie di condizione modesta seppellivano i loro morti in semplici fosse nelle necropoli fuori città, i ricchi si facevano erigere tombe monumentali, come gli immensi mausolei circolari di Augusto e Adriano.
Il Mausoleo di Adriano, nel corso dei secoli, è stato riutilizzato e adattato a forte difensivo. Oggi fa parte del complesso di Castel sant'Angelo.

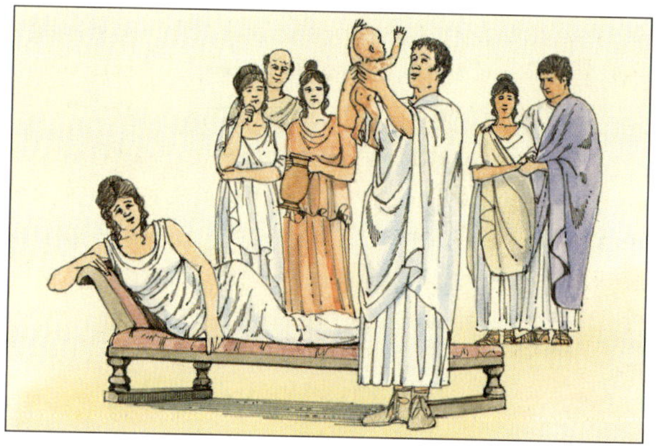

La nascita

Quando nasceva un bambino, la levatrice, dopo averlo lavato, lo deponeva ai piedi del padre, il quale aveva la facoltà di riconoscerlo o disconoscerlo. Se il padre lo sollevava tra le braccia, il figlio era legittimato e veniva dato immediatamente in custodia alle donne di casa, che lo "segnavano" in fronte, per difenderlo dal malocchio, con un dito bagnato di saliva. In casa, per la prima settimana dopo il lieto evento, si tenevano offerte a disposizione di Giunone ed Ercole perché proteggessero il neonato dagli spiriti maligni.

MAYA, AZTECHI E INCA

LE PRIME COMUNITÀ SEDENTARIE

Le prime piante coltivate
Il mais (a sinistra) e la patata (a destra) furono tra le prime piante coltivate dalle popolazioni precolombiane in Mesoamerica e sulle Ande peruviane.
Altre coltivazioni tipiche erano il peperoncino, i fagioli e la *quinoa* (un cereale simile al grano saraceno).

Il cambiamento di clima spinse alcune comunità ad adottare un nuovo modo di vivere. Essi, infatti, oltre a raccogliere molluschi, a pescare e a dedicarsi alla caccia, iniziarono ad "addomesticare" le piante selvatiche: si trattava di una prima forma di agricoltura.

LE PRIME ATTIVITÀ SEDENTARIE

Nell'area mesoamericana si formarono i primi villaggi agricoli composti da capanne seminterrate di fango e paglia e abitati da indigeni non più nomadi, dediti alla caccia e alla coltivazione del terreno. I primi prodotti coltivati furono i fagioli, il peperoncino (chili) e l'avocado. Seguirono la zucca, l'arachide, la patata dolce e il cotone. Circa nel 5000 a.C., nella zona corrispondente all'attuale Messico, comparve il mais che si diffuse rapidamente in tutto il continente come alimento base. Nel corso dei secoli gli indigeni appresero a selezionare i grani di alcune tipologie di mais, ottenendo così una produzione sempre migliore. Parallelamente a questo nuovo modo di sussistenza, essi perfezionarono gli strumenti di lavoro e di uso quotidiano.

Nel Messico occidentale gli abitanti si dedicavano alla pesca e alla raccolta dei molluschi. Contemporaneamente all'agricoltura, essi iniziarono l'addomesticamento degli animali. Il primo animale domestico sembra sia stato il porcellino d'India che dal 5000 a.C. è presente in Colombia. Quanto al lama, animale tipico di tutta l'area delle Ande, fu addomesticato circa 4000 anni a.C.

Un villaggio dell'Altopiano del Messico, come doveva apparire circa 7000 anni fa

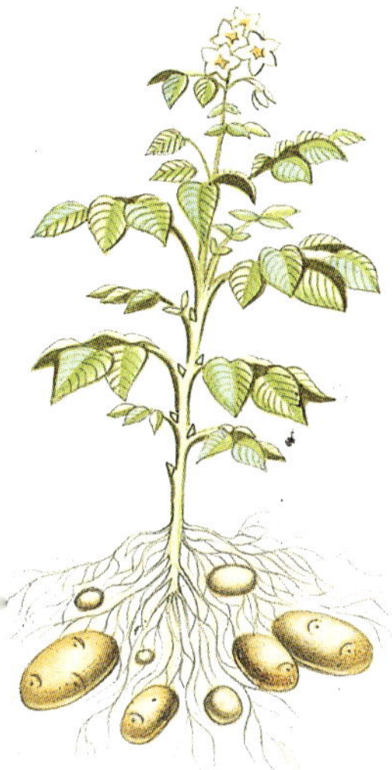

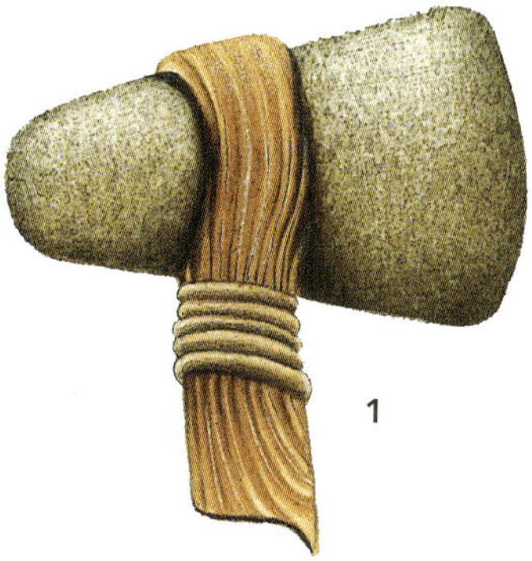

1

Manufatti degli agricoltori

1. Ascia di pietra levigata;

2. Ago da ricamo ottenuto da una scheggia di osso;

3. Statuetta in terracotta, del 3100 a.C., che ritrae una divinità femminile legata al culto della fecondità;

4. Macina e pestello di pietra per granaglie.

2

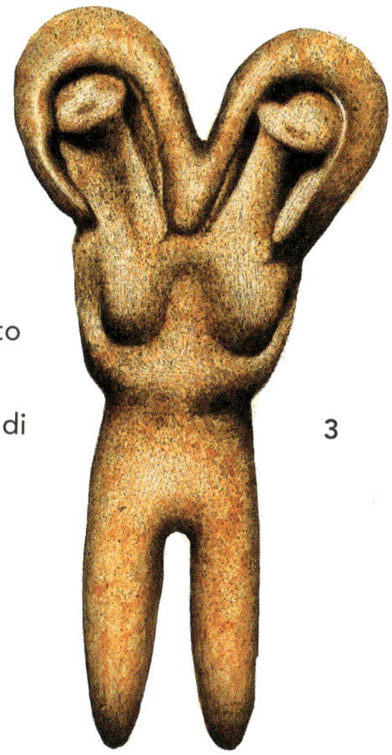

3

4

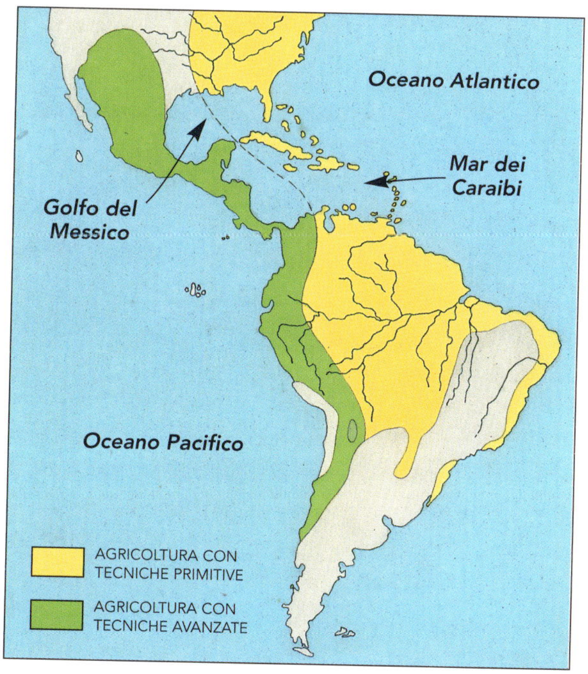

PRINCIPALI EVENTI STORICI

Due esempi di **grandi capanne**, tipici ricoveri delle popolazioni la cui organizzazione sociale si basava sulla vita in comune dei membri di ciascun clan familiare: quella con il tetto fino a terra, è del popolo caraibico dei Vaupés; quella rialzata è dei Taino delle Antille.

I PROTO-MAYA

Sulle vicende dei Maya abbiamo poche notizie. Sappiamo che i proto-maya (i primi Maya) avevano origini molto antiche (2000 a.C.) e abitavano una stretta e paludosa area lungo la costa del golfo del Messico. La civiltà maya vera e propria raggiunse il suo massimo splendore nel lasso di tempo che va circa dal 300 al 950 d.C., ma non se ne conosce la storia.

L'INFILTRAZIONE AZTECA

Più numerose sono le notizie storiche riguardanti gli Aztechi. Sappiamo che vennero dal nord e che nel 1325 iniziarono l'edificazione della loro capitale, Tenochtitlán. Tra il 1427 e il 1440 regnò Itzcoatl, grande condottiero che allargò le frontiere del territorio azteco, ma si deve a Ahuitzotl la maggiore espansione dell'impero. Dopo di lui Montezuma II (1502-1520) fu l'ultimo grande re azteco.

I RE INCAICI

Gli Inca fondarono il loro impero su un territorio molto sfavorevole, ma seppero avvalersi dell'esperienza culturale di altre civiltà andine contemporanee. Dal 1438, sotto il regno di Pachacutec, gli Inca iniziarono la loro espansione coloniale, dominando i vicini Aymara, poi la costa e gli altipiani settentrionali fino all'Ecuador. L'ultimo imperatore fu Atahualpa che cercò disperatamente di difendere il proprio regno: catturato dagli spagnoli, nel 1533 fu giustiziato nella piazza di Cajamarca per ordine del *conquistador* Francisco Pizarro.

Punte di freccia in legno; cultura del Chaco, regione compresa fra le Ande e i fiumi Paraguay e Parana.

Maschera in legno, che rappresenta il sole; cultura Kwakiutl, della costa nord-occidentale.

Urna funeraria in terracotta; cultura dei Guarani del delta del Paranà, Argentina.

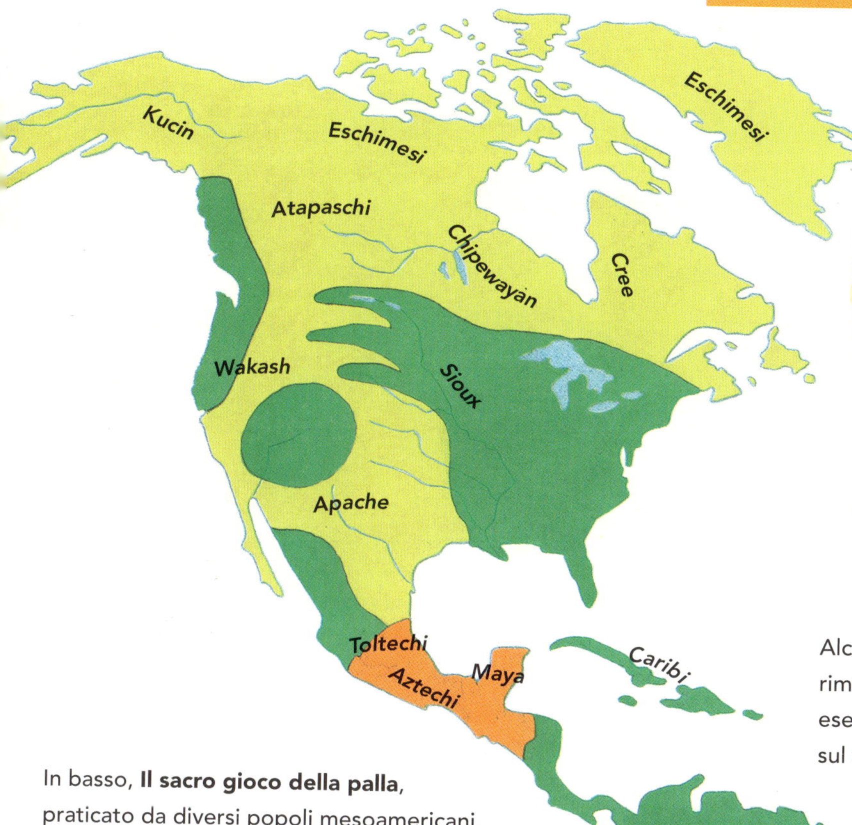

Alcuni tratti delle culture amerindie rimangono tutt'ora misteriosi, quali per esempio l'usanza di tracciare enormi figure sul terreno, spesso visibili solo dal cielo.

Nell'immagine qui sopra, una grande **scimmia disegnata** dalla cultura nazca (600 d.C. circa).

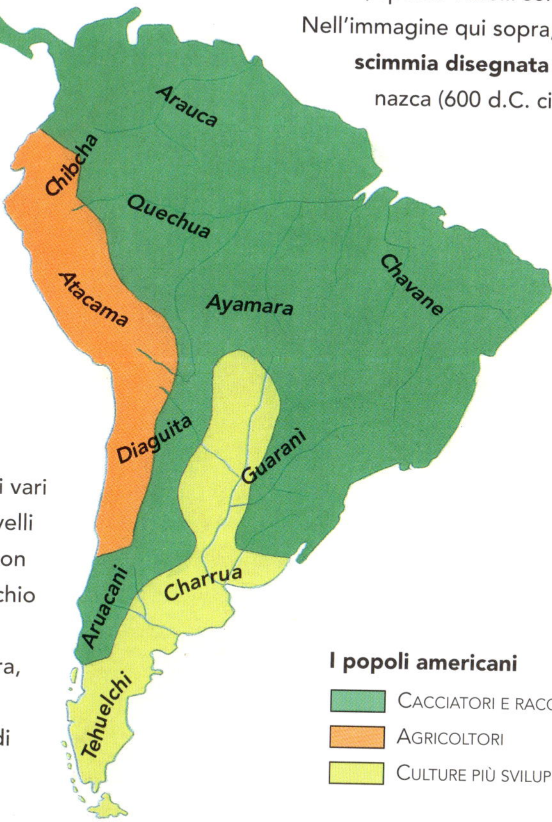

In basso, **Il sacro gioco della palla**, praticato da diversi popoli mesoamericani, come appare nelle pitture decorative di un vaso maya: 600-800 d.C.

Nel 1492, quando gli Europei giunsero in America, i vari popoli del continente avevano raggiunto civiltà e livelli diversi di sviluppo. Tutte le culture amerindie, pur non essendo mai entrate in contatto con quelle del Vecchio Mondo, avevano percorso le stesse fasi e scoperte: agricoltura, ceramica, tessitura, scrittura, architettura, urbanizzazione. In particolare, nella Mesoamerica e nella regione delle Ande centrali erano sorti grandi stati centralizzati.

I popoli americani

- Cacciatori e raccoglitori
- Agricoltori
- Culture più sviluppate

LA CIVILTÀ MAYA

Cuello (nel Belize) fu già nel 2400 a.C. un fiorente centro agricolo maya (sopra: **piramide e tempio** del 200-300 d.C.).

Da dove venivano i Maya? Probabilmente i loro progenitori, come quelli di tutti gli Amerindi, erano originari dell'Asia, ma la loro cultura non discende da quella degli Olmechi, che fiorì sulla costa del Golfo circa 1500 anni a.C. La civiltà maya si sviluppò nel Messico meridionale, diffondendosi anche nel Guatemala, nel Belize e in parte di Honduras e El Salvador. Geograficamente la zona comprende tre aree: i bassipiani settentrionali, ricchi di vegetazione boscosa ma poveri di risorse naturali; i bassipiani centrali, caratterizzati da ricche foreste e da clima tropicale; gli altipiani e la costa del Pacifico, con un ecosistema differenziato, terreno fertile e clima mite. Dapprima gli indigeni erano cacciatori nomadi, quindi, in seguito all'addomesticamento delle piante selvatiche, si formarono i primi stanziamenti che divennero sempre più numerosi. Il periodo di maggior splendore fu raggiunto dai Maya dei bassipiani, circa nel 600 d.C., quando sorsero le città di Tikal, Copán, Palenque e, nello Yucatán, Chichén, Itzá e Uxmal.

DECADENZA E SCOMPARSA

Non sono chiare le cause che determinarono la fine dei Maya del Periodo Classico intorno al 1000 d.C., ma sicuramente si trattò di un processo graduale dovuto a fattori ecologici e politici. Nel 1542, pochi anni dopo la conquista dell'America, le truppe spagnole condotte da Francisco Montejo sottomisero i sedici piccoli Stati in cui si era frantumato il regno dei Maya in seguito alle invasioni dei Toltechi.

Diversi tipi di **vasi e piatti** d'uso quotidiano. Molto semplici, ma anche eleganti e di buona fattura, questi manufatti risalgono ad un'epoca molto antica: facevano parte, infatti, del corredo di una sepoltura datata al 1100 a.C.

Il mondo maya

I primi centri maya risalgono al 2000 a.C., ma raggiunsero il loro massimo splendore nel cosiddetto "Periodo Classico" (300-900 d.C.).

A sinistra, **El Mirador (nel Petén)**, fiorì dal 150 a.C. al 150 d.C., nell'era preclassica. Attorno al centro cerimoniale si calcola vivessero decine di migliaia di persone, raggruppate in comunità dedite alla coltivazione intensiva dei terreni ai limiti delle zone paludose.

Il primo artigianato maya

La ceramica di Cuello è tra le più antiche del Centroamerica. Queste facce di terracotta, modellate fra il 300 a.C. e il 200 d.C., sono le prime rappresentazioni di volti umani nell'arte maya. Tracce di pittura rossa indicano l'uso di tatuaggi.

SISTEMI DI SUSSISTENZA

1

2

CACCIA, PESCA E RACCOLTA

I Maya, come tutti i popoli primitivi, basavano in parte la loro alimentazione su risorse alimentari selvatiche. Poiché possedevano poche specie di animali domestici, integravano il fabbisogno proteico con la pesca e la caccia. Cervi, tapiri, iguane, scimmie e volatili venivano cacciati o catturati con trappole e cerbottane caricate con piccole pallottole di argilla. Nella pesca si utilizzavano pesi di terracotta per le reti e ami di osso. Fra le piante selvatiche comuni sono stati ritrovati resti di papaia, noci e sementi di spezie quali il peperoncino (chili), la vaniglia e l'origano.

ALLEVAMENTO E AGRICOLTURA

Gli animali domestici non erano una fonte primaria di cibo e se ne allevavano poche specie. Fra gli animali addomesticati sembra vi fossero colombi, tacchini e anatre mute. In agricoltura i principali metodi di coltivazione erano due: il sistema "a maggese", in cui i campi venivano lasciati periodicamente a riposo per un certo periodo, e il sistema "estensivo", che prevedeva lo sfruttamento continuo dei terreni. Nel primo caso i campi venivano diboscati e, in seguito, a un anno di semina si alternavano tre anni di riposo per renderli di nuovo fertili. Il sistema estensivo richiedeva invece un lavoro costante per rendere i campi adatti alla semina. Tra i prodotti maggiormente coltivati c'erano il mais, i fagioli, le zucche e la manioca. Il cacao fu una delle principali colture arboree in ambienti adatti di pianura; veniva coltivato anche il tabacco.

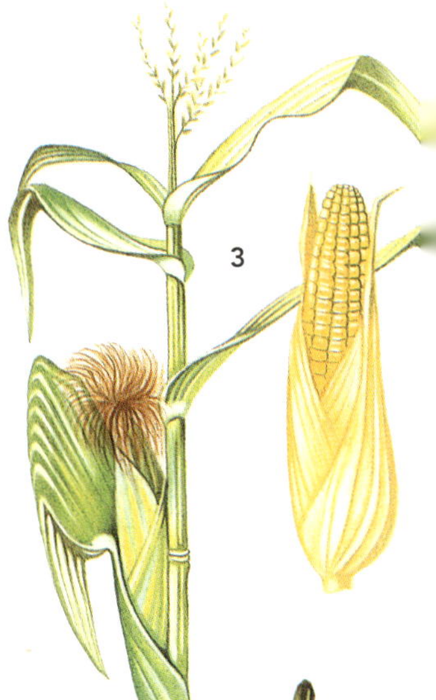

3

I prodotti della terra
I Maya coltivavano molte piante. Nel milpa, il campo del mais, erano piantati anche i fagioli, che si arrampicavano sugli alti steli del granturco, e le zucche. Le coltivazioni più diffuse erano: alcune varietà di zucche **(1)**, numerosi tipi di fagioli **(2)**, mais **(3)**, peperoncino **(4)**, cacao **(5)**, e vaniglia **(6)**.

4

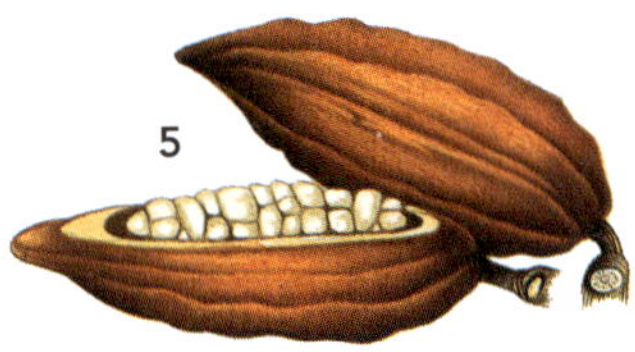

5

6

Recenti scavi hanno dimostrato che, nelle zone basse, i Maya si servivano di **"campi rialzati"** favorendo condizioni di buon drenaggio. Erano realizzati scavando stretti canali di scolo in suoli ricchi e ammucchiando la terra in tumuli continui; si formavano così degli argini particolarmente adatti alla coltivazione. La fanghiglia dei canali di scolo serviva da fertilizzante e i canali diventavano vivai per i pesci.

Semina cerimoniale del mais
Il sacerdote che sparge le sementi, preparando il terreno con un semplice bastone appuntito, indossa una pelle di giaguaro.

La divinità del raccolto
Yum Kaax abbigliato con i simboli del mais e recante fra le mani un vaso della preziosa pianta.

La bevanda degli dèi
L'albero del cacao, qui in un raro documento maya, era tenuto in grande considerazione, poiché la bevanda che si otteneva dai semi era considerata sacra.

TRASPORTI E COMMERCIO

Generalmente gli scambi avvenivano all'interno di un'unica regione (scambio regionale) oppure fra regioni distanti tra loro (scambi interregionali).
Si negoziavano beni utilitari (viveri e strumenti, sale, ossidiana e pietre da macina) e prodotti esotici e voluttuari legati ai rituali, alla ricchezza e al rango sociale. I prodotti esportati più frequentemente erano: giadeite, serpentina, ossidiana, sale, cacao e penne di quetzal. Altri prodotti come i metalli (argento, oro, rame e leghe), la gomma e le pelli di animali provenivano da diverse aree e passavano per i territori maya. All'interno delle varie regioni, venivano organizzati veri e propri mercati e fiere, durante i quali si praticavano riti e attività ricreative.
Per trasportare le merci ci si avvaleva delle sole energie umane; non si conosceva l'utilizzo della ruota e i carichi venivano trasportati sulla schiena da portatori, spesso organizzati in carovane umane.
Per i trasporti marittimi, era comune l'uso della canoa, a volte munita di vele. Nel suo quarto viaggio Cristoforo Colombo incontrò una canoa mercantile al largo della costa settentrionale dell'Honduras, vicino alle Islas de la Bahia. L'imbarcazione era lunga come una galea e larga 2,5 m; aveva una cabina al centro e un equipaggio di un paio di dozzine di uomini. Trasportava cacao, oggetti in metallo (sonagli e asce di rame), tenaglie, vesti di cotone e "macanas", le spade di tipo messicano con impugnatura di legno e lama di ossidiana.

Un'ampia rete viaria
Le principali vie interregionali andavano da est a ovest, dalle principali zone di esportazione dell'area maya verso i centri consumatori del Messico. Le più antiche erano terrestri, le stesse utilizzate dagli Olmechi (come la Via Giada) che si irradiavano, dalla costa del Golfo, in direzione sud e ovest fino ai monti messicani e verso est lungo la pianura costiera del Pacifico.
Via mare si raggiungeva l'area caraibica e, attraverso il bacino del fiume Usumancita, le regioni montuose difficilmente percorribili a piedi. Oltre a queste vie, un importante asse commerciale nord-sud collegava l'area maya meridionale e le sue risorse con la pianura del nord.

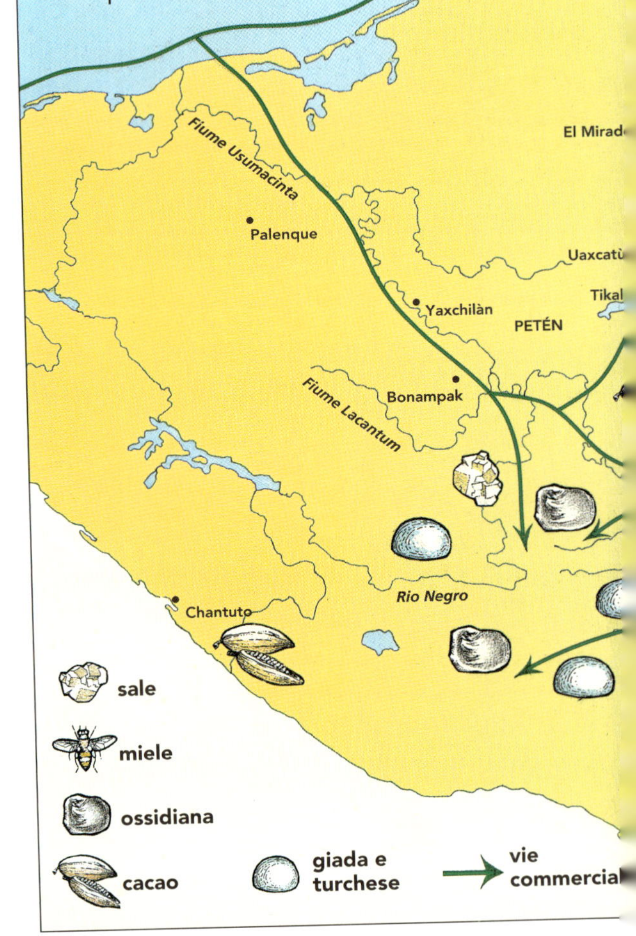

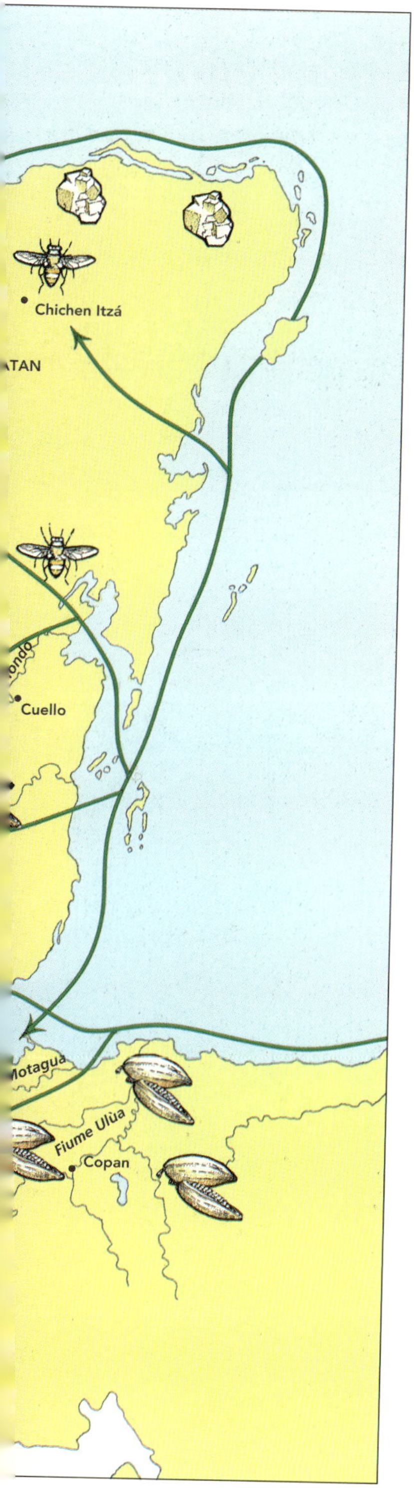

Le merci più preziose: vasellame di ceramica, penne di quetzal, sale, miele per addolcire le bevande, turchese e giadeite per i monili, ossidiana per le lame.
I semi di cacao erano usati anche come moneta.

Le rotte commerciali marittime seguivano la linea della costa, mentre all'interno dello Yucatán si navigava sui fiumi fin dove era possibile. Nelle zone più impervie della foresta pluviale, furono costruiti percorsi rialzati con blocchi di calcare. Sopra, **canoe scavate nei tronchi d'albero** permettevano di trasportare le merci lungo i fiumi principali e per mare.

LE CITTÀ DEI MAYA

I territori maya erano frazionati in una serie di entità indipendenti: ogni città-stato era governata da un capo ereditario, che si avvaleva dell'aiuto dei sacerdoti. Egli nominava i capi dei villaggi che erano sempre suoi consanguinei. Oltre ad essere la massima autorità amministrativa ed esecutiva dello Stato, lo *halach uinic*, ne era la massima autorità religiosa.

Abitazioni contadine

GLI ELEMENTI ARCHITETTONICI

I centri maya variavano considerevolmente per disposizione e stile architettonico. Al tempo del suo massimo splendore Tikal, la più grande città maya, contava 50 mila abitanti e si estendeva su circa 123 kmq. I suoi elementi architettonici prevalenti erano caratterizzati – per quanto riguarda le strutture pubbliche e i templi del culto – da piattaforme sopraelevate e camere con falsa volta o arco a mensola. Tikal era composta da cinque grandi piramidi-templi, vari palazzi, santuari, sferisteri, piattaforme cerimoniali, bagni di vapore.

L'acropoli di Tikàl (sec. VII)

LE CASE DEGLI DÈI E DEGLI UOMINI

Le piramidi maya sostenevano una struttura sopraelevata, con funzione di tempio, dove i sacerdoti officiavano il culto. Le grandi città dei bassipiani erano essenzialmente centri cerimoniali; la gente comune viveva ai margini delle città e nei villaggi. Negli altipiani invece questa divisione non esisteva. I pochi resti degli edifici destinati ai normali cittadini avevano una struttura di pali che sosteneva un tetto di foglie; le pareti erano costruite con tronchi robusti.

La volta a mensola è uno degli elementi più tipici dell'architettura maya. Per ottenerla si costruivano pareti in muratura dell'altezza desiderata: sulla linea della volta venivano poi disposte pietre piatte sempre più sporgenti, finché l'arco non potesse essere chiuso da un'unica pietra messa orizzontalmente o da due pietre disposte a forma di V rovesciata.

Emblemi di città
Da sinistra a destra e dall'alto in basso, i simboli di Copan, Tikál, Palenque, Jachilan, Bonampak, Piedras Negras.

Arte religiosa
In una tomba dell'acropoli di Tikál fu trovato questo incensiere di ceramica (450 d.C.), raffigurante una divinità che porge un'offerta.

ALIMENTAZIONE E VITA QUOTIDIANA

L'alimento principale dei Maya era il mais. Secondo i loro miti, da questa pianta fu creata l'umanità stessa. A base di mais erano i *tamales* **(1)** e le *tortillas* **(2)**.

Nella società maya, protagonista della vita quotidiana domestica era la donna, perché a lei spettava la preparazione del mais che era alla base dell'alimentazione. I chicchi secchi del mais erano deposti in un vaso con acqua e calce perché si ammorbidissero; poi venivano macinati e ridotti in farina. Prima del pasto si disponevano sul fuoco alcune foglie di banano sulle quali si spandeva uno strato di farina che cuoceva lentamente. La *tortilla* così ottenuta era poi messa sulla brace affinché si gonfiasse. Altri alimenti preparati quotidianamente erano i *tamales* (termine spagnolo per indicare le foglie di granoturco riempite di carne e di mais macinato, bollite nell'acqua), i peperoncini ridotti in poltiglia e diluiti con acqua, sale e i fagioli neri bolliti che ancora oggi si mangiano in Messico. Sulla mensa delle famiglie benestanti maya era sempre presente una bevanda a base di cioccolato e non mancavano carni, pesci, frutta e miele.

UNA LUNGA GIORNATA LAVORATIVA

Oltre a cucinare le donne dei contadini maya badavano alla casa, tessevano e filavano; andavano quindi al mercato a far compere e a vendere ciò che esse stesse producevano. Gli agricoltori partivano per i campi fra le quattro e le cinque del mattino e vi si fermavano fino al primo pomeriggio. Il pasto principale avveniva prima del tramonto. Molto tempo era inoltre impiegato per i lavori pubblici richiesti dalle classi dominanti: manutenzione di strade e templi, disboscamento della vegetazione che periodicamente invadeva strade e abitati e pulitura dei canali.

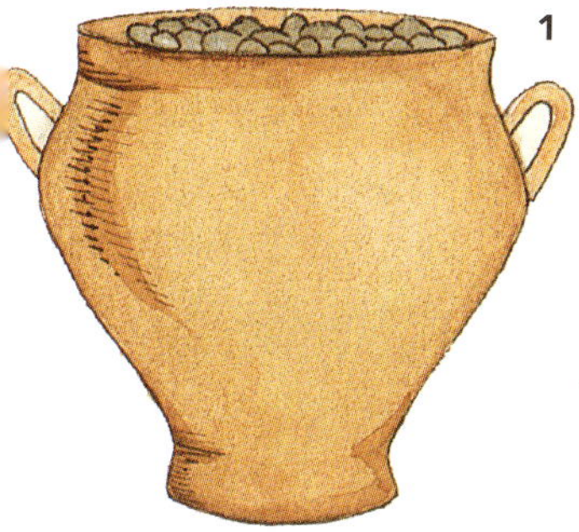

1

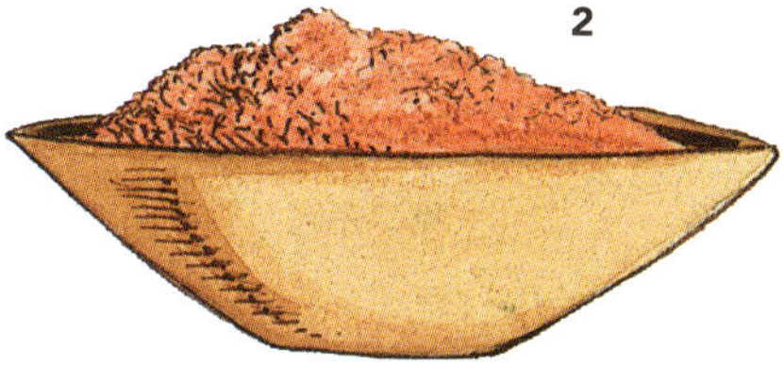

2

3

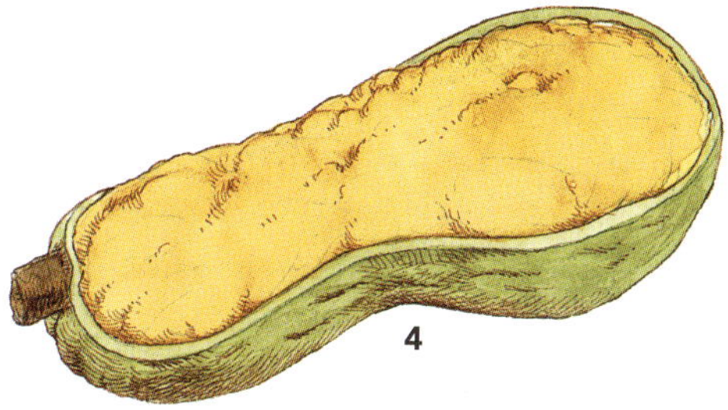

4

Cibi, condimenti e bevande
1. Vaso in cui era preparata una bevanda di semi di cacao e miele; **2.** peperoncino in polvere; **3.** fagioli neri bolliti in pignatte di terracotta; **4.** bevanda di farina di mais diluita nell'acqua, conservata in una zucca tagliata.

Un sobborgo agricolo. La vita dei contadini si svolgeva al di fuori della zona cerimoniale e pubblica; abitavano in capanne di legno, talvolta intonacate, con il tetto di foglie di palma. Si calcola che a Copan vivessero, in età classica, almeno 20000 persone.

Le bevande alcoliche venivano usate durante le cerimonie sacre. La più diffusa tra i Maya era il *balche*, ottenuto dal succo d'agave fermentato. A destra, **"Il bevitore"**, statuetta di terracotta rinvenuta in un tempio.

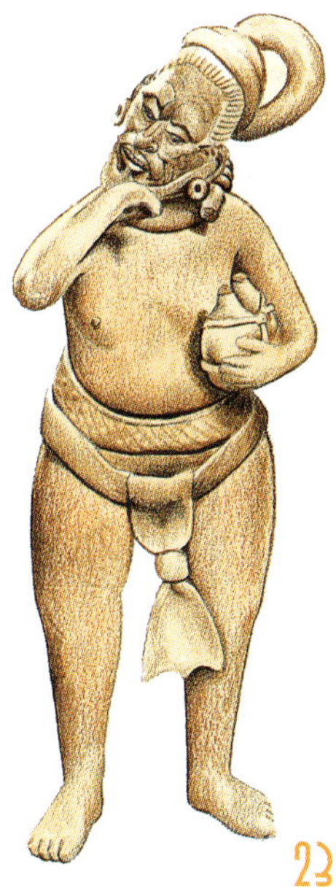

ABBIGLIAMENTO E ORNAMENTI

L'indumento principale degli uomini di ogni classe sociale era l'*ex* (perizoma). I perizomi erano variamente decorati con penne di quetzal alle estremità. Oltre agli *ex* gli uomini portavano, a volte, un largo riquadro di cotone, detto *pati*, annodato alle spalle, che i poveri usavano anche come coperta per la notte. L'indumento principale delle donne era un vestito simile a un saio, lungo e largo, aperto ai due lati e cucito fino ai fianchi. Ancora oggi questo indumento viene indossato in Messico ed è chiamato *huipil*. Sandali di pelle non conciata e legati con cordicelle di canapa completavano l'abbigliamento della gente comune.

COLORI ANCHE SULLA PELLE

Gli uomini portavano i capelli lunghi, intrecciati e avvolti intorno al capo come una ghirlanda, con una coda che ricadeva sulle spalle. I guerrieri si dipingevano di nero e di rosso; i prigionieri venivano dipinti a strisce nere e bianche e i sacerdoti d'azzurro. Tutte le classi sociali consideravano il tatuaggio simbolo di bellezza e di coraggio.

GLI ARTICOLI DI LUSSO

Le vesti dei nobili e i paramenti sacri in generale, erano naturalmente più sfarzosi ma sostanzialmente gli stessi della gente comune: perizoma, cappa e sandali, con in più un ricco copricapo il cui scheletro era probabilmente di vimini o di legno, in modo da rappresentare la testa di un giaguaro, di un serpente, di un uccello o anche uno degli dèi.

I vestiti di ogni giorno, sia per l'élite sia per il popolo, erano semplici, tessuti con il cotone coltivato nei campi attorno alle città. Le calzature consistevano in sandali intrecciati con strisce di cuoio e canapa. Conosciamo i capi di vestiario dell'età classica dalle sculture dei monumenti: perizoma **(1)**; decorazioni di perizomi **(2 e 3)**; varietà di sandali **(4)**.

Patrona della tessitura era la dea della luna, raffigurata molto probabilmente in questa statuetta: la giovane donna usa un telaio "a martingala"; un uccello è appollaiato sul palo del telaio, altri due sono posati a terra.

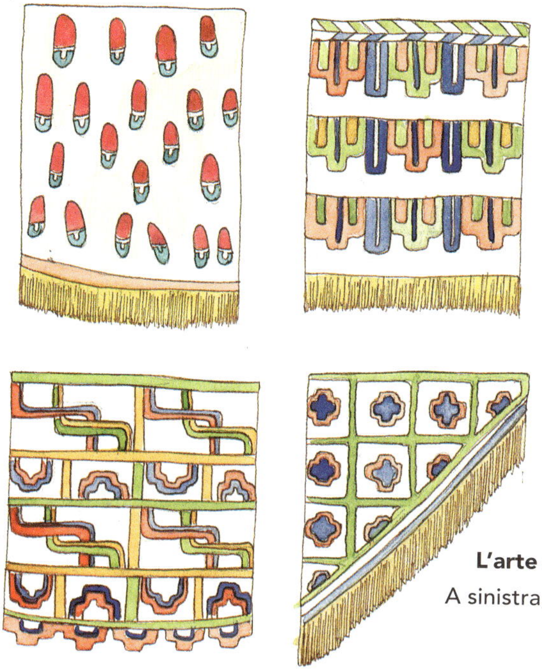

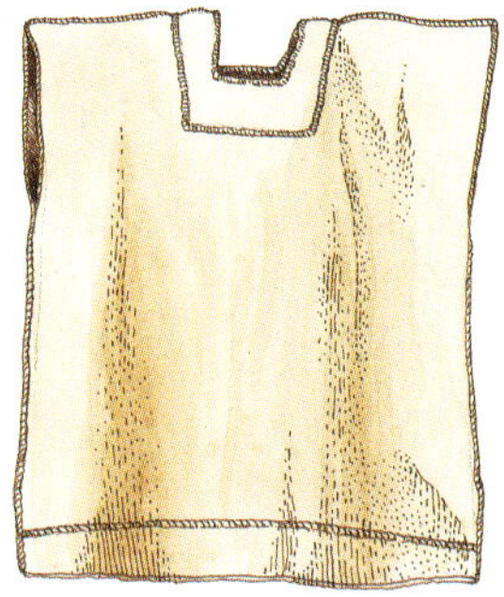

Lo ***huipil***, l'indumento femminile più comune, era una veste confezionata in modo molto semplice: un rettangolo di stoffa veniva piegato a metà; al centro della pezza si praticava un'apertura, per infilarvi la testa e far così scivolare il telo fino a poggiare sulle spalle; i due fianchi della veste erano chiusi con cuciture. Semplici decorazioni orlavano il bordo inferiore e il girocollo.

L'arte della tessitura
A sinistra, esempi di tessuti a trama elaborata.

Il **telaio** più diffuso era quello "a martingala": un'estremità era fissata al tronco di un albero, mentre l'altra terminava con una cintura che la tessitrice faceva passare dietro la schiena, tenendo così i fili tesi con il peso del proprio corpo.

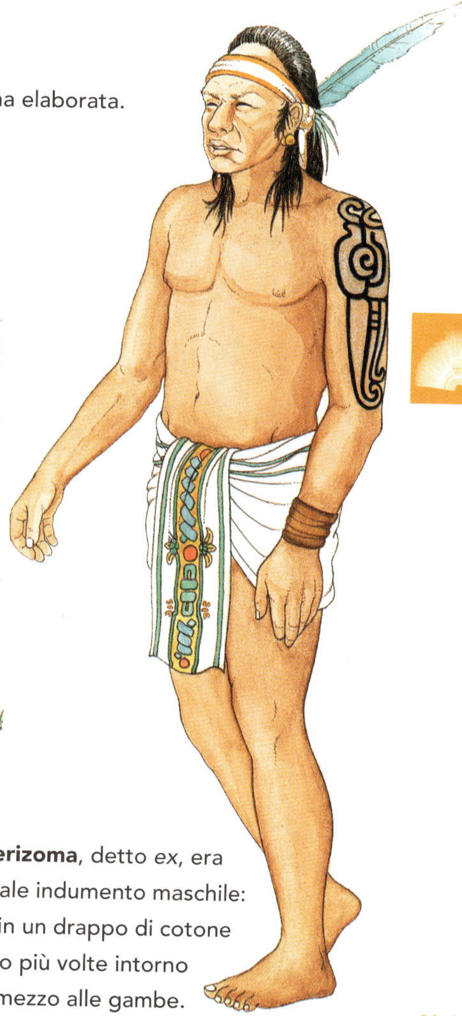

Il perizoma, detto *ex*, era il principale indumento maschile: consisteva in un drappo di cotone che veniva passato più volte intorno ai fianchi e in mezzo alle gambe.

LA SCRITTURA

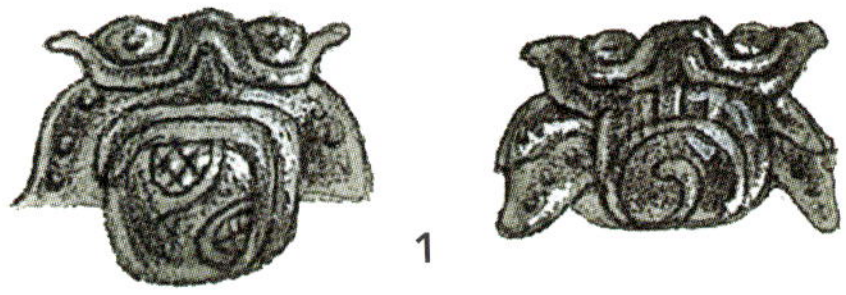

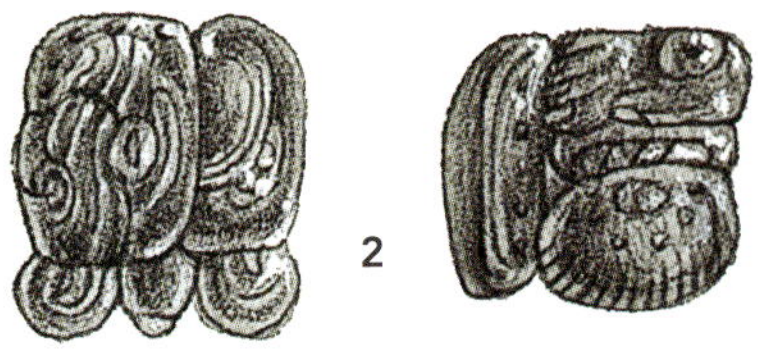

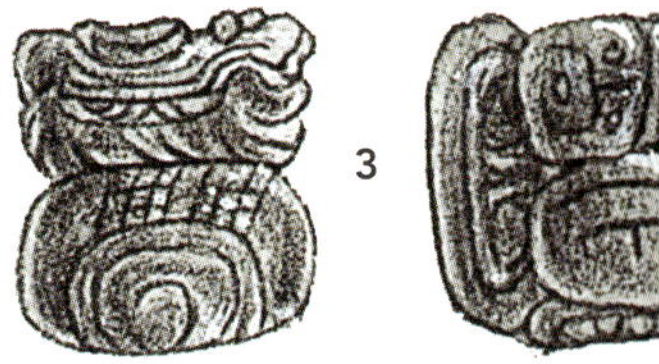

I glifi sui monumenti si riferivano alla vita privata e politica dei membri della classe dominante.

Sopra, glifi simbolo di: guerra **(1)**; nascita **(2)**; morte **(3)**.

Quello dei Maya fu l'unico sistema di scrittura completo fra le culture precolombiane, ma non fu inventato interamente da loro, avendo origini ancora più antiche.
Esso consisteva in un complesso miscuglio di elementi ideografici e fonetici, con una struttura simile a quella di certe scritture del Vecchio Mondo, come il sumero, l'egizio e il giapponese.

PAROLE E NUMERI

La *Relación* del vescovo Diego de Landa, fornisce un "alfabeto" e alcuni esempi del suo impiego: oggi però gli studiosi hanno ampliato la lista di questi simboli o glifi; se ne sono decifrati circa 40-50 mentre molti altri sono ancora oscuri. Il sistema numerico funzionava con tre soli simboli: una conchiglia stilizzata per lo zero, un punto per l'uno, una sbarra per il cinque. Il sistema era infatti vigesimale (in base 20) e posizionale.
Gli scribi erano personaggi di rilievo nella società maya; a volte avevano dei titoli nobilari. La loro divinità protettrice era Itzamná, dio creatore e leggendario inventore della scrittura. I libri maya, da noi chiamati "Codici", trattavano di avvenimenti storici oltre che di arti divinatorie ed esoteriche, motivo per il quale gli Spagnoli, ritenendoli testi demoniaci, ne bruciarono in gran quantità. Ne sono sopravvissuti solo tre, conservati a Dresda, Parigi e Madrid. Oltre che sui Codici, i glifi maya si possono ancora ammirare sul vasellame, sulle pareti degli edifici o sui calendari.

La "Lamina di Leida", proveniente da Tikál, porta incisa la data, corrispondente al 320 d.C.

I numeri erano registrati con un sistema di sbarre e punti: il punto corrispondeva a 1, la sbarra a 5. Lo zero era rappresentato da una conchiglia. La numerazione era vigesimale. Sui bassorilievi i numeri erano più elaborati: il 9 poteva essere rappresentato, ad esempio, oltre che dalla barra con quattro punti, anche da un volto o da una figura umana intera.

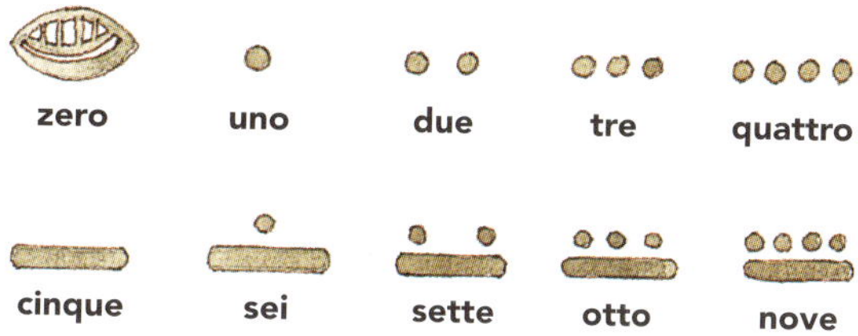

I libri

Erano formati da una striscia ripiegata "a fisarmonica", composta di rettangoli di circa 20 cm d'altezza per 10 di larghezza; spiegati, misuravano fino a 6-7 m. Erano confezionati di carta fabbricata con la corteccia interna di varie specie di fico indigeno (*Ficus cotonifolia*, *Ficus padifolia*, ecc.), ridotta in polpa e tenuta insieme da gomme naturali usate come leganti. Alla fine veniva applicato uno strato di calce bianca su entrambi i lati dei "fogli", in modo da permettere la pittura dei glifi.

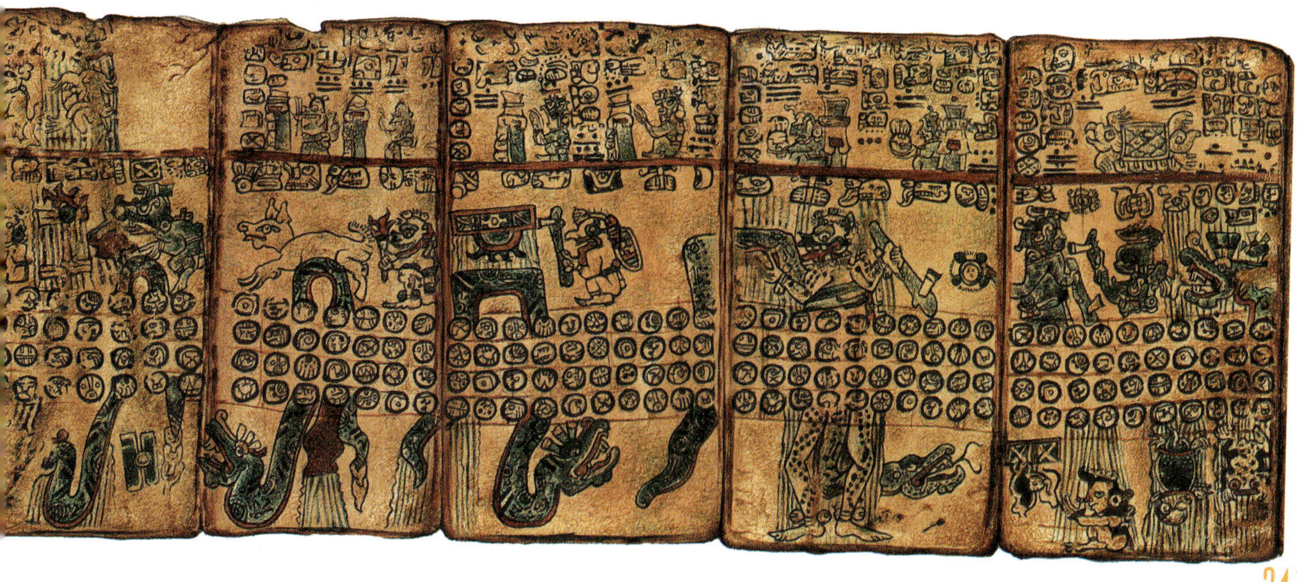

IL CALENDARIO

La divinità creatrice dell'uomo
Testa di pietra raffigurante il giovane dio del mais, Yum Kaax, una delle divinità più venerate della Mesoamerica. Secondo la mitologia l'uomo sarebbe "nato" da una pianta di mais.

PER MISURARE IL TEMPO

I Maya conoscevano due calendari: il primo, che noi chiamiamo "almanacco", comprendeva un ciclo di 260 giorni e determinava l'andamento della vita cerimoniale, fornendo anche una base utile per le profezie. È questo il calendario più antico e il più importante dell'intera Mesoamerica: alcuni monumenti ritrovati nell'area dell'Oaxaca (regione situata a ovest della zona di occupazione dei Maya) ne indicano l'uso a cominciare dal secolo VI a.C. Il secondo calendario, chiamato *haab* (anno vago), era composto invece di 365 giorni suddivisi in 18 mesi di 20 giorni ciascuno, più cinque giorni definiti nefasti (*nayeb*) alla fine dell'anno. La data di partenza di questo calendario veniva fatta risalire al 3113 a.C., anno di creazione del mondo, quando – secondo la mitologia del Popol Vuh – "l'uomo prese forma dal mais".

L'INFLUSSO DEGLI ASTRI

I Maya accumularono e registrarono un considerevole complesso di conoscenze astronomiche, fra cui i cicli completi della luna e di Venere; le tabelle delle eclissi solari compilate dai loro astronomi sembra consentissero di fare previsioni esatte. In base alla loro cultura, gli astri rappresentavano delle divinità e le osservazioni e i calcoli miravano a prevedere meglio gli eventi terrestri che essi credevano controllati da queste divinità. Nel corso delle campagne di scavo si sono ritrovati resti di molti osservatori astronomici.

I calendari
A destra, l'anno sacro di 260 giorni è visualizzato dalle due ruote più piccole: la più interna riporta i numeri da 1 a 13 (i mesi), l'altra i 20 giorni mensili, contraddistinti dai loro nomi.
La sequenza di ruota più grande visualizza invece il calendario *haab* di 365 giorni. I due cicli erano simultanei, cosicché ogni singolo giorno era designato con due nomi diversi (uno per calendario): ciascuna combinazione di due nomi si ripeteva ogni 52 anni.

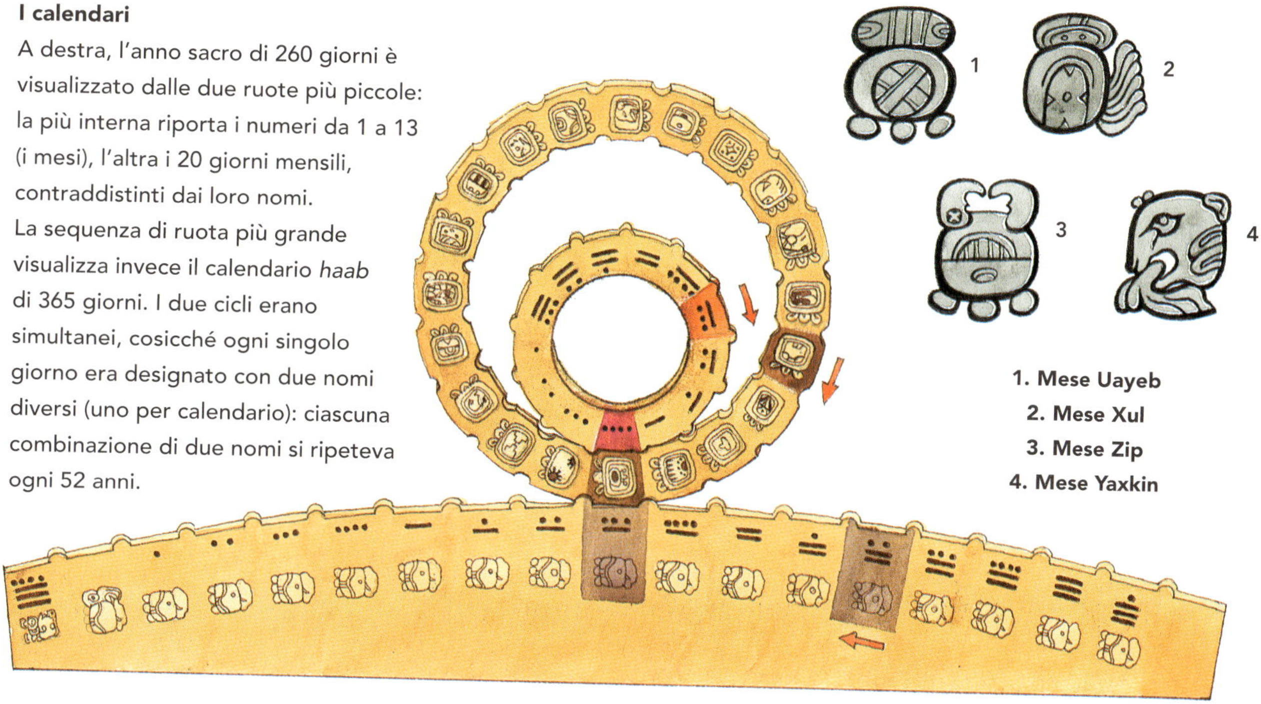

1. Mese Uayeb
2. Mese Xul
3. Mese Zip
4. Mese Yaxkin

Osservatorii astronomici
A sinistra, le rovine del "Caracol" di Chichén Itzá (1000 d.C.). Le finestrelle della cupola furono progettate in modo che Venere fosse visibile dall'interno solo due volte l'anno, alle date dei solstizi del pianeta.
In basso, il complesso dei templi di Uaxactún, in Guatemala, fungeva da orologio solare, grazie alla precisa registrazione di solstizi ed equinozi.

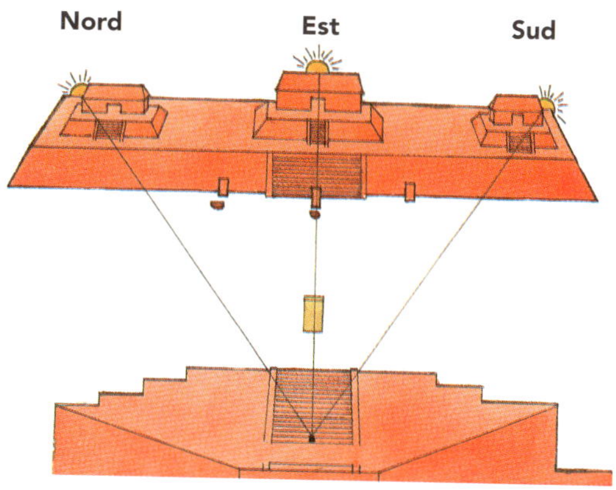

Punto di osservazione

LA PRODUZIONE ARTISTICA

Maschera funeraria a grandezza naturale, realizzata in mosaico di giade, pirite e conchiglie (Tikál 527 d.C.).

Potremmo definire l'arte maya cerimoniale-religiosa: ogni prodotto artistico evocava infatti soggetti legati alla mitologia o ad alcune cerimonie a noi ancora sconosciute.
Fra gli esempi più notevoli di ceramica ci sono gli smalti levigati, rossi e bruni, le terraglie insolite decorate con tecniche particolari, i modellati squisiti e le complicate grottesche, i delicati pezzi a pasta sottile color crema e arancio, i vasi a stampo e le belle ceramiche policrome. Di rara bellezza sono le statuine di argilla ritrovate nell'isola di Jaina, davanti alla costa della regione messicana del Campeche.

SCULTURA E PITTURA

L'antica scultura maya può essere divisa in due categorie: monumenti a sé stanti ed elementi architettonici. I monumenti comprendono lastre di pietra verticali (stele), pietre piatte e spesso arrotondate (altari) e più raramente sculture su massi. La scultura architettonica si trova su architravi, pannelli parietali, stipiti di porte, scalinate, facciate ed elementi del tetto. Eccellenti anche le sculture in legno. Ma è soprattutto nell'arte della pittura che questa civiltà emerse: sia negli affreschi parietali, sia nelle decorazioni della ceramica che nelle illustrazione dei Codici. La tavolozza era molto ricca, composta di colori di origine vegetale e minerale; i pennelli erano di piume, capelli o peli. I Maya erano poi esperti in arti minori come quella lapidaria: di notevole bellezza sono le giade intagliate; numerosi sono giunti sino a noi i mosaici in giadeite, tartaruga, pirite, turchese e altri materiali.

2

1

3

Alcuni esempi di ceramica maya.
1. Vaso votivo dipinto;
2. vaso rituale con decorazione a intaglio;
3. vaso a forma di chiocciola, del periodo tardoclassico, proveniente da Chipas.

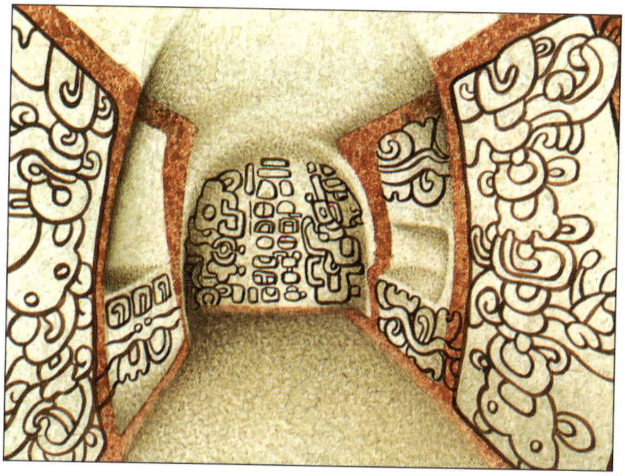

1

2

3

1. Decorazioni da una tomba di Rio Azul, nel Petén: il colore rosso con cui sono pitturati i glifi era ottenuto con l'ematite, un ossido di ferro.

2. Particolare di un affresco di Bonampak (800 d.C.) che rappresenta le celebrazioni dei vincitori di una battaglia.

3. Particolare di una pittura di Cacaxtcla sull'Altopiano del Messico (655-835 d.C.); essa dimostra che gli artisti maya venivano chiamati a lavorare anche fuori dalla loro terra.

Scatola cilindrica, realizzata a mosaico di giade, proveniente da Tikàl (700 d.C.).

Serpente piumato che rappresenta il dio Quetzalcoatl, in una scultura di Chichén-Itzá (900-1250 d.C.).

Statuetta di terracotta che raffigura un guerriero (Jaina 250-900 d.C.).

MEDICINA E RITI FUNEBRI

Pietra della tomba di Pacal, signore di Palenque (sec. VII). Il defunto è rappresentato nel momento della sua ascesa al cielo, davanti all'albero sacro ceiba che ha le radici negli inferi, il tronco nel mondo terreno e i rami nelle regioni celesti.

FRA MEDICINA E MAGIA

In caso di malattia i Maya ricorrevano a uno sciamano che si serviva di riti magici, preghiere e somministrazione di erbe. Molti medicamenti naturali avevano proprietà medicinali e sono ancora oggi presenti nell'area dello Yucatàn, ma le cerimonie che accompagnavano la "cura", le formule segrete pronunciate dallo sciamano, i sacrifici e le offerte alle divinità trasportavano la medicina nella sfera del magico e del soprannaturale con risultati poco consolanti. Alcuni studiosi sostengono che la vita dei Maya durasse in media 40-50 anni.

I RITI FUNEBRI

I Maya avevano molta paura della morte e quando questa coglieva i loro parenti compivano complicate cerimonie religiose per onorare i defunti. Il sacrificio umano in onore delle divinità, riservato quasi sempre ai prigionieri, era considerato però un onore, anche se incuteva timore: le cronache ci riferiscono che le vittime spesso morivano sotto l'effetto di allucinogeni. Al momento della morte il corpo del defunto veniva avvolto in un sudario, con la bocca piena di mais macinato e di perle di giadeite. La gente comune veniva sepolta sotto il pavimento o dietro la casa che poi, di solito, veniva abbandonata. Le usanze funerarie delle classi alte erano più complesse: i corpi, avvolti in ampi sudari di cotone, venivano deposti in tombe nascoste sotto gli impiantiti o nelle mura stesse dei templi. In epoca tarda si cremavano i corpi e le ceneri venivano raccolte in urne o in statue di terracotta.

La sepoltura di un nobile
La tomba viene sigillata con blocchi di calcare, tra fumi di copale, danze e riti; i sacerdoti che officiano la cerimonia portano paramenti di pelle di giaguaro.

1

2

3

4

Arte sacra e funebre
1. Statuina votiva, rinvenuta nella tomba di uno scriba reale di Copán; **2.** Urna per le ceneri dei defunti, decorata con immagini in rilievo, rinvenuta in una tomba del Guatemala; **3.** Incensiere antropomorfo, con decorazione a graffiti provenienti dal Guatemala; **4.** Maschera a mosaico di giade, da una tomba nobiliare di Calakmul, nel Campeche, del VII secolo.

Vaso di terracotta, da una sepoltura del V sec. di Rio Azul. Il grosso manico del coperchio è decorato a pelle di giaguaro.

La bocca dei vasi era disegnata in modo da formare un perfetto sistema di chiusura a incastro con il coperchio.

IL MONDO DEGLI AZTECHI

Gli Aztechi o Mexica si stabilirono nella Valle del Messico nel XII sec. d.C. e occuparono due isolotti del versante occidentale del lago Texcoco. Essi si definivano discendenti dei Chichimeca, popoli di lingua *nahuatl* come loro.

L'ORIGINE DEGLI AZTECHI

Le cronache dei primi viaggiatori nel Nuovo Mondo e alcuni codici ricchi di ideogrammi ci hanno lasciato testimonianza della storia e dei miti degli Aztechi dove si racconta dei loro spostamenti iniziati nel 1168 dal luogo d'origine, un'isola su un lago lontano chiamata Aztlán (da cui Aztechi), fino alla Valle del Messico.

È certo che prima di insediarsi nella Valle del Messico gli Aztechi, originari del lago Aztlàn, conducevano vita nomade, sotto la guida di un capo tribù deceduto durante l'emigrazione da Aztlàn e in seguito deificato. Nel 1325 fu fondata la capitale Tenochtitlán e, tredici anni dopo, sull'isola gemella, la città di Tlatelolco, importante centro commerciale, prima rivale e più tardi sottomessa a Tenochtitlán. Alla fine del XV sec. due grandi sovrani quali Montezuma I e Ahuitzotl riuscirono ad estendere il loro impero dalla costa del Golfo al Pacifico, raggiungendo a nord i limiti della Mesoamerica e a sud il Guatemala e El Salvador. L'impero, di così vaste proporzioni, fu governato dai tre sovrani di Tenochtitlán, Texcoco e Tlacopán che formavano una triplice alleanza: in realtà la città guida fu sempre Tenochtitlán, la vera capitale imperiale.

Si suppone che all'arrivo di Cortés nei territori aztechi vivessero circa 10 milioni di abitanti.

Sotto, **l'impero azteco**, quando giunse alla sua massima estensione (area colorata in giallo), si estendeva dal Pacifico all'Atlantico e comprendeva la maggior parte dell'altopiano del Messico.

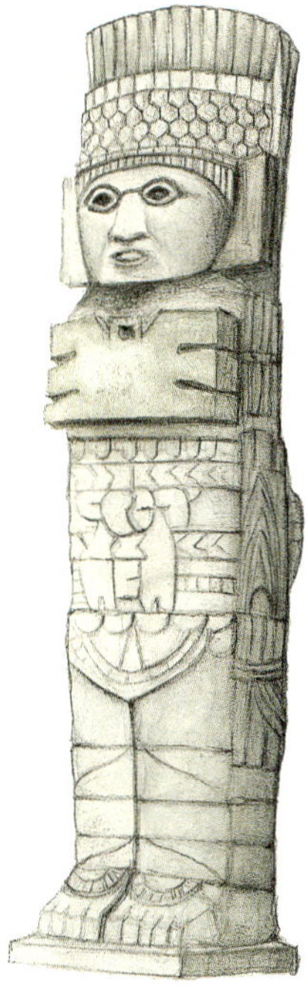

"Atlante" posto sopra una piramide di Tuia, principale città dei Toltechi (800-1200 d.C.).

Sopra, **il centro cerimoniale di Teotihuacan**, prima grande città dell'altopiano centrale messicano. L'imponente piramide sulla destra era dedicata al Sole, l'altra alla Luna; davanti ad esse correva il viale dei Morti (largo 50 m e lungo 2 km).
Quella teotihuacana fu una delle grandi civiltà che precedettero gli Aztechi (fiorì dal 500 a.C. all'800 d.C).

A destra, la **fondazione della capitale azteca Tenochtitlán**, narrata nel "Codice Mendoza": l'aquila sul cactus indica il luogo in cui sarebbe sorto il Tempio Mayor; da lì si dipartono le strade principali che segneranno la divisione della città in quartieri.

SISTEMI DI SUSSISTENZA

La principale fonte di sussistenza era l'agricoltura e il mais costituiva la principale coltura indigena. L'anno che precedeva la semina si abbattevano gli alberi, poi venivano bruciati perché le loro sostanze organiche arricchissero il terreno. Infine si rivoltava la terra e, generalmente in marzo, si procedeva alla semina. Nelle zone con un clima mite si piantavano contemporaneamente fagioli e meloni perché il granoturco, che cresceva più rapidamente, servisse da sostegno per i loro fusti. Il raccolto avveniva in agosto.

GLI ALTRI PRODOTTI

Oltre alle varie qualità di mais, gli Aztechi coltivarono anche fave, zucche, peperoni verdi e rossi, *avocados* e pomodori, *chia* (tipo di salvia), *huatli* (semi di amaranto), cotone e tabacco. Sulla costa del Golfo crescevano poi il prezioso cacao, la vaniglia e l'ananas. Dalla pianta di *maguey*, o agave americana, si ricavava una specie di birra, il *pulque*, bevanda inebriante e altamente vitaminica, oltre che utili fibre vegetali. Nelle valli calde cresceva inoltre la *batata* (patata dolce) insieme a un altro tubero chiamato ipomea. Gli Aztechi allevavano pochi animali domestici; i più comuni erano il tacchino, le anatre, le oche e le quaglie e la carne di cane era molto apprezzata. La caccia era un'altra importante fonte di sostentamento, ma alcuni animali, quali i cervi, erano già in via di estinzione. Le migrazioni stagionali degli uccelli sui laghi fornivano cibo in abbondanza. Gli indigeni erano anche abili pescatori e utilizzavano sia reti vegetali che piccoli tridenti.

Sopra, le ***chinampas*** vennero realizzate attorno all'isola su cui sorgeva Tenochtitlán, presso la sponda occidentale del Lago della Luna, o Texcoco. A est e a nord le acque del lago erano salate: per impedire che invadessero la zona d'acqua dolce fu costruita una grande diga. Ampie aree a *chinampas* erano anche sui laghi a sud del Texcoco.

1

2

3

Piante coltivate
1. Frutto di avocado, diviso a metà;
2. Pomodoro;
3. Peperoncino;
4. Agave;
5. Opuntia;
6. Amaranto;
7. Tabacco in fiore;
8. Tubero di patata dolce;
9. Cotone in fiore.

6

7

8

9

4

5

Divinità delle piante

A sinistra, **Mayavel**, dio dell'agave, era raffigurato con una corda in mano, a ricordare che le fibre essiccate della pianta venivano intrecciate per tessere stuoie e confezionare borse e sandali.
Sotto, **Centeotl,** una delle divinità del mais: è abbigliato in modo sontuoso e tiene una pannocchia nella mano sinistra.

Le *chinampas*

Quando gli Aztechi arrivarono nella valle dove si sarebbero stabiliti, le terre coltivabili erano già state tutte utilizzate dagli indigeni. Costretti a ritirarsi nelle isole del lago, gli Aztechi risolsero il problema della carenza di campi costruendo le *chinampas* (a sinistra), ovvero degli isolotti galleggianti formati col fango delle rive paludose del lago e ancorati dapprima con graticci di canne e poi dalle radici degli alberi che si fissavano sul fondo. L'acqua defluiva in piccoli fossati, trasformandoli in canali, e ad ogni semina si aggiungeva fango fresco per fertilizzare il suolo. Il terreno delle *chinampas* era fertilissimo, essendo arricchito dal limo dell'acquitrinio.

L'ORGANIZZAZIONE COMMERCIALE

Nel bilancio dello Stato azteco il commercio era una voce fondamentale insieme ai tributi in generi alimentari che ogni cittadino doveva versare. Non esisteva una moneta, cioè un valore di scambio fisso, e bisognava creare un riferimento universale: si scelse così il cacao, molto apprezzato e facilmente trasportabile.

L'IMPORTANZA DEI COMMERCI

I *pochtecas* (commercianti) costituivano una classe privilegiata e si occupavano inoltre di ambasciate e riscossione di tributi. Le merci più importate erano piume colorate, cotone e pelli di giaguaro dalle terre tropicali, oro e smeraldi dalla Colombia e dal Panama, bronzo dal Perù. Contrariamente ai Maya, gli Aztechi non praticavano il commercio marittimo. In caso di omicidio o maltrattamento di un mercante che si trovava all'estero per motivi di lavoro, il governo inviava una spedizione punitiva contro la città dove era avvenuto il crimine: ogni mercante, in pratica, rifletteva la potenza della sua nazione.

L'ottima organizzazione commerciale azteca era legata ad una efficiente rete stradale che permetteva rapide comunicazioni con la costa e con le regioni settentrionali e meridionali fino all'istmo di Panama; esistevano inoltre delle mappe con i percorsi consigliati. Le merci venivano portate a spalla da schiavi o da portatori di professione. Ciò che colpì maggiormente gli Spagnoli e di cui hanno lasciato testimonianza, fu l'abbondanza dei mercati che in ogni città si svolgevano a cadenze fisse.

Staffette che percorrevano di corsa le strade azteche per recapitare, su lunghe distanze, i plichi e i messaggi più urgenti.

Il mercato di Tlatelolco

Il mercato più ricco era quello che si svolgeva quotidianamente a Tlatelolco. Hernàn Cortés lo descrive così: "Ogni giorno vengono qui a vendere o a barattare oltre sessantamila persone... C'è una strada per la cacciagione e una per i venditori di ortaggi, radici ed erbe medicinali ... ". Bernal Diaz elenca altre mercanzie quali schiavi indiani, cotone e fili ritorti, pollame, ceramiche, tabacco, cocciniglia per coloranti, sale, coltelli di pietra... Si vendevano anche oggetti in oro e argento, pietre preziose e piume. Al centro della piazza c'era sempre un gruppo formato da una decina di notabili che avevano il compito di fare da pacieri o da giudici in caso di controversie.
Nel centro commerciale della capitale azteca, il mercato si svolgeva giornalmente. Per scoraggiare alterchi e furti, sì aggiravano tra la folla guerrieri armati che scortavano anche gli esattori delle tasse. Oltre ai venditori, che erano raggruppati per genere di merce, facevano affari anche i barbieri, i gioiellieri, gli artigiani che lavoravano le piume e i produttori di sandali.

LA SOCIETÀ AZTECA

A sinistra, **scultura raffigurante la testa di una dea**, con gioielli inseriti nel naso, nelle orecchie e nelle labbra.
In basso, **scultura del volto di un dignitario**, con grandi orecchini di pietre preziose infilati nei lobi delle orecchie per deformarli.

La società azteca presentava caratteristiche meno rigide rispetto alle culture che l'avevano preceduta: non si può parlare infatti di classi sociali, ma piuttosto di ranghi: ogni individuo, se meritevole, poteva migliorare la propria condizione economica e sociale.

LA DIVISIONE GERARCHICA

Alla base della società azteca c'era il popolo organizzato in molti clan i cui membri discendevano da uno stesso antenato e lavoravano le terre avute in eredità, pagando allo Stato dei tributi consistenti in una parte dei prodotti. Ogni gruppo godeva di amministrazione autonoma e aveva un suo tempio e una sua scuola.
Le cariche dirigenti di tipo militare, amministrativo, giudiziario e religioso erano dapprima elettive e solo in seguito divennero ereditarie dando origine a un'aristocrazia di sangue a cui faceva capo l'imperatore, che si occupava di politica estera.
I membri della nobiltà venivano educati in scuole rigorosissime, dette *Calmecac* o "Case dei giovani", rette da sacerdoti, nelle quali l'allievo apprendeva l'autodisciplina, si abituava alle privazioni, studiava la scrittura e la lettura, l'astronomia, l'astrologia, la storia, la matematica, l'interpretazione dei sogni. Anche i giovani del popolo, se idonei, potevano accedere a questa scuola. I soli privi della possibilità di migliorare la loro condizione erano gli schiavi, che indossavano un infamante collare di cuoio, e i portatori, ritenuti socialmente inferiori.

Celebrazione di un matrimonio
Gli sposi, uniti dalle loro vesti annodate, ascoltavano i discorsi pronunciati da due donne anziane (le sensali del matrimonio), mentre il fumo di copale purificava l'aria. Il matrimonio era una specie di contratto sociale che sanciva la supremazia maschile: la moglie entrava a far parte del clan dell'uomo.

Lettura dell'oroscopo
Poco dopo la nascita, i bambini venivano portati da un sacerdote o da un anziano del villaggio che, con l'oroscopo, stabiliva quali sarebbero stati i giorni fortunati e sfortunati nel futuro del neonato. Quattro giorni dopo il neonato veniva festeggiato e gli si imponeva un nome derivato dal giorno di nascita per il maschio, o composto dalla parola *xochitl* (= fiore) per le femmine.

Le vesti di Montezuma II (in basso) erano uguali a quelle indossate dai suoi sudditi delle classi agiate, ma confezionate con stoffe più fini.

MITOLOGIA AZTECA

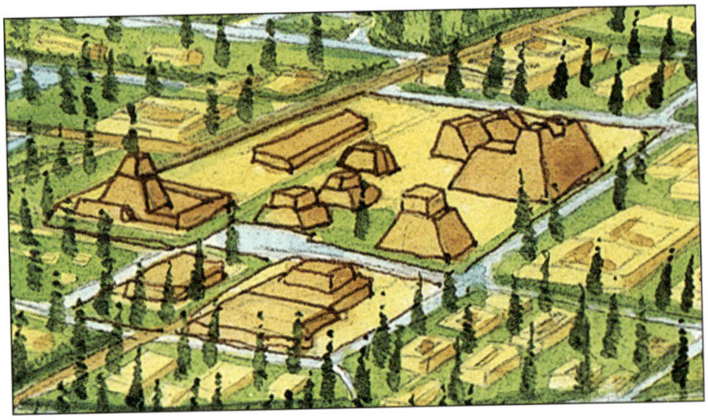

L'area cerimoniale di Tenochtitlán
Gli edifici adibiti ai culti e il palazzo imperiale sorgevano all'interno di una doppia cinta muraria che formava un vasto quadrilatero (oltre 300 m per lato). Le costruzioni erano in blocchi di pietra squadrata e calce: la più imponente era la piramide a gradoni del Tempio Mayor, sormontata dai due templi di Huitzilopochtli e Tlaloc.

Le divinità del pantheon azteco avrebbero avuto origine dalla divina coppia creatrice, Ometecuhtli e Omecihuatl "Signore e Signora", ovvero gli aspetti maschile e femminile di Ometeotl, la primordiale divinità creatrice.

LE CREAZIONI DEL MONDO

Il mondo fu soggetto a cinque creazioni successive e a quattro grandi distruzioni. Nella prima creazione fu Tezcatlipoca a divenire Sole: il mondo fu popolato da giganti ma distrutto da giaguari. Quetzalcoatl (Serpente Piumato) divenne Sole nella seconda creazione e tale rimase fino a quando Tetzatlipoca, il giaguaro che era la parte negativa di se stesso, non lo abbatté con un colpo d'artiglio; si alzò allora un grande uragano che distrusse il mondo. Gli dèi creatori posero quindi Tlaloc come terzo Sole, ma Quetzalcoatl fece piovere fuoco e il mondo fu di nuovo distrutto. Quetzalcoatl innalzò la sorella di Tlaloc come quarto Sole, ma Tetzatlipoca fece diluviare a tal punto che tutta l'umanità perì. Il quinto Sole, il nostro, è Tonatiuh e secondo le profezie il mondo avrà fine a causa di immani terremoti. È logico pensare che queste leggende si rifacciano a catastrofi realmente accadute, se consideriamo che il Messico è soggetto a frequenti terremoti, eruzioni vulcaniche ed altre calamità naturali. Gli Aztechi ritenevano che esistessero quattro regni ultraterreni in cui le anime venivano accolte a seconda della loro condizione sociale e del tipo di morte che il corpo aveva ricevuto.

Quetzalcoatl (a sinistra), il potente e temuto "Serpente piumato", era una delle divinità più importanti del pantheon tolteco.

Tezcatlipoca "Specchio fumante" (sopra), era il dio dell'Orsa maggiore e anche il signore dell'inverno e della morte.

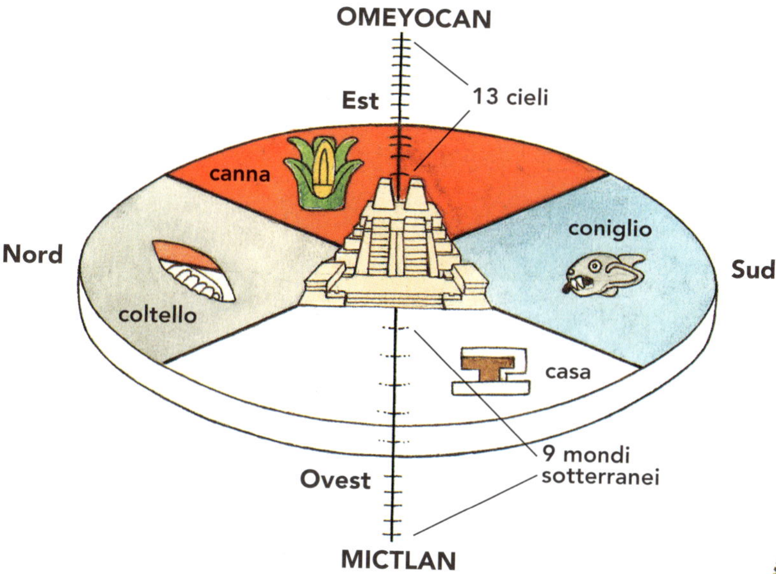

La struttura dell'universo
Secondo gli Aztechi, l'universo era composto da tre livelli: il cielo (diviso in tredici parti, sedi di altrettante divinità), la terra (un disco piatto, circondato da acque), il mondo sotterraneo (in nove parti). Al centro della terra sorgeva il Tempio Mayor, da cui partivano le quattro direzioni del mondo (ognuna rappresentata da un suo simbolo).

Scultura in pietra di uno dei principali protagonisti della cosmologia azteca: **Quetzalcoatl**, il Serpente piumato.

Xipe Totec, dio (o dea) della primavera e della fecondità, indossa, allacciata dietro la nuca e la schiena (a destra) la pelle di una vittima sacrificata in suo

Xochipilli, dio della primavera, dei fiori, delle feste e della musica.

Tlaloc, dio della pioggia, effigiato su un vaso di pietra. Il dio aveva un luogo di culto anche sul Tempio Mayor.

ALIMENTAZIONE E VITA QUOTIDIANA

Braciere di terracotta, modellato nelle sembianze di una divinità protettrice delle coltivazioni. Il manufatto, molto elaborato, risale al 1470 d.C. ed è conservato nel Museo del Tempio Mayor.

Gli Aztechi non conoscevano orologi, clessidre o meridiane e dovevano perciò affidare la conoscenza del ritmo del tempo all'osservazione dei movimenti solari e di quelli degli astri. I tamburi e gli strumenti a fiato dei templi segnavano le nove divisioni della giornata: quattro per il giorno (sorgere del sole, metà mattino, mezzogiorno, tramonto) e cinque per la notte (arrivo del buio, ora di andare a dormire, ora in cui i sacerdoti si alzavano per pregare, "un po' dopo la mezzanotte" e "un po' prima dell'alba").

UNA GIORNATA LAVORATIVA

Nelle case dei contadini, ma anche nei palazzi reali, le prime ad alzarsi erano le donne che ravvivavano le braci, macinavano il mais per confezionare le *tortillas* e cuocevano i cibi. Le faccende domestiche erano semplici perché l'arredamento, almeno nelle case popolari, era essenziale: stuoie, bauli e ceste di giunco, oggetti di ceramica, piccoli altari. All'alba si alzavano anche gli uomini per raggiungere i campi, che spesso erano lontani; generalmente rientravano solo al tramonto. Anche in città ci si alzava molto presto: artigiani, mercanti, sacerdoti e giudici iniziavano la loro attività fin dall'alba; i nobili, naturalmente, non avevano orari. I ritmi della giornata erano scanditi anche dai pasti. Si mangiava tre volte al giorno: verso le dieci del mattino i lavoratori consumavano una ciotola di zuppa di mais bollito, addolcita con miele o insaporita con salsa piccante. Il pasto principale si svolgeva a metà giornata: per il popolo mais, fagioli, salsa di peperoni e pomodori.

Xutexutle, il dio della pesca. Espandendosi verso il mare, gli Aztechi ebbero a disposizione nuovi tipi di pesce, testuggini, ostriche e granchi.

Statuetta di pietra raffigurante **Xilonen (1)**, dea del mais; sul retro **(2)** sono rappresentate la pianta e due pannocchie.

Divinità protettrice della famiglia che regge due pannocchie di mais.

Attività nel villaggio
La vita dei contadini non era mai oziosa: le donne macinavano il mais, preparavano *tortillas*, cuocevano i cibi, intrecciavano stuoie e canestri e si occupavano dell'educazione dei figli; gli uomini immagazzinavano il mais in grandi granai fatti di terra cruda e paglia, raccoglievano agave, si occupavano della manutenzione delle capanne, dei sentieri e dei corsi d'acqua.

MODA E ABBIGLIAMENTO

La pettinatura indicava la classe di appartenenza e per questo motivo era controllata dalle autorità. Le ragazze tenevano i capelli sciolti, le donne sposate li raccoglievano in trecce, i contadini li portavano frangiati, i nobili avevano il privilegio delle acconciature elaborate.

Gli studiosi di antropologia fisica hanno stabilito che gli Aztechi erano piccoli di statura (tra 1,53 e 1,63 m) e quasi imberbi. Avevano i capelli neri e lucenti come pure gli occhi. Le donne erano di statura inferiore, anch'esse avevano occhi e capelli scuri ed erano dotate, secondo i cronisti spagnoli, di particolare fascino.

LA CURA DEL CORPO

Ogni persona curava il proprio corpo e l'abbigliamento con particolare attenzione. Sicuramente i più ricchi, che non lavoravano, avevano maggior tempo da dedicare a se stessi. Secondo il cronista Andros de Tapia, Montezuma si lavava due volte al giorno, ma tutti "si bagnavano frequentemente, e molti ogni giorno, nei fiumi, nelle lagune o in vasche". Per detergersi usavano sostanze vegetali come la radice della saponaria ed erbe profumate. I maschi portavano generalmente i capelli lunghi con frangia anteriore; l'appartenenza a un determinato mestiere o gruppo sociale era indicata da un taglio diverso: i sacerdoti si rasavano ai lati del capo ma portavano una lunga ciocca al centro della testa; i guerrieri avevano sulla nuca una lunga coda che veniva tagliata dai barbieri dopo la prima battaglia. Le donne si acconciavano le lunghe chiome in modi conformi all'età, allo stato sociale, al ceto di appartenenza. Vari erano gli oggetti per il trucco e i prodotti di bellezza: specchi di pirite e ossidiana, creme, unguenti e profumi, polveri per schiarire la pelle del volto; uomini e donne spesso si dipingevano i denti di nero o rosso e si tatuavano il corpo.

Donne con i vestiti della festa: casacca e gonna stampate a motivi geometrici colorati. L'abbigliamento, sia maschile sia femminile, era di modello simile per tutte le classi sociali: variavano soltanto le decorazioni e la finezza dei tessuti. Anticamente si tessevano le ruvide fibre dell'agave; in seguito fu importato il cotone della costa del Golfo.

L'abbigliamento di un nobile: copricapo e mantello a colori e disegni vivaci, perizoma in tessuto decorato, fasce ornamentali alle gambe, sandali di cuoio e fibre vegetali, gioielli.

Guerrieri e ordini militari

I guerrieri nobili erano divisi nei due massimi ordini militari aztechi, quelli dell'Aquila e del Giaguaro. Entrambi gli animali simboleggiavano il Sole: l'aspetto diurno era rappresentato dall'uccello rapace, quello notturno dal grande felino. I guerrieri dei due ordini, che provenivano soltanto dalla nobiltà, erano i custodi del Tempio Mayor. In alto, emblemi degli ordini dell'**Aquila** e del **Giaguaro**: i due animali sacri vi sono rappresentati con ornamenti sulla testa.

Un guerriero-giaguaro, con il corpo interamente coperto da una tuta ricavata dalla pelle del feroce animale; sullo scudo sono raffigurati i possenti artigli della zampa del felino.

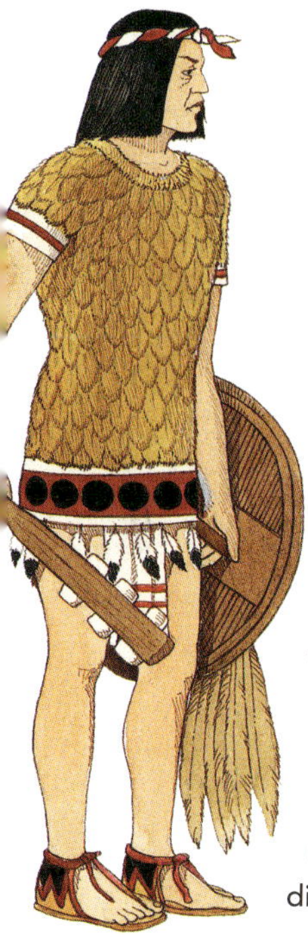

I guerrieri comuni indossavano una tunica di cotone coperta di piume; impugnavano scudi di legno ricoperti di pelle e brandivano il *macuahuitl*, una mazza di legno piatta, munita di lame sporgenti dai suoi bordi.

Un guerriero-aquila con il costume di cotone cui erano applicate penne e piume di aquila; il copricapo, che imita il becco aperto del rapace, è decorato di penne, come lo scudo.

TENOCHTITLÁN: LA CITTÀ SULL'ACQUA

Tenochtitlán contava circa 100 mila abitanti e si estendeva su una superficie di circa 4,5 kmq. Purtroppo fu quasi interamente distrutta dai *conquistadores* e solo grazie alle ricerche archeologiche, alle mappe, ai modellini in ceramica e alle cronache si riesce a ricostruirne l'urbanistica. La sua pianta era di forma rettangolare e ogni clan aveva un proprio appezzamento di terra di forma geometrica.

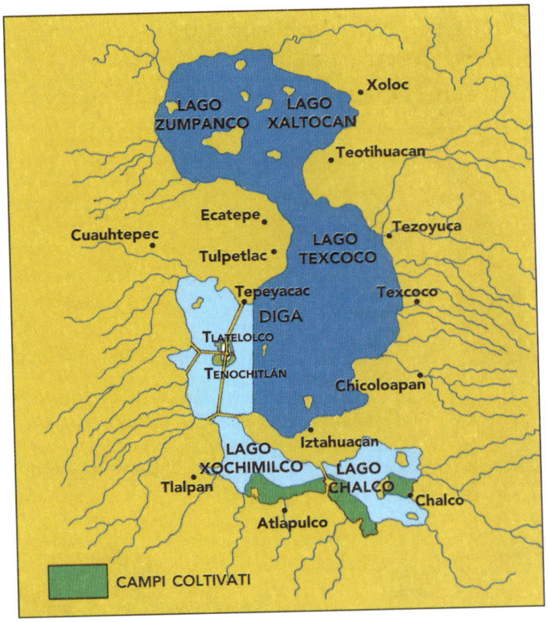

Stanziamenti aztechi sui laghi messicani

IL CENTRO MONUMENTALE

Bernal Diaz paragonò la planimetria di Tenochtitlán a quella di Venezia, con le sue strette vie, le piazze, le dighe e i ponti. Al centro della capitale azteca c'era un nucleo cerimoniale, circondato da mura decorate con serpenti, che comprendeva santuari-piramidi, uno sferisterio, la pietra sacrificale, la rastrelleria dei crani, una piscina per i bagni rituali, scuole, biblioteche e abitazioni dei sacerdoti.
Le piramidi, come tutti i templi mesoamericani, erano tronche e avevano una ripida scalinata verticale che portava a uno o più tabernacoli delle divinità, posti alla sommità della costruzione. L'edificio più importante era il Tempio Mayor, ricostruito più volte nel corso del dominio azteco.
Al di là delle mura-recinto iniziavano quattro grandi quartieri residenziali, preceduti dai palazzi reali; colpì particolarmente la fantasia europea il palazzo di Montezuma, a due piani, con un favoloso giardino e molte stanze, riccamente arredato con tessuti, piumaggi e oggetti in oro.

Veduta di Tenochtitlán

Pianta della capitale azteca

Tenochtitlán, fondata nel 1325, sorgeva su varie isolette del Lago della Luna (o Texcoco), separate l'una dall'altra da canali e unite alla terraferma da acquedotti, dighe e strade rialzate.

I quartieri della capitale

Tenochtitlán era divisa in quattro quartieri. Poco dopo la nascita della città, alcuni suoi abitanti fondarono, su un isolotto vicino, la nuova area urbana di Tlatelolco, che divenne il centro dei commerci della capitale mentre Tenochtitlán rimase quello politico-religioso.

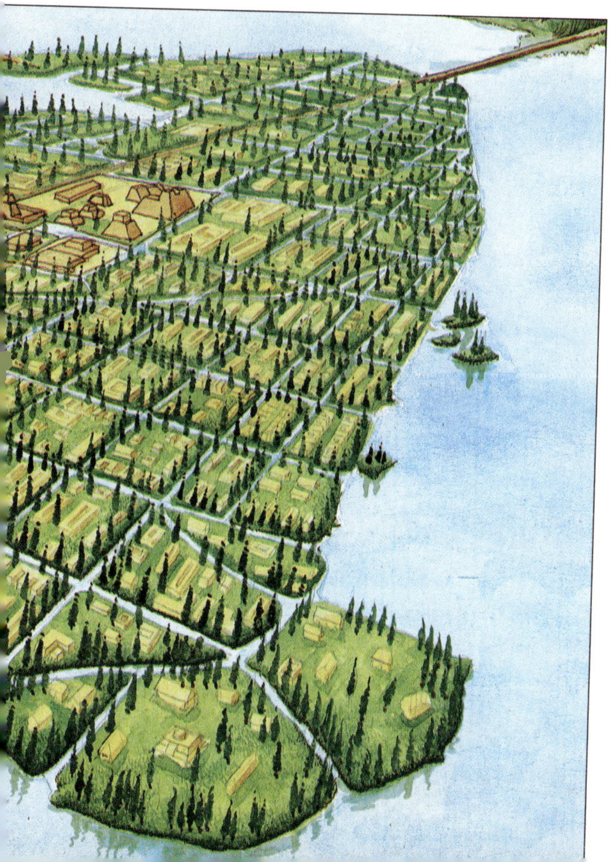

Coyolxauhqui, dea della luna, su un'enorme pietra (3,25 m di diametro; 500-800 000 kg di peso) rinvenuta presso il Tempio Mayor di Tenochtitlán.

RITI RELIGIOSI, FESTE E GIOCHI

Il rito del sacrificio umano

Gli Spagnoli, quando incontrarono gli Aztechi, rimasero profondamente colpiti dal grande spargimento di sangue che avveniva durante le cerimonie religiose, delle quali il sacrificio umano era il punto culminante. Gli Aztechi, raccogliendo l'eredità delle culture precedenti, celebravano spesso riti propiziatori. Durante la Festa del Sole, un prigioniero saliva la lunga scalinata della piramide simulando così il cammino dell'astro dall'alba al mezzogiorno. Giunta innanzi al tempio la vittima, dopo una serie di canti e di invocazioni, veniva sacrificata sul Techcatl, o Pietra del Sole. Sotto il regno di Ahuitzotl (1486-1503), in occasione dell'inaugurazione del Tempio Mayor, fu strappato il cuore a 20 mila vittime. Pochi anni dopo, Montezuma sacrificò altri 12 mila prigionieri di guerra sulla stessa scalinata.

FESTE E DIVERTIMENTI

Ogni mese (il calendario azteco era composto da 18 mesi di 20 giorni) aveva le sue festività e le sue cerimonie religiose caratterizzate, oltre che dai sacrifici, da banchetti, processioni, danze mimiche e sbornie rituali. Anche dopo ogni mercato si organizzavano feste nel corso delle quali si esibivano musicisti di professione. Gli Aztechi erano abilissimi anche nei giochi, innanzi tutto in quello della palla (*tlachtli*), lo stesso praticato dai Maya; molto in uso era anche un gioco d'azzardo, il *patólli*, che si svolgeva su una scacchiera. Di grande effetto spettacolare era il *voladór*, nel corso del quale uomini mascherati da uccelli e legati con una corda si gettavano da un alto palo, simulando il volo degli uccelli.

Coltello sacrificale: la lama è un'affilatissima scheggia di calcedonio, il manico è di legno scolpito, impreziosito da intarsi di pietre turchesi e conchiglie.

Coltello sacrificale con manico di resina, lama di selce dipinta di rosso e decorazioni realizzate in conchiglia e in ossidiana.

1

Strumenti e musica
La musica veniva eseguita soltanto come accompagnamento della danza: serviva a dare la cadenza al danzatore, perciò era ritmica e basata su poche note. Per creare musica si usavano tamburi di legno, conchiglie, flauti d'argilla o di giunco, zucche, bracciali o cavigliere tintinnanti riempite di semi.
1. Tamburo di pietra, con l'immagine di Macuilxochtl, dio della danza;
2. Flauti d'argilla;
3. Sonaglio ricavato da una zucca secca contenente semi, dotata di un manico di legno.

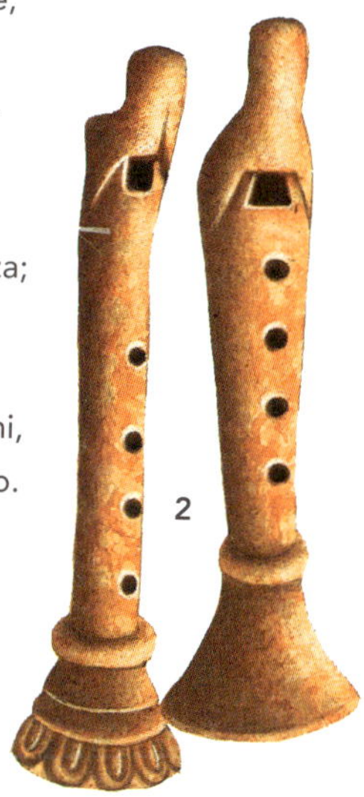

2

A destra, **braciere per riti sacrificali**, con la scultura di una figura mitologica.

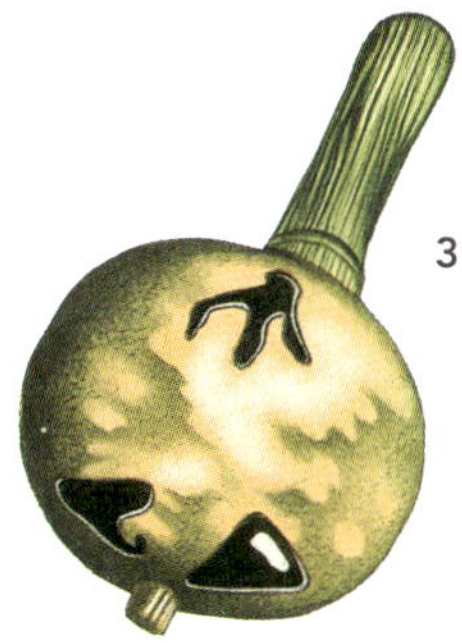

3

Gli oggetti rituali usati nei culti erano finemente lavorati, spesso arricchiti con materiali preziosi.
In alto, **maschera di argilla**, usata dai sacerdoti durante riti e processioni.

ARTE E ARTIGIANATO

Testa di Xolotl, dio che aveva sembianze di cane ed era gemello del potente Quetzalcoatl; il manufatto è di pietra e misura 50 cm d'altezza.

SCULTURA MONUMENTALE

Una delle statue più grandi finora ritrovate è quella della dea Coatlicue o "Sottana di Serpente": al posto della testa ha due serpenti e la collana che porta al collo è formata da mani e cuori umani. Vanno ricordate inoltre le grandi statue cave, ritrovate sparse lungo la costa del Golfo, tra cui il busto a dimensioni naturali di un giovane guerriero-aquila, originariamente ricoperto di piume. Alla sommità dei principali templi aztechi venivano collocate delle decorazioni, dette "fastigi", per rendere riconoscibili gli edifici religiosi anche da lontano. Altre sculture servivano invece da arredi, come i famosi *chac-mool*, le grandi sculture di uomini distesi. È probabile che tutte le sculture azteche e gran parte dei templi e degli edifici fossero originariamente dipinti, contribuendo a dare alle città un aspetto scenografico di grande effetto.

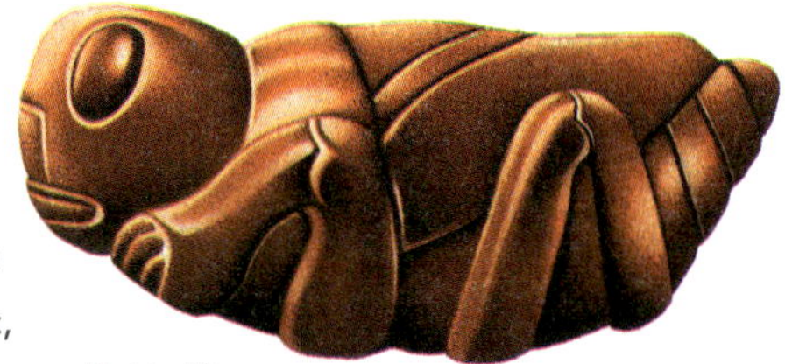

Cavalletta rossa ritrovata a Chapultepec, ("Collina delle cavallette"), prima area d'insediamento azteco presso il lago Texcoco.

L'ARTIGIANATO

Presso gli Aztechi esistevae una vera e propria corporazione di vasai i quali producevano terracotte per uso domestico usando un impasto grossolano e resistente al calore. I vasai della Mesoamerica non conoscevano il tornio: fabbricavano i vasi con strisce di argilla che sovrapponevano a serpentina e che poi spalmavano e lisciavano con estrema abilità. Molti sono gli oggetti intagliati in legno che ci sono pervenuti, tra cui strumenti musicali, maschere e idoli. Gli orefici messicani conoscevano la doratura del rame e una lega di oro e rame con cui confezionavano gioielli, sonagli, decorazioni per vesti e calzari.

Coatlicue, madre di tutti gli dèi, rappresentata in una statua che misura ben 3,5 m d'altezza. Questa scultura colossale fece impressione agli Spagnoli: la dea ha una doppia testa di serpente con denti canini, indossa una gonna formata da un viluppo di rettili, e porta una collana fatta di crani, mani e cuori umani; ai piedi ha artigli di felino.

Un guerriero-aquila, alto quasi 2 m: le tracce di stucco bianco, imitano il costume di piume tipico di questo ordine di guerrieri.

1

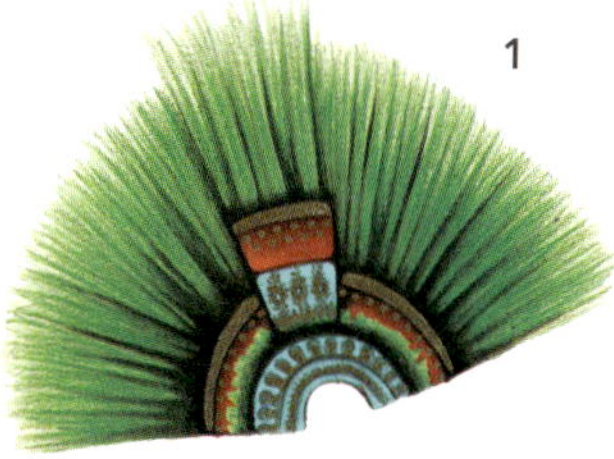

2

Le piume
1. Copricapo di piume di *quetzal*, che Montezuma aveva destinato in dono a Quetzalcoatl e che fu invece preso da Cortés;
2. Guerriero con abbigliamento di piume;
3. Vessillo di penne con raffigurata l'effigie di uno dei clan guerrieri.

3

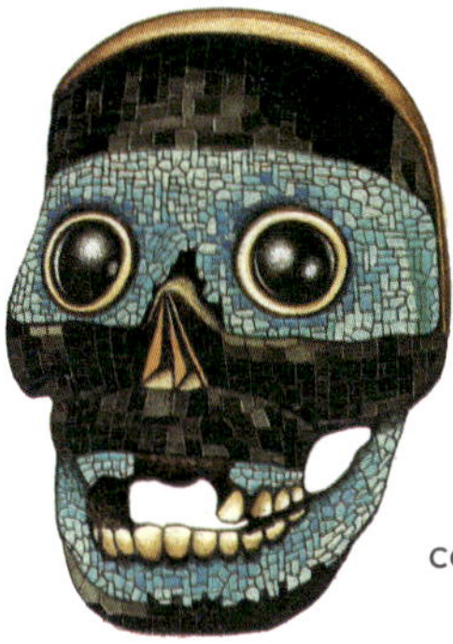

In alto, **maschera di turchesi e conchiglie**, raffigurante la dea dell'acqua con acconciatura a forma di serpente. A sinistra, **maschera di turchesi**, con occhi e denti di conchiglia.

A destra, **statuetta di legno** (XIV sec.); l'immagine è quella di una donna sposata, come si vede dai capelli raccolti in trecce.

Vasi con l'effigie di Tlaloc, usati per le offerte rituali al Tempio Mayor.

Statuetta scolpita nella giada, raffigurante la **dea del Luogo dei Morti**; gli occhi e i denti sono realizzati in conchiglia.

IL MONDO DEGLI INCA

Huari-Tiahuanaco fu capitale di un potente stato militare, nella regione del Perù, dal 500 al 1000 d.C. A sinistra, **tipico cappello a quattro punte**, in tessuto molto decorato, del costume tradizionale della città.

Il mondo degli Inca era definito, nella lingua ufficiale quechua, *Tahuantinsuyu* o "mondo dalle quattro direzioni". In realtà la direzione ritenuta più importante era quella est-ovest, il percorso del sole. Al momento della conquista spagnola l'impero incaico occupava più di un milione di chilometri quadrati: da Cuzco, nel sud del Perù, si era allargato a nord in tutto l'Ecuador e, a sud, in Cile e nell'Argentina nordoccidentale.

I **Nazca** svilupparono la loro civiltà nel Perù meridionale fra il 400 a.C. e il 700 d.C. I loro vasi di ceramica lucida sono fra i più caratteristici dell'America precolombiana. A destra, fiasca modellata e dipinta in modo da raffigurare una donna che tiene un lama legato con una corda.

ORIGINI ED ESPANSIONE

La leggenda che narra le origini del popolo inca tende a far coincidere la nascita della civiltà in Sudamerica con il sorgere del regno degli Inca. In realtà la storia dell'area andina è caratterizzata da una serie di grandi civiltà millenarie le quali raggiunsero il loro apogeo e la loro decadenza prima che gli Inca assoggettassero l'intera regione. Questa eredità fu raccolta ed assimilata dall'impero incaico, un po' come i Romani avevano fatto in Europa. Gli Inca fecero la loro prima comparsa su un elevato altipiano, brullo e desertico, caratterizzato da una notevole escursione termica: la terra dei Quechua, "il popolo della Valle calda". Il fatto di non sapere quasi nulla della storia delle civiltà preincaiche è dovuto agli stessi Inca che tramite i "rammentatori" cancellarono ogni traccia degli altri popoli mediante un'efficace manipolazione della storia. L'impero incaico durò appena 150 anni e fu governato da 13 imperatori. L'ultimo, Atahualpa, fu catturato nel 1532 e fatto uccidere dal *conquistador* spagnolo Francisco Pizarro che, dopo varie spedizioni (1513-33), abbatté l'impero degli Inca, conquistando il Perù.

Veduta di Cajamarca, città in cui nel 1532 fu ucciso l'Inca Ataualpa.

1

2

3

I **Mochica** (200 a.C-600 d.C.) rappresentarono realisticamente il loro mondo nella ceramica: un guerriero **(1)**; due dignitari con abiti cerimoniali e simboli del potere **(2** e **3)** .

4

5

I **Chimú** (1000-1450 d.C), abilissimi orafi, furono in quest'arte maestri degli Inca. L'oro era usato per gli usi più disparati: vaso d'oro cerimoniale, molto elaborato **(4)**; maschera funeraria d'oro del peso di 1670 g **(5)**.

6

Paracas, sulla costa sud del Perù, è nota per i **tessuti** ricchi di figure, databili fra il 400 e il 100 a.C, usati per avvolgere le mummie **(6)**.

SISTEMI DI SUSSISTENZA

TECNICHE E PRODOTTI AGRICOLI

Per rendere produttivi anche i pendii più scoscesi, i versanti delle valli venivano terrazzati con muri di pietra di altezza variabile e leggermente inclinati nella direzione del pendio: numerosi condotti ricavati sul fianco permettevano lo scolo delle acque piovane. Le stagioni agricole erano due: quella secca, da maggio a settembre, e quella piovosa, da ottobre a maggio, ma ogni mese la campagna richiedeva cure particolari. La patata costituiva l'alimento più importante degli antichi Peruviani: ne esistevano circa 250 varietà di diverse dimensioni e colori. Altri prodotti largamente coltivati erano il mais, zucche, peperoni, fagioli, *batatas* (patate dolci), manioca, arachidi, pomodori e un cereale chiamato quinoa, oltre a piante tessili quali il cotone e l'agave. Per fertilizzare i campi si utilizzava il guano (escremento di uccelli marini).

LA PESCA E L'ESTRAZIONE DEI METALLI

Nelle zone costiere si rifugiavano crostacei e una grande varietà di pesci; anche il lago Titicaca era molto pescoso. Sul lago si utilizzavano piccole imbarcazioni di totora e giunco, sul Pacifico si usava invece un'imbarcazione, anch'essa di canne, fatta a forma di sigaro, con la prua rialzata e la parte centrale a dorso. Un'altra fonte di benessere era data da metalli quali il rame e il bronzo, estratti dalle miniere insieme ad argento ed oro presente anche nei fiumi. Fu proprio la grande quantità di oggetti in oro a far credere agli Spagnoli di Pizarro di essere giunti nel mitico El Dorado.

Per navigare sul lago Titicaca, gli Inca usavano **imbarcazioni** costruite con fasci di canne di totora, strettamente legati insieme.
Una popolazione, quella dei Collas, era particolarmente esperta nella tecnica di fabbricazione di queste barche (che in Perù si usano ancora oggi).

L'aratura dei campi

1
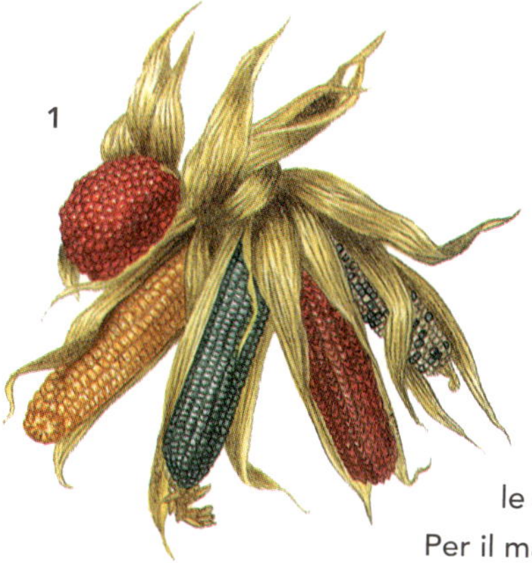

2

3

Coltura e raccolta di piante spontanee
Nelle zone di montagna si praticavano le coltivazioni del mais **(1)** e della patata **(2)**. Per il mais venivano scelti i pendii delle valli che erano più riparate dal vento e dal gelo; questa pianta poteva essere coltivata fino a un'altitudine di 3800 m, oltre la quale cedeva il posto alla coltura della patata. Nelle zone costiere si coltivavano vari tipi di fagioli, pomodori **(3)** e arachidi. Nelle zone aride cresceva spontanea l'agave **(4)** dalla quale si ottenevano fibre tessili e una bevanda alcolica.

4

Animali d'allevamento
Il porcellino d'India era allevato per la sua carne **(1)**. Il lama **(2)**, era usato come animale da soma (sebbene trasporti al massimo 25 kg per non più di 20 km al giorno), forniva inoltre carne e lana. L'alpaca **(3)** e la vigogna **(4)** fornivano lane molto apprezzate.

1

2 3 4

LE CITTÀ INCA

La tipologia urbanistica incaica era varia, a seconda delle zone e delle tradizioni che la caratterizzavano. Esistono però degli elementi comuni, ancora oggi visibili tra i pochi resti archeologici sopravvissuti al tempo e ai *conquistadores*.

MATERIALI E TECNICHE COSTRUTTIVE

Negli altipiani gli Inca utilizzarono grandi massi tagliati a poligono in modo da ottenere una perfetta aderenza tra loro o pietre squadrate di proporzioni minori. Venivano usati vari tipi di pietra, come il porfido, l'andesite, il calcare. Il sollevamento e il trasporto avvenivano mediante tronchi di legno, funi e rudimentali leve ed era affidato a operai specializzati. Non si utilizzavano animali da soma.
Sulla costa, invece, gli Inca adottarono un materiale già utilizzato dalle culture precedenti: l'adobe, cioè il mattone di argilla cruda mescolata a cenere e paglia e seccato al sole.

CUZCO: LA CITTÀ D'ORO

La capitale incaica era Cuzco, fondata, secondo la tradizione, nel 1100 d.C,. Cuzco si trova a 3 500 m ca. di altezza e venne interamente ricostruita nel XV sec. Due strade principali si incrociavano al suo interno, dividendola così in quattro settori composti da dodici quartieri in cui vivevano circa 200 mila persone. I due fiumi che scorrevano nella vallata di Cuzco vennero canalizzati e convogliati in acquedotti di pietra che attraversavano la città. L'aspetto di questa capitale era ricco e stupefacente.

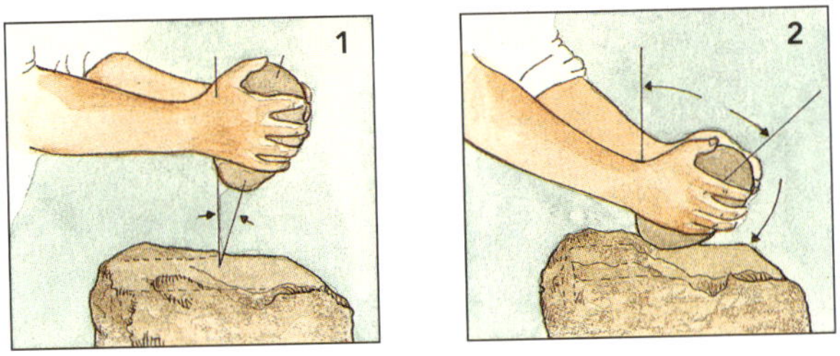

La squadratura delle pietre
I tagliapietre squadravano i blocchi con un percussore di pietra **(1)**, del peso di 4-5 kg lasciandolo cadere da un'altezza di 25 cm con un angolo di 15-20 gradi. L'ulteriore spinta, impressa con i polsi **(2)**, allargava l'angolo di percussione a 45 gradi, provocando così la scheggiatura.

Tecniche costruttive: (sopra) aperture e nicchie a trapezio; (sotto) pietre perfettamente murate a secco.

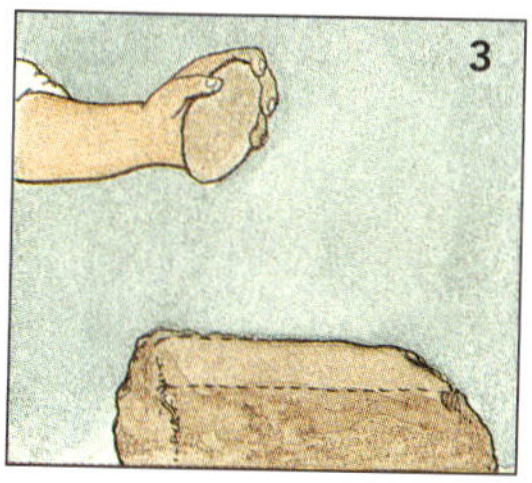

Terminata la lavorazione di una faccia del blocco, si rifiniva lo spigolo colpendolo con un percussore più piccolo **(3)**, del peso di circa 600 g, saldamente impugnato con una sola mano. Ripetuto il lavoro sulle sei facce del blocco, ne risultava una pietra dagli angoli leggermente convessi **(4)**, che si poteva allineare ad altre simili senza bisogno di malta.

Le città degli Inca non furono mai estese alle dimensioni di grandi metropoli. I cittadini comuni vivevano in periferia, divisi in quattro aree: ogni quartiere corrispondeva alla direzione geografica delle zone da cui provenivano i suoi abitanti.
In basso, la pianta di **Cuzco**, progettata in modo da assomigliare a un felino: le vie a scacchiera ne disegnavano corpo, zampe e coda; la fortezza ne era invece la testa.

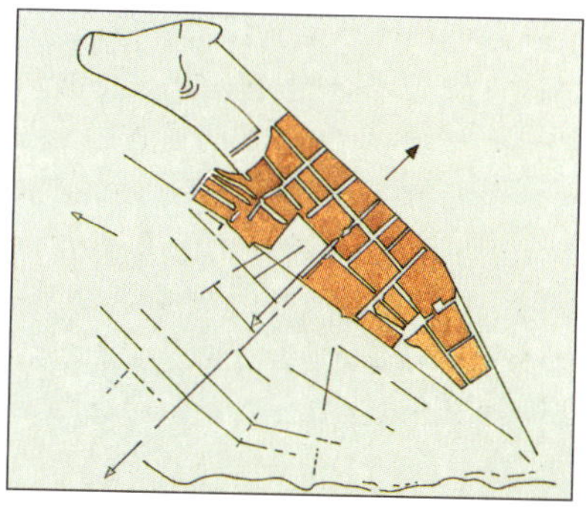

RITI E FESTE

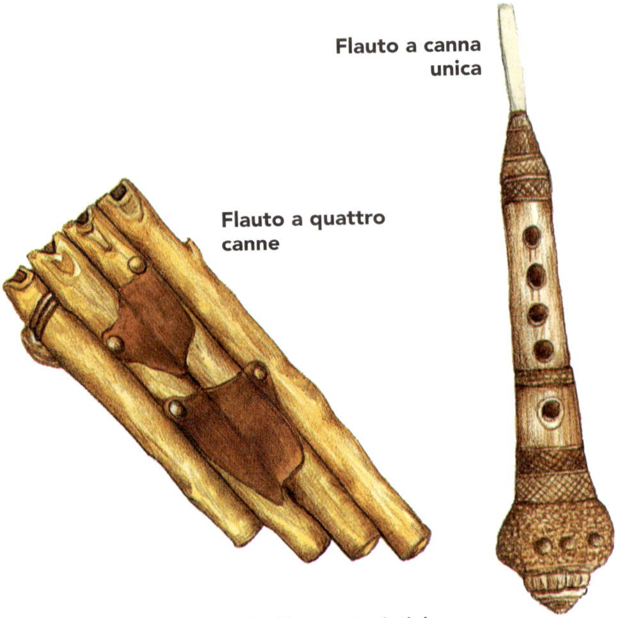

I flauti, gli strumenti più caratteristici della musica andina, erano di vario tipo: di canna, d'argilla o di osso.

In una società come quella incaica, dove tutto era opportunamente organizzato, riti religiosi e celebrazioni civili scandivano i vari momenti dell'esistenza di ogni individuo e costituivano le tappe della sua esistenza. Appena nato il bambino veniva purificato nelle acque del ruscello più vicino e il quarto giorno lo si metteva in una culla di legno che la madre portava sulle spalle. Il nome gli veniva imposto con la cerimonia della pubertà, a 14 anni, quando i ragazzi indossavano per la prima volta il perizoma e alle fanciulle era concesso di acconciarsi i capelli. La tappa successiva per i giovani era il matrimonio: ci si sposava verso i 20 anni con la cerimonia dello scambio dei sandali. Al momento della morte si celebravano altri riti e cerimonie: generalmente si fasciava il cadavere dalle ginocchia al mento e lo si copriva con un panno; il corpo veniva poi sepolto sotto sporgenze rocciose o piccole cavità scavate nel terreno e poi murate.

RICORRENZE E FESTEGGIAMENTI

L'anno incaico si divideva in dodici mesi ognuno dei quali prendeva nome da una particolare festa che poteva durare più giorni. Le celebrazioni erano accompagnate da giochi, manifestazioni sportive, canti, danze e colossali sbornie di *chica*, la birra di mais. Per l'accompagnamento musicale si usavano strumenti a percussione e a fiato. Tra le tante manifestazioni la più importante era la Festa del Sole, che si celebrava a Cuzco al solstizio d'inverno: per dieci giorni la città si animava straordinariamente e la festa culminava con l'offerta al dio Sole della bevanda sacra, la *chicha*.

La festa del Sole a Cuzco

1

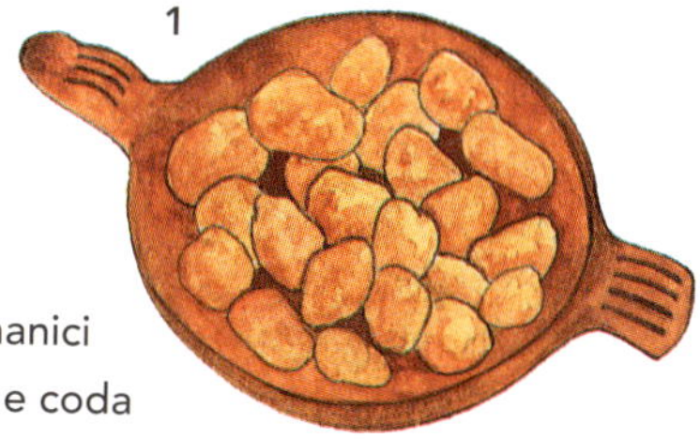

2

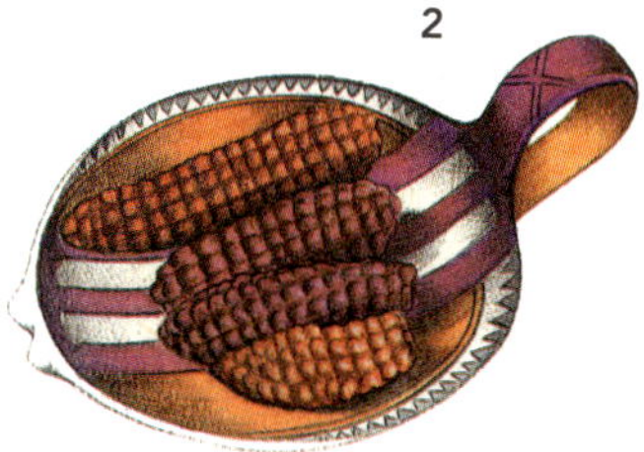

Piatti per le offerte al dio Sole
1. Piatto con i manici a forma di testa e coda di anatra, contenente *chuño*, pietanza a base di patate disidratate; **2.** piatto cerimoniale della regione di Cuzco, con un'offerta di pannocchie rituali; **3.** pannocchie scolpite nella pietra, poste come offerta rituale in un piatto da cerimonia, realizzato anch'esso in pietra lucidata.

3

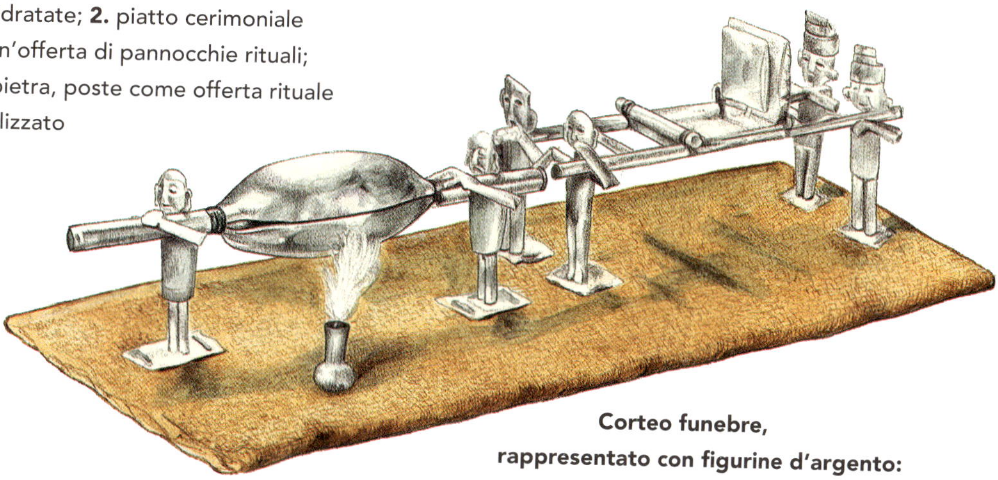

Corteo funebre, rappresentato con figurine d'argento: l'urna che precede la lettiga, conteneva il corredo funerario.

Coppa di legno dipinto, usata per le libagioni cerimoniali.

Le feste religiose (a sinistra) erano connesse ai cicli agricoli. In ringraziamento per i raccolti, e per propiziare quelli futuri, venivano presentate agli dèi offerte rituali: patate e pannocchie di mais (anche riprodotte in pietra), coca, *chicha*, piume, porcellini d'India. Molto importante era il sacrificio dei pregiati lama bianchi.

IL DIRITTO

Lo Stato incaico era una vera teocrazia e ogni reato veniva considerato sia come disobbedienza all'autorità costituita, sia come offesa arrecata al dio: quindi un "peccato" da espiare.

LA LEGISLAZIONE PENALE

In caso di trasgressione esisteva una legislazione penale applicata però con una certa elasticità; il giudice teneva conto dell'età del colpevole, dei suoi precedenti e dello stato di necessità: non era punito il furto per fame, ma veniva colpito il responsabile del fatto che un suddito dell'inca avesse patito la fame.
La giustizia applicata alle classi sociali elevate era più severa, cosa che, ovviamente, fu motivo di grande stupore fra i *conquistadores*.

L'AMMINISTRAZIONE DELLA GIUSTIZIA

Nella società incaica erano puniti il furto di proprietà, la menzogna, l'omicidio, la violenza e l'adulterio. Gli assassini venivano impiccati, o lapidati a morte. L'infrazione più grave era il furto, soprattutto se commesso a danno della comunità. Anche in questo caso si ricorreva alla pena di morte, inflitta inoltre a chi bestemmiava contro il Sole. L'ubriachezza era tollerata, ma vietata nel corso di attività lavorative. I reati minori erano puniti con la mutilazione di occhi, labbra, parti del naso e degli arti. In genere le pene più gravi erano diverse per le due classi: ai nobili e prigionieri di alto rango decapitazione, carcere a vita, destituzione, confisca; per il popolo impiccagione, lavoro forzato nelle piantagioni di coca, nelle miniere e nelle terre aride.

Il depositario del diritto

L'inca, in quanto Figlio del Sole, era anche il sommo capo della giustizia (sotto). Per la sua origine divina, l'imperatore era signore assoluto dei sudditi e dei beni dello stato: perciò tutti i reati, sia contro le persone sia contro le cose, erano offese alla sua divinità.

7

Punizioni e strumenti di giustizia

I delitti si pagavano, a seconda della loro gravità, con il patrimonio o con la vita; esistevano tuttavia anche le carceri. Coloro che erano sospettati di un reato venivano talvolta sottoposti a un'ordalia ("giudizio divino"): rinchiusi in celle piene di animali selvatici, davano prova di innocenza sopravvivendo per più di due giorni. Vari erano gli strumenti e i simboli della giustizia: mazza lunga con testa a sei punte **(1)**; ascia di rame **(2)**; mazza corta, di pietra **(3)**; mazza articolata, con testa di pietra **(4)**; mazza di pietra con manico **(5)**; scure **(6)**; scudo di legno **(7)**.

5

6

ALIMENTAZIONE E VITA QUOTIDIANA

Contadini, artigiani e operai si alzavano all'alba e consumavano una prima colazione, contentandosi spesso degli avanzi della sera precedente. Si iniziava quindi il lavoro, interrotto poi verso mezzogiorno, quando l'intera famiglia si riuniva per il pasto vero e proprio. Le attività continuavano fino al tramonto, momento del pasto della sera.

LA DIETA DEL POPOLO E DEI NOBILI

In genere gli Inca consumavano cibi bolliti; non si utilizzavano grassi né si friggeva. Con il granoturco si cucinava una zuppa densa, chiamata *mote*, aromatizzata con erbe e peperoncino; una vera ghiottoneria erano i chicchi di mais soffiato. Si consumava quotidianamente un pane di granoturco macinato, ridotto in pasta e cotto nella brace. Le proteine, oltre che con i vari cereali, venivano assunte con la carne di lama essiccata al sole e quindi bollita in zuppe. Ma era difficile che una famiglia sacrificasse un lama per uso alimentare, in quanto più prezioso per il trasporto e per la lana. Meglio allora allevare i porcellini d'India la cui carne era molto apprezzata. I cibi dei nobili e dei dignitari erano vari e più raffinati; a Cuzco, portati dagli stessi corrieri che recavano i messaggi, giungevano direttamente dalla costa pesci freschi e crostacei; spezie ed erbe aromatiche si facevano arrivare dal versante amazzonico delle Ande. Atahualpa, l'ultimo inca, mangiava seduto sul suo sgabello e non aveva bisogno di tavolo: il cibo gli veniva servito in vasellame d'oro e d'argento, disposto su piccole stuoie.

Preparativi per l'inverno in un villaggio andino
Si provvedeva a far seccare le pannocchie del mais e a far ingrassare all'aperto i porcellini d'India. Veniva inoltre preparata la farina di patate: si pestavano i tuberi per spremerne l'acqua; lasciati all'aperto, di notte si congelavano e di giorno si scongelavano, disidratandosi ulteriormente. Dalla pasta quasi secca, così ottenuta, era più facile ricavare la farina.

Un *keru*, coppa di legno usata per bere la *chicha*. Sul boccale è raffigurato un contadino che lavora la terra con una corta zappa.

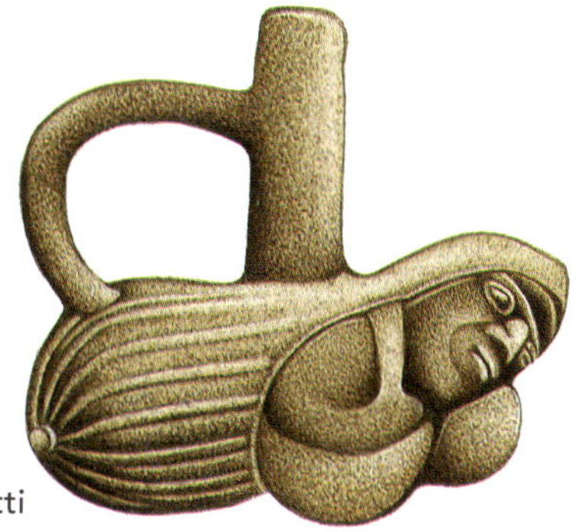

Fiasca a forma di arachide con volto umano: i prodotti agricoli erano spesso rappresentati con grande inventiva e maestria nei manufatti di ceramica.

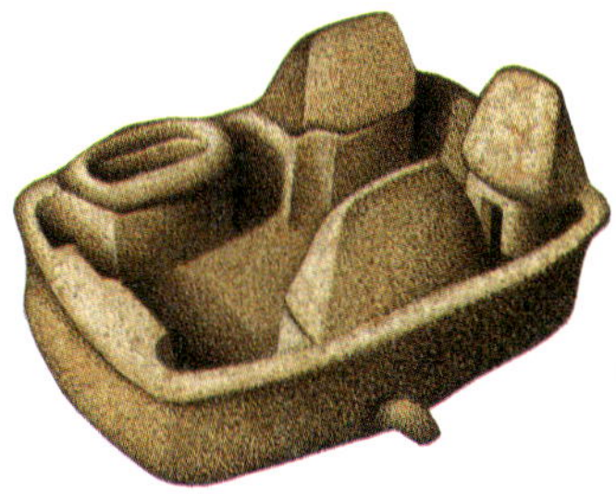

Case di un villaggio andino, abilmente riprodotte in miniatura nella terracotta.

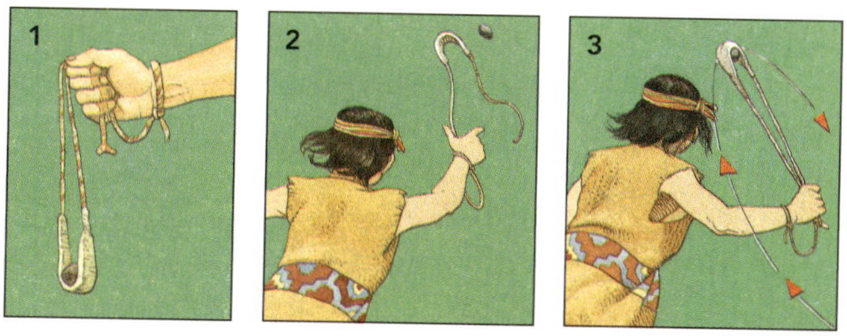

La fionda era la sola arma che tutti potevano possedere. L'arma era costituita da due bande **(1)**, di corda o di cuoio, e da una tasca centrale per il sasso da scagliare. Impugnando la fionda, la si faceva ruotare in aria **(2)**, lasciando improvvisamente libero uno dei due capi, in modo che il proiettile partisse in direzione del bersaglio **(3)**.

LE VIE DEL COMMERCIO

Grande fu l'abilità che le popolazioni incaiche mostrarono nell'organizzare un'efficiente rete stradale che collegava Cuzco con tutte le regioni dell'impero.

UN IMPERO DI COMMERCI

L'arteria principale, la Strada Reale, era divisa in due arterie principali: quella andina e quella costiera. La prima, lunga 5 200 km, percorreva la Cordigliera dal limite settentrionale dell'impero, attraverso l'Ecuador, il Perù, la Bolivia, il Cile e l'Argentina. La strada costiera, lunga più di 4 000 km e larga 7 m, partiva da Tumbes, al limite del regno incaico sul Pacifico, e proseguiva verso sud, attraverso il deserto, per tutta la lunghezza del Perù e del Cile. Sicuramente le più ardite opere di ingegneria stradale erano costituite dai ponti che gli Inca ritenevano sacri. Ce n'erano di varie tipologie: sospesi, galleggianti su barche, a mensola, a lastre di pietra. Lungo tutti i percorsi stradali, a intervalli regolari, sorgevano posti di ristoro o *tampu*, simili a locande. Qui si fermavano a riposare i viaggiatori e i corrieri che, organizzati in staffette, portavano messaggi governativi e doni per la corte. Il commercio era diffuso ma era sviluppato solo all'interno dell'impero. In appositi mercati, nelle città più importanti, si effettuavano scambi e compravendite di prodotti locali. Nelle zone costiere, che erano anche le più povere, ogni merce era ritenuta preziosa; dall'interno erano richiesti soprattutto articoli di lusso: piume colorate, coca e sostanze stimolanti provenienti dal versante amazzonico, smeraldi, giade e oro.

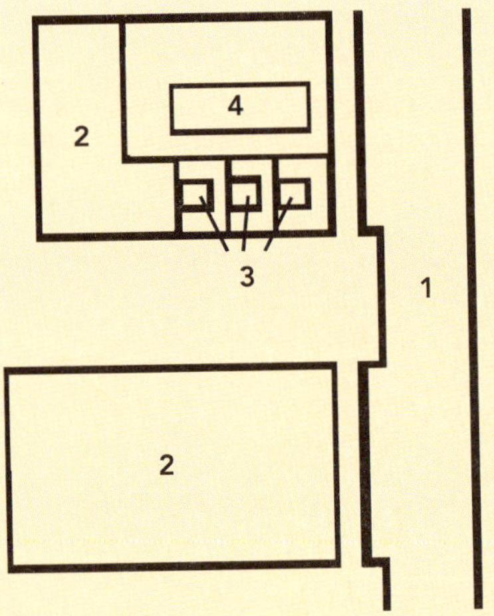

I ***tampu*** erano stazioni di posta dislocate lungo la Strada Reale a intervalli di circa 20 km, la tappa massima per un lama a pieno carico (25 kg). Pianta di un *tampu*: Strada Reale **(1)**; stalle per i lama **(2)**; camere singole **(3)**; locale comune **(4)**.

Portatore con il tipico vaso inca per il trasporto di liquidi (statuetta d'argilla del XV sec.).

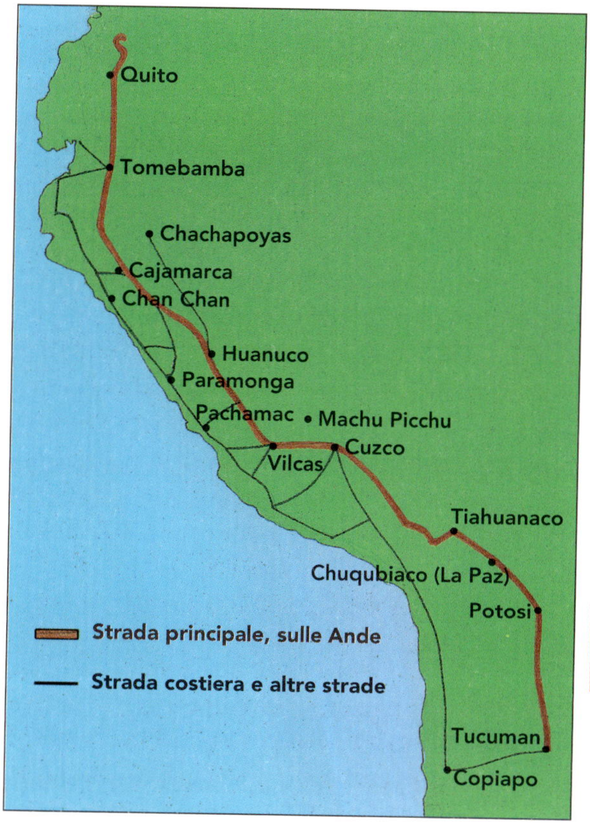

La rete stradale dell'impero
Una rete stradale lunga più di 25 000 km collegava le città dell'impero incaico. Le strade erano riservate agli Inca e ai funzionari governativi: corrieri (*chasqui*), amministratori, mercanti autorizzati, militari e spie (*tokyrikok*).

Le strade degli Inca si snodavano lungo i pendii scoscesi delle Ande, costeggiando profondi burroni e superando gole paurose su ponti sospesi: erano concepite per essere percorse a piedi (in lettiga per i dignitari) e dai lama da soma; del resto, gli Inca non avevano né veicoli a ruote, né animali da tiro.

LA PRODUZIONE ARITISTICA

I prodotti artigianali e artistici degli Inca erano vari e complessi, frutto di millenni di creatività e tecnica dei vari gruppi indigeni, che essi seppero ricreare secondo le loro esigenze, la loro religione e i loro tempi. Gli esemplari più belli di arte-artigianato giunti fino a noi sono sicuramente rappresentati dai tessuti confezionati con telai orizzontali o verticali, tuttora in uso in certe zone delle Ande. Le donne intessevano le piume con le quali confezionavano tuniche e mantelli, impreziositi da applicazioni in oro e pietre.

1

2

3

I ***keru*** erano vasi di legno, pitturati e intagliati.
1. Boccale decorato con intagli e pitture;
2. *Keru* con stilizzazione di un rito magico-religioso;
3. *Keru* a forma di testa umana.

OREFICERIA E CERAMICA: TECNICHE E MATERIALI

L'estrazione dei metalli dalle miniere e il setacciamento dei fiumi per raccogliere pepite o polvere d'oro avvenivano su larga scala. Le tecniche di lavorazione erano varie: colata a stampo, lavorazione a maglio, saldatura, sbalzatura. La lega più usata era composta da oro e rame. Come gli altri popoli del Nuovo Mondo gli Inca non conoscevano il tornio del vasaio e usavano la tecnica "a colombino". Le loro ceramiche erano più utilitarie che decorative, fatte con un impasto a grana sottile ma di notevole durezza. Gli oggetti di maggior produzione erano i tripodi cerimoniali policromi e i grandi contenitori rossi di uso quotidiano. Il recipiente di tipo più elegante era l'*ariballo*, un vaso a forma di bottiglia, con fondo arrotondato che rimaneva in piedi solo se pieno. L'ariballo aveva un lungo ed elegante collo e due manici attraverso i quali veniva fatta passare una corda per facilitarne il trasporto.

Le ceramiche
1. Fiasca a forma di donna con un bambino in braccio;
2. vaso con le anse a forma di giaguaro;
3. giara da portare legata sulla schiena, per il trasporto dell'acqua.

1

2

3

Le stoffe, in genere, venivano decorate realizzando le figure direttamente al telaio, nella trama del tessuto; solo raramente, invece, i disegni erano ricamati o dipinti. A sinistra, **tunica decorata** con un semplice motivo geometrico. A destra, **dettaglio di una stoffa** del XV sec., tessuta in cotone.

1

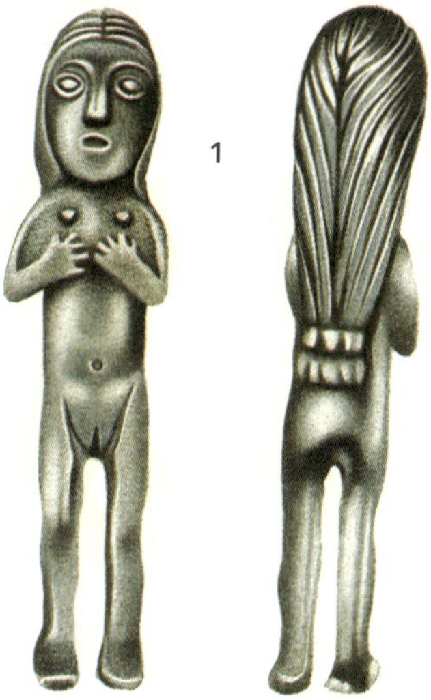

2

Figurine in metalli preziosi

1. Statuina, vista di fronte e di spalle, che raffigura una donna nuda, dai lunghi capelli; realizzata in argento, la piccola scultura è databile a un periodo che va dal 1450 al 1533.

2. Parte terminale di uno scettro, con una elaborata figurazione zoomorfa, preziosamente realizzata in oro e turchese.

3. Raffigurazione di un lama, in argento.

4. "Venere" in oro, nello stile dei popoli della costa.

3

4

L'oreficeria

La grande produzione di oggetti ornamentali e di vasellame, in oro e in argento, destinata agli Inca e ai nobili, testimonia l'abilità tecnica e il gusto artistico cui pervenne la tradizione orafa nell'America meridionale. Fu anche questa una delle cause del diffondersi fra i *conquistadores* spagnoli di storie favolose sul paese degli Inca come mitico El Dorado. A destra, un elaborato manufatto in oro: una testa di felino, nello stile dei popoli della costa.

MEDICINA E FARMACI

La chirurgia
Gli Inca praticavano la chirurgia, senza però intervenire sugli organi interni. Effettuavano amputazioni, incidevano profondamente gli ascessi e steccavano gli arti fratturati. In alcune tombe sono stati trovati scalpelli (in alto) per l'incisione delle ossa: sono in bronzo, di varie forme e misure, con o senza manico di legno.

Uno degli aspetti più affascinanti della cultura incaica è sicuramente l'abilità che gli indios avevano nel curare le malattie utilizzando le erbe ma non disdegnando la magia che suggestionava il malato rafforzando la sua volontà di guarire.

MALATTIE E RIMEDI

Le malattie più diffuse erano le febbri malariche e *luta*, una specie di lebbra che colpiva il volto. Gli indios ritenevano che tutti i mali avessero una causa soprannaturale e che quindi occorresse curarli oltre che con medicine naturali, anche con pratiche magiche e religiose; in questo caso intervenivano gli stregoni, i sacerdoti, gli indovini. Nei casi più gravi si ricorreva anche alla chirurgia dopo che i pazienti erano stati anestetizzati (ubriacati) con la *chica* o inebetiti con la coca. Per suturare le incisioni si ricorreva alle formiche carnivore alle quali venivano fatti mordere i lembi delle ferite; poi si tagliava loro la testa che fungeva da graffetta naturale. Sono stati ritrovati anche crani con evidenti segni di trapanazione e piuttosto sviluppata era l'odontoiatria: le otturazioni delle carie e le protesi erano fatte con il rame.

La malaria veniva curata con la *quina-quina* (chinino), invece contro la tosse si somministrava un'infusione di *huamanripa* o *senecio*, una pianta dai piccoli fiori gialli; il tabacco era usato come polvere da fiuto per liberare le vie nasali. L'applicazione di sali minerali serviva a curare la pelle, i fiori della datura, o "albero del sonno", a calmare i nervi, mentre per provocare l'azione contraria si usava la noce vomica.

1

2

3

Medici e stregoni

Gli Inca ereditarono gran parte delle loro conoscenze terapeutiche da altri popoli, quali i Moche (della costa) e i Callahuayas (dell'interno).

1. Guaritore con copricapo che rappresenta l'animale da cui provengono i suoi poteri.

2. Guaritore che esamina un paziente masticando coca, come si vede dalla protuberanza della guancia.

3. Guaritore dei Moche mentre prepara un decotto: il potere dei medici derivava in gran parte dalla segretezza delle loro formule, che venivano tramandate di padre in figlio.

Le erbe della salute

1. Tabacco
2. Senecio
3. China
4. Coca

A sinistra, il **guaritore-sciamano** agiva come mediatore fra il malato e gli spiriti che causavano la sofferenza.

ANTICHI CINESI

L'AMBIENTE NATURALE

Il territorio abitato dagli antichi Cinesi era delimitato da barriere naturali: l'Oceano Pacifico a est, l'impenetrabile giungla a sud e, a ovest, le montagne del Pamir e dell'Himalaya. A nord si estendevano regioni desertiche da cui veniva la minaccia di invasioni delle tribù nomadi.

Il deserto del Gobi si estende dal Turkestan alla Manciuria, a nord del territorio che fu abitato dagli antichi Cinesi. Da qui proviene il *loess* che ha reso fertile la valle del Fiume Giallo.

IL TERRITORIO, I FIUMI, IL CLIMA

All'interno di questi confini, si estende un territorio di ondulate colline e pianure alluvionali, solcato da tre grandi fiumi e dai loro numerosi tributari: il Si Jiang a sud, lo Yangzi nella Cina centrale e il Fiume Giallo a nord. In Cina le condizioni climatiche variano notevolmente a seconda della latitudine: dal clima tropicale del sud a quello subartico del nord.

Nel bacino dello Yangzi un clima subtropicale assicura condizioni favorevoli per l'agricoltura; è qui che predomina la coltivazione del riso.

Il bacino del Fiume Giallo, dove vengono coltivati grano e miglio, ha un clima meno favorevole: gli inverni sono lunghi, freddi e asciutti, ma piogge improvvise possono causare violente inondazioni. Per questa ragione il Fiume Giallo è chiamato la "pena della Cina".

Questo è dovuto al *loess*, una polvere finissima proveniente dal deserto della Mongolia: sospinta dai venti, si deposita sulle acque del corso superiore del fiume, dove viene raccolta e trasportata dalla corrente. Per migliaia di anni il *loess* si è depositato, sedimentandosi lungo le rive in strati profondi da 30 a 100 m, rendendo fertile tutta la zona.

Le montagne del Pamir, al confine occidentale del territorio cinese. Le vette più elevate raggiungono i 7700 m, mentre gli altopiani intermontani si trovano a 3000-4000 m di altitudine.

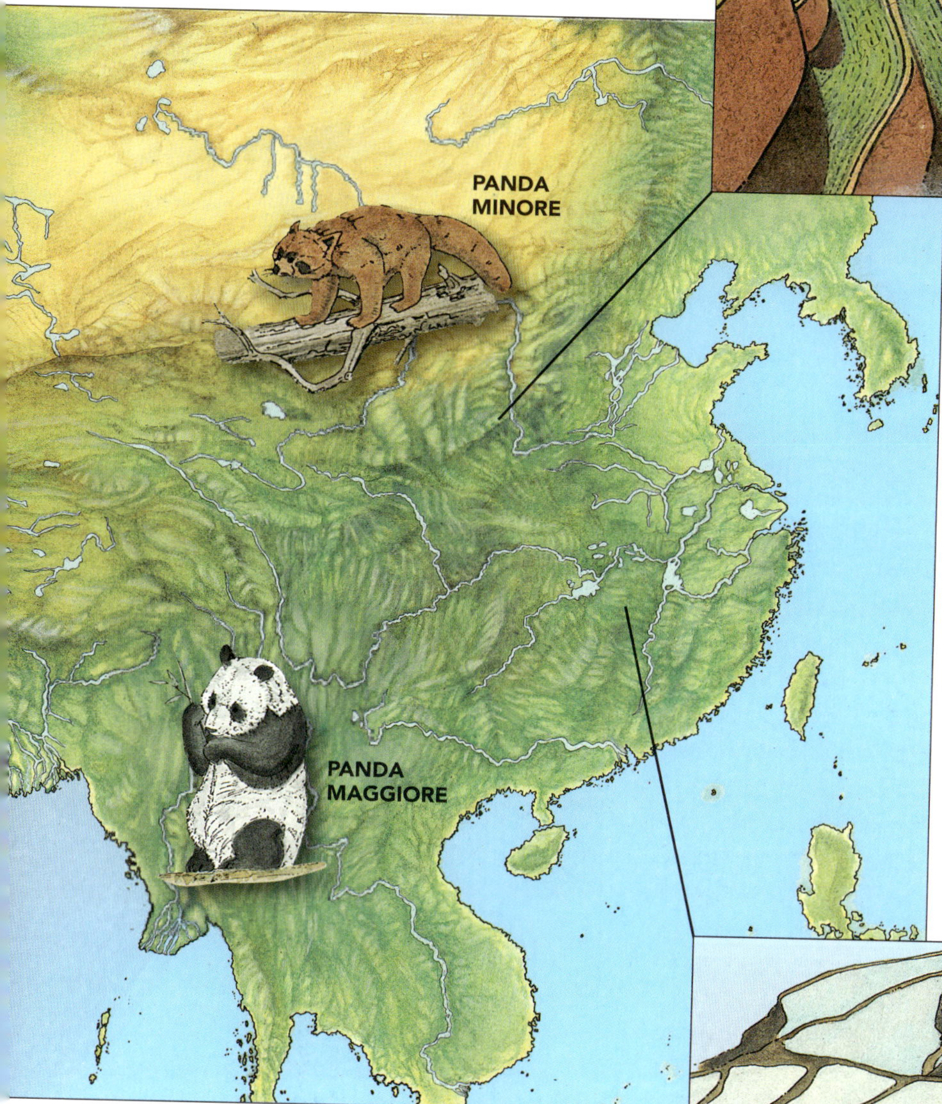

I terrazzamenti loessici nella valle del Fiume Giallo adibiti, fin dall'antichità, alla coltivazione di cereali ancora oggi sono sfruttati dagli agricoltori cinesi.

Le risaie, che cambiano aspetto e colori a seconda delle stagioni, sono parte essenziale del paesaggio cinese e prima fonte di sostentamento per milioni di agricoltori.

永

I PRIMI ABITANTI DELLA CINA

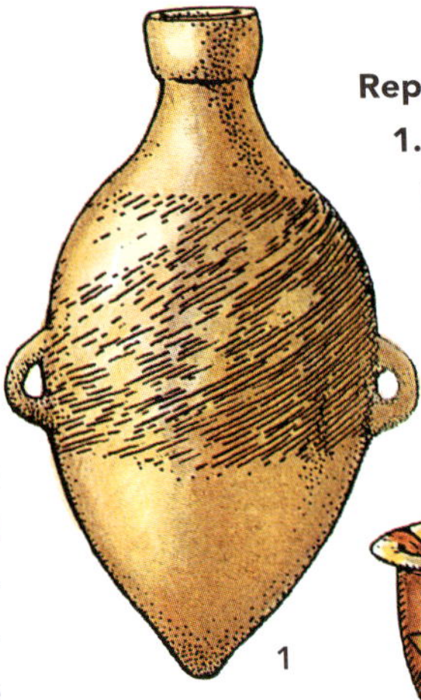

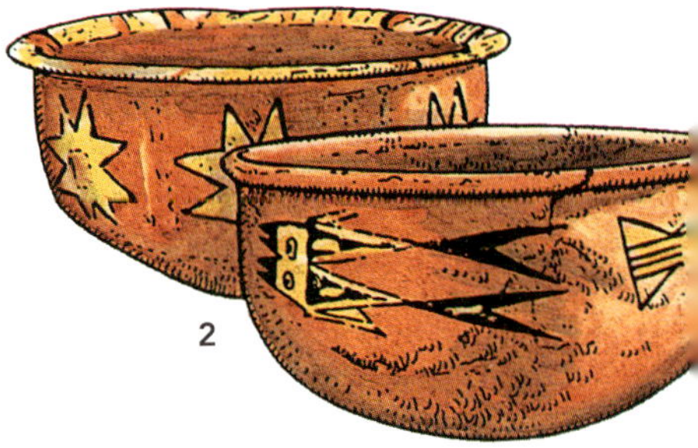

Reperti provenienti da Banpo
1. Anfora con segni di corda impressi sulla superficie;
2. ciotole decorate con motivi geometrici e raffigurazioni di pesci in nero su fondo rosso.

Le comunità agricole del Neolitico si formarono intorno al 6500 a.C.: nell'area paludosa lungo il basso corso dello Yangzi sono state rinvenute testimonianze delle più antiche coltivazioni di riso in Asia. A nord e a ovest altri gruppi stavano intanto occupando i ben prosciugati terreni delle terrazze loessiche del Fiume Giallo e andavano velocemente sviluppando le loro culture.

LE CULTURE YANGSHAO E LONGSHAN

Si definisce cultura Yangshao quella che si sviluppò, intorno al 6000 a.C., lungo il corso meridionale del Fiume Giallo. Gli abitanti vivevano prevalentemente di caccia e pesca, mentre l'agricoltura stava appena nascendo. Il miglio costituiva la base dell'alimentazione, integrata con frutta e verdure, e con carne di maiale, capra e cani. I contadini vivevano in grandi insediamenti, compatti e autosufficienti; le abitazioni erano agglomerate sui terrazzamenti del fiume.
Alla cultura Yangshao seguì la più evoluta cultura Longshan (3000-1800 a.C.). Nei villaggi Longshan si coltivavano riso e miglio e si producevano utensili in pietra che rivelano notevole perizia. Gli artigiani fabbricavano una caratteristica ceramica a vernice nera, brunita, sapientemente modellata. Dal 2500 a.C. circa si rileva una crescente differenziazione fra le sepolture povere e quelle ricche, che denota l'emergere di una classe dominante e di una sacerdotale. È testimoniata la pratica di consultare gli spiriti dei defunti, primo abbozzo di una cultura propriamente cinese.

永

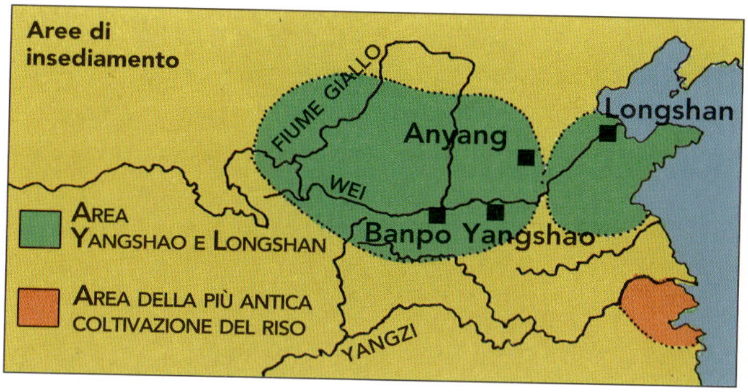

Il villaggio di Banpo (spttp)
Esempio tipico di insediamento Yangshao, si componeva di circa 500 abitazioni, costruite con fango, paglia e rami d'albero. La zona occupata dalle abitazioni era delimitata da un fossato oltre il quale si trovavano il cimitero e il centro di produzione della ceramica.

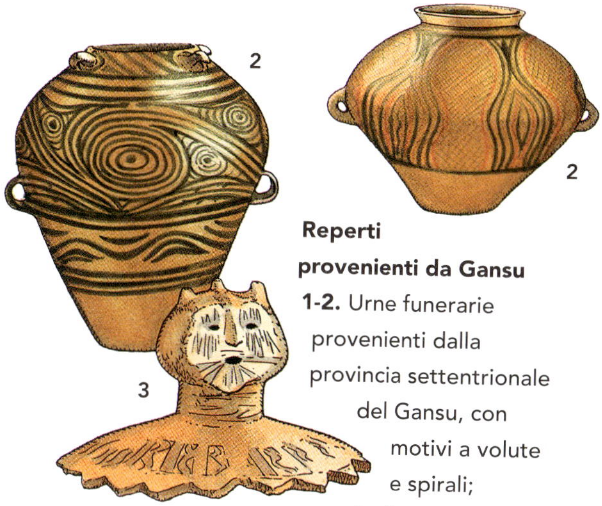

Reperti provenienti da Gansu
1-2. Urne funerarie provenienti dalla provincia settentrionale del Gansu, con motivi a volute e spirali; **3.** Coperchio di vaso, proveniente dal Gansu, terminante con una raffigurazione di testa umana.

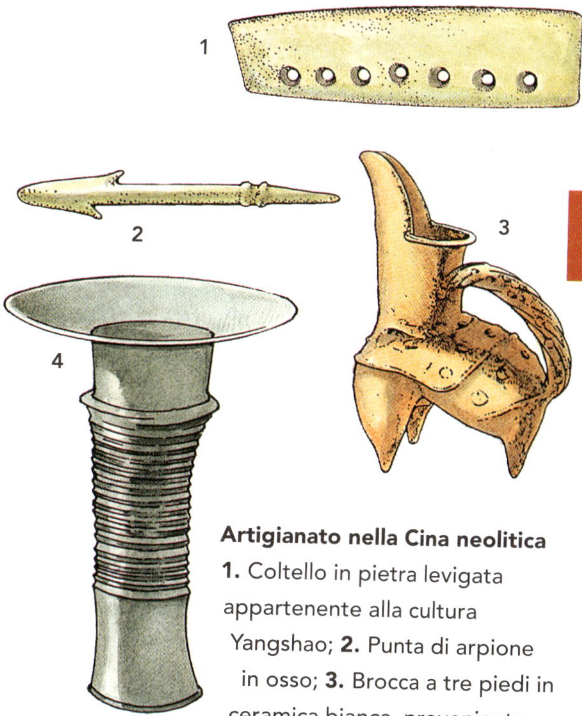

Artigianato nella Cina neolitica
1. Coltello in pietra levigata appartenente alla cultura Yangshao; **2.** Punta di arpione in osso; **3.** Brocca a tre piedi in ceramica bianca, proveniente dall'area della cultura Longshan; **4.** Vaso Longshan in ceramica nera.

LA DINASTIA SHANG

Fra gli insediamenti tribali disseminati lungo il Fiume Giallo cominciò a prevalere, intorno al 1700 a.C., una cultura conosciuta con il nome di Shang. Risalgono a quest'epoca le prime testimonianze della lavorazione del bronzo. Dal 1500 a.C. una dinastia di sovrani assunse il controllo politico su una regione molto estesa: questi re erano i più potenti fra i capi tribù dei diversi villaggi e dei territori annessi. I governanti locali erano guerrieri: dovevano fedeltà al re, pagavano un tributo e fornivano soldati per le numerose guerre degli Shang. In cambio, il re veniva in loro aiuto quando erano attaccati, sostenendoli nella difesa delle loro terre e dei loro beni. Gli Shang mantennero il dominio sulle genti del Fiume Giallo e su gran parte della Cina finché furono sconfitti dagli eserciti degli Zhou, che governavano uno dei loro stati vassalli.

永

LE CITTÀ E LA SOCIETÀ

Molte città Shang sorsero sulle aree pianeggianti lungo i fiumi. Si suppone che un'antica capitale sia stata Zhengzhou e che in seguito i re abbiano trasferito la sede del governo a Anyang. Ai vertici della scala sociale si trovavano la famiglia reale e una gerarchia di nobili che, con i sacerdoti e i servitori di corte, vivevano isolati dalla gente comune. Seguivano gli artigiani che godevano di un'esistenza abbastanza agiata. I contadini che lavoravano le proprietà reali procuravano tributi e granaglie. Le città Shang erano in genere a pianta rettangolare, circondate da mura di terra battuta. Le case erano separate da strade parallele, gli edifici più importanti costruiti su piattaforma.

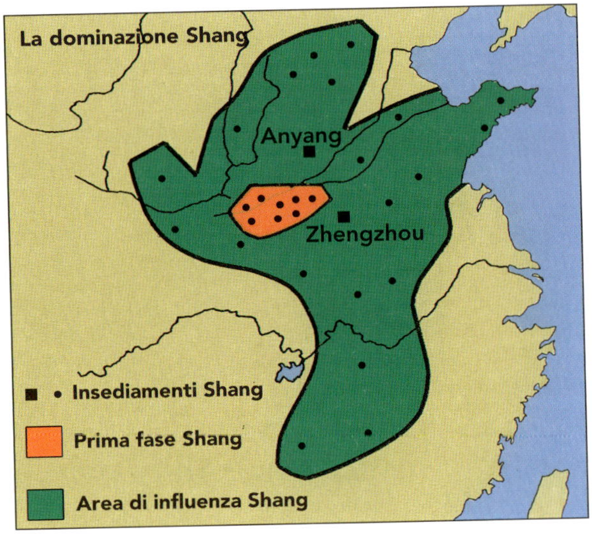

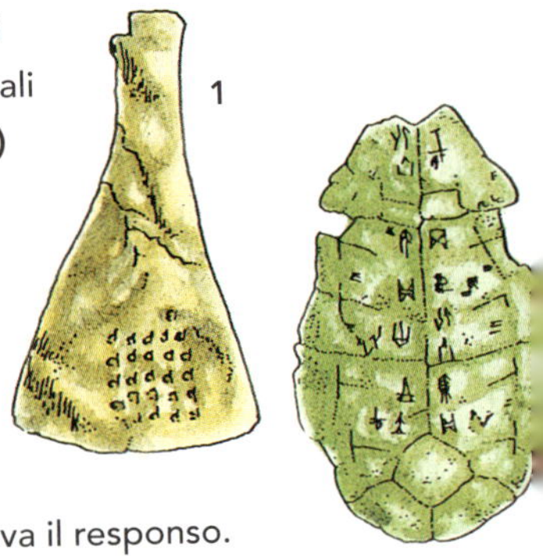

Per interrogare gli spiriti si ricorreva a ossa di animali **(1)** e gusci di tartaruga **(2)** su cui si scrivevano le domande. Sull'altro lato veniva premuta una punta arroventata il cui calore provocava fratture e incrinatuture; dai loro contorni si ricavava il responso. Le "ossa oracolari" sono il più antico esempio di scrittura cinese.

Cerimonia religiosa attorno a una tavola rituale sulla quale sono disposti i vasi di bronzo per le offerte.

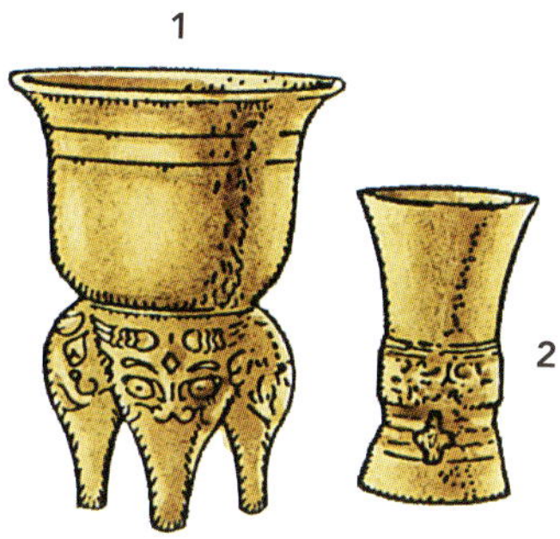

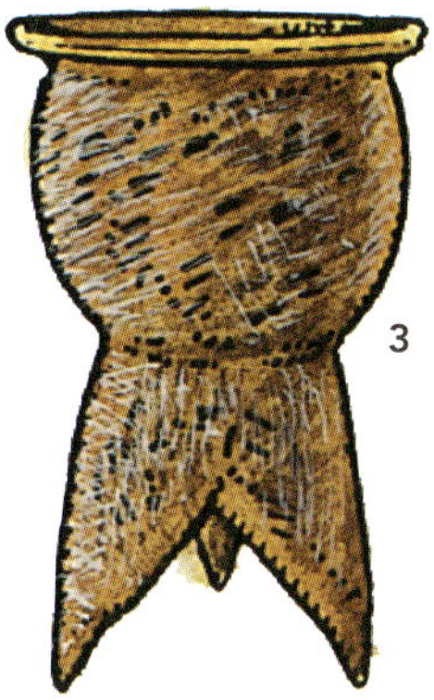

Reperti Shang
1-2. Vasi cerimoniali in bronzo; **3.** Tripode in ceramica, con segni di corda impressi sulla superficie; **4.** Testa d'ascia di bronzo; **5.** Strumento musicale in pietra, da una tomba di Anyang, con la raffigurazione di una tigre; **6-7.** Coltelli cerimoniali in bronzo e giada.

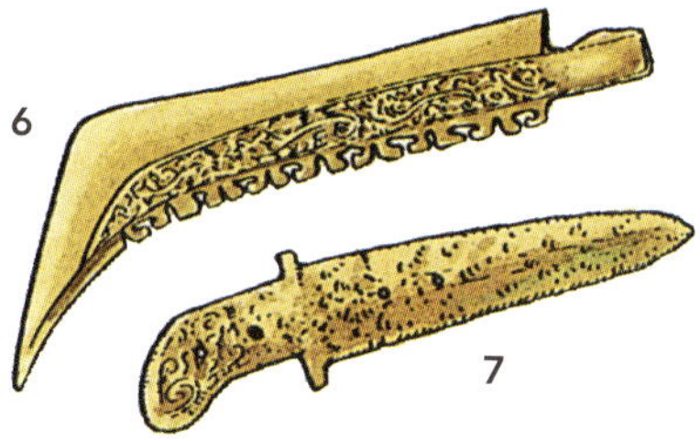

Tomba regale del tardo periodo Shang (XI sec. a.C. ca.) rinvenuta nelle vicinanze di Anyang. Rampe discendenti conducono a una fossa rettangolare dove veniva appoggiato il feretro. Le esequie dei re prevedevano sacrifici di uomini e cavalli. Nelle tombe erano posti anche bronzi, giade, ceramiche e armi, come corredo funebre del re.

Ricostruzione di un palazzo Shang portato alla luce a Panlongcheng. Era costruito su una piattaforma di terra battuta, con rampe di scale che portavano alla loggia. All'interno, quattro camere erano disposte al centro di un labirinto di corridoi. È improbabile che si trattasse di un'abitazione: si pensa invece che fosse destinato alle cerimonie ufficiali.

LA DINASTIA ZHOU

Nell'XI sec. a.C. gli Shang furono sconfitti dagli Zhou, che vivevano a ovest della capitale Anyang e che estesero il loro potere su un'area più vasta di quella dominata dagli Shang. Dalla capitale Hao, i re Zhou controllavano molti territori: alcuni di questi erano amministrati direttamente dal re, altri erano affidati come feudi ai membri del clan reale e a famiglie fedeli alla dinastia, in cambio di aiuti militari e tributi.
Nei primi anni del loro regno gli Zhou governarono con gli stessi metodi adottati dagli Shang e ne conservarono usanze e tradizioni. Dall'800 a.C. gli Zhou persero il sostegno dei loro feudatari. Nel 770 a.C. alcuni vassalli ribelli, con l'aiuto di tribù provenienti da ovest, saccheggiarono la capitale e il re Zhou fu costretto a ritirarsi a est per stabilire una nuova capitale a Luoyang.

永

L'EPOCA "PRIMAVERE E AUTUNNI"

In realtà, gli Zhou avevano completamente perduto il potere politico e l'epoca detta "Primavere e Autunni" (770-476 a.C.) vide un susseguirsi ininterrotto di guerre fra gli staterelli un tempo vassalli degli Zhou, che ora disponevano di potenti eserciti.
Questo periodo della storia cinese prende nome dal titolo della raccolta di annali dello stato di Lu, *Primavere e Autunni*, che registra gli avvenimenti di quegli anni. All'inizio dell'VIII sec. a.C. più di cento stati indipendenti lottavano per la supremazia; gradualmente i regni più grandi inghiottirono i più piccoli, finché nel V sec. non ne restarono che una ventina.

La **giada** era chiamata dai Cinesi "la pietra bella", per le delicate sfumature dei suoi colori (verde, crema, ambra) e la lucida levigatezza della superficie. Per la sua durezza non poteva essere tagliata con utensili metallici e doveva essere lavorata per frizione, con sabbie abrasive. Le veniva attribuito il potere di impedire la decomposizione dei corpi: per questo, oggetti di giada venivano frequentemente posti nelle tombe.

Il più antico dipinto su seta, (IV-III sec. a.C.) raffigura una donna, forse una dea, con un dragone e una fenice.

6

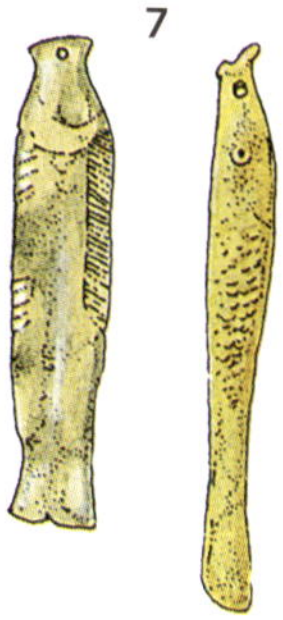

7

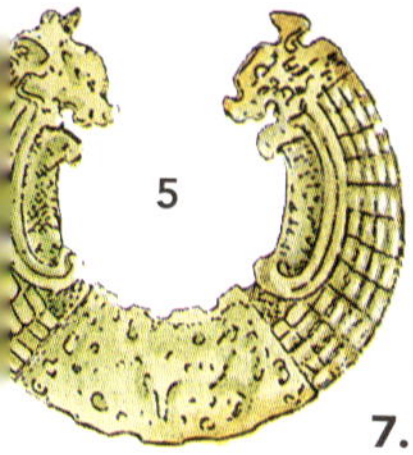

5

Monili realizzati in giada
1-2. dischi simboleggianti il Cielo; **3.** collana; **4.** pendente a forma di dragone; **5.** bracciale; **6.** statuetta; **7.** pendenti a forma di pesce.

Gli Zhou occidentali (XI-VIII sec. a.C.)
La prima dominazione Zhou si estendeva su vari stati, un mosaico di genti di etnie diverse che lentamente furono assimilate dai dominatori.

La lacca è una resina prodotta da una pianta originaria della Cina. Mescolata a coloranti vegetali o minerali, di solito neri o rossi, veniva applicata in strati sottili su supporti di legno; creava un rivestimento resistente, assolutamente impermeabile e di gradevole effetto.

1

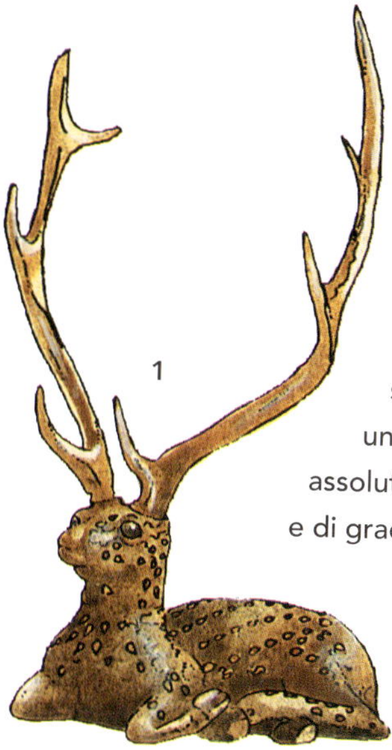

2

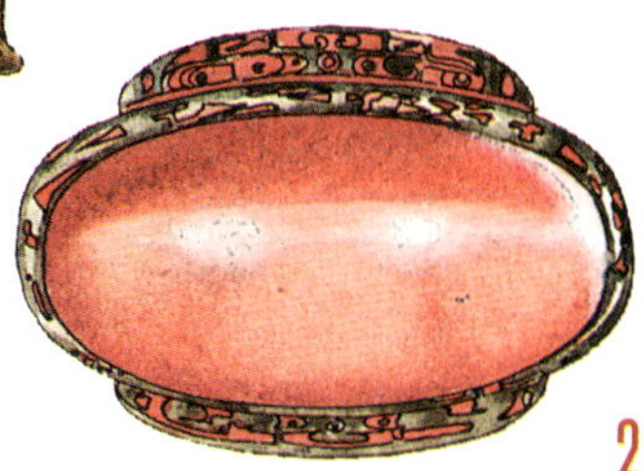

1. Statuetta raffigurante un cervo accovacciato;
2. Recipiente usato per il cibo.

L'EPOCA DEI REGNI COMBATTENTI

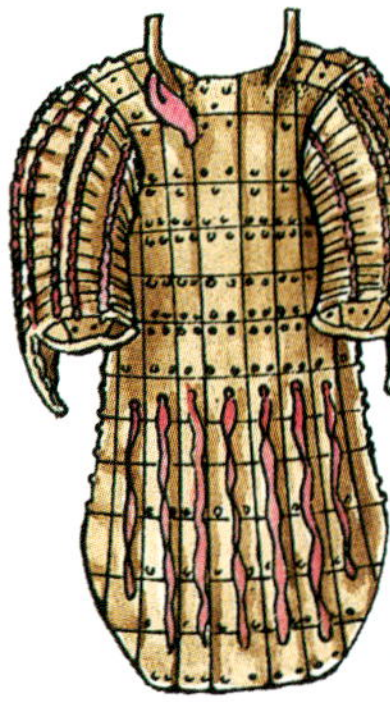
1

Armature
1. Corazza di un fante, epoca della dinastia Qin; **2.** Corazza di un ufficiale, decorata di nastri sulle spalle e sul petto; epoca della dinastia Qin.

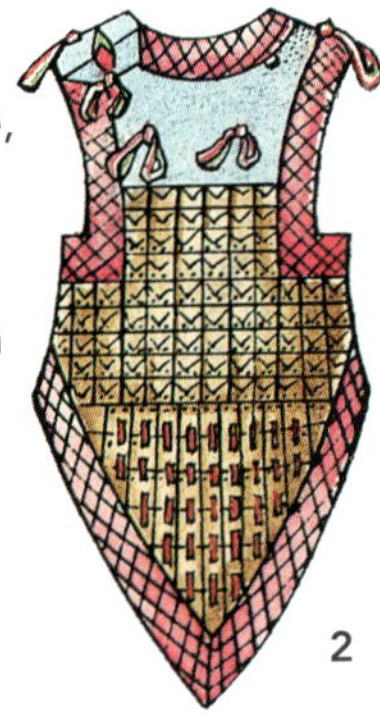
2

Anche se nominalmente la dinastia si conservò dall'XI al III sec. a.C., in realtà i re Zhou mantennero un'autorità reale soltanto fino all'VIII sec. Da allora, caduto il potere centrale, la Cina fu per secoli teatro dei conflitti fra i regni di Chu, Han, Qi, Qin, Wei, Yan e Zhao. Questi anni, infatti, hanno preso il nome di epoca dei "Regni Combattenti".

IL REGNO DI QIN

Uno stato dell'ovest, il regno di Qin, divenne a poco a poco più potente dei suoi vicini, accrescendo la sua forza militare e creando un'efficiente amministrazione centralizzata. I suoi governanti avevano armato un esercito numeroso e ben organizzato per proteggersi dagli attacchi delle feroci tribù nomadi che abitavano a ovest del loro regno. Ne conseguì che la superiorità numerica e il rigido addestramento attribuirono allo stato di Qin un notevole vantaggio sui rivali regni cinesi. Le sue armate, molto temute, erano accompagnate da una terribile reputazione; un nobiluomo nemico scrisse che "un Qin ha il cuore di una tigre o di un lupo: è avido e sleale".
Il crescente potere dei Qin provocò allarme fra gli stati vicini. Gli Zhou strinsero allora un'alleanza con i regni rivali dei Qin, ma questa mossa ebbe come conseguenza lo scoppio della guerra. Nel 256 a.C., i Qin sbaragliarono in battaglia gli eserciti Zhou, gli Han furono sconfitti definitivamente nel 230 a.C., seguiti poco dopo dai rimanenti stati di Zhao, Wei, Chu, Yan e Qi. Nel 221 a.C. Shi Huangdi, la "Tigre di Qin", poteva proclamarsi primo imperatore della Cina.

L'espansione del regno di Qin (a destra) iniziò in un primo momento a nord-ovest e nord-est, poi a sud, con l'annessione nel 316 del regno di Shu. Quando nel 221 fu proclamato l'impero, i confini di Qin giungevano già al Mar Giallo.

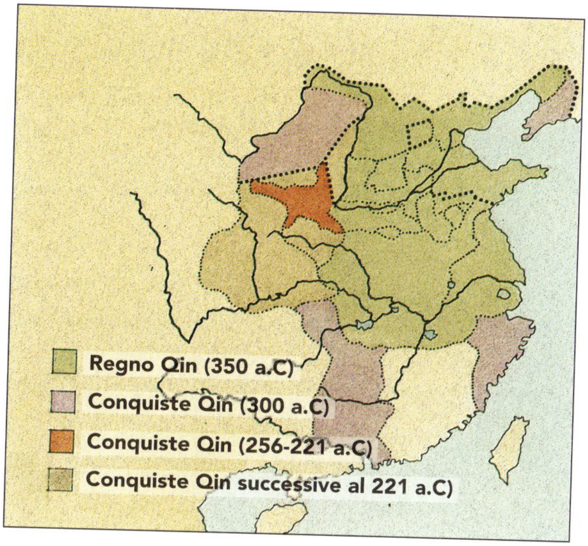

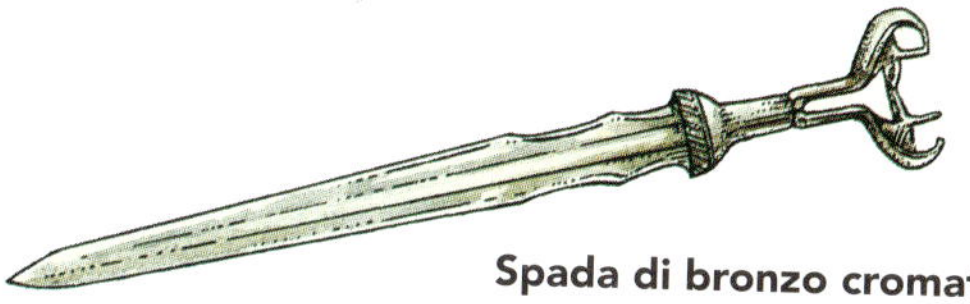

Spada di bronzo cromato

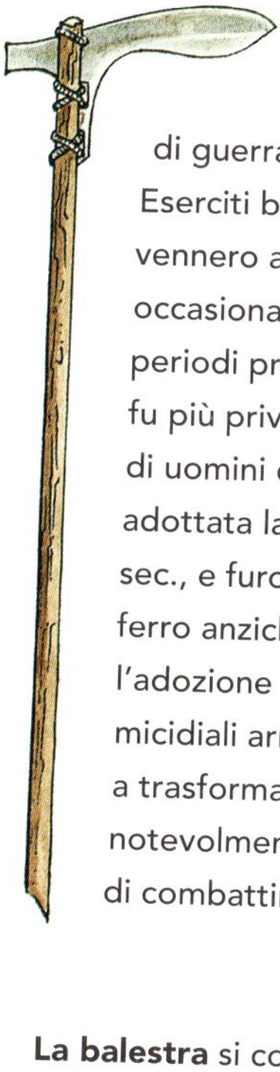

Alabarda

Armi ed eserciti

In questo periodo di combattimenti l'equipaggiamento degli eserciti, l'organizzazione militare e la tecnica di guerra si trasformarono notevolmente. Eserciti ben addestrati e dotati di cavalleria vennero a sostituire i carri e le reclute occasionalmente arruolate, caratteristiche dei periodi precedenti. Il comando dell'esercito non fu più privilegio della nobiltà, ma passò nelle mani di uomini d'arme scelti fra i più valorosi. Fu adottata la balestra, la cui invenzione risale al IV sec., e furono introdotte lunghe spade forgiate in ferro anziché in bronzo: l'adozione di queste micidiali armi contribuì a trasformare notevolmente le tattiche di combattimento.

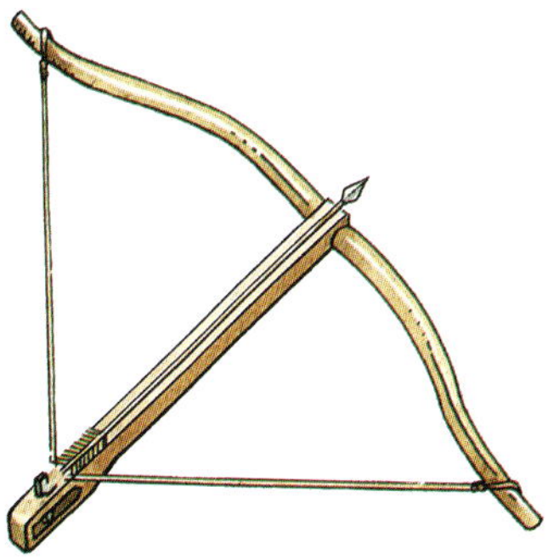

La balestra si componeva di un arco montato su un'asta lungo la cui scanalatura scorreva una freccia. All'estremità dell'asta un congegno a grilletto azionava la corda che faceva scoccare la freccia.

L'UNIFICAZIONE DELLA CINA

Nel 221 a.C., con la vittoria dei Qin e la proclamazione di Shi Huangdi a primo imperatore, la Cina venne di nuovo riunificata sotto un unico sovrano, dopo secoli di divisioni. Per assicurarsi l'assoluto controllo del paese, l'imperatorc tolse ogni autorità ai signori feudali; confiscò i loro possedimenti e li costrinse a spostarsi nella sua capitale, Chang'an (l'attuale Xian). Ai contadini vennero concessi maggiori diritti sulle terre che coltivavano, anche se furono imposti tributi più alti. Così la Cina feudale fu trasformata in un rigido stato centralizzato. I tratti di muraglia difensiva costruiti sulla frontiera settentrionale durante l'epoca dei Regni Combattenti furono completati, così da formare un'unica possente barriera.

永 UNA DURA REPRESSIONE

I radicali cambiamenti operati da Shi Huangdi furono per molti aspetti positivi, ma l'imperatore affermò la sua autorità dispoticamente, con estrema durezza. I suoi consiglieri aderivano alla dottrina del "Legalismo", una delle correnti di pensiero che affermava la necessità di severe leggi e di brutali punizioni. Shi Huangdi morì nel 210 a.C.: in appena undici anni aveva trasformato il modo di vivere dei Cinesi.
Il modello di un forte stato centralizzato rimase da allora l'ideale cinese di governo. Il secondo imperatore Qin fu un sovrano debole e indeciso. Ben presto esplosero rivolte in molte parti della Cina, finché nel 206 a.C. gli eserciti di Liu Bang portarono al potere un'altra dinastia: gli Han.

Shi Huangdi, "augusto sovrano", come egli stesso volle essere chiamato, si impose come unico signore di tutto il paese, temuto dai suoi sudditi e, per suo volere, venerato al pari degli dèi. La realizzazione del grandioso progetto del suo mausoleo, sul Monte Li, impegnò 7000 uomini e richiese 36 anni di lavoro. La gigantesca tomba, protetta da dispositivi nascosti pronti a scagliare dardi contro gli intrusi, si dice che custodisca ogni sorta di tesori: armi, suppellettili, gioielli e tessuti preziosi. Il mausoleo conteneva palazzi, torri e giardini; vi scorrevano persino riproduzioni in mercurio del Fiume Giallo e dello Yangzi, azionati meccanicamente.

Il rogo dei libri
Quando nel 213 a.C. alcuni seguaci di Confucio criticarono le scelte dell'imperatore, il primo ministro Li Si accusò i filosofi di opporsi al nuovo regime e al progresso. Dette quindi ordine che fossero bruciati tutti i testi di filosofia, storia, arte e musica, risparmiando solo alcuni scritti di medicina, scienza agraria e arte divinatoria, a suo parere ancora utili.

FILOSOFIA E TRADIZIONI

Durante il periodo dei Regni Combattenti, epoca di crudeli scontri, instabilità e disordini, fu particolarmente sentita la necessità di una riflessione su nuove norme che favorissero una vita civile più giusta cd equilibrata.

GLI INSEGNAMENTI DI CONFUCIO

Il più influente fra i pensatori cinesi fu senza dubbio Confucio (551-479 a.C.). Egli non si interessò al mondo sovrannaturale, agli dèi e agli spiriti, si occupò piuttosto del comportamento sociale dei suoi contemporanei che riteneva dovesse essere equilibrato e giusto. Elaborò norme pratiche per un sistema di vita fondato sull'ordine, su una corretta condotta morale, sul rispetto delle gerarchie e sull'obbedienza. Gli insegnamenti di Confucio hanno sempre avuto, fino al nostro secolo, una profonda influenza sui metodi di governo, sull'educazione e sul comportamento sociale dei Cinesi.

LA "VIA" DI LAOZI

Il Daoismo è attribuito al leggendario saggio Laozi, il "Vecchio maestro" (VI-V sec. a.C.) che, a differenza del suo contemporaneo Confucio, non si occupò di morale politica e di norme pratiche di vita sociale. Secondo il suo insegnamento, la "via" (*dao*) che conduce alla verità può essere trovata esercitando la ricerca interiore e praticando una vita semplice e non attiva. Gli uomini venivano indirizzati verso un'esistenza contemplativa.

Confucio a colloquio con i nobili feudatari

Confucio

Nato da una famiglia aristocratica, all'età di 22 anni Confucio aveva già cominciato ad elaborare un sistema di idee che, secondo quanto egli stesso affermava, si basava sulla perduta sapienza degli antichi. Durante la dinastia Han il Confucianesimo divenne religione di Stato.

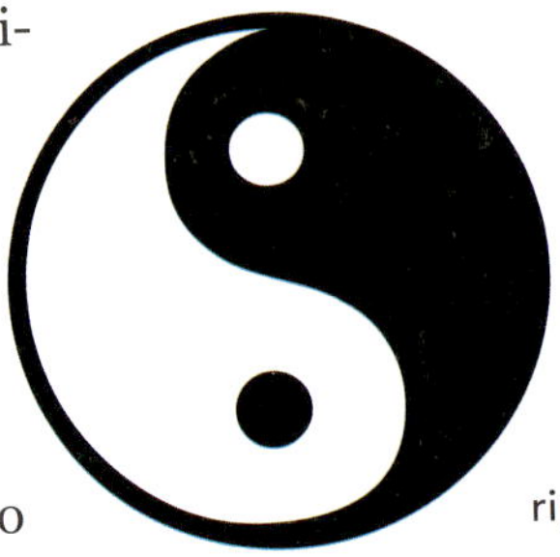

Il simbolo di yin e yang

L'eterna azione reciproca fra le opposte forze della natura è raffigurata da un cerchio diviso in due parti, uguali e contrarie, che si contrappongono e si compenetrano, simbolo dell'unità dell'universo nel perenne ripetersi dei suoi cicli. Nel pensiero cinese, ogni evento è determinato dalle leggi eterne dell'universo.

Laozi ammaestra i suoi discepoli

Laozi
Una leggenda racconta che Laozi era così inorridito dalle guerre e dai disordini sociali dei suoi tempi che si allontanò dalla Cina, viaggiando verso ovest a cavallo di un bufalo. Quando stava per attraversare il confine, una guardia lo pregò di lasciare una testimonianza scritta dei suoi insegnamenti. Laozi acconsentì: scrisse il Dao de Jing ("La via e il suo potere").

Il culto degli antenati era praticato di fronte a un altare domestico su cui venivano disposte le offerte, il braciere per l'incenso e le targhette con i nomi degli avi. Il capofamiglia dava inizio alla cerimonia prostrandosi a terra per nove volte.

LA GRANDE MURAGLIA

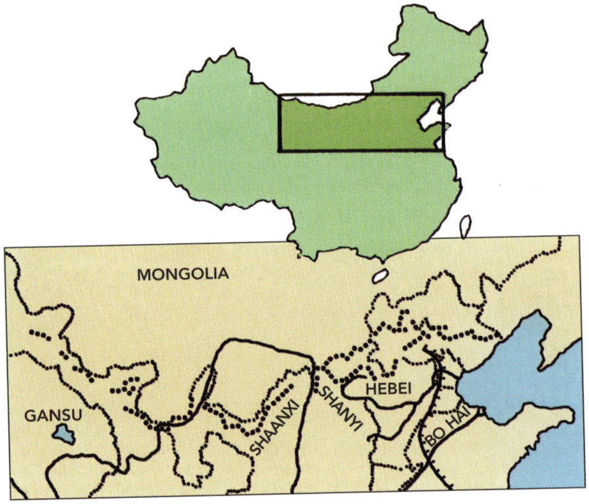

La Cina che l'imperatore Shi Huangdi unificò nel 221 a.C. era ben protetta su tre confini: quello ovest dalle montagne, quello sud dalla giungla, mentre a est si apriva l'oceano. A nord si estendevano invece le steppe dell'attuale Mongolia, abitate da tribù nomadi, che i Cinesi consideravano barbare e chi si spingevano periodicamente a sud in cerca di nuovi pascoli per le loro mandrie. Shi Huangdi decise allora di costruire una possente cinta di mura per proteggere la Cina. Durante l'epoca dei Regni Combattenti, vari tratti di cinte murarie erano stati costruiti nei regni di Chu, Yan, Zhao e Qin come difesa sia dai barbari, sia dai reciproci attacchi. Le muraglie già innalzate furono riparate, rafforzate e unite, a formare una sola formidabile barriera contro le invasioni esterne. Decine di migliaia fra soldati, contadini e detenuti furono obbligati a realizzare la grandiosa opera.

UN CONFINE INVALICABILE

La muraglia di Shi Huangdi si snodava per oltre 3000 km e in alcuni tratti la strada che correva alla sua sommità era così larga che cinque cavalli potevano percorrerla procedendo affiancati. 25 000 forti e torri di guardia punteggiavano le mura e vi si immagazzinavano viveri e acqua, attrezzi per la manutenzione e armi di scorta. I soldati che vi stazionavano non avevano vita facile: il clima era molto caldo durante l'estate e molto rigido d'inverno. Alla prima avvisaglia di movimenti nemici le sentinelle dovevano dare l'allarme, facendo segnalazioni con bandiere colorate durante il giorno e con falò nella notte.

Il costo in vite umane della Grande Muraglia fu impressionante, dovuto alle condizioni climatiche, ai turni massacranti, alla mancanza assoluta di sicurezza sul lavoro. Non a caso gli operai precettati per la costruzione chiamarono la muraglia "il più lungo cimitero del mondo".

La tecnica di costruzione
Le mura furono realizzate in terra battuta, pressata con magli dentro palizzate di legno e quindi spianata. A mano a mano che il lavoro procedeva, i lati e la sommità della muraglia venivano rivestiti con blocchi squadrati di argilla cotta o di pietra. Scale di bambù, ponteggi di legno e argani assicurati alle impalcature consentivano il trasporto dei materiali e la mobilità di una massa enorme di operai.

L'ESERCITO DI TERRACOTTA

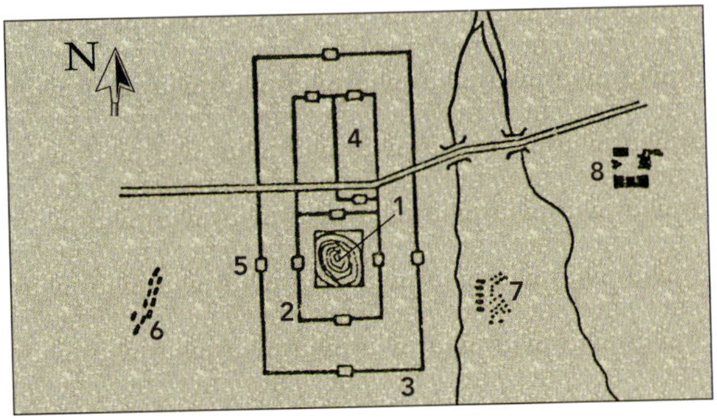

L'area intorno al mausoleo

1. Tumulo; **2.** Recinto interno; **3.** Recinto esterno; **4.** Camera funeraria; **5.** Fosse con i carri di bronzo; **6.** Caverne di coscritti; **7.** Scuderie imperiali; **8.** Esercito di terracotta.

Uno dei più spettacolari ritrovamenti archeologici di tutti i tempi è stata la scoperta di un esercito di terracotta sepolto presso la tomba dell'imperatore Shi Huangdi. L'esercito, composto di migliaia di soldati e cavalli modellati in argilla a grandezza naturale, costituiva il corpo di guardia imperiale che aveva la funzione di accompagnare Shi Huangdi nella sua vita ultraterrena.

UNA VARIOPINTA FORMAZIONE MILITARE

Nella fossa più grande sono state rinvenute 6000 statue fra soldati e cavalli. I guerrieri, in origine, erano dotati di armi e carri; non si trattava di un corredo d'argilla ma di un vero equipaggiamento militare. Purtroppo nel corso dei secoli il luogo fu saccheggiato e le armi asportate. Le 6000 figure sono rigorosamente allineate secondo il criterio di una formazione militare. Tutti indossano armature e portano armi leggere, adatte per il combattimento corpo a corpo. Le figure non sono state eseguite a stampo ma modellate una per una. I soldati a piedi misurano da 1,70 a 1,80 m di altezza. Gli aurighi e gli ufficiali sono di dimensioni leggermente maggiori, per sottolineare l'importanza del loro ruolo e la loro autorità. Le statue, che dopo la cottura erano state dipinte, presentavano in origine vivaci colori. Le uniformi dei soldati erano rosse, blu, verdi e violette, le gualdrappe dei cavalli nere o marroni, le facce dei soldati rosee, i capelli e i baffi scuri. Doveva trattarsi davvero di uno spettacolo unico e impressionante.

Ricostruzione di tre degli undici corridoi paralleli nei quali era collocato l'esercito di terracotta. Ognuno misurava quasi 3 m in larghezza, era lungo circa 200 e alto più di tre. Il pavimento era di mattoni e il soffitto di assi di legno, coperte con stuoie intrecciate. Le statue vennero calate nelle fosse con l'aiuto di argani e carrucole.

L'esecuzione delle statue
I corpi dei guerrieri venivano modellati in argilla e cotti ad alte temperature. Le mani e le teste erano eseguite e cotte a parte. Non è da escludere che gli stessi soldati del corpo di guardia imperiale abbiano realmente posato per l'esecuzione di queste statue.

1. Guerriero senza armatura, in piedi, in posizione di lotta;

2. Guerriero, con armatura e balestra, in posizione inginocchiata.

Le fosse dove è stato ritrovato l'esercito di terracotta sono disposte a est del mausoleo dell'imperatore Shi Huangdi, sul Monte Li. La più grande è anche quella che ha fornito il maggior numero di reperti meglio conservati. Nella seconda fossa sono stati rinvenuti 1400 carri da guerra con statue di aurighi e cavalieri. La terza, conteneva una formazione completa di soldati scelti. La quarta, invece, è stata trovata vuota a causa dei saccheggi.

LA CINA DELLA DINASTIA HAN

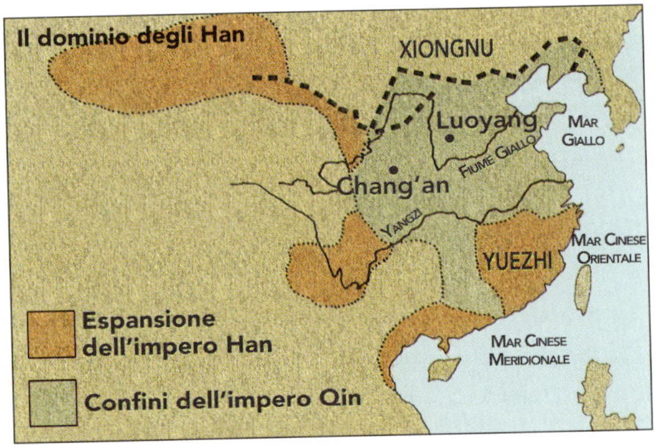

La dinastia Han, che seguì il bellicoso e breve regno degli imperatori Qin, governò la Cina per oltre quattro secoli: dal 206 a.C. al 220 d.C. Sotto la guida degli Han l'impero divenne più unito e stabile, mentre il potere della nobiltà feudale venne ridotto a favore di un forte governo centrale. L'ordine interno era assicurato da valenti generali e funzionari, che garantivano un esercito fedele e una burocrazia efficiente. Le leggi impopolari del periodo Qin furono riformate e applicate con maggior tolleranza. I principi di Confucio divennero la dottrina ufficiale dell'impero e tutti i pensatori erano liberi di dar voce alle loro idee. L'imperatore Wudi, che governò per oltre 50 anni, fu considerato il più grande dei sovrani Han e intraprese numerose campagne militari contro le temibili tribù nomadi che da secoli minacciavano la Cina da nord.

L'ESPANSIONE DEI COMMERCI

I Cinesi scoprirono l'esistenza di un passaggio via terra che, attraverso l'Asia centrale, apriva la strada verso l'India, la Persia e il mondo romano. In breve, attraverso questa via si sviluppò un fiorente commercio, che mise il paese in comunicazione con il mondo mediterraneo. Inoltre, grazie ai nuovi contatti, dall'India giunse in Cina il Buddismo. L'economia dell'impero prosperò come mai prima di allora. Le nuove opportunità di commercio e l'aumento del volume di affari crearono una numerosa e ricca classe di mercanti che contribuì alla rinascita economica del paese; la popolazione crebbe notevolmente e furono fondate molte grandi città.

1

"Cavalli celesti" furono chiamati i destrieri originari della regione di Ferghana (nell'attuale Unione Sovietica), introdotti in Cina dall'imperatore Wudi. Più alti, veloci e resistenti di quelli indigeni, i cavalli di Ferghana ebbero un ruolo determinante nella sconfitta degli Xiongnu.

A destra, statuette in bronzo di un cavallo di Ferghana al galoppo **(1)**, di un carro da trasporto di un funzionario **(2)** e di un guerriero a cavallo **(3)**, provenienti da una tomba rinvenuta nella regione del Gansu.

2

3

L'esercito imperiale affronta la cavalleria degli Xiongnu, i nomadi delle steppe mongole

LA VIA DELLA SETA

La Via della Seta (sotto) era percorsa da lunghe e lente carovane. Nessun mercante affrontava, tuttavia, l'intero tratto. Le merci erano affidate a vari intermediari e prima di arrivare a destinazione passavano di mano molte volte nei mercati delle stazioni carovaniere situate lungo il tragitto.

Grazie ai racconti dei primi mercanti che si erano spinti in terre fino ad allora ignorate dai Cinesi, l'imperatore Wudi venne a conoscere l'esistenza di un passaggio che conduceva all'Asia centrale e apriva la strada verso l'India, la Persia e il mondo mediterraneo. Cominciò così un fitto scambio commerciale fra la Cina e i paesi del Mediterraneo attraverso l'Asia centrale. La Cina era chiamata nel mondo greco "il paese della seta" e perciò la via commerciale che la collegava all'Occidente prese il nome di "Via della Seta". La Cina, però, esportava anche ferro, bronzo e oggetti di lacca. Inoltre, importava manufatti in oro e argento, monete, vetri, giada e cavalli dall'Asia centrale, perle dal sud, pellicce, tessuti di lana, spezie e schiavi.

DA CHANG'AN AL MEDITERRANEO

Il viaggio via terra dalla Cina al Mediterraneo era lungo e arduo: oltre 7000 km di distese senza fine e montagne invalicabili. Dalla capitale Chang'an, lunghe carovane si snodavano attraverso la regione dello Xinjiang, del Turkestan e della Battriana nell'Asia centrale, verso la Persia e poi la Siria. Cattivo tempo, terreni impervi e banditi sempre in agguato rendevano difficile il viaggio, ma i mercanti che si esponevano al rischio accumulavano cospicui guadagni. La Via della Seta rimase prospera per circa 1000 anni, dal II sec. a.C. all'VIII d.C. e la sua importanza non fu solo commerciale, poiché permise il movimento di uomini e di idee. Ne è un esempio la diffusione del Buddismo in Cina, avvenuta proprio tramite questo percorso, punteggiato di monasteri buddisti e di "stupa", monumenti votivi tipici di tale religione.

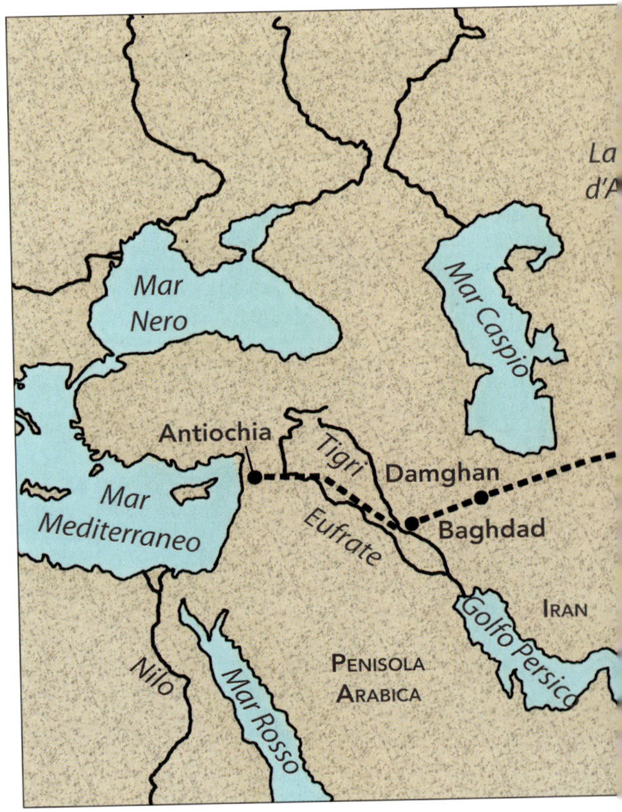

Testiominanze degli scambi

Monete, reperti artistici e mercanzie di ogni genere sono tornate alla luce lungo il percorso della Via della Seta, a testimoniare le epoche, le provenienze e il genere di prodotti del commercio cinese.

1. Broccato persiano rinvenuto nella regione dello Xinjiang; **2.** Monete romane in argento degli imperatori Vespasiano (69-79 d.C.) e Domiziano (81-96 d.C.); **3.** Cammello di terracotta, con tracce dei colori originari, periodo Tang; **4.** Statuetta di Ercole-Serapide, di età ellenistica, proveniente da Alessandria d'Egitto, è una delle numerose testimonianze degli scambi con il mondo mediterraneo; **5.** Vaso persiano con coperchio, in argento, che documenta l'interesse manifestato dai Cinesi per l'artigianato sasanide; **6.** Cavallo di Ferghana in terracotta dipinta; **7.** Mercante di vino armeno, anche questo in terracotta dipinta.

1

2

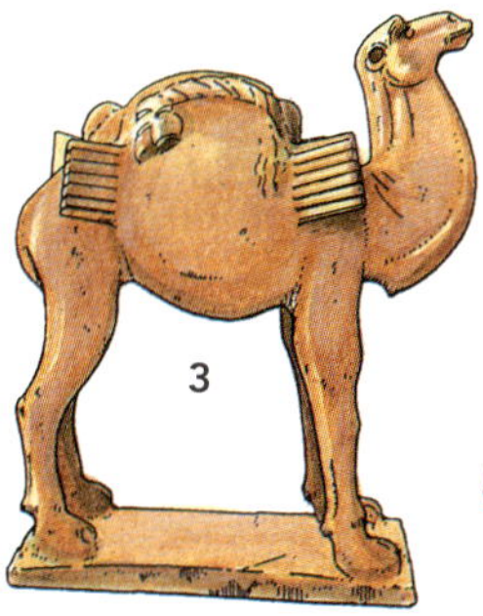
3

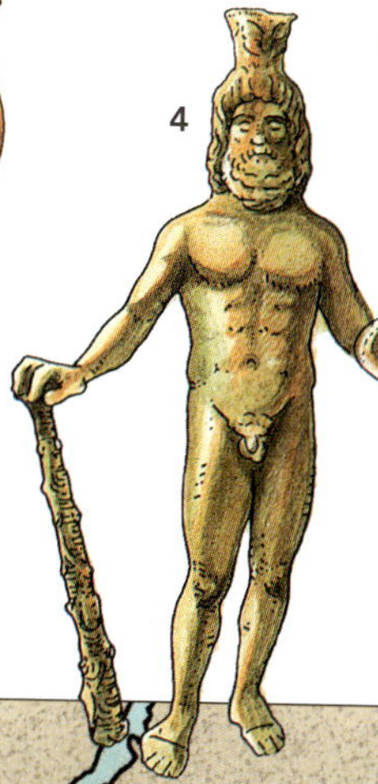
4

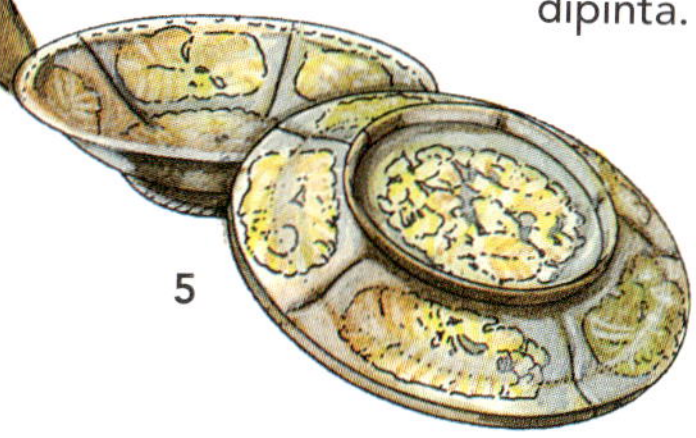
5

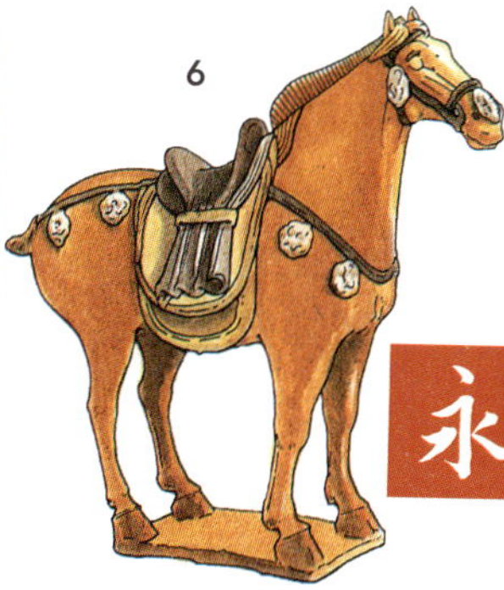
6

7

永

IL BUDDISMO IN CINA

In alto, un pellegrino di nome **Xuanzang**, che si recò in India per studiare i testi buddisti e dopo quindici anni tornò in Cina a dorso di un elefante bianco, portando con sé innumerevoli scritti.

Nel corso del I e II sec. d.C. giunsero in Cina missionari indiani per diffondere la parola del Budda, "l'Illuminato". Così fu chiamato, dopo la sua morte, un principe di nome Siddharta nato in India intorno al 560 a.C. Rinunciando alle ricchezze e agli agi, Siddharta aveva abbandonato la casa paterna e aveva adottato un'umile esistenza fatta di rinunce e sacrifici. Egli predicava che attraverso la disciplina, la meditazione, le buone opere e il distacco dagli affari del mondo si potesse raggiungere uno stato di beatitudine e di totale illuminazione (nirvana).

LA DIFFUSIONE IN CINA

Il Buddismo incontrò presto molti seguaci in Cina. Nel periodo di lotte e di disordini sociali che seguì la caduta della dinastia Han (220 d.C.) la gente era attratta dal suo richiamo alla pace e alla carità, e dalla sua promessa di salvezza eterna. Il Buddismo non si propose come alternativa alle altre religioni già diffuse in Cina, né cercò di influenzare le scelte di governo, il sistema sociale o quello educativo. Nonostante ciò la nuova religione fu fortemente osteggiata dai seguaci di Confucio che consideravano il distacco ascetico predicato dai Buddisti un venir meno ai doveri verso lo stato e la famiglia. Il Buddismo tuttavia si radicò profondamente ed esercitò una considerevole influenza sulla cultura cinese. I monasteri buddisti divennero importanti centri di insegnamento e molti testi sacri scritti in sanscrito furono tradotti in cinese. Da allora il Buddismo ha rappresentato una componente essenziale della vita religiosa e intellettuale della Cina.

Statua in bronzo dorato di Bodhisattva Guanyin, "colei che sente ogni cosa".

Statua in pietra di Ananda, uno dei due discepoli più vicini al Budda. Indossa un *kashaya*, la lunga veste dei monaci buddisti.

Pagoda del VII secolo, a Chang'an. Le pagode sono edifici di considerevole altezza, a più piani; derivano dallo stupa buddista, una costruzione a forma di campana edificata per conservare le sacre reliquie. La forma della pagoda risente anche dell'influenza delle torri di guardia del periodo Han.

Tempio rupestre di Longmen, presso Luoyang. Fu iniziato nel VI sec.; i lavori vi proseguirono durante le dinastie Sui e Tang, fino alla fine del VII sec.

LA DINASTIA TANG

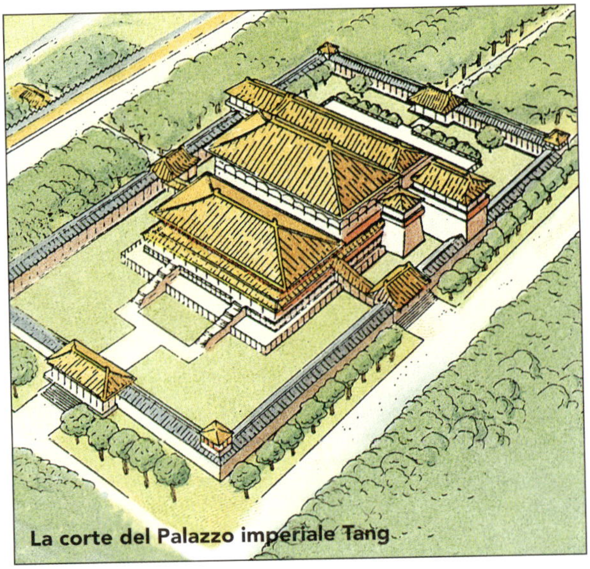

La corte del Palazzo imperiale Tang

Dopo la caduta degli ultimi Han, la Cina visse per quasi quattro secoli un periodo di continue trasformazioni e di disgregazione politica che si concluse solo nel 618, quando il potere passò nelle mani della dinastia Tang che governò fino al 907. Fu questa a inaugurare finalmente un periodo di pace e di prosperità che ebbe riflessi positivi su tutti gli aspetti della vita dell'impero.

UN PAESE FLORIDO E APERTO

Durante il regno dei Tang l'impero cinese raggiunse la sua massima espansione, imponendosi come la maggiore potenza del mondo. Gli imperatori favorirono gli scambi con altri popoli e la Cina si aprì all'influenza delle culture straniere. L'economia prosperava: aumentò il volume della produzione e dei commerci, le città si ampliarono, fu potenziata la flotta e migliorato il sistema di navigazione interna. A questo periodo risalgono anche l'invenzione della stampa e quella della porcellana. La capitale Chang'an contava una popolazione di oltre un milione di abitanti; era probabilmente la più grande, ricca e maestosa città del mondo. Chang'an aveva carattere di metropoli: luogo di scambi economici e culturali accoglieva genti di ogni provenienza e vi si aprivano enormi e vivaci mercati. Alla caduta della dinastia Tang, Chang'an fu distrutta. I Tang caddero nel 907, e con essi si concluse un periodo che aveva visto il progressivo indebolimento dello Stato: le agitazioni dei contadini, la difficoltà di controllare il potere crescente dei governatori militari delle province, gli enormi sperperi ne erano state le cause principali.

In basso, **le trenta statue in argilla**, risalenti alla dinastia Tang (ridipinte in epoche successive) e conservate nell'aula interna del tempio buddista di Fo Kuang, provincia dello Shanxi.

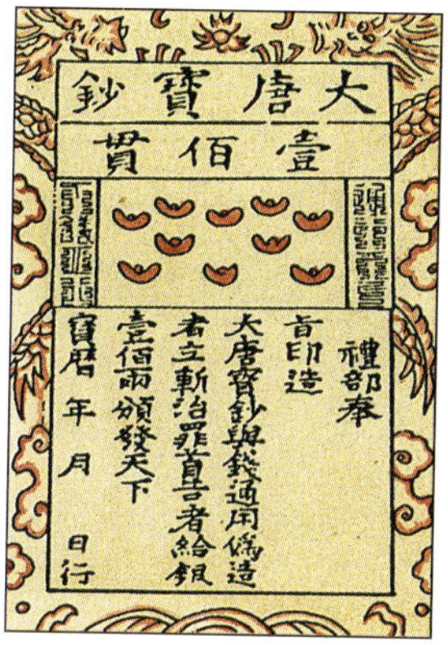

Banconota (825-826) del valore di dieci once d'argento, come indicano i dieci segni raffigurati nella fascia mediana.

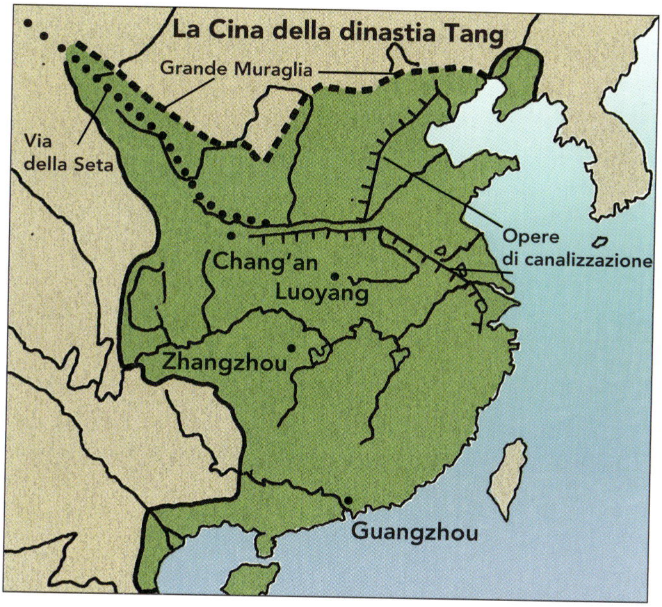

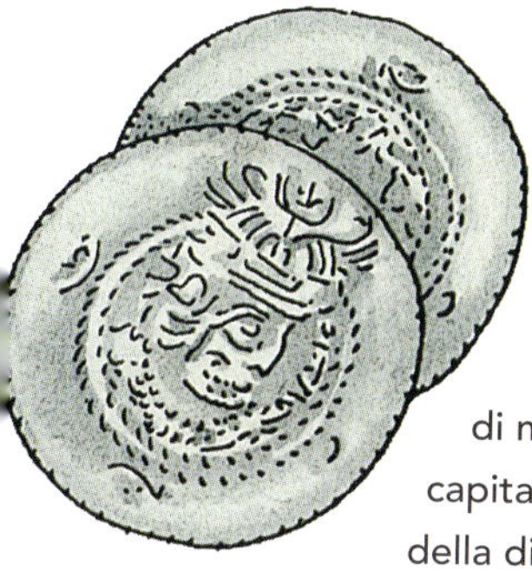

Monete persiane d'argento del VI-VII sec., rinvenute a Chang'an, che testimoniano la presenza di mercanti persiani nella capitale dell'impero cinese della dinastia Tang.

Nella sala delle udienze del palazzo imperiale (sotto), l'imperatore, accompagnato dalla sua corte, dà il benvenuto agli ambasciatori che giungono da un paese straniero.

LA VITA NEI CAMPI

Collocati nella scala sociale sopra gli artigiani e i mercanti, i contadini costituivano l'ossatura dell'impero. Durante le dinastie Shang e Zhou i contadini lavoravano la terra per conto di grandi proprietari latifondisti; ma con il primo imperatore Shi Huangdi i nobili persero gran parte del loro potere, molti dei loro possedimenti furono confiscati e la terra fu distribuita ai contadini.

VITA AGRICOLA E PRODOTTI

Nella Cina settentrionale si producevano prevalentemente miglio e frumento, coltivati sui terrazzamenti delle colline. Nella Cina meridionale, dove i metodi di irrigazione erano più avanzati, il riso era il prodotto principale. La canapa, con la quale si fabbricavano tessuti, costituiva un'altra importante coltura. Gli agricoltori allevavano anche bestiame: bovini, pecore, maiali e polli. Gli uomini lavoravano la terra usando semplici attrezzi manuali; le donne provvedevano alla cura del bestiame e alle faccende domestiche, e inoltre tessevano. Quando il raccolto era buono la vita poteva essere abbastanza confortevole, ma i contadini erano esposti a molti rischi: siccità, carestie, epidemie e frequenti inondazioni dei fiumi. Per un mese all'anno ogni agricoltore era inoltre obbligato a lavorare per costruire o riparare dighe e canali, bonificare terreni, innalzare fortificazioni; in tempi di emergenza poteva essere persino chiamato a prestare servizio militare. Simili interruzioni dei ritmi naturali dell'agricoltura mandavano spesso in rovina tutte le coltivazioni, aggravando la situazione economica di moltissime famiglie di agricoltori.

Dopo il raccolto **il riso veniva battuto e vagliato**.

Aratro con vomere di ferro, VI sec. a.C.
I Cinesi furono i primi ad adottare questo tipo di aratro che si rivelò particolarmente efficace. A un solido telaio di legno erano fissati il vomere, che incideva e rivoltava la terra, e un regolatore di profondità.

Seminatrice, II sec. a.C.
Con l'introduzione di questa macchina agricola la semina, non più eseguita a mano, divenne meno faticosa e dispersiva. Da un recipiente posto sul telaio i semi andavano a cadere, attraverso appositi condotti, direttamente nei solchi già predisposti.

2

1

I villaggi rurali erano di solito circondati di mura; accanto alle case dei contadini erano situati i granai, le stalle e altri ricoveri per gli animali.
A sinistra: modelli in terracotta del I-II sec. d.C. che rappresentano alcuni elementi delle abitazioni contadine: gabinetto e porcile **(1)**, granaio **(2)**.

La coltivazione del riso
I chicchi erano posti a germogliare dentro tinozze di legno, quindi piantati in un vivaio. Quando le piantine avevano raggiunto 15 cm di altezza, venivano trapiantate nelle risaie, che erano mantenute costantemente irrigate. Al riso occorrevano 180 giorni per crescere e quando era maturo veniva raccolto a mano.

CITTÀ E MERCATI

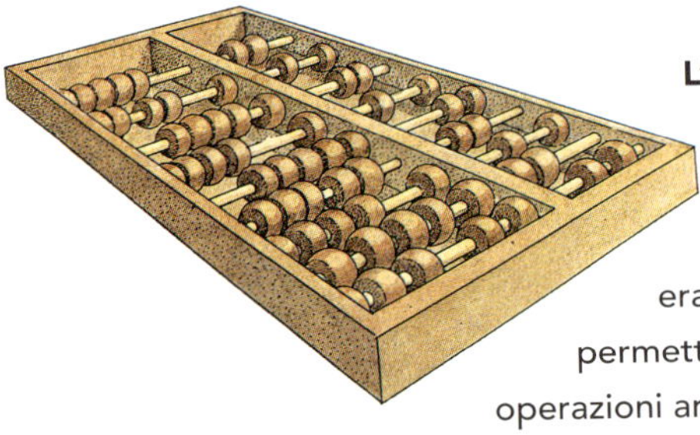

L'abaco veniva usato dai Cinesi per eseguire i calcoli aritmetici ed era il bagaglio indispensabile di ogni scolaro. Il funzionamento era complesso ma, una volta appreso, permetteva di compiere le più complesse operazioni aritmetiche.

Fin dai tempi più antichi le città cinesi furono progettate con cura meticolosa. La loro posizione e il loro disegno non erano casuali ma seguivano principi di ordine naturale e universale.

LA STRUTTURA DELLA CITTÀ

Le città erano di solito circondate da alte mura di terra battuta, rinforzate con legno e bambù; spesso erano protette da un tetto aggettante coperto di paglia e intervallate da torri di guardia. Grandi, elaborati cancelli proteggevano l'ingresso della città. Entro la cerchia di mura una griglia di strade correva da nord a sud e da est a ovest dividendo la città in quartieri che a loro volta si suddividevano in isolati. In ciascuna zona si svolgeva un'attività particolare: c'era il quartiere dei tessitori, quello dei cordai, dei pellettieri ecc.

IL MERCATO

Le città, oltre che sede del potere politico, erano centro di scambi e commerci che avevano nei mercati, affollati e vivacissimi, il loro centro deputato. Si tenevano in aree murate dove si ammassavano i punti di vendita che non erano molto diversi dalle odierne bancarelle. I contadini venivano numerosi dalle campagne portando i loro prodotti; gli artigiani vi avevano le loro botteghe e i mercanti compravano e vendevano ogni tipo di merce. C'era appena lo spazio per muoversi fra ceste, carri, palanchini e banchi di vendita in mezzo a una folla rumorosa di clienti, cantastorie, indovini, ladri e accattoni. L'aria era densa di odori: cibo cucinato, spezie, pelli conciate, nonché il tanfo dei rifiuti imputriditi e dei mucchi di concime.

Le banconote, il "denaro volante" come le chiamavano i Cinesi, cominciarono a essere stampate fra l'VIII e il IX sec.
1. Matrice in rame (1127-1279) **per la stampa di banconote**, proveniente da Hangzhou;
2. Esempio di banconota stampata.

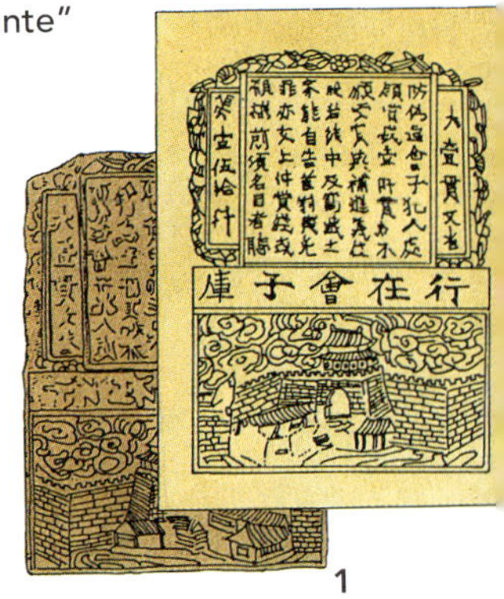

1

Una scena di mercato (sopra)
Gli antichi Cinesi non tenevano in gran considerazione i mercanti: si riteneva che l'unica onesta occupazione fosse quella dell'agricoltore. Con l'andar del tempo, risultò evidente, però, che i mercanti costituivano una forza sociale in continua ascesa.

Panoramica sui quartieri centrali della capitale Chang'an all'epoca della dinastia Tang (a sinistra).

I geomanti (a destra)
La scelta dell'area sulla quale una nuova città sarebbe sorta era affidata alla sapienza dei geomanti e alla sensibilità dei loro aghi magnetici.

LA CARTA E LA SETA

LA SCOPERTA DELLA CARTA

Una delle più importanti conquiste tecniche dei Cinesi fu la fabbricazione della carta, annunciata ufficialmente nel 105 d.C. Fino alla scoperta del nuovo prezioso materiale, i Cinesi avevano usato per scrivere i materiali più disparati: cortecce d'albero, osso, pelle di animali, strisce di bambù e seta. La carta si dimostrò il materiale più adatto alla scrittura, poiché meno rigida e pesante delle strisce di bambù e meno costosa della seta.
L'invenzione della stampa con matrici di legno risale all'epoca Tang. Essa trasformò profondamente la vita culturale della Cina. I libri, che fino a quel tempo erano stati copiati a mano, poterono essere riprodotti in grande numero e raggiungere una platea assai più vasta di lettori.

LA SETA: UN SEGRETO A LUNGO INVIOLATO

La seta era molto apprezzata dai Cinesi per la sua resistenza, per la morbidezza e la lucentezza; la maggior parte del tessuto prodotto veniva impiegato per confezionare abiti destinati alle famiglie ricche. Gran parte della produzione veniva esportata: durante il periodo Han campioni di tessuto avevano raggiunto il Medio Oriente e il mondo romano, suscitando enorme interesse. I Cinesi mantennero a lungo il monopolio della produzione e del commercio della seta. Erano i soli a conoscere il sistema per far crescere i bachi sulle foglie di gelso, districare i filamenti dal bozzolo, filarli e tesserli e, per secoli, nessun altro riuscì a compiere le delicate operazioni necessarie alla fabbricazione del prezioso tessuto.

Il corredo dello stampatore comprendeva la tavola da inchiostro, un tampone, colla e vari tipi di pennelli e punteruoli. Il più antico libro a stampa conosciuto è stato ritrovato nel complesso templare buddista di Dunhuang. Agli inizi del X sec. edizioni a stampa dei testi classici erano ormai diffuse.

La fabbricazione della carta
Per fabbricare la carta venivano usati vari materiali (corteccia d'albero, canapa, germogli di bambù, stracci) che venivano posti a macerare in grandi vasche per essere ridotti in poltiglia. Con un vaglio a trama fitta veniva sollevato uno strato del deposito e lasciata scolare l'acqua in eccesso; lo strato raccolto era infine messo a seccare fino a diventare un foglio di carta. Benché calligrafi e pittori preferissero il materiale grezzo per ottenere particolari effetti, la maggior parte della carta prodotta in Cina era trattata con colla o gesso, farina o amido, aggiunti alla pasta di base.

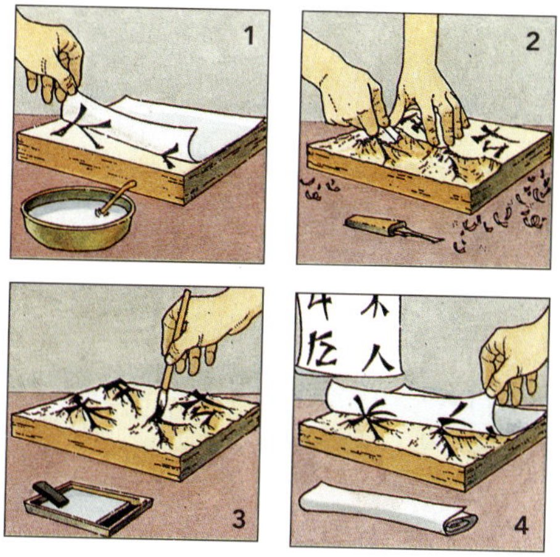

Stampa con matrici di legno

I caratteri che si volevano riprodurre a stampa venivano dipinti su un foglio di carta. Con l'inchiostro ancora fresco, il foglio veniva appoggiato su un blocco di legno sul quale lasciava un'impronta **(1)**. Rimossa la carta, il legno intorno veniva intagliato per ottenere il rilievo dei caratteri capovolti **(2)**. Si applicava allora l'inchiostro sulla superficie sbalzata **(3)**, sulla quale veniva applicato un foglio **(4)**. I caratteri inchiostrati erano così trasferiti sulla carta, nella posizione corretta.

LA MANIFATTURA DELLA SETA

La raccolta delle foglie di gelso

La larva del baco da seta vive sulle foglie del gelso e lì fabbrica il bozzolo: da ghiandole poste ai lati del corpo secerne filamenti che, tenuti insieme da una sostanza gommosa detta sericina, lo avvolgono completamente.

L'allevamento dei bachi

Fra le varie specie di baco esistenti, i Cinesi allevavano l'unica che si adatta a vivere anche su strati di foglie staccate dall'albero. Era perciò possibile avviare allevamenti intensivi in ambienti controllati, al fine di aumentare la produzione. Per nutrire i bachi, i Cinesi impiantarono estese coltivazioni di gelso.

La tessitura

I bozzoli venivano immersi in acqua bollente, per sciogliere la sericina; dopo questa operazione era possibile svolgere i filamenti unendoli fra loro, al fine di ottenere fibre più o meno sottili. Un bozzolo produceva circa 500 m di filato; quando il filo giungeva alla fine, alla sua estremità veniva unito il capo di un altro filo.

La lavorazione della seta

Le matasse di seta erano consegnate ai laboratori specializzati dove si svolgevano le fasi successive della lavorazione: prima la tintura, poi la tessitura. Per ottenere un metro quadrato di tessuto occorreva il filo prodotto da circa 3500 bozzoli.

OPERE PUBBLICHE E TRASPORTI

Nella storia della Cina furono molte le grandi opere pubbliche avviate dagli imperatori. Un'altra gigantesca realizzazione fu la costruzione della rete di canali che interessa tutta la Cina. Gli antichi Cinesi furono senza dubbio i più grandi ingegneri idraulici della storia fino all'epoca moderna. Nel III sec. a.C. essi costruirono quello che venne chiamato il "Magico Canale": il primo canale ipsometrico del mondo, che seguiva cioè i contorni del terreno per evitare i dislivelli. Il canale permetteva la navigazione ininterrotta di chiatte da trasporto su una distanza di oltre 2000 km ed è in uso ancora oggi. Il primo sistema di vie d'acqua costruito dall'uomo su larga scala fu il Grande Canale, realizzato fra il 607 e il 610 d.C., durante il periodo della dinastia Sui.

La costruzione del Magico Canale
Dai resoconti dell'epoca sappiamo che, in alcune zone, durante la costruzione del Grande Canale, tutti gli uomini di età compresa fra i 15 e i 50 anni furono chiamati a prestare la loro opera: si calcola che fossero 3 milioni 600 mila. Ogni famiglia che abitava nelle zone dei lavori era obbligata a inviare anche un ragazzo, un uomo anziano e una donna per i lavori di coordinamento e di manutenzione: il numero totale dei lavoratori ammontò a oltre 5 milioni. Questo massiccio sradicamento della popolazione dai lavori agricoli provocò molto scontento e rese impopolare il governo.

永 I TRASPORTI SU STRADA

Al tempo in cui i Romani costruivano le vie consolari in Europa, nella valle del Fiume Giallo esisteva già un avanzato sistema di eccellenti strade adatte per carri, carrozze e veicoli di ogni tipo. Considerate le dimensioni dell'impero cinese, era indispensabile per il governo centrale avere la possibilità di comunicare senza troppe difficoltà con le regioni periferiche, al fine di assicurare l'ordine e far rispettare la legge. Già durante il periodo degli Zhou era stato creato un efficiente sistema di stazioni di posta con messaggeri, cocchieri e cambi di cavalli per far sì che i dispacci inviati dal governo centrale arrivassero velocemente a destinazione.

Il sistema delle chiuse, introdotto durante il X sec., facilitò la navigazione fluviale. Nei tratti in cui il fiume presentava una rapida pendenza, vennero costruiti bacini artificiali che, riempiti o vuotati, permettevano il passaggio dei natanti da un livello all'altro. Prima dell'adozione di questo sistema, le imbarcazioni venivano fatte salire o scendere, trainate su guide, lungo rampe di pietra.

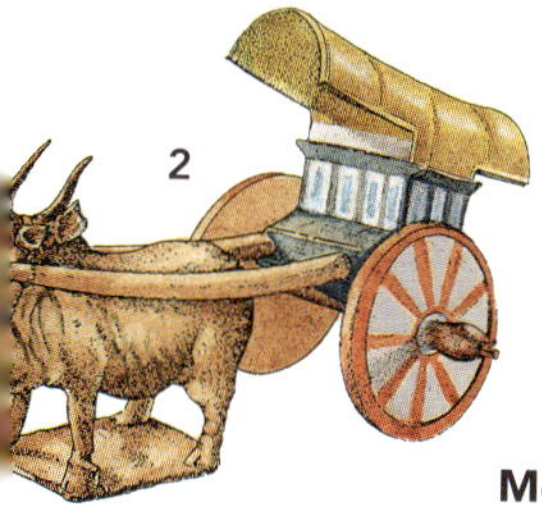

2

Il traffico fluviale

Le principali vie di comunicazione della Cina furono i fiumi e i canali. Il Fiume Giallo e lo Yangzi furono arterie naturali di traffico fin da quando i primi nuclei di abitanti si erano insediati lungo le loro rive. Con il passare del tempo venne costruito un sistema di canali che collegava i fiumi e le città principali.

永

3

Mezzi di trasporto su strada

Il "bue di legno", come era chiamata la carriola, è un'invenzione cinese del periodo Han; era usata per trasportare merci e persone. Il grande telaio di legno intorno alla ruota distribuiva uniformemente il peso del carico **(1)**. Carro da fieno a due ruote, coperto da un tettuccio ricurvo e trainato da un bue **(2)**. Carro coperto a due ruote, per il trasporto di passeggeri, trainato da un cavallo **(3)**.

Il ponte di An-ji (che significa "sicuro passaggio") costituito da una grande arcata centrale e da archi laterali. Fu costruito su progetto dell'ingegnere Li Chun fra il 605 e il 616 d.C. ed è ancora in uso.

ARCHITETTURA E ARREDAMENTO

Poiché quasi tutti gli edifici cinesi furono costruiti con materiali deperibili, soprattutto legno, è sopravvissuto fino ai nostri giorni solo un numero molto esiguo di costruzioni antiche.

1

2

Modelli di terracotta rinvenuti in sepolture risalenti all'epoca della dinastia Han. **1.** Piccola casa con ricovero per gli animali al piano terreno; **2.** Casa a cinque piani con cortile e torri di guardia.

LA CASA: STRUTTURA E DECORAZIONI

Le case venivano costruite su una base di terra battuta. Agili colonne di legno erano disposte su zoccoli di pietra, mentre un caratteristico sistema di travi sosteneva le assi del tetto. Molti edifici cinesi presentavano gronde sporgenti che proteggevano le verande dalle intemperie. Talvolta la sua sommità e le gronde erano decorate con sculture simboliche e animali fantastici. Le stanze all'interno della casa erano suddivise da pareti mobili, costruite su diversi livelli, e ogni abitazione era circondata da un muro di cinta chiuso da un cancello, talvolta riccamente decorato. Un aspetto interessante dell'architettura cinese era il largo impiego del colore. Le pareti erano dipinte uniformemente, spesso di rosso ma anche di giallo, nero o bianco. Le tegole del tetto venivano lasciate in grigio o decorate con vernici blu, porpora, verdi o gialle. I giardini, cui i Cinesi tenevano particolarmente, avevano stagni per i pesci, oltre che alberi, arbusti e piante in vaso; i più lussuosi anche padiglioni e chioschi. Le abitazioni dei poveri erano dotate solo dell'arredo essenziale: i Cinesi avevano l'abitudine di mangiare, lavorare e dormire per terra: stuoie di paglia e bambù venivano stese sul pavimento e la gente vi stava inginocchiata, appoggiandosi sui talloni. I pasti erano consumati su basse tavole.

Le gronde sporgenti erano una caratteristica delle costruzioni cinesi. Il loro peso era sostenuto da un sistema di mensole (tou-kong) disposte in modo che il braccio di ognuna potesse sostenere un'altra mensola. Esse potevano perciò moltiplicarsi all'infinito e sostenere gronde a notevole distanza dalla colonna portante. A sinistra, **colonna portante con *tou-kong*** a sostegno della gronda.

Sulla tavola da pranzo
1. Tazza di porcellana bianca, periodo Tang; **2.** Ciotola di terracotta grigia con motivi dipinti raffiguranti pesci e volute; **3.** Piatto a tre piedi in ceramica verniciata di bianco con decorazioni in blu e giallo al centro, periodo Tang; **4.** Vassoio, piatti e ciotole in lacca, dalla tomba di Mawangdui; **5.** Contenitori di cibo con coperchio.

Tipica scena domestica di una cucina cinese

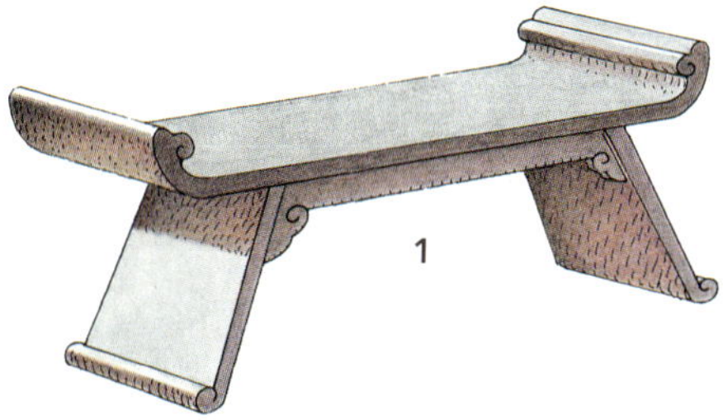

Complesso murato d'abitazione, modello di terracotta risalente alla dinastia Han. Questo sistema abitativo con mura che cingono cortili interni, intorno ai quali si dispongono gli edifici, ha caratterizzato per oltre 2000 anni l'architettura residenziale cinese.

Mobili e suppellettili
1. Tavolo da scrittura in legno intagliato del II sec. a.C.; **2.** Lucerna di bronzo con paralume; **3.** Lucerna a più beccucci in terracotta verniciata, con raffigurazioni di animali, tardo periodo Han; **4.** Cesti di bambù con coperchio decorato in lacca, dinastia Han.

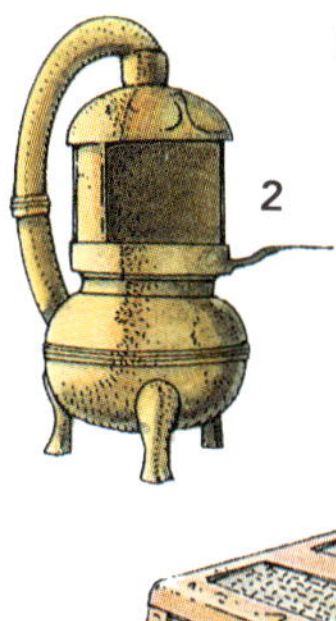

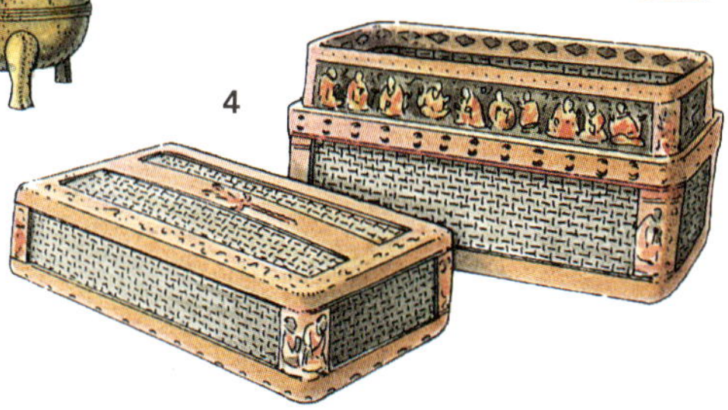

MEDICINA E SALUTE

L'idea che i Cinesi ebbero della salute fu, e ancora è, molto diversa da quella sviluppatasi in Occidente. Il più autorevole testo di medicina era il *Nei Jing*, il "Trattato di medicina interna" attribuito a Huang Di, l'Imperatore Giallo. Le teorie che vi erano esposte costituirono la base della scienza medica cinese e sono rimaste in uso fino ai nostri giorni. Esse si fondavano sul principio di un equilibrio universale fra uomo, Cielo e Terra. Su questa base, compito della medicina era mantenere l'equilibrio fra le opposte forze (yin e yang) che dimoravano nell'organismo umano.

LA DIAGNOSI E LA CURA

La diagnosi delle malattie emergeva dall'osservazione dell'aspetto del paziente, del suono della sua voce e soprattutto dall'interpretazione delle sue pulsazioni. Si riteneva che l'intensità dei battiti, misurati in punti diversi del polso, rivelassero le condizioni dei vari organi. I tradizionali metodi di cura cinesi comprendevano l'uso di erbe medicinali, una dieta controllata, massaggi e ginnastica. Un gran numero di malattie veniva curato stimolando con aghi alcuni punti del corpo o riscaldandoli (*moxa*). Ai Cinesi sono dovute molte scoperte della scienza medica. I meccanismi della circolazione del sangue erano conosciuti prima del II sec. a.C.; nel III sec. d.C. erano state identificate malattie causate da insufficienze alimentari come il beri-beri; il diabete veniva curato con una dieta povera di zuccheri; la disfunzione che causava il gozzo era trattata con ormoni estratti dalla tiroide ed erano stati scoperti metodi di immunizzazione dal vaiolo.

La *moxa* (sopra) era una pratica terapeutica molto diffusa fra i Cinesi. Consisteva nell'applicare, su punti specifici del corpo, foglie di artemisia, essiccate, polverizzate e confezionate poi in forma di cilindri combustibili, che venivano bruciate sulla pelle. La terapia non era dolorosa; i pazienti infatti provavano solo una sensazione di intenso calore.

1

3

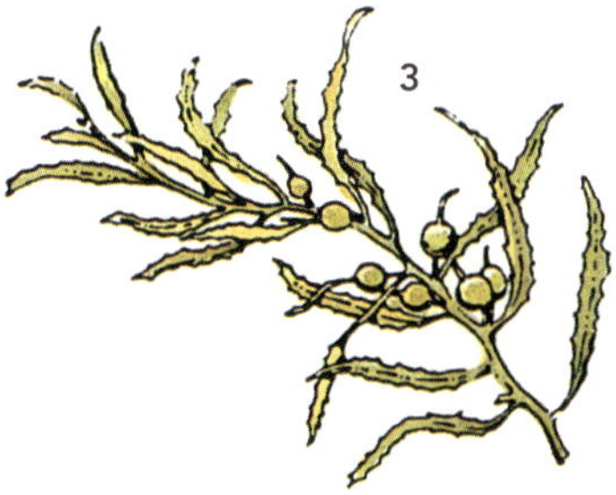

4

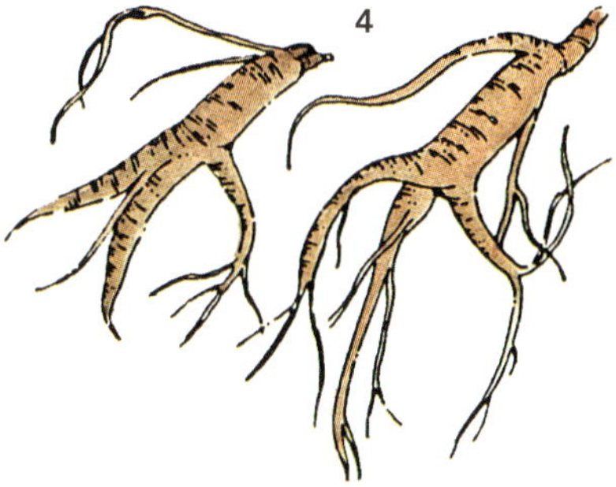

2

Le erbe medicinali

All'epoca della dinastia Tang risale un trattato dei medicamenti e delle erbe dal titolo *Il libro Tang* che, raccogliendo e trasmettendo il patrimonio di una tradizione antica, descrive le piante medicinali e le loro proprietà curative, fornendo anche insegnamenti pratici sul modo di preparare i medicamenti.

1. Artemisia: le sue foglie erano impiegate nella pratica terapeutica della *moxa*; **2. Heshan:** dalle sue radici si estraeva un antidoto per i morsi di serpente e le punture degli insetti; **3. Sargassum:** per il suo alto contenuto di iodio era impiegato per curare le disfunzioni della tiroide; **4. Ginseng:** con le sue radici, alle quali era attribuito un potere rigenerante, si curavano molte malattie.

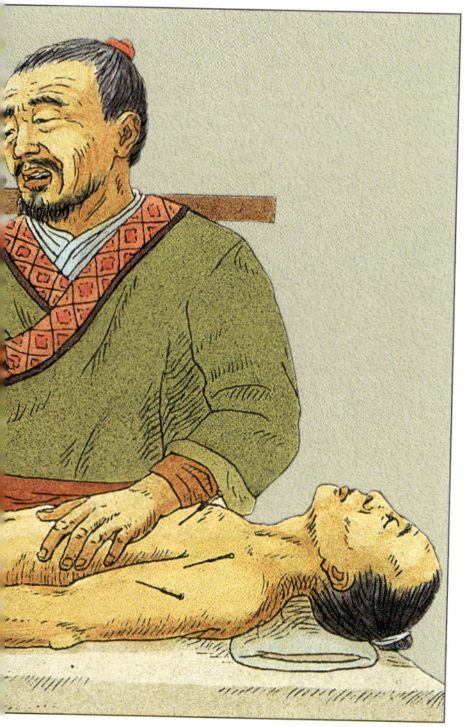

L'agopuntura consiste nella stimolazione di punti specifici del corpo per mezzo di sottilissimi aghi di varie lunghezze. All'epoca della dinastia Han erano stati individuati 360 punti vitali, lungo i dodici "meridiani" attraverso i quali si riteneva che circolasse l'energia. La pratica dell'agopuntura è strettamente legata alla tradizione del pensiero cinese: lungo i "meridiani" scorre, nel corpo umano, la stessa energia che dà vita a tutto l'universo, espressa dalle forze di *yin* e *yang*. Quando queste non sono in equilibrio insorgono le malattie. La stimolazione dell'ago interviene proprio sul flusso dell'energia vitale, disperdendola se è in eccesso, tonificandola e indirizzandola dove invece è insufficiente. Al di là delle considerazioni sulla validità delle antiche teorie cinesi, oggi l'agopuntura è diffusa anche in Occidente.
A destra, uno dei dodici **"meridiani"** con l'indicazione dei punti vitali.

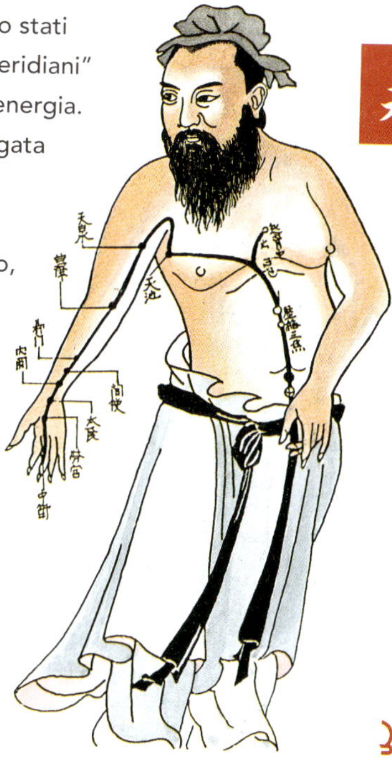

L'ABBIGLIAMENTO

L'abbigliamento dei nobili e dei ricchi seguiva i mutamenti della moda sia nelle fogge degli abiti, sia nei tessuti e nelle acconciature.

Gli abiti della povera gente erano di stoffa ruvida, tessuta con fibre vegetali come la canapa e la ramia (conosciuta anche come "ortica della Cina"). Non venivano usati né il cotone né la lana filata. Le stoffe erano colorate con tinte vegetali: marrone, blu, verde e rosso erano i colori più diffusi, mentre il giallo era riservato alla famiglia imperiale. I contadini indossavano una corta tunica legata in vita e pantaloni che arrivavano al polpaccio. Nei giorni freddi si coprivano con giacche imbottite di feltro e mantelli di pelle di pecora. Ai piedi portavano sandali di paglia e la testa era protetta con una pezza di stoffa o con una berretta. Un tipo di abbigliamento diffuso fra i cittadini delle classi benestanti era una specie di veste, con o senza maniche, lunga fino a terra; aperta sul davanti, era tenuta ferma sotto le ascelle da una cintura o da una fascia legata con un fermaglio. Gli abiti dei ricchi erano sontuosi e talvolta stravaganti, ma tuniche e giacche di seta erano l'abbigliamento più comune.

永

SETE, RICAMI E GIOIELLI

Le vesti erano spesso riccamente ricamate a motivi fantasiosi; quelle più preziose erano intessute di fili d'oro che disegnavano foglie, uccelli e gli arabeschi più vari. Caratteristiche degli abiti erano le ampie e lunghe maniche che coprivano completamente le mani. I copricapi erano comuni sia fra gli uomini, sia fra le donne. Le donne fermavano i capelli con spille e monili e portavano anche gioielli: braccialetti, collane talvolta arricchite da pendenti, e fermagli per le cinture.

Le acconciature

In tutte le epoche i Cinesi amarono acconciare i loro capelli con elaborati chignon, nodi, crocchie e trecce fissate da spilloni e fermagli.

1

2

Monili e gioielli

Nobili e ricchi si adornavano di raffinati gioielli in oro, con perle, pietre preziose e giade. Molto apprezzate erano le lacche, che ricoprivano scatole per cosmetici, scrigni e oggetti da toeletta.

1. Fermaglio a forma di pavone, in oro, della dinastia Tang (618-907 d.C.).

2. Veste di mussola orlata con bande di seta.

3. Collana di grani d'agata e braccialetti.

3

永

L'abbigliamento delle classi umili guardava più alla praticità che all'eleganza. Gli abiti dovevano proteggere dalle intemperie ma lasciare libertà di movimento per non essere di intralcio nei lavori manuali. Per questo adottarono corti pantaloni adatti al lavoro dei campi e delle risaie e semplici tuniche di stoffa resistente.

LA SCRITTURA

Il cinese è la più antica lingua scritta del mondo fra quelle ancora in uso. Sebbene il disegno dei caratteri si sia trasformato durante i secoli, la scrittura cinese di oggi si fonda ancora sui segni elaborati circa 3500 anni fa.

L'EVOLUZIONE DELLA LINGUA SCRITTA

La scrittura cinese è basata su un vasto numero di caratteri, o segni, ognuno dei quali descrive un oggetto o un'idea. In origine i caratteri erano semplicemente la raffigurazione dell'oggetto che volevano indicare. Dal momento che i caratteri cinesi forniscono il significato completo della parola e non si riferiscono alla pronuncia, ogni cinese può leggere e capire ciò che è scritto. Le più antiche testimonianze di scrittura cinese sono iscrizioni rinvenute su ossa di animali e gusci di tartaruga, chiamate "scrittura oracolare" in quanto riportavano le domande che i sacerdoti rivolgevano agli spiriti. In seguito i simboli furono riuniti e elaborati in modo da esprimere un insieme di idee. Nel 213 a.C. il primo imperatore Shi Huangdi ordinò la compilazione di un indice ufficiale di 3300 segni che potesse essere usato da tutti. Oggi il numero globale dei segni ammonta a 60 000 circa. Durante il tardo periodo Zhou, il periodo Qin e il primo periodo Han, intellettuali e burocrati scrivevano con pennelli su tavolette di legno o strisce di bambù. Quando nel II sec. d.C. fu inventata la carta, essa sostituì tutti i materiali usati in precedenza. I libri venivano considerati oggetti di grande valore.

Sistemi di scrittura
L'uso dei pennelli per scrivere si diffuse in Cina durante l'epoca della dinastia Han (in precedenza i caratteri venivano tracciati con punte acuminate) e la scrittura divenne una forma d'arte con tecniche e regole simili a quelle della pittura. La calligrafia divenne una rigida disciplina: per tracciare i caratteri l'artista doveva osservare norme precise nella sequenza e nell'esecuzione dei singoli tratti. Era necessario dosare accuratamente la pressione della pennellata e compiere il movimento in assoluta scioltezza. Gli strumenti del calligrafo erano pennello e inchiostro. I pennelli erano di setole e peli di vari animali: capra, cervo, cavallo, lupo, volpe e coniglio; l'inchiostro di solito era ottenuto bruciando del carbone; la polvere residua, o nerofumo, veniva raccolta e mescolata a colla animale: la sostanza così ottenuta, unita a muschio e canfora per neutralizzare l'odore della colla, era versata in uno stampo, perché si rapprendesse. Si ottenevano così bastoncini di inchiostro. Per ottenere l'inchiostro fluido si strofinavano questi bastoncini contro una pietra da inchiostro, una vaschetta intagliata in cui si versava qualche goccia d'acqua fino a ottenere un liquido denso ma fluido.

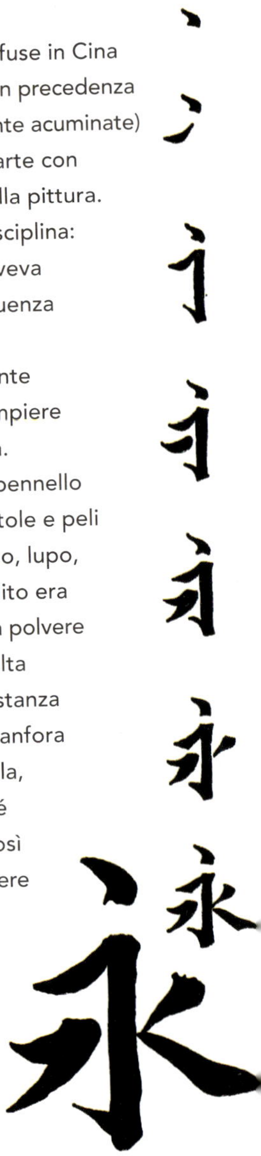

Sequenza che compone il carattere cinese *yong*, "eternità"

Pietra da inchiostro a forma di tartaruga con coperchio, I o II sec. d.C.

Scrittura oracolare su osso del periodo Shang (XIII-XI sec. a.C.). I simboli incisi su questa scapola di bue sono uno dei più antichi esempi di scrittura cinese. Una leggenda racconta che la scrittura cinese fu inventata da un imperatore che osservava le impronte lasciate dagli uccelli.

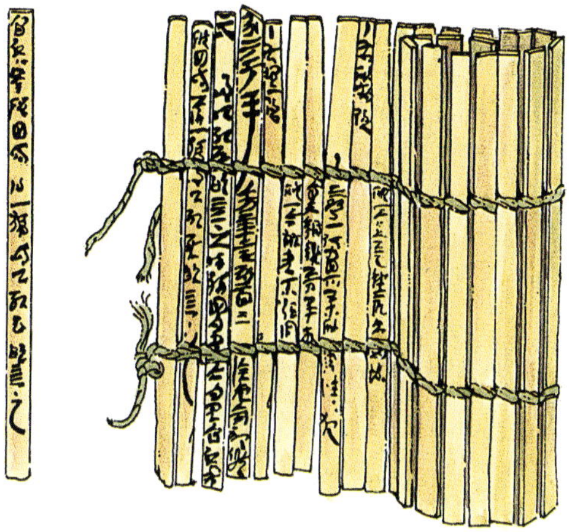

I materiali per la scrittura (in alto) più usati prima dell'invenzione della carta furono assicelle di legno e strisce di bambù. Sistemate verticalmente costa a costa, erano legate fra loro con una cordicella in modo da formare un "foglio" che poteva essere arrotolato e custodito in scaffali. La scrittura si sviluppa dall'alto in basso lungo la striscia levigata.

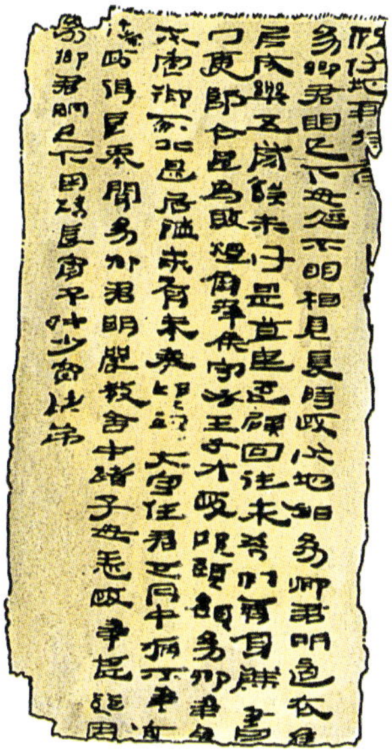

Con questa **lettera scritta su seta** nel I sec. d.C. un ufficiale di stanza alla frontiera settentrionale raccomanda uno dei suoi sottoposti. La seta era un materiale di scrittura molto resistente e poco ingombrante, ma anche molto costoso. Si usava soprattutto per i documenti ufficiali e le opere di alto valore letterario.

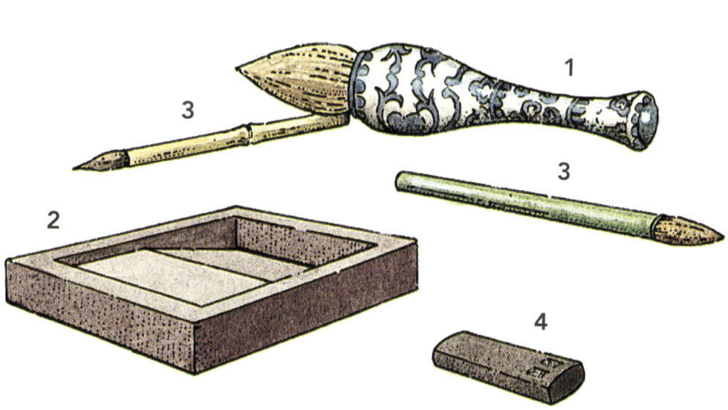

Il corredo del calligrafo

1. Contagocce; **2.** Pietra da inchiostro; **3.** Pennello; **4.** Bastoncino da inchiostro.

ANGLOSASSONI E VICHINGHI

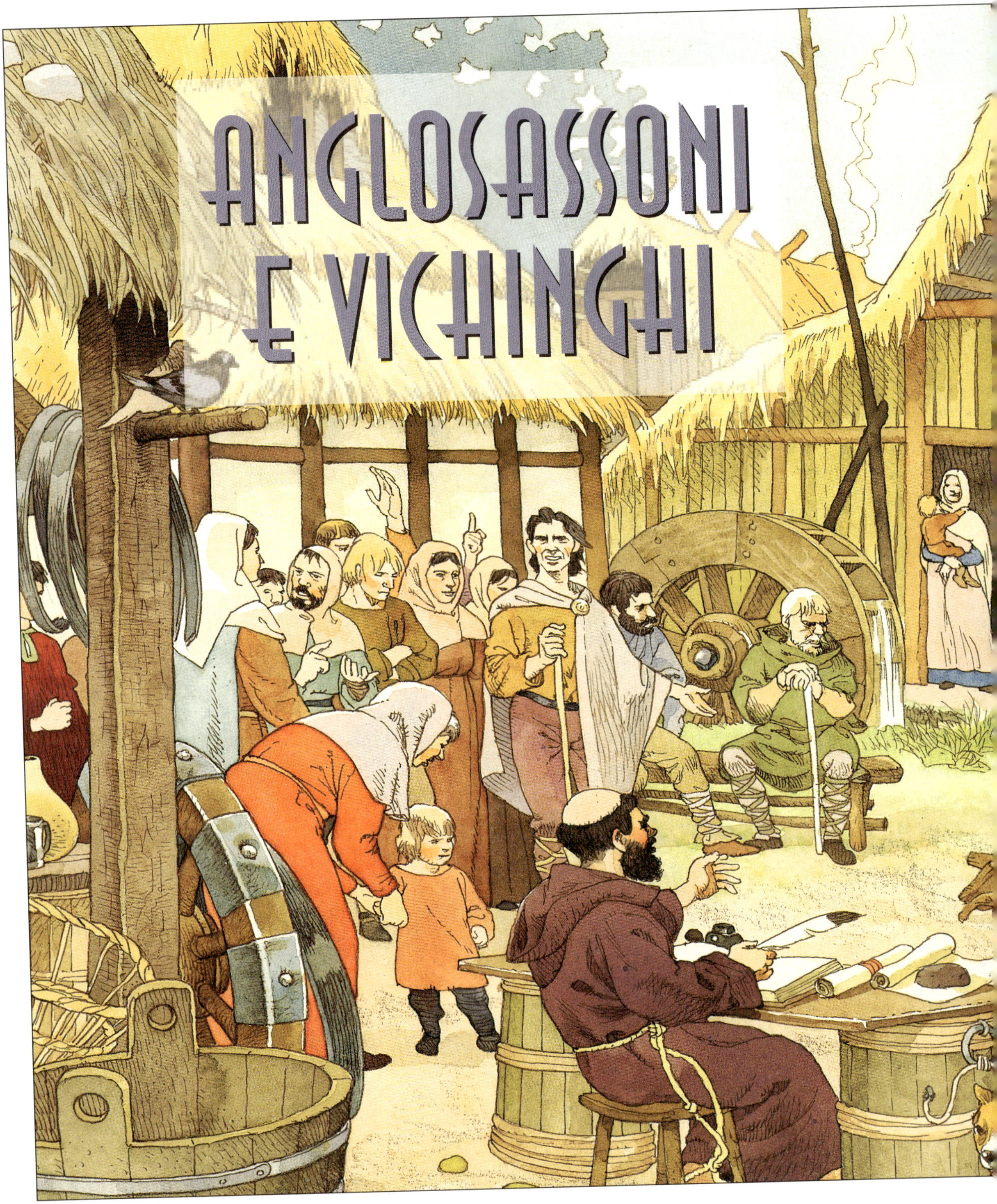

GRAN BRETAGNA: AMBIENTE NATURALE

La Gran Bretagna è l'isola più grande d'Europa, separata dalla costa francese da uno stretto braccio di mare. Il paese è diviso in tre regioni: la Scozia, prevalentemente montuosa e poco popolata; il Galles, anch'esso dominato da rilievi; l'Inghilterra, con pianure piuttosto fertili e dolcemente ondulate. Sebbene le montagne non raggiungano altezze elevate, il nord ha un aspetto aspro e selvaggio, inciso da gole profonde, i *firth*, che dalla costa si insinuano nel cuore del paese. I fiumi, di scarsa lunghezza, sono spesso navigabili e nelle loro ampie foci ad estuario si sono sviluppati i maggiori porti del paese. Rispetto alla latitudine, il clima è relativamente mite: è caratterizzato da inverni freddi, estati fresche e piogge molto frequenti.

La **Gran Bretagna** e l'**Irlanda**, con altre isole minori, si protendono verso il Mare del Nord e l'Atlantico, fino a 60° di latitudine nord (Isole Shetland).

FLORA E FAUNA

Nel corso dei secoli l'azione dell'uomo ha profondamente modificato il paesaggio: se le brughiere del nord si sono conservate quasi intatte, le foreste di querce e di betulle delle aree pianeggianti hanno ceduto il posto a campi coltivati e a pascoli. La fauna è molto simile a quella nord-europea, ma la presenza dell'uomo sull'isola ha spesso costituito una minaccia per l'esistenza di alcune specie, come nel caso del cinghiale, ormai estinto. Invece sopravvivono ancora daini, cervi, volpi, fagiani, galli cedroni, tassi, lontre e altri animali selvatici. Circa 200 specie di uccelli sono stanziali nelle isole britanniche e molte altre vi si stabiliscono durante i periodi di migrazione. Fiumi e laghi sono ricchi di pesce, in particolare di trote e salmoni. Anche il mare è molto pescoso: offre in gran copia aringhe, sgombri e merluzzi.

Paesaggio di alture e brughiera

Paesaggio di basse colline e pianura

I CELTI IN BRITANNIA

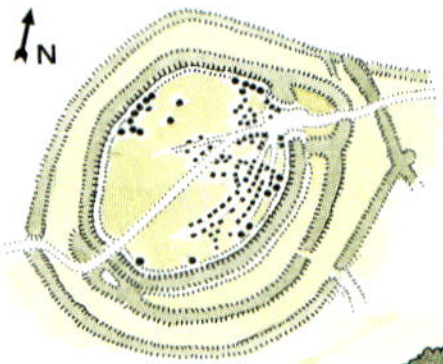

L'*hillfort* di Danebury:
veduta (sotto) e pianta (a sinistra).

La maggior parte degli archeologi ritiene che i Celti non abbiano compiuto migrazioni di massa dal continente europeo alle isole britanniche. Sarebbero stati invece gli antichi abitanti di queste ultime ad acquisire gradualmente, attraverso i commerci, elementi della cultura celtica. Cento anni prima dell'era cristiana, infine, tribù celto-gemaniche provenienti dal Belgio si insediarono nel sud dell'Inghilterra.

Le monete
coniate in Britannia
riprendevano modelli greci e romani. Alcune recano il nome del capo tribù che le fece coniare.

LA CULTURA CELTICA

Le notizie più antiche sulla Britannia e sui Celti ci vengono da scrittori greci e latini, che descrivono gli antichi Britanni come selvaggi dall'aspetto terribile. Il terrore che incutevano era forse dato dal colore azzurro con il quale si dipingevano il volto in battaglia, dai lunghi capelli e dai folti baffi. Con i loro carri da combattimento, che manovravano con grande abilità, assalivano da ogni parte le schiere nemiche. I Pritani erano divisi in diverse tribù, assai bellicose e spesso in lotta tra loro. Nulla di paragonabile ad un sentimento di nazione li accomunava, solo un analogo tipo di vita. Oltre allo stesso aspetto fisico, avevano un identico modo di combattere, la stessa religione e la stessa cultura dei Celti che popolavano il continente. Gli antichi Britanni vivevano su colline fortificate, i cosiddetti *hillforts*, come quelle di Danebury o di Maiden Castle: vi costruivano case, laboratori e granai. I Celti non conobbero mai la scrittura, erano capaci agricoltori e probabilmente anche abili commercianti: il grado di sviluppo dei loro traffici è testimoniato dal fatto che fin dal I secolo a.C. coniavano le proprie monete.

Manufatti preziosi
1. Monile di 64 filamenti in lega d'oro e d'argento;
2. Collana tubolare d'oro;
3-4. Recipiente e specchio decorati a cesello.

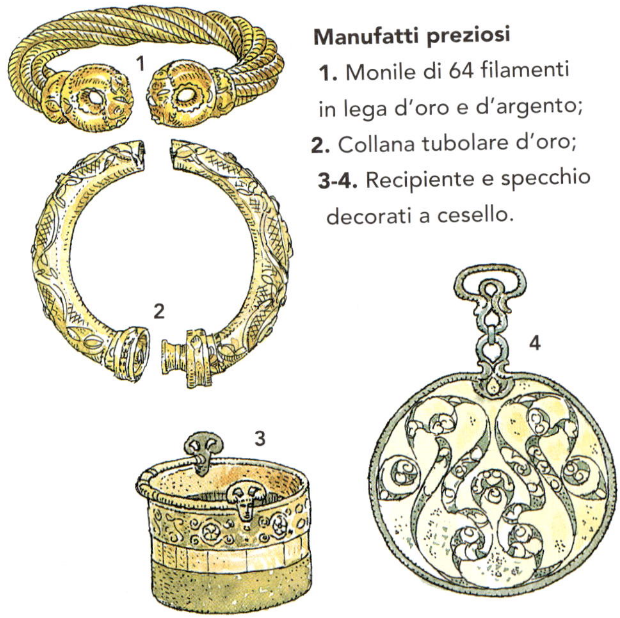

Una religione piena di mistero
Una forte aristocrazia militare governava la società celtica, ma i capi religiosi, i Druidi, erano altrettanto temuti e rispettati. Scelti per la loro saggezza, avevano anche il compito di amministrare la giustizia in ogni tipo di contesa. Il loro nome deriva dal greco *drys* (= quercia) e dall'indoeuropeo *wid* (= scienza, sapere). Infatti, proprio tra le querce, alberi sacri ai Celti, si tenevano le cerimonie religiose. I Druidi erano i depositari di un antico sapere: conoscevano il calendario regolato sulle fasi lunari, in base al quale si organizzavano semine e raccolti, conoscevano le proprietà delle erbe medicinali e con rituali magici mediavano il rapporto tra l'uomo e le forze della natura.

Il carro da guerra tipico dei Celti ci è noto grazie ad una ricostruzione compiuta in base a resti rinvenuti nel Galles. Intrepidi guerrieri, i Celti dominarono gran parte dell'Europa.

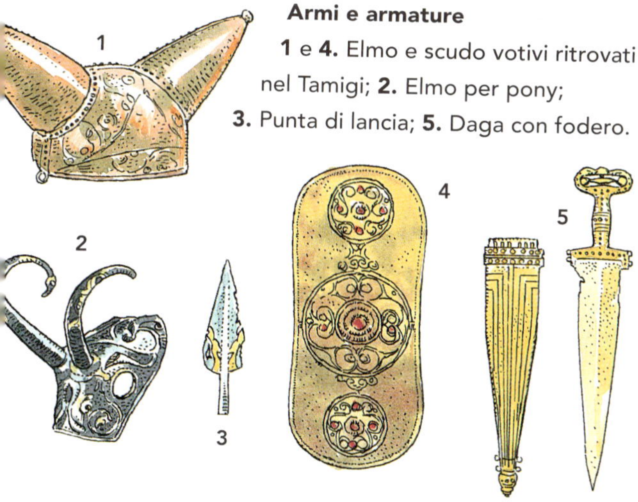

Armi e armature
1 e **4.** Elmo e scudo votivi ritrovati nel Tamigi; **2.** Elmo per pony; **3.** Punta di lancia; **5.** Daga con fodero.

I Celti in battaglia

LE ORIGINI DEGLI ANGLOSASSONI

Già prima che i Romani abbandonassero l'isola, sulle coste orientali dell'Inghilterra si erano verificate incursioni di popoli germanici: Angli, Sassoni, Iuti e Frisoni. I Sassoni provenivano dalle coste della Germania del nord; gli Iuti dall'attuale Danimarca; i Frisoni dall'Olanda. Gli Angli, da cui deriva il nome Inghilterra, erano originari di una regione dello Jutland. Queste popolazioni abbandonarono la terra d'origine e migrarono in Britannia a piccoli gruppi per stanziarsi prima sulle coste, poi all'interno.

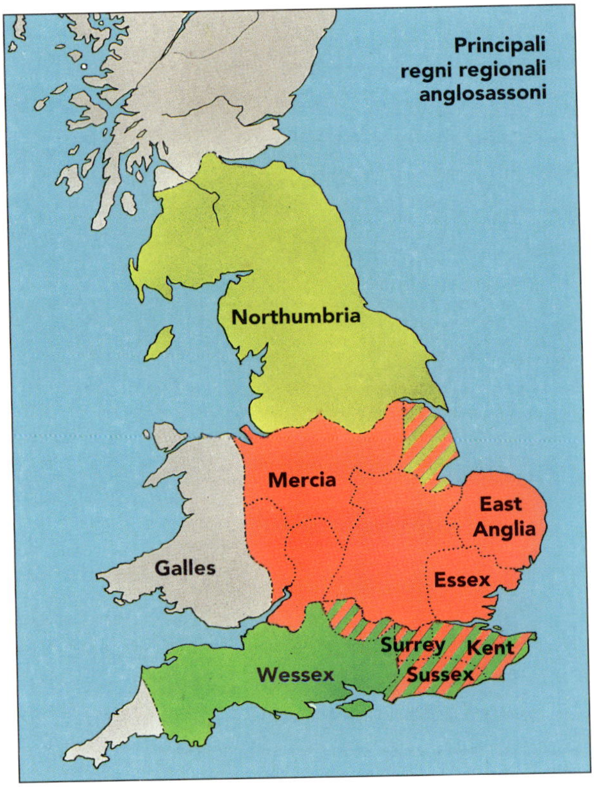

I regni anglosassoni: tra il 597, a poco più di un secolo dall'invasione sassone, e l'850, alla vigilia dell'invasione vichinga, la Britannia era costellata da piccoli regni; con il tempo quelli più forti presero il sopravvento, inglobando gradualmente gli altri.

L'AFFERMAZIONE

Per due secoli ebbero luogo scontri tra le popolazioni celtiche del paese e gli invasori. Questo periodo è illustrato dalla letteratura nelle mitiche gesta di Re Artù. I Sassoni, nonostante la resistenza dei Britanni, si insediarono, unendosi tra loro e con una parte degli isolani: queste unioni assunsero il nome di Anglosassoni. Gli Anglosassoni appartenevano ad una cultura che ancora non conosceva la vita urbana e di rado scelsero di insediarvisi. In sei secoli gli Anglosassoni si trasformarono da tribù divise, spesso in lotta tra loro, in un unico regno, dando vita alla civiltà inglese, con una nuova lingua, da cui deriva l'inglese moderno.

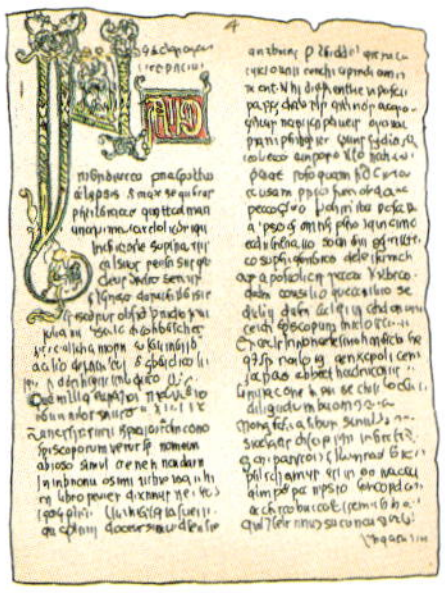

Il monaco Beda (circa 672-735) è famoso per la sua Storia ecclesiastica del popolo degli Angli (a destra, **una pagina dell'opera**), ma ha lasciato anche altri scritti importanti, fra i quali una raccolta di notizie scientifiche, storiche e geografiche, suddivise in 51 volumi.

I REGNI REGIONALI

Tra il V e l'VIII secolo ogni tribù formò un proprio regno e alcuni

di questi si amalgamarono in più vaste unità regionali. Nel 650 circa, la Northumbria raggiunse la supremazia economica sugli altri regni. Nel 597, intanto, erano giunti nel Kent missionari inviati dal papa e guidati da Sant'Agostino, che convertirono la popolazione al Cristianesimo. La Mercia, spesso in guerra con la Northumbria, nel 750 circa divenne il regno più potente, ma perse importanza nel IX secolo, divenendo stato vassallo del Wessex. Questo raggiunse l'apice sotto re Alfredo (871-899).

La leggenda della Tavola Rotonda
La leggenda vuole che Artù (a sinistra) abbia sconfitto i Sassoni nella battaglia del Monte Badon: il racconto probabilmente si riferisce ad uno scontro vinto da un re britannico, in una località imprecisata, tra il 490 e il 499. Artù e i suoi cavalieri furono considerati paladini della Cristianità, impegnati nella ricerca della coppa usata da Gesù nell'ultima cena (il Santo Graal).

Sopra a destra, **Re Knut e la moglie offrono una croce** all'abbazia di Winchester.

A sinistra, **monumento a Re Alfredo**, a Winchester.

I Sassoni raggiunsero la Britannia con semplici barche a remi.

IL RE E I SUOI SUDDITI

Fino agli anni 865-878, sebbene divisa in molti regni, riconosceva l'autorità di un sovrano supremo, chiamato *bretwalda*. Questi era al di sopra della legge e la sua parola indiscussa. Riscuoteva tributi, elargiva terre e convocava i sudditi alla guerra. La Chiesa contribuì non poco a glorificarne la figura, introducendo ad esempio, già fra il 780 e il 790, la solenne pratica dell'incoronazione e della consacrazione.

RICCHI E POVERI

La nobiltà, per gli Anglosassoni, non era solo un fatto di sangue; per appartenere alla classe dei nobili, i *thanes*, bisognava possedere una determinata quantità di terra, variabile a seconda della fertilità, sufficiente a mantenere una famiglia. Anche un uomo libero, un *churl*, poteva quindi aspirare, se si fosse arricchito, a diventare *thane*. La circostanza non era di scarso rilievo, dal momento che la parola di un *thane* aveva più peso di quella di un *churl*, come pure la sua vita. Il *churl* godeva di tutti i diritti di un uomo libero, poteva frequentare le assemblee popolari e lasciare in eredità le sue proprietà ai figli; doveva però ottemperare a determinati doveri, come pagare i tributi o prestare il servizio militare. Non era proibito possedere schiavi, ma pochi erano in grado di mantenerli; anzi, alcuni *churls* particolarmente indigenti si vedevano costretti a vendere un figlio come schiavo. Le donne anglosassoni, come tutte le donne germaniche, godevano di una certa libertà: potevano possedere appezzamenti di terra, disporne liberamente e difendere i propri diritti davanti alla legge.

Nelle **case dei *thanes*** entravano spesso come schiavi i figli dei *churls* (a sinistra), venduti ai nobili proprietari terrieri da quei genitori che non erano in grado di garantire il sostentamento di tutta la famiglia.

La consacrazione del sovrano, introdotta nell'VIII secolo ad opera della Chiesa, conferì maggiore autorità ai re anglosassoni, volendo sottolineare che il nuovo sovrano godeva del favore divino.

Alla corte del sovrano si svolgevano cacce e fastosi banchetti durante i quali si ascoltavano le antiche saghe popolari (a sinistra).

La residenza reale in Northumbria, durante il primo periodo anglosassone, era probabilmente la Grande Sala i cui resti sono stati ritrovati a Yeavering. La costruzione, lunga 27 m, risale al VII sec.; accanto ne sorgeva una più piccola, destinata al seguito del re. Nei pressi era stata innalzata una vasta fortificazione difensiva.

LEGGE E ISTITUZIONI

Il *witan* e il sovrano assistono a una condanna capitale
I processi seguivano le leggi e le regole stabilite dal re e dai suoi consiglieri.

Uno dei primi atti dei Normanni, una volta conquistata l'Inghilterra, fu il censimento di tutto il territorio, per conoscere il numero degli abitanti, la loro occupazione, l'estensione dei campi, la quantità dei capi di bestiame.

LA LEGGE

La funzione legislativa spettava al re, assistito da un consiglio collegiale di nobili detto *witan*. Le leggi, promulgate dal consiglio reale, venivano rese note ai sudditi attraverso assemblee, convocate in ciascuna contea ogni quattro settimane. I processi si svolgevano rispettando regole ben precise: se l'imputato non si presentava, o se si rifiutava di pagare la multa che gli veniva inflitta, era considerato fuorilegge. Esisteva un vero e proprio "tariffario" in cui era contemplato ogni caso possibile, dalla semplice offesa, al furto di bestiame, al ferimento di un uomo e alla sua uccisione. Le multe servivano in parte a evitare le faide tra famiglie, regolando la "vendetta" secondo tempi e modi stabiliti dalla legge in ogni dettaglio. Il diritto alla vendetta legava tra loro non solo i parenti ma anche il signore, o il re, e gli uomini al suo servizio. Un profondo sentimento di lealtà nei confronti del signore rafforzava questo legame. L'uomo che si poneva al servizio di un potente ne otteneva la protezione e, in cambio dei suoi servigi e di una devozione assoluta, riceveva armi e cavalli; inoltre condivideva la vita del suo signore: in tempo di pace tra caccia, feste e banchetti, in guerra combattendo al suo fianco.

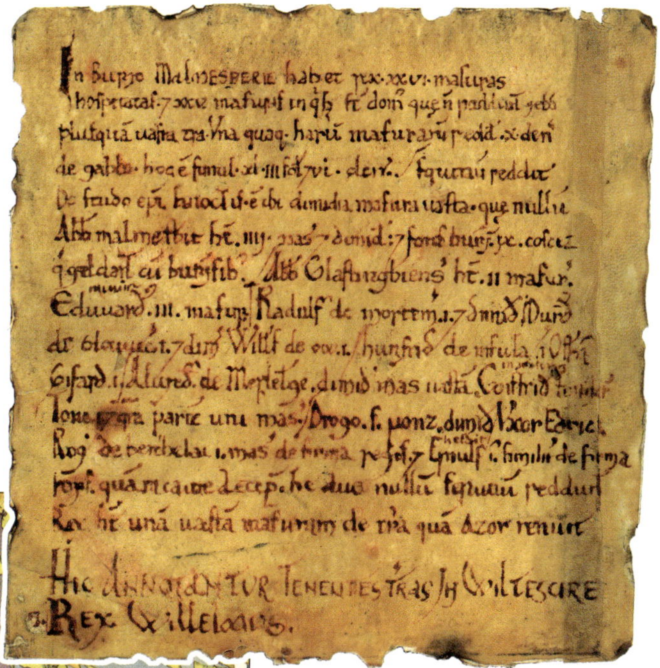

Una pagina del Domesday Book
Gli storici, grazie a questo documento, hanno potuto tracciare un quadro preciso dell'Inghilterra dell'XI sec. Da questo testo, inoltre, sappiamo che era giuridicamente divisa in contee.

Nelle assemblee di contea, non solo si divulgavano le nuove leggi, ma si amministrava la giustizia e venivano anche sanciti contratti e vendite da un incaricato del re, chiamato *ealdorman*.

LA VITA QUOTIDIANA

A quei tempi nessun orologio scandiva le ore: era il canto del gallo a dare inizio alla giornata lavorativa, mentre il tramonto del sole poneva fine alle fatiche quotidiane.

VITA DA RICCHI E VITA DA POVERI

Non per tutti l'esistenza si svolgeva nello stesso modo: il ricco *thane* non aveva necessità di lavorare perché schiavi e artigiani provvedevano ai suoi bisogni. Così egli poteva dedicarsi alla caccia e la sera organizzava sempre feste durante le quali si consumavano in abbondanza birra e idromele, una bevanda alcolica ottenuta dal miele fermentato. Per un *churl* la giornata era invece molto dura: lo attendevano il lavoro dei campi, la cura del bestiame o la bottega dove svolgeva il suo lavoro di artigiano. Le donne preparavano il burro, i formaggi, la birra, attendevano ai lavori domestici, lavoravano la lana. Le bevute erano uno dei passatempi preferiti degli uomini che si riunivano per ascoltare storie di viaggi, cantare o suonare. Con grave disapprovazione della Chiesa, anche le veglie funebri erano un'occasione per riunirsi a bere.

Acqua non potabile, o scarsa, e mancanza di igiene personale provocavano malattie ed epidemie cui le limitate conoscenze mediche dell'epoca spesso non potevano porre rimedio.

L'alimentazione dei più poveri era prevalentemente costituita da cereali. Sulla mensa comparivano anche latte e formaggio, le verdure dell'orto e pochissima carne. Più ricca era la tavola del signore che si distingueva per l'abbondanza di carni e per il consumo di bevande alcoliche.

Uno strumento musicale
L'arpa e la lira erano gli strumenti più usati; nelle feste venivano suonati a turno dai partecipanti o da menestrelli di professione, per accompagnare canzoni da ballo o narrazioni di saghe popolari.

I giochi degli adulti
Gli Anglosassoni amavano i giochi d'azzardo: seguivano con grande passione i combattimenti dei galli e quelli dei cani contro i tori, e scommettevano ai dadi.
Era poi diffuso un gioco d'abilità simile a quello degli scacchi: si chiamava *tagl* e le sue pedine erano ricavate da ossa di animali.

La caccia
Il passatempo preferito dei nobili era la caccia al cervo, alla volpe o al cinghiale o con il falco.

La lavorazione della lana
Era compito delle donne preparare la lana grezza, che veniva prima lavata e asciugata, poi filata e tessuta.

I giochi dei bambini
Non è restata traccia di giocattoli dei bambini anglosassoni, tranne armi in miniatura: forse fin da piccoli ci si preparava a saper maneggiare asce e spade.

CASE, MOBILIO E VILLAGGI

Gli edifici del villaggio
Il tetto delle case poggiava sulle pareti (**1** e **2**): altre costruzioni, che servivano come magazzini o alloggi per gli schiavi, erano invece interrate per circa 60 cm (**3**).

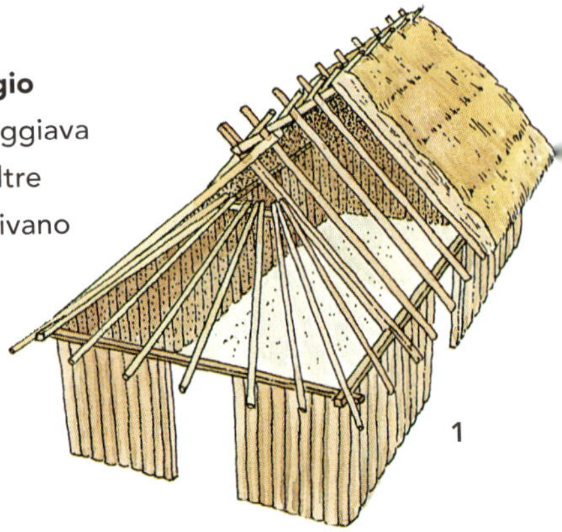

I villaggi anglosassoni erano spesso situati sulle rive di un fiume navigabile, perché si faceva grande uso delle vie d'acqua per i trasporti e la corrente del fiume, inoltre, teneva in moto le macine dei mulini, indispensabili a ogni comunità. Quando un villaggio veniva circondato da palizzate o bastioni di terra, diventando una cittadella fortificata, si chiamava *burh*. Il villaggio consisteva in un ammasso disordinato di rustiche abitazioni; in quelli più grandi le case erano raggruppate in rioni, divisi da strade e piazze.

CASA E ARREDAMENTO

La casa anglosassone più comune era rettangolare, costruita in legno, con il tetto ricoperto di paglia o di assicelle a mo' di tegole. L'interno era costituito da una grande sala con un focolare centrale e da stanzette più piccole. Il fumo del focolare usciva da un'apertura sul tetto. Non c'erano vere e proprie finestre e il pavimento era di terra battuta o di assi squadrate. I nobili avevano case più grandi, con una sala per ricevere gli ospiti, lunga fino a 25 m. La sala era adornata con corna di cervo e drappi dorati alle pareti. Tutt'intorno al focolare, appoggiate alle pareti, erano poste le panche che, con l'aggiunta di qualche cuscino, servivano anche da letti. Non mancavano poi tavole e casse per riporre le coperte, la biancheria e le tappezzerie (nelle case più povere il mobilio era invece estremamente scarso). La casa poteva avere anche un portico esterno e un piano superiore. Intorno sorgevano alcune costruzioni più piccole: la cucina, la lavanderia, il forno, la stanza per il telaio.

3

2

Il focolare, centro della casa
Le abitazioni erano costruite senza il minimo impiego della pietra, quindi non possedevano un camino.

I villaggi erano piccole comunità autosufficienti, sia per la produzione agricola, sia per quella artigianale.

1

2

3

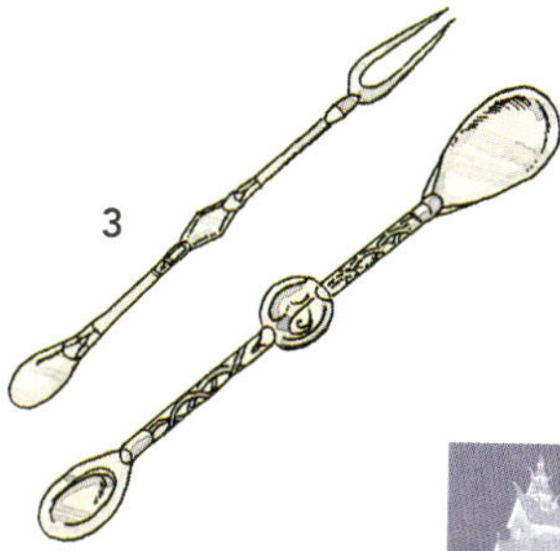

Oggetti di uso domestico
1. Recipienti di ceramica decorati con disegni eseguiti con stampini di legno o di osso; **2.** Brocca in bronzo; **3.** Cucchiaio e forchetta d'argento; **4.** Secchi di bronzo; **5.** Corno decorato, usato come boccale.

4

5

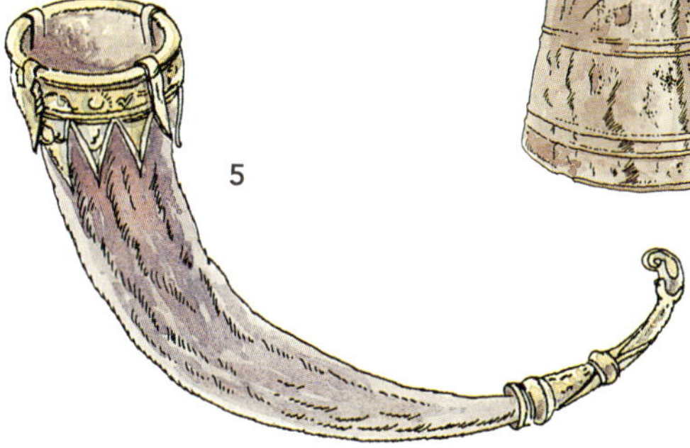

ABITI E GIOIELLI

Gli indumenti degli Anglosassoni variavano molto a seconda del ceto sociale: dalle semplici tuniche in lana dei contadini, alle preziose vesti ricamate in oro dei nobili e dei ricchi proprietari terrieri.
La seta, proveniente dalla Cina, era usata solo dalle famiglie reali, poiché estremamente rara e costosa. Con il tempo il costume femminile andò evolvendosi: la veste divenne lunga, più elaborata e con le maniche affusolate. Si diffusero anche gli scialli per coprire la testa e le spalle. Gli uomini indossavano calzoni stretti alle caviglie con lacci di cuoio e un'ampia camicia o una tunichetta di lino, strette in vita con una cintura di pelle, ma verso la fine del periodo anglosassone gli uomini erano soliti indossare calzoni attillati e, quando si trattava di persone ricche, una tunica guarnita da bordi colorati. Le stoffe più pregiate venivano tinte con una sostanza estratta da un mollusco che dava ai tessuti un bel colore rosso bluastro, o viola; più comuni erano le tinte vegetali con le quali si ottenevano il giallo e il marrone.

L'abbigliamento maschile
Alla cintura gli uomini portavano appesa una piccola borsa e, all'occorrenza, la spada. Per ripararsi dal freddo indossavano un mantello di lana fermato sulla spalla, che di notte serviva loro da coperta. Le scarpe erano di cuoio, simili a mocassini.

GIOIELLI E MONILI

La raffinatezza dei gioielli anglosassoni era leggendaria fra i popoli germanici. Gli uomini amavano esibire soprattutto fibbie e fermagli di cinture, spesso d'oro con granati o lavorate a filigrana; con piccole placche di metallo, applicate lungo tutta la cintura, e lavorate nello stesso stile della fibbia. Le donne, oltre a spille e a fibbie, portavano collane d'ametista o di pietre dure. Tra i capelli infilavano spilloni d'oro tenuti insieme da catenelle; gli anelli erano formati da fili d'oro intrecciati in modo da comporre un groviglio di serpentelli.

La filatura e la tessitura della lana

Acconciature femminili

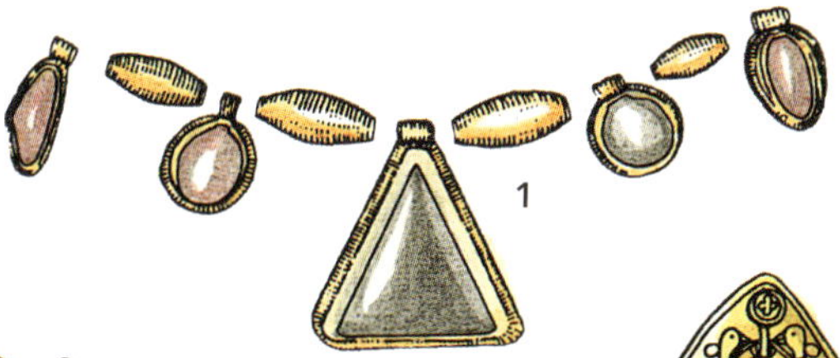
1

2

3

4

5

Oggetti femminili:
1. Girocollo d'oro con granati; **2.** Fermaglio d'oro per unire due lembi di stoffa in un abito; **3.** Fibbia d'oro massiccio; **4.** Anello appartenente alla regina Eathelswith, sorella di re Alfredo; **5.** Anello decorato con due uccelli e un motivo floreale; **6.** Fibule dell'Età del Ferro.

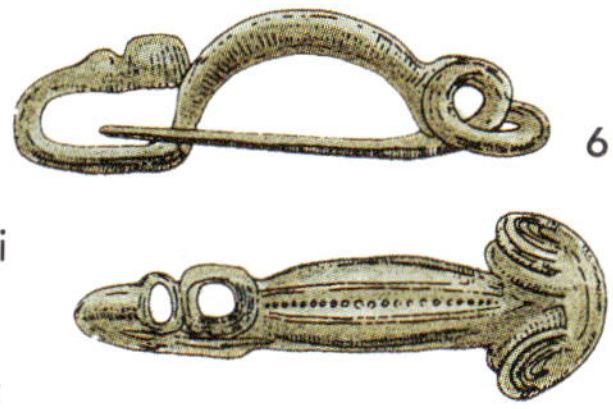
6

1

2

3

L'abito femminile era formato da un cilindro di stoffa **(1)**, arricciato in vita con una cintura e allacciato con spille all'altezza della spalla **(2** e **3)**. Sotto questa semplice tunica le donne indossavano una camicia leggera.

1

2

I tessuti potevano presentare un disegno complesso come quello "a diamante" **(1)**. Le lavorazioni che richiedevano maggiore abilità erano destinate ai prodotti di lusso; quelle più comuni si ottenevano con trame molto più semplici **(2)**.

COMMERCI E TRASPORTI

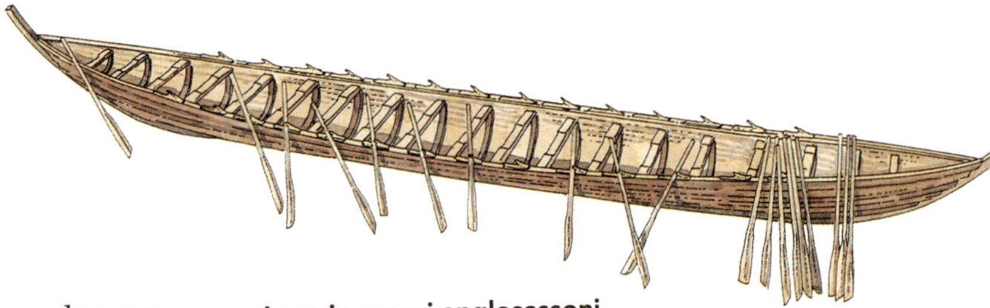

Le prime navi anglosassoni
erano a remi; in seguito furono costruite anche navi a vela, ma la navigazione avveniva lungo le coste.

Nel primo periodo dell'occupazione anglosassone il commercio non fu molto fiorente perché ogni villaggio provvedeva alle proprie necessità. Gli unici prodotti che dovevano essere scambiati, in quanto non si trovavano dappertutto, erano il sale, indispensabile per conservare le carni per l'inverno, e i metalli, utilizzati nella fabbricazione di attrezzi e armi. I commerci ricevettero un notevole impulso nel momento in cui il re Alfredo predispose la fortificazione delle città, rendendole più sicure dalla minaccia vichinga.

L'arrivo di una nave mercantile.

COMMERCI E MONETE

La moneta aveva il vantaggio di uniformare il valore di scambio: una pecora o un'ascia avevano così un prezzo preciso. L'introduzione del denaro, inoltre, rendeva più semplice l'amministrazione dello stato: il re poteva riscuotere le tasse con maggiore facilità. I mercanti stabilirono contatti con il Baltico, dal quale importavano pellicce e avorio (delle zanne di tricheco), molto usato per fare scrigni, croci e oggetti preziosi. Si spinsero poi nel sud dell'Europa, lungo la via seguita anche dai pellegrini: attraversavano tutta la Francia, scendevano ad Aosta, Ivrea, Vercelli fino a Pavia e al passo della Cisa; poi, superati gli Appennini, attraverso Lucca e Siena, giungevano sino a Roma. Alcuni mercanti si spinsero fino ad Alessandria d'Egitto e a Bisanzio. Da tutti questi paesi i mercanti portavano in Inghilterra oro, seta, profumi, porpora, pietre dure e preziose, vetro, lame di spade, spezie, in cambio di rame, stagno, manufatti di terracotta, lana e tessuti, nonché schiavi. La professione di mercante era considerata molto onorevole.

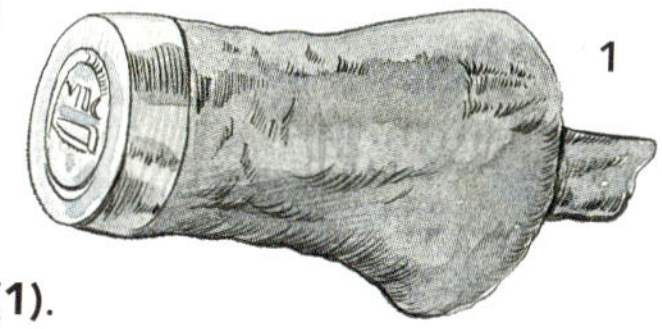

1

Le monete anglosassoni
Forse le prime coniazioni avvennero per iniziativa di qualche mercante; in seguito la zecca fu prerogativa reale. Il conio era praticato con punzoni a mano **(1)**.

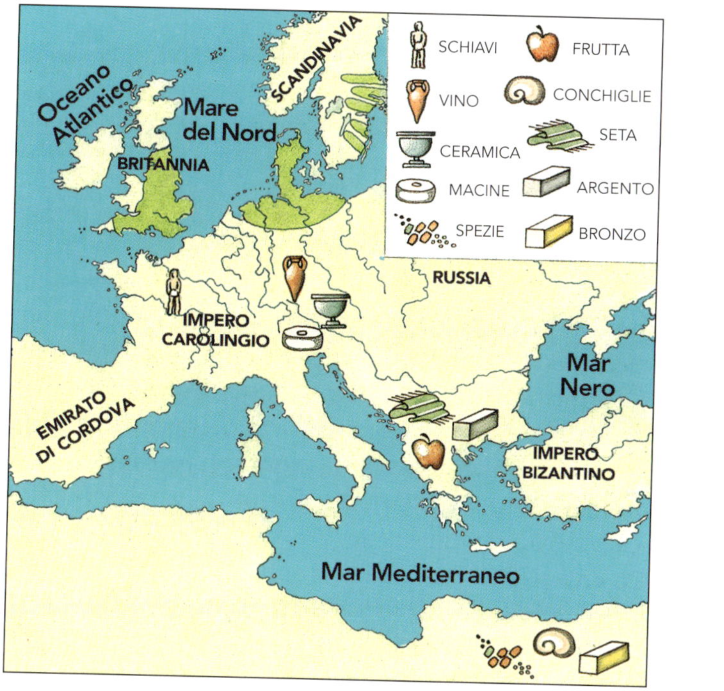

La rete commerciale degli Anglosassoni
L'afflusso di merci in Inghilterra e gli scambi con Francia e Germania.

1

3

2

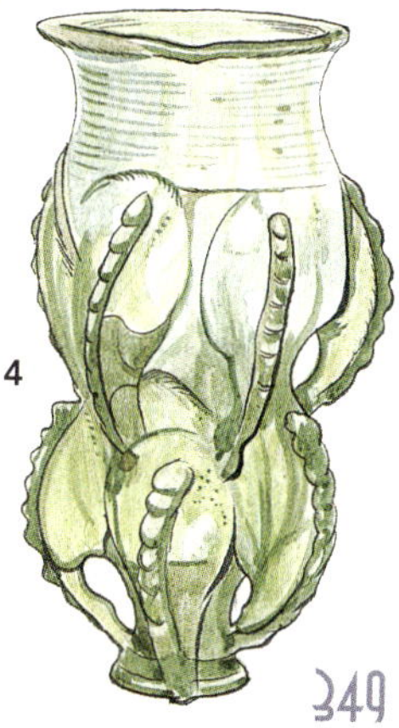

4

Vasellame d'importazione
1 e **2.** Ceramiche della Renania; **3.** Ceramica svedese; **4.** Coppa di vetro, con sostegni metallici, proveniente dalla Renania.

LA RELIGIONE PAGANA

Dalle loro terre d'origine gli Anglosassoni avevano portato un sistema di credenze religiose molto antico e diffuso in molte parti dell'Europa continentale. Ma poiché si convertirono relativamente presto al Cristianesimo, non sono molte le testimonianze in terra britannica dei culti germanici di Wodan e di Thunor.

IL CULTO E LA MAGIA

Il culto degli dèi Wodan, Thunor, Fria, Volla, Balder, veniva praticato in santuari che contenevano immagini sacre. Questi templi non furono distrutti dai cristiani, bensì trasformati in chiese. I momenti culminanti della religiosità pagana erano le feste: la festa della dea Eostre, diventata poi la festa della Pasqua (in inglese *Easter*); la festa del raccolto in agosto, in cui si celebrava l'abbondanza del pane, e le feste del ringraziamento per tutto il mese di settembre. La religione non era nettamente distinta dalle superstizioni. Gli Anglosassoni credevano all'esistenza di innumerevoli esseri soprannaturali: elfi, folletti e silfidi popolavano i boschi, mentre nei luoghi desolati si temevano gli incontri con gli spiriti maligni. Anche la magia faceva parte delle pratiche religiose: si riteneva che i sacerdoti avessero poteri soprannaturali, come quello di modificare il corso degli eventi con l'aiuto delle scritture runiche. Amuleti, incantesimi e pozioni magiche erano forme comuni in questa religione: fra i ritrovamenti sono frequenti i portafortuna a forma di martello, dal martello di Thunor che proteggeva i guerrieri e i contadini, racchiudendo in sé la potenza del tuono.

Piccoli messaggeri degli dèi

Le api erano considerate animali magici cui si dovevano comunicare tutte le notizie riguardanti la famiglia. Ogni novità veniva subito sussurrata all'alveare, perché si riteneva che altrimenti le api sarebbero fuggite, senza più fare ritorno.

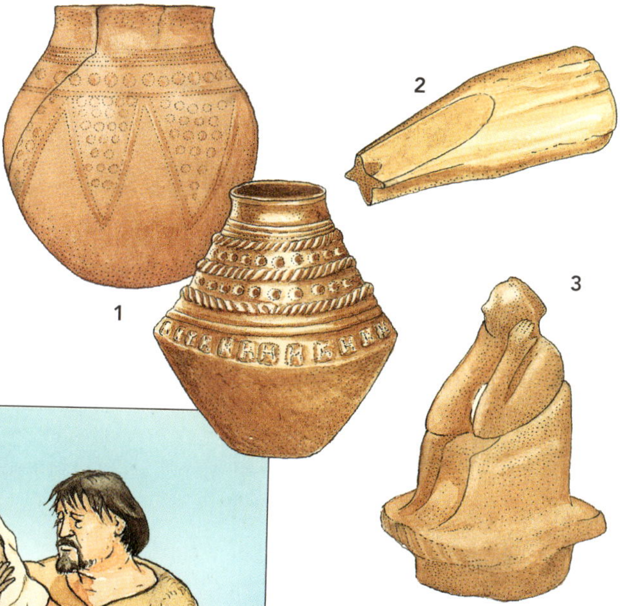

1

2

3

I riti funebri

I morti venivano cremati (e l'urna contenente le ceneri veniva sotterrata) oppure sepolti. Insieme ai resti del defunto venivano interrati gioielli, pettini, coltellini, oggetti personali e armi, oltre a un po' di cibo per il viaggio nell'aldilà. Sulle sepolture più importanti si alzava un tumulo di terra. Un'intera nave colma di oggetti preziosi fu sepolta insieme a un re nella località di Sutton Hoo. Secondo alcune credenze, quando le spoglie di un defunto venivano bruciate, la sua anima saliva al cielo. Le ceneri venivano sepolte in urne di terracotta **(1)** decorate per mezzo di stampi **(2)** e a volte chiuse con coperchi elaborati (**3**, scultura di persona seduta).

Una scultura sulla cattedrale di Ely raffigura il cosidetto "uomo verde", lo spirito dei boschi.

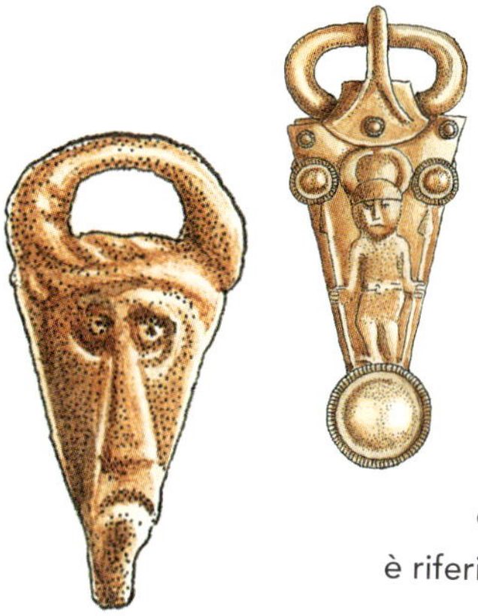

Il culto di Wodan

In due sepolture di Finglesham, nel Kent, sono state trovate una **fibbia dorata** e un **pendente** (a sinistra), raffiguranti un personaggio che, per l'acconciatura con due teste d'aquila, è riferibile al culto di Wodan.

Diffusione dei culti pagani

Come risulta dalla collocazione di cimiteri e tombe anglosassoni, i riti funebri pagani erano piuttosto diffusi in Inghilterra. Anche dopo la conversione al Cristianesimo. Molte divinità pagane sopravvissero nella tradizione inglese e il loro culto non scomparve mai del tutto.

ARMI E FORTEZZE

La letteratura anglosassone presenta questo periodo come un'epoca di eroi. Prosa e poesia erano caratterizzate dalla presenza del fiero guerriero anglosassone, che con il suo signore divideva onori e bottini di guerra, restandogli fedele fino al punto di sacrificare la propria vita.

ARMI E ARMATURE

La spada era l'arma più importante anche se non la più diffusa, come possiamo dedurre dai ritrovamenti. Era un oggetto prezioso destinato ai più ricchi che veniva tramandato in eredità ai figli. Si riteneva che l'età conferisse a un'arma particolari virtù, quasi avesse assimilato il coraggio di chi l'aveva posseduta. I guerrieri comuni combattevano con la lancia. Verso la fine del periodo anglosassone entrò in uso anche l'ascia da combattimento: aveva il manico di legno e la lama ricurva. Archi e frecce erano usati più per la caccia che per la guerra, e in ogni caso erano l'arma più povera e semplice. Molto diffuso era lo *scramasax*, un pugnale di varie misure, infilato in una guaina appesa alla cintura. Tutti i guerrieri avevano lo scudo: era rotondo, di legno, ricoperto di uno spesso strato di cuoio. Aveva l'importantissima funzione di fermare o deviare frecce e giavellotti, e serviva da difesa nei combattimenti corpo a corpo. Gli elmi, di varia foggia, erano a volte molto elaborati. La cotta di maglia, piuttosto costosa, era destinata solo ai capi. Formata da piccoli anelli di ferro, intrecciati in modo tale che ognuno era attaccato ad altri quattro, aveva la forma di una tunica lunga fino al ginocchio; più tardi la parte inferiore fu divisa in due a formare una sorta di calzoni.

Una fortezza anglosassone
Le mura del castello di Pevensey sono quelle del preesistente forte anglosassone, lasciate intatte dai Normanni quando rimaneggiarono la costruzione.

Le battaglie
Gli Anglosassoni combattevano a piedi: i cavalli venivano usati solo per rapidi spostamenti e non esisteva un vero e proprio corpo di cavalleria.
La battaglia consisteva in un fiero corpo a corpo che terminava, soltanto dopo lunghi e sanguinosi scontri, con la resa o con la fuga di una delle due parti.
Durante il combattimento, le schiere di guerrieri si serravano dietro gli scudi formando un "muro" compatto, difficilmente sfondabile senza un attacco di cavalleria, il che avvenne, ad esempio, durante la battaglia di Hastings.

Servi che portano armi e armature: le cotte di maglia e le spade erano fra i manufatti più costosi.

A sinistra, **else decorate di spade**. Spesso le spade avevano un nome, come se si riconoscesse loro una personalità; Naegling, ad esempio, era l'arma di Beowulf. Le spade del primo periodo erano molto simili a quelle in uso presso i Celti; in seguito divennero più pesanti e resistenti. Su alcune spade era impresso il nome dell'artigiano che le aveva forgiate.

I guerrieri

Fra gli Anglosassoni, solo i capi portavano la spada; i soldati avevano pugnale e lancia nei tempi più antichi (al centro in basso), con ascia e scudo in epoca più recente (in basso a destra).

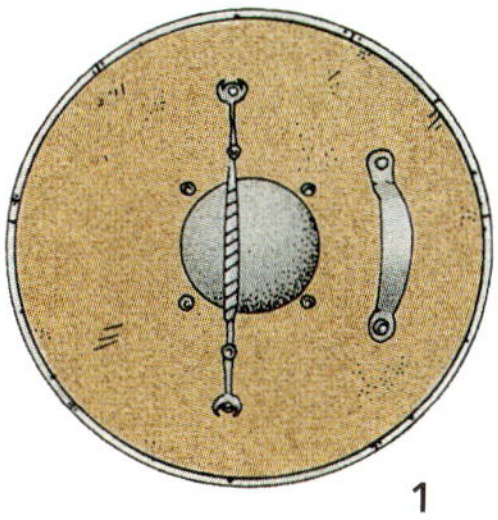

1

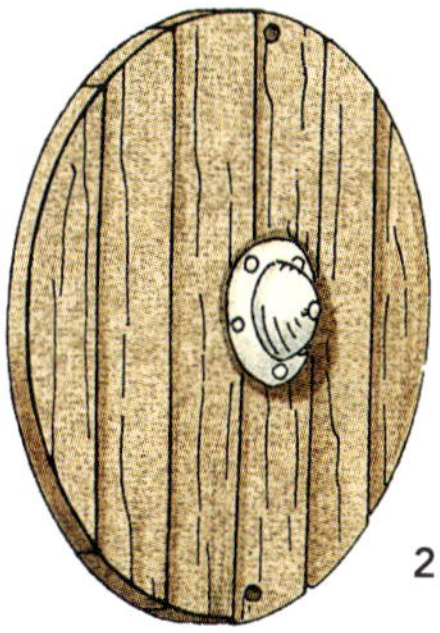

2

Lance e scudi

1. Parte interna dello scudo, con presa per la mano e cinghia per l'avambraccio; **2.** Scudo di legno con borchia centrale di metallo; **3.** In genere era spesso circa 5 cm e largo 90 cm, la borchia era a volte decorata in bronzo o argento; punte di lancia, di varie misure; **4.** lance di fogge diverse.

3

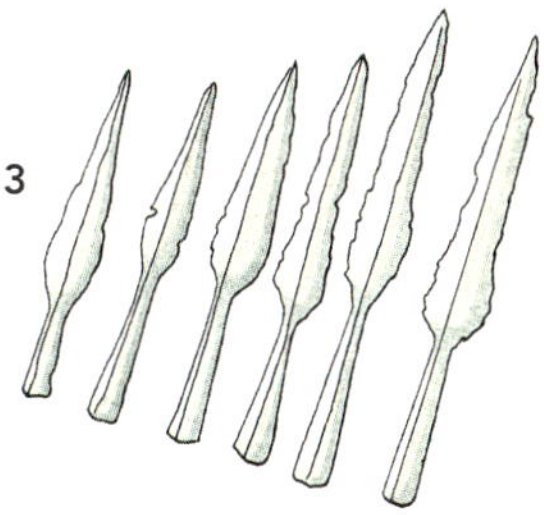

4

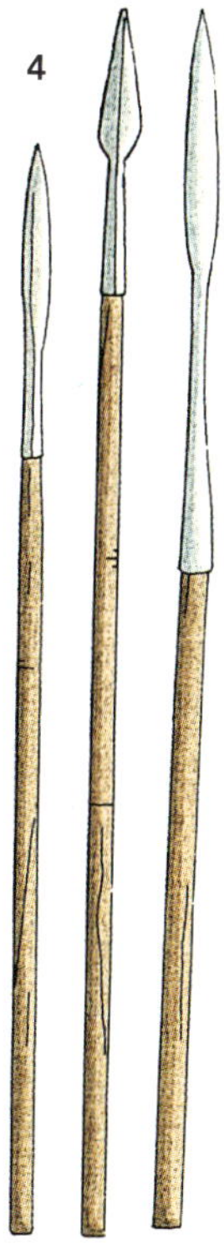

SCANDINAVIA: AMBIENTE NATURALE

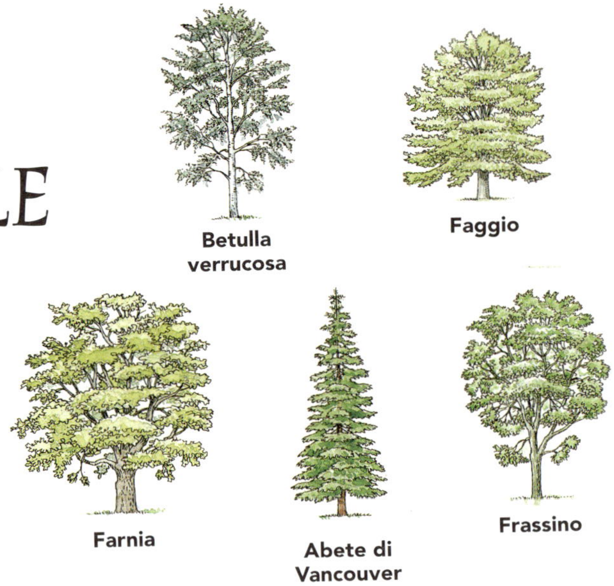

Patria dei Vichinghi è la Scandinavia, più precisamente l'area occupata delle attuali Norvegia, Svezia e Danimarca, terre con paesaggi e caratteristiche alquanto dissimili tra loro.

IL TERRITORIO E IL CLIMA

La Norvegia, lunga e stretta, è interamente attraversata dalle Alpi Scandinave. A causa dell'azione erosiva dei ghiacci che in epoca preistorica ricoprivano tutta la regione, ha una costa straordinariamente frastagliata ed è incisa da lunghi e profondi fiordi. Di fronte ai fiordi, molte isole rocciose formano un labirinto di arcipelaghi dove, ancora oggi, le navi si devono far guidare da esperti piloti.
Ricca di acque, ghiacciai e cascate, la Norvegia ha un paesaggio bellissimo. Poiché lo spazio coltivabile è limitato a ristretti appezzamenti vicino ai fiordi, la popolazione si è sempre concentrata in piccoli villaggi sulla riva del mare, separati, tra un fiordo e l'altro, da montagne. Gli spostamenti sono dunque avvenuti sempre per mare. La Svezia è in parte attraversata dal versante orientale delle Alpi, nelle cui vaste conche erose dai ghiacci si sono formati numerosi laghi. Il territorio si estende poi in un altopiano digradante in pianura verso il Mar Baltico. La Danimarca, formata da una penisola e da un arcipelago di 500 isole, si protende tra il Mare del Nord e il Mar Baltico, in una posizione favorevole al controllo dei commerci.
Il clima è rigido, con lunghi e bui inverni. Durante l'estate, nelle zone più settentrionali il sole non tramonta per 79 giorni. La Corrente del Golfo che lambisce le coste norvegesi mitiga l'aria gelida proveniente dal polo.

Flora e fauna

Nel nord della penisola cresce una vegetazione subartica, la tundra, consistente in licheni e piante erbacee. Più a sud si trovano vaste foreste di conifere e, dove le temperature si fanno meno rigide, di betulle, faggi, frassini, querce. L'incalzare dell'agricoltura ha però progressivamente ridotto le superfici boschive.
Alci, cervi, orsi, scoiattoli, castori, martore, cicogne, pettiazzurri popolano le foreste. Tipici dell'area scandinava sono il ghiottone, un carnivoro che misura circa 90 cm, e il pacifico lemming, piccolo roditore molto diffuso in queste regioni. Più a nord vivono solo renne, sulle coste trichechi e otarie. Il Mare del Nord e l'Atlantico sono molto pescosi, ricchi di merluzzi e aringhe; nei fiumi abbondano i salmoni.

La regione scandinava si estende dal Mare Glaciale Artico, a nord del Circolo Polare, fino alle coste dell'Europa settentrionale.

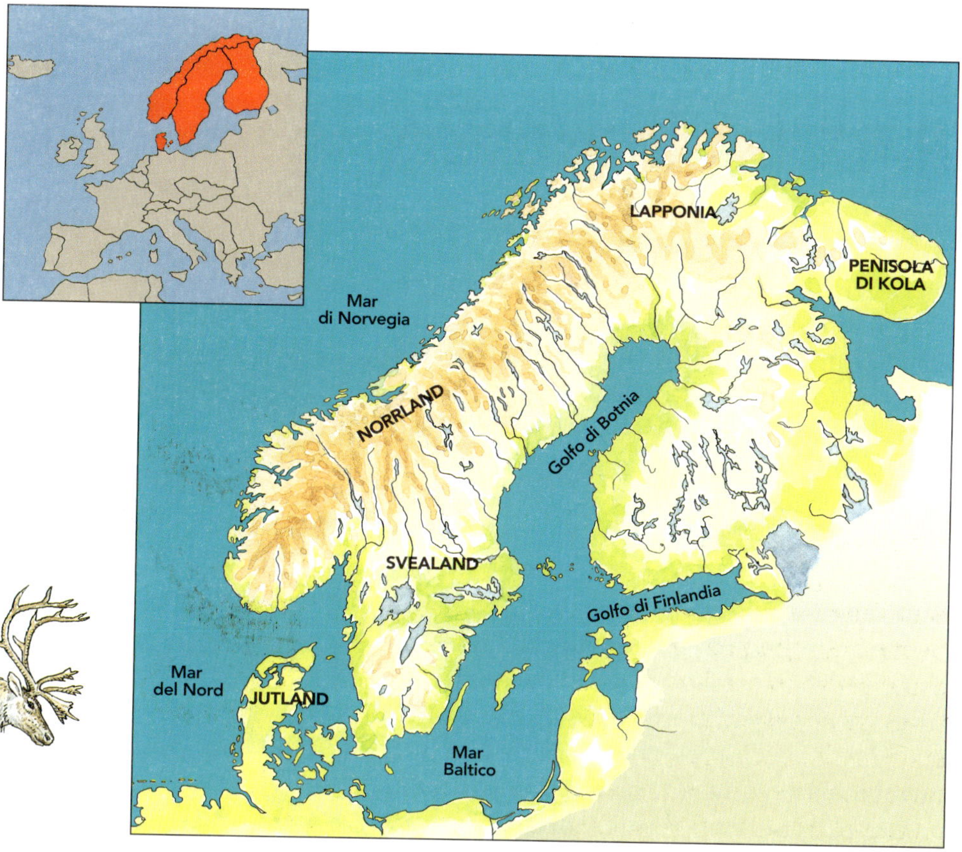

Castoro

Alce

Renna

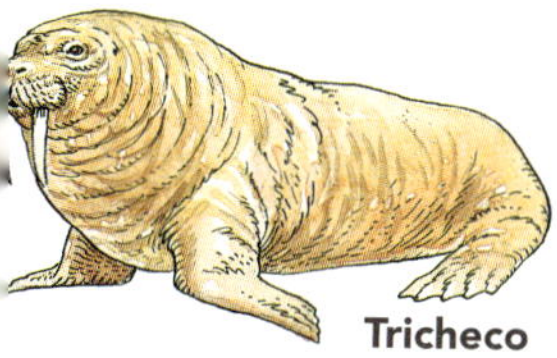
Tricheco

Foca

Merluzzo

Aringa

Salmone

Orso

Lemming

Scoiattolo

Ghiottone

Martora

Paesaggio di un fiordo norvegese

I VICHINGHI: POPOLO E STORIA

Con il nome di Vichinghi si indicano tutte le popolazioni scandinave che si diffusero in Europa, anche se in realtà Danesi, Norvegesi e Svedesi si mossero secondo direttrici diverse e conquistarono ciascuno la propria identità nazionale. Si trattava in ogni caso di un popolo che parlava la stessa lingua, adorava gli stessi dèi, conduceva la medesima vita rude e difficile. L'Europa cominciò a conoscere i Vichinghi quando attaccarono e saccheggiarono il monastero dell'isola di Lindisfarne, in Inghilterra, nel 793. La fama dei Vichinghi come terribili razziatori nacque soprattutto dai resoconti, forse eccessivi, dei monaci. In realtà, senza negare la loro ferocia non bisogna dimenticare l'abilità e l'audacia che dimostrarono nelle attività commerciali, il loro spirito d'avventura che li portò fino in Groenlandia e Nord America, il loro senso artistico che produsse manufatti, poemi e saghe di grande valore.

L'area di insediamento dei Vichinghi

SCORRERIE E MIGRAZIONI

Tra il V e il IX sec. i popoli del Nord si dedicarono alla formazione dei loro regni e all'organizzazione di una società ricca e vivace. Il miglioramento delle condizioni di vita provocò un forte aumento demografico che spinse i Vichinghi alla ricerca di nuove terre. Andavano quindi per mare in cerca di nuove terre da colonizzare o per dedicarsi a proficui quanto violenti atti di pirateria. Non furono estranei a questi spostamenti di massa alcuni motivi politici: ai capi locali si sostituivano via via signori che estendevano il dominio su zone sempre più ampie. Chi entrava in contrasto con loro, o non voleva sottomettersi, era costretto a emigrare.

Un popolo di navigatori
Questa incisione su pietra, del V-VI sec., raffigura una barca priva di velatura, spinta da 14 rematori. Dalle attività marinare deriva probabilmente il nome dei Vichinghi: *vik* significava "baia", e appunto nelle insenature si tenevano al riparo le barche. C'è però chi ritiene che "vichingo" derivi da *wiking* = "guerriero".

Navi vichinghe navigano tra i fiordi preparando la migrazione verso l'Islanda (874).

Il saccheggio di Lindisfarne
Lo storico anglosassone Simeone di Durham scrisse che i Vichinghi "calpestarono i luoghi sacri con i loro sozzi piedi e demolirono gli altari". Gli assalitori trovarono un ricco bottino e nessuna resistenza: un successo tanto facile li spinse naturalmente a nuove incursioni, che si ripeterono poi, in tutta l'Europa, nell'arco di circa tre secoli.

L'ESPANSIONE VICHINGA

Navi vichinghe si avvicinano alle coste dell'Inghilterra (da un manoscritto del XII sec.).

L'unità dei diversi regni vichinghi si realizzò in Norvegia nell'872, grazie a Harald Bellachioma, in Danimarca nel 950 a opera di Gorm il Vecchio, e durante il X secolo anche la Svezia si sottomise ad un unico re.

I VICHINGHI IN EUROPA

Alla morte di Carlo Magno, i Danesi si spinsero più a fondo in territorio franco: tra l'843 e l'845 saccheggiarono numerose città e assediarono Parigi. Quest'ultima impresa venne ripetuta nell'885, quando gli invasori minacciarono nuovamente Parigi. I Franchi riuscirono a resistere all'assedio per un lungo anno, cedendo ai Vichinghi alcuni territori. Nel 911 il vichingo Pollone ottenne una vasta zona nella Francia settentrionale che prese il nome di Normandia. Dalla Normandia, 150 anni più tardi, sarebbe partito Guglielmo per conquistare l'Inghilterra. Solo il re Alfredo del Wessex riuscì a predisporre una difesa efficace contro Guglielmo I: i Vichinghi furono ricacciati oltre il Tamigi e fu firmato un trattato nel quale si riconosceva la loro sovranità solo su una parte del territorio inglese, che fu detta Danelaw. La Scozia e l'Irlanda caddero anch'esse in mano vichinga. In Irlanda, ultimo bastione dei Celti, i Vichinghi cercarono di stabilirsi nel paese, nonostante la tenace resistenza delle popolazioni locali, che terminò nell'XI secolo, quando gli invasori furono cacciati.
Nell'874 ebbe inizio la colonizzazione dell'Islanda, ad opera di alcuni Norvegesi e nel 930 la nuova colonia contava già 30 000 abitanti. Dall'Islanda, nel 960, Erik il Rosso, costretto all'esilio per

Le invasioni vichinghe in Inghilterra, Irlanda e Francia

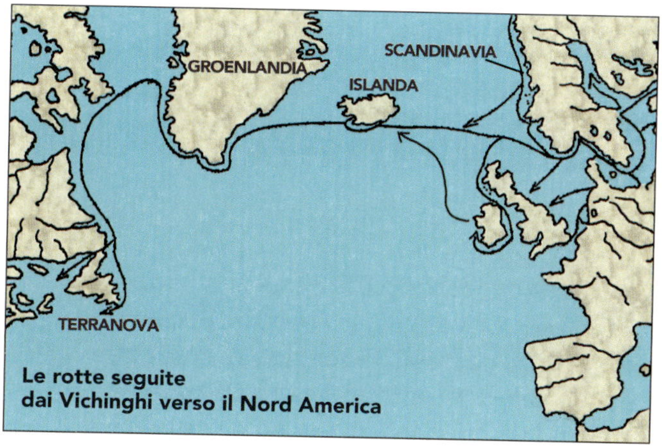

Le rotte seguite dai Vichinghi verso il Nord America

Le migrazioni (a sinistra)
Quando i Vichinghi partivano per colonizzare terre lontane, portavano con sé tutto ciò che serviva loro durante il viaggio e per riprendere le attività nella nuova terra.

un omicidio, salpò verso occidente, diretto a una terra di ghiacci avvistata anni prima. Perlustrò baia dopo baia, concludendo che c'erano ottime possibilità di stanziamento. I suoi racconti indussero un gran numero di compatrioti ad affrontare la traversata e a stabilirsi nel nuovo paese, chiamato *Grönland* (Groenlandia) che in norvegese significa "Terra verde".

VERSO UN NUOVO CONTINENTE

Le coste toccate dal figlio di Erik erano quelle nord-orientali del continente che più tardi prese il nome di America. I Vichinghi raggiunsero la nuova terra con più di una spedizione, ma non vi stabilirono colonie per via della lunghezza del viaggio e delle reazioni, non sempre pacifiche, delle popolazioni locali.

LE VIE VERSO L'EST

Dalle coste del Baltico, i Vichinghi avanzarono verso est lungo due direttrici: l'attuale Ucraina e Bisanzio, dove i Vichinghi stipularono contratti commerciali a loro assai favorevoli.

SOCIETÀ E VITA QUOTIDIANA

SERVI, CONTADINI E NOBILI

Gli schiavi si distinguevano per i capelli corti e i vestiti di lana grezzi. Erano trattati come merce e spesso uccisi secondo il capriccio dei padroni. Dei contadini vichinghi era nota l'insofferenza verso ogni forma di autorità imposta. I nobili erano ricchi proprietari terrieri o comandanti di bande di armati. Lo stesso re era un capo che era riuscito a sottomettere alcune regioni vicine. Con l'evolversi della civiltà vichinga, nacque una nuova classe sociale, quella degli artigiani; in gran considerazione erano tenuti soprattutto i fabbri perché il successo delle spedizioni militari dipendeva dalla buona qualità dei loro prodotti. Anche i mercanti, i soldati e i marinai erano considerati uomini liberi.

INFANZIA E MATRIMONIO

L'educazione dei bambini veniva indirizzata a sviluppare le doti che li avrebbero resi coraggiosi e battaglieri. Le bambine venivano invece educate alle attività domestiche. Le scuole non esistevano: nel mondo vichingo leggere e scrivere non erano considerate attività importanti. Il matrimonio era concordato tra le famiglie e, dopo la celebrazione delle nozze, la sposa diveniva la padrona della casa. La sua presenza attiva, soprattutto durante le numerose e prolungate assenze del marito, era indispensabile: si preoccupava di seguire i figli, coltivare i campi, allevare il bestiame. Dopo il lavoro, i Vichinghi trascorrevano le serate banchettando: recitavano poemi, componevano versi, narravano saghe, cantavano, ballavano e giocavano a dadi.

Il *Thing*, l'assemblea del popolo

Quale autorità rispettavano uomini così refrattari all'obbedienza? Al di sopra di tutto stava la famiglia: i vincoli che non riguardavano la sfera familiare, il senso dello stato ad esempio, erano sentimenti secondari. Con il termine *Thing* i Vichinghi indicavano l'assemblea annuale degli uomini liberi, ma anche il terreno di incontro, e spesso di scontro, tra il popolo e i suoi capi. Questi grandi raduni si tenevano solo in estate, quando era più facile viaggiare. Chi non rispettava le decisioni prese durante il *Thing* diventava un fuorilegge e chiunque poteva ucciderlo.

Il racconto delle saghe

Gli anziani della famiglia narravano ai bambini le saghe del loro popolo affinché imparassero quali erano gli eroi da emulare e i valori da seguire.

1

2

La faida

Le discordie e gli attriti che sorgevano tra individui di famiglie diverse finivano spesso per coinvolgere interi villaggi. Per porre fine a lotte e uccisioni, il *Thing* stabiliva che fosse un duello tra i rivali a decidere **(1)** oppure deliberava che uno dei due pagasse un corrispettivo in denaro all'altro per riparare ai torti compiuti ai suoi danni **(2)**.

Una giornata di lavori all'interno di una casa vichinga

LINGUA E SCRITTURA: LE RUNE

I Vichinghi scrivevano utilizzando caratteri chiamati rune, parola che significa "scrittura segreta". Le lettere runiche erano utilizzate anche dagli Anglosassoni in Inghilterra, e se ne hanno tracce in un'area estremamente vasta, che va dalla Groenlandia alla Norvegia, dall'Irlanda all'Asia occidentale. Le più antiche risalgono al III sec. d. C., quando l'alfabeto runico era composto di 24 segni. In età vichinga, verso il IX secolo, l'alfabeto si ridusse a sole 16 lettere.

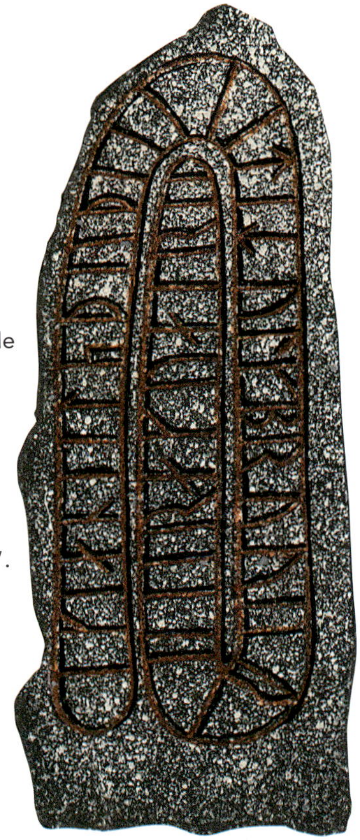

La Pietra di Luhm, tipico esempio di stele commemorativa sulla quale è inciso: "Ake eresse questa pietra in memoria di suo fratello Ulv, un giovane operoso".

MAGIA E MEMORIA SOCIALE

Le rune non erano normalmente utilizzate per scrivere su fogli di carta, ma erano fatte per essere incise su materiali come legno, metallo, osso, corno e pietra. Venivano incise con tecniche diverse, utilizzando un coltello appuntito, o un punteruolo, o anche una piccola accetta; i maestri delle rune padroneggiavano tutte queste tecniche, e la loro capacità di produrre le iscrizioni si confondeva spesso con un potere magico: Odino, il sommo dio dei Vichinghi, era anche il dio delle rune, e gran maestro di magia. Spesso le iscrizioni runiche servivano come portafortuna, o per incantesimo, come formula magica, o per tentare di prevedere il futuro, o per lanciare terribili maledizioni. Il tipo più frequente di iscrizione runica non è però quello magico, bensì quello commemorativo: si innalzava cioè una stele in campagna, o nei luoghi pubblici, in memoria e in onore di un defunto. Talvolta vi venivano incisi versi in rima, più spesso frasi come: "Fader fece erigere questa pietra in memoria di Bjorn, insieme al quale possedeva una nave".

Osso sul quale è inciso l'alfabeto *futhark*, così detto dall'ordine in cui compaiono i caratteri.

Iscrizione runica su una piccola pietra, proveniente dalla Groenlandia. La maledizione che vi è stata impressa recita: "Che le mie sfortune vadano a Sigvors Ingeman!"

Due versioni dell'alfabeto runico, quella danese (sopra), utilizzata per le iscrizioni monumentali su pietra, e quella svedese-norvegese (sotto), con caratteri più corti, usata soprattutto per annotazioni su piccoli oggetti.

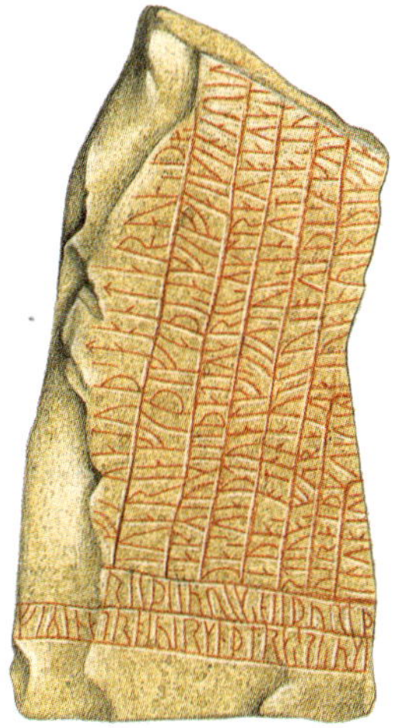

Iscrizione della Pietra di Rök. Si tratta dell'iscrizione runica più lunga che si conosca e consiste in circa 800 rune che narrano leggende di grandi eroi e ricchissimi regni.

Il solenne momento dell'incisione di una stele runica commemorativa

RELIGIONE E SAGHE

La religione dei Vichinghi era molto simile a quella degli Anglosassoni: entrambi i popoli adoravano gli stessi dèi, pur dando loro nomi differenti. Odino era la divinità suprema, dio della saggezza, Thor era il signore dei fulmini, Tyr, quello della guerra e Frey era la dea della fertilità. A queste divinità, e a varie altre minori, si chiedevano forza e protezione, e la ricompensa di una vita gloriosa nell'aldilà. Odino troneggiava nel *Valhalla*, il paradiso vichingo, ed era anche il protettore della magia e della poesia. Thor, figlio di Odino, portava con sé il magico martello e governava le forze del cielo. Tutte le notizie che abbiamo sulla mitologia vichinga ci sono pervenute attraverso un insieme di testi chiamati Edda; in queste opere si narra della creazione del mondo e della caduta di tutte le divinità nordiche, il cosiddetto "crepuscolo degli dèi", cui seguì l'avvento dell'uomo. Per aggiudicarsi i favori degli dèi, i Vichinghi, celebravano feste rituali di ringraziamento: danze di guerra e canti feroci erano i mezzi per tenere sempre vivo lo spirito guerresco che doveva accompagnare ogni Vichingo durante la vita. Infatti, solo coloro che morivano in guerra erano destinati al *Valhalla* dove avrebbero passato il loro tempo tra birra ed esaltanti tornei. Per queste ragioni i Vichinghi ponevano molta cura nel seppellire i morti.
I Vichinghi che si stanziarono in Inghilterra o in Francia si convertirono rapidamente al Cristianesimo; quelli rimasti nelle terre d'origine furono tolleranti verso le altre religioni, anche se i loro re favorirono la conversione al Cristianesimo, che avrebbe agevolato i rapporti commerciali e culturali con gli altri popoli europei.

Nella **Pietra di Gotland** è rappresentato il viaggio di un guerriero verso il *Valhalla* ("Salone dei caduti") dove Odino accoglieva con un calice di birra i caduti in battaglia. Per facilitare il viaggio del defunto, Odino gli inviava il proprio cavallo a otto zampe.

La Pietra di Jellinge in Danimarca, rappresenta Cristo nello stile non naturalistico dell'arte vichinga. L'iscrizione dice: "Fece erigere questa pietra il re Harald, che conquistò Danimarca e Norvegia, e convertì i Danesi al Cristianesimo".

Sulla **lastra di bronzo di Öland** è riprodotta la danza delle spade che si eseguiva in onore di Odino, dio guerriero.

Le chiese
La tecnica dell'architettura vichinga basata sull'uso del legno, fu applicata anche nella costruzione delle chiese. La piccola chiesa di Brartahlid ricorda molto una tipica abitazione dei villaggi vichinghi.

La saga di Regner Lodbrog

Fra le mille avventure di questo famosissimo personaggio della mitologia vichinga, vi è la lotta contro l'enorme serpente velenoso che aveva rapito la figlia del re Heroth. Per sconfiggere il mostro terrificante, Regner ricorse a uno stratagemma ingegnoso: indossò una pelliccia dal pelo molto folto (da cui il nome *Lodbrog* = "mantello di pelo") e si buttò nell'acqua. Quando Regner uscì dall'acqua, nel freddo clima nordico, la pelliccia bagnata si congelò immediatamente e i peli divennero affilatissimi aculei di ghiaccio che formarono come una corazza. Questa protesse Regner dal morso del serpente che finì trapassato dalla sua spada. Regner era un valoroso combattente, ed è lui a raccontarci in prima persona le sue avventure: era un poeta, o come venivano chiamati allora in terra vichinga, uno scaldo. Gli scaldi godevano di grande prestigio, e venivano molto rispettati da tutti i popoli nordici.

Gli scaldi

Viaggiavano in Norvegia e in Danimarca poeti di mestiere, chiamati scaldi, che usavano mettere in versi i fatti della vita quotidiana, la celebrazione delle gesta dei re, o i racconti leggendari ed eroici delle saghe.
Gli scaldi ben conoscevano gli episodi di guerra e godevano di grande stima e reputazione.
Recitavano in versi non privi di raffinatezza, molto complessi e densi di rime intrecciate. L'interpretazione dei versi degli scaldi è pertanto di estrema difficoltà: il pubblico cui si rivolgevano doveva essere tutt'altro che illetterato; si è perfino ritenuto che per un certo periodo l'Islanda sia stato il paese di maggior cultura dell'intera Europa.

CASE E VILLAGGI

Casa con il tetto sopraelevato

Nelle zone ricche di boschi, come la Svezia, le costruzioni erano di legno. Nei territori più poveri di legname, invece, solo la struttura dell'abitazione era in legno e le pareti erano di canniccio rivestito di argilla, con il tetto di paglia o ricoperto di zolle erbose. In Islanda, isola sassosa, sono stati ritrovati, invece, i resti di abitazioni in pietra.

Casa interrata

LA CASA "LUNGA"

La forma caratteristica della casa vichinga era rettangolare, divisa in tre ambienti: la stalla e il fienile alle due estremità e l'abitazione vera e propria al centro. Con il tempo sorsero attorno all'abitazione altre costruzioni più piccole, quali il granaio e l'alloggio per la servitù.
Le pareti interne venivano imbiancate a calce e il pavimento era costituito da uno strato d'argilla. La casa aveva spesso un unico ambiente, con il focolare al centro. La stanza era scarsamente illuminata.
Nella Scandinavia vichinga non esistevano vere e proprie città, ma piuttosto villaggi più o meno grandi. In Danimarca i maggiori centri abitati erano situati nella regione dello Jutland. In Norvegia i villaggi sorgevano lungo le pendici dei fiordi per il clima relativamente mite e per le opportunità che offrivano alla pesca. Sulle montagne non c'era nessun centro abitato stabile; i Vichinghi credevano addirittura che fossero infestate dai giganti e regno esclusivo della dea della montagna. In Svezia gli stanziamenti erano più densi nelle fertili zone del sud. Nell'estremo nord di Norvegia e Svezia vivevano solo i Lapponi, un popolo nomade di origine asiatica.

La struttura della casa vichinga

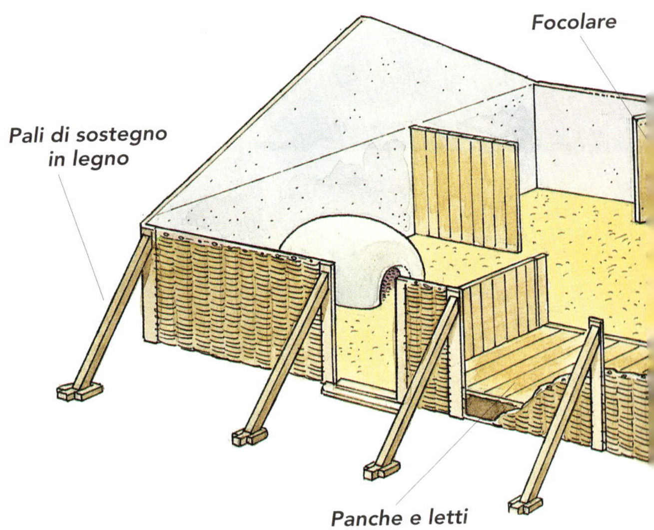

A sinistra, **la fattoria di Ribbleshead**, nel nord dello Yorkshire, era formata da varie costruzioni. Un sentiero lastricato collegava la costruzione principale con la cucina, dotata di camino in pietra; il terzo edificio era probabilmente un laboratorio. Nel disegno, lo spaccato dell'abitazione dimostra quanto i Vichinghi fossero abili nell'isolare termicamente l'interno della casa.

A destra, **la fattoria di Stöng**, in Islanda, era una grande costruzione divisa in vari ambienti.

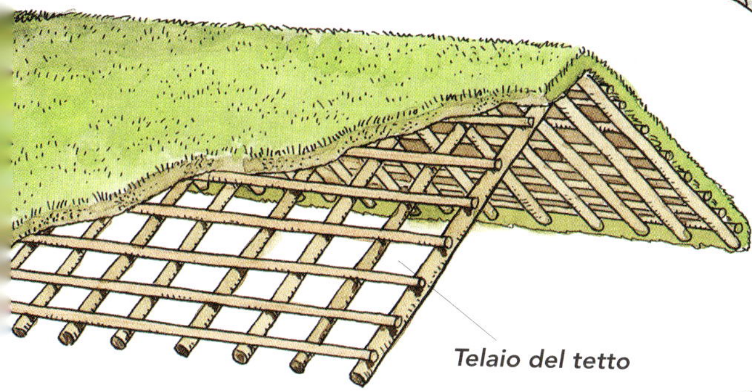

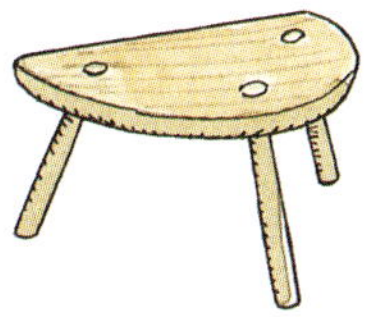

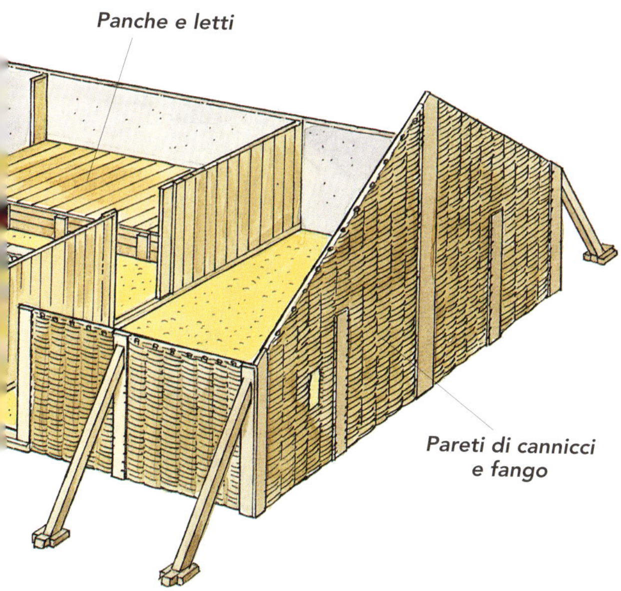

I mobili

Oltre alle panche, disposte lungo le pareti, che fungevano anche da letti, il mobilio della casa era piuttosto essenziale e comprendeva cassa-panche, sgabelli a tre gambe, lo scanno per il padrone di casa, tavoli.

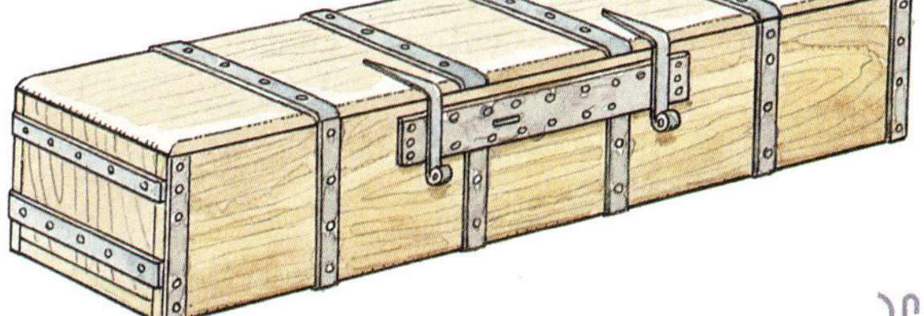

ABBIGLIAMENTO E GIOIELLI

Le donne vichinghe filavano e tessevano la lana con la quale venivano confezionati gli abiti di tutta la famiglia. I tessuti più comuni erano semplici tele che poi venivano tinte con colori vegetali o minerali. I Vichinghi si difendcvano dal freddo con folte pellicce. Ricavate dall'abbondante selvaggina del nord, erano oggetto di commercio in tutta l'Europa dove venivano considerate beni di lusso. Le calzature cambiarono di forma durante l'epoca vichinga, a seconda della moda. Il lavoro a maglia con i ferri non era ancora conosciuto e calze, guanti e berretti erano fatti all'uncinetto.

I GIOIELLI

I Vichinghi amavano molto gli ornamenti; le spille per i vestiti erano i gioielli più comuni, perché l'uso dei bottoni non era ancora conosciuto, ma portavano anche bracciali, anelli, collane, orecchini e fibule, soprattutto d'argento ma spesso anche d'oro o di bronzo dorato. Per realizzare i gioielli si utilizzavano spesso monete straniere, arabe, bizantine, anglosassoni, che circolavano in Scandinavia in grande quantità grazie ai vivaci scambi commerciali con questi popoli o alle razzie compiute sui loro territori. Anelli e bracciali erano portati da uomini e donne: i capi militari o il re li davano in premio ai guerrieri più valorosi. L'arte degli orafi vichinghi era rinomata, soprattutto per i gioielli in filigrana d'oro e per quelli realizzati con l'incisione a punteruolo. Accanto ai "pezzi unici", veri capolavori di artigianato, si producevano anche gioielli "in serie", soprattutto spille e fibbie, realizzati a stampo.

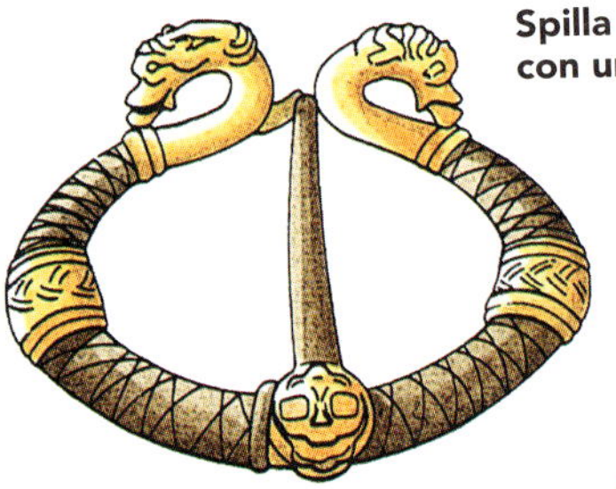

Spilla in bronzo decorata con un serpente

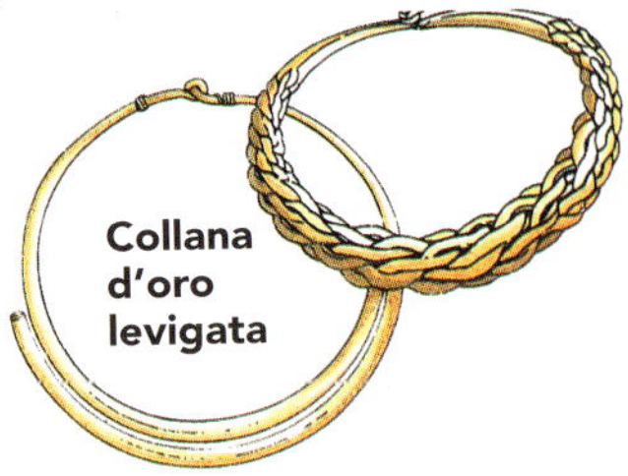

Collana d'oro a fili intrecciati

Collana d'oro levigata

Spilla in oro

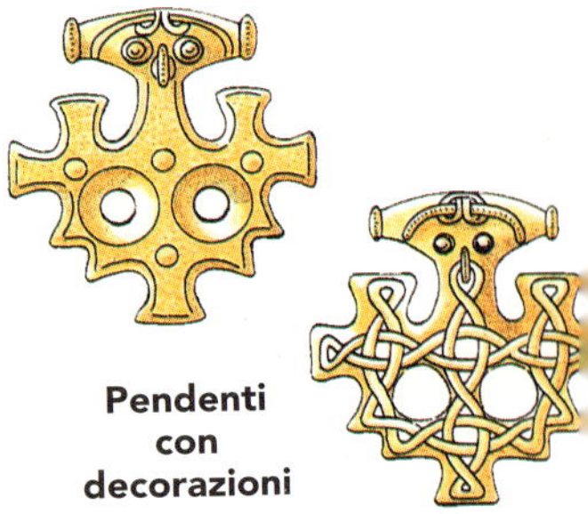

Pendenti con decorazioni a croce

Fermaglio in oro

La tessitura

Le calzature

I Vichinghi facevano un largo uso di scarpe, date le condizioni climatiche dei loro territori, coperti, per la maggior parte dell'anno, da neve e fango. Il mestiere del calzolaio garantiva pertanto un'esistenza sicura.

Questi artigiani avevano botteghe e banchi di vendita nei villaggi, ma esercitavano anche un'attività ambulante nella campagna. Le scarpe erano di pelle, generalmente chiuse davanti e alte fino alla caviglia.

L'abbigliamento

Le donne vichinghe indossavano una lunga tunica, leggermente aperta sul collo e fermata da una piccola spilla rotonda. Sopra la tunica portavano una specie di lungo grembiule con larghe bretelle, fissato sul petto da due grandi spille. A seconda della stagione, poi si coprivano con uno scialle.
Gli uomini indossavano una lunga casacca, fermata in vita da una cintura alla quale appendevano coltelli e spada, e calzoni di morbida pelle. Il mantello era di lana, fissato su una spalla con grandi fibule.

ARTE, ARTIGIANATO E SOSTENTAMENTO

Poiché tutta l'arte dei Vichinghi è arte applicata, decorazione cioè di oggetti di uso comune, non è possibile distinguerla nettamente dall'artigianato, in particolare da quello del legno e dei metalli preziosi. L'artigianato, raffinatissimo e molto vitale, ci ha lasciato capolavori interessantissimi, anche se in numero limitato. Nella società vichinga un ruolo di rilievo era riservato agli artigiani, cui era commissionata la realizzazione di oggetti di uso comune come di quelli più preziosi: primi nella considerazione generale erano fabbri e orefici, seguiti da falegnami e intagliatori del legno, incisori su pietra e osso, vasai e vetrai.

AGRICOLTURA, CACCIA E PESCA

I Vichinghi non erano soltanto navigatori, commercianti o pirati. Molti di loro non si allontanarono mai dalla Scandinavia e trascorsero la loro vita in fattorie, coltivando i campi e allevando il bestiame e, se si considera le asperità del terreno, si può dire che furono buoni agricoltori. I lavori dei campi si svolgevano nella stagione senza neve: semina a primavera, raccolto nella tarda estate. Molte erano le zone adatte al pascolo estivo; d'inverno le bestie venivano tenute nelle stalle e alimentate dalla riserva di fieno fatta durante l'estate. L'allevamento era molto diffuso, e la ricchezza di un contadino si valutava dal bestiame che possedeva. Un'attività molto praticata era la pesca, in mare o in acqua dolce: ogni pescatore pagava una tassa al re se andava per mare, oppure al proprietario del terreno, se pescava nei fiumi o nei laghi. La caccia veniva praticata in tutte le stagioni, usando trappole, arco e frecce, o lance.

Testa di animale facente parte di un gruppo di paramenti equestri; veniva posta sulla testa del cavallo.

Lo stile decorativo
Elemento caratterizzante dell'arte vichinga sono le figure di animali, intricate e distorte, che danno vita a bassorilievi, incisioni e sculture, su vari materiali. Si ritrovano dappertutto, su spille e scudi, timoni di nave e pietre commemorative.

A sinistra, **Capolavoro dell'arte del Gotland**: placca martellata e cesellata con una testa umana ed intricati motivi geometrici.

Banderuola originariamente montata sull'albero di una nave vichinga e in seguito sistemata nella chiesa di Söderala. Realizzata in bronzo dorato, è traforata con motivi decorativi di animali e draghi; sopra la fascia superiore si trova un leone eseguito in uno stile molto diverso, aggiunto in epoca successiva.

La caccia al tricheco e alle foche costituiva un'importante forma di sussistenza per i vichinghi.

L'allevamento delle pecore era molto diffuso in Islanda; d'estate il gregge pascolava all'aperto.

Botteghe artigiane di un villaggio vichingo.
Notevolissima era l'importanza del fabbro nella tradizione nordica: la sua fucina, con il fuoco alimentato da grossi mantici a soffietto, le lunghe tenaglie, le incudini, è spesso rappresentata nei monumenti di pietra, o descritta nelle saghe tradizionali. Il ferro veniva fuso nelle fornaci; se ne ricavavano barre che erano lavorate soprattutto con il martello sull'incudine. Molto avanzate erano anche le tecniche di lavorazione del bronzo, soprattutto a scopi decorativi. Particolarmente ricercata era la produzione di manufatti in metalli preziosi: oro e argento provenivano in grande quantità da rapine e saccheggi, oppure da regolari commerci con l'oriente.

LE NAVI VICHINGHE

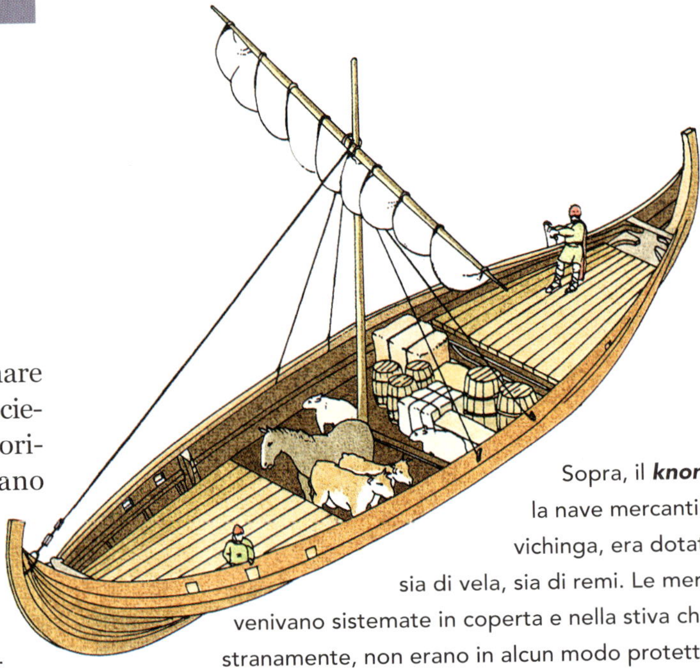

Sopra, il ***knorr***, la nave mercantile vichinga, era dotata sia di vela, sia di remi. Le merci venivano sistemate in coperta e nella stiva che, stranamente, non erano in alcun modo protette.

Le saghe vichinghe sono ricche di storie di mare e il ruolo centrale che la nave ha avuto nelle società nordiche costituisce la testimonianza più originale della loro civiltà: re e regine venivano sepolti sulle navi o in tombe delimitate da pietre disposte a forma di imbarcazione.

TIPI DI NAVI

In seguito ad accurate ricerche archeologiche sono state ritrovate diverse navi, a Gokstad, a Oseberg, a Tune in Norvegia, e a Skuldelev in Danimarca. Si tratta di imbarcazioni per usi diversi e, di conseguenza, con caratteristiche differenti l'una dall'altra. Le navi mercantili, ad esempio, erano larghe e profonde, adatte per il trasporto di carichi pesanti; velocità e manovrabilità, invece, caratterizzavano le navi da guerra. Le navi di Oseberg e di Gokstad non rientrano in questa tipologia; probabilmente erano una sorta di yacht reali, utilizzate in seguito per le sepolture. Abili carpentieri erano responsabili della costruzione di una nave, che non era un lavoro semplice, se si tiene conto che non esistevano progetti né disegni ai quali fare riferimento. Tradizione ed esperienza, che si tramandavano di generazione in generazione, erano il solo ausilio delle maestranze vichinghe.

Il legno più usato nella costruzione era quello di quercia, perché, pur essendo uno dei più duri, poteva essere tagliato radialmente in lunghe tavole. Si iniziava dalla chiglia, si proseguiva con le ruote di poppa e di prua e poi si montava il corpo della barca. Gli alberi per la velatura in genere non superavano i dieci metri.

Costruzione di una nave

Le navi da guerra

Vi erano tre tipi di navi da guerra vichinghe: la ***sniggen***, affilata e veloce; lo ***skeidh*** norvegese, con le ruote di poppa e di prua alte e appuntite, e i ***drakar***, una sorta di "ammiraglie" dalle fiancate molto alte (il nome *drakar* deriva dall'emblema a forma di drago che queste navi portavano a prua). La lunghezza di una nave era calcolata secondo il numero degli "spazi", l'intervallo che intercorreva fra ciascuna trave trasversale della coperta che conteneva un banco dotato di un paio di remi. Di solito le navi erano a 20 spazi (40 remi), ma i *drakar* potevano averne anche 25 o 30 (50-60 vogatori).

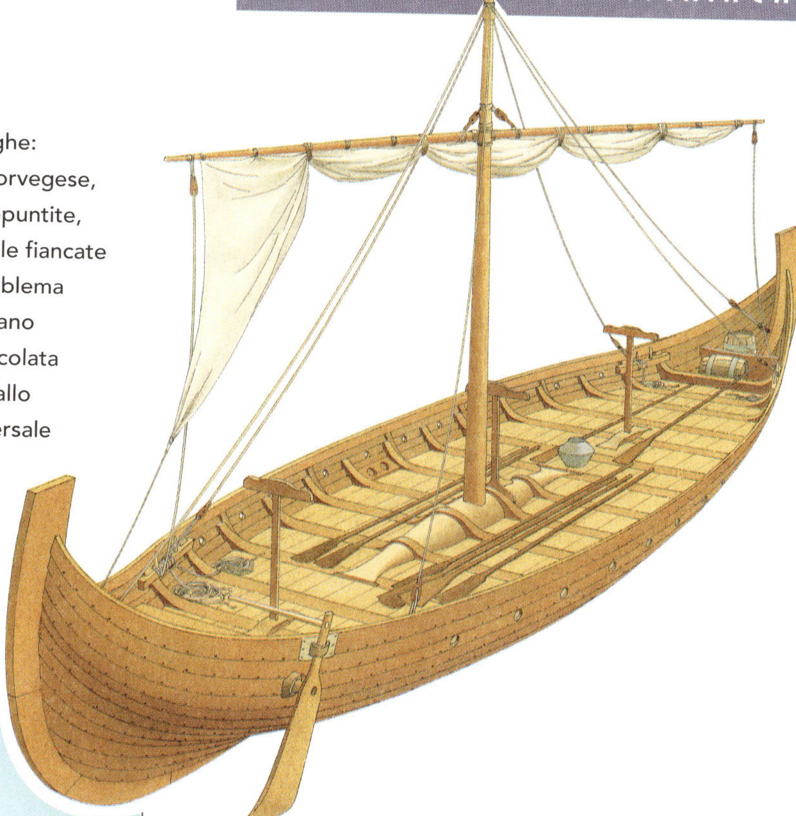

In alto, **costruzione della flotta normanna** in un particolare del grande arazzo di Bayeux. I Normanni erano Vichinghi che si erano stabiliti in Francia.

Dalla Normandia, nella Francia del nord, il duca Guglielmo, detto il Conquistatore, diede inizio all'invasione dell'Inghilterra che culminò con la battaglia di Hastings nel 1066.

ARMI E ARMATURE

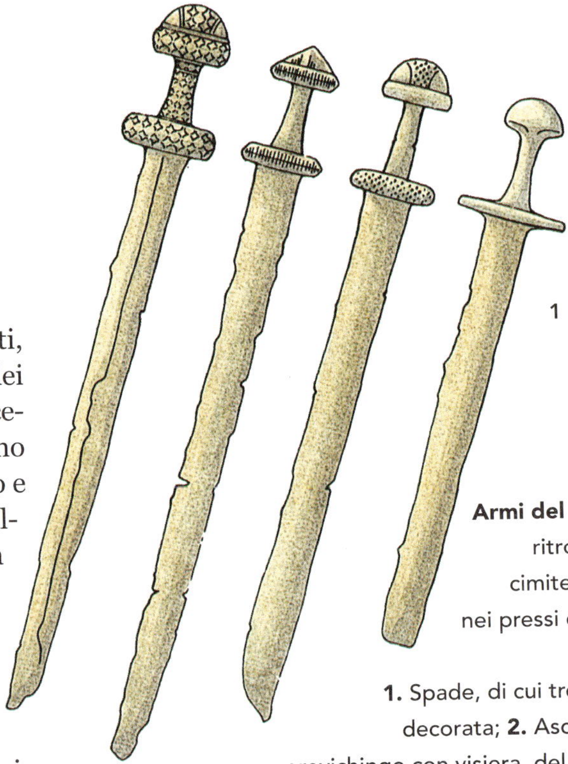

Armi del IX secolo, ritrovate in un cimitero pagano nei pressi di Dublino, in Irlanda. **1.** Spade, di cui tre con l'elsa decorata; **2.** Ascia; **3.** Elmo previchingo con visiera, del tipo da cui derivarono gli elmi vichinghi; **4.** punte di lancia.

I successi militari dei Vichinghi erano dovuti, oltre alla qualità delle loro navi e al coraggio dei guerrieri, anche al loro equipaggiamento di eccezionale efficienza. Gli strumenti di offesa erano la spada, l'ascia, il giavellotto, la lancia, l'arco e le frecce; l'armatura di difesa era composta dallo scudo, dall'elmo e dalla corazza. La spada era l'arma per eccellenza alla quale i Vichinghi riservavano un vero e proprio culto; sembra addirittura che i guerrieri non se ne separassero mai. L'ascia era l'arma per eccellenza del guerriero comune. Si trattava di un'un arma pesante e terribile, era di facile fabbricazione e poteva, tra l'altro, rivelarsi utile nella vita di tutti i giorni, ad esempio per tagliare la legna.

L'ARMATURA

Lo scudo era lo strumento da difesa più comune. Gli elmi erano di cuoio, a forma di cono (quelli più comunemente rappresentati, con i due corni, avevano una funzione rituale). Anche l'elmo era riservato ai capi. Le cotte di maglia, fatte di anelli di ferro strettamente intrecciati, dovevano essere molto rare, anche perché per la loro pesantezza mal si addicevano al modo di combattere dei Vichinghi che esigeva velocità e mobilità.

È noto che i Vichinghi "amavano" la guerra, gli assalti impetuosi, i corpo a corpo. Erano eccellenti e coraggiosi combattenti, soprattutto nelle tecniche di guerriglia ma avevano anche buone capacità organizzative che dimostravano ad esempio nella difficile tecnica dell'assedio.

La battaglia

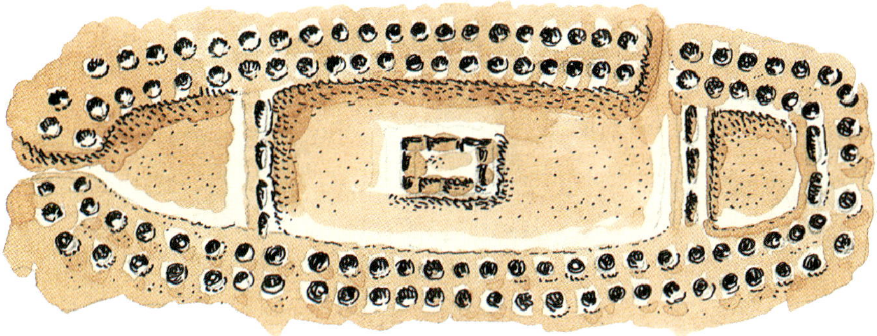

Nella fortificazione di Trelleborg (a sinistra), in Danimarca, sono state rinvenute le buche in cui erano piantati i pali di una grande costruzione dalle pareti ricurve. L'edificio, forse destinato ai soldati, era lungo 30 m e suddiviso in una grande stanza centrale e due più piccole alle estremità.

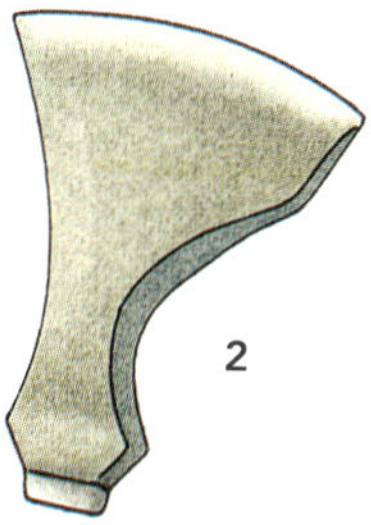

2

3

4

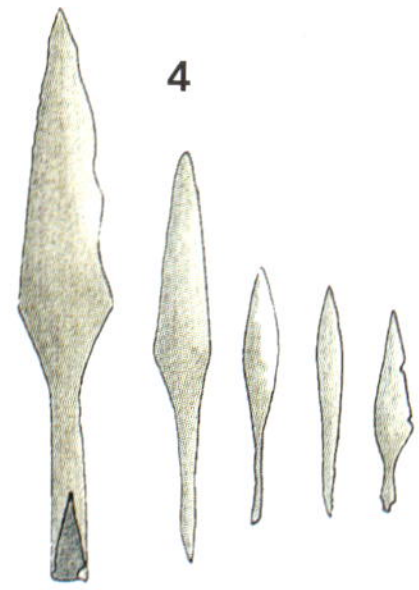

I Vichinghi in battaglia

Su un lato della croce di pietra di Middleton, nel nord Yorkshire, è incisa la figura di un **guerriero vichingo** (sopra) con le sue armi: ha in testa l'elmo, alla cintura una daga, ed è circondato da lancia, scudo, spada e ascia. Oltre alle loro armi i soldati Vichinghi portavano in battaglia grandi stendardi con le immagini di terribili animali, per scoraggiare gli avversari. Un altro modo di incutere terrore ai nemici prima della battaglia era l'uso di strumenti a fiato che emettevano suoni agghiaccianti, e l'abitudine di lanciare terrificanti gridi di guerra che accompagnavano i loro fulminei e sanguinosi attacchi.

INDICE DEI NOMI

P

Q

R

S

T